烏托邦大道

UTOPIA AVENUE

David Mitchell

大衛・米契爾——著
左惟真——譯

致蓓蘿與尼克

為那些知更鳥，為那些年

樂園是通往樂園的路
SIDE A
1. 放棄希望（莫斯）
2. 木筏與河（哈洛威）
3. 暗房（德魯特）
4. 碎片（莫斯）
5. 蒙娜麗莎唱藍調（哈洛威）

放棄希望

迪恩快步經過鳳凰劇院；閃身避開一個戴墨鏡的瞎子；踏上查令十字路，以便趕過一個推著嬰兒推車緩緩前進的女人；跳過一灘髒水；轉身衝進丹麥街；踩到一片結了冰的路面；打滑；兩腳飛向天空。在空中停留得夠久，讓他可以看到排水溝與天空互換位置，並且心想：這下我要痛斃了，接著馬路才依序撞上他的肋骨、膝蓋及腳踝。真他媽的痛死人了。沒人停下來扶他起身。該死的倫敦。一個留著落腮鬍、戴著圓頂硬禮帽、股票經紀人之流的人帶著微笑觀賞這位長髮蠢蛋的悲慘遭遇，然後走開。迪恩小心翼翼地爬了起來，不去理會陣陣的抽痛，只祈禱自己的骨頭沒斷半根。奎克西先生是不會給不扣薪病假的。他的手腕和手都還能正常運作，還好。錢呢？他檢查了一下，他的存摺和夾在裡面的十張五鎊鈔票都還安全地待在他的外套口袋裡。一切安好。他一拐一拐地往前走。他看到綽號「一次搞定」的瑞克威克曼（Rick Wakeman）就坐在街對面蒙娜麗莎咖啡廳的窗戶後面。他希望能過去和瑞克喝杯咖啡，抽根菸，聊聊錄音室樂手的工作，但是週五早上是付房租的早晨，尼維特太太一定就像一隻巨大蜘蛛正在客廳等著他。迪恩這星期真的是到最後一刻（比他平常的「最後一刻」都還晚）才籌足房租。瑞伊的匯票昨天才到，剛剛排隊兌現就花了四十分鐘，所以他繼續趕路，經過林區—魯普頓音樂出版公司，林區先生曾經說迪恩寫的歌都是狗屎，除了幾首是垃圾，還沒到狗屎的程度。經過阿爾夫卡明斯音樂工作室，卡明斯曾經將他的胖手按在迪恩大腿內側，喃喃地說：「你這個美麗的壞蛋，我們都知道我可以為你做什麼，問題是，你會為我做什麼？」接著他經過菌傘錄音室，迪恩原本已經排定要跟波坦金戰艦樂團在那裡錄試聽帶，但後來他被那個樂團踢出來。

「**救救我**，拜託，我——」一個漲紅著臉的男子抓住迪恩的衣領，斷續擠出幾個字，「我很——」他痛苦地彎下腰，「我快**痛**死了……」

「好的，老兄，先坐在這個台階上。恁[1]哪裡痛？」

口水從那人扭曲的嘴角流了下來。「胸口……」

「沒關係，我們會，呃……找人來幫恁。」他環顧四周，但人們只是匆忙地從他們身旁經過——衣領拉高，帽沿壓低，目光從他們身上移開。

那個人哀嚎並且整個人貼靠在迪恩身上，「啊——啊啊！」

「老兄，我想恁需要一輛救護車，所以——」

「這裡發生什麼事？」新來的人年紀和迪恩相仿，短髮，穿著一件體面的粗呢外套。他先鬆開那個倒在地上的男子的領帶，然後直視他的眼睛。「聽我說，我的名字是霍普金斯，我是一位醫生。先生，如果你聽得懂我的話，請點個頭。」

那人表情痛苦，大口喘著氣，勉強點了個頭，就一次。

「很好，」霍普金斯轉向迪恩。「這位先生是你父親嗎？」

「不是，我從沒見過這個人，直到幾分鐘前。他胸口很痛，他自己說的。」

「胸口痛，是嗎？」霍普金斯脫下一隻手套，將手壓在那人脖子上的一條靜脈上。「心律非常不整。先生？我認為你是心肌梗塞。」

那人睜大眼睛，但一陣新的疼痛讓他的雙眼再次皺了起來。

「那間咖啡店有電話，」迪恩說，「我去打九九九。」

「救護車從來無法及時趕到，」霍普金斯說，「車子可以在該死的查令十字路卡上半天。你知道弗里斯街在哪裡嗎？」

「是，我知道。那裡有一家診所，就在蘇荷廣場旁邊。」

「沒錯。你趕快跑到那裡，告訴他們在丹麥街的菸草店前有個傢伙心臟病發作，霍普金斯醫生需

---

1 迪恩以及他葛瑞夫森的同鄉們會把*you*（你）說成*yer*（恁）。

要一支擔架勤務隊，**即刻出發**。聽懂我的意思嗎？」

霍普金斯、丹麥街，擔架。「沒問題！」

「好心人。我會留在這裡先做急救。現在，快馬加鞭跑起來吧。這個可憐鬼的性命全靠你了。」

迪恩快跑穿越查令十字路，跑進曼內特街，經過福伊爾書店，穿過了海克力斯之柱酒吧下方那條小巷弄。他的身體已經忘記剛才摔倒的疼痛了。在希臘街上，他從幾個正在將垃圾桶裡的垃圾倒進垃圾車的清潔人員身旁跑過；他的兩腳輪流重重踩在這條通往蘇荷廣場的馬路中央；跑到蘇荷廣場時他嚇飛了一大群鴿子；要轉彎進入弗里斯街時，他差點再次摔倒；最終，他腳步重重地踩上診所的台階，進入門診報到區。一位門房正在那裡看《每日鏡報》，「唐納德坎貝爾過世」這幾個斗大的字出現在頭版。迪恩氣喘吁吁地說出他的訊息：「霍普金斯醫師派我過來……丹麥街上有人心臟病發作……需要一支擔架勤務隊，馬上出發……」

門房放下手中的報紙，八字鬍上面還沾附著少許酥皮碎片。他看起來一點也不擔心。

「有人快死了，」迪恩說，「恁沒聽到我的話嗎？」

「廢話，當然聽到了，你就在我面前大喊！」

「那麼趕快派人幫忙！恁們好歹是間醫院吧？」

門房深深倒吸一口氣，發出類似打呼的聲音。「剛從銀行領了一大筆錢，然後才碰到這位『霍普金斯醫師』，沒錯吧？」

「沒錯，領了五十鎊，所以呢？」

門房把沾在他外套翻領上的酥皮碎屑用手指彈掉。「小伙子，你那些錢還在吧？」

「在這裡。」迪恩把手伸進外套裡去拿他的存摺。存摺不在了，它應該要在的。他伸進另一個口袋。一架病床車發出吱吱聲從他們身旁經過，一個小孩在上面哭個不停。「**該死**——一定是在跑來這裡的半路上掉了……」

「不好意思，小伙子，你被騙了。」

迪恩想起那個人倒進他的懷中……「不，不，那真的是心肌梗塞。他幾乎沒辦法站起來。」他再次檢查口袋。錢還是不見了。

「不用再自我安慰了，」門房說，「不過你是十一月以來第五位來我們這裡的人了。消息會漸漸傳開，現在倫敦市中心的每間醫院與診所都不再派擔架去支援任何名叫『霍普金斯』的人了。不用白費力氣去找，那裡早就沒有人了。」

「但是他們……」迪恩感覺很想吐，「但是他們……」

「你是想說，『他們看起來不像扒手』？」

迪恩的確本來想這麼說：「他們怎麼會知道我身上有錢？」

「如果你打算去釣一個又肥又飽滿的皮夾，你會怎麼做？」

迪恩思索著。去銀行。「他們看著我領完錢從銀行出來，然後尾隨我。」

門房咬了一口香腸酥皮捲。「一桿進洞，福爾摩斯。」

「不過……那筆錢的大部分是要來付我那把貝斯的尾款，還有——」迪恩想起尼維特太太，「啊，可惡。剩下的是我的房租。我這下該怎麼付房租啊？」

「你可以到派出所報個案，但不用抱太大期望。在那些警察眼中，蘇荷區四周早就都插了告示牌：『執意進入此區之爾等，放棄希望。』」

「我的房東太太是個該死的納粹。她會把我趕出來。」

門房啜飲了一口茶。「跟她說，你因為想當好撒馬利亞人而被人騙走房租。說不定她會同情你。誰知道呢？」

維特太太坐在落地窗旁邊。客廳瀰漫著溼氣與培根油脂的味道，壁爐看起來已經用圍板圍起來了。房東太太的分類帳本正攤開在寫字桌上，她的兩根編織針喀哩喀拉地不斷碰觸。一個從來不曾點亮的水晶吊燈懸掛在天花板上，壁紙上原本的鮮花圖案已經下陷成為一片鬱暗的叢林。尼維特太太三位已故前夫的人像各自從鍍金的相框裡怒視著訪客。「早安，尼維特太太。」

「還可以，莫斯先生。」

「對，是這樣的，呃……」迪恩的喉嚨很乾，「我被人搶了。」

兩根編織針停了下來。「多麼不幸啊。」

「真的非常衰。我領了要付房租的錢，但兩個扒手在丹麥街擺了我一道。他們一定是看見我到銀行去兌現匯票，然後就跟蹤我。大白天的搶劫。真的。」

「天啊，天啊，天啊，真令人意想不到。」

她認為我在捏造故事呼攏她，迪恩心想。

「更不幸的是，」尼維特太太繼續說，「你沒有留在布雷登皇家印刷廠工作。那才是比較正常的工作，位在比較像樣的市區，也不會有梅菲爾區常會發生的那種『搶劫』。」

布雷登根本是契約化的吸屌工作。迪恩心想。「之前跟恁說過了，尼維特太太，布雷登的那種工作我做不下去。」

「那不是我該關心的事，這我很肯定，我關心的是房租。我該假設你想要延期付款嗎？」

迪恩終於鬆了一口氣。「說真的，我實在無比感激。」

她抿起嘴唇，鼻孔張大，「那麼這一次，而且就只有這一次，我寬限你付房租的期限——」

「謝謝妳，尼維特太太，我無法告訴恁我是多麼……」

「——到下午兩點。我不想讓人家說我一點也不通人情。」

這隻老母牛是在耍我嗎？「下午兩點……今天？」

「有夠多的時間讓你到銀行去再回來，這點毫無疑問。只不過這一次，你離開時別再亮出鈔票給人看。」

迪恩感覺一下熱一下冷，想嘔吐。「我的帳戶現在其實是空的，但是禮拜一我就會拿到薪水。到那時候我就可以付清房租。」

房東太太拉住天花板垂下來的一條繩子，站起身來。她從寫字桌裡拿出一塊板子：「臥室／起居室出租——黑人與愛爾蘭人勿試——詳情內洽。」

「不，尼維特太太，別這樣。妳不需要這樣。」

房東太太把那塊板子放進窗格裡。

「那我今天晚上要睡哪裡？」

「隨你高興，總之不是這裡。」

先是沒了錢，現在連房間都沒了。「那我得拿回我的押金。」

「房客欠繳房租，沒收其押金。這些規定釘在每扇門上。我可不欠你半毛錢。」

「那是我的錢，尼維特太太。」

「你簽的合約上可不是這麼寫。」

「恁下週二，最晚下週三，就會找到新房客。妳不能沒收我的押金。那是偷竊。」

她繼續打她的毛線。「你知道嗎，打從第一眼見到你，就聞到你身上有倫敦工人街頭推車小販的味道。但是我告訴自己，『不，給他一個機會吧。畢竟女王陛下的印刷廠都看到這個年輕人的潛力。』所以我給你機會。結果接下來發生什麼事？你為了一個『流行樂團』放棄了布雷登的工作。你把頭髮留得像女生一樣長。你把你的錢花在吉他和其他天曉得是什麼的樂器上，所以你沒有留下任何錢以防不時之需。現在你還好意思說我偷竊。好吧，至少這讓我學會檢討自己先前所做的決定。出生在排水溝，終生就住排水溝。喂，哈里斯先生……」尼維特太太那位自軍隊退役、住在這裡的打手出現在客廳門口。「這位——」她瞥了迪恩一眼，「——仁兄要離開我們了。現在。」

「鑰匙，」哈里斯告訴迪恩，「總共兩把。」

「我的裝備呢？恁該不會連它們也要偷走吧？」

「隨身帶走你的『裝備』，」尼維特太太說，「慢走不送！下午兩點還留在你房間的任何東西，三點整全都可以在救世軍慈善二手店裡找到。快走吧。」

「該死的——全能——上帝，」迪恩咕噥著。「我希望恁早死。」

尼維特太太不理會他，她的編織針再次喀哩喀拉地碰在一起。哈里斯先生抓住迪恩的後衣領，把他提了起來。

迪恩幾乎無法呼吸。「我快窒息了，恁這個白痴！」

這位前士官猛力將迪恩推到走廊。「回你的房間，打包，然後滾出去。不然我就不只讓你窒息而已，你這個游手好閒、娘味破表的死同志……」

至少我還沒有丟掉工作。迪恩把咖啡緊實地填壓進鋼製濾杯裡，將它卡進沖煮槽中，然後壓下拉捍，那部Gaggia咖啡機噴出蒸氣。迪恩八小時的班已經過時間了卻還沒能下班。在丹麥街那一摔讓他身體多了幾處淤青。外面是寒氣逼人的夜，但是位在達布列街和柏威克街街口的艾特納咖啡店卻是溫暖、明亮而且人聲鼎沸。來自倫敦市郊的學生和青少年聚在這裡交談、調情和爭辯。摩登派青年先在這裡會合，才趕往各個音樂趴去吸藥及跳舞。穿著講究的老男人毫不掩飾地打量一些皮膚白嫩、等著被包養的年輕女孩。穿著較不講究的老男人則只是進來喝杯咖啡，準備前往性愛趴或妓院續攤。這裡恐怕塞了上百人，迪恩心想，而且每個男人今晚都有床可睡。今天一到班，迪恩就希望某個欠他某種人情的熟人會剛好進來，這樣他就可以借他家的沙發睡一晚。隨著時間一小時一小時的流逝，他的希望越來越微弱，現在已經幾乎消失殆盡。滾石樂團的〈第十九次精神崩潰〉（19th Nervous Breakdown）從音樂點播機大聲放送出來。迪恩曾經和肯尼伊爾伍德一起研究出這首歌的和弦，早在他們合組挖墓者樂團的那個純真年代。佳吉亞咖啡機的噴嘴緩緩流出咖啡，杯子裝了三分之二滿。迪恩拆下濾杯，把咖啡渣全倒進一個桶子。奎克西先生拿著一拖盤的髒碟子從旁邊走過。請他提前付你薪水，迪恩第五十次告訴自己。你別無選擇了。「奎克西先生，我可以——」

奎克西先生轉過身來，沒理會迪恩：「普茹，把前面那個該死的吧台擦乾淨，它髒死了！」奎克西先生再次從他前面走過，迪恩這才發現吧台前坐了一個客人，就在咖啡機和冰牛奶機之間。三十多歲、微禿、書卷味、穿了一件千鳥格紋的西裝外套，戴了一副時髦的藍玻璃方框眼鏡。可能是個酷兒，但是在蘇荷區誰能說得準呢。

那顧客從他手中的雜誌《唱片週刊》後面抬起頭，與迪恩四目交接，一點也不覺得尷尬。他皺著眉頭，彷彿一時想不起在哪裡見過迪恩。如果他們是在酒吧，迪恩就會說「看什麼看？」但在這裡，迪恩只能把目光移開，然後在水龍頭下面清洗濾杯，感覺那個顧客的眼睛還盯著他看。或許他以為我對他有意思。

雪倫拿了一張新的點單過來。「九號桌，兩杯義式濃縮咖啡，兩杯可樂。」

「兩杯義式濃縮，兩杯可樂，九號桌，收到。」迪恩轉身面對佳吉亞咖啡機，扳動開關，奶泡逐漸累積在卡布奇諾上。

雪倫來到吧台的這一側，將一個糖罐補滿糖。「抱歉不能讓你來睡我家地板，真的很抱歉。」

「沒關係，」迪恩把可可粉灑在那杯卡布奇諾上，然後把它放在吧台給普茹，「說真的，我也是鼓足勇氣才跟恁開口的。」

「我的房東太太是祕密警察兼女修道院院長。如果我偷渡你進來，她會埋伏並偷襲我們，說『這是一棟正派經營的房子，不是妓院』，然後把我踢出去。」

他把咖啡濾杯填滿，準備沖一杯濃縮咖啡。「我懂，沒關係。」

「你該不會像遊民一樣睡在拱門下吧？」

「不會啦，當然不會。我還有朋友，我會打電話找他們。」

雪倫鬆了一口氣。「這樣的話——」她扭了扭臀，「——我很高興你先問了我。如果還有任何我可以做的事，我就在這裡。」

迪恩對這位甜美但矮胖、兩顆葡萄乾似的眼睛長得太靠近的麵團臉女孩並沒有意思……但情場與戰場是不厭詐的。「恁可以借我幾先令讓我撐到週一嗎？到時候我就拿薪水了。」

雪倫遲疑了一下。「那你可別辜負我的好意喔！」

喔，恁想跟我打情罵俏哪，迪恩露出淺笑。他把可樂瓶的瓶蓋撬開。「等我經濟上自立了，我會付恁很迷人的利息。」

她容光煥發，迪恩看到她這麼容易就上鈎，幾乎覺得有罪惡感。「我皮包裡也許有幾先令。等到你成為百萬富翁等級的流行音樂巨星時，別把我忘記就好。」

「十五桌還在等，」奎克西先生用他西西里式的倫敦土腔喊叫。「三杯熱巧克力！還有棉花糖！動作快！」

「三杯熱巧克力。」迪恩復述。雪倫帶著糖罐閃人。普茹過來拿走那杯卡布奇諾，送到第八桌，迪恩把點餐單穿到鋼釘上。鋼釘上的點餐單已經將近三分之二滿了。奎克西先生應該心情很好。不是的話，我的希望就落空了。他開始做第九桌的義式濃縮咖啡。唐納文（Donovan Phillips Leitch）的〈陽光超人〉（Sunshine Superman）接在滾石樂團之後。蒸氣穿過咖啡機嘶嘶作響。迪恩盤算雪倫的「幾先令」可能是多少。不夠讓他住旅館，這是確定的。托登罕宮路上有家YMCA，但他不曉得他們有沒有多出來的床位。他到那裡應該是十點半以後了。迪恩再一次在心中搜索符合第一、可能願意伸出援手，第二、有電話，這兩個條件的倫敦朋友名單。地鐵大約在半夜收班，所以如果迪恩帶著他的貝斯及背包出現在布里克斯頓站或漢默史密斯站的入口，附近又沒有人家，那麼他就會被困在街頭。他甚至想到之前在波坦金戰艦樂團的團友，不過他判斷那道橋已經被燒毀了。

迪恩看了那個坐在吧台、戴藍眼鏡的顧客一眼。他手中的《唱片週刊》已經換成一本書《巴黎與倫敦落魄記》（*Down and Out in Paris and London*）了。迪恩納悶，這傢伙該不會是個披頭族吧。藝術學院裡有不少人喜歡把自己當成披頭族，他們抽Gauloises香菸，談論存在主義，手中拿著法國報紙到處晃。

「喂，克萊普頓[2]，」普茹很會幫人取小名，「你在等熱巧克力自己做好流進杯子，是不是？」

「克萊普頓是**主奏吉他手**，」迪恩第一百次解釋，「但我是他媽的**貝斯手**。」他看到普茹一副洋洋得意的樣子。

艾特納咖啡廳廚房後面的小庭院是個霧氣茫茫、表面附著一層媒灰的天井，這裡的空間只夠堆些垃圾筒，放不下太多其他東西。迪恩看到一隻老鼠爬上排水管，朝著天井上方被框在正方形內的一片暗淡夜雲奔去。他把他最後一根Dunhill香菸僅剩的煙全吸進肺裡。已經十點了，他和雪倫的班結束了。雪倫在借給迪恩八先令後已經回到她的住處。如果其他計畫都失敗，這至少可以讓我買張車票回葛瑞夫森。透過廚房門，迪恩聽到奎克西在跟他最近從西西里過來的姪子講義大利話。他幾乎不會講英文，但是，把一勺冒著泡泡的波隆那肉醬倒在義大利麵上，完成艾特納咖啡店唯一的一款料理，再將它送到客人桌上，這並不需要用到任何英文。

奎克西先生出現在後院。「所以，莫斯，你有話要跟我講？」

迪恩在鋪了紅磚的地板上將菸蒂弄熄。他的老闆瞪著他看。該死，迪恩重新把菸蒂撿起來。「抱歉。」

「有話快說，我可沒整個晚上的時間跟你耗。」

「恁可以現在就付我薪水嗎，拜託？」

奎克西確認自己沒聽錯：「『現在』就付你薪水？」

「沒錯。我的週薪。今天晚上。現在，拜託。」

奎克西一副難以置信的樣子。「我禮拜一付薪水。」

「沒錯，但是就像我剛剛說過的，我被搶了」

人生與倫敦已經讓奎克西不輕易相信人了。說不定他生下來就那個樣子。「真不幸。但是，從無例外，我禮拜一付薪水。」

---

2 指艾瑞克克萊普頓（Eric Clapton），英國搖滾樂團吉他手。

「如果不是走投無路，我不會這樣問。可是，我付不出房租，所以被房東太太踢出來。這就是我的背包和貝斯也拿過來放在員工置物櫃的原因。」

「啊，我還以為你要去度假。」

迪恩擠出一絲笑容，以防對方是在開玩笑。「我也希望是這樣。不過，不是的，我是真的需要我的薪水。比方說，在YMCA租一張床，或做其他安排。」

奎克西想了一下。「你真的是掉進糞坑了，莫斯。但是那些屎是你自己拉的。從無例外，我禮拜一付薪水。」

「那恁可不可以借我幾塊錢？拜託？」

「你有一把吉他。去當舖啊！」

真的是從石頭榨不出血來，迪恩心想。「首先，我還沒有付完最後一筆分期付款，所以那把貝斯還不可以拿去賣。搶匪拿走的錢原本是要來付這筆錢的。」

「但你剛剛說那是要用來付房租。」

「其中一些是房租，大部分是貝斯的錢。其次，現在已經是禮拜五晚上十點多，當舖都關門了。」

「我不是你的銀行。我禮拜一付薪水。不用再說了，就這樣。」

「如果我因為整個週末都睡在海德公園，搞得兩個肺都得到肺炎，那麼禮拜一我是要怎麼來這裡上班？」

奎克西的臉抽動了一下。「禮拜一你不來這裡，沒問題。我不付你半毛錢。只有一份離職證明等著你。懂嗎？」

「現在就付我薪水和禮拜一再付有什麼差別？反正這個週末我根本就沒有排班！」

奎克西雙手在胸前交叉。「莫斯，你被解聘了。」

「噢，你瘋了嗎！你不能這樣對我。」

一隻粗短的手指戳在迪恩的心窩上。「簡單。結束。走吧。」

「不。」*先是我的錢，接下來我的住處，現在是我的工作。*「不，不。」迪恩把奎克西的手指拍開。「你欠我五天的工資。」

「拿出證明。告我啊。找律師。」

迪恩忘記自己是五呎七吋不是六呎五吋，當著奎克西的面大喊：「**恁還欠我五天的工資，恁這隻愛偷東西的死黃鼠狼。**」

「啊，係，係，我還欠你東西。好，在這裡，我現在就把我欠你的東西還給你。」

一記強而有力的拳頭陷入迪恩的肚子。迪恩身體彎折，整個人向後倒到地上，喘著氣，一臉震驚。*今天第二次了。*一隻狗在吠。迪恩爬起來，不過奎克西已經走了，他的兩個西西里姪兒出現在廚房門口。一個拿著迪恩的芬達牌（Fender）貝斯，一個拿著他的背包。他們將迪恩的雙臂扭到身後，押送他穿過咖啡店。點唱機裡的奇想樂團（The Kinks）正在唱〈陽光燦爛的下午〉（Sunny Afternoon）。迪恩回頭再看店裡一眼。奎克西雙臂交叉在胸前，從收銀台那裡瞪著他。

迪恩對他的前老闆比出中指。

奎克西則對著自己的喉嚨做出割喉的手勢。

在達布列街上無處可去，迪恩心中盤算，拿起半塊磚頭砸破咖啡店的窗戶會有哪些可能的後果？警察局的拘留室可以解決他當下的住宿問題，但是犯罪記錄對他長遠來說並沒有好處。他走進街角的電話亭。裡面貼滿了各式紙片，毫無次序可言，上頭有女孩子的名字及電話號碼。他讓他的芬達貝斯緊靠在身邊，背包則是抵到電話亭的門，讓門無法完全關上。迪恩拿出一枚六便士硬幣，然後翻查他那本黑色小電話簿。*他已經搬去布里斯托……我還欠他五鎊……他離開了……*迪恩找到羅德丹普西的電話號碼。他和羅德並不是很熟，但是他們是葛瑞夫森的同鄉。羅德上個月在肯頓市集開了一間店，賣皮衣及摩托車相關配件。迪恩撥了號碼，但是電話沒人接。

現在怎麼辦？

迪恩離開電話亭。寒冷的夜霧讓建築物的邊界變得模糊，讓路過行人的臉變得髒汙，讓霓虹燈的招牌變得朦朧——女孩！女孩！女孩！——並且充滿迪恩的肺。他有十五先令和三便士，以及兩種花這些錢的方式。他可以沿著達布列街走到查令十字路，搭巴士到倫敦橋站，再搭火車到葛瑞夫森，把瑞伊、雪柔和他們的兒子叫醒，跟他們坦承，瑞伊辛苦賺來的五十鎊（雪柔並不知情）在迪恩把匯票兌現後的十分鐘內就被幹走了，然後請求他們讓他睡沙發。但是，他不可能永遠待在他們家。

然後明天呢？搬回莫斯外婆和比爾家？都二十三歲了。那週稍晚，他會把那把芬達貝斯拿回塞爾瑪吉他店，請他們退還部分他已經付的款。扣除磨損與刮痕。安息吧，迪恩莫斯，專業樂手。哈利莫菲特會發現這事，當然。而且他會笑到連乳頭都掉下來。

或者……迪恩順著布魯爾街的方向望去，那些夜店、光影、喧囂、脫衣表演、拱廊、酒吧……我可以賭上最後一把。蠢蛋有可能會在馬車與馬酒吧。尼克吳週五通常會去曼惴克夜店。艾爾應該會在里奇菲爾德街的班吉酒吧。或許艾爾會讓迪恩睡他家地板直到週一。明天，他會去咖啡店找個新工作。理想狀況是，那間店離艾特納很遠。在我再次領薪水前，我可以只靠麵包和馬麥醬過活。

但是……萬一幸運之神眷顧的是謹慎的人呢？萬一迪恩賭最後一把，花掉所有的錢進入一家夜店，跟某個擁有自己公寓的漂亮女孩搭上訕，結果她後來卻轉身離開，留下迪恩一人在廁所裡？這樣的事可不是第一次了。或者，萬一半夜三點某個保鑣把爛醉如泥的他丟到嘔吐物四濺的結冰路面上，而他的火車票錢已不剩分文？那時，唯一回到葛瑞夫森的方法就是靠兩條腿走路了。達布列街對面，一個流浪漢正靠著自助洗衣店的燈光，在垃圾已經溢出來的垃圾桶裡翻找東西。萬一，這個人先前也曾經賭上最後一把？

迪恩大聲把心中的話說出來：「萬一我的歌只是狗屎跟胡言亂語？」

萬一我只是在欺騙自己，說自己是個音樂人？

迪恩必須做出決定。他再次拿出那枚六便士硬幣。

正面，代表達布列街和葛瑞夫森。

背面，代表布魯爾街和蘇荷和音樂。

迪恩把硬幣拋向空中……

「不好意思，你是迪恩莫斯嗎？」那枚硬幣掉進排水溝裡，然後消失無蹤。我的六便士啊！迪恩轉過身來，看到艾特納吧台那位可能是個酷兒的披頭族。他戴了頂氈帽，活像一個俄國間諜，雖然他的口音聽起來像美國人。「天哪，不好意思，我害你損失一枚硬幣……」

「沒錯，都是俉害的。」

「等一下，在這裡，你看……」那個陌生人彎下腰，從一條隙縫中拿出迪恩的六便士。「拿去吧。」

迪恩將它放進口袋。「好吧，俉到底是誰？」

「我的名字是里馮法朗克蘭。我們八月見過面，在布萊頓音樂廳的後台。那是未來之星演唱會。我當時是大猿樂團的經理人，或說嘗試要經營。你那時是波坦金戰艦樂團的一員，你彈奏了〈髒河〉。那真是一首很棒的歌。」

迪恩一般而言不輕信別人的讚美，尤其是對方可能是個酷兒時。但話說回來，眼前這位可能是酷兒的人是一位樂團經理，而迪恩已經有好一陣子沒有任何人讚美過他的任何一點了。「〈髒河〉是我寫的。那是我的歌。」

「我也是這麼想。我還猜你跟波坦金戰艦已經分道揚鑣了。」

迪恩的鼻尖感到一陣冰涼。「我被踢出來，導火線是『修正主義』。」

里馮法朗克蘭大笑，口中的霧氣化作一朵朵不斷湧出的雲。「因為『藝術理念不合』而離開。」

「他們寫了一首關於毛主席的歌，可我說那是弱智與狗屎。它的副歌是『毛主席，毛主席，您的紅旗絕非聖牛可比』。這可不是我瞎掰的。」

「你離開他們對你比較好。」法朗克蘭拿出一包樂富門，請迪恩抽根菸。

「我離開他們之後，就變成他媽的一個窮光蛋了。」迪恩用已經凍到沒有知覺的手指抽出一根菸。「窮到陷入糞坑，而且屎都已經淹到脖子了。」

法朗克蘭用一支很酷的Zippo打火機先幫迪恩點菸，再點自己的。「我無意偷聽，但還是不小心聽到……」他朝艾特納咖啡店方向點了點頭。「所以，你今天晚上已經沒有地方可以過夜了。」

一群穿著週五夜華麗服飾的時髦男女招搖地從他們旁邊走過。打算趕往大營帳參加派對，迪恩猜想。「嘸，無處可去。」

「我有個提議。」法朗克蘭決定出招。

迪恩打了個寒顫。「恁說真的？什麼樣的提議？」

「有一支樂團今天晚上在2i俱樂部表演。我想要知道，身為一個音樂工作者，你對於他們的潛力有什麼評價。如果你願意跟我走，今晚你可以睡我家沙發。我的公寓在貝斯沃特。它不是麗茲飯店，但是比睡在滑鐵盧橋下溫暖多了。」

「你不是大猿樂團的經理人嗎？」

「已經不是了。藝術理念不合。我現在——」附近傳來玻璃瓶摔碎的聲音，緊接著是一陣邪惡的笑聲，「致力於發掘新人才。」

迪恩有點心動，那裡將是溫暖且乾爽。明天，他還可以借吃一點早餐，梳洗一下，再好好研究他那本黑色小電話簿。法朗克蘭想必有電話吧。問題是，萬一這條救生索上面還繫著一個價格標籤呢？

「如果你覺得睡在沙發上不安全，」里馮半開玩笑地說，「你可以睡在我的浴室。那裡的門可以上鎖。」

所以，他是個酷兒，迪恩明白了，而且他知道我已經猜出來……但是如果他還沒有掀底牌，我為什麼要先掀？「沙發就很好了！」

位在老康普頓街五十九號的2i咖啡吧，地下室就跟腋窩一樣又熱、又暗、又潮溼。兩顆裸露的燈泡懸垂在由木板和牛奶箱搭成的矮舞台上方。牆面上的溼氣重到像是在冒汗，天花板更是直接滴下水滴。然而，才五年前，2i還是蘇荷區潛力新秀嶄露頭角的最時髦表演場地之一：克里夫理查（Cliff Richard）、漢克馬文（Hank Marvin）、湯米史提爾（Tommy Steele）、亞當費斯（Adam Faith）都是從這裡開始他們的音樂生涯。今晚在舞台上的是阿契金諾克的藍調凱迪拉克樂團。阿契金諾克是主唱兼伴奏吉他手；賴瑞瑞特納是貝斯手；鼓手穿著背心，他的鼓組對舞台來說太大了；高瘦、皮膚粉嫩、頭髮赭紅、雙眼瞇成一道的吉他手看起來很狂野。他的紫色西裝外套皺巴巴的，長髮垂到吉他指板上。這支樂團正在演奏阿契金諾克先前很受歡迎的一首歌〈像地獄一樣孤獨〉。才沒幾下子，迪恩就看出這輛藍調凱迪拉克有兩個車輪（不只一個！）已經快鬆脫了。阿契金諾克要不是喝醉酒，就是吸毒吸茫了，要不然就是兩者皆是。他對著麥克風傳送他的藍調呻吟，「我—孤—嗚——獨，像地獄一樣，貝比，孤—嗚——獨，像地獄一樣」，但是他的吉他伴奏卻一直出錯。另一方面，賴瑞瑞特納一直沒跟上拍子。他的伴唱，「你—孤—嗚——獨，和我一樣，貝比，孤—嗚——獨，和我一樣」根本走了音，而且是令人難受的走音。唱到一半，他還對那個鼓手咆哮，「媽的你太慢了！」鼓手皺了皺眉。吉他手開始進入一段獨奏，他先讓某個纏綿不斷、嗡嗡作響的音維持了三個小節，才進入那段令人厭世的重複樂段。阿契金諾克再次用伴奏來配合主奏，只是安分地彈奏底層的E—A—G，而由主奏吉他手挑起旋律的大樑，並且以迷惑人的手法將旋律反轉。第二段的獨奏比第一段更令迪恩驚豔。聽眾無不伸長脖子，想看那位吉他手的手指在指板上是如何上上下下地飛舞、撥挑、夾捏、拉彈、滑移及捶擊。

他到底是怎麼辦到的？

在穆迪瓦特斯（Muddy Waters）的〈我是你的胡奇庫奇舞男〉（I'm Your Hoochie Coochie Man）之後，是阿契金諾克一首較不熱門的曲子〈魔毯〉（Magic Carpet Ride），緊接著的是布克爾T與MG

樂團（Booker T and the MG）的〈青蔥〉（Green Onions）。那位吉他手和鼓手很有氣勢地加速演奏，但那兩個老手金諾克及瑞特納卻把整個樂團拖慢。樂團主唱向只有二位數的觀眾敬了個禮，結束了上半場的表演，就好像他剛剛才把阿爾伯特音樂廳的屋頂唱到炸飛。「倫敦，我是阿契金諾克，而且，我回來了！我們很快就會再次上場，來演出下半場，好嗎？」藍調凱迪拉克樂團退到2i舞台旁邊一間凹陷的艙房內休息。奶油樂團（Cream）的〈我感覺自由〉（I Feel Free）此時從小小的音箱發出哭號，一半的聽眾吃力地踩著樓梯上一樓去買可樂、柳橙汁及咖啡。

法朗克蘭問迪恩：「怎麼樣？」

「你帶我來看那個吉他手，對吧？」

「正確。」

「他還不錯。」

里馮做出一個「就這樣而已嗎？」的表情。

「他超厲害的，他叫什麼名字？」

「他的名字是雅思培德魯特。」

「天哪，在我家鄉，名字沒他這麼長都會被動私刑了，更何況……」

「父親荷蘭人，母親英格蘭人。他才到英格蘭六個禮拜，所以他還在適應環境。你的可樂要加一點波本威士忌嗎？」

迪恩伸出他的可樂罐，然後咕嚕咕嚕地喝了好幾口。「乾杯。他把天分浪費在阿契金諾克身上了！」

「就跟你在波坦金戰艦一樣。」

「那個鼓手叫什麼名字？他也很棒。」

「彼得葛瑞芬恩。『葛夫』，來自約克郡。他原本隨著瓦歷惠特比的樂團在北部做爵士樂巡迴演出，但那對他的演奏事業只是有損無益。」

「瓦歷惠特比那個爵士小喇叭演奏者？」

「正是他。」里馮從隨身酒壺裡喝了一口威士忌。

「那個雅思培德什麼的，除了演奏也會寫歌嗎？」迪恩問。

「顯然會。但是阿契不讓他演奏他自己的東西。」

迪恩感到心中的嫉妒在搏動。「他真的有兩三下子。」

里馮用一條有斑點的手帕輕拭他光亮的眉頭。「同意，但是他也有個問題。個人風格太強，沒辦法被塞進像阿契金諾克這樣的樂團裡，表演既有的曲目，可是又不是個可以單飛的樂手。他需要幾位和他一樣有天分、被精心挑選進來的同團夥伴，他們可以鞭策他前進，也被他鞭策著前進。」

「你心中想的是哪個樂團？」

「目前還不存在。但是我相信我正在看著它的貝斯手。」

迪恩笑到連鼻子都發出聲音。「沒錯！沒錯！」

「我是認真的。我要籌組一個樂團，而且我開始覺得你、雅思培和葛夫可能會起神奇的化學作用。」

「恁是在開我玩笑？」

「我看起來像在開玩笑嗎？」

「不像，但是……他們怎麼說？」

「我還沒有跟他們談這件事。你是這幅拼圖的第一塊，迪恩。很少貝斯手的節奏感準確到配得上葛夫，而創作力又和雅思培有得拚。」

迪恩順著他的話說：「而恁就是我們的經理人？」

「那當然。」

「但是雅思培跟葛夫已經加入別的樂團了。」

「藍調凱迪拉克不是一個樂團，它是一隻快要死掉的狗。早點送牠上路算是仁慈之舉。」

從天花板滴下的一粒水珠落在迪恩的後脖頸。「他們的樂團經理可不這麼認為。」

「阿契的前經理帶著存錢筒逃走了，所以賴瑞瑞特納現在兼任樂團經理。不幸的是，他當經理人的本事就跟我當撐竿跳選手的本事一樣好。」

迪恩又喝了一大口波本可樂。「所以這算是一個邀請。」

「一個提議。」

「我們是不是至少該先來場試奏——」迪恩停了片刻，把口中的「而不是直接就上床」吞了回去，改說：「——然後再來做決定。」

「當然。命運的安排就是這麼奇妙，你的貝斯已經帶在身邊，這裡還有一群充滿期待的聽眾。我唯一需要的就是你點頭同意。」

他在說什麼？「這是阿契金諾克的演出，他已經有一個貝斯手了。我們現在根本沒辦法試奏。」里馮脫下他的藍眼鏡，開始擦拭鏡片。「但是，你對『願意和雅思培和葛夫來場試奏嗎？』這個問題的回答是『是』，對吧？」

「呃，是的，我想大概是吧，但是——」

「我幾分鐘後回來。」法朗克蘭再次戴上眼鏡。「我跟人有約。不會太久的。」

「跟人有約？現在？跟誰啊？」

「暗黑魔法。」

在等待里馮法朗克蘭回來時，迪恩站在角落守著他的貝斯及背包。小臉樂團（The Small Faces）的〈Sha-La-La-La-Lee〉正在播放，迪恩正在想這首歌的歌詞還可以寫得更好時，一個熟悉的聲音說：「莫斯兒！」迪恩回頭看著這位鷹勾鼻、大眼、帶著傻笑、讀藝術學院時認識的朋友肯尼伊爾伍德。「肯尼！」

「所以恁還活著。天啊，恁的頭髮留長了。」

「恁的頭髮變短了。」

「這就叫做『找到真正的工作』。在音樂上我不能這麼說，因為我只是個粉絲。恁聖誕節有回家過節嗎？沒在馬洛船長酒吧看到恁。」

「有回去，不過我感冒了，所以我留在我外婆家。沒去找任何一個以前的死黨。」不敢面對任何以前的死黨，這倒更貼近事實。

「恁還在波坦金戰艦嗎？我聽到風聲說EMI唱片公司簽下了恁，還是什麼的。」

「沒有啦，全都變成狗屎了。我去年十月離開那個樂團。」

「喔，樂團還多的是，對吧？」

「我也希望是這樣。」

「所以……你現在是跟哪個樂團在一起？」

「沒有……呃……好吧……應該算是。再看看吧！」

肯尼還在等待迪恩的完整回答。「恁還好吧？」

迪恩發現真話的涵蓋面比不上謊言。「今天實在有夠衰尾，既然恁都問了。我一早被人幹走錢。」

「操，去死，莫斯兒。」

「六個混帳跳到我身上。我賞了他們幾記老拳，但是他們拿走我的房租。事實上那是我所有的錢。所以我的房東太太把我踢出來。更糟糕的是我工作的咖啡店也把我開除。所以我正陷在糞坑中，我的朋友。」

「那麼恁現在要睡哪裡？」

「某人的沙發上，直到禮拜一。」

「禮拜一之後呢？」

「事情會有轉機吧。別告訴葛瑞夫森的人，好嗎？人們喜歡講閒話，莫斯外婆跟比爾跟我老哥都會聽到，他們會煩惱或掛心之類的，所以——」

「沒問題，當然，但是，在你還沒重新站起來之前，先拿去吃條潛艇堡吧。」肯尼打開皮夾，塞了某樣東西到迪恩的口袋裡。「這裡有五鎊，我不需要把這錢花在找小樂子上。」

迪恩感到很不好意思，「老弟，我還沒到要被接濟的地步，我不——」

「我知道，我知道。但是如果情況對調過來，恁也會這麼對我，不是嗎？」

整整有三秒之久，迪恩考慮要把錢退回去。但是，五鎊足以讓他過兩個星期。「天啊，肯尼，我不知道要怎麼感謝恁。我將來一定會還你的。」

「我知道，先爭取到一張唱片合約再說吧。」

「我絕不會忘記的。我向天發誓。謝謝囉。我——」

尖叫聲跟吶喊聲再次響起。一名男子穿過人群往前衝，把擋到路的人撞得東倒西歪。肯尼閃向一側，迪恩閃向另一側。那是賴瑞瑞特納，藍調凱迪拉克樂團的貝斯手，他急著逃向樓梯底部。在後面緊追著他的是阿契金諾克，他被迪恩剛滑落到地板上的芬達貝斯盒絆倒。阿契金諾克摔了個狗吃屎，頭部重重地撞在水泥地板上。瑞特納已經衝到陡陗的台階底部，開始三步併兩步地往上爬，粗魯地從驚呆的客人身旁擠過。金諾克這時爬了起來，他的鼻子幾乎已經半毀。他在樓梯底下朝上大吼：「你挖走我的心臟！我也把你他媽的心臟挖出來！」接著他搖搖晃晃地跟在他的團員後面爬上台階，然後同樣消失在樓梯盡頭。

地下室的每個人面面相覷。

「這到底是怎麼回事？」肯尼問。

迪恩把阿契的威脅編成歌詞並且把它記在心裡：我要把你的心挖——挖——挖出來，就像你挖出我的心！

里馮這時終於出現。「老天，你有沒有看到剛剛那一幕？」

「怎麼可能錯過好戲。里馮，這是肯尼，我讀藝術學院時的朋友。我們早先曾經合組過一個樂團。」

「很榮幸見到你，肯尼。我是里馮法朗克蘭。我希望你們兩個都沒有被颶風金諾克與瑞特納掃到。」

「沒有，」肯尼說，「還差幾吋。那是怎麼回事？」

法朗克蘭誇張地聳肩。「我只知道一些八卦、流言和傳聞，可是誰會想聽這些呢？」

「關於什麼的八卦、流言和傳聞？」迪恩追問。

「賴瑞瑞特納、阿契金諾克的老婆、一段乾柴烈火的婚外情，還有不尋常的財務狀況。」

迪恩解讀，「賴瑞跟阿契金諾克的老婆有一腿？」

「一盎司的察覺，一磅的曖昧。」

「阿契金諾克剛剛才發現這件事？」肯尼問，「現在才知道？演唱會進行到一半的時候？」

里馮看起來若有所思，表情嚴肅。「這或許可以解釋他為什麼會氣到想殺人，我是這麼認為。你們覺得呢？」

在迪恩能夠進一步分析這段話的意涵之前，2i俱樂部那位梳著油頭、貓頭鷹眼的經理奧斯卡摩頓快速從他們身邊走過，朝著那間凹陷的艙房而去。

「肯尼，可不可以拜託你幫忙顧一下迪恩的背包？」里馮問，「迪恩和我可能需要過去一下。」

「呃……沒問題。」肯尼看起來就跟迪恩一樣搞不清楚狀況。樂團經理人挽起迪恩的手肘，跟在奧斯卡摩頓身後走。

「我們要去哪裡？」迪恩問。

「我聽到敲門聲了，你沒聽到嗎？」

「敲門聲？什麼在敲門？」

「機會。」

那間凹陷艙房有排水溝的味道。奧斯卡摩頓正在審問藍調凱迪拉剩下的那兩位團員，沒注意到迪恩和法朗克蘭已經從門口溜進來。雅思培德魯特坐在一張矮椅上，他的Stratocaster電吉他靠在大腿上。鼓手葛夫還在氣頭上。「我希望他們從最近的懸崖上掉下去。我推掉兩個禮拜在布雷克普冬季花園的表演，就為了這場托媽的[3]爛戲。」

那位2i經理審問雅思培，「他們會回來嗎？」

「我也說不準。」德魯特聽起來談吐優雅，語氣平和。

「但是，到底發生了什麼事？」莫頓問。

「電話鈴響，」葛夫對著桌上那座黑色的電話點了點頭，「金諾克接了起來。他只是一面聽，一面皺眉頭，大概一分鐘之久。然後他的臉變成鐵青，像托媽的凶手一樣。他看著瑞特納。我心想，咦，事情不妙，但是瑞特納沒注意到。他正在幫貝斯重新裝弦。那個莫名來電者講完，金諾克半句話也不說地掛上電話，眼睛還是盯著瑞特納看。瑞特納這時才終於注意到金諾克的表情，他跟金諾克說，他看起來好像剛剛大便失禁了。金諾克問瑞特納，聲音幾乎聽不見，『你上了喬伊？還用樂團的錢幫自己買了一間公寓？』」

「誰是喬伊？」奧斯卡摩頓問，「阿契的女朋友？」

「喬伊金諾克太太，」葛夫回答，「阿契的老婆。」

「喔，這事大條了，」摩頓說，「那賴瑞怎麼說？」

「他半句話也沒說，」葛夫回答，「所以金諾克說，『那麼，這是真的囉。』」接著瑞特納很牽強地試圖自圓其說，說他們正在等待適當時機告訴他，還說那間公寓是為樂團做的投資，隨後還解釋說，人實在無法選擇自己會愛上誰。他一說出『愛』這個字的時候，金諾克就變身成大爆發的無敵浩克……你剛剛在外面看到他了，對吧？如果瑞特納不是坐在靠門的地方得以僥倖逃脫，他現在可能已經是死人一個了。」

摩頓按摩自己的太陽穴，「那電話是誰打的？」

「沒半點線索。」葛夫回答。

「你們兩個人可以演奏完下半場嗎？」

「別托媽的傻到沒救了！」鼓手回答。

「電子藍調而沒有貝斯？」雅思培做出不可置信的表情，「那音樂聽起來會只有單一向度。還有，那誰來演奏豎琴？」

「瞎眼威利強森（Blind Willie Johnson）只有一把老舊的木吉他，」摩頓說，「沒有擴音器，沒有鼓，什麼都沒有。」

「如果你想要我離開，」鼓手說，「只要把錢付清就好。」

「我答應付阿契演出九十分鐘的錢，」摩頓說，「你們表演了三十分鐘。在我還沒得到九十分鐘的演出之前，我沒欠你們半毛錢。」

「各位先生，」里馮提高音量，加入他們的對話，「我有個提議。」

摩頓轉過身來，「你是誰？」

「里馮法朗克蘭，月鯨音樂。這是我的委託人，貝斯手迪恩莫斯，我們可能正是你們的出路。」

我嗎？迪恩心想，我們是嗎？

「什麼跟什麼的出路？」摩頓問。

「你們眼前這個兩難困境的出路，」里馮說，「外面有上百位客人，他們不久就會吵著要退費。**退費**，摩頓先生。房租的期限到了，聖誕節的帳單到了，一百個人的退費是你最不希望面對的事。但是如果你**拒絕**我的提議……」里馮皺了皺眉頭，「那些小夥子可是有一半的人吸食安非他命整個人茫茫的。事情有可能會變得**非常**棘手，甚至發生暴動也不無可能。西敏市的地方官員會怎麼看待你這場活動？你需要施魔法召喚出一個新樂團，而且事不宜遲。」

3 葛夫的「他媽的」（fucking）聽起來像「托媽的」（fookin'）。

「而你剛好有一個樂團，」葛夫說，「狡猾地藏在你的大腸裡？」

「而我們剛好有個樂團，」里馮的目光依序掃過這幾個樂手。「就在這裡。雅思培德魯特，吉他手兼主唱；彼得『葛夫』葛瑞芬恩，鼓手；以及，容我介紹——」他拍了迪恩的肩膀，「迪恩莫斯，貝斯奇才，豎琴手兼主唱。他的芬達貝斯就帶在身邊，可以直接上場。」

那個鼓手用懷疑的眼神看著迪恩，「你剛好身邊帶著貝斯，剛好在我們的貝斯手離去的時候？」

「我帶著貝斯跟我所有的家當。不久前，我被逼著緊急撤離我租的屋子。」

雅思培剛剛一直異常安靜，這時卻主動問迪恩：「那麼你有多行？」

「比賴瑞瑞特納行。」迪恩回答。

「迪恩可強咧，」里馮說，「我不挑業餘樂手的。」

鼓手抽了口菸，「你能唱嗎？」

「比阿契金諾克能唱。」迪恩說。

「闍驢也比他能唱。」葛夫說。

「你會唱什麼歌？」雅思培問。

「呃……我可以唱〈日昇之屋〉（House of the Rising Sun）、〈強尼B古德〉（Johnny B. Goode）、〈鏈鎖囚犯〉（Chain Gang）。你們兩位能演奏這幾首嗎？」

「蒙上眼睛，」葛夫說，「一隻手插在屁眼裡也行。」

「場地是我經營的，」摩頓說，「如果這三個人從來沒有配合過，我怎麼知道他們能演奏出什麼好東西？」

「你知道他們會是好樂團，」里馮說，「因為雅思培神乎其技，葛夫在瓦歷惠特比五人組演奏過。至於迪恩，你只好直接相信他了。」

葛夫發出咆哮，聽起來不是很高興。雅思培並沒有說不。迪恩心裡想，我已經沒什麼好失去的了。摩頓看起來在冒汗，有點想吐，而且需要人再推一把。

「我知道演藝圈充滿誇大其辭的生意人，」里馮說，「我們兩個人都碰過太多。但我不是這種人。」

2i的老闆這時長嘆一口氣，「別讓我失望。」

「你不會後悔的，」里馮打包票，「而且只收你十五鎊，你賺到了。」他告訴這幾個樂手：「各位，你們一人四鎊，我的仲介費三鎊。同意嗎？」

「等等！」摩頓瞪大眼睛，「十五鎊？給三個無名樂手？你在開我玩笑？」

里馮回瞪他，目光久久沒有轉移。「迪恩，我錯估情勢了。看起來摩頓先生根本就不想要出路，我們還是趕在現場吵翻之前離開吧！」

「等等，等等，等等！」摩頓虛張聲勢的策略已經破功，「我沒有說我不付半毛錢，但是我原本只要付阿契金諾克十二鎊。」

里馮從藍眼鏡的上方凝視著摩頓，「啊，但是我們彼此都知道你付給阿契金諾克的錢是十八鎊。不是嗎？」

摩頓遲疑很久，已經不知道要說什麼。

葛夫臉色沉了下來，「十八？阿契跟我們說是十二。」

「這就是你該堅持把事情用白紙黑字寫下來的原因，」里馮說，「沒用白紙黑字寫下來，*de jure*（在法律上）就跟用尿寫在雪地上的效力沒兩樣。」

一位滿身是汗的保鑣進來，「他們已經越鬧越大了，老闆。」

忿怒的喊聲從門口傳進來：「那個他媽的樂團到哪裡去了？」「八先令才聽四首歌？」「我們被坑了！我們被坑了！我們被坑了！」「退——錢！退——錢！退——錢！」

「接下來怎麼辦，老闆？」那位保鑣問。

「各位女士，各位先生，」奧斯卡摩頓傾身靠近麥克風，「由於——」聽眾們的一陣反應讓迪恩有額外的時間再看一下簡要總譜。「——突發狀況，阿契金諾克的藍調凱迪拉克樂團沒辦法繼續在下半場為我們演唱……」聽眾大聲嘲笑並且不斷發出噓聲。「但是，但是，各位，我們為你們另外準備一場特別的表演……」

迪恩一面調音一面測試瑞特納的擴音器音量。雅思培告訴他，「我們會用A大調。葛夫，給我們一個像慢跑般的起頭，就像動物樂團那樣，可以嗎？」鼓手點了點頭，迪恩做出一副「我已經完全準備好」的表情。里馮站在一旁，雙手交叉在胸前，看起來心情很好。迪恩心想，你心情當然好，萬一這個計畫失敗，被一群跳上舞台的阿契金諾克暴力粉絲撕成碎片的人又不會是你。雅思培告訴摩頓：「你好了就開始。」

「2i很榮幸為您呈現，只在今晚……為您帶來……」

這時迪恩才發覺他們這個樂團並沒有名字。

里馮的臉像是在說：好吧，一個名字，想個名字！

雅思培看著迪恩，嘴型像在說：你有什麼想法嗎？

迪恩準備提出建議。什麼建議？扒手樂團？被驅逐者樂團？半毛不剩樂團？任何事樂團？

「為您帶來，」奧斯卡摩頓以低沉的聲音吼出，「出——路——樂團！」

木筏與河

分手後第三天，艾芙承認，這次布魯斯可能不會再回來了。苦楚是持續的。布魯斯的牙刷；任何關於分手的歌，不論多矯揉造作；甚至光是看到食物櫃中他那罐維吉麥就足以讓她啜泣。不知道他現在人在哪裡讓她難以承受，但是她實在不敢打電話給他們的共同友人，問他們有沒有看到他。如果他們沒看到他，她還得向他們解釋為什麼她會這麼問。如果他們看到他，她就只好和盤托出分手前的每個痛苦細節，而這除了差辱自己，也會讓對方難堪。

第四天，在電話被斷線前她去繳了電話費。她到艾特納咖啡店喝了杯咖啡，在那裡碰到表兄弟地下音樂俱樂部的安迪。在他還沒跟她提起布魯斯之前，艾芙就脫口說出他到諾丁罕去拜訪親戚了。她的謊言讓她自己嚇了一跳。真是病態，她從一個不願被當成門墊的現代女孩，搖身變成一個被甩的矮胖前女友，速度竟是如此之快。「前」女友。她覺得自己很像唱〈別解釋〉（Don't Explain）時的比莉哈樂黛（Billie Holiday），只是缺少那種因海洛因成癮而有的悲劇般魅力……

這一切部分解釋了，為什麼艾芙將鑰匙插入自己公寓的房門時，總是像小偷一樣幾乎不發出任何聲音。如果，如果，如果布魯斯回來了，她不希望驚動他，讓他又逃走。很蠢？是的。不理性？是的。但是破碎的心本來就不是聰明或是有邏輯。所以，在一個二月的週間下午，艾芙悄無聲息地打開門進入公寓，祈禱布魯斯已經在家……

★★★

……結果布魯斯的手提箱真的在裡面，他的外套、帽子和圍巾都披在手提箱上。艾芙聽到他在臥室的聲音。這是四天來，她第一次可以正常呼吸。她把他的圍巾蒙在自己臉上，吸進它帶有羊毛濕氣的布魯斯味。那些和崔姬（Twiggy）一樣纖瘦，去參加弗萊契與哈洛威演唱會時眼神全聚焦在布魯斯身上，卻怒視艾芙的粉絲，她們都錯了，錯、錯、錯。艾芙絕非布魯斯的墊腳石，他愛她。艾芙出聲說：「我回來了，袋鼠！」然後等待布魯斯回答「袋熊！」，並且衝過來親吻她。

但是，當布魯斯走過來時，他的臉像石頭一樣冷酷。幾張唱片從他背包的上端突了出來。「我以為妳今天早上要去教課。」

艾芙聽不懂他的話，「那課程有人得流感……但是，嗨。」

「我想我已經把沒帶走的東西都收好了。」

艾芙這才明白，門旁邊那個手提箱並不是裝滿布魯斯要帶回來的東西，而是裝了他要帶走的東西。「你趁我不在的時候回來。」

「我想這樣比較好。」

「你這幾天住在哪裡？我擔心到快生病了。」

「一個朋友那裡。」語氣平淡，就好像那不干她的事。

「哪個朋友？」艾芙忍不住問。如果那是男性朋友，布魯斯這個澳洲人應該會說*mate*（夥伴）。

「一個女孩？」

布魯斯嘆了口氣，就像一個耐著性子的成人，「妳為什麼要這樣？」

艾芙雙手交叉在胸前，像一個被錯怪了的女人，「我怎麼了？」

「占有慾這麼強。那正是妳把我逼走的原因。」

「意思是，『我想做什麼就做什麼，如果妳抱怨，妳就是個歇斯底里的婊子』？」

布魯斯閉上眼睛，彷彿頭突然陣痛起來。

「如果你決定甩掉我，直接告訴我結束了就好。」

「隨妳的意。」布魯斯看著她，「結——束——了。」

「那麼我們的雙人組怎麼辦？」艾芙幾乎難以呼吸，「托比正打算幫我們出一張專輯。」

「沒有，他沒有，」布魯斯好像當她是個外國人，必須大聲跟她說，「那張專輯不會成形。」

「你不想錄一張專輯嗎？」她的聲音有氣無力。

「A&B唱片公司根本就不想要出一張弗萊契與哈洛威專輯。他們是這麼說的：『先前的《牧羊人之杖》並沒達到我們的期待。』不會有專輯了。我們被放棄了。雙人組結束了。」

樓下，一輛摩托車咆哮穿過利沃尼亞街，快遞騎士及小混混們把這段路當成捷徑。

在兩層樓之上的艾芙感覺想吐卻吐不出東西。「不是這樣。」

「如果妳覺得我在騙妳，妳可以打電話給托比。」

「那麼那些演唱會呢？安迪已經把表兄弟俱樂部下禮拜天晚上九點的時段給我們了。下個月還有劍橋音樂節的表演。」

布魯斯聳了聳肩並且嘟起嘴唇。「把它們取消，或改成獨唱。妳想怎麼做就怎麼做。」他穿上外套，「我的圍巾。」

艾芙用一隻手把圍巾遞給他，「如果我需要連絡你——」

布魯斯在身後將房門重重帶上。

公寓靜了下來。唱片公司：沒了。雙人組：散了。布魯斯：走了。艾芙逃回她的床，她的床，不再是我們的床，身體蜷縮在毛毯底下，在這個窒悶的子宮裡將她的心啜泣出來。一切都結束了，再一次。

第九天，二月的雨狠狠打在哈洛威家仿都鐸式的窗戶上，也順道洗刷了泥濘的花園與奇斯爾赫斯特路。艾芙的姊姊伊莫珍那位穿著西裝的男友勞倫斯，舉止有點怪異。「所以，呃……」他半起身，卻又坐下來，接著身體往前傾。「所以，呃……」他用手指調整領帶。「所以，呃，有一個……有個……有一個……令人驚喜的消息要宣布。」伊莫珍給了他一個鼓勵的微笑，彷彿勞倫斯是個緊張的學生，正在演出聖嬰誕生劇。

我的天啊，艾芙心想。他們要訂婚了。

眼神一瞥她就知道她父母都已經知道了。

「我的意思不是，哈洛威先生會感到驚喜。」勞倫斯說。

「我會說，我們現在是依『克里夫』協議在進行，」艾芙的爹說，「是吧？」

「別搶了這小子的風頭，克里夫。」艾芙的媽在下指導棋。

「我沒有搶任何人的風頭，米蘭達。」

「天哪！」艾芙的妹妹碧雅裝出很擔心的樣子，「勞倫斯的臉變紫了。」

勞倫斯的確臉紅到耳根，「我很好，我——」

「要叫救護車嗎？」碧雅放下手中的香檳杯，「你心臟病發作了嗎？」

「碧雅，」艾芙的媽用警告的聲音說，「夠了！」

「萬一勞倫斯燃燒起來怎麼辦，媽咪？光用小蘇打粉可沒辦法把地毯上勞倫斯的燒痕清理乾淨。」

通常艾芙聽到這樣的對話會笑出來，但是打從布魯斯離開後就不再有任何有趣的事了。艾芙的爹接手，「繼續說下去，勞倫斯，在你還沒後悔加入這個瘋瘋癲癲的家之前。」

「勞倫斯不會打退堂鼓的，」艾芙的媽堅持，「你會嗎，勞倫斯？」

「啊，呃，嗯……完全不會，哈洛威太太。」

「如果爹地是『克里夫』，」碧雅問，「那麼勞倫斯不是該叫妳『米蘭達』嗎，媽咪？我只是有點好奇。」

「碧雅，」她們的媽抱怨，「如果妳覺得無聊，那就走開。」

「然後錯過勞倫斯的祕密新聞？並不是每天妳都有個姊姊要訂婚。」碧雅用手摀住自己的嘴巴，「哎呀，不好意思，那就是勞倫斯的祕密新聞嗎？我只是胡亂猜想，純粹是亂猜的。」

奇斯爾赫斯特路上一輛汽車的引擎放出逆火。勞倫斯鼓起臉頰，感覺終於鬆了一口氣。「是的，我向伊咪求婚。伊咪回答……」

「『喔，繼續說下去吧，如果你堅持。』」伊莫珍幫忙回答。

「沒有什麼事能讓克里夫和我更高興的了。」她們的媽說。

「除非英格蘭贏得灰燼杯板球賽。」艾芙的爹說，他吸了幾口氣，讓菸斗再次活了過來。他對勞倫斯使了個眼色。

「恭喜啊，」艾芙說，「你們兩個。」

「那麼，讓我們看訂婚戒指吧，老姊。」碧雅說。

伊莫珍從手提包裡拿出一個盒子，每個人都靠了過來。「搞啥，」碧雅說，「又不是彩包爆竹裡的神祕禮物。」

「這可花了某人不少錢，」艾芙的爹說，「天哪，天哪。」

「事實上，哈洛威先——克里夫，那是我奶奶留給我的，讓我送給……」勞倫斯看到伊莫珍將戒指套上手指，「我的未婚妻。」

「多感人啊！」艾芙的媽說，「克里夫？」

「是的，親愛的，」艾芙的爹對勞倫斯使了一個頑皮的眼色，「從現在開始，你要經常使用兩個神奇的字。」

媽與爹又在演雙簧了，艾芙心想，就像布魯斯和我以前那樣。因為「布魯斯與艾芙」而起的悲傷壓擠她的胸廓。好痛！

「所以，」艾芙的媽說，「讓我們舉杯敬這對幸福佳偶，好嗎？」

他們全舉起杯子，同聲說：「幸福佳偶！」

「歡迎加入哈洛威家，」碧雅用漢默電影公司恐怖片裡的語調說，「你現在是我們的一員了……『勞倫斯哈洛威』。」

「謝謝，碧雅，但是，」勞倫斯用寬容的眼神看著他未來的小姨子，「事情其實不完全像妳說的那樣。」

「在你之前的那兩位也是這麼說的，」碧雅說，「他們現在就埋在我們家院子裡。每年我們家院子都會往外擴展一碼，而艾芙的謀殺敘事歌〈伊莫珍哈洛威的愛人們〉就又多了一段新歌詞。古怪吧。」

連她們的媽聽到這段話也會心一笑，但是艾芙沒有心情加入他們。「開始準備上菜吧。」

碧雅有點納悶地看著這位「不像平常自己」的姊姊。「好——吧。」

艾芙錄過一張個人迷你專輯《橡木、梣木與荊棘》，跟布魯斯錄過一張雙人迷你專輯《牧羊人之杖》；她的歌〈風不缺席〉被美國民歌手汪妲沃楚收錄進一張百萬銷售量的黑膠唱片，還將它發行成單曲，打進了前二十名的金榜。艾芙用她的版稅支票在蘇荷區買了一間公寓，這項投資連她父親也勉強表示贊同。艾芙可以在三百個陌生人面前演唱曲目長達九十分鐘的民歌，可以應付酒醉的鬧事者，她可以投票、開車、喝酒、抽菸、做愛，而且這五樣都做過了。然而，一旦帶她回到爸媽家的餐桌旁，讓她看到德瑞克伯父那幅皇家海軍特拉法加號的水彩畫（她過去經常嘗試透過魔法讓自己進入畫中世界，就像《黎明行者號》（*The Voyage of the Dawn Treader*）裡的小孩那樣），或是看到邊櫃裡陳列的那套像是穿著整齊制服、被圍在柵欄裡的大英百科全書，艾芙的成人角色外殼就自動剝落，露出裡面那個長著青春痘、悶悶不樂、沒有安全感的少女。「我的烤牛肉夠多了，爹。」

「兩片而已怎麼夠，妳會變成透明人。」

「妳看起來很蒼白，親愛的，」艾芙的媽也發現了，「我希望妳不會也得了布魯斯那種神祕的……病。」

艾芙繼續用謊話延續謊話。「喉頭炎，醫生是這麼說的。」

「真是可惜，他錯過伊咪和勞倫斯的大新聞。」艾芙不太相信她是說真的。她懷疑她母親把布魯斯的罪行一條條記載在罪狀本上，包括：與艾芙在罪中同居，煽動艾芙妄想音樂可以是她的志業，身為男人卻留長髮，還有，他是澳洲人。比起伊咪與勞倫斯的訂婚，我們的分手會帶給她更大的快樂。

屋外的暴雨把庭院裡的番紅花轟炸到柔滑的泥地上。

「艾芙？」伊莫珍正看著她，在場的每個人也是。

「哎呀，抱歉，我，呃……」艾芙伸手接過她並不想要的那罐芥末醬，「……有些心不在焉。妳剛剛說什麼，伊咪？」

「勞倫斯和我都希望妳和布魯斯能為我們演唱幾首歌。在婚宴上。」

告訴他們你們已經分手了，艾芙心想。「我們很樂意。」

「太棒了。」艾芙的媽環顧桌面上的盤子，「如果每個人都拿到約克夏布丁了，那就開動吧。」

刀叉鏗鏘作響，兩個男人發出嘖嘖讚賞的聲音。

「哈洛威太太，這烤牛肉真的是超棒的，」勞倫斯說，「而且肉汁實在美味。」

「米蘭達喜歡在做菜時來點紅酒，」艾芙的爹開始講一個老哏笑話，「甚至有時把酒也加進食物裡。」

羅倫斯面露微笑，彷彿他第一次聽到這個笑話。

「妳還會繼續教書嗎，」碧雅問伊莫珍，「在婚禮之後？」

「我們不會留在梅爾文，打算在艾吉巴斯頓找房子。」

「不會捨不得嗎？」艾芙問。

「人生有章節，」伊莫珍說，「一章結束，另一章開始。」

艾芙的媽用餐巾輕拭嘴巴。「這樣最好，親愛的，免得忙到手忙腳亂。」

「非常合理，」艾芙的爹同意，「人妻和人母是個全職工作。在銀行，我們不聘已婚的女性。」

「我認為——」碧雅轉動手中胡椒研磨罐的蓋子，「一個設計來懲罰女人結婚的政策應該枯萎和滅亡。」

艾芙的爹上鉤。「沒有人在懲罰人啊。我們談的只是，去認知新的先後次序。」

碧雅上鉤。「在我看來，這仍然表示女人最終的落腳處是在廚房水槽及熨衣板旁邊。」

艾芙的爹上鉤。「你沒辦法改變生物學。」

「這和生物學根本無關。」艾芙上鉤。

「我的老天爺，」她爹一副很吃驚的樣子，「那是和什麼有關？」

「和態度有關。沒多久以前，女性不能投票或離婚，或擁有財產，或上大學。現在我們可以了。什麼改變了？不是生物學，是態度改變了。而態度改變了法律。」

「啊，年輕，」她們的爹叉起一塊胡蘿蔔，「而且正確看出世界原本該有的運作方式，真好。」

「艾芙，我聽說妳和布魯斯下個禮拜要開始錄製新專輯？」勞倫斯說，艾芙的媽此時正從Waterford水晶碗裡挖出一大湯杓乳脂鬆糕給他。

「那是原本的計畫，但是，錄音室的排程出了點狀況。很不幸。」

「所以，延期了？」碧雅感到困惑。

「只是晚一、兩個禮拜。」艾芙討厭說謊。

「錄音室的排程出了什麼『狀況』？」艾芙的爹皺眉。

「重複預約，」艾芙說，「顯然是。」

「在我看來，這些人實在太粗心了，」艾芙的媽把那碗鬆糕傳到艾芙的爹手上，「你們不能換一間錄音室嗎？」

我不只討厭說謊，艾芙心想，我還是很爛的說謊者。「我想可以，但是我們喜歡攝政街的那位錄音師。我們也熟悉那裡的設備。」

「奧林匹克的確把《牧羊人之杖》錄得非常棒。」伊莫珍說。

「非常出色。」勞倫斯附和，彷彿他也懂錄音的事。艾芙想像這對剛訂婚的情侶在三十年後變成了克里夫與米蘭達哈洛威。她身體的一部分因厭煩而退縮，另一部分卻嫉妒伊莫珍未來的人生已經如此明確清晰。

「如果每個人都拿到了鬆糕，」艾芙的媽再次環顧餐桌，「那就開動吧。」

「妳和布魯斯是怎麼認識的？」勞倫斯問。

我寧願把腎臟挖掉也不想回答這個問題，艾芙想，但是如果不回答，他們會猜到事有蹊蹺，而媽一定有辦法從我身上套出整個骯髒故事。「在伊斯林頓一個民歌俱樂部的後台，前年的聖誕節。澳洲的民歌音樂是件新鮮玩意，所以每個人都很好奇地去聽他唱歌。演唱會結束後，我問布魯斯一些關於和弦調弦的事，他則是對於我唱的一首愛爾蘭民謠感興趣……」接著，我們一起回到肯頓市集旁，他跟人借來的房間裡，然後在新年還沒到之前我已經像民謠裡的女孩那般絕望無助地愛上他，而他也同樣地愛上我，至少我是這麼認為。但是，或許他把我看成一種逃離現狀的方式，不用再睡在夥伴的沙發上，也不用再到伯爵府地區的酒吧當酒保。我永遠無法得知確切真相了。九天前，他拋棄我，就像拋棄一張已經變硬的紙巾……艾芙硬擠出一絲微笑。「你和伊咪在基督教營會結識的故事才真的是羅曼蒂克。」

「但是你們是能出唱片的藝術工作者。」勞倫斯轉向艾芙的媽，「米蘭達，有這麼一位出名的女兒，妳有什麼感覺？」

艾芙的媽喝掉杯中的酒。「我**確實會**擔心她未來的發展。流行音樂歌手今天還在，明天就不見了！尤其是女生。」

「西拉布雷克（Cilla Black）就表現得很好，」碧雅說，「還有，達絲蒂史普林菲爾德（Dusty Springfield）。」

「美國的瓊拜雅（Joan Baez），」伊莫珍補充，「茱蒂柯林斯（Judy Collins）。」

「別漏了汪妲沃楚。」碧雅說。

「可是她們那些愛幻想的粉絲往前追求下一個風潮時，她們怎麼辦？」

「或許她們要跟著調整腳步，」艾芙說，「嫁一個願意忽略她們可疑過去的人，然後安安分分地過熨襯衫及帶小孩的人生。」

碧雅把她的湯匙舔乾淨。「砰、乓、轟！」

「米蘭達，鬆糕超好吃的。」艾芙的爹半玩笑地說。

艾芙的媽嘆了口氣，並望向窗外的庭園。

雨水攪動著魚池裡的水。

侏儒的鼻尖不斷滴下水，滴、滴、滴……

「我多麼希望唱歌可以有前途，」艾芙的媽說，「但是我看不到，只看到艾芙錯失了其他機會。」

氣炸了，艾芙心想，她說出了我的擔憂。

走廊的鐘敲了兩下。

「或許艾芙會是個先驅。」伊莫珍提出她的想法。

艾芙彈奏奶奶的鋼琴，家人加上勞倫斯坐著聆聽。她婉拒獻唱，理由是她得保留聲音給之後的錄音，但是彈奏推辭不掉，因為連琴也不彈，伊莫珍、碧雅及母親就會懷疑她出事了。那是一台直立式布洛德伍德鋼琴，有溫暖的低音及明亮的高音。艾芙先是學會在它的鍵盤上彈〈一閃一閃亮晶晶〉，接著是音階，琶音，以及一連串階梯鋼琴教本。木吉他也許是民謠歌手這一行人的隨身工具，但是艾芙的初戀——在我喜歡男孩之前，在我喜歡女孩之前——是鋼琴。奶奶在艾芙才六歲時就過世了，但是她非常清楚記得那個老女人告訴她：「鋼琴既是一艘木筏也是一條河。」十幾年後，在一個週二下午，在她的心破碎、淌血、瘀青之後的第九天。艾芙即興創作出一段以她奶奶的話為主軸的旋律：一艘木筏與一條河，木筏與河，木筏與河。這是自從布魯斯離開之後她第一次得到的音樂靈感。她也感到很欣慰，終於有幾分鐘的時間完全沒想到布魯斯……直到現在。這首歌逐漸變慢然後結束，家人和未來的姊夫鼓掌為她喝采。壁爐架上花瓶裡的水仙花已經提早綻放。

「實在太動人了，親愛的。」艾芙的媽說。

「啊，我只是隨興拼的，真的。」

「歌名叫什麼？」伊莫珍問。

「還沒有名字。」

勞倫斯面露疑色。「妳剛剛才臨時想出這首歌曲？」

「和弦的安排其實是，」艾芙說，「有些竅門的。」

「太厲害了，六月時可以彈奏這首歌嗎？」

「如果把它寫成一首適合婚禮唱的歌，那就可以。」

「仲夏的婚禮最特別了，」艾芙的媽跟伊莫珍說，「妳爸爸和我的婚禮就是在六月，不是嗎，克里夫？」

艾芙的爹把菸斗放進嘴裡，吸了一口。「而且太陽永遠那麼閃亮。」

「六月對我來說也很合適，」碧雅說，「那時我就不再是高中生了。光想到就覺得可怕。」

「伊莫珍說妳要去參加皇家戲劇藝術學院的面試。」勞倫斯說。

「第一次試鏡是下個月。通過的話，五月就會收到第二次試鏡的喜訊。恰好在我期末考的時候。」

「妳上的機會有多大？」勞倫斯問。

「一千個人申請，要取十四名左右。不過，艾芙得到唱片合約的機會不是也同樣不高嗎？」

蒸氣從咖啡壺的壺嘴翻滾著往上升。

「去參加試鏡，」伊莫珍說，「一飛衝天吧。」

走廊的鐘敲了三下。

艾芙喝完她的咖啡。「我想我該走了。」

「不取消你們今晚在表兄弟俱樂部的演出嗎？」碧雅問，「布魯斯已經病到不能唱了，是吧？」

艾芙一直緊抓著一絲希望，只要不取消那場演唱會，布魯斯就有可能會再次出現，而過去九天的記憶也可以全被抹消。現在，償清自欺欺人的帳單期限到了。「我會表演一個人演出的曲目。」

「布魯斯肯定不會讓妳半夜一個人在蘇荷區閒晃吧？」她的父親問。

「我已經在那裡住了一年了，從來沒有任何問題，爹。」

「為什麼不讓我跟她去？」碧雅問，「我當艾芙的保鑣。」

「不好笑，」她們的媽說，艾芙也鬆了口氣，「明天妳還要上學。有一個女兒在蘇荷區玩樂已經夠令人擔心的了。」

「為什麼不換我們去呢，親愛的？」勞倫斯問伊莫珍，「我聽說過很多關於表兄弟民歌俱樂部的事。」

「你們明天還要長途開車回梅爾文，」艾芙說，「況且，表兄弟俱樂部的演唱會就像是主場賽事。我的朋友們都會去。」

三個月前，艾芙和布魯斯在瑞奇蒙車站的月台上狂奔，她的心臟劇烈地加壓收縮，雙腿痠痛，氣喘吁吁，月台燈因霧氣而形成一個個光暈，由上而下照出他們兩人的身影。「耶穌能拯救你」，一張海報這麼應許著。從一個油桶狀烤箱散發出的栗子氣味充斥在暮色之中；一支救世軍的樂隊正在演奏〈牧羊人夜間看守羊群〉（While Shepherds Watched Their Flocks By Night）。布魯斯的步幅比較長，所以他比艾芙早好幾步跑到最後一節車廂並且先跳上了車。「請離開車門，」站長大聲喊著，「請離——開——車——門！」艾芙很確定自己搭不上這班火車了，但是布魯斯在最後一刻半抓半抱地把她拉上車，兩人一起翻滾到座椅上，心中歡喜，口中喘著氣。「我以為，」艾芙說，「你會留下我，自己先走。」

「妳在開玩笑吧。」布魯斯吻了她的前額一下，「那會斷送我的事業。」艾芙把頭靠到他下巴下方，好用耳朵聽他的心跳，呼吸他麂皮夾克的氣味以及鬍後水的餘味。他用他起繭的指尖撫揉她的鎖骨。「嗨，女孩，」他輕聲說，而艾芙的神經開始嘶嘶嘶嘶地放電。為此刻留影，一節歌詞浮上艾芙心頭，為此刻留影，用你的拍立得之眼……，她當時覺得，就算能活到一百歲，永遠也不會再像那個時刻那麼高興自己活著。永遠不會。

三個月後，艾芙站在瑞奇蒙車站的同一個月台上，她與布魯斯曾經一起狂奔的月台。今晚時間非常充裕，一點也不趕。區域線的地鐵列車會延誤進站，因為漢默史密斯站有個「軌道上的事件」，這是倫敦地鐵對於自殺事件慣用的委婉說詞。週日的夜色匯集在倫敦的公園裡，滲透進裂縫，使街道變得陰暗。這天夜裡在倫敦西區沒有一個地方是乾的，沒有東西是溫暖的。應許「耶穌能拯救你」的海報已經有點剝落，而且變得斑駁。她無法一如原先預期，有時間準備獨唱曲目裡的每一首舊歌。表兄弟俱樂部的聽眾將會看到一個沒有做好充分準備的艾芙哈洛威，演唱一組差勁到家的曲目，並且做出結論：布魯斯弗萊契離開時把神奇的魔力一起帶走了。他們現在一定都知道了，我就是民謠界的郝薇香小姐[4]。艾芙盯著一間已打烊茶館的黑色窗戶看，她自己的反射從玻璃中回瞪著她。她從來就不是哈洛威家姊妹中好看的那位。伊莫珍從基督徒觀點來看漂亮且健全，碧雅是他們家的美女，地位從來沒有被挑戰過，從她嬰兒時期起就是如此。親戚們都同意，艾芙長得像父親。意思就是，我會讓人想到一個中年、矮胖的銀行經理。不久之前在某個俱樂部的廁所裡，艾芙無意間聽到一個女人說：「她是*Elf*（小精靈）哈洛威？叫她*Goblin*（小妖精）哈洛威還比較合適。」

艾芙的媽跟她說過：「好好利用妳的頭髮，親愛的，它是妳最棒的資產。」她的頭髮金黃而且長，布魯斯喜歡把臉埋在她的頭髮裡。他會個別讚美她身體的各個部分，但從來不讚美她整個人。或者他會說：「妳今天看來不錯。」就好像有些日子我看起來像隻狗。艾芙總是告訴自己，她的民謠歌手天分可以彌補她不像瓊拜雅或汪妲沃楚那麼漂亮。天分，她希望，能讓醜小鴨變成天鵝。布魯斯對她的關注讓她相信有這樣的事，但是現在他離開了……我看著我自己，而我想，「多麼容易被人遺忘」。她的鏡像問：「萬一妳並不如自己以為的那麼出色？」

一隻獨腳的鴿子在人行道上蹦跳著前進。

4　狄更斯小說《遠大前程》（*Great Expectations*）裡的人物，因為新婚之夜被夫婿遺棄而憤世嫉俗，終其一生活在復仇的陰影中。

一呎外的一隻肥胖老鼠對牠視若無睹。

驗票口旁邊有個電話亭。艾芙可以打電話給表兄弟俱樂部的安迪，用喉嚨發炎當藉口。週日晚上的時段不難找到替代人選。珊迪丹尼（Sandy Denny）可能在那裡，或是戴維葛瑞翰（Davy Graham），或是羅伊哈波（Roy Harper）。幾個常客已經出過專輯了，完整的專輯，而不只是迷你專輯。艾芙大可直接回公寓，蜷起身子窩進毛毯裡，然後……

然後什麼？哭著入睡？再一次？什麼事都不做，直到汪妲沃楚的錢全用完，接著再爬回老媽跟老爸的家，身無分文，沒有事業也沒有合約？如果我今晚沒有出現在表兄弟俱樂部，布魯斯就贏了。懷疑者將獲勝。「沒有布魯斯當靠山，她只是個業餘的，很幸運有把一首歌唱好，就是個一曲歌手。」事實會證明媽是對的。「如果妳有心像伊咪一樣規畫未來，妳現在早就也有自己的勞倫斯了。」

艾芙心想，去你的。

★★★

表兄弟俱樂部是依據一部法國電影命名的，但是艾芙認識的每個人都把它唸成*Lez Cuzzins*或直接說*Cousins*。在它隱密鬼祟的招牌下方，一道窄門夾在希臘街四十九號的義大利餐廳與隔壁的無線電維修店之間。艾芙順著很陡的台階往下走，瀏覽牆上幾張民謠復甦運動的使徒，伯特詹茨（Bert Jansch）與約翰倫伯恩（John Renbourn）的海報。愈往下走，聊天聲與尼古丁及其他雜燴的氣味就愈濃厚。在下面等著她的是諾比，一位退役的步兵，他負責收入場費，以及偶爾攙扶醉酒的客人上樓。他跟艾芙打招呼：「晚安，外面很冷喔。」

「晚安，諾比。」艾芙克制住自己脫口問「布魯斯來了嗎？」的衝動。只要她不問，他都有可能會突然出現向她道歉，並且讓雙人組的演出復活。或許他已經在舞台上準備演出了……

安迪看到她，從他販賣可樂、茶與咖啡的角落酒吧對她揮手。沒有酒類販售執照意味著沒有關門的時刻，也意味著整夜的音樂表演。每個有名氣的民謠歌手都會來表兄弟俱樂部演唱，安迪的名人牆上有噪音爵士樂時期的羅尼多尼根（Lonnie Donegan）、毒蛇樂團（The Vipers）、自藍調出走的亞歷克西斯科爾納（Alexis Korner）、伊旺麥科爾（Ewan MacColl）和佩姬西格（Peggy Seeger）、指著自己吉他上的刻字「這機器會殺人」的唐納文、瓊拜雅和早逝的理查法尼那（Richard Fariña）、保羅賽門（Paul Simon）以及巴布狄倫本人。艾芙四年前看到狄倫就在這個舞台上，就在那個車輪及魚網下方，演唱一首名叫〈隨風飄盪〉（Blowing in the Wind）的新歌。而此時，一個名叫布魯斯弗萊契的金髮澳洲人並沒有在舞台上等著她……

「艾芙？」那是珊迪丹尼，另一位常客，「妳還好嗎？我聽說布魯斯的事了。真是非常非常非常遺憾。」

艾芙努力表現得好像沒事。「沒事……」

「最好是妳沒事，那個大混帳，」珊迪丹尼大聲說，「我在維多利亞暨阿爾伯特博物館的咖啡店看到他和他的新炮友。」

艾芙幾乎無法呼吸和說話。*但是我必須。*「喔，是啊。」*所以，他並不是想要和所有的女孩切斷關係，只和我。*

珊迪摀住嘴巴，「噢，天哪……妳已經知道了？」

「當然。嗯，是的。當然。」

「感謝上帝！我以為我說溜了嘴。他們在互餵蛋糕，我以為是你們兩個，所以我過去說：『看看你們這對情侶！』接著才發現，那個人不是艾芙。我就傻傻地站在那裡，不知道要說什麼。」

艾芙記得，*我們的第一次約會，他也是帶我去那家咖啡店。*

「當然，布魯斯很冷靜。『嗨，珊迪，這位是凡妮莎，她是某某經紀公司的模特兒。』好像我會知道或在乎他們。所以我說『嗨』，然後那個模特兒說『如沐春風』，好像她才剛從諾爾寇威爾（Noël Coward）的某齣戲裡偷溜出來。」

凡妮莎。一月，沃特西在他克倫威爾路的家中舉辦的那場派對也有一位凡妮莎。她是個模特兒。

「男人啊，」珊迪語帶憐憫，「有時候我根本可以——」她猛力將手往外一揮，拳頭打到一個剛好從旁邊經過的男子，「喔，抱歉，約翰。」

約翰馬丁（John Martyn）那顆野男人頭轉了過來，看是誰在跟他說話。「沒事，珊迪。祝妳好運，艾芙。」說完繼續走開。

「不好意思，」安迪突然出現在他們身旁，「艾芙，我聽到那些傳言了，如果妳想要現在就退出，我想大家都能體諒。」

艾芙從他肩膀上方望著出口，也望向更遠處，她的未來。如果她現在離開，在跟父母住了幾個星期之後，她會先找個暑期的打字工作，然後到師培學院上課，然後找個女子學校音樂教師的工作，然後嫁給地理老師，然後回顧這個時刻，**現在**這個時刻，當音樂家的未來自此消失的一刻。像海浪來襲時的沙堡。

「艾芙？怎麼了？」珊迪看起來很擔心。

「妳快吐了嗎？」安迪看起來更擔心。

艾芙轉緊D弦的弦鈕。每張人臉都是暗的，但不像背景那麼暗，每張臉上的兩個白點就是眼睛所在。香菸的菸頭發出喜怒無常的琥珀色輝光。在表兄弟俱樂部裡其實並不需要抽菸，只要呼吸就吸得到煙。艾芙很緊張，她已經有好一陣子沒有獨自演唱了。就算是雙人組也稱得上一個幫。「對那些來這裡為了要看——」說出來吧，「弗萊契與哈洛威的人，我要說聲抱歉。布魯斯不在這裡……」她的喉嚨收縮，停頓了一下，「因為他為了一個豔麗的模特兒甩了我。你們沒聽錯，一個模特兒。」台下聽眾的呼吸聲一起變得急促，還穿插著不少「蛤」及「什麼」的聲音。

艾芙差點傻笑出來。「那個——」大聲說出來吧，「——雙人組已經是過去式了。」

收銀機發出鏗鏘的聲音，交易完成！人們露出驚愕的眼神，與隔壁的人面面相覷。她猜想，顯然沒有太多人知道這件事。好吧，現在他們知道了。

珊迪丹尼大聲說：「這是他的損失，艾芙，不是我們的。」

在艾芙哭出來之前，她直接跳到〈橡木、梣木與荊棘〉這首歌的前奏，這是她舊有的開場曲，也是她第一首在陌生人面前公開演唱的歌，那時是在金士頓民謠駁船（Kingston Folk Barge）。她的聲音僵硬而且尖銳，幾個高音的C唱得有點搖擺。她的簡約、無布魯斯版並不算非常糟糕，但是也稱不上好。下一首，艾芙刷著〈特拉法加國王〉（King of Trafalgar）的和弦，這是她的《牧羊人之杖》迷你專輯中最棒的一首歌……但是她在前奏的第三小節之後就退縮了。少了布魯斯的吉他，這首歌變得像厭食症患者。我該演唱哪一首來替代呢？暫停的時間越來越長，於是她回到〈特拉法加國王〉，在彈奏橋段時把G小調彈成E7和弦。只有功力好一點的吉他手會注意到這個失誤，不過那首歌聽起來就有點敷衍。得到一些禮貌性的掌聲。接著她演唱收錄在羅馬克斯民謠選輯[5]裡的〈婷可之歌〉（Dink's Song）。布魯斯在上面加了很棒的班卓琴旋律，現在它缺席了，同樣缺席的是他高八度的*fare thee well*（再會）。在這國家上上下下十來個民謠俱樂部不難聽到唱得比艾芙還好的不同版本。艾芙這才注意到，直到現在她都還是在唱弗萊契與哈洛威的曲目，只是把弗萊契的部分抽掉。現在怎麼辦？唱新歌？在本來預計錄進弗萊契與哈洛威新專輯的四首歌當中，兩首是為布魯斯寫的情歌，第三首是為蘇荷區寫的藍調鋼琴頌歌，歌名現在還沒取，第四首是帶有醋意、名為〈永遠不夠〉（Never Enough）的民謠。她懷疑自己有辦法唱完這些布魯斯的歌而不哭成一個淚人兒，所以她改唱〈山野麝香〉（Wild Mountain Thyme），但她忘記把歌詞改成由女性主唱的版本，所以她只能唱「妳要去嗎，姑娘（*lassie*），走吧？」而不是「你要去嗎，小伙子（*laddie*），走吧？」在唱到「如果妳不跟我一起去，我肯定會找另一個」時，她想到布魯斯與凡妮莎正在幫對方脫光衣服的畫面……而我卻在這裡唱這些過時的老歌……

5 Lomax anthology。阿倫羅馬克斯（Alan Lomax, 1915-2002）是美國的民族音樂學者，致力於美國和歐洲各國傳統音樂的採集和調查研究。

這個時候艾芙才發現自己已經停止演奏。

聽眾中有人在咳嗽，有人移動腳步。

他們在想我是不是忘詞了。

另一些人可能在想，她是不是崩潰了？

對這個問題，艾芙會回答，好問題。

艾芙發現她手上的吉他撥片掉了。

汗珠從她臉上的粧底下冒了出來。

她心想，我的音樂事業就這麼結束了……

中止這場演唱會。帶著尊嚴離開，她僅剩的那點尊嚴。在艾芙放下吉他時，前排的一個人走上前來。聚光燈的外緣照到一位年紀與她相仿、有著女性般姣好容貌的男子：鵝蛋臉、長及下巴的烏黑秀髮、豐潤的嘴唇，聰慧的眼睛。他手中拿著艾芙那片幸運的吉他撥片。艾芙的手指從他的手指中接過那撥片。

艾芙原本很確定她要結束演奏了。現在她又不確定了。

在那位撿到撥片的人左邊，坐了一位穿著紫色西裝上衣、個子較高的男子。他，就像台下提示台詞者那樣，用介於聽得見與聽不見之間的音量對她說：「如果你不跟我一起去，我肯定會找另一個。」

艾芙對聽眾說：「我想我要修改這部分的歌詞——」她開始用指頭撥弦，「——來真實呈現這片被我稱為戀愛人生的廢墟……」她數著拍子準備讓歌聲加入，然後唱出：「就算妳跟我一起去，我還是會跟另一個人睡……」她把口音改成澳洲腔，「因為我的名字是布魯悉弗萊契，而且我還想要上妳老媽……」

歡樂的尖叫聲噴濺在俱樂部四處。艾芙唱完這首歌，沒再更動其他歌詞，聽眾給了她一陣熱烈的掌聲。

喔，為什麼不？她走向鋼琴。「我想要試唱三首新歌，它們不盡然是民謠，但是……」

「唱吧，艾芙。」約翰馬丁喊著。

艾芙先正面迎戰最棘手的問題，演奏〈永遠不夠〉的前奏，在那首歌的中間八節轉進另一首歌〈你不知道愛是什麼〉（You Don't Know What Love Is）裡面。她曾經在朗尼史葛俱樂部（Ronnie Scott's）看過妮娜西蒙（Nina Simone）做過這種事——把一首歌的一段塞到另一首中間。兩首歌起了共鳴。艾芙回到〈永遠不夠〉，結束在一個響亮、彷彿要永遠懸在空中的升F音。掌聲就像漲溢的海水讓她整個人漂浮起來。站在一旁的艾爾史都華（Al Stewart）開心地拍手。艾芙回來拿起吉他，演唱〈你的拍立得之眼〉（Your Polaroid Eyes）以及〈我看著你睡覺〉（I Watch You Sleep）。接著，她以清唱的方式唱了一首她從安妮布里斯（Anne Briggs）那裡學來的民謠，名叫〈溫斯伯瑞的威利〉（Willie O'Winsbury），並模仿伊旺麥科爾的做法，將手做成杯狀摀在耳朵上。唱到國王的段落時她專橫獨斷，唱到懷孕的女兒時語帶挑釁，唱到威利時則是冷冷淡淡。她從不曾把這首歌唱得這麼好。「還有時間再唱一首。」她說，然後再次坐了下來。

「唱那首歌，艾芙，」伯特詹茨說，「不然安迪不會放妳出去。」

如果〈風不缺席〉是帶給艾芙厄運的信天翁，那麼至少牠是一隻非常慷慨的信天翁。「所以，我的最後一首歌是我登上全美暢銷排行榜的金曲。」那條D弦又鬆了。「是我讓汪妲沃楚登上全美暢銷排行榜的金曲。」一如既往，這個哏又讓她賺得聽眾的笑聲。艾芙早在認識布魯斯的幾年前就在唱這首歌了，在他胡搞這首歌的結尾，讓它可以順暢地轉換到他的奈德凱利（Ned Kelly）叢林大盜敘事歌之前。她閉起眼睛。開始刷和弦，下—上—下—，下—上。深呼吸……

一輪掌聲，五、六個擁抱，許多種表達「沒有他，對妳更好」的說法，以及後續幾則關於新歌的評論之後，艾芙進到那間兼做安迪辦公室的儲物室。出乎她意料的，她發現除了安迪之外還有四個男人擠在裡面。艾芙認出其中兩個人：那位撿到撥片的漂亮男子，和他隔壁那位較瘦長、為〈山野麝香〉提詞的人。第三個人有著雲朵般的褐髮，一副攝政時期的八字鬍，像在瞇眼傻笑的半開雙眼，以及欠缺教養的粗野氣質。第四個人的身體靠在檔案櫃上，年紀比其他人大上好幾歲。一張顴骨突出的大臉配上漸退的髮際線，一副裝了淺藍色鏡片的眼鏡，一環充滿自信的光暈，以及一套鑲著霞紅色鈕釦的普魯士藍西裝。

「今晚的風雲女士，」安迪宣布，「那幾首新歌真是令人驚豔。一定有人會把它們錄成唱片，除非A&B太蠢。」

「很高興你的肯定，」艾芙說，「如果你們幾位要一起開個會，那我待會兒再回來。」

「稱不上一個會，」安迪說，「比較像是陰謀者小聚。這位是里馮法朗克蘭，我犯罪計畫的一位老同夥。」

那個藍眼鏡的傢伙把手按在心臟上。「很棒的演出，真的。」他是美國人，「那三首新歌簡直是炸藥。」

「謝謝。」艾芙不確定這人是不是個同性戀。她轉向那個較矮、膚色較深的人。「感謝你幫我撿到撥片。」

「別客氣。我是迪恩莫斯，很喜歡㤥的曲目。那個中斷，讓我們以為㤥忘詞的那次中斷，的確是高明的劇場技巧。」

艾芙坦承：「那不是劇場技巧。」

迪恩莫斯只是點了點頭，就好像到頭來那也是一種可能。

艾芙心想這人的臉是不是有點面熟。「我們見過面嗎？」

「一年前，在泰晤士電視台的才能秀試鏡時。我那時候在一個叫做波坦金戰艦的樂團裡，而妳唱了一首民謠。」

「沒錯。我們全都輸給一個表演腹語術的小孩，他帶了一隻渡渡鳥玩偶。」艾芙回想起來，「抱歉，我剛剛沒認出你。」

「唉，寧可忘記那段日子。不只這樣，直到上個月我都還在達布列街的艾特納咖啡店工作。恁經常到那間店，只不過我都困在機器後面煮咖啡，所以恁大概沒注意到我。」

「很抱歉，我的確沒注意。你為什麼不出來跟我說，『喂，我們在泰晤士電視台的那個節目上碰過面。』」

迪恩看著自己的手。「尷尬吧，我想。」

艾芙不知道要說什麼。「你還真誠實。」

「我是葛夫，」那個頭髮蓬亂、留著八字鬍的人說，「我打鼓。我最喜歡〈拍立得之眼〉。是個窮白人。」他很明顯是英格蘭北方的人。「這個麻煩的傢伙，」葛夫的頭朝那位高瘦紅髮的男子方向點了一下，「是雅思培德魯特。那可是他的真名，妳相信嗎？」

雅思培跟艾芙握手，就好像是依照指示辦事。「我以前沒碰過名叫Elf（艾芙）的人。」他說話的口音像上流人士。

「那是Elizabeth的El配上Frances的F。我妹妹碧雅還小的時候第一次這麼叫我，後來大家就跟著叫了。」

「蠻恰當的，」雅思培，「妳的聲音就像小精靈（elf）。我彈奏過〈橡木、梣木與荊棘〉一百次以上。妳錄的〈特拉法加國王〉非常具有——」他的手指扭轉了一下，「心理聲學的效果。有*psycho-acoustics*（心理聲學）這個詞嗎？」

「可能有，」艾芙不經意地接著說，「如果這是一個詞，那麼它就可以和*Pooh sticks*（漂枝對決）[6]押韻。」

雅思培換一個角度，「或者，『何苦投下漂枝做對決？』」

6 此詞最早出現於米恩（A. A. Milne, 1882-1956）的小熊維尼童話作品中，維尼和朋友在河邊玩「從橋上拋下樹枝，看誰的樹枝先漂到事先講好的位置，誰就贏」的遊戲。

噢，艾芙心想，這裡還有其他人會寫歌詞呢。

里馮拿下眼鏡，「我們有個提議，艾芙。」

「可以啊。你是安迪的朋友，我會認真聽。」

「我會盡快消失，」安迪把一個信封袋交給她，「妳的演出費。這是雙人演出的價碼，是妳賺得的。」他走了出去。

「首先，我交代一些背景。」里馮法朗克蘭把門關上，「我是個樂團經理人。在多倫多長大，但是後來到紐約去，想成為民謠界的大咖。我的高領毛衣無可挑剔，但是其餘每樣東西都不到位，於是我在叮砰巷工作了一段時間。先在一家出版社，接著為某個經紀人工作，他專門負責英倫入侵（British invasion）的演出。四年前我到倫敦照料幾個來這裡巡迴演出的美國歌手，然後就留了下來。我幫米凱莫斯特（Mickie Most）做錄音室時段安排的工作，後來換到藝人與製作部（A&R）做了一年，現在是部門經理。算是通才，你可以這麼稱呼我。各種人用各種名稱來稱我，我從來就不放心上。來根香菸？」

「當然。」艾芙說。

里馮把他的樂富門香菸傳給大家。「去年年底，我跟名叫弗雷迪杜克和霍伊史托克爾的兩位先生吃飯。弗雷迪是位巡迴演出經紀人，辦公室設在丹麥街。老派經營，但可以接受新點子。霍伊是位美國投資人，他最近收購了范戴克藝能（Van Dyke Talent），一間中型的紐約行銷經紀公司。弗雷迪和霍伊原先——現在——的大計畫是把兩家公司合併成單一組織，雙頭運作的跨太西洋經紀公司，將會是那些想到美國做巡迴演出的英國團體達成願望的通路；反之，美國歌手要到英國也是。到外國巡迴卻沒有當地資訊，就好像進入地雷區，各個音樂工會的各種繁瑣規定甚至會讓你失去活下去的動機。於是弗雷迪和霍伊帶了一個新計畫來找我，問我想不想簽下一些有天分的樂手，幫他們錄製示範帶，經營這支樂團，並為他們爭取到唱片合約，然後透過杜克—史托克爾通路，安排他們做跨國巡迴演出，最終讓他們成為家喻戶曉的人物！我可以利用他們位於丹麥街的辦公室來運作，但是我擁有絕對的藝術自主權。杜克—史托克爾會付我創業基金及我第一年的薪水，來換取這個團體未來獲利的一點點分紅。在甜點車還沒來上甜點之前，我們就握手達成協議了。請看，月鯨音樂就此誕生。」

「新的品牌就像蘑菇一樣快速蔓延。」艾芙說。

「這些品牌絕大部分的生命期也像蘑菇一樣短。」里馮深深吸了一口煙。「他們簽下在卡納比街碰到的第一組穿著佩斯利花紋西裝的明日之星，把資金全投在錄音室的費用上，卻沒得到任何電台演出的機會，然後在十二個月內就因負債而讓那個團體壽終正寢。我想要親手策畫一個團體，不透過試奏來海選。我們將在開始演出前才彩排，所以從起跑就不容許有任何差錯。最革命性的做法是：我將會分給團員們一份不小的利潤，而不是將全部利潤偷走，並且否認它曾經存在過。」

「這的確很新奇，」艾芙說，「你想的是怎麼樣的一個團體？」

「正在妳眼前，」葛夫說，「迪恩彈貝斯，雅思培主唱，在下我負責打鼓。他們兩個都會唱歌也會寫歌。」

「我們現在缺的是一位鍵盤手。」雅思培說。

看來，他們要給我一個工作，艾芙心想。

「一位會寫歌的鍵盤手，」里馮說，「大多數的樂團都沒辦法自己寫出夠多高品質的歌曲來填滿一張專輯。不過，如果迪恩、雅思培及一位待定人選，能各自寫出三或四首歌，我們就可以出一張全由原創歌曲組成的唱片。」

「那麼，恁認識任何合適的人嗎？」迪恩問。

「某個有正確心理聲學的人，」里馮說，「某個可以彈奏風琴小過門與鋼琴重複樂段的人。」

「我感覺被邀請跟一個馬戲團私奔，」艾芙說，「先把事情說清楚，你們不是一個民謠樂團吧？」

「沒錯，」里馮說，「但妳會把民謠風帶過來。迪恩相當有藍調敏銳度，葛夫有爵士背景，而雅思培是……」他們都看著他。

「他媽的厲害到不行的吉他手，」迪恩說，「我這麼說，不是因為他是我房東，既使事實上他是。」

「房東不是你該付房租給他的人嗎？」葛夫取笑迪恩，「而不是跟他借錢的人？」

「艾芙，」里馮說，「我可以聽出你們全加起來會多棒。我唯一請求的是妳和這幾個男孩合奏一次。我們在哈姆苑的一間酒吧有個排練空間。就讓我們……看看吧。」

「如果恁不喜歡這個馬戲團，」迪恩說，「恁還可以走路回家，在晚餐時間之前就能到家。」

艾芙抽了一口菸。「樂團有名字嗎？」

「我們考慮叫『出路樂團』。」里馮說。

「但還沒有定案。」迪恩跟她保證。

很好。「那麼，如果你們不是民謠樂團，那算是哪一類型？」

「像孔雀五彩繽紛，」雅思培說，「像喜鵲愛收集事物。地下樂團。」

「他小時候不小心吞了一部字典。」迪恩解釋。

艾芙嘗試再問一次。「好吧——你們希望這樂團的音樂聽起來像什麼？」

三位音樂人同聲回答：「像我們！」

暗房

平克佛洛伊德樂團（Pink Floyd）把飛船的控制面板設定好，準備朝不斷搏動著的太陽正中心衝去時，整個幽浮俱樂部都震動起來。梅卡一邊跳舞，一邊看著他。她的眼睛是柏林藍。由彩色光線構成的水母不斷繁殖，並且把舞者們抹成花花綠綠，雅思培的心思開始漫無目的漂移。阿布拉卡達布拉，這是個男孩，為什麼不給他取名叫雅思培？為什麼是這個名字，而不是別的？一個朋友？那顆石頭？一位早已失去的愛人？只有雅思培的母親知道，而她正在一個箱子裡熟睡著，在離埃及海岸不遠處的海床上。我們到來，我們觀看，我們停留，直到死神將我們的蠟燭吹熄……我們所來之處還有更多個我們。每一滴生命要素裡都有一百萬個我們，光是要掌握我們每個人的行蹤就足以讓上帝發瘋。舞台上，席德巴雷特（Syd Barrett）拿梳子順著他那把芬達吉他調鬆的琴弦往下劃。一隻翼手龍在發洩怒氣。席德不是個演奏高手，沒錯，但是舞台效果加上拜倫般的長相可以彌補他的不足之處，相當足夠了。這時候在燈光設備控制室，霍皮打開一個開關，接著黑澤明的武士們就開始繞著牆走。幽浮俱樂部著名的光影秀。雅思培的手正在寫著數字8，而且已經寫一陣子了：8是無限大……坐起來的∞。詞語陸續來到他心中，破裂的、沙啞的，就像薄暮中的無線電波……「如果認知之門被擦拭乾淨，每件事物就會以它原來的面貌呈現在人的面前：無限大。因為人已經將自己封閉起來，以至於他只能透過洞穴的一道狹小裂縫來看所有事物。」這是誰說的？我知道那不是我。是扣扣？或是一位祖先？一隻天藍色的光影水母從瑞克身上經過。瑞克賴特（Rick Wright）在彈他的鍵盤，一台華妃（Farfisa）電子琴。他打了一條紫色領帶搭配他的黃襯衫。平克佛洛伊德上個月和EMI簽了約，他們這個星期會在艾比路錄音。瑞克稍早之前告訴雅思培：「錄音室B的工程人員逛了進來說，『披頭四在隔壁休息，想過去跟他們說聲嗨嗎？』於是我們進去。約翰愛調侃，喬治牙痛，林哥說了個黃色笑話。」他們在聽保羅的一首歌，名叫〈可愛的麗塔，女收費員〉（Lovely Rita, Meter Maid）。梅卡繞著圈子靠近。她說話的音節讓他的耳朵豎起來：「*Ich bin bereit abzuheben*（我準備好起飛了）」雅思培的德語生鏽了，但是梅卡利用每個寶貴時刻幫他把鏽磨掉。「你覺得你漂起來了嗎？」完全沒錯，安眠酮的導火線已經點燃。大廳的保鑣販售倫敦這一帶最純的毒品，現在它來了，現在它來了，而且，得—得—得—達—達—達—得—得—得……

……雅思培身體仍在原處，在位於托登罕宮路的幽浮俱樂部裡跳舞，但是他的心思已經被彈弓射往高空，先是繞著無人耕種的火星轉，接著繼續飛、飛、飛、飛到會吃自己子嗣的土星，接著，飛得*faster*（更快）、*Father*（父親）、*farther*（更遠），達到光速，在那裡時間和空間凝結，此時那個沙啞的聲音再次出現：「上帝的榮光四面照耀；他們感到疼痛害怕。天使告訴他們，不要害怕，扣好安全帶，享受這趟旅程。」像聖經一樣黑而且沒有星星，現在。一道彗星尾巴，一條銀色的線，從捲軸上旋開、伸長。扣扣。是誰在敲門？不，別回答。讓我們想一些神智正常的人在想的事。尼克梅森（Nick Mason）在打鼓。這些鼓比我們更早來到這裡。我們母親心臟的節奏。梅卡週一晚上離開。美國會吞掉她，她會像被吞到鯨魚肚子裡的約拿。我們正在傳遞脈衝訊號到羅傑的貝斯，一把瑞肯巴克牌（Rickenbacker）的火紅（Fireglo）。羅傑瓦特斯（Roger Waters）的笑容像個間諜。梅卡的臉垮下來，它開始變長並且環繞著他。「我植物般的愛會不斷生長，比帝國還要遼闊，還要緩慢。」[7]她的臉上反射出他的臉以及他臉上的她的臉，有任何一個反射曾經猜測到自己其實只是個反射嗎？雅思培問：「你認為真實只是反射出其他事物的一面鏡子嗎？」

梅卡回話的聲音有點跟不上她男孩般光潤嘴唇的動作：「*Ja bestimmt*（是的）。這就是為什麼一件東西的照片會比那件東西本身更為真實。」他把她的手按壓在他的心上。她的臉恢復正常。「恭喜，我感覺他在踢。你的預產期是哪一天？」

「我通過面試了嗎？」

「我們叫輛計程車吧。」

一輛黑色計程車就在俱樂部外面等著。梅卡告訴司機，「到切爾西的布萊克蘭街，就在約翰桑多（John Sandoe）書店對面。」黑暗的街道往後飛逝。阿姆斯特丹把自己包起來：倫敦把自己攤開，攤開，攤開。她握著他的手，純潔地握著。只有一些高處的窗戶裡面有燈光。雅思培仍然聽見鼓聲。一個小平克佛洛伊德有長遠的成就。計程車停下來。「不用找了。」梅卡說。風大的夜，一段人行道，一個Yale牌的鎖，幾段樓梯，一間廚房，一盞矮燈。「我想先淋浴。」梅卡說。雅思培坐在桌前。她再次出現，身上的衣物已經比之前少好幾件。「那是個邀請。」他們一起淋浴。之後，他們在床上。之後，一切都靜了下來。之後，一輛卡車隆隆駛過，距離他們一條街或兩條街。切爾西大街？有可能。梅卡睡著了。她的背上有一片大而且突起的胎記。雅思培聯想到艾爾斯岩[8]。過去與未來滲入彼此裡面。他站在一個守望台上，從屋頂、三角牆及倉庫上方望向一個海灣。大砲發射。想必是一部電影。斷奏般的雷聲不斷重擊他的感官，天空左右搖擺，所有的狗都在吠，烏鴉一起發狂。一個粗壯的男人穿著拿破崙時代的服裝靠在欄杆上，用望遠鏡望向海上。雅思培問他這是不是一場夢，還是，他在幽浮俱樂部服下的藥丸並不只是安非他命。

那個望遠鏡男彈了一下指，喀嚓，欻—欻。雅思培沿著一條街走，來到他阿姨在萊姆里傑斯開的供膳宿舍。那位坐輪椅的姨丈告訴他：「你為了更好的人生而選擇離開，還記得嗎？你滾吧！」

喀嚓，欻—欻。雅思培經過主教之伊利寄宿學校的斯瓦夫翰宿舍。校長像保鑣一樣站在門廊。「繼續走，繼續走，此處非你停留之地。」

喀嚓，欻—欻。在大風車街的阿蓋爾公爵酒吧窗外，雅思培透過雕刻玻璃往裡面窺視。艾芙、

7 典出自英國詩人馬維爾（Andrew Marvell）的情詩《致羞赧的情人》（*To His Coy Mistress*）。

8 Ayers Rock，澳大利亞中部的一個大型砂岩岩層。

迪恩、葛夫、他自己和梅卡共聚一桌。「有一半的朋友說，『出路』聽起來像一本自殺教科書，」艾芙說，「另一半的朋友說，像是嬉皮要走時會說的話，『嗨，出路，老兄！』如果現在要來憑空想出一個名字，從無到有，那我們會選什麼名字？」他們全都轉頭看著雅思培的眼睛，包括酒吧裡的那一個雅思培。

喀嚓，欸—欸。被夢照亮的雪，或如漩渦般盛開的花，或宛如金銀花絲編成的飛蛾，模糊了雅思培的視線。他已經迷失在一個比真實的蘇荷更像迷宮的蘇荷。他在尋找路標。它緩緩出現，模糊的影像開始變得清晰。一個以倫敦路標字體寫成的路標，上頭寫著「烏托邦大道」。喀嚓，欸—欸……

★★★

字母拼出的**P-E-N-T-A-X**距離他的臉只有幾吋。喀嚓。相機往前捲動膠捲——欸—欸。梅卡穿著長度及膝的米白色Aran針織毛衣，準備拍下一張照片。喀嚓，欸—欸。從她頭上方的天窗看到的是一塊沾了泥土的天空，烏鴉像烘乾機裡的襪子一樣在空中翻攪。還有什麼？一條毛毯，乾硬的棉紙，靜電火花，一塊墊子，雅思培的衣服。數十張黑白相片釘在牆上。水坑中的雲的倒影、幾道傾斜的光、通勤者、流浪漢、狗、塗鴉、從破掉的窗戶吹進來的雪、門廊裡的愛人、依稀可辨識的墓碑，以及任何關於倫敦、能吸引梅卡注意、促使她思考的事物，我想要將你們儲存起來，喀嚓，欸—欸。

她放下手中的Pentax相機，盤著腿坐下來。「早安。」

「我看妳很早就開始工作。」

「你的眼睛……」她想不到恰當的詞，「……動得很厲害，在你的眼皮底下。你在作夢嗎？」

「是，我在作夢。」

「也許我可以幫你安排成一個系列：『德魯特，睡；德魯特，醒。』還是，可以稱它『失樂園』。」她穿上海軍藍的長筒襪，「早餐在樓下。」她走了。

雅思培不確定自己和梅卡是否仍然是愛人，或者，昨晚是否是他們的第一次也是最後一次。他慢條斯理地穿上衣服，還花了幾分鐘的時間研究梅卡的照片。

她正在員工餐廳吃維多麥高纖麥片，並翻閱一本時尚雜誌。一只電茶壺先是嗚咽而後哮喘。雅思培從百葉窗的窗縫窺探切爾西的一條小巷。狂風趕逐落葉，搖晃一棵柳樹，並且將一位神父的傘扯成裡外對翻。廚房對面有個高度及腰的陽台。雅思培走過去，往下探視一間大工作室，裡面有一排排的簾幕、布景、燈光及三腳架。有一個場景已經布置好，那是幾捆乾草及兩把充當道具的木吉他。雅思培重複迪恩進入切德溫馬房街的公寓時說的話：「蠻不錯的窟。」

梅卡問：「『窟』是什麼意思？」

「住的地方。公寓，或供膳宿舍。」

「為什麼叫『窟』？就好像用鏟子挖出來的？為什麼？」

「我也不知道。英語又不是我設計的。」

梅卡扮了一個雅思培不知道是什麼意思的鬼臉。「星期一到星期六，我的老闆麥可會在這裡，有模特兒和工作人員等等的人。而我像驢子一樣負責做苦工，幫忙拍攝及很多的事。我的『窟』是免費的，而麥可提供膠捲並讓我使用暗房。」

「妳拍的東西很特別。」

「謝謝。我還在學習。」

「妳有一系列警戒線的照片。」

「那些是在東區罷工的碼頭工人。」

「妳怎麼說服他們擺出姿勢讓妳拍照？」

「我只是跟他們解釋說：『嗨，我是來自德國的攝影師，請問我可以拍你嗎？』有些回答：『去死啦！』有一個說：『拍我的屌啦，小希特勒小姐。』大部分人說：『好啊。』讓人拍你的照片，就等於被告知『你存在』。」

「看起來他們就在裡面，」雅思培大聲說，「瞪著看照片的人，研究你是敵人或者不是。然而，事實上，他們只是紙面上的化學反應。攝影是種奇特的幻覺。」

「星期四，在漢茲的窟，你彈了一首西班牙歌。」

這時茶壺開始發出隆隆聲。「那是阿爾班尼士（Isaac Albéniz）的〈阿斯圖里亞斯傳說〉（Asturias）。」

「那首歌，讓我起了*Gänsehaut*……雞皮疙瘩，你們是這麼說的吧！」

「對。」沸騰的茶壺喀嚓一聲切斷電源。

「音樂只是空氣中的振動。這些振動為什麼會產生生理上的反應？對我來說，這是一種奧祕。」

「音樂**如何**運作，理論與實踐是可以學起來的。」雅思培把咖啡蓋撬開，「至於它**為什麼**能產生效果，就只有上帝知道了。或許連上帝也不知道。」

「所以，攝影也是一樣。藝術是弔詭的。它沒有道理，但它**就是**道理。那咖啡喝起來像老鼠屎，茶好喝得多。」

雅思培泡了一壺茶，把它帶到桌前。

「之後你要去哪裡？」梅卡問。

「回蘇荷，兩點鐘我有樂團排練。」

「你們厲害嗎，你的樂團？」

「我認為會變好。」雅思培吹了吹他的茶，「我們上個月才開始一起排練，所以還在找我們的聲音。里馮希望我們能完成一整組的十首歌才開始辦演唱會，他說他希望我們一出生就是完全成形，就像雅典娜從宙斯的額頭裡蹦出來那樣。」

梅卡嚼著一湯匙的維多麥。

「這是妳在英格蘭的最後一天，或許妳要去跟許多人道別。但是如果有空，就跟我一起走。」

梅卡淺淺的微笑想必帶有某種意涵。「另一次約會？」

雅思培擔心自己表錯情：「如果妳不覺得進度太快。」

「太快？」梅卡可能覺得很有趣。「我們剛剛才做愛，現在才說太快已經太遲了。」

「抱歉。我從來不知道規則，尤其是跟女生相處。」

「我們兩天三夜前才相遇，不是嗎？」

「什麼意思？」

梅卡吹了吹她的茶。「感覺上時間好像比這還長。」

兩天三夜前，漢茲弗瑪吉歐打開攝政公園旁一道新月狀高級住宅中一間公寓的房門。他穿著一套半正式的西裝，配上一條繡有代數方程式的領帶，以及一副嚴肅的眼鏡。「德魯特！」他給他中學時期的老友一個擁抱，雅思培強忍著難堪。「我就知道是你。大多數的訪客都會長按電鈴——布茲茲茲茲茲茲茲——但是你是布茲—畢得利—布茲—布茲，布茲—布茲。我的老天，看看你的頭髮！都比我妹妹的頭髮長了。」

「你的髮線變高了，」雅思培說，「還變得更豐碩。」

「你仍舊是機智大師。對我的腰圍的評論是正確的，哈。我發現，牛津劍橋的院士們吃得像國王一樣。」派對的聊天聲以及約翰柯川（John Coltrane）的專輯《我最喜愛的事物》（*My Favourite Things*）的音樂從屋內溢進走廊裡。弗瑪吉歐把門不上鎖地帶上，人溜到房外。「在進去之前先問你，你還好嗎？」

「我十一月得了感冒，手肘長了些乾癬。」

「我是問你扣扣的事。」

雅思培遲疑了一下。他還不敢把他的猜疑告訴樂團的任何人。「我認為他回來了。」

弗瑪吉歐睜大眼睛看他。「為什麼這麼想？」

「我聽到他的聲音了，或是我以為我聽到。」

「扣門聲？跟以前一樣？」

「聲音還是很微弱，所以我沒辦法確定。但是……我想是的。」

「你聯絡葛拉瓦西醫生了嗎？」

雅思培搖頭。「他退休了。」

笑聲像漣漪一樣從弗瑪吉歐的公寓裡往外傳出。「你有沒有帶一點那種藥物在身邊，以防你臨時需要？」

「沒有。」雅思培回答。弗瑪吉歐的叔叔在倫敦的這間臨時寓所位在一棟新月形的建築裡，此時雅思培的目光正順著建築物的弧形走廊往前張望。走廊裡有數量多到令人不安的大鏡子。「我需要有人幫我轉介給精神科醫師。我有點擔心，不知道心理諮商的結果會演變成如何。如果我被關在這裡，就沒有人可以把我弄出去了。」

「葛拉瓦西醫生可以幫你打通關節。應該會吧？」

雅思培不太有把握。「我要再想想看。」

「當然。」他朋友原本皺起的眉頭鬆開了，「進來吧，大家都等不及親眼見到一位真正的、能現場演奏的職業吉他手。」

「我現在比較算是半職業。」

「別這樣說。我一直跟他們誇你有多厲害。有一個巡迴的德國攝影師在這裡，是個她，而且是個非常吸引人的她。有非常可靠的來源告訴我，她是個神童。我花了許多時間都想不出她到底讓我聯想到誰，後來才突然想到，是你，德魯特。她是個女性的你。而且，她碰巧目前是單身……」

雅思培納悶弗瑪吉歐跟他講這些是要幹什麼？

漢茲弗瑪吉歐的晚餐派對是知識份子的、學術的，而且沒有毒品，與雅思培去年十一月來到倫敦後所參加的那些音樂人聚會恰恰相反。午夜之前，承辦宴席的人員已經離開，只有五個要留下來過夜的賓客還留著。雅思培原本打算走回切德溫馬房街，但是冰雪天、白蘭地、邁爾士戴維斯（Miles Davis）的《泛藍調調》（*Kind of Blue*）、重力以及一張羊皮毯，讓他改變了心意。經葡萄酒潤滑過的各種聲音在討論未來時，他呈現半打盹狀態。「我給最近流行的資本主義頂多再二十年的時間，」那位地震學家預測，「到這個世紀結束之前，我們將會由一個共產主義的世界政府統治。」

那位哲學家發出和烏鴉叫一樣粗嘎的利物浦式笑聲。「一派胡言！自從我們得知古拉格群島的事後，蘇聯帝國在道德上已經宣告破產了。社會主義是一具抽搐的屍體。」

「完全沒錯，」那位肯亞人同意，「你們這些膚色粉灰的白種人永遠不會跟我們其他人分享權力。你們全都在想：萬一他們像我們對待他們那樣對待我們，那該怎麼辦？」

「炸彈延長了任何未來的可能性，」那位氣候學家說，「未來是一片被輻射照亮的荒涼地。一旦發明出某種武器，就會被使用。」

「氫彈可能不一樣，」攝影師梅卡回答。雅思培喜歡她那宛如鋼絲鼓刷敲打銅鈸的聲音。「如果你使用氫彈，而你的敵人也擁有氫彈，那麼你的孩子會死掉。」

「真是好笑，你們這些人，」那位經濟學家說，「那麼火星殖民呢？電視電話？噴射背包？銀色金屬衣？會說『誠然如此』而不是說『是』的機器人？」

肯亞人不表苟同地哼了一聲。「我打賭智慧機器人會認為人類就和兔子一樣繁殖得太快，害死地球，於是做了合理的事，使用我們的武器將我們從地球上掃出去。」

「我們的音樂家有什麼看法？」氣候學家問，「未來何去何從？」

「不可知。」雅思培強迫自己把身體坐直，「五十年前，有多少人能預想到廣島、德勒斯登大轟炸、倫敦大轟炸、史達林格勒戰役、奧斯威辛集中營？一道長牆把柏林分隔為兩區。電視？去殖民化？中國和美國在越南打的代理戰？貓王艾維斯普里斯萊？滾石樂團？史托克豪森（Stockhausen）？卓瑞爾河岸天文台？塑膠？治小兒麻痺、麻疹、梅毒的藥？太空競賽？現今是一面簾幕，我們大部分的人看不見它背後有什麼東西。但那些看得見的人，透過運氣或是先見之明，藉由看見改變了那背後的東西。那就是它不可知的原因。根本地，本質地。我喜歡副詞。」

那首〈佛朗明哥素描〉（Flamenco Sketches）結束。唱片咔喳一聲停止運轉。一股蒼鬱而臨近的沉默。

「有點令人失望，雅思培，」那位哲學家說，「我們請你預測，而你只是用令人印象深刻的方式說『不知道』。」

雅思培並沒有多餘的心力去反駁哲學家。他拿起弗瑪吉歐的吉他。「可以嗎？」

「你不需要問的，音樂大師。」弗瑪吉歐說。

雅思培彈奏阿爾班尼士的〈阿斯圖里亞斯〉。弗瑪吉歐的吉他並不是最高等級，但是這六七個人依然全落在月光搖曳、烈日酷曬、熱血怦然的魔法咒語之下。雅思培演奏結束時，沒有人有動靜。

「在五十年後，」雅思培說，「或五百年，甚至五千年後，音樂對人的影響仍然會跟此刻一樣。這是我的預測。現在很晚了。」

雅思培在弗瑪吉歐的叔叔的沙發上醒來。他走進廚房，幫自己倒了一杯牛奶，點了一根菸，坐在已經抹上雨水的窗戶旁邊，看著幾棵陰暗光禿的樹與新月排成一直線。草皮上點綴著番紅花。送牛奶的人戴著可以遮風擋雨的帽子，正挨家挨戶把空牛奶瓶更換成新瓶，並且把空果醬罐罩在牛奶瓶的鋁箔封口上，防止鳥兒們打這些牛奶的主意。「你起得很早。」梅卡說。這位纖瘦蒼白的年輕女子穿著黑色天鵝絨外套，看起來已經準備好離開。

雅思培不確定要說什麼。「早安。」

「你的吉他彈奏得很優美。」

「我試著彈好它。」

「你是在哪裡學的？」

「接連換過好幾個房間，經過六或七年的期間。」

梅卡的表情變得難以解讀。

「這個回答很古怪嗎？抱歉。」

「沒事，漢茲說你非常*wörtlich*？拘泥於文字？」

「拘泥於文字。我嘗試不要這樣，但是嘗試不要這樣很難。妳的聲音很能舒緩人心，就和鋼絲鼓刷敲打銅鈸的聲音一樣。」

梅卡的臉再次出現剛剛那個表情。

「這種形容也很古怪，不是嗎？」

「鋼絲鼓刷敲打銅鈸。那很棒。」

問她，雅思培心想。「妳聽過平克佛洛伊德樂團嗎？」

「有幾個麥可的助理談論過這個樂團。」

「他們明天晚上會在幽浮俱樂部表演。我認識喬博伊德（Joe Boyd），他是那間俱樂部的老闆，如果妳想去，他會讓我們進去。」

梅卡的眉毛上揚。驚訝。「正式的約會？」

「正式、非正式、約會、非約會。隨妳高興。」

「年輕女性在外國城市必須要小心。」

「沒錯。妳為什麼不先跟我來一場面談，在我們一起用晚餐的時候？如果我讓妳覺得太古怪，妳可以趁我去洗手間的時候就此消失。這樣就不會令人難受。我不確定我真的能應付難受的感覺。」

梅卡遲疑了一下。「你的電話號碼？」

兩天、兩夜以及一個週日早晨之後，何國餐館裡蒸氣瀰漫，連珠砲般的華語讓室內異常嘈雜，手掌會搖擺的一隻白色瓷貓對著儷人街招財。雅思培和梅卡很幸運被安排到一個靠窗的位子。

「中國城就像蘇荷，」雅思培說，「是由外來者建立的，而且平常的規則在這裡不適用。」

「一個*Enklave*（飛地），英文也這麼說吧？」

雅思培點頭。一位女服務生送來茉莉花茶，並收了他們點的餛飩麵菜單，沒說半句話。外面，路人都拉高領子，壓低帽子。街對面，在中藥行與乾洗店之間，一個男人從吉他盒裡拿出一把破舊的吉他，再從自己口袋裡拿出一把錢幣放進盒裡。他開始以粗嘎的聲音吼出滾石樂團的〈滿足〉（Satisfaction）。還沒進入第二節，就出現三位中國阿媽。她們揮舞著掃帚對他說：「滾開，滾開！」那個街頭藝人抗議，「這是個自由盛開的國家！」但是阿媽們的掃帚掃向他的腳踝。不少人停下來看熱鬧，一個瘦巴巴的女孩子抓起街頭藝人吉他盒裡的錢，然後衝離現場。那個人追在小偷後面，不慎絆倒，摔進排水溝裡，吉他脖子也撞斷了。他不敢置信地盯著那把斷掉的吉他，四處張望想找人抱怨，或責備，或大吼。他發現四下只有他一人。三月的強陣風刮起一個罐子，讓它沿著排水溝滾，從他腳邊經過。這位前街頭藝人一跛一跛走回他的吉他盒，把他的破樂器裝回去，再一拐一拐地走向萊斯特廣場。

「這下他得不到任何滿足了。」梅卡說。

「他應該要更小心地選擇曲子的音高。你不能隨意挑個地方開唱，就期望得到最好的效果。」

「你經常做這種街頭表演嗎？」

「在阿姆斯特丹時，在水壩廣場。倫敦就比較危險，就像妳剛剛看到的。或者，有人會想要加入。」

女服務生送來餐點，以及四支塑膠筷。雅思培扶著臉，低頭注視那一大碗熱湯裡的麵條、豬肉、半顆滷蛋以及白菜。蒸氣讓他的眼皮變軟。喀嚓，欸—欸。雅思培轉頭望向梅卡那台Pentax相機的圓眼，又是喀嚓，欸—欸。她把鏡頭的蓋子蓋回去。

「妳從來沒有下班時間嗎？」雅思培問。

「我想跟你要個紀念品，在你們樂團成名之前。」

「我也想要一個妳的紀念品。可以借我妳的相機嗎？」

「你會把吉他借給任何人嗎？」

「不會。但妳例外。」

梅卡把Pentax遞給他。雅思培從取景器看著那些在吃麵、點頭、談笑及靜坐不語的顧客。取景器的窗框中出現梅希德羅梅爾這個不平凡的女人。她回瞪著鏡頭，就像照片裡的主角。

「那不是我想要記住的妳。」雅思培評論。

「你想要記住的是什麼樣的我？」

「想像妳離開家鄉到美國待了兩年，想像妳終於回到家。想像妳按了妳爸媽家的門鈴，他們並不知道妳要回來。這會是個驚喜。想像妳聽到他們走到大廳的腳步聲……」梅卡的表情在改變，但是還沒有完全到位。「想像門栓被拉開的聲音。想像妳爸媽的表情，當他們發現是妳回來了。」

喀嚓，簌簌—簌。

雅思培打開標示著茲德俱樂部（Club Zed）的四樓房門時，艾芙的布基烏基輪轉（boogie-woogie roll）、葛夫的壓鼓框及迪恩的低音都從沉悶變成大聲。他們正在演奏迪恩的十二小節藍調怪獸〈放棄希望〉。梅卡遲疑了一下，「你確定他們不介意嗎？」

「為什麼要介意？」

「我是外人。」

雅思培牽起她的手，領她穿過絲絨布簾，進入一個模仿中歐沙龍風格設計的寬敞房間。微亮的水晶燈下，高背扶手椅圍繞在桌子四周。波蘭戰事英雄們的畫像或照片從牆上注視著房內的人。鏡面被燻黑、架上排了一百瓶伏特加的吧台上方，掛了一面被裱在框內的波蘭國旗，華沙起義時留下的累累彈孔在旗上清晰可見。雅思培這才知道，蘇荷區許多不起眼的出入口，其實都是通往另一個時間與地點的門戶。茲德俱樂部是爵士樂樂手聚會的地方，也是波蘭人常來之處，而且這裡有一架很棒的史坦威平台鋼琴，以及八件式的Ludwig鼓組，艾芙與葛夫此時正在演奏它們，迪恩則是從他的口琴中擤出嘯嚎。兩名聽眾就由里馮及帕維爾來擔綱，後者是茲德俱樂部的老闆。他們抽著雪茄。迪恩注意到梅卡，於是〈放棄希望〉鏗鏘鏗鏘地脫了軌。艾芙和葛夫抬頭查看狀況，再彈幾個音後也停了下來。

「抱歉，我來晚了，」雅思培說，「有事耽誤。」

「我打賭你是說真的。」葛夫看著梅卡。

「那麼，就是她？」迪恩問雅思培。

「對，就是她，」梅卡回答，「我猜，你是迪恩。」

葛夫把鼓棒在手上轉了幾圈，然後敲了個咚—咚。

介紹她，雅思培想起來。「那麼，各位，呃，這是梅卡。里馮，我們的經理人，和帕維爾，他讓我們在這裡排練。」

每個人都說了哈囉，除了帕維爾。他把他那顆長得很像列寧的頭歪向一邊。「德國人，如果我沒猜錯。」

「你沒猜錯。讓我也胡亂猜一下——」她環顧四周，「——你來自波蘭。」

「克拉科夫，或許妳曾經聽過。」

「我怎麼會不知道波蘭地理？」

帕維爾發出嗯哼的聲音。「這是你們這些人傾向將它遺忘的一段歷史。生存空間（Lebensraum）的光榮日。」

「許多德國人不會說那是『光榮的日子』。」

「真的嗎？那些強制徵收我們家房屋的人是這麼說的。開槍打死我父親的人也是這麼說的。」

連雅思培也感受到帕維爾的敵意。

梅卡小心翼翼地說：「在德意志國防軍將我的父親帶走並把他送到諾曼地之前，他是布拉格的一位歷史老師。他根本不想走，但是如果他拒絕，就會被射殺。我母親隨後帶著我，在蘇聯紅軍抵達布拉格之前，逃到紐倫堡去。所以我知道這段歷史。生存空間。種族滅絕。戰爭罪行。我知道。但是我出生於一九四四年。我沒有下任何命令，沒有投下任何炸彈。我很遺憾令尊過世了，很遺憾波蘭受苦了。我很遺憾整個歐洲都受苦了。但如果你責怪我……因為我是……德國人……那麼你跟一個說『所有猶太人都這樣』或『所有同性戀都這樣』或『所有吉普賽人都這樣』的納粹份子有什麼不同？那就是納粹的思考方式。你可以用這樣方式想事情，如果你堅持，但我不願意這麼想。**那種**思考方式製造了戰爭。我說『**去死吧，所有戰爭**』。去死吧，所有啟動戰爭、派年輕人為它喪命的老人。去死吧，戰爭所帶來的仇恨。還有，去死吧，那些在二十年後還靠這些仇恨吃飯的人。這些『去死吧』現在已經結束了。」

葛夫連珠砲似地奏了一輪鼓及腳踏鈸。

「如果你希望，我可以離開你的酒吧。」梅卡說。

別走，雅思培心想。帕維爾瞪了梅卡好一陣子。每個人都在等待。「在波蘭，我們懂得欣賞一場好演說。妳剛剛給了一場好演說。要來杯飲料嗎？店家招待。」

梅卡回瞪他一眼。「如果是這樣，那我要來杯最棒的波蘭伏特加，謝謝囉。」

「不，不，不，」艾芙帶著怒氣，「G、A、D、E小調。」

「我他媽彈的就是E小調。」迪恩抗議。

「不，你明明彈的就不是，」艾芙說，「那是E，這裡。」她在筆記本上潦草地寫了些東西，然後把紙撕下來交給他。「在第二和第四行結束的地方帶出E小調，這裡，當我唱到『木筏與河』，以及之後唱到『被饒恕者及饒恕者』的時候。葛夫，你能演奏得……比較羽毛一點嗎？」

「**比較羽毛一點**？」葛夫皺著眉頭，「像保羅莫提安（Paul Motian）？」

艾芙也回他一個皺眉。「保羅誰？」

「比爾艾文斯（Bill Evans）的鼓手。慢條斯理，像呼吸，輕聲細語。」

「試試看。雅思培，你可不可以刪掉兩小節的獨奏？」

「沒問題。」雅思培注意到里馮湊近梅卡的耳邊說話。

「那麼，從頭開始吧，」艾芙說，「一、二——」

「抱歉，各位，抱歉，」里馮站起來，「我們要開個樂團臨時會議。」

葛夫來了一段鈸的連擊。艾芙看過去。迪恩讓吉他懸掛在脖子上。雅思培心想這跟梅卡有什麼關係。

「我們需要樂團的照片，」里馮說，「為海報，為媒體，為——誰曉得還有什麼？專輯封面。幸運之神眷顧，一位攝影師已經降臨。臨時動議是，我們是不是要委任梅卡來幫我們拍幾捲照片？就是現在。」

「梅卡不是明天就要去美國？」艾芙問。

「是的。我現在幫你們拍，今天晚上把底片洗出來，然後明天，在我要去機場的路上，把最好的幾張照片拿到丹麥街。」

「那麼服裝、髮型還有其他東西呢？」葛夫問。

「梅卡會趁你們演奏時拍攝，」里馮說，「**實境**，不做作。想想藍調音符唱片公司（Blue Note）專輯上的那些人像。」

「你提到『藍調音符』只是為了讓我同意。」葛夫抱怨。

「我的心思被你看穿了。」里馮同意。

「我投同意票。」艾芙說。

「我看過梅卡的作品，」雅思培說，「我投同意。」

「我對梅卡沒有不敬的意思，」迪恩說，「但是，我們不是該聘個有名的人嗎？特倫斯多諾文（Terence Donovan）、大衛貝利（David Bailey）或麥可安澤西。」

「有名的人，」里馮說，「會按有名的人的標準來收費。」

「在這世界，恁付多少就拿到多少。」迪恩說。

「超過兩百鎊。每張照片。」

「我就說嘛，」迪恩聲明，「有名的人是他媽的搶錢商人，我認為我們該選梅卡。我們全同意了，葛夫？」

「妳可以讓我看起來像麥斯羅區（Max Roach）嗎？」這位鼓手問攝影師。

梅卡稍作思索。「如果上很厚的妝，然後把照片印出來，麥斯羅區的媽會把你認成她兒子。」

「噢，鋒利像刀片，枯燥像托媽的撒哈拉沙漠，」葛夫說，「贊成方獲勝。」

布魯爾街的阿蓋爾公爵酒吧週日晚上六點開門。六點過後幾分鐘，樂團加上梅卡等人拖著腳步走到窗戶旁邊的一個角落。整面玻璃都結了霜，只有一片雕刻了圖案的區塊例外，雅思培可以從那裡看到路過的行人以及對面的藥房。這是一間優雅的維多利亞酒吧，裡面有不少銅製配件、附有靠墊的椅背以及「請勿吐痰」的標誌。葛夫把一紙袋的炸豬皮倒進乾淨的菸灰缸，樂團及梅卡舉起酒杯鏗鏗噹噹的互碰。「敬梅卡的照片，」迪恩說，「恭喜它可以放在我們第一張唱片的封面上。」他一口氣喝下半品脫的倫敦之光（London Pride）啤酒。「樂觀沒有壞處。」

「敬〈木筏與河〉，」葛夫說，「希望它能成為單曲。」

「或者成為很棒的B面主打曲。」迪恩抹掉嘴唇上的泡沫。

艾芙對著梅卡舉起她那半品脫加了檸檬汁的香蒂啤酒。「在美國旅途平安。我可是嫉妒得要死。當妳像傑克凱魯亞克（Jack Kerouac）筆下的人物一樣到處旅行時，偶爾也要想到我，還和這些傢伙一起困在這裡。」

迪恩和葛夫覺得這話很有趣，於是雅思培露出微笑的表情。

「你們將會到美國巡迴演出，」梅卡預測，「很快就會。你們四個人在一起有一種特別的化學作用。那是*fühlbar*——*fühlbar*要怎麼說？我可以感覺到。」

「可觸知的。」艾芙建議。

一群卡納比街時尚風格打扮的人魚貫入場，頭髮留得比雅思培還長。沒有人傻傻盯著他們看。在蘇荷，正經八百的人才是怪咖。

「嗨，各位，」艾芙說，「我最近在想……」

「噢哦，」迪恩插嘴，「聽起很嚴肅。」

「我想要喜歡『出路』這個名字。真的，但是我還是不行。而且聽我說過這個名字的人，有一半老是把它誤說成『出處』。這名字不容易記。我們可不可以——拜託——想一個新名字？」

「什麼，」迪恩說，「現在？」

「再不快，就要錯失更名的時機了。」艾芙說。

雅思培點了一支駱駝牌香菸。葛夫說：「給我們*fag*（菸）。」

「給我們*fag*（男同志）？」迪恩誤解了這句話，或是為了製造玩笑效果而假裝誤解，雅思培不確定是何者。「這可不行，*fag*在美國是指同志，這會給人錯誤的聯想。再繼續努力想吧。」

「去寫一本笑話大全吧，」葛夫說，「從嘲諷你自己的時機掌握開始。」

「我其實已經開始習慣出路了。」迪恩說。

「為什麼要將就一個必須去習慣的名字？」艾芙問，「我們為什麼不能有個第一次聽到就覺得：『這名字多棒！』的名字？梅卡。妳喜歡『出路』嗎？」

「她會贊同恁的意見，」迪恩說，「她也是女生。」

「就算我是個男生，我也會贊同艾芙的想法。」梅卡說，「『出路』根本沒有味道，甚至連爛名字都稱不上。」

「對，但是恁是德國人，」迪恩說，「無意冒犯。」

「『是德國人』對我來說並沒有冒犯的意思。」

「我的意思是，恁有德國人的耳朵。但我們是一支英國樂團。」

「你們不打算在西德賣你們的唱片？我們有六百萬人口，對英國音樂而言是很大的市場。」

迪恩將口中的煙吐向天花板。「有道理。」

「很明顯的一點，」葛夫說，「大多數的樂團都是以the開頭。The Beatles（披頭四）、The Stones（滾石）、The Who（何許人）、The Hollies（赫里斯）。」

「這正好就是，」迪恩說，「我們不該跟風的原因。」

「放牧人樂團。」葛夫跟著迪恩發想[9]，「咩咩黑綿羊樂團？」

迪恩又喝了一口倫敦之光啤酒。「我為『掘墓人』想的另一個名字是『待宰羔羊』。」

「很好，」艾芙說，「我們上舞臺時可以圍上染血的圍裙，棍子上插一顆豬頭，就像《蒼蠅王》那樣。」

雅思培猜這是挖苦的說法，但是當迪恩問「蒼蠅王樂團唱過什麼歌？」時，他就不是那麼確定了。

艾芙皺起眉頭，然後問：「你是認真嗎？」

迪恩問：「認真什麼？」

「《蒼蠅王》是威廉高汀的小說。」

「是嗎？真是不好意思。」迪恩模仿貴族的口音，「你知道嗎，我們當中並非所有人都在大學修讀過英文。」

雅思培希望這只是開玩笑，而不是言詞上的真正交鋒。

「美國新成立的一些樂團——」葛夫摀嘴遮住一個嗝，「——會取很容易記住的名字。大哥控股公司（Big Brother and the Holding Company），水銀信差（Quicksilver Messenger Service），鄉村喬與魚（Country Joe and the Fish）。」

9 迪恩先說follow the herd，葛夫跟著說出The Herd（放牧人）。

艾芙在桌上旋轉一個啤酒杯墊。「不要取太長或搞噱頭的名字，別讓人一聽就知道我們死命想搏取人的注意。」

迪恩把杯中剩下的啤酒喝光。「所以，最完美的名字是什麼，小精靈？仙女圈？民謠之音？照亮我們吧。」

葛夫大聲嚼著炸豬皮。「照亮者樂團。」

「如果我心中有個不同凡響的團名，」艾芙說，「就會提出建議。但是，最起碼，我們應該要有個比2i俱樂部那傢伙情急之下講出的名字更為慎重的團名。一個能夠傳遞訊息的名字，告訴人家我們是誰，做為一個樂團。」

迪恩聳了聳肩。「那麼，我們是誰？做為一個樂團？」

「我們目前還是半成品，」艾芙說，「但是，從〈放棄希望〉及〈木筏與河〉看來，我們是工於矛盾修辭的樂團。弔詭。」

迪恩瞇起眼睛看她。「恁說什麼？」

「矛盾修辭是一種修辭法，刻意運用互相矛盾的詞。『震耳欲聾的沉默』，『民謠風的節奏藍調』，『悲觀的夢想家』。」

迪恩評估這個說法。「好吧，根據我們目錄上的兩首歌。再來輪到你了，雅思培。目前是莫斯一分，哈洛威一分，德魯特零分。」

「我沒辦法聽到命令就從屁眼拉出歌來。」雅思培說。

「或許這不是個好隱喻。」梅卡提出建議。

葛夫發出呵—呵—呵的招牌笑聲。「各位先生女士，請鼓掌歡迎——屁眼拉歌者！」

艾芙問雅思培：「你認為我們需要一個新名字嗎？」

雅思培考慮了一下。「是的。」

「你那刺繡的袖子裡藏了任何點子嗎？」迪恩問。

雅思培一時分了神，因為他在窗戶結霜的圖樣上看到一個明顯的漩渦，漩渦中心是一隻眼睛。它距離窗框一吋，呈綠色。它正盯著雅思培的眼睛看，眨了一下眼，然後眼睛的主人繼續往前走。

「對不起，」迪恩說，「偲覺得我們很無聊對不對？」

我曾經來過這裡。「等等……」被夢照亮的雪，或如漩渦般盛開的花，或宛如金銀花絲編成的飛蛾……一個路標，在牆上……雅思培閉起眼睛。詞語從記憶的噓聲中冒出。「烏托邦大道。」

迪恩扮了一個鬼臉。「烏托邦大道？」

「『烏托邦』的意思是『不存在的地方』，『大道』是一個地方。音樂也是一樣。當我們演奏得好的時候，我在這裡，但也在別的地方。那就是弔詭之處。烏托邦沒辦法到達，大道卻到處都有。」

迪恩、葛夫及艾芙面面相覷。

梅卡舉起伏特加杯與雅思培那杯健力士互碰。

「我的暗房在呼喚我，」梅卡宣布，「我今晚有得忙。」她跟雅思培說：「如果你願意，可以來當我的助理。」

迪恩與葛夫清了清喉嚨，彼此交換了個眼色。

代表某種意思，但我不知道那是什麼。

艾芙翻了個白眼。「再明白不過了，哥兒們。」

雅思培和梅卡在皮卡迪利圓環地鐵站等車。從地下世界的嘴巴發出的呻吟、陣風及回聲最終化身為半融化的聲音。別理會它們。他幫梅卡和自己各點了一根萬寶路。皮卡迪利線是倫敦中心最深的地鐵，照迪恩的說法，所以它的地鐵站在倫敦大轟炸時被用來當防空壕。他想像人們擠在這裡，聽著地面的爆炸聲，同時看著粉屑從高處稀稀落落掉下來。在月台更遠處，一個有文化的醉漢半說半唱著吉伯特與沙利文（Gilbert and Sullivan）的〈我是現代少將的典範〉（I Am The Very Model Of A Modern Major General），但不斷忘詞及重來。

「我可以問一個不干我的事的問題嗎？」梅卡問。

「當然。」

「迪恩是不是在占你便宜？」

「他沒有付房租，那是真的。但是我也沒付，我只是當我父親公寓的褓姆。迪恩真的半毛不剩了。艾芙的公寓只有一間臥房。里馮的情況也一樣。葛夫住在他伯父一間漂亮的庭院小屋裡。所以，迪恩要不是待在我多出來的房間裡，就是離開倫敦，這麼一來我們就需要找一個新的貝斯手了。我不想要新貝斯手。迪恩很棒，他的歌也一樣。」鐵軌開始顫動。列車要進站了。「他大半的失業救濟金都花在買雜貨上。他會煮飯，會打掃。如果他占我便宜，我也占他便宜，那麼他還算占我便宜嗎？」

「我想不是。」

一張報紙沿著軌道在轉。

「他可以阻止我太深且太久地陷在自己的腦袋中。」

梅卡抽了一口菸。「他和你非常不一樣。」

「艾芙也是，她用一本小筆記簿記下她買的每一樣東西。葛夫也是，他是混沌之王。我們全都非常不一樣。如果里馮沒把我們組合起來，我們就不會存在。」

「這是優點還是缺點？」

「等我知道後再告訴你。」

迎面而來的列車疾風似地衝進汙穢的光中。

麥可安澤西工作室的暗房呈紅黑色，只有投影機下方的一個小方格是明亮的。化學藥品的氣味讓空氣變得僵硬。暗房就像鎖起來的教堂一樣沉靜。

梅卡低聲說：「一百秒。」

雅思培設下計時器，並且扳動開關。

梅卡用一支鉗子夾著照片浸泡在顯影劑裡，將它反覆前後傾斜，好讓液體流過相紙表面。「就算我做這個動作一百萬次了，對我而言它仍然很神奇。」

他們觀看的時候，艾芙的幽靈浮現在相紙上，她全神貫注地坐在帕維爾的史坦威鋼琴前。梅卡現在也有同樣的表情。雅思培說：「好像一個湖交出其中的死人[10]。」

「過去也交出一個特定時刻。」計時器嗡嗡響起。她夾出照片，讓液體滴下，然後把它轉送到定影液裡。「三十秒。」

雅思培設好計時器。梅卡要他將盛定影液的托盤傾斜一個角度，讓她記錄時間跟濾鏡的類型。當計時器響起時，她打開頭上方的那顆燈泡。雅思培的眼睛在黃光中努力適應。梅卡沖洗掉照片上的定影液。「攝影這玩意需要許多水，就和所有的生物一樣。」她夾起那張艾芙的照片，放到水槽邊讓它晾乾，就在一張艾芙放聲高歌及一張艾芙為吉他調音的照片旁邊。再過去是葛夫吃驚、葛夫嘴裡叼著一根菸，以及葛夫旋轉鼓棒的照片。還有一張迪恩的手在指板上、上方的臉卻完全失焦的照片，一張他吹口琴以及一張他抽菸的照片。

過去式是心靈所玩弄的把戲嗎？

神智是這些把戲所構成的陣列嗎？

梅卡轉向雅思培：「輪到你了。」

★★★

他們的脈搏變慢，從失神到如水般平靜。她的尾骨壓在他盲腸手術的疤上。他將她吸入，她化為渦旋進入他的肺裡，他的心臟像幫浦一樣再將她打到身體各處。他用她的毛毯蓋住他們融合為一體的身軀。一灘汗水積在她長著細毛的頸部的一條溝槽裡。他將它舔進嘴裡，感到又酥又癢的她喃喃說道：「*Du bist ein Hund*（你是狗）[11]。」

---

10 模仿聖經《啟示錄》二十章十三節：「於是海交出其中的死人」的句型。

他告訴她：「是狐狸。」

一盞關節燈彎腰窩在角落。

稍後，她扭動身軀，從他身上脫離，滾到一旁，穿上她的睡袍，再滾回來，陷入睡眠。她的時鐘顯示一點十一分。一張經典唱片在她的丹塞特（Dansette）唱機裡，雅思培按下播放的開關。一支雙簧管迷失了方向。聽到有一支小提琴在荊棘裡，雙簧管就選了一條路朝它走去，同時變形為它所要尋找的對象。美麗又危險。睡眠將雅思培往下拉，入睡前的幻覺繼續往深處下探。她身上沒有一個部分會消逝，但是她必須忍受徹底變形為某個豐富而且奇異的實體的痛苦。在他上方的高處，一艘蒸汽輪船的船底讓紫藍色的海變暗了。看哪，一副棺材沉下來了，後面跟著一串泡泡。棺材裡裝的是雅思培的母親米莉華勒斯。雅思培聽到從棺材裡傳來的扣……扣……扣……力道很輕，是的，像溺水般，是的，持續不斷，是的，真真實實？是的。

雅思培醒來，四點五十九分。他聽著扣扣聲，直到它們消失。梅卡耳朵的螺紋像極了一個問號。

在員工餐廳的條狀燈下方，雅思培研究著《雲圖六重奏》的唱片封套。除了「作曲者羅伯佛比薛爾」及「鋼琴、豎笛、大提琴、長笛、雙簧管及小提琴重疊的獨奏」這幾行字之外，封面沒有其他字。封底的字更稀少，只有「黑爾、克里梅克&提克威，一九五二年錄製於萊比錫」，以及標籤，奧古斯圖培拉茲唱片公司。至於獨奏者、技術人員、編曲及錄音室，都沒有提到。雅思培想再聽一次，但是唱片播放機在梅卡的房間裡，而她還在沉睡。用原子筆跟他在抽屜裡找到的一本筆記本，雅思培畫出五線譜，然後哼出他記憶中〈雲圖〉的旋律。它是四四拍，夠簡單，從F開始。不，從*E*，不，從*F*。沿著旋律走得愈遠，就愈偏離羅伯佛比薛爾的原始旋律……但是我喜歡。到了第十六小節，他發現他是在寫來到倫敦後的第一首曲子。他記得在樓下的工作室看到一把吉他，放在一捆乾草上當作道具。雅思培下去找到。那是把便宜到連製造商名字也沒有的吉他，但是仍然可以完成他的任務。

在設計好副歌之後，雅思培開始尋找歌詞。梅卡昨夜的一些話回到他腦海中。當時她在解釋過度曝光的危險。「沒有黑暗，就沒有視覺（vision）。」什麼詞可以合vision的韻？*Collision*（碰撞）。*Titian*（畫家提香）。*Manumission*（奴隸解放）。這是個大膽的近似韻。但是要如何刻意設計出一個看起來不像是刻意設計的連結，把奴隸制度與攝影連起來？歌曲寫作是由昏暗小徑、死路、陷坑、難以解決的和弦，以及無法押韻的詞彙所構成的森林。你可以在裡面迷失好幾小時。甚至好幾天。

雅思培一頭栽了進去。

「你把桌布穿到身上了。」梅卡在門廊打了個呵欠，「你看起來像小紅帽的祖母。」時鐘堅決主張現在是八點零七分。「什麼？誰？」

「那隻吃了祖母的大野狼。」梅卡的頭髮是一團暗金，她把毛毯像斗篷一樣披在身上。「在樹林裡迷了路的小女孩。」廚房的窗戶仍是黑的，但是布萊克蘭街正在醒來。一輛化油器好像卡了痰的廂型車從街上駛過。

餐桌上是一壺雅思培不記得自己煮好的茶，一顆他不記得自己吃掉的蘋果的果核，以及一頁他知道是自己所寫的五線譜、音符及歌詞。「妳穿了一條毛毯。」梅卡走過來看著雅思培的筆記。「一首歌？」

「一首歌。」

「是首好歌？」

雅思培再看它一眼。「有可能。」

梅卡注意到《雲圖六重奏》的唱片套。「你喜歡這張唱片？」

「非常喜歡。我從來沒有聽過羅伯佛比薛爾。」

11　德文口語有雜種、混蛋的意思。

「他相當……*obskur*，『晦澀』，這跟英語是同一個字，對嗎？」雅思培點頭。梅卡在椅子上盤起腿。「羅伯佛比薛爾並不在*Enzyklopädie*（百科全書）裡，所以我問了塞西爾宮街的一位收藏家。佛比薛爾是英格蘭人，在一九三〇年代跟著維維安艾爾斯學習。他年紀輕輕就過世，死於自殺，在……愛丁堡或布魯日？我忘了。這張唱片是他唯一的作品。一場火燒掉倉庫裡的唱片，所以它非常稀有。那位收藏家開價，一張完好的唱片十鎊。我想，真正的價值不只這個價錢。況且十鎊只是他第一次的開價。」

「妳後來花了多少錢買下它？」

「零元。」梅卡點燃一根菸，「聖誕節，麥可，我的老闆在這裡辦了個派對，而隔天早上那張唱片就留在這裡。魔法吧。賣掉它感覺不對。所以，如果你喜歡，你就留著吧。」

說謝謝。「謝謝。」

「現在，」梅卡說，「我最後一次的英國浴。」

「妳洗頭髮時需要幫忙嗎？」

難以解讀的一眼。「把你的歌寫完。」

「已經完成了。」雅思培說。

「把我放進其中一行，這樣當無線電台播放的時候，我可以跟每個人炫耀，這一段講的是我。」

「妳已經在裡面了。」

「我可以聽嗎？」

「現在？」

「現在。」

「好。」

雅思培演奏那首歌，從起頭到結束。

梅卡點頭，認真地。「好。你可以幫我洗頭髮。」

從丹麥街爬樓梯上來的第一層樓面，有個金底黑字的招牌，上頭寫著「杜克－史托克爾經紀公司」。雅思培撐開門說：「借看一下。」裡面是接待櫃台，櫃台小姐辦公桌、一株種在盆子裡的棕櫚樹，還有幾張霍伊史托克爾和弗雷迪杜克與哈利貝拉方提（Harry Belafonte）、平克勞斯貝（Bing Crosby）及薇拉琳恩（Vera Lynn）等人的合照，都裝在相框裡。穿過一個隔板後是一間熱鬧的辦公室，兩支電話以不同的頻率在響著，一部打字機的字槌不斷敲打紙面。而弗雷迪杜克，只有聲音而沒看到人影，正對著一支電話大吼：「雪菲爾是二十七，里茲是二十八，而不是里茲二十七，雪菲爾二十八。你重述一次！」

他們爬了第二段樓梯，那裡有個以月亮為背景來襯托鯨魚身影的商標印刻在門上：「月鯨音樂」。這間辦公室比樓下那間忙碌的經紀公司安靜很多，小很多，人也少很多。防塵布鋪在地板上，貝特妮德魯，被里馮聘來月鯨做任何里馮不做的事的員工，坐在一座折疊梯的上端，用油漆刷輕刷天花板與牆面交接處的弧狀飾條。貝特妮三十歲，有時候被誤為奧黛莉赫本，沒有結婚，沉著冷靜，即使是穿著濺了油漆的連身工作褲還是顯得相當優雅。「雅思培以及……我想妳是羅梅爾小姐。歡迎來到月鯨。我是貝特妮，辦公室經理、雜役及裝潢工人。」

「雅思培說妳非常能幹，德魯小姐。」

「妳不能相信那個諂媚老千。我可以跟妳握手，但是我們可不能讓妳帶著油漆漬飛到美國。我記得妳是要直接從這裡前往機場？」

「是的，我到芝加哥的班機是六點。」

「妳去芝加哥是有什麼事？」

「一個贊助人為我辦一個小型個展。接下來要出去冒險，拍下我看到的東西。」

雅思培納悶，為什麼貝特妮是看著他。「看起來真專業，」他說，「我是指油漆工作。」

「到目前都很順利。里馮在等你們……」貝特妮朝里馮辦公室的方向點了點頭，兩扇可以左右滑動的門充當辦公室之間的隔間。門並沒有完全關上，雅思培可以看到里馮在裡面邊講電話邊前後走動，一手提著電話，電話線就垂在後面。他用嘴型說：兩分鐘。」

雅思培和梅卡走向擺在窗前的長條椅。梅卡拿出Pentax相機拍了一張照。雅思培坐下來，閉起眼睛。他並不想偷聽里馮的電話，但是耳朵並沒有耳蓋。「第二條，第三款，」他們的經理人說，「那裡白紙黑字寫著，彼得葛瑞芬恩是錄音室樂手，不是由波爾斯娛樂永永遠遠簽下的音樂家。我們不需要付任何『釋出費』，因為他不需要從任何機構被釋出。」雅思培猜里馮是在跟他的前樂團主唱阿契金諾克的前經理人講電話。「我並不是昨天才進這一行的新手，朗尼。我會說，理由編得不錯，但是非常愚蠢。」

喀嚓，梅卡的相機發出聲音，簌—簌。

里馮的話筒裡傳出刺耳的發怒聲。

里馮用乾笑打斷對方。「你要把我吊在窗戶外？真的喔？」里馮聽起來並沒感受到威脅。「朗尼，沒有老朋友把你拉到一旁說，『朗尼老兄，你已經要步上恐龍的後塵了，趁你銀行裡還有些存款的時候別再經營樂團了』嗎？還是已經為時已晚？那些關於你馬上就要破產的謠言該不會是真的吧？如果話傳出去，說你已經沒有清償能力了卻還在跟人交易，這不是很難堪嗎？」

里馮掛上電話，也同時掛斷話筒另一端的一陣粗暴言詞。「真是一場怪奇秀。嗨，雅思培，還有，梅卡，歡迎來到我的小帝國。」

「裝潢得很漂亮的小帝國。」梅卡說。

「天哪，她很厲害耶。」貝特妮對著雅思培說，令他感到迷惑。

「那就是妳要帶到美國的所有家當？」里馮盯著梅卡的輕便手提箱及中型背包。

「這就是我的所有家當。」

「令人羨慕。」里馮回答。

雅思培問：「剛剛電話裡的那人是朗尼波爾斯嗎？」

「是的，」里馮說，「阿契金諾克的前經理人。」
「阿契過去常稱他『我的前破壞者』。」
「他宣稱葛夫仍然受波爾斯經紀公司的合約約束，但是願意只收兩千鎊就放他走。」
「多少錢？」
「那根本是鬼扯，朗尼波爾斯也知道。」
「迷人的演藝圈世界，梅卡。」貝特妮說。
「這跟時尚攝影圈的迷人之處非常相似。」
「說到攝影，」里馮說，「我是不是偵察到，用我的小眼睛，某件P字開頭，代表『作品集』的東西？」
梅卡把它捧在手中。「一切都準備就緒，你可以看了。」
「進入我的巢穴吧。」

「我的老天。」里馮檢視那些攤在桌上的照片：雅思培、艾芙、迪恩及葛夫每人四張；加上幾張樂團擺姿勢的照片，第一張是在茲德俱樂部，接下來是幾張趁著陽光燦爛的片刻在哈姆苑拍的戶外照。「這一張，」他指著艾芙在鋼琴前的照片，「比艾芙還像艾芙。」
「我很高興這十鎊花得很值得。」梅卡說。
里馮也許在微笑。「是誰說德國人粗枝大葉的？」
「一個從來沒去過德國的男人。」
里馮拿出現金盒，數了十鎊紙鈔，接著再加上第十一鎊。「妳在芝加哥的第一頓晚餐。」
「我會敬你一杯。」梅卡把那幾張鈔票塞進腰包，「縮圖目錄及底片在這裡，你們可以自己加印。」
「太棒了，」里馮說，「我們會提供給媒體並製作成海報，讓大家注意到我們這支樂團的第一場演出。下個月。」

雅思培發現這是新聞。「你認為我們準備好演出了嗎？」

「我們下個月將幫你們先安排幾場在學生活動中心的演出。這只是明星之山的山麓，但是找到立足點是件好事。我比較擔心的是原創歌曲不足。」

「事實上，」梅卡說，「他今天早上就寫了一首。」

里馮的頭往後仰，眉毛往上揚。

「那只是我在玩弄的點子。」雅思培說。

「歌名是『暗房』，」梅卡說，「它會紅。」

「很高興聽到這件事。非常好，真的。繼續討論其他新聞。」里馮把菸灰彈進菸灰缸裡，「艾芙打過電話給我。顯然你們昨天在阿蓋爾公爵酒吧為樂團重新命名了。」

「我提出一個建議，」雅思培說，「然後我們就走了。」

「艾芙告訴我說，她、迪恩及葛夫全都贊同烏托邦大道。看起來像是一個 *fait accompli*（既成事實）了。」

「我喜歡烏托邦大道甚於出路。」貝特妮德魯很自然地加入他們的談話，「而且差距懸殊。」她審視那些照片，「天哪，多棒的圖像。」

「這些照片，」梅卡說，「也讓我感到很開心。」

里馮仍然在想樂團名字的事。「烏托邦大道……我喜歡，但是有點擔心。它聽起來很耳熟。它是從哪裡來的？」

「它是一份禮物，來自一場夢。」雅思培說。

走下樓梯到丹麥街的半途中，雅思培和梅卡側身站住，讓路給一個大步往上爬的人，他的風衣像超級英雄的披肩上下拍動。他停止腳步。「你是那個吉他手嗎？」

「我是一個吉他手，」雅思培承認，「但我不知道我是不是那個吉他手。」

「好台詞。」那個人把瀏海往後撥，露出一張消瘦的白臉，一顆眼珠是藍的，另一顆卻是一輪烏黑。「雅思培德魯特。天殺的好名字。有個J又有個Z，在拼字遊戲中可以得高分。我一月在2i俱樂部看過你，你們施魔法變出一組還蠻不賴的曲目。」

雅思培做出誇大的聳肩動作。「你是哪位？」

「大衛鮑伊（David Bowie），在逃的藝術家。」他和雅思培握手，然後轉身面向梅卡。「見到妳令我心醉神迷，妳是？」

「梅卡羅梅爾。」

「梅卡？就是那個所有道路都通往的地方？」

「就是那個英國人不知道要怎麼發音的Mechthild（梅希德）。」

「那麼，梅卡，妳是個模特兒？還是個演員？或者是女神？」

「我幫人拍照。」

「拍照？」鮑伊的手指伸向他那件風衣的金鈕釦，鈕釦的大小有如金幣巧克力。「拍什麼？」

「我拍我想拍的東西，」梅卡說，「為了我自己。我也拍人家付錢叫我拍的東西，為了錢。」

「藝術是看在藝術的份上，金錢則是看在老天的份上，耶？妳的口音離家鄉很遙遠，*Deutschland*（德國）？」

梅卡用一個面部表情來回答，*Ja*（是）。

「我幾天前才在夜裡夢到柏林，」大衛鮑伊說，「柏林圍牆大概有一英哩高。最底層永遠是昏昏暗暗的，就像雷內馬格利特（René Magritte）的《光之帝國》（The Empire of Light）系列作品那樣。KGB幹員一直想把海洛因注射到我腳趾。你認為這是什麼意思？」

「在柏林沒人注射海洛因。」雅思培提醒。

「夢基本上就是垃圾。」梅卡補上一句。

「你們兩個人講的可能都沒錯。」大衛鮑伊點了一根駱駝牌香菸，然後朝著樓梯上方點了點頭。「所以，你們是法朗克蘭先生的朋友？」

「里馮是我們的經理，」雅思培回答，「我和 2i 俱樂部的迪恩與葛夫，還有負責鍵盤的艾芙哈洛威合組了一個樂團。」

「我在表兄弟俱樂部看哈洛威演奏過，你們一定會闖出名堂。你們要用什麼名號來闖蕩？」

「烏托邦大道。」聽起來很不錯。它現在就是指我們了。

大衛鮑伊點頭。「應該能奏效。」

「你也考慮跟里馮合作？」雅思培問。

「不，這只是禮貌性的拜訪。我已經把靈魂賣給別的地方了。下個月我會在德拉姆唱片（Deram）發行一支單曲。」

「恭喜。」雅思培記得說。

「是啊。」煙從大衛鮑伊的鼻孔緩緩冒出，「〈開心的侏儒〉（The Laughing Gnome）。迷幻雜耍，你可以這麼稱呼它。」

「我必須送梅卡到維多利亞的客運總站，那麼，就祝你的侏儒好運了。」

「正如我們的救主所說，『駱駝穿過針的眼，比把音樂換成金錢還容易呢。』後會有期。」他把腳跟喀嗒一聲併攏，向梅卡行了個禮，「*Bis demnächst*（很快再相見），梅希德羅梅爾。」風衣及長髮漩渦般地一轉，大衛鮑伊繼續爬向樓梯頂端。

在維多利亞客運總站裡，引擎噪音、客車廢氣及緊繃神經不斷翻攪著。鴿子在支柱及支架上棲息。雅思培聞到金屬及柴油的味道。人們站著排隊，看起來疲累而且不幸。利物浦、多佛、貝爾法斯特、艾克斯特、新堡、斯旺西。雅思培沒有到過前述任何一個地方。如果大不列顛是一個西洋棋盤，我只去過不到一格的地方。

「熱狗，」一個推車小販喊著，「熱狗。」

梅卡和雅思培找到開往希斯洛機場的大客車時，時間只剩下一分鐘。梅卡把她的背包交給司機，讓他幫忙放到行李架上，此時，一位裹著頭巾、高大而且動作敏捷的女人塞了一朵枯萎的康乃馨到雅思培手中，然後讓他的手指握住那枝花。「只要一先令，親愛的。買來送這位年輕女士。」她指的是梅卡。

雅思培把花退還給她，或試著要退還。

「別這樣！」那女人看起來很吃驚，「不然你可能永遠都沒辦法再見到她。想像一下，萬一發生什麼事，你會有什麼感覺……」

梅卡自己拿起那朵康乃馨，把它放回那女人的籃子裡，並跟她說「太醜了」來化解雅思培的困境。

那女人對梅卡發出噓聲，但還是識趣地走開。

「迪恩說我是一塊會吸引瘋子的磁鐵，」雅思培說，「他說我看起來非常好騙，而且一副皮夾裡有錢的樣子。」

她對他皺眉頭。對雅思培而言，皺眉比微笑更難以解讀。生氣？接下來她捧起他的臉，吻他的嘴唇。雅思培心想這也許是他們最後一次接吻。按下播放及錄音。「不要改變，」她說，「謝謝你過去這三天的陪伴。我多希望我們有三個月。」在他能回答之前，一個印度大家庭魚貫走上長途大客車，強迫將雅思培及梅卡分開。老奶奶走在最後，瞪了雅思培一眼。一個不時破音的廣播喇叭宣布開往希斯洛機場的客車就要開了。

雅思培猜想他該說「我會寫信給妳」或「我什麼時候可以再見到妳？」但是梅卡的未來不是雅思培可以做任何要求的。她並沒有對他的未來提出任何要求。記得現在的她——臉、頭髮、黑絲絨外套及青苔綠長褲。「我可以跟妳一起走嗎？」

梅卡看起來不太確定。「去芝加哥？」

「去機場。」

「艾芙和迪恩在公寓等你。」

「艾芙通常猜得到發生什麼事。」

梅卡臉上浮現新的微笑。「當然。」

肯辛頓路上的道路施工讓車速緩慢。雅思培和梅卡看著商店、辦公室、巴士站排隊的人龍、滿載著閱讀、睡覺或閉目養神的乘客的雙層巴士、一排排已被煤煙燻黑的灰泥粉飾房舍、在汙濁空氣中篩取訊號的電視天線、便宜的旅館以及有骯髒窗戶的公寓大樓、以每分鐘數百人的速度吞噬旅客的地鐵站入口、鐵道橋、褐色的泰晤士河、形狀像一張四腳朝天的桌子的巴特西火力發電站、從它那三根還在運作的煙囪裡往上噴的煙、久被遺忘的雕像旁環繞著幾株枯萎水仙花的泥濘公園、有衣衫破爛的孩童在髒水池及瓦礫丘之間嬉戲的炸彈廢墟、一匹拖著一車舊貨衣物、骨瘦如材的馬、一間名叫「沉默女人」、招牌上是個無頭女人的酒吧、一個坐輪椅的花販、幾幅登喜路香菸、龐汀斯度假營及英國利蘭汽車徵經銷商的廣告看板、顧客眼睛緊盯著機器內翻滾衣物的忙碌洗衣店、溫痞連鎖餐廳、投注站、陽光照不進來、曬衣線上的溼衣物依然潮溼的暗巷、煤氣廠、種花種菜的小塊土地、魚塊與薯條店，以及鎖起來的教堂——在它的墓園裡，成癮者正大剌剌地睡在死人上方。大客車開上奇司威克高架道路，並且加速前進。屋頂、煙囪及三角牆不斷從窗外滑逝。雅思培心想世界的初設狀態是多麼孤獨。朋友、家庭、愛情或樂團是極罕見的例外情形……你獨自出生、你獨自死亡，而介於兩者之間的大部分時間，你也都是獨自一人。他親吻梅卡的頭側，希望他的吻能穿過她的頭顱而定居在她大腦的裂縫裡。天空散發著灰色的光輝。已經走十多英哩的路了。梅卡抓起雅思培的手，讓手背靠近她的嘴唇，然後吻了它。那一吻可能不具任何意義。或者，它可能代表一切。或者，它代表某種涵意。

雅思培和梅卡兩人都沒有到過機場。它感覺很有未來感。一個人幫梅卡的行李「check-in」，把她的機票換成一種「登機證」，然後指引他們到一個上面寫「出境」的門。大多數的旅客都穿得像是要去參加婚禮或面試。他們來到一個標示著「僅限旅客」的入口處。

這是終點了。他們擁抱。問她你可以到芝加哥找她嗎。請她在要回家前再來倫敦一次。她的眼睛全神貫注看著他。把我一飲而盡吧。要說什麼？告訴她你愛她……但是我怎麼知道自己真的愛她？迪恩說「你就是知道」……但是你怎麼知道你「就是知道」？「我不希望妳離開。」雅思培說。

「我也一樣，」梅卡說，「那就是我該離開的原因。」

「我不懂。」

「我知道。」她將他的指關節放到她的嘴唇上，接著隊伍中的人將她往前帶，兩人就此分開。她最後一次回頭看，就像神話及童話警告人們別做的那樣。她從出境通道向他揮手，然後往前走、再往前走、再往前走……不見了。人是一種會離開的東西。雅思培沿原路往回走，加入另一條排隊的隊伍，等待回維多利亞車站的客運車。這是個寒冷的三月夜。他有一種感覺，那種你已經失去某樣東西、卻還不確定失去的是什麼的感覺。不是我的皮夾，不是我的鑰匙……在他的外套口袋裡，他發現一個蓋了「麥可安澤西工作室」戳章的信封。打開信封，裡面是一張照片，那是昨天他才在何國餐館裡幫梅卡拍的照——當時他請她想像回到柏林進家門時的感覺。至少，這一次我不需要猜任何人在想什麼。我知道。在相片背面她寫了一段話：

對初學者來說拍得還不賴
獻上愛
梅

碎片

對迷路的觀光客來說，位在梅菲爾區的梅森院街十三A不值得看第二眼。但是對迪恩來說，那是一個神奇的入口，可以通往圈內人歡樂嬉鬧之境。經常造訪這塊樂土的人包括唱片公司A&R部門的人及製作人；明天午餐前就可以捧紅你或毀掉你的專欄作家；樂界大老以及他們想接觸一點異類搖滾的女兒們；引領明年時尚的設計師、將穿上這些服飾的模特兒以及將幫他們拍照的攝影師；不再夢想成名、因為他們已經成名的音樂人；披頭四和滾石、赫里斯及奇想；偶爾來訪的頑童（The Monkees）、飛鳥（The Byrds）及海龜（The Turtles）；傑利和領跑者（Gerry and Pacemakers）或傑利自己一人；迪恩未來的同儕，他們會跟他說，「寄給我試唱帶，讓我放來聽聽」，或「我們的暖場樂團表現得不如預期，烏托邦大道可以來頂替嗎？」梅森院街十三A的門後是聖詹姆斯威士忌俱樂部。僅限會員。

迪恩告訴雅思培：「話就讓我來說吧。」

他按下門鈴，門上和眼睛一樣高度的長方形窗口突然打開。窗口裡一隻什麼都難逃過它法眼的眼睛打量著這兩人。「兩位先生你們是？」

「布萊恩的朋友。他說他會把我們放到名單上。」

對方回問：「是布萊恩瓊斯（Brian Jones），還是布萊恩伊普斯坦（Brian Epstein）？」

「伊普斯坦。」

「那麼我就來查一下我的名單……啊，對了，布萊恩在等……呃……你們該不會就是尼爾和班吧？」

迪恩不敢相信他的好運。「那正是我們。」

「很好。讓我再對一下你們的姓……所以你是尼爾道恩先生，而你這位夥伴是班多弗先生？[12]」

「那就是我們，沒錯。」迪恩說，接著才發覺被諧音耍了。

那隻什麼都難逃過它法眼的眼睛發出光芒，然後那個窗口就關上。

迪恩再次按門鈴。那個窗口打開，而那隻什麼都難逃過它法眼的眼睛往外窺探。「兩位先生你們是？」

「我剛才一時亂了分寸，抱歉。但我們是樂手。我們的樂團是烏托邦大道。我們明天要在布萊頓多元技術學院演出。」

「填寫會員申請表，並且繳入會費，管理部門會審查你們的入會案。或者上《最佳流行音樂》（*Top of the Pops*）節目表演，那麼入會費就可以免了。請離開，謝謝。」

往上梳的油頭、大鼻子及一個衣領襞襟，嗖的一聲從迪恩身旁經過。十三A的門打開，門後蹦出一句：「恁好嗎，漢普汀克[13]先生？」然後門就再次關上。

迪恩按了門鈴三次。

那個窗孔啪的一聲又打開。「你們兩位先生是？」

「迪恩莫斯。這位是雅思培德魯特。請記得我們的名字，有那麼一天我們會進來。」他邁開大步，穿越梅森院離開那裡。

雅思培小跑步跟上他。「或許這個結局最好。明天是我們的第一次演出，宿醉對我們沒好處。」

「那個自以為是的混帳根本是個狗屎皮條客。」

「是嗎？我覺得他還蠻有禮貌的。」

迪恩停下腳步。「難道你從來都不會生氣？」

---

12 Neil Downe及Ben Dover是虛構人物。剛好是Kneel Down（跪下來）與Bend Over（彎下腰）的諧音。

13 Engelbert Humperdinck（1936-），英國流行歌手。

「我試過，但是沒能讓人感覺到我在生氣。」

「那不是『讓人感覺到』的問題！那是他媽的情緒！」

雅思培眨了眨眼。「完全沒錯。」

路上車子的行進速度非常緩慢，一路從滑鐵盧到克羅伊登都是如此，迪恩沒有機會把野獸開到時速三十英哩以上。變速桿笨重得要死，而且這部廂型車老是在交叉路口熄火。在克羅伊登以南，他們就一直被卡在一隊緩慢移動的旅行拖車後面，所以直到現在，過了那個「打了個呵欠你就錯過它」的小村莊呼利，也就是A23公路開始登上南部丘陵之處，道路才空曠到可以讓迪恩把腳放下。

「它的速度真的不理想。」迪恩說。

「她是個女的，不是隨便的它，」葛夫在後座說，「而且，她滿載著四個樂手和他們的裝備。」當速度計指針到達時速四十五英哩時，野獸開始不祥地顫抖起來。

「這感覺不太對勁。」艾芙說。

迪恩把速度降到四十，那顫抖才退去。「葛夫，恁真的試駕過這輛爛車嗎？」

「人家送你禮物時，不要拒絕別人的好意。」

迪恩必須跟月鯨借十五鎊，才有辦法與其他三人合資買這件「禮物」。欠更多錢了……照這樣下去，我又必須去咖啡店打工。「你一定要拒絕，因為他們從來就不是禮物。」

「我們需要一輛廂型車，所以我弄來一輛。」葛夫說。

「是啊——我們需要一輛廂型車，不是一輛高齡二十五歲的退役靈車，地板還附贈一些洞，讓恁可以看到車底下的路面。」

「沒看到你做多少跑腿工作。」葛夫說。

「其實，我認為這隻野獸很有個性。」艾芙說。

「只要能把我們從A送到B，就夠了。」雅思培說。

「感謝恁們的專家意見，」迪恩不甘示弱，「曲柄軸凌晨兩點在堅硬的路肩上脫落時，我會讓恁用一點『個性』來修理它，艾芙。至於你，」他問雅思培，「什麼時候才要去拿駕照，讓你可以負責從A到B？」

「我不確定我能信任自己的駕駛技術。」

「這說法還真他媽的方便。」

不出迪恩所料，雅思培沒有做任何回答。他在生氣？沒膽子？還是他一點也不在乎？迪恩仍然無法確認他這位室友兼樂團夥伴的想法。一直猜測是很累人的事。

「在威爾斯，有一個小子，」葛夫說，「他能代替你去考試。付二十五鎊，兩個星期後就會拿到駕照。凱思穆恩（Keith Moon）就是這樣拿到駕照的。」

這軼事值得回應，但迪恩以前就聽過了。「有人有菸嗎？」沒人回應，「謝謝。」

艾芙點了一根金邊臣（Benson & Hedges），然後遞給他。

「哎。如果這就是野獸的極速，」迪恩吸了一口菸，「我們就還有該死的漫漫長路要行駛。收音機也精疲力盡了。」

「我看，如果有人給你一百萬鎊，」葛夫說，「你大概會抱怨他們托媽的沒有把錢包好。」

「同志們，」艾芙以女學究的口吻說，「今晚是我們的第一場演出，我們將寫下音樂史。且由愛與和平來掌權吧。」

A23號公路彎曲著走出樹林，爬上一座小山。

索塞克斯展現在眼前，一路通到英倫海峽。

一條銀色的河穿過金色的午後。

天空開始變暗。當野獸穿過豌豆濃湯，一個實際上並不如它名字那麼古怪的小村莊，迪恩往嘴裡塞了一塊太妃糖。「如果我必須選**一**場演出，那我會選小理察（Little Richard）在福克斯通劇場的演出。大約十年前，是比爾山克斯帶我們去的。他是葛瑞夫森的唱片行老闆，我的第一把正式吉他就是跟他買的。他開著他的廂型車，載著我老哥瑞伊和我及一些同伴下到福克斯通。小理察……耶穌啊，他是個單人發電機。那種尖叫、那種能量以及舞台魅力。還有，那些女孩們。我心想，好吧，現在我知道長大要做什麼了。接著，演唱到〈什錦水果冰淇淋〉（Tutti Frutti）一半時他開始發作，跳上鋼琴，像狼人一樣嚎叫——然後停下來。手抓住胸部，開始抽搐……然後硬生生地重摔在台上。」

野獸經過一個搭在路邊停車區的吉普賽營地。

「那是他表演的橋段，對吧？」艾芙問。

「我們也是這麼想。小理察真是個活寶，我們想，我們都被他耍了，我們想。但是，接著樂團注意到情況不妙。他們停下演奏。接著，一陣死寂。小理察躺在那裡，抽搐著……然後，他停止抽搐。這時一位經理衝上台，去摸他的心跳並且大喊，『理察先生？理察先生？』這時，針掉下來的聲音恁都聽得到。那位經理站起來，臉色灰白而且滿頭是汗，然後問現場是不是剛好有醫生在場。我們全都面面相覷，心想，天哪，小理察就死在我們面前……有個人回答，『我是醫生，請讓路，請讓路。』他衝上舞台，摸小理察的脈搏，打開一個瓶子，放在他的鼻子下方，接著——」迪恩從一輛拖著一車馬糞的拖曳車旁邊超車，「震耳欲聾的阿哇—吧—呃—嚕—吧—呃—拉—班—布—姆！響起。小理察跳了起來，而樂團也同時加入唱起副歌。整個都是演出來的。這時連男孩也尖叫起來！然後演出繼續。」

雨滴劈里啪啦打在擋風玻璃上。

雨刷沒什麼效果地唏唰唏唰響。

迪恩把速度放慢到時速三十英哩。「演出結束後，山克斯跟瑞伊跟其他人直接往酒吧去。未成年的我只能自己打發，於是我想可以去找小理察要簽名。告訴劇場的保鑣說我是小理察的姪子，如果他不讓我進去，他就有麻煩了。他叫我滾開。所以我繞到劇場後面，加入那群在劇場後門等候的粉絲。過了一下，那位經理出現，然後說小理察已經離開了。他們全都相信他，那個剛剛才用『現場剛好有醫生在場嗎？』的戲碼完美騙過大家的老傢伙。我跟著裝作失望地離開，但是一分鐘後又回來，這時，四樓有一扇窗戶打開。就在那裡，小理察本人現身。他抽了幾口大麻捲菸，然後用手指彈開菸蒂，接著關起窗戶。我做了任何一個十二歲泰山粉絲會做的事。我爬上排水管。」野獸接近一個全身被雨淋溼、招手想搭便車的人，他的牌子上寫著「哪裡都可以」，墨水隨著雨水在流動。迪恩問：「可以讓那可憐的傢伙擠進來嗎？」

「除非他可以擠進那個托媽的菸灰缸裡。」葛夫說。

「剛剛說到你在爬排水管。」艾芙說。

野獸從搭便車客身旁駛過。「上到四樓，從那裡我全身抖動著爬上一根斜向的水管，朝著小理察的窗戶移動……然後排水管與牆面分離。離地面五十呎！我撲向那段垂直的排水管，抓住它，然後聽到原先那段水管在地面上摔碎的聲音。地面看起來深達半哩。我唯一的希望是把自己拉上小理察的窗台，然後在玻璃上扣、扣、扣、扣。那是那種你看不透的霧面玻璃。沒人回應。我像隻無尾熊緊抱在水管上，但我的手已經抽筋，而且我的腳沒有地方可以踩。我再次敲玻璃，沒有反應。心想我完蛋了，而且窗戶如果沒有在我敲第三下時往上推開，我心想的事就會成真。是小理察本人。閃亮的上梳油頭，嘴唇上方一條細長的鬍鬚，他看到眼前這小孩當真用手指懸掛在窗邊，並且問他，『哈囉，理察先生，我可以要你的簽名嗎？』」

一輛巴士把一團汙水甩到他們的擋風玻璃上。

迪恩只能盲目駕駛直到汙水散去。

「你不能結束在這個吊人胃口的地方。」葛夫說。

「首先，他把我拉進屋內，好好唸了我一頓，說我差點把自己弄死，但我心裡在想，真是太棒了，我竟然能被小理察臭罵一頓。接著他問我是跟誰來的。我說，我哥，但是他現在人在酒吧。我告訴他我的名字，並且說我將來也要當明星。那讓他軟化不少。他說，『孩子，從來沒有明星的名字叫莫菲特。』我說我母親婚前姓『莫斯』，然後他說，『迪恩莫斯，倒還不錯，』然後他在一張照片上寫，『致迪恩莫斯，朝著星星爬去的人——小理察』。接著為他工作的一個人護送我經過那個不讓我進來的保鑣，而我的探險結束了。瑞伊跟其他人認為這些都是我自己掰的，直到我拿我的照片證據給他們看。」

一個路標上寫著離布萊頓還有二十七英哩。

「你現在還留著嗎？」葛夫問，「那張照片？」

「沒有。」我要告訴他們嗎？「我家老頭子燒了它。」

艾芙很震驚。「你爹為什麼會做這種事？」

這些中產階級真他媽的沒有半點概念。

迪恩嘴唇上的疤痕抽痛著。「說來話長。」

「我選妮娜西蒙在朗尼史葛俱樂部的演出。」艾芙說。野獸搖搖晃晃地穿過一個名叫漢德克羅斯的小村落。「我十七歲，我爸媽絕不會讓我一個人去蘇荷，但是伊莫珍和教會裡的一個男孩充當我的年長女伴，陪我進入撒旦的巢穴。我十五歲開始就偷溜到瑞奇蒙的民謠駁船去聽演出，但是妮娜西蒙是更高的層級。她在朗尼史葛俱樂部裡漂過來漂過去，就像埃及豔后在她的駁船上一樣。一襲黑色的緊身長禮服，像小石頭一樣大的珍珠。她坐下來宣布『我是妮娜西蒙』，就好像在挑戰你敢不敢反駁她。就這樣。沒有『謝謝你們來聽我演唱』，也沒有『很榮幸來到這裡』。反倒是我們需要感謝她來演唱。我們很榮幸能夠來到那裡。一個鼓手，一個貝斯手，一個薩克斯風手，就這樣而已。她彈奏了一組兼具藍調與民謠的曲目。〈棉花眼喬〉（Cotton-eyed Joe）、〈琴酒之屋藍調〉（Gin House Blues）、〈第十二次絕不〉（Twelfth Of Never）、〈黑色是我愛人頭髮的顏色〉（Black Is The Color Of My True's Hair）。沒有調侃，沒有笑話，沒有假心臟病發作。一度有一對情侶悄悄話講得太大聲，她就瞪了犯錯的人一眼，並且說，『抱歉，我唱歌太大聲了嗎？』那對情侶當場面紅耳赤。」

路標上寫著離布萊頓還有二十英哩。

「因為我對她充滿敬畏，我從來沒想過要成為妮娜西蒙。」艾芙繼續說，「我是個英格蘭白人民謠歌手，她是進過茱莉亞學院的黑人音樂奇才。她左手彈藍調，右手彈巴哈。我看過她這麼做。我那時候只期望自己能有幾盎司她那種對自我的肯定，到現在還是這麼想。質問妮娜西蒙，就像去質問一座高山。無法想像，毫無意義。到最後，她告訴聽眾，『我會唱一首安可曲。而且就這麼一首。』那是〈夏日最後的玫瑰〉（The Last Rose Of Summer）。她離開時，我和我姊在衣帽間旁邊。有個女人舉起一張專輯和一支筆，但是妮娜只是說，『我是來這裡**唱歌**，不是來**簽名**。』一位工作人員打開門，然後她就離開那裡，前往她在倫敦的祕密皇宮。我以前都以為你是因為唱片暢銷而成為明星。在那場演出後，我開始想，不——你先是明星，因此你的唱片暢銷。」

野獸的輪子撞進一個凹坑。

車猛烈震了一下，但繼續以時速四十英哩前進。

「這大概就是我不是明星的原因。」

「在今晚之前，」葛夫說，「在今晚之前。」

一輛櫻桃紅的凱旋噴火馬克二型在兩側種著果樹的一段下坡路超車趕過野獸。如果烏托邦大道將來真的賺了大錢，迪恩心想，我一定要買一輛這種車。我會把車開到葛瑞夫森，然後在哈利莫菲特的的公寓前面慢下來，我會讓引擎狂吼一次，說「去」，然後再狂吼一次，說「你的」……

真正的凱旋噴火開走了，進入未來。

路上一片片的水坑像鏡子一樣映照出天空。

「你聽過的最棒演出是什麼，魯托？」葛夫問。

雅思培想了一下。「大比爾布朗齊（Big Bill Broonzy）有次單獨為我演奏了〈高速公路之鑰〉（Key To The Highway）。那算嗎？」

「快說來聽聽，」葛夫說，「他已經過世很久了。」

「我十一歲，那是一九五六年的事。我在荷蘭的棟堡過夏天。我的荷蘭祖父是棟堡教區牧師的老友，每年學校放假時我就會去跟牧師和他妻子住。那年夏天我用巴沙木做了一架噴火戰鬥機的模型。它的飛行姿態非常美，那是我做過最棒的一架。一天晚上，我最後一次將它拋射出去，微風帶著它飛越高牆，降落在棟堡你最不希望你的上好滑翔機落入的院子裡。那是菲爾普朗克隊長的院子。他在大戰時曾是反抗軍的一份子，名聲相當響亮。其他男孩說我應該去找牧師來幫忙，小孩子不該在晚上八點直接去敲菲爾普朗克隊長的門。不過我想，最糟的情況就是他說「不」罷了。於是我進院子，走向房屋並且敲門。沒人回應。我再次敲門。沒有動靜。於是我繞到房子後面，然後在那裡，在北海旁邊的瓦爾赫倫島上，出現了密西西比威士忌標籤上的場景。門廊、燈籠、搖椅，以及一個彈吉他的高大黑人，用粗啞低沉的聲音唱著英文歌，偶爾抽一口手捲的紙菸。我之前沒有跟不是白人的人說過話。我那時從未聽說過有藍調吉他這種東西，更別說聽過它的演奏，說他是個火星人在演奏火星音樂我也會相信。然而我整個人呆住了。那是什麼？音樂怎麼可能如此哀傷、如此稀疏、如此遲緩、如此參差，如此多重的面貌同時出現？那個彈吉他的人很快就注意到我，但是他繼續演奏，把整首〈高速公路之鑰〉唱完。結束時，他用英語問我，『那麼，你覺得如何，小東西？』我問他，我將來有可能把吉他彈成像他那樣嗎？『不，』他告訴我，『因為』——我永遠記得這句話——『你沒有活過我的人生，而藍調是一種你沒辦法說謊的語言。』但是如果我夠想要，他說，那麼有一天我可以彈奏得像我自己。牧師這時剛好到達，為我的擅闖道歉，而我充當這位神祕陌生人聽眾的經驗就結束了。隔天，菲爾普朗克隊長的管家帶著大比爾布朗齊與沃什伯德薩姆的唱片來牧師家，唱片上面簽了『彈奏得像你自己』。」

路標上說布萊頓只剩十英哩遠。

「我希望沒人燒掉那張唱片。」葛夫說。

「你們下次來我家，我會拿給你們看。」雅思培說。

「你有拿回你的噴火戰鬥機了嗎？」艾芙問。

停頓一下。「我不記得了。」

野獸駛進學生活動中心的停車場，里馮已經倚在他那輛一九六〇福特Zephyr上等他們。迪恩把野獸轉進隔壁的停車格，然後關掉引擎。沒看到山克斯廂型車的身影。我們提早到了。他們從車子裡爬出來，那沉默是甜美的，空氣也是一樣。迪恩伸了個懶腰。〈世事難料〉（Tomorrow Never Knows）的音樂從附近的一扇窗戶裡傳出來。月亮是一顆有缺口的撞球。野獸引起路人的注意，一個經過的人惡作劇地高聲說：「喂，夥伴，蝙蝠俠到哪裡去了？」

里馮也一樣，很感興趣地打量他們新買的這輛車。「好吧，肯定不是開車兜風的人會喜歡的車。」

「她是一匹很耐操的勞役馬，是隻野獸，」葛夫說，「而且便宜得要命，這都要感謝我舅舅。」

里馮搔了搔耳朵。「開起來如何？」

「像一輛坦克，」迪恩說，「除非碰到轉角，那時她就跟棺材一樣。還有，她開不上時速五十。」

「我們是買來載器材，」葛夫說，「不是用來打破陸上行車速度紀錄的。你是哪時候到的，里馮？」

「我提早到，時間夠我先去學生會領我們的支票。被『我們下週一就會寄過去』騙過一次，第二次就學乖了。」

一個嚼著口香糖的女生從迪恩身旁經過，用眼神打量他，就好像她是個小伙子，而他是個女孩。沒錯，他心想，我是樂團的成員。

「好吧，」里馮說，「這一堆東西是不會把自己上樓梯的。」

「你今天晚上是讓我們的巡演場務放假去了嗎？」葛夫問。

「等你們有了一張金唱片，」里馮說，「我們再來談聘場務的事。」

「等你能讓我們被唱片公司簽下，」葛夫咆哮，「我們再來談金唱片的事。」

「完成一百場灼熱的演出，」里馮回答，「招募到一大群的粉絲，你們就會被簽下。在那之前，我們全都要搬裝備。三趟應該就可以搬完，有一個人要留下來看守。如果你從來就不相信任何一個五歲以上、一百歲以下的人不會偷你的裝備，那麼你最好看好它。雅思培，那是什麼？」

「我們。」雅思培指著布告欄。

迪恩的眼睛跳過幾張寫著「反越戰靜坐」、「禁止原子彈」、「今日就加入核裁軍運動」、「何不試試敲鐘？」的海報，才在梅卡拍攝的樂團肖像中，某個二乘二吋的方格裡找到自己的臉。相片沖洗的效果相當不錯。「烏托邦大道」這幾個字用遊樂場的字體印出，下方有個空白的長方形，需要時可以填上地點、時間及價錢。

「男孩女孩們，歡迎來到這個重要時刻。」葛夫說。

「看起來相當不錯。」艾芙宣稱。

「看起來很像是懸賞海報。」迪恩說。

「那是好事還是壞事？」雅思培問。

「像在懸賞搖滾界的不法份子。」艾芙說。

「這不像不法份子，」葛夫更仔細審視艾芙的肖像，「比較像本月最佳員工。無意冒犯。」

「沒被冒犯到。這不像不法份子，」艾芙研究葛夫的肖像，「反倒比較像查爾斯王小獵犬戴假髮比賽第三名。無意冒犯。」

場地是個細長形的廊廳，就像一條保齡球道，在靠門的地方有個酒吧，而另一端有個低矮的舞台。廊廳的一側是一排窗戶，從那裡可以看到一個沒有樹的校園。對迪恩而言，整個地方看起來就像是用樂高拼裝出來的。裝潢師傅顯然偏好帶著光澤、宛若汙水的褐色。如果全擠滿，這個場地可容納三四百人。今晚，迪恩猜測，大約有五十人。另外十個人左右聚在桌上足球台旁邊。「我希望我們開始演奏後，不會有人因為人群過於擁擠而受傷。」

「我們九點才開始，」艾芙說，「還有很多時間讓成千上萬的人走進來。有任何葛瑞夫森暴民的跡象嗎？」

「顯然沒有。」蠢問題。

「抱歉，我的存在妨礙到你了。」

兩個學生從酒吧那邊走過來。他留著火槍手的鬍子，穿著一件淡紫色緞面襯衫。她留著黑色及耳短髮，一雙刷了睫毛膏的大眼，穿了一件無袖的之字紋連身裙，裙子的長度僅勉強到她的大腿。我不會拒絕這樣子的女孩，迪恩心想，但是她盯著艾芙看。那位火槍手先開口說：「我是蓋茲，而我強大的推理能力告訴我，你們是烏托邦死巷。」

「大道。」迪恩把他的音箱放在地上。

蓋茲說：「只是開個小玩笑。」迪恩心想，他喝茫了。

「我是里馮，樂團經理。一直都是我在跟老虎做協調的。」

「啊，好吧，老虎有事沒辦法過來，他請我代替他引導你們到舞台上。舞台就在……」他指著，「那裡。」

「我是裘得。」那女孩說。她沒喝醉，而且說話時有西郡的鼻音。「艾芙，我超愛《橡木、梣木與荊棘》。」

「謝謝。」艾芙說，「雖然今天我們要演唱的音樂比我的獨唱……狂野一點。」

「狂野很好。老虎跟我說妳加入一個樂團時，我就說，『艾芙哈洛威嗎？馬上跟他們約時段。』」

「她真的這麼說。」蓋茲一隻宣誓主權的手摸在裘得的臀部。

迪恩想，可悲。「還是先檢查音效吧。」

「彈大聲一點就對了，」蓋茲說，「畢竟這不是阿爾伯特音樂廳。」

「我可以請問一下嗎……」艾芙瞥了一下舞台「……鋼琴在哪裡？」

蓋茲皺眉頭的時候，兩道眉毛連成一道。「鋼琴？」

「老虎答應今晚演出使用的那台鋼琴會調好音、放在台上，」里馮說，「答應過兩次！」

蓋茲輕輕吹了個口哨。「老虎答應過的事可多了。」

「我們絕對需要一台鋼琴。」艾芙說。

「樂團一般都是自己帶樂器來的。」蓋茲補上一句。

「鋼琴不算，他們不會自己帶，」葛夫說，「除非自己開一輛托媽的搬家貨車來。」

「我不在乎老虎這時候是不是還有別的事要忙，」里馮說，「他拿了錢，要負責後勤支援的事。馬上把他找來。」

「老虎正在進行蛻變，」蓋茲解釋，「他的第三眼開啟了，在這裡。」蓋茲碰觸自己的額頭。「他上星期二出發，之後就沒有人再看過他。照宇宙的規模——」

「聽著，蓋茲，」里馮說，「我不管什麼宇宙規模，我們是在『我們現在就需要一架鋼琴』的規模。給我們鋼琴。」

「嘿，老兄，你那種挑釁的口氣讓我很失望。我不是你的女傭。態度差勁！我是幫老虎忙才來這裡的，我可不是什麼康樂股長。去你的，雜碎。」他瞥了表情有點難過的裘得一眼，然後朝出口走去。

「喂，欠幹的！」迪恩跟在那個正要離開、已經茫的人後面。「別——」

「別浪費你的力氣了，」里馮抓住迪恩的手臂，「學生會辦的活動有時候就是會出現這種狀況。」

「是你幫我們安排這場演出的。我們幹嘛大老遠跑來這裡？」

「因為，對相對較沒名氣的樂團來說，學生會付的錢相對慷慨一點，也相對可靠一點。那就是我們在這裡的原因。」

「但是艾芙需要一架鋼琴。那我們要如何演奏我們的曲目？」

「早就知道就該把那台哈蒙德電子琴裝上車載來的。」葛夫說。

「無所不知的智者，如果恁早知道，」迪恩說，「那麼當我問『我們是不是要把哈蒙德一起裝上車？』而每個人都說『不需要，里馮已經確認過兩次，那裡一定會有鋼琴』時，恁他媽的為什麼不說出來？」

葛夫來到可以用頭撞迪恩的距離。「如果任何人有權利生氣，一無是處先生，那也應該是艾芙，你沒事。你有你的貝斯。」

「既然事已至此，算了，」艾芙說，「下次就把哈蒙德也帶上車。里馮，我們現在該怎麼辦？取消演出然後回家？」

「問題是，如果學生會註銷支票，法律上我沒辦法跟他們說東說西。如果你們能演奏一小時，那錢就是我們的。四十鎊，五個人分。」

迪恩想到他欠的錢和他的存摺。

「就把它想成一次團練，」雅思培說，「看起來聽眾當中沒有任何媒體或樂評。」

「但是我要彈什麼？」艾芙抓了抓脖子，「如果我有一把吉他，我至少可以演奏幾首民謠短曲。」

桌上足球台那邊突然響起一陣吵鬧的歡呼聲。

「很抱歉打斷你們，」那是袞得，她並沒有和蓋茲一起離開，「不過我有一把吉他可以借妳，如果妳不介意。」

艾芙再確認一次。「妳帶了一把吉他來這裡？」

袞得看起來有點不好意思。「我本來是想請妳在上面簽名的。」

仍然沒有瑞伊的蹤影，所以迪恩從大廳的電話亭打電話到山克斯的公寓——瑞伊家沒有電話——看看他們是不是根本還沒出門。沒有人接。他們遲到了，他們塞在車陣中，他們輪胎破了，他們忘記了……什麼都有可能。回到演出場地，夜已經讓那一長條的玻璃牆全變成黑色。這地方肯定會讓熱滲漏出去。一組基本照明設備懸吊在舞台上方，但是燈光師在罷工，所以只有蒼白的條狀燈亮著。「我知道有些太平間的氛圍都還比這裡好。」迪恩說。葛夫為他的鼓組做了最後調整。在舞台旁一間帶有濕氣及漂白水味道的儲藏室裡，艾芙把袞得借她的木吉他調好音，然後對著拿在手上的一面小鏡子補口紅。「有你哥的消息嗎？」

迪恩搖頭。「我們也許可以直接開始。」

「我不認為還會有其他人來。」裘得說。

「我們愈早開始，」葛夫，「就可以愈早回家。」

「祝演出成功[14]。」里馮說。

「幫我列出要折斷的腿的清單，我會一個一個完成。」迪恩咕噥著。他們爬了三級台階上到舞台，六十或七十個人稀疏地聚在附近。有些人跟著裘得的帶領，為他們鼓掌。迪恩走向麥克風。這個室內空間有百分之九十的地方是空的。他突然緊張起來。自從2i俱樂部之後，他就沒有現場演出過，而且那次演奏的是符合大眾口味的節奏藍調標準曲目，今晚卻是以他們自己寫的歌曲為骨幹：迪恩的〈放棄希望〉以及他在波坦金時期的〈髒河〉；雅思培尚未經過考驗的〈暗房〉以及一首器樂曲〈天藍燈〉（Sky Blue Lamp）；艾芙的〈木筏與河〉為鋼琴所寫、今晚卻無法用鋼琴演奏的曲子，再加上〈拍立得之眼〉及幾首民謠短曲。「好吧，」迪恩說，「所以我們——」麥克風發出咆哮般的回聲，聽眾全都皺起眉頭。這就是恁該先做音效測試的原因。迪恩東摸西摸地調整麥克風，然後把它把往前移了一呎。「我們是烏托邦大道。我們的第一首歌曲是〈放棄希望〉。」

「我們已經放棄希望了，老兄！」酒吧那邊一個愛搞怪的人喊著。

迪恩對著那個方向比出一個友好的V字手勢，引發台下好幾聲興奮的「哇噢！」迪恩用眼神向雅思培、艾芙及葛夫示意。葛夫大飲一口金標啤酒。「等恁準備好，」迪恩說。葛夫快速對他揮了手指。「好，一來、」迪恩說，「二來、一二三——」

葛夫用落石般的鼓聲掩蓋〈放棄希望〉結尾搖搖晃晃的部分。在帕維爾的俱樂部排練時，從不曾聽起來這麼糟，迪恩心想。他們甚至不該得到聽眾給的那些敷衍掌聲。迪恩走到葛夫那邊跟他說：「恁打太快了。」

「你才托媽的彈得太慢了。」

迪恩不表認同地把頭轉開。艾芙的彈奏毫無意義，她的和聲跑掉了。雅思培的獨奏沒辦法激起共鳴。他彈奏的不是三分鐘的壯盛煙火秀，而是一分鐘不痛不癢的小爆竹施放。迪恩不能怪任何人，只能怪自己在第三節唱錯歌詞，或是為那些粗嘎、搖擺、漏掉的音自責。在這天晚上之前，他一直相信〈放棄希望〉是他寫過最棒的一首歌。我是在開自己玩笑嗎？他拉艾芙和雅思培過來開了個緊急會議，里馮也加入他們。「真是糟糕。」

里馮說：「啊，我不認有**那麼**——」

「如果我們演奏〈暗房〉卻沒有鋼琴，」迪恩說，「肯定會死翹翹。」

「換成〈日昇之屋〉呢？」雅思培建議。

迪恩不以為然。「沒有電風琴？」

「它是一首古老的美國民謠，」艾芙指出，「至少比動物樂團還早六十年誕生。」

迪恩不確定自己還能忍受她多久。

「是我們耽誤了你們這些傢伙演唱，是不是啊？」酒吧那個傢伙大喊。

「不然你要演唱哪首歌？」艾芙問。

迪恩發現他自己也不知道。「那麼，就唱〈日昇之屋〉了。」

「等我們贏得他們的肯定後，」雅思培說，「再來唱一首我們自己的原創曲。」

迪恩走到葛夫身邊，他正打開另一瓶金標啤酒。「忘掉原本的曲目，現在我們要演奏〈日昇之屋〉。」

「是的，長官；不是的，長官；裝滿三個袋子了，長官。」[15]

---

14 原句為Break a leg，祝福表演藝術者演出好運的說法。

15 改編自〈咩咩黑綿羊〉（Ba, Ba, Black Sheep）的歌詞。

「開始演奏就對了。」雅思培走向麥克風，「下面這首歌是關於紐奧良一間惡名昭彰的房子，在那裡——」

「有……一棟房子……在紐奧良……」在玩桌上足球台的那群人開始唱起歌，樂團來到現場後，這群人就一直在那邊玩桌上足球，從未停止過。

「從沒聽過這首歌。」酒吧那傢伙高聲說。

直到現在，迪恩一直把〈日昇之屋〉當成一首保證成功的曲子，但是烏托邦大道證明他錯了。雅思培的歌聲聽起來像在便祕、故作優雅卻令人生厭。艾芙的合音在以男人的懊悔為主軸的歌中令人分心。迪恩走到離音箱太遠的地方，他那條該死的吉他線接頭從他那個該死的音箱脫落。他狼狽地回到音箱旁將接頭插回去時，聽眾大笑。雅思培並沒有掩護他，直接就在沒有貝斯浮力支持的狀況下進入第二節。葛夫的鼓打得單調乏味——刻意跟迪恩說「去托媽的」，迪恩猜想，因為你剛剛竟敢指責他在演奏〈放棄希望〉時打得太快。聽眾中沒有人跳舞，甚至沒人左右擺動身體。他們只是站在那裡，用身體語言說，好吧，這真是個爛樂團。一群人轉身離開。雅思培的獨唱再一次激不出任何火花。如果他在2i時這麼沒用，迪恩心想，我就不會加入這個樂團了。酒吧旁的雙開式彈簧門因為不斷有人出去而一直擺動著。我們現在正在清空場地。迪恩在第三節時再次加入，他希望雅思培能夠注意到暗示而不再繼續下去，但是他並沒注意到。在沒有鼓與貝斯的支持下，他用手指撥弦來彈奏最後四小節，就像艾瑞克伯爾頓（Eric Burdon）在演奏動物樂團版的前奏那樣，但這只突顯出這整場演出跟原版相較之下是多麼遜色。一丁點的表演才能都沒有，迪恩想，無可救藥。

演唱到最後一句，回饋從揚聲器傳出來。不是吉米罕醉克斯（Jimi Hendrix）那種很酷的吉他回饋音效，而是鄉村園遊會廣播系統那種刺耳令人不敢領教的方式。有人大喊：「聽過更好的！」迪恩不得不同意，他看著里馮。里馮兩手交叉在胸前，望著人數愈來愈少的觀眾。

他們聚集到鼓組旁邊。「真是差勁。」葛夫說。

「如果你問我的意見，我會說用『真是差勁』來形容還太仁慈。」迪恩說。

「再來呢？」艾芙問，「沒有鋼琴的〈木筏與河〉肯定會無聲無息地直沉水底。」

「那麼，電子版的〈風不缺席〉如何？」里馮建議，「你們在茲德俱樂部練過好幾次。」

「那時候只是在打發時間，」迪恩說。他認為艾芙那首招牌曲根本不需要鼓，就像信天翁不需要螺旋槳一樣。

「到這地步，我們已經沒有退路了。」葛夫說。

〈風不缺席〉是到目前為止最不糟的一首歌。葛夫將節奏維持得比艾芙的錄音版更慢，雅思培為每一行加上裝飾，迪恩終於和葛夫配合起來，兩人亦步亦趨。麥克風幾乎收不到艾芙的吉他聲，但是只剩不到二十個人在聽他們表演。衮得仍然在那裡，雙手握在一起。她對著他微笑，迪恩也嘗試用微笑回應。遠處的門被推開，六七個人衝了進來，迪恩心想，這下麻煩了。他們的穿著不像學生，反倒更像摩登派。酒保的兩手交叉在胸前。響亮的一聲──「我說，五杯他媽的啤酒！」──壓過音樂，僅剩的那些觀眾回頭看。樂團繼續演奏。迪恩希望有人叫騎兵隊，而且希望布萊頓多元技術學院的騎兵隊不只是一個氣喘吁吁的門房。迪恩聽到更多喊聲：「是嗎？如果你不能服務，那我自己來！」酒吧區上演了一小齣出埃及記。連那些在玩桌上足球的人也停下來，快步離開。那幾個摩登派就自己倒啤酒來喝。應該要叫警察，但是迪恩懷疑警察不會馬上過來。樂團演唱完那首歌曲，但只有衮得和另外兩三個人鼓掌，其他人在那幾個摩登派拿著啤酒走向舞台時就都消散了。他們的首領有牛一般粗實的脖子、老鼠般的牙齒及鯊魚的眼睛。他對艾芙比了個手勢。「她什麼時候才要掀開衣服露乳給我們看啊？」

「這不是那種表演。」艾芙說。

「顧客永遠是對的，甜心。」鯊魚眼說，「男孩們？」他和同黨把手勾在一起，跳著康康舞向前進逼，摩登派躁進的惡意已經啟動。他們來到距離舞台只有幾碼時，康康舞就像它剛剛驟然開始那樣驟然停止。

「那麼，唱一些東西來聽吧。」夾克上有英國國旗圖案的一個摩登派說。

「別唱那種沒營養的嬉皮歌曲。」另一個人警告。

里馮站到舞台前面。「老兄，我們會演唱我們想演唱的歌。如果不喜歡我們的音樂，門就在後面。」

鯊魚眼表情怪異，一副很吃驚的樣子。「一個洋基？哇操。你在這裡幹什麼？」

「加拿大人，」里馮說，「我是這個樂團的經理，所以——」

「看起來像個死娘炮，」鯊魚眼吐了一大口痰到地板上，「穿得就像個死娘炮，而且聲音尖得像個死娘炮……」

「你不會喜歡我們的音樂，」雅思培說，「你們或許還是離開為宜。」

「你們或許還是離開為宜！」國旗夾克模仿他的語調，「你們這些野獸惡棍！你是誰？小公子范特洛伊[16]嗎？」

「喂！」葛夫站起來，「我們托媽的在工作！」

穿著背心、留著一頭亂糟糟野蠻人頭髮的葛夫，看起來就瘋狂到足以讓人感受到威脅。但是對鯊魚眼行不通，他開始大笑：「一個洋基、一位上流人士、一隻嬉皮母牛，還有一個約克夏雪人！聽起來就像是一則他媽的笑話的第一句。那你是什麼？」他指著迪恩，「肛交小精靈？」

在一旁不遠處，一隻手臂甩動，一個拋射物朝迪恩射來。他閃躲避開，但是葛夫抱著頭，往後跌到他的鼓組上。銅鈸鏗鏘響起，彷彿就要揭開笑話的笑點。國旗夾克大聲喊出：「一一一百八十分！」宛如一個飛鏢分數播報員。

摩登派起鬨大笑，但是葛夫並沒有站起來。里馮和艾芙趕過去，迪恩檢視那個傷。葛夫臉上有一道割得很深的可怕傷口，血正從那裡滲出來。帶有鋸齒痕的瓶蓋，迪恩心想，或是他鼓組中某個銳利的邊……

「葛夫？」里馮說，他的襯衫上已經沾了血。「葛夫！」

葛夫含糊不清地說，「等我操傢——修理這——婊子生——兔崽子……」

里馮對著酒吧吼叫：「酒保！叫救護車！現在！發生意外了！他的一顆眼珠快掉出來了！」迪恩並不認為眼珠要掉出來……但是那些摩登派並不知道這點。

酒保喊著回應他，手中拿著一支話筒，「我打電話給門房了！他正在打電話報警和叫救護車！」

迪恩對著旁觀者說：「記住他們的臉！」他指著那些摩登派，他們臉上的傻笑正在消失。「警方會需要目擊者證詞。你們這些低能兒知道那是什麼嗎？」他指著葛夫，「那是重傷害罪，每個人五年徒刑。」

閃光燈一亮。那是裘得，手中一台照相機。摩登派後退一步，一步，再一步，除了鯊魚眼之外。他走向裘得，咆哮著：「把他媽的那台相機給我！」迪恩放下他的芬達，從舞台上跳下來。這時鯊魚眼與裘得正在拔河，爭奪她的相機。他吼著：「給我那台相機，妳這個賤人！」這是一面倒的拔河，直到迪恩從某個旁觀者手中搶來一瓶棕色艾爾啤酒，然後使盡全力朝鯊魚眼的頭上打下去。迪恩感覺到某樣東西破掉了。鯊魚眼放開那台相機，然後轉過身來看著他的攻擊者，一副頭昏腦脹的樣子。幹，迪恩心想，該不會我才是那個要被關五年的人吧？還好，迪恩很快就鬆了一口氣，因為鯊魚眼的同黨已經將他們的首領匆忙帶離犯罪現場。

毛毛雨為學生活動中心停車場及裡面的每個人加上一層冰涼、潮溼的薄膜。大多數的觀眾都已經離開，那幾個摩登派也已消失在夜色中。「你們這位朋友實際上的傷應該沒有看起來的那麼嚴重，」

16 弗朗西絲霍奇森伯內特（Frances Hodgson Burnett, 1849-1924）作品《小公子》（*Little Lord Fauntleroy*）中的人物，生性樂觀，善良正直，感化了冷酷偏激的老伯爵。

男救護員正在談論葛夫的傷勢，「但是我猜值班的護士會希望他留下，過了這個週末再說。他會照X光，傷口需要縫起來，此外，頭部的外傷還有腦震盪的風險。總之，他很幸運，沒有因此失去一顆眼珠。」

「我會開車尾隨你到醫院。」里馮說。

「我也跟你去。」艾芙說。

「沒這個必要。」里馮說。

艾芙沒把里馮的話當一回事。「迪恩可以把野獸開回去，而且……」迪恩猜她是把「雅思培對任何人都沒什麼幫助」的話吞了回去。「還是我跟你去。」

迪恩對救護員說：「我可以跟葛夫說再見嗎？」

「要就快，別期待他能輕鬆跟你交談。」

「他是打鼓的。」迪恩說。他繞到救護車後面，爬進乾淨、乳白色的救護車內部，葛夫正坐在急診推床上，半張臉纏著繃帶。他看著迪恩。「喔，可惡，是你。我已經死了而且下到地獄。」

「往好處看，」迪恩說，「如果那傷痕的形狀不錯，恁就可以一輩子靠演恐怖片維生。」

「你覺得怎樣？」艾芙握住他的手，「可憐的東西。」

「在赫爾，被玻璃瓶砸到只是小意思，」葛夫說，「誰會幫我處理我的鼓組？我不信任那些學生。」

「已經放在野獸裡了，」雅思培說，「我們會把它放到我的公寓裡。」

「如果恁翹掉了，」迪恩說，「我們會把它賣給你的繼任者。」

「祝你們好運，可以找到一個讓你跟上節拍的鼓手。」

「不好意思？」在他們後面有一個女孩子的聲音。迪恩轉頭看到裘得在救護車門旁邊遲疑不決。

「我可以……？」

「上來吧。」里馮說。

「很抱歉闖進來。我只是……我感到很難過，為你們。」

「該道歉的是學生會，」艾芙說，「妳不需要為任何事抱歉。」

「你們的音樂太棒了。」裘得把一綹垂下來的頭髮塞到耳後，「直到你們被粗魯地打斷。」

「你們還會回來完成演出嗎？」裘得問。

樂團成員看著彼此。「除非有人付我們該死的錢，否則不會再回來。」迪恩說。里馮發出嘖嘖聲，「我們會等到葛夫完全康復，才會計畫下一步。」

她看著迪恩。「所以，我猜，那麼我們就先，掰掰囉……」

A23號公路的反光標記順著平滑的弧線一顆顆消失在野獸的下方。這會兒你看到它們，那會兒又看不到了。音箱、鼓及吉他在後車廂不斷滑移。迪恩心想，我們四個人開車下來，卻只有兩個人回去。雅思培已經退縮成為雅思培了，或者他是睡著了。有什麼不同嗎？迪恩希望野獸的收音機能夠收到訊號。他的思緒翻攪著。感謝上帝，瑞伊沒看到這齣爛戲。山克斯及瑞伊等人一定能擊退摩登派，但這麼一來，就有可靠的證人可以見證烏托邦大道的災難首演了。排演時聽起來很棒又如何，沒辦法展現在舞台上根本沒半點屁用。樂團之所以是樂團，前提是它相信自己是樂團，但是迪恩並不確定，他、雅思培、艾芙及葛夫真的如此相信。嚴重的考驗來臨時，他們就運作不起來。他和葛夫相似，都來自勞動階級，但是雅思培是來自另一個星球，優雅怪咖的星球。迪恩已經跟雅思培住在一起八週了，但他仍然幾乎不認識他。艾芙認為迪恩是個鄉巴佬。她能不這麼想嗎？她講髒話的極限是「可惡」。如果她在娛樂圈闖蕩出了狀況，她的父母會保釋她，她的人生有安全網保護。連葛夫也有一張安全網。

「就我沒有。」迪恩咕噥著。

「你說了什麼嗎？」雅思培問。

「沒有。」

野獸進入一個由樹幹與樹枝形成的隧道。

一隻死雉雞被輾平在路上。

我需要其他人更甚於他們需要我，迪恩想。雅思培明天就可以跳船，倫敦的任何一個樂團都會要他。接下來我就可以跟梅菲爾公寓說再見了。葛夫有他的爵士圈，艾芙可以回去發展她的獨唱生涯，里憑有月鯨、丹麥街的一間辦公室，還有，在今晚之後，迪恩猜想，嚴重懷疑自己沒事幹嘛花冤枉錢。那我得到什麼？烏托邦大道。迪恩的未來原本預計於今晚起飛。

未來在發射台上爆炸。

成為碎片。

蒙娜麗莎唱藍調

「我們一個小時前就決定了，」艾芙嘆氣，「第三次錄得最好。」

「第六次錄得更準確。」里馮在控制室回答說，「迪恩第三次在下降音階部分彈錯了。」

「那反倒是加分，」艾芙堅持，「剛好在雅思培唱到『破碎』的時候，那種所謂的意外之喜——」

「雅思培的聲音整體來說第六次錄音時表現最好，」里馮說，「而且葛夫也演奏得更『滴—答—滴—答』。」

「如果你想要『滴—答—滴—答』，」艾芙說，「去弄個留著長髮的巨大節拍器，為它穿上背心，叫它坐在角落，然後開始錄音就好了。」

「如果巨大的長髮節拍器可以發言，」葛夫躺在一個鬆軟的沙發上，他那個憤怒的新傷疤橫跨他左側的太陽穴，「莫斯兒貝斯的聲音流進我小鼓的麥克風裡了。我們可以使用吸音棉錄第七次嗎？」

「我是刻意不用吸音棉的，」菌傘的專屬工程人員狄葛說，「就像滾石樂團，他們是刻意讓音箱的聲音被另一支麥克風收進去的。」

「那又怎樣？」迪恩坐在一個擴音器上，挖著鼻孔而不在乎被誰看到。「我們又不是滾石的複本。」

「從滾石的書中拆一頁下來並不會讓你就成為他們的複本，夥計們，」那個膚色古銅、牙齒潔白、**花花公子**外型的月鯨合夥人霍伊史托克爾說，「那幾個男孩是個金礦。」

「他們之所以是金礦，是因為他們找到自己的聲音，霍伊。」迪恩回答，「而不是表現得像幾隻該死的鸚鵡。」

「切斯唱片（Chess Records）沒有人會同意滾石不是鸚鵡。」葛夫吐出一個煙圈。

「這些都不是重點！」艾芙感覺被困在一個不斷循環的夢魘中，「我們可不可以就——」

「不行，但是，各位，我有提議。」霍伊史托克爾用劈砍的手勢來加強語氣。「直接丟掉『在讓謊言成為真理的暗房裡』這一行，然後用『莎啦啦啦啦達，莎啦啦啦吧』。我上星期跟菲爾斯佩克特（Phil Spector）吃晚餐，他說，莎啦啦會再次開始流行。」

「當然，那也是種想法，霍伊。」里馮說。

先殺死我吧，艾芙心想，「迪恩，那是你貝斯的部分。第三次錄音或第六次，選一個吧。把我們的痛苦做個結束。」

「我已經聽太多次了，耳朵正在罷工。」

「那就是上帝創造製作人的原因，」里馮說，「狄葛，霍伊和我一致同意，採用第六次的錄音。」

「我們先前的共識是第三次最好，」艾芙試著不要叫尖叫出來，否則她會變成歇斯底里的女人，「直到你——」

「第三次原本保持領先，」里馮解釋，「但是第六次急起直追，最後率先抵達終點。」

上帝啊，給我力量。「一個不恰當的隱喻沒辦法令人信服。雅思培，三還是六？這是你的歌。」

雅思培從專門錄人聲的小錄音間探頭看他們。「兩個都不好，我聽起來像感冒的狄倫。我想要再錄個柔情一點的版本。」

「菲爾斯佩克特有句名言，」霍伊史托克爾說，「『別讓好成為最好的敵人。』是他說得對還是他說得對？[17]」

「霍伊，我會說那真是句忠告。」里馮說。

你這個愛舔屁股、愛耍雙關的傢伙，艾芙想，「如果我們有一整個禮拜的時間，那我會同意試它個五百種方式。但是我們只有……」時鐘上顯示早上八點三十一分，「四小時又二十九分鐘來錄兩首歌，因為我們已經花了太多時間在這一首上。」

「〈暗房〉在A面，」里馮說，「它將是會從一百萬台收音機中播放出來的歌，它必須是完美的。」

「我們不是該先聽聽我的歌和迪恩的歌播起來如何，再來決定哪幾首要放在A面嗎？」艾芙問，「否則——」

「不用，但是——」迪恩才剛剛插嘴，艾芙就勃然大怒，她用力拍打鋼琴鍵盤，然後對著錄音室說：「如果任何人再打斷我的話，我就把華妃電子琴塞進他的肛門。」

那幾個男人看起來受到很大的驚嚇，除了雅思培之外。接著他們交換了「喔噢，有人大姨媽來了」的眼神。

「哈洛威小姐？」菌傘的櫃台接待小姐黛爾卓來到門邊，「妳妹妹在接待櫃台。她說妳在等她。」

碧雅被派來解救我，免得我殺人，艾芙想。「好的。各位，你們要怎麼處理這首歌都可以，我不在乎了。我要去蒙娜麗莎咖啡廳一下，九點會回來。」

「去吧，」他們的經理人回答，「這樣對妳好。」

「我沒有要請求你准許的意思，里馮。」艾芙拿起外套及包包，頭也不回地直接離開。

來到外面的接待櫃台，新鮮空氣從丹麥街飄盪進來。碧雅正在觀看牆上掛的那些菌傘較有名的客戶的照片。艾芙欣賞她小妹新剪的男孩髮型、她的紫羅蘭色貝雷帽、紫丁香色夾克和及膝長靴。指甲和嘴唇是相互呼應的紫紅色。「小妹，看看妳。」

兩姊妹擁抱。「我是不是做過頭了？我原本想穿的是瑪莉官（Mary Quant）設計的迷你裙，但現在我恐怕已經到了『瑪麗，瑪麗，愛唱反調』[18]的地步。」

「如果我是評審團，光是以妳在衣著上的獨特品味我就會給妳一個角色。」

17 刻意重複。

18 英國童謠〈瑪麗，瑪麗，愛唱反調〉（Mary, Mary Quite Contrary）的歌詞第一句。

「妳不客觀。」碧雅指著保羅麥卡尼的照片。「如果我在這裡待得夠久，保羅會乘著迷死人不償命的波浪飄然而至嗎？」

「恐怕不會。」黛爾卓從她桌上抬起頭來，「那是三月，艾比路整晚的時段都被包下來。他就只來過那麼一次。」

「我們去吃早餐，」艾芙說，「謀殺培根三明治總比謀殺製作人好。」

霍伊出現在錄音室門口，用力把褲子往上拉。「天哪，天哪，這位令人心情愉快的年輕女士是誰啊？」

「我妹妹，碧雅，」艾芙說，「碧雅，這是史托克爾，他——」

「促成月鯨的誕生。」霍伊將碧雅的手包在他的雙手之中，「因為我愛插指很多事。」

碧雅把手抽回來。「那麼你的手一定黏答答的。」

霍伊把他的微笑調整成強光模式。「妳的人生大冒險到什麼地步了，碧雅？」

「完成高中學業，下個目標是進戲劇學校。」

「很好，我向來就主張美麗的東西有責任被最廣大的觀眾看到。妳想要進電影圈嗎？」

黛爾卓將打字機的滑動架猛力推回原點。

「長遠來說，那是一種可能。」碧雅說。

「妳這種說法還真有趣，」霍伊說，「我的老夥伴班尼克羅普（Benny Klopp）——班尼是環球影城的大人物——他交代我旅居倫敦的時候要充當星探，幫他發掘一些英倫玫瑰。而妳，碧雅——我可以叫妳碧雅嗎？——就是一朵。妳有大頭照在身上嗎？」

碧雅皺眉。「我有什麼在身上？」

「大頭照。就是妳的頭——」霍伊用手指在碧雅的胸部外圍比畫出一個框，「的照片。班尼正在為一部關於羅馬皇帝卡利古拉的電影選角。妳穿上羅馬的托加長袍看起來一定非常迷人。」

「受寵若驚，」碧雅說，「但我根本還沒進戲劇學校，我明天還有一科 A-level 的考試要考。」

「在影劇圈，建立關係永遠不嫌早。我說得沒錯吧，艾芙？」

「前提是，他們是真正的圈內人。鯊魚、奸詐的律師、撿現成的敗類也都在這個水域游動。我說得沒錯吧，霍伊？」

「妳姊姊喔，」霍伊告訴碧雅，「在她年輕的肩膀上有一顆年老的腦袋。妳聽過瑪莎葡萄園？」

「沒有，」碧雅說，「它也是你插指的一件事嗎？」

「瑪莎葡萄園是美國麻薩諸塞州的一個度假勝地。我在那裡有棟房子。私人海灘、私人游艇。楚門卡波提（Truman Capote）是我鄰居。我有一個很棒的想法。烏托邦大道飛去征服美國時，」霍伊兩隻手掌合十貼在一起，就像印度人說*Namaste*（我向你鞠躬）時那樣，「妳也一起來，就待在瑪莎葡萄園當我家的客人。妳會和班尼克羅普，那些對百老匯有影響力的人士，還有菲爾斯佩克特碰面。」霍伊舔了舔嘴角，「妳的人生將會改變，碧雅，相信我。相信妳的直覺。現在妳的直覺跟妳說，我是個什麼樣的人？」

「當時直接躍上我心頭的是：用一根生鏽的湯匙閹了自己吧，你這死變態！」他們穿越丹麥街時，碧雅注意了一下左右的來車，「但是，接著我想，這可是我姊姊的老闆……所以我就閉緊嘴巴。」

「技術上來說，」艾芙說，「他是里馮的老闆，但是沒錯，他仍然可以對我們按下退出鍵。所以，謝囉！」

一輛快遞腳踏車從她們身邊飛馳而過。碧雅問：「爸的律師朋友還在檢查妳那些合約，對吧？」

「對，希望他能勝任。我用零隻手的手指就可以把從沒被騙過的音樂家數完。」

「號外，號外！」一個聲音粗啞的報攤小販在小報棚裡喊著，「哈洛德威爾遜（Harold Wilson）被發現死於棺材內，心臟被棍子刺穿！號外，號外！」

碧雅和艾芙停下腳步。他們看著那個報販，那個人才告訴他們：「我喜歡測試有沒有人在聆聽。

聆聽是一項即將絕跡的藝術。我的意思是，你看看他們。」

五月的陽光下，人們在丹麥街上快速穿梭。

「或許他們聽到了，」艾芙建議，「但是他們心想，喔，好吧，又是一個蘇荷怪咖。」

「非也，」那個報販說，「人們只聽他們期待聽到的話。一百個人中沒半個人有你們兩人這樣的耳朵。」

三個準備要離開蒙娜麗莎咖啡廳的年輕男子靠到一旁，讓兩姊妹經過，順便多看了一眼碧雅。根據他們破舊的藝術作品夾及衣服，艾芙猜測他們是聖馬丁藝術學院的學生，那學校離查令十字路只有一分鐘路程。碧雅像徐風一樣經過，彷彿那幾個男孩不存在，然後他們一個個走出咖啡廳。

艾芙問：「妳想吃什麼？」

「咖啡就好，加牛奶，不加糖。」

「不太像早餐呢。」艾芙說。

「我出門前吃了半顆葡萄柚。」

「聽起來像爸的口氣，」艾芙說，「但是半顆葡萄柚怎麼夠妳撐過試鏡？我幫妳叫個司康餅。」

「不用，真的。我現在極度緊張。」

「好吧，如果妳真這麼確定。」艾芙跟蒙娜麗莎的女當家畢格斯太太點了一個培根三明治和兩杯咖啡，畢格斯太太再穿過窗口把點單交代給一個廚房工。兩姊妹選了一張靠窗的桌子坐下。「妳後來選了哪段獨白當試鏡的台詞？」

「**亨利六世，第一部**的聖女貞德。至於自選曲，我選了一首非常討人喜歡的小曲〈風不缺席〉，作曲者是英格蘭女歌手艾芙哈洛威。我沒有徵得她的同意，不知道她會介意嗎？」

「我想，哈洛威小姐——我剛好跟她有點認識——會感到很欣慰。為什麼要選這首？」

「在沒伴奏下，它依然很動人，而且因為妳寫這首歌時我剛好在樓上，這是我可以不小心洩露給評審的小插曲，誰叫我是個喜歡提到名人來拉抬自己身價的無恥之徒呢！廁所在哪？」

「順著樓梯往下走，在蒙娜麗莎像下面。提醒妳，走向地心的旅途有點漫長……」

電台正播放奇想樂團的〈滑鐵盧日落〉（Waterloo Sunset）。艾芙望向窗外的丹麥街。數以百計的人經過窗邊。「真實」在錄製自己的同時，也刪除自己，艾芙心想。時間是偉大的遺忘家。她從手提包中拿出筆記本，寫下：記憶不可靠……藝術是被公開的記憶。長遠而言，時間是贏家。書本會化為灰塵，底片會朽壞，唱片會磨損，文明會焚毀。但是，只要藝術得以持續，某人曾經認為值得保存的一首曲子或一幅景象或一個思想或一個感覺就可以被保存下來，並且得以與人分享。其他人就可以說：「我也這麼覺得。」

在對街，在一個磚砌的門廊內，一幅伯克夏絲襪的海報底下，有一對情侶在接吻。艾芙的視線、門廊的深度及行人走路的速度都是那麼剛好，以至於那對情侶很可能只被艾芙一個人看到。他們的前額相抵，說著話。計畫安排、甜言蜜語、應許承諾、期待再會……他只是普通帥，她卻是初到春神幻化而成的女性身軀，艾芙這麼判斷。她的姿態、她的衣著、她的俏皮、她那長度及喉的黑髮，以及，最重要的，那狂放又邪惡的笑容。

妳在對她拋媚眼。艾芙在手提包裡翻找駱駝牌香菸，再翻找打火機，然後點燃一支菸。我沒在拋媚眼，我只是在看他們。艾芙還記得一月時她在九七號巴士上聽到的聲音，當時巴士正沿著克倫威爾路行駛……

克倫威爾路一〇一號的門鈴像女妖一樣發出尖叫，音樂搏動著。「聽起來，派對已經開始了。」布魯斯說。他們那天從劍橋旅行回來，艾芙本來希望留在自己的公寓就好，但沃特西是布魯斯在墨爾本認識最久的朋友，而他才剛來到倫敦，所以布魯斯會去參加派對。艾芙擔心如果自己不去，他可能會到隔天早上才回來，搬出他晚上到哪裡去了的一堆合理謊言。一位穿著蜜桃色阿富汗大衣、戴著串珠、留著雜亂髭鬚的瘦長男子打開一〇一號的房門。「布魯悉弗萊契！進來，外面凍死人了！」

「沃特西！你這傢伙過得如何？」

「還活著。嘿，伊茲拉島是個樂園，你應該要去的。」

「老天，我也希望去。不過，我現在卡在這裡。」

「這位，」沃特西轉向艾芙，「想必是……呃……」

布魯斯走進門內。「這位是獨一無二的艾芙哈洛威。」

艾芙握著沃特西那隻骨瘦如柴的手，輕搖了幾下。「布魯斯告訴我很多關於你的事。」

「倫敦這麼多澳洲帥哥，」沃特西露齒微笑，「妳為什麼會看上這無恥的壞小子呀？」

「性感魅力，」布魯斯說，「天縱之才。我的龐大資產。」

「那肯定是。」負責所有帳單與花費的艾芙說。

沃特西領他們走過一條走廊，經過一幅大象壁畫、一具放在角落的玉製佛像，還有掛在樓梯間的一面梵唱祈禱旗。發明之母樂團（The Mothers of Invention）的《嚇壞了》（*Freak Out!*）專輯從如沼澤般惡臭，混雜著大麻、扁豆及薰香的氣味中隆隆地震出來。在長條型的大廳中，三四十個人在聊天、喝酒、抽菸、跳舞及放聲大笑。「嗨，大家，」沃特西宣布，「這是布魯斯和他的老婆大人艾芙。」一小陣異口同聲的「嗨，布魯斯！」及「嗨，艾芙！」，然後有人遞給艾芙一杯啤酒。她喝了幾口。一位打扮得光鮮亮麗，穿戴著各式金飾、銅飾，眼睛外圍塗了一層化妝墨的女人出現在她面前，「艾芙，我是凡妮莎。我很喜歡你們的唱片。」那是倫敦周邊富裕地區的口音。「《牧羊人之杖》讓我驚豔。我做一些模特兒工作，去年到切爾西的麥可安澤西攝影工作室參加聖誕節的熱鬧派對時，麥可一度播放你們的迷你專輯，並且跟我們說，」凡妮莎這個帶著高雅口音的女孩開始模仿起倫敦土腔：「『你們大家徐耳恭聽吧！』然後……哇噢。」

「謝謝，凡妮莎，」布魯斯說，「我們也很得意。」

有人拍艾芙的肩膀。她轉身看到馬克波倫（Marc Bolan）那雙像狗眼一樣大的眼睛。「妳先前都躲到哪裡去了，金髮女孩高蒂亞[19]？」

「馬克！布魯斯和我之前——」

「我聽過《牧羊人之杖》。」馬克塗了睫毛膏，穿了一件皮夾克，脖子上圍了一條打結的圍巾。「可圈可點之處很多哪。事實上，最棒的幾首會讓我不禁想到在下鄙人的新作。我這裡就有一些可以跟你們的唱片公司完美搭配的新歌，分量足夠錄成一張專輯，我是說真的。我應該找誰談這件事？」

「托比葛林（Toby Green）。但是，那只是一個小——」

「托比葛林，知道了。當他聽到我的點子時一定會興奮到在褲子裡就射了。我的想法是：為《魔戒》裡的每個夥伴寫一首歌，然後為咕嚕寫一首插曲，再另外為魔戒本身創造一個高潮。」

艾芙猜想她應該要表現出驚喜萬分的樣子。她四處張望，想從布魯斯那裡得到一點提示，但他不見了。凡妮莎也是。

「妳讀過《魔戒》嗎？」馬克波倫問。

「布魯斯借我第一冊，但是，如果要我說實話——」

「我一直告訴女孩們：『如果想了解我，現在就去讀《魔戒》。』就這麼簡單。」

艾芙希望自己有那個膽子說：「這樣的話，我會像避開瘟疫那樣避開那本書。」她說，「但願你那些新歌能順利發表。」

他親了自己的食指，然後把它按在艾芙的眉心。「我會告訴托比葛林，是妳派我來的。」

艾芙擠出一抹微笑，很想馬上去洗臉。「布魯斯就在附近，他也會想跟你談談的……」

布魯斯不見人影。身體愈來愈稠密，煙霧愈來愈濃密。正在播放巴特菲爾德藍調樂團（The Butterfield Blues）的音樂。半小時過去了。艾芙擺脫了一個煩人的民謠痴，他責怪她那張《橡木、梣

19 典出自英國童話故事《金髮姑娘與三隻熊》（*Goldilocks and the Three Bears*）。

木與荊棘》迷你專輯玷汙了一七六五年版的〈派崔克史本斯爵士〉（Sir Patrick Spens）。布魯斯再次出現。「袋熊，讓我帶妳離開這裡吧。」

「你到哪去了？我剛剛才被一個──」

「真正的派對在沃特西的房間，來吧。」布魯斯壓低聲音，「所有人都在等妳。」

「聽著，我不確定我現在有心情去──」

「相信我。」布魯斯對她眨眼，像是有密謀，「接下來幾個小時會改變妳的人生。」他帶著她穿過許多人，爬上樓梯，再爬上更陡的樓梯，經過擁吻的情侶，然後再爬上更更陡的樓梯，來到一個紫色的門前。他用一種特定的模式敲門。門閂被拉開。

「啊，哈，」沃特西打開門，「抱歉，弄得這樣神祕兮兮的──」他在他們身後再次把門閂栓上，「但是話若傳出去，那些平民老百姓就會來踢倒我的門。」沃特西的房間靠三腳架上的一個紙燈籠照亮，它的光束像燈塔一樣旋轉，橫掃過黃色的牆壁、漆成紫色與黃色的地板，以及一個已經用圍板圍起來的火爐。黑色鬱金香立在黑色的花瓶裡。從窗戶可以看到由煙囪帽、電視天線及屋簷雨水槽共同拼湊出的南肯辛頓夜景。六個人或坐在或躺在懶骨頭、一張矮床及一些軟墊上。稍早那位凡妮莎說：「我們以為妳走失了。妳認識席德？」席德巴雷特，平克佛洛伊德的歌手正邊刷吉他邊唱著〈你意識到了嗎？〉（Have you got it yet?），一遍又一遍，他看起來並沒有注意到艾芙。一個留著皇帝鬍、穿著玫瑰印花襯衫的光頭男子來跟她自我介紹。「嗨，艾芙，我是艾爾金斯堡，很高興認識妳。比爾葛瑞翰姆（Bill Graham）一定會愛死這個。」他拿出弗萊契與哈洛威的《牧羊人之杖》迷你專輯。

「詩人艾倫金斯堡（Allen Ginsberg）？」艾芙跟布魯斯確認，「那個艾倫金斯堡？」布魯斯露出一副「瞧，我剛剛不是說過了嗎！」的表情。

「別相信妳讀到關於我的每一件事，」艾倫金斯堡說，「相信大半就好。我朋友剛好是費爾摩音樂廳的所有人。妳聽過費爾摩吧？」

「當然。它是舊金山的音樂表演場地，沒有其他選項。」

「你們就適合在那裡表演。」金斯堡說，「你們比那裡的許多演出都還更有民謠風，但你們並不只是民謠歌手。」

「我們會毫不猶豫馬上過去，」布魯斯說，「如果葛瑞翰姆可以幫我們安排好班機，對吧，艾芙？」

艾芙震驚到只能頻點頭。「沒錯！」

「我是阿普拉布斯。」一個穿著牛仔衣的女人背靠遠處的牆面坐著。「這個無賴——」她指著把一顆雲朵般的爆炸頭枕在她腿上躺著，懶懶舉起一隻手打招呼的傢伙，「是米克費倫（Mick Farren）。」阿普拉布斯是另一個澳洲人。「我對『眾妙之門』[20]這整個學說感到懷疑，但是為了保有科學探究的精神，我願意經驗我所懷疑的事物。」

艾芙完全不知道這段話的意思，但是阿普拉布斯的態度讓她脫口回答，「完全同意。」

席德巴雷特讓吉他產生不和諧的音效，但仍然唱著「你意識到了嗎？」，較輕聲、帶有魔力的一回合。

「那麼，艾芙。」沃特西指著架上的一排飲料，「妳的火箭燃料是什麼？白蘭地？方糖（迷幻藥）？」

「抱歉，我比較古板，一杯可樂就好，謝謝。」

「真的古板的話，」沃特西說，「妳就不會在這裡了。」

「袋子精靈艾芙來坐我旁邊。」凡妮莎拍打她身旁的一顆懶骨頭，「縱使她的才華讓我嫉妒到臉色鐵青。鋼琴和吉他，妳都會彈？除了愛現之外，還有其他意涵嗎？」

艾芙陷進懶骨頭裡，心想凡妮莎是和席德，還是和艾倫金斯堡一起來的。她的層次遠高於沃特

20《美麗新世界》作者赫胥黎（Aldous Leonard Huxley, 1894-1963）嘗試迷幻藥物、經歷神祕體驗的記錄，發表於一九五四年。

西。「我的吉他功力並沒有那麼好。布魯斯叫我『爪子』。」

「那麼我認為布魯斯真的很壞。」

沃特西拿可樂過來。「好好享受這趟旅行。」

艾芙猜測這是澳洲人的說法。「謝謝。」她暢飲一大口黑色的甘甜。

「妳顯然不是處女。」阿普拉布斯觀察。

艾芙猜想這是女性主義者的直率。「呃……妳也不是，我猜。」

阿普拉看起來有點困惑。「妳沒有聽到我剛剛講的話嗎？」

「那麼，艾芙。」布魯斯露出他招牌的淘氣男孩笑容，「我和沃特西已經提早給了妳一個生日禮物。」

「哦？」艾芙環顧四周。沒有任何禮物的跡象。

「我們十分鐘之前都吃了迷幻藥，」她的男友說，「但是沒有妳的參與情況就會不一樣，所以……」

艾芙順著他的視線看到自己的可樂，但是不相信布魯斯會把迷幻藥加到給自己的飲料裡，那太荒謬了——直到沃特西發出咯咯的笑聲，露出一排不整齊的牙齒。

「有時候妳需要人推一把，袋熊。」布魯斯說。

艾芙驚恐地放下手中的杯子。震驚戰勝恐懼，焦慮又戰勝震驚：艾芙不想在這些陌生人前面開始神情恍惚；她一點也不想開始神情恍惚。布魯斯和表兄弟俱樂部的群眾已經服用迷幻藥了，但是艾芙對於那些天使長顯現、手指變成陰莖或自我死亡的故事並不感興趣。

「我的觀察正確嗎？」阿普拉問布魯斯，「你把迷幻藥放進你女朋友的飲料裡，而沒告訴她？」

「輕鬆進入迷幻世界吧。」布魯斯對艾芙說。

艾芙克制自己不放聲大叫，「你這個蠢智障，你真敢？」艾倫金斯堡在一旁觀看這幕。沒能通過這次迷幻藥考驗，就等於跟神話級的費爾摩音樂廳親吻道別。她看了一下那杯可樂，她大概只喝了四分之一。

布魯斯在他的懶骨頭上噘起嘴。「這是妳的生日禮物。妳沒這麼古板。」他跟艾倫金斯堡說，「她不是。」

「你意識到了嗎？」席德巴雷特唱著，「你意識到了嗎？」

「沒有任何真正獨立的心靈，」艾倫金斯堡說，「可以被稱為古板。如果艾芙沒那個興致，那麼這很可能會是一趟差勁的迷幻之旅。」

艾芙把可樂交給沃特西。「我早上再來聽你的冒險故事。」布魯斯臉色陰沉。艾芙跟阿普拉布斯說：「照顧好他，可以嗎？」

「當然不行。我看起來像他老媽嗎？」

在克倫威爾路上，夜已拉起一片毛毛雨的簾幕。一輛九七號雙層巴士嗚咽駛近艾芙的站牌。下層已經坐滿人，於是她爬到上層，選擇前方最後一張空著的雙人座坐下。她把頭靠在玻璃上，然後從各個角度回想沃特西房間裡的場景。她剛剛拒絕了一張到舊金山的迷幻藥金色入場券？她沒通過入會儀式？她是個害怕過度、不敢從心靈監獄逃脫的囚徒？巴士停在自然歷史博物館前面。一個看起來非常累的加勒比女性來到階梯頂端，做了女人挑選座位前會做的那種快速計算：坐哪個位子最不會惹上麻煩？艾芙估量，如果你是黑人又是女人，那計算想必更加棘手，所以她露出「歡迎妳坐這裡」的友善表情，對著她身旁的座位點了個頭。那女人默默點頭回應，然後坐到那個位子上。不到一分鐘她就睡著了。艾芙斜眼打量她。她和艾芙差不多年紀，皮膚較光滑、嘴唇較厚，從頭巾下竄出的頭髮較粗也較捲。一個銀色十字架躺在她的鎖骨上，鎖骨則藏身在她護士制服的衣領內……

「艾芙哈洛威是個女同志。」伊莫珍聲明。

艾芙坐得很挺。伊莫珍人在一百四十英哩外的梅爾文，而不是坐在南肯辛頓的九七號公車上。

「女同志，」伊莫珍的聲音重複，「女同志，女同志，女同志。」

艾芙要不是瘋了就是幻想出她的聲音。

「妳睡男生來隱藏妳是女同志，」伊莫珍的聲音說，「而且愚弄了妳的朋友，愚弄了爸媽，愚弄了碧雅，幾乎也愚弄了自己——但是妳愚弄不了我。我是妳大姊。我知道妳什麼時候是說謊，我一直知道。甚至妳還在想，我就知道妳在想什麼了。布魯斯只是妳的掩飾。他不是嗎，女同志閣下？」

艾芙閉上眼睛，告訴自己這是摻了迷幻藥的可口可樂在作祟。伊莫珍不在這裡。她沒有瘋。真正瘋了的人是不會懷疑自己的神智。

「胡扯，」伊莫珍的聲音說，「而且我注意到妳還沒有否認妳是女同志。妳否認了嗎？女同志閣下。」

溫順地坐著，假裝沒發生什麼古怪異常的事，這事本身就很古怪、異常，但艾芙不知道她還能做什麼。計程車能讓她更快回到家，但是如果叫不到計程車，她可能在到達寒冷的海德公園時就開始進入迷幻之旅了。她也許會想像自己是一隻離開魚缸的魚，然後跳進公園裡的蛇形湖淹死。

「滾蛋吧爛垃圾。妳很胖。妳的歌很蠢。妳看起來像個戴著假髮的男人。妳是個失敗者。妳的音樂根本是笑話。碧雅是因為可憐妳才跟妳說話……」

「天哪，妳說的沒錯，那廁所。」碧雅坐下來，此時此地，在蒙娜麗莎咖啡廳，在一個美好的四月天，在艾芙在自己的公寓蜷縮在毛毯裡，等待心中那個伊莫珍退去的一百個夜晚之後。「真的是一趟進入地心之旅。我可以聽到冒著泡泡的岩漿從鋪了磁磚的地板底下流過的聲音。」碧雅看到丹麥街對面門廊下的那對情侶仍然在熱吻。「我的天，那兩個欲罷不能了。」

「我知道。我都不知道該往哪看了。」

「我知道。他身材魁梧。我喜歡她的迷你裙。還記得媽怎麼說迷你裙的嗎？如果妳的東西沒有要賣……」

「……就別把它放進櫥窗展示。」

那對情侶分開，他們的手指交纏直到最後一刻。他們轉身，走了幾步，再轉頭揮別。」

「這就像芭蕾。」碧雅說。

人們在丹麥街上穿梭。艾芙扭轉一枚銀戒指，那是某個陽光燦爛的星期天，在一場弗萊契與哈洛威演唱會之前，她在金斯林的某個路邊攤上買的。布魯斯並沒有幫她付錢——送戒指不是他的風格——但這戒指證明了那個星期天是真實的，證明了曾經有段時間他是愛她的。

「那麼，布魯斯什麼時候從法國回來？」碧雅問。

昨天，在一連排練八個小時之後，艾芙精疲力盡地回到家。在家裡等著她的是一張電話帳單，一份邀請弗萊契與哈洛威於去年八月到外赫布里底群島一間民謠俱樂部演出的邀請函，還有一張艾菲爾鐵塔的明信片。光是看到他的筆跡就讓她的內臟緊繃起來：

親愛的袋熊，希望收信的妳狀態絕佳。巴黎太棒了!!!自由、平等、博愛等等。我在吉布夜總會每週有一場演出。我跟人合住的公寓就在夜總會樓上。我戴著我那頂懸垂著軟木塞的帽子在香榭大道上做街頭表演。當地人都 très（非常）友善。avec bises（親親）

你卑微的袋鼠，布魯斯 *x x x*

艾芙哈洛威收

利沃尼亞街十九C

倫敦

英格蘭

艾芙整理分類思緒。首先是滿腹惱怒，因為這混蛋一百天來沒有任何作為，只寄來這張小小的明信片。其次，她氣明信片上的輕鬆語氣——就好像布魯斯沒有傷到她的心、把弗萊契與哈洛威切成兩半，並且留她一人收拾殘局。第三，「親愛的」、「袋熊」、「袋鼠」及「*avec bises*」（親親）……有種既難堪又幸福的感覺；又對「跟人合住」及「*très*（非常）友善」很感冒，跟誰合住？友善的法國女孩？第四，懷疑「希望我們仍然是朋友」是個避險的投注——彷彿布魯斯是在預備一張床，讓自己回倫敦時有地方睡。第五，對布魯斯利用她的手法重新燃起一股怒氣。第六、如果他膽敢到利沃尼亞街找她，決心當著他的面把門摔上。第七、害怕自己做不出來。第八、厭惡自己，一張無足輕重的小小明信片竟然可以讓她相思病發作。艾芙放了一浴缸的熱水。她爬進浴缸，讀多麗絲萊辛的《金色筆記》（*The Golden Notebook*），讓心思從布魯斯身上移開，結果卻是布魯斯將她的心思從多麗絲萊辛身上移開。艾芙不斷想像他和一個法國女生共浴，他身上什麼都沒穿，只戴著他那頂懸掛著軟木塞的帽子……

「布魯斯還會在巴黎多待一陣子。」艾芙告訴碧雅。一個盲人和他的導盲犬從窗外經過。「澳洲人希望既然來到歐洲就盡可能多看一些。」艾芙轉向碧雅，讓她不會覺得自己一直在避免眼神交會。

烏龜樂團的〈快樂在一起〉（Happy Together）在電台播放。

「那麼弗萊契與哈洛威的合作目前中斷了？」碧雅問。

最糟的部分是騙碧雅，艾芙想，「算是。」

「在妳跟烏托邦大道一起錄音的這段時間？」

艾芙注意到一支打火機夾在蕃茄醬與ＨＰ調味醬的瓶罐之間。打火機側面的亮漆圖案是一隻長著尖角及尾巴、手拿長柄叉的紅惡魔。她按壓打火輪，然後火焰冒出。「我猜這是那幾個迷人的藝術學院學生當中有人忘記帶走的。」

「哪幾個迷人的藝術學院學生？」

艾芙「哼」了一聲，「妳到了皇家戲劇藝術學院可得比現在敏感一點。」

碧雅露出她的招牌淘氣笑容。「如果真的是這樣，他們其中會有人回來說：『你們有沒有看到我的打火機？』然後妳會說：『什麼，這個打火機嗎？』然後他會說：『謝謝老天，這是我母親臨終前在病床上送給我的。』然後你們兩人的命運從此永遠交織在一起了。」

艾芙的微笑被一個大呵欠吞噬。「不好意思。」

「妳想必累壞了，可憐的東西。妳六點就起來了？」

「五點。清晨時段比較便宜。霍伊史托克爾也許是個百萬富翁等級的花花公子，但是他不會隨隨便便把錢揮霍在烏托邦大道上。」

「你們有賺到錢嗎？希望這問題不會問得太直接。」

「沒有，我們沒有。我們只演出過四次，而且酬勞非常微薄。微薄的酬勞再分成五份。我在民謠音樂節擔任主唱還賺得比較多。」

「所以你們是付錢來加入這個樂團？」

「算是吧！我還有汪妲沃楚的錢像涓涓細水一樣流進戶頭。雅思培靠祖父留給他的一筆遺產節約過日，並住在他爸在梅菲爾擁有的一間公寓裡。迪恩已經搬去和雅思培住，所以現在不用付房租。葛夫住在貝特西他一位叔叔的後院。我應該現在邀請妳到菌傘跟大家認識，但是我……有點厭倦看到他們。」

「噢，親愛的。他們幹了什麼？」

艾芙遲疑了。「他們對於我的任何點子的直接反應就是告訴我為什麼那不是個好點子。而一小時之後，他們卻會想到同樣的點子，完全不記得我剛剛就已經提過。這讓我快抓狂。」

「劇院也是同一回事。彷彿『女總監』是個矛盾詞，就像『女首相』一樣。他們一直都那麼不上道嗎？」

艾芙扮了一個鬼臉。「不盡然。迪恩講起話來滔滔不絕，但那其實是來自他的不安全感。我覺得。我善意地幫他解釋。」

「他長得帥嗎？」

「女生們是這麼想。」

碧雅扮了個「才怪」的鬼臉。

「不，不，不。一百萬年也不可能。鼓手葛夫來自北方，是一顆未經琢磨的鑽石。不受約束、滿口幹話，就和酒一樣。很厲害的鼓手，比迪恩更能自在地看待自己的出身。雅思培……他是個費解之謎。有時候神情恍惚，感覺上人根本就不在那裡。另一些時候，卻又是十足強烈地在那裡，用掉房間裡的所有氧氣。別告訴媽和爸，但是他在荷蘭的一間精神病院待過一陣子，有時候你會想，是的，這我相信。他有大量閱讀的習慣。在伊利讀寄宿學校——他在荷蘭那邊的家族是真的有錢。不過，妳該聽他彈吉他。在他狀況好的時候，我無法用言詞形容。」

「兩杯咖啡，」畢格斯太太來了，「還有一份培根三明治。」兩姊妹跟她道謝，然後艾芙咬了一大口三明治。「親愛的上帝，我好需要它。」

碧雅問：「那麼，烏托邦大道的音樂聽起來像什麼？」

艾芙嚼著食物。「迪恩的節奏藍調、雅思培的神奇技藝、我的民謠底子、葛夫的爵士……我只希望世界已經準備好聽我們的音樂。」

「你們那幾場演唱會的反應如何？」

「首演一場糊塗。最後結束在葛夫被酒瓶砸到，他甚至必須送去醫院。他現在多了一道科學怪人的傷疤。」

碧雅摀住嘴巴。「我的老天，妳沒說過這件事。」

「我們只差這麼遠，」艾芙比出半吋的長度，「樂團就要當下解散。但是里馮脅迫我們，要我們辦第二場演唱會，在金鷹俱樂部。那場演出的狀況好一點，直到一些阿契金諾克的粉絲來鬧場，用不堪的言詞侮辱葛夫和雅思培，說他們『在背後捅了阿契一刀』。我們後來從後門溜走。第三場演出在托登罕的白馬俱樂部，來了十個人。十個。接著喜上加喜，某些民謠迷在演唱會結束前抵達，譴責我

『為三十塊銀錢出賣耶穌』。」

「那想必非常可怕。妳怎麼回答？」

「『哪有什麼銀錢？』俱樂部老闆拒絕付錢。里馮傾向維持良好關係而非跟對方翻臉大吵，所以我那天晚上的收入是半品脫香蒂啤酒及一小包堅果。」

「多希望妳早點告訴我這件事。」

「妳有考試及試鏡要擔心。這一切都是我自己選的，媽會說這叫做自作自受。」

碧雅點了一根菸。「那麼第四次演出呢？」

艾芙嚼著一片酥脆的培根硬皮。「大營帳（The Marquee）。」

「**什麼**？你們在大營帳演出？**那個**大營帳？妳卻沒有邀請我？**那個**大營帳？在華都街上？在蘇荷區裡？」

艾芙點頭。「別怨我。」

「妳為什麼沒說？我可以把瑞奇蒙一半的人都找來！」

「我知道。但萬一我們被噓下台怎麼辦？」

廚房裡傳出高溫油炸的爆裂聲及滋滋聲。

碧雅看起來不確定。「你們被噓下台？」

艾芙把一顆方糖丟進咖啡裡，開始攪拌……

華都街的大營帳是一個可當做演唱會場地的地下大儲槽，能容納六或七百個群眾在裡面嘩啦嘩啦地晃動。如果有人死在裡面，也會被左右的人撐住，維持站立的姿勢直到半夜。艾芙差點因為恐懼忍不住嘔吐。烏托邦大道是五支樂團聯演《凡事皆有可能》節目單上第二個上場的樂團；出場順序是依照名氣、節目長度及價碼來安排。在烏托邦大道之前的是一支來自普利茅斯、名叫「注定沒沒無聞」（Doomed to Obscurity）的樂團所演唱的五首歌。在他們這兩個樂團之後的是三個主要演出：交通樂團

（Traffic），它的單曲〈紙太陽〉（Paper Sun）曾位居排行榜前五名；平克佛洛伊德，一支正要走出地面的倫敦地下樂團；以及奶油樂團（Cream），他們的唱片《新鮮奶油》（Fresh Cream）正在一百萬個青少年的唱盤上旋轉。群眾中流竄一個傳聞，說吉米罕醉克斯正在現場，或剛剛來過，或即將來到。交通樂團的史蒂夫溫伍德（Steve Winwood）正在樓上的辦公室裡，接受《新音樂快遞》（*NME*）雜誌的艾咪巴克瑟爾訪問。天曉得里馮是動用了什麼關係才把烏托邦大道弄到這場聯演名單上，但是《凡事皆有可能》是他們到目前為止最大的一場演出。如果把它搞砸了，這場演出可能也會是他們的最後一次演出。

艾芙在一旁看了注定沒沒無聞，希望他們能符合團名所做的承諾。沒有半個平克佛洛伊德、交通樂團或奶油樂團的粉絲為他們叫安可。「準備換場了，艾芙。」里馮和大營帳的一位雜務抬著她的哈蒙德電子琴搖搖晃晃地從她身邊經過。艾芙努力戰勝臨陣脫逃的衝動……

……然後突然間，時間到了。艾芙命令自己的身體走上舞台。葛夫正在架設鼓組，迪恩和雅思培找到他們稍早之前做音效測試時所標記的擴音器音量刻度。艾芙身體沒在移動，她的左手在顫抖，就像她死於帕金森式症的祖母生前那樣。他們有三十分鐘的時段。如果她在〈暗房〉的中間八小節橋段彈錯和弦怎麼辦？如果聽眾討厭電子琴版的〈風不缺席〉怎麼辦？如果〈木筏與河〉唱到一半時，歌詞又從她腦袋中飛走，重蹈白馬俱樂部的覆轍怎麼辦？

「妳不會有問題的。」珊迪丹尼說。

「當我需要妳的時候，妳總是在這裡。」

「摩洛哥式勇氣？」這位歌手給艾芙一根已經點著的大麻捲菸。

「是的。」艾芙吸了一口，把有泥炭味的煙憋在嘴中，然後再把它全吐出來。腦袋馬上嗡嗡作響。「謝謝！」

「一大批聽眾，」珊迪說，「我有點嫉妒呢！」

「他們不是來聽我們演唱的。」艾芙的指尖也開始嗡鳴。

「喔，別說蠢話了，沒有人——」珊迪的手掌一翻，路過的一個場務人員的啤酒跟著濺了出來。「哎呀，不好意思。我聽過你們的排演。你們有料，你們四個。只是需要將它釋放出來。而且，如果，我是說**如果**，聽眾們水準低到沒辦法欣賞——」珊迪拍打身邊的馬歇爾音箱，「吊起這些怪獸，把那些笨蛋壓成原子。」

迪恩出現了。「嗨，珊迪。艾芙，準備好了嗎？」

艾芙注意到她的手已經沒在顫抖了。「勇往直前或倒地陣亡。」

「不久之後，我們就要喝烈酒慶功了。」珊迪打包票。

艾芙走出來，在鍵盤前就定位。一個肥胖的起鬨者靠著舞台大喊：「脫衣舞俱樂部在對街，達令！」他的同夥們一起大笑。受到大麻解放，不再擔心後果的艾芙用手指比出手槍，對準那個起鬨者的眉心，然後——她的表情非常嚴肅——作勢朝他開了三槍，手肘還因後座力而回彈。起鬨者傻蛋般的笑容消失。艾芙吹散想像中槍口冒出的煙，然後將那把手槍在食指上轉了轉，再把它放進想像中的槍套，然後傾身靠近麥克風。原本應該是由大營帳的主持人介紹烏托邦大道，但是艾芙揮手請他退下。「我們是烏托邦大道，」她對著大營帳、蘇荷區以及全英格蘭說，「我們要把你們打下來。」她看著葛夫，他滿臉驚訝，手中的鼓棒舉在「開始」的位置；她看著迪恩，他贊同地點頭告訴她準備好了；看著雅思培，他正在等艾芙說：「一來、二來、一……」

艾芙把第二顆方糖放進咖啡裡。「演出很順利。我們先從〈風不缺席〉開始，接著是迪恩一首比較搖滾的歌〈放棄希望〉，接下來是雅思培的新歌〈暗房〉。再來是我的新歌〈木筏與河〉。」

「幸運的大營帳。不公平，我哪個時候才聽得到這首歌？」

「很快的，小妹。很快。」

「妳有沒有跟史蒂夫溫伍德見到面？」

「好吧……事實上，在我們的安可曲之後，他上舞台說了幾句我彈奏哈蒙德的好話。」

「噢，我的天，」碧雅說，「妳怎麼回答？」

艾芙吸了一些咖啡蒸氣。「我只是尖聲回答『謝謝』，接著脫口說了一串意識流的場面話，然後看著他離開。」

「臀部俊俏？」

「老實說，我沒有注意。」咖啡廳裡的收音機正播放著珊蒂蕭（Sandie Shaw）的〈絲弦上的木偶〉（Puppet On A String）。「如果我能錄製出這麼晶瑩閃亮的歌曲，就嚴詞譴責我拿了那三十塊銀錢吧。」

「我敢打賭，她拿到的不只三十塊銀錢。這首歌到處都可以聽到。」他們正聽到副歌的部分。

突然間艾芙再也忍不住了。「我們分手了，我和布魯斯。雙人組已經結束。他會留在巴黎。他甩了我，在二月。結束了。」艾芙的心劇烈地撞擊胸腔，好像分手的事現正發生。「現在妳知道了。」我不會哭的，這已經是三個月前的事了。她要像鋼鐵一樣堅強，來應對碧雅的震驚與忿怒。

碧雅看起來一點也不吃驚。「我早猜到了。」

「怎麼猜的？」

「每次提到他的名字，妳就會改變話題。」

「那麼媽和爸和伊咪呢？」

碧雅檢查她的紫丁香色指甲。「如果我猜得到，那麼媽也猜到了。爸應該是毫無頭緒。伊咪呢？我非常非常確定，她根本不需要哈洛威與弗萊契在婚禮上獻唱幾首歌。她最近跟妳提到過布魯斯或你們的婚禮計畫嗎？」

其實，沒有。「那你們為什麼都不說半句話呢？」

「老練。」碧雅喝光杯裡的咖啡。「布魯斯很迷人，但是男孩子的迷人是個警訊，就好像自然界中的黑黃相間色帶。小心，**蜂蜜附近有毒針**。」

艾芙在顫抖，但不確定原因。她的眼睛對上畢格斯太太櫃台上方蒙娜麗莎的眼睛。世上最有名的淺笑告訴艾芙，苦難是人生絕對會信守的承諾。

「我真的得離開了。」碧雅站起來，穿上外套。「妳繼續加油，錄製一張曠世傑作。我要告訴伊咪嗎？」

「拜託了，」這是一條阻礙最少的路，「還有媽。」

「試鏡結束後我會繞到妳的公寓探望一下，如果妳想的話。」

「當然好，」艾芙看了一下鐘，八點五十八分，「碧雅，告訴我。我上過大學，從大學退學過，已經在音樂圈打滾三年而且存活下來。妳還在讀高中。妳為什麼會懂這麼多事，我卻連半個屁都不懂？這到底是怎麼回事？」

「基本上，」碧雅跟她姊姊擁抱道別，「我不相信人。」她放手讓姊姊離開，「基本上，妳相信。」

樂園是通往樂園的路
SIDE B
1. 婚禮出席（德魯特）
2. 紫色火焰（莫斯）
3. 不期然（哈洛威）
4. 獎（德魯特）

婚禮出席

結束離開太陽表面之後的八分鐘旅程，光線穿過位於倫敦瑞奇蒙區聖馬提亞教堂的彩色玻璃，進入雅思培眼球的雙重暗房。堆在他視網膜裡的桿細胞與錐細胞將光線轉換成電脈衝，它們再沿著視神經進入他的大腦，在那裡不同波長的光被翻譯成「童女瑪麗亞藍」、「基督之血紅」、「客西馬尼園綠」，並且把影像解讀成十二位使徒，各自占據輪形窗戶的一格。視覺是從太陽的核心開始。雅思培注意到耶穌的門徒基本上就是嬉皮，長髮、長袍、吸大麻的表情、非典型雇用、有信仰、難以掌握的睡眠模式，再加上一位靈性導師。車輪開始轉動，於是雅思培閉起眼睛，藉由說出十二使徒的名字來對抗它的移動，他翻尋童年上聖經經文課及參加主日崇拜時的記憶：馬太、馬可、路加、約翰，又稱為驚奇四人組[21]；多馬，雅思培最欣賞的一位，他要求看證據；彼得，他的單飛事業最為成功；猶大和馬提亞，錄音室樂手；以及加略人猶大。我們的天父精心部署要來好好虐待的替死鬼。不過，在雅思培還來不及想出完整的名單前，他就聽到敲門的聲音。有節奏的、隱約的，比教區牧師的聲音還低一階或兩階。不可能聽錯的。

扣—扣、扣—扣、扣—扣。

他張開眼睛。窗戶已經停止轉動。

敲門聲也停止了。但是我聽到了。他醒了。

雅思培早就被告知這天會來到，那種因不確定性而起的苦惱終於結束了，至少。我先前只是有時稍得緩解而已。他看了在他右側的葛夫一眼，葛夫穿著一件臨時借來的禮服盛裝出席婚禮。他的手像在打鼓，輕柔地，拍在大腿上。在他左側，迪恩正嘗試讓一隻食指順時針轉，另一隻食指逆時針轉。我喜歡跟這些傢伙一起演奏，我不希望結束。

或許奎立靜能減緩症狀發作。

或許。

雅思培十五歲。板球場周圍的櫻桃樹上綻放著婚紗般純潔的白花。雅思培並沒有橄欖球選手必須具備的體重以及划船選手所需的耐力，但是他有加入板球隊正選十一人所需要的協調性、速度和耐心。當主教之伊利中學對上彼得堡文法學校時，雅思培負責守外野。球場的草才剛割過，豔陽高照。伊利大教堂像挪亞方舟一樣，座落在烏茲河之上。他們的隊長，一個名叫懷海德的男孩，朝著三柱門方向跑幾步，然後投出一個腳前球。打擊者大棒一揮，將球擊向雅思培的方向。喊叫聲響起。雅思培已經開始跑去攔截那顆球，在離邊界圍繩只剩幾呎的地方踉蹌地接到球，避免丟掉四分。他精準地將球傳給懷海德，贏得主場支持者長達好幾秒的掌聲。在那陣掌聲的後方，或當中，或上方，雅思培聽到扣—扣、扣—扣、扣—扣的聲音，它將改變、重新定義、甚至幾乎結束他的生命。它就像遠處一扇門上的敲門聲，來自走廊盡頭……或像在一道牆的遠端，有人拿一把小榔頭在敲。雅思培四處張望，尋找聲音的來源。觀眾全都在球場的遠端。最靠近他的男孩是一位同學，邦第，離他約四十步遠。雅思培喊著：「邦第？」

邦第的聲音因為花粉熱而帶有鼻音。「什麼？」

「你聽到那個聲音了嗎？」

「聽到什麼？」

「敲門聲。」

他們聽到的是劍橋郡早晨未經編修的音樂，演奏者包括隔壁田地裡的一輛拖曳機、汽車、烏鴉。

21　這是四福音書的四位作者，其中馬可與路加並不在十二使徒之中。稍後提到的馬提亞也不在原先的十二使徒中，他是在賣耶穌的猶大死後，才被搖籤出來替代猶大的。

大教堂的鐘開始計數十二下。在這些聲音之下，扣—扣……扣—扣……扣—扣……

「什麼敲門聲？」邦第問。

「那個扣—扣……扣—扣……」

邦第再次聆聽。「如果你瘋了，那些穿白衣服的人來把你帶走時，可以把你的板球棒留給我嗎？」

一輛戰機拉開地平線的拉鍊。在板球場邊界圍繩的上方，一隻粉藍色的蝴蝶在皇后蕾絲花上進食。雅思培有某人離開房間之後會有的那種感覺。

懷海德再次開始長跑。敲門聲停了，或者走了。或者，雅思培的聽覺特別敏銳，他之前聽到的是某人在砍木柴的聲音。或者，他只是自己想像出這種聲音。懷海德丟出球，三柱門從地上彈跳了起來。「如——何——啊——！」

「禮物可以終生珍藏，當成寶貝，也可以在下一刻就被遺忘。」聖馬提亞教堂教區牧師的聲音和語氣，在雅思培聽來很像首相哈洛德威爾森（Harold Wilson）。他的聲音毫無起伏，而且就像被困在錫罐裡的蜜蜂那樣嗡嗡作響。「禮物可以很真誠，也可以是為了達到某種目的。禮物可以是物質的。禮物也可以是看不見的——施惠於人、和善的言詞、不再生悶氣。在戶外鳥台上小歇的一隻麻雀。電台播放的一首歌。第二次機會。公正的建議。接納。感恩的禮物，讓我們可以將禮物看待成禮物。人生是一連串的給予及接受。空氣、陽光、睡眠、食物、水、愛。對基督徒而言，聖經是上帝話語的禮物，而埋藏在這份龐然大禮裡的某處，我們發現這段保羅寫給處於困境中的哥林多教會、關於禮物的寶貴經文：『我作孩子的時候，話語像孩子，心思像孩子，意念像孩子，既成了人，就把孩子的事丟棄了。我們如今彷彿對著鏡子觀看，模糊不清；到那時就要面對面了。我如今所知道的有限，到那時就全知道，如同主知道我一樣。如今常存的有信，有望，有愛這三樣，其中最大的是愛。』」

耳朵貼靠在石柱上，雅思培聽到一顆心。

牧師繼續說：「『其中最大的是愛。』當信仰背棄你時，使徒保羅告訴我們，嘗試去愛就對了。當盼望被熄滅時，嘗試去愛就對了。我要對勞倫斯及伊莫珍說，當婚姻不再像玫瑰園的日子來到時——這種日子是會發生的——嘗試去愛就對了。嘗試就對了。真愛就是嘗試去愛的行動。不需努力經營的愛，就和不需努力經營的花園一樣令人懷疑它的價值……」

雅思培看著環繞在祭壇四周的花。所以，這是一場婚禮。他從來沒有參加過婚禮。他想到母親，不知道她是否夢想過自己也有這樣的一場婚禮。還是，當她發現自己懷了孕時，那個夢就凋謝了。如果你相信故事、愛情喜劇及雜誌，那麼結婚日就是女人一生中最快樂的日子，喜悅的聖母峰。聖馬提亞教堂的每個人看起來都很認真。一間教堂，在倫敦西區，在一顆岩石球上，以每小時六萬七千英哩的速度在太空中奔馳……

「啊哈，神祕消失的用餐客，」伊普索姆鄉村俱樂部宴會大廳的那個男子塊頭太大，幾乎坐不進他的椅子。「我是唐葛羅索，在登祿普輪胎工作，是勞倫斯父親的老友。」握手時，他的手就和鉗子一樣有力。

「哈囉，葛羅索先生。我記得您。」

「哦？」唐葛羅索的下巴往下掉，「我們在哪裡見過？」

「我剛剛在教堂看過您。」

「很高興我們把事情釐清了，」唐葛羅索放開雅思培的手，「這位是布蘭達，我妻子。人家這麼告訴我，就是她說的。」

布蘭達葛羅索的頭髮以髮膠定型，身上戴著醒目的珠寶，以令人不祥的口氣說：「您的光彩令人著迷。」

「告訴我，」唐葛羅索說，接著像驢子嘶叫般打了噴嚏，「為什麼時下這麼多年輕人選擇打扮得像女孩子四處招搖。情況已經嚴重到我無法確定誰是男，誰是女。」

「也許您應該看得更仔細一點。」雅思培建議。

唐葛羅索皺了一下眉頭，彷彿雅思培的回答搭配不上他的句子。「但是那個頭髮！看在老天的份上，你為什麼不去剪個頭髮？」

從聖馬提亞教堂搭客車來這裡時，葛夫與迪恩還跟雅思培在一起。雅思培真希望沒有跟他們分開。

唐葛羅索看著雅思培的臉：「貓吃掉你的舌頭了嗎？」

雅思培倒帶他先前的話。看在老天的份上，你為什麼不去剪個頭髮？「我喜歡留長頭髮。就這麼簡單，真的。」

唐葛羅索斜眼看他，「你看起來像個該死的南西男孩[22]！」

「只有您這麼覺得，葛羅索先生，而且……」

「這個宴會廳的每——一——個——人現在只要看你一眼，就會想到『南西男孩！』我跟你保證。」

雅思培避開周遭人的目光，低頭啜飲杯中的水。

「我想你會發現那杯水是我的。」一個聲音宣稱。

集中心思：「若地球上每個男同志——如果那就是你所謂的『南西男孩』的話——都留長頭髮，那麼你的說法可能有道理。但是長頭髮是最近幾年才開始流行。可以確定的是，你從前碰到過的男同志都是短髮。」唐葛羅索看起來腦筋轉不過來，所以雅思培試著用例子說明。「在監獄，或皇家海軍，或公立中學，比方說。還有，伊利學校的一位校長因為與男孩子搞上而出名，但他戴了一頂和您一樣的假髮。所以我認為，您的邏輯有問題。閣下。」

「什麼？」唐葛羅索的臉變成淡褐色，「什麼？」

也許他重聽？「我說，伊利學校的一位校長因為與男孩子搞上而出名，但他戴了一頂——」

「我丈夫的意思是，」布蘭達葛羅索說，「他從不花時間跟『那一類』的人打交道。」

「那麼他怎麼會是南西男孩的專家？」

「這是常識！」唐葛羅素身體前傾，領帶垂進食物裡。「南西男孩有長頭髮！」

「滾石樂團那些可怕的傢伙留長頭髮，」一個留著一圓球淡紫色捲髮的女人說，「他們真是可恥。」

「國家兵役處其實可以把事情查清楚，但是，當然，現在時機已經過了。」這位新加入的說話者打了一條軍團領帶還配戴一枚勳章。「事情愈加不可挽回。」

「這正是我的意思，准將。」唐葛羅索說，「我們痛扁納粹並不是為了讓一大票彈吉他的蠢貨把大不列顛變成充斥著『耶—耶』與『喔—貝比』的國家。」

「那個凱斯傑格[23]的父親原本在工廠工作，」布蘭達葛羅索說，「現在他在一棟都鐸豪宅裡嬉鬧。」

「這都要感謝《晚間新聞》的報導，」那顆捲髮圓球說，「我們現在完全知道裡面的情形了，不是嗎？」

「我希望布洛克法官的判決給他們立下好榜樣，」准將說，「不用問也知道，你認為他們是出類拔萃。」

雅思培這才想起自己也在對話中。「我從來沒有見過他們。雖然我願意打賭，他們最好的音樂將存活得比我們所有人都還長久。」

「他們原始的求偶呼叫不是『音樂』，」唐葛羅索嘲笑，「法蘭克辛納屈（Frank Sinatra）的〈夜晚的陌生人〉（Strangers In The Night）是音樂。〈希望與光榮之土地〉（Land of Hope and Glory）是音樂。這個『搖滾』是個有毒的噪音。」

22 nancy-boy，男同志。

23 滾石樂團的凱斯理察斯（Keith Richards）與米克傑格（Mick Jagger）被布蘭達誤為一人。

「然而，在愛德華艾爾加（Edward Elgar）爵士聽起來，」雅思培說，「〈夜晚的陌生人〉有可能也是有毒的噪音。一代過一代。人們的審美觀在演化。這樣的事實為什麼會成為威脅呢？」

「雅思培。」是艾芙的妹妹碧雅，她已經進入皇家戲劇藝術學院了。「吔，你坐錯桌了！」

「你大可再說一遍。」准將說。

「喔。」雅思培站起來，稍微躬身向這桌賓客行了個禮。要有禮貌。「嗯，很開心見到諸位……」

在正確的桌上，雅思培安全度過雞尾酒蝦沙拉及紅酒燉雞，但是到了甜點時段，他被大量的對話淹沒。里馮在跟一位來自都柏林的會計師討論稅改問題。迪恩在跟勞倫斯的伴郎談論艾迪科克蘭（Eddie Cochran）。葛夫正對著一位伴娘發燙的粉紅色耳朵輕聲說話，惹得她咯咯笑。看看他們這些人。問題；答案；俏皮話；事實；流言蜚語；回應。做起來多麼不費力。雅思培可以說流利的英語及荷蘭語、不錯的法語、過得去的德語及拉丁語，但是透過表情及語氣來運作的語言，對他而言就像梵語一樣無法理解。雅思培知道人們搬弄是非時的特徵，只是他自己做不來：頭部轉向斜上方；黏滯的點頭；眯起來的眼睛。他可以當成怪癖來偽裝出這些動作，但是一個小時之後他就會癱掉。雅思培不知道他在表情及語氣上的讀寫障礙是他在情緒上的讀寫障礙的起因，抑或是後果。他知道悲傷、忿怒、嫉妒、厭惡、喜悅以及各種感覺的正常光譜——但是這些情緒給他的感覺就只像是溫度上的緩和變化。如果正常人知道他這點，他們會不信任他，所以雅思培被迫表現得像個正常人，然後失敗。當他失敗時，正常人會認為他在耍花招，或是譏笑他。只有四個人及一個脫離軀體的個體曾經按著雅思培的本相接納他。這些人當中，翠克絲在阿姆斯特丹，葛拉瓦西醫生已經退休，而魏姆祖父過世了。弗瑪吉歐就在附近的牛津，至於那個蒙古人則是永遠不會再跟他交會了。

梅卡有可能會是第五位，但是她去美國了。

人是一種會離開的東西。雅思培藉由點心、咖啡及更多的致詞來估計尚需多少時間。他的錶顯示十點十分。那說不通。他把它拿近耳朵。時間停止了。沒辦法編造一個合理的謊言，雅思培溜走了。他發現自己在一條走廊，兩側牆上盡是無威脅性的英格蘭景色，地毯上有無數圓點。一群打高爾夫的人從前門出去，他們用令人難解的速度與音量在交談。一段樓梯讓他找到出路……

★★★

屋頂的陽台上有一張長條椅及一些種在花盆裡的花，還可以俯瞰整座高爾夫球場以及伊普索姆的屋頂與樹木。下午令人昏昏欲睡，花粉在空中飛行。雅思培點了一根萬寶路，躺在長條椅上。無舵的殘雲飄在空中，不受錨的羈絆。吸氣然後吐氣。雅思培還記得棟堡、萊克斯多普療養院以及阿姆斯特丹的夏天。讓所有事情一瞬間同時停止的是時間。雅思培回想起上星期四，他從里凴四樓辦公室的窗戶往外看。垃圾的氣味陣陣襲來。在兩條街外一棟公寓的屋頂，三個女人穿著比基尼在做日光浴。那有可能是一間妓院，蘇荷就是蘇荷，那幾個女人是趁接客之間的空檔放鬆一下。兩個有黑色皮膚。一個轉開一台電晶體收音機，雅思培聽到微弱的歌聲，那是林哥史達（Ringo Starr）在唱〈朋友幫了我一點忙〉（With a Little Help From My Friends）。

「可以過來我們這邊嗎，雅思培？」那是里凴。

「我在這裡。」雅思培轉身。

「那麼他們怎麼說？」迪恩問，「我們拿到合約了嗎？」

「先回答你的第二個問題，」里凴說，「沒有，我們沒拿到合約。四家唱片公司都拒絕我們。」有一陣子沒人說話。

「哈利路亞，」迪恩說，「讚美上帝。」

「你大可在電話上就跟我們講。」葛夫說。

「他們怎麼說？」艾芙問。

「EMI唱片公司的東尼雷諾斯（Tony Reynolds）喜歡我們的試奏帶，但是他們已經有一支地下樂團平克佛洛伊德了。」

「但是我跟艾芙聽起來跟平克佛洛伊德的風格一點也不像。」迪恩反駁，「他三首歌的試奏都聽了嗎？該不會只聽了〈暗房〉吧？」

「是的，我就坐在他旁邊，但是他沒有一絲鬆動的跡象。」

「那麼菲立普唱片的維克威爾緒（Vic Walsh）怎麼說？」艾芙問。

「維克喜歡整體的聲音，但是他一直問，『哪一個是樂團的傑格？哪一個是樂團的雷戴維斯（Ray Davies）？哪一個是樂團的招牌臉蛋？』」

「哪一個是托媽的披頭四的招牌臉蛋？」葛夫問。

「那正是我當時的問題，」里馮問，「維克說，『披頭四是證明這個法則的唯一例外，』而我說，『不，披頭四證明的法則是，每支樂團都是獨特的。』他說，『烏托邦大道並不是披頭四。』我說，『那正是重點所在。』」

「那麼派伊唱片（Pye Records）給出什麼該死的藉口？」葛夫問。

「艾略特先生告訴我——我引述——男孩們不會『野蠻地』擁抱這支樂團，因為有艾芙；女孩們不會為迪恩及雅思培『溼了內褲』，因為樂團裡有艾芙。」

「那真是……荒唐、侮辱，而且近乎亂倫，三者一併來，」艾芙反駁，「那是什麼不簽我們的跛腳理由！」

「艾略特先生暗示，如果我們把艾芙甩掉，把烏托邦大道的幾個人轉變成小臉樂團的複製品，他可能會有興趣。」

艾芙發出「喝」的聲音，好像有人揍了她一拳。

「想當然耳，」里馮說，「我跟他說滾一邊涼快去吧。」

「他們要不就簽我們全部，要不就半個都不簽。」葛夫陳述立場。

迪恩點了一根菸。「那麼迪卡（Decca）唱片呢？」

「德瑞克柏克（Derek Burke），」里馮往後靠在他那張會嘎吱作響的椅子，「在大營帳看過你們。他喜歡你們的能量，但沒有十足把握將迪卡的錢投資在你們的混合風格上。」

「我們這下遇到障礙了，」葛夫說，「四大唱片都碰壁。現在怎麼辦？」

「我不否認這是個挫敗，」里馮說，「但是——」

「比起一月，我現在更身無分文，」迪恩呻吟著，「半年來只靠吃喝空氣維生，結果我現在能拿出什麼東西給人看？」

「一支很棒的樂團，」里馮說，「三首很棒的試奏曲，一批數目不多但在成長中的粉絲，五六首很棒的歌曲。衝勁。」

「如果我們真是托媽的這麼棒，」葛夫咆哮著，「那麼唱片合約在哪裡？查斯錢德勒（Chas Chandler）在三個禮拜內就幫罕醉克斯弄到合約！」

「還有，他們咧？」迪恩指著牆上迪克史波沙多（Dick Sposato）和史賓塞修女們（Spencer Sisters）的海報。「他們也拿到合約了。」

里馮把手交叉在胸前。「罕醉克斯是怪咖吉他R&B。迪克是年長的低吟歌手，我會當他的經紀人主要是給弗雷迪杜克一個人情。史賓塞修女們主要是為彌撒聚會及主日聖詩節目的聽眾唱詠嘆調。他們都很容易被定位。烏托邦大道不一樣。你們沒辦法被歸類：人們將會拒絕你們，一開始。如果這讓你們沮喪，或者，如果你們認為我還不夠賣力，那麼門就在那邊，可以自由離開，去吧。我會請貝特妮把釋出的文件寄給你們。」

葛夫和迪恩對望，沒有移動腳步。

雅思培看著里馮頭上的幾個鐘。一個顯示這裡、一個顯示紐約、另一個顯示洛杉磯的時間。

「我有一點語無倫次。」迪恩承認。

葛夫深吸一口氣再吐出來。「唉，我應該也差不多。」

「草草了事的道歉聊勝於無。」里馮說。

艾芙輕彈她的菸。「我們的下一步是什麼？」

四個男人圍坐在一張矮桌旁：一位剃了光頭的寺院住持，他的面貌深深刻在雅思培的記憶中；那位住持的侍僧；城市的行政首長；以及他可信賴的侍從官。被夢照亮的屏風上裝飾著菊花。那位侍僧從葫蘆裡將像血一樣紅的明淨液體倒進幾個漆黑的淺杯中。烏鳴聲在半音階上跳躍、閃爍。

「生與死不可分割。」那位行政首長宣稱。

四人舉杯應和這位主人奇異的敬酒詞。

住持看到行政首長先喝下那液體後才跟著喝。彼此交換了一些客套話後，雅思培才發現第五位賓客——死神——也在這裡。在賓客到來之前，少許無臭無味的毒藥被抹在粗製酒杯的內側。毒藥溶解在米酒中，此時已經進入賓客的血液，不分主客。為了確保住持喝下毒藥，行政首長和他的侍從官也都喝下毒藥。

住持了解眼前的狀況。腳本已經寫好了。他伸手要拿他的劍，但他的手臂已經僵硬，不聽使喚。他唯一能做的就是對著杯子揮拳。杯子在空曠的地板上彈跳穿過房間。「信條是對的，你們這些人類白蟻！」他告訴行政首長。「靈魂之油有效！」他們談到了復仇、公義、女人陪葬以及嬰孩獻祭，直到侍從官往前倒下，不斷抖動，讓圍棋盤上的黑白子散了一地。接著侍僧也追隨了他的腳步。口水及血沫湧上他們的嘴唇。一隻黑色蝴蝶停在一塊白石上，張開它的翅膀……

扣—扣……扣—扣……扣扣……

「看看你，睡美人。」

雅思培睜眼看到碧雅，在離他只有幾吋之處俯看著他。她傾身吻了他的嘴唇。雅思培任由她。她的手指扶在他臉上。這很不錯。烏鳴聲在半音階上跳躍、閃爍。他們見過兩次面：一次是艾芙帶她來帕維爾茲德的俱樂部看他們排練，一次是在表兄弟俱樂部，烏托邦大道在那裡演奏一組半原聲的曲目。碧雅把頭收回來。「別告訴艾芙。」

「照妳的意思。」雅思培。

「當你碰到睡美人，只有一件事可以做。但可別想歪了。」

「我不會的，白馬公主。」

她坐到對面的長條椅上。

空中花園。鄉村俱樂部。婚禮派對。雅思培快速將身體坐正。無舵的殘雲飄在空中，不受錨的羈絆。吸氣然後吐氣。「那些致詞結束了嗎？我睡多久了？我們應該很快就要表演了。」

碧雅依序說出回答：「差不多了；我並沒有設鬧鐘；是的，你們快要上場了。」她穿了一件墨藍色緊身洋裝。她擁有她兩位姊姊都欠缺的一種生動、明晰的美。

「妳換了一套衣服。」雅思培說。

「伴娘服不是我穿衣服的風格。艾芙叫我來找你，她有話傳給你。」樓下，一扇車門用力關上。碧雅自己動手拿了雅思培的萬寶路和打火機。

雅思培耐心等待。

碧雅的鼻孔呼出煙來。「艾芙說：『二十分鐘內，屁股給我坐到舞台上來。』」那是五分鐘前的事了，所以，時間改成十五分鐘。」

「告訴她，『謝謝妳的訊息：我會過去。』」

碧雅用奇怪的表情看著他。

她還在等待更多回答嗎？「請。」

「跟我姊在同一個樂團是什麼樣的感覺？」

「嗯……令人愉快？」

「怎麼說？」

「她很有天分。她是很棒的鍵盤手，她的聲音空靈而沙啞。她的歌很強烈。」一架飛機刮過天空。

碧雅脫下鞋子，盤腿坐在長條椅上。她的腳趾甲是天藍色，像翠克絲的燈的顏色。

或許是我該問她問題。「妳怎麼知道要到哪裡找我？」

「我就假裝自己是你，然後心想，」碧雅將雅思培模仿得維妙維肖，「我要怎麼離開這裡？」

「這問題很難還是簡單？」

「我找到你了，不是嗎？」

夏日的徐風將花盆裡的薰衣草吹得左右搖曳。

碧雅抽著菸，然後把她的菸傳給雅思培。那根菸沾染了她唇膏的幾許粉紅。「演奏〈暗房〉，」她說，「我也喜歡〈放棄希望〉及〈木筏與河〉，但我認為〈暗房〉會是你們的第一支暢銷曲。它非常有《花椒軍曹》（*Sergeant Pepper*）的味道。它的顏色。它的心情。」

雅思培心想，如果他碰她的手會發生什麼事，但是翠克絲告訴過他，永遠要由女士來主導發展。他覺得喉嚨很乾。

「你聽過《花椒軍曹》嗎？」

窗簾從里馮半開著的框格窗鼓了出來。雅思培躺在沙發上，看著其他人。他們正在聽A面的歌曲。艾芙裹著身體坐在絲絨扶手椅上，研究歌詞。迪恩在一塊厚地毯上將身子伸展開來。里馮坐在餐桌旁，盯著一盆蘋果。葛夫靠在牆上撐住身體，他的手和手腕配合著林哥的鼓聲抽動。沒人說話。雅思培辨識出那是瑞克賴特在幽浮俱樂部跟他介紹的一首歌。

在嘉年華似的〈來共襄凱特先生的盛舉！〉（Being for the Benefit of Mr. Kite!）之後，里馮把唱片翻面。喬治哈里森（George Harrison）的西塔琴聲像小瀑布往下傾洩，宛如一顆易受驚的彗星……接著它變形為〈當我六十四歲〉（When I'm Sixty Four）的單簧管。雅思培注意到兩個聲音如何製造出第三個。最後一首〈人生的一天〉（A Day In The Life）是整張唱片的縮小版，就像詩篇是整本聖經的縮小版一樣。約翰藍儂關於「找到」的那段歌詞和麥卡尼廚房水槽管線般的歌詞形成強烈對比，但是合起來卻可以散發出光芒。這首歌的結尾是由管弦樂演奏出的迷幻畫魘，一路急速盤旋而上，最後來到由好幾台鋼琴合力轟出的一個和弦。工程人員逐步提高錄製的檔次來完美捕捉那個音的消散。雅思培還在思想那個夢的結尾時，真實世界的聲音滲了進來，曲子結束在背景的哈哈聲與不知所云的字串上。

唱針離開唱盤，唱針臂哐啷一聲回到原處。

女王花園六月的樹上，傳來鴿子的咕咕聲。

「真他媽好得要死！」迪恩吐了一口長而且迂迴的氣。

「哇噢，」里馮說，「哇噢。這是內心的旅遊實錄啊。」

「我一直把林哥認定成靠狗屎運進入天團的人，」葛夫說，「但是⋯⋯他是怎麼製造出那麼絢爛的鼓樂的？我真是托媽的一點頭緒也沒有。」

「整個錄音室本身就是一部樂器，」艾芙說，「就好像他們是把音樂錄在在十六軌磁帶上，但是十六軌磁帶並不存在。」

「那貝斯，」迪恩說，「是那麼清脆，就好像那是他們最後才錄製，再加錄到原帶上。這是可能的嗎？」

「那麼他們就必須配合在腦中演奏的節奏軌來錄製其他部分，」艾芙猜想，「但這是可能的嗎？」

「他們已經停止巡迴演出，這是個好決定，」迪恩說，「他們沒辦法在一個月每個週日都現場演奏出這樣的水準。」

「不巡迴演出，」葛夫回答，「讓他們有時間好好來錄這首歌。他們心想，去他的，老子們想錄出我們想要錄的東西。」

「只有披頭四有本錢不巡迴演出，」里馮說，「沒有其他人能這樣，連滾石也不行。經理人的註解。」

「看看這封套。」艾芙將它拿起來，「那色彩，那拼貼畫，還有將封套攤開來呈現歌詞的方式。真令人驚豔。」

「我們的唱片也應該要這麼雅致。」迪恩說。

「那呀，」里馮提醒，「可需要得到唱片公司的真寵。」

「〈暗房〉的歌詞有點在測試底線，」葛夫說，「但是〈露西在鑲了鑽石的天空〉（Lucy in the Sky with Diamonds）呢？那絕對是迷幻藥（LSD）了吧？」

「那麼最後那首歌的『我想要打開你』是在講什麼？」迪恩說，「他不是在講電燈開關吧？」

「披頭四剛剛是不是已經宣告迷幻音樂的死刑了？」艾芙問，「怎麼可能還有任何人能超越他們？」

「他們已經點燃了導火線，」里馮說，「〈暗房〉選在《花椒軍曹》發行的這個夏天來發行再完美不過了。這幫我解決了一個問題。〈暗房〉必須是烏托邦大道的第一支單曲。」

一輛冰淇淋車在演奏〈柳橙與檸檬〉（Oranges and Lemons）。抖動的和弦在女王花園喬治王朝風格的灰泥建築迎街面上產生回聲。雅思培聽到他的名字。

每個人都看著他。「什麼？」

「我問，」迪恩說，「恁對這張唱片有什麼看法？」

「何必在月亮上貼標籤？它是藝術。」

兩個星期之後，雅思培在隔壁洗手台上方的鏡子裡看到一張熟悉的臉，臉的主人是艾芙的爹。

「恭喜您的女兒結婚了，哈洛威先生。」

「啊，雅思培。喜歡這場婚宴嗎？」

雅思培克制自己說不，但是，說是就是說謊，所以他說：「鮮蝦雞尾酒沙拉非常棒。」

不知什麼緣故，哈洛威先生覺得這個說法很有意思。「這些場合是為女人而辦，也是由女人來辦。別說我說過這話喔。」

雅思培注意到，現在他已經分享了艾芙妹妹以及艾芙父親的祕密了。「謝謝您請您的律師幫我們看過合約。」

「時間將會證明法朗克蘭先生在金錢上是否廉潔，但是我的律師跟我保證，你這一次簽下的合約並沒有賣掉你的靈魂。」

雅思培嘗試以妙語回答：「對啊，它們還很好用，聽說。」

哈洛威先生不經意地皺起眉頭。「抱歉，你說什麼？」

沒達到效果。「嗯……在民間故事與宗教中，靈魂是很有用的東西，值得牢牢抱住。就這樣而已。」

環狀擦手巾發出喀啦喀啦的聲響。「啊。」那個年長男子的聲音改變了音色。「艾芙告訴我，你以前讀主教之伊利寄宿學校。我們的銀行高層有好幾個老伊利人。」

「我在伊利只待到十六歲。接著我搬到荷蘭。我父親是荷蘭人，您知道的。」

「你放棄接受一流教育的優勢而加入一個『流行樂團』，他做何感想？」

雅思培看著艾芙的父親把手擦乾，一根指頭一根指頭擦。「我父親讓我自己做決定。」

「我聽說荷蘭人是相當寬容的一幫人。」

「『漠不關心』也許比『寬容』更貼近事實。」

哈洛威先生把擦手巾往下拉，方便下一個人使用。「這一點我知道。任何一個來我的銀行應徵的人，只要他說他在『樂團』演奏，他就拿不到那工作。不論他讀的是哪所學校。」

「所以您不認同烏托邦大道？」

「我是艾芙的父親。這個樂團有礙她的前途——還有，那些職業傷害要怎麼說呢？萬一布萊頓那個酒瓶砸到的是艾芙？疤痕也許會增加一個男人的男人味，但會讓一個女孩子毀容。」

「最危險的俱樂部會設鐵籠來保護表演者。」

「你這是要請我放心嗎？」

「嗯——」這是個陷阱問題？「——是的。」

哈洛威突然爆出的一聲笑從牆上彈了回來。「最令人擔心的，這個所謂的『地下文化』充斥各種藥物。」

「藥物隨處都有。統計上來說，婚宴賓客當中五分之一的人有服用煩寧鎮靜劑的習慣。此外，我們還有菸草、酒精——」

「你是在故意跟我裝傻？」

「我不知道怎麼裝傻，哈洛威先生。」

這位銀行經理皺起眉頭，彷彿一欄數字加起來的數值不合。「我是指非法的藥物。那種會讓你『上癮』，或讓你從建築物上往下跳之類的藥物。」

「你是特指迷幻藥嗎？」

「根據《泰晤士報》的報導，那已經是一種流行病了。」

「那個用詞駭人聽聞。人們選擇服用藥物放鬆自己。說不定你員工當中有些人也服用這種藥。」

「我跟你保證他們不會！」他的聲音愈講愈高。

「你怎麼知道？」雅思培的聲音還是一樣低。

「因為他們沒有人是『垃圾』！」

「你可以享用一杯紅酒，但沒有人會說你是貪杯者。藥物的情況也一樣。會造成傷害的是服用的模式。不過，海洛因是例外。海洛因很可怕。」

一個抽水馬桶水箱發出滴、滴、滴的聲音。哈洛威先生用力拍自己的頭。憤怒？「我聽過你的歌〈暗房〉。那歌詞……好吧，你是在承認這首歌是源自……」

雅思培知道不要去猜別人的句子會怎麼結束。

「你個人……服用藥物的經驗？」

「〈暗房〉的創作靈感來自於我碰到的一位年輕德國攝影師，她有間暗房。治療精神疾病的藥物和我不太相容。我有某種身體狀況，迷幻藥會讓它發作。安非他命比較沒那麼危險，但服用它之後，我容易漏掉音符、唱錯歌詞或出類似狀況。抱歉，其實我算是相當乾淨。」

哈洛威先生瞇起眼睛，環顧整個男士洗手間之後再看回來。「嗯，呃……那麼艾芙呢？」他在流汗。

「艾芙也一樣。」

「喔。」哈洛威先生點頭，「你是個怪人，年輕人。但是我很高興跟你有這段談話。」

「如果我是怪人，那麼我是一個誠實的怪人。」

門砰的一聲打開，葛夫背對著門飄了進來。他的頭髮歪斜，臉上的傷疤呈紫色，領帶纏繞在頭上。「葛夫國王馬上就回來，」他對著至少兩位開懷大笑的女人說，「先等他把俾斯麥號戰艦擊沉。」門轉回原處關上。「嗨呀，魯托。迪恩還以為你和魔法龍帕夫[24]一起飛走了。」

哈洛威先生目瞪口呆地看著葛夫。*驚愕？*

哈洛威先生回頭看雅思培。*生氣？*

哈洛威先生氣沖沖走了出去。*天曉得怎麼回事？*

「他在發什麼神經？」葛夫問，「這是婚禮，又不是喪禮。」

烏托邦大道以〈風不缺席〉開始他們的時段。艾芙邊唱邊彈木吉他；葛夫限制自己只使用鼓刷來擊鼓，唯一例外是當歌曲演奏到他在布萊頓技術學院被酒瓶打到的那一處——這時他重踩一下低音鼓，然後把一根鼓棒拋到在空中旋轉，再像樂隊隊長那樣把鼓棒接住。第二首是艾芙正在寫的新歌〈蒙娜麗莎唱藍調〉。她在鋼琴上演奏這首歌，迪恩幫她加上貝斯的根音，而雅思培在中間隨興表演了一段獨奏。女人們用心聽著歌詞，這些歌詞每次排練都在變。葛夫在演奏到〈我對你施了一個魔咒〉時重新拿起鼓棒，這首歌由迪恩主唱，艾芙在鋼琴上即席伴奏。一些年輕的賓客開始跳起舞來，所以樂團把這首歌的時間拉長。雅思培在Stratocaster電吉他上演奏了一段薩克斯風音色的獨奏。他抬

24 美國民謠 *Puff the Magic Dragon* 裡的魔龍。

起頭來，發現新娘和新郎也在唱歌。如果我稍微學會嫉妒，我就會嫉妒那兩個人：他們有家人，還有彼此。碧雅也在跳舞。她跟一位高大、深膚色、英俊的學生在跳舞，雖然她的眼睛是看著雅思培。雅思培已經將獨奏的工作交給迪恩，迪恩就用敲弦的方式彈奏這段貝斯行進。克里夫和米蘭達哈洛威還是坐著。雅思培希望他可以讀出艾芙父親的表情。他把手放在他太太的手上，所以或許他的心情已經平復了。音樂能連結。葛羅索夫婦坐在椅子上，雙臂交叉在胸前，身體僵硬，連雅思培也看得出他們對眼前的一切很不以然。音樂沒辦法連結每一個人……

然而雅思培注意到唐葛羅索的腳在打拍子，而且幾乎難以察覺地，她的妻子也隨著節奏在點頭。

或許有辦法。

對上彼得堡文法學校那場比賽，雅思培在板球場上聽到的敲擊聲並沒有在那天再次出現，隔天沒有，再隔天也沒有。雅思培說服自己根本沒有那件事。有一天傍晚，斯瓦夫翰宿舍的舍監派雅思培帶了一書包的樂譜到大教堂給唱詩班指揮。一陣東風刮來，將櫻桃樹上僅存的一些花掃落，並把雅思培沿著畫廊道，伊利學校的中世紀街道之一，往前推。在前方，他聽到砰的一聲，一扇門被強風打開，然後關上然後打開然後關上然後打開，然後當他經過一個拱廊時，一扇木製大門被扯離絞鍊，帶著惡魔般的力道掃過他身旁，離他那顆十六歲的頭不到十二吋的距離，然後在路對面的一道牆上撞成可用來點火的碎木。它大有可能折斷雅思培的脖子，撞裂他的肋骨或刺進他的頭顱。雖然因為差點被砸死而顫抖著，雅思培仍然繼續趕到大教堂，穿過宏偉的正門進到洞穴般的幽暗。燭火搖晃。管風琴師在編織和弦。一些觀光客隨意四處逛，但是雅思培並沒有停下來欣賞這個中世紀建築的傑作。那是一個你不會希望待在戶外的惡劣夜晚。他繞過迴廊來到教士會堂，唱詩班指揮的辦公室就在這裡。他走個會堂的門，準備敲門，這時——

扣—扣……

雅思培並沒有敲門，但是他卻聽到敲門聲。

他看了一下四周，想找出一個解釋。

沒有任何解釋。謹慎地，雅思培舉起他的指關節準備再敲門——

扣—扣……

他並沒有碰到門。

是有人從裡面敲門嗎？

為什麼？惡作劇？這有趣嗎？

他們是怎麼計算時間的？這裡又沒有窺視孔。

雅思培第三次舉起他的拳頭要敲門時。

扣—扣……

一定有人在唱詩班指揮的房間裡。

雅思培試著開門。門生硬地開了。

在房間另一頭，唱詩班指揮坐在辦公桌後面，正在讀《泰晤士報》。「啊，德魯特。你知道，像你這樣的男孩子實在應該知道，進門前要先敲門……」

紫色火焰

迪恩在洛珊姆路圓環把野獸轉離A2公路。我們能走這麼遠真的是奇蹟。他們在布萊克希斯破了一個輪胎。迪恩和葛夫負責換輪胎，而雅思培就坐在路邊。為什麼有錢人擁有這個世界，但他們卻他媽的這麼沒用？野獸的引擎咆哮著。如果化油器掛了，在買新輪胎的五鎊之外又有十五鎊要飛了，不眨眼。雖然一個星期有兩三場演出，迪恩仍然欠月鯨及塞爾瑪吉他無限多鎊。我幫奎克西先生工作時，手邊的閒錢還多一點……我們需要一份合約，我們需要一首暢銷曲，我們需要抬高演出的價碼。經過二十四小時都開著的沃特林古道小餐館（Watling Street café），那是跑倫敦—多佛—歐陸路線的長途貨車司機們的最愛；經過一個為未來戰爭做準備、目前暫時封閉的舊軍營；經過迷宮般的社會住宅，在迪恩小時候，這地方都還只是荒地；然後越過風車山的山脊，從那裡開始重力就接手，把野獸往下拉，進入葛瑞夫森零散分布的屋頂之間；來到葛瑞夫森那些緊挨著的街道、小巷、被轟炸過的廢墟、建築工地、吊車、通往拉姆斯蓋特、馬蓋特的鐵路、煤氣廠、像盒子一樣豎立起來的新醫院、一街區又一街區的公寓以及和汙水一樣暗褐的泰晤士河。河上駁船會停靠在帝國造紙廠、斯莫雷特工程、藍圈水泥工廠等碼頭，在埃塞克斯那一側的河岸，駁船則是停靠在提伯利的發電廠。工廠的煙囪冒出的煙就懸浮在這悶熱、停滯的七月下旬午後。

「歡迎來到樂園。」迪恩宣布。

「如果你認為這看起來很淒涼，」葛夫說，「那你可以在一月中到赫爾看看。」

「樂園是通往樂園的路。」雅思培說。

誰管你在胡扯些什麼鬼話，迪恩想。

「這一切看起來非常……真實。」艾芙說。

她在取笑我嗎？「什麼意思？」迪恩問。

「沒什麼意思，」艾芙說，「只是開玩笑。」

「很抱歉，這裡不像瑞奇蒙那麼可愛。」

「不，我很遺憾自己是個一點頭緒也沒有的小富家女，與真實世界如此脫節。我會靠看連續劇《加冕街》來彌補。」

迪恩踩下離合器，讓野獸直接滑下山坡。「我還以為僫在取笑我。」

「我幹嘛要這麼做？」

「這很難說，因為僫……」

「一點頭緒也沒有的小富家女？」

迪恩停了幾秒，沒說半句話。「是我緊張過度，不好意思。」

艾芙吐了一口氣。「是的。好吧，在家鄉觀眾面前演出是一件大事。」

坡度變得更陡，野獸獲得更多動能。真相是，迪恩心想，我擔心雅思培和艾芙看了外婆、比爾和瑞伊一眼，就想，「這些穴居人是誰啊？」我擔心外婆、比爾和瑞伊看了雅思培和艾芙一眼，就想：「耶穌啊，這些故做清高的人是誰啊？」我擔心我們會在馬洛船長酒吧被噓下台。我擔心我們將會成為笑柄。而最重要的，我愈接近哈利莫菲特，就愈覺得冷而且愈厭煩……

「操僫媽的，僫們在表演什爛爵士啊？」迪恩的爹怒目瞪著他。女王街市場那時正是人潮最多的時候，而迪恩的噪音爵士樂團——那個星期才剛成立——正在演奏〈永不褪逝〉（Not Fade Away）。比爾和莫斯外婆已經做了一次集資，幫迪恩買了一把真正像樣的捷克斯洛伐克製電吉他Futurama（未來世界），當作他的十四歲生日禮物。有一整首曲子之久，它都沒有走音。迪恩的菸盒裡已經收到不少銅板。肯尼伊爾伍德和史都華基德分別負責演唱及拍奏搓衣板，但那是迪恩的樂團，那個已經學會和弦的迪恩，幫樂團定調的迪恩，防止肯尼和史都華臨陣脫逃的迪恩。女孩們在看，其中有些看起來還蠻欣賞他們的。幾個月來他第一次感到喜悅，而非感覺無趣、厭煩及灰暗。直到他爹來到，「我說，操恁媽的，恁們在表演什爛東西啊？」

「我們只是在做街頭表演，爸。」迪恩勉強回答。

「街頭表演？你們是在跟人乞討。」

「不，莫菲特先生，」肯尼伊爾伍德說，「這不是像——」

迪恩的爹比出一根手指。「給我滾開。恁們兩個。」

肯尼和史都華基德給了迪恩一個同情的眼神，然後離開。

「恁媽會怎麼說？蛤？」

迪恩感到吞嚥困難。「但是媽會彈鋼琴。她——」

「在家彈！私下彈！不是在全世界都可以看到的地方彈！把那東西撿起來。」迪恩的爹怒目看著那菸盒裡的錢幣，然後帶他過街，走到擺在鄧第先生書報亭外的導盲犬慈善基金會捐款箱。那捐款箱的顏色和形狀都像一隻黑色拉布拉多犬。「全放進去。每一法尋[25]。」迪恩別無選擇。每一枚硬幣都穿過狗頭上的投幣孔進入箱內。「再給我玩一次這種花招，那把吉他就成為過去式。我不管那是誰買給恁的。聽清楚了嗎？」

迪恩討厭他爹，討厭自己不敢挺身對抗他，也討厭他爹讓他討厭自己。

「聽清楚了嗎？」

濃烈的伏特加味和菸味，那就是哈利莫菲特的味道。

路過的行人放慢腳步，探頭觀望發生什麼事。

迪恩希望當下就可以把他爹幹掉。

迪恩知道他的Futurama吉他很脆弱。

迪恩對著那隻中空的狗說：「是的。」

艾芙在莫斯外婆的鋼琴上即席為〈月河〉（Moon River）加了一段鋼琴獨奏。迪恩吸進了培根油脂、舊地毯、老人及貓沙盆的味道。迪恩猜想，外婆家裡的整個一樓地板都可以塞進雅思培在切德溫馬房街的大廳裡。雅思培看起來像以前一樣輕鬆，而莫斯家與莫菲特家組合起來的四代家族，對迪恩這幾位怪異的樂團夥伴所感到的好奇，更勝於對他們的不認同。到目前為止。生長於「上二房下二房」陽春型房屋的葛夫，對這裡的一切應該很自在，但是他已經開著野獸到馬洛船長酒吧去做演出的準備，並和他在阿契金諾克時期的一個朋友見面。白髮且有皺紋的莫斯外婆一面哼著旋律，一面左右搖擺，偶爾跟著唱幾句〈月河〉。比爾，外婆在法律上的丈夫，本身也是個很不錯的鋼琴彈奏者，他不時點頭認同艾芙的風格。大嗓門姨媽瑪姬與安靜姨媽朵特和顏悅色地看著他們。他們的姊妹，迪恩的媽，從相框裡看著他們。再過來是迪恩的哥哥瑞伊、瑞伊懷孕的妻子雪柔，以及他們兩歲大的小孩韋恩，韋恩正讓兩輛丁奇玩具車上演汽車對撞的戲碼。雅思培坐在外婆客廳的一個角落，就在擺成V字型的兩排瓷鴉下方。迪恩研究他的室友。他們已經分享過一包包香菸、一盒盒保險套、一打打雞蛋、一條條牙膏、書、牛奶、吉他弦、洗髮精、感冒以及外帶的中國菜……有時候他像小孩一樣沒有防備；另一些時候，他就像一個偽裝成地球人的外星人。他提到他在學校有一次精神崩潰，並且在荷蘭一家診所看過一陣子診。迪恩沒有再追問細節。感覺這麼做是錯的。他甚至不確定雅思培與真實世界的脫節是導致那些日子的起因，還是那些日子留下的傷疤。

艾芙以一串閃亮的滑音來結束〈月河〉。

那一小群聽眾以溫暖的掌聲來回報她。

韋恩讓一輛汽車撞上大貨車，然後說，「碰啊！」

「噢，」莫斯外婆說，「真好聽，不是嗎，比爾？」

「美得像花朵盛開。恁彈琴有多少年了，艾芙？」

25 四分之一便士。

「從我五歲開始。我外婆教我的。」

「要從小開始學，」莫斯外婆說，「〈月河〉是我們家薇伊的最愛。她是迪恩的媽。她和瑪姬和朵特都彈鋼琴，但是只有薇伊愛彈。」

「如果把眼睛閉起來，現在，」瑪姬姨媽說，「你可能會以為是薇伊在彈琴，尤其是中間那段很需要技巧的部分。」

「我想，在另一個世界，」朵特姨媽說，「她可能會有一番事業。我的意思是在音樂上。」

「迪恩的確遺傳了她的天分。」瑪姬姨媽說。

「哎，別讓這個牛肉腰子派涼掉了。」比爾說。朵特和瑪姬姨媽開始將食物盛裝到盤子上。

「當數千個女孩尖叫，並將她們的內褲丟給這位上帝的寵兒時，」瑞伊朝著迪恩點了點頭，然後問艾芙，「這些聽眾還聽得見鋼琴聲嗎？」

「丟內褲的事還沒開始呢，」艾芙說，「等他上了《最佳流行音樂》，或許吧。音響效果跟地點、麥克風跟擴音箱都有關係。我們的廂型車裡有一台華妃電子琴。我也有一台哈蒙德電子琴，只是它重得不得了。這兩台樂器都有能力帶給聽眾震撼。」

「那不是需要很多很多的勇氣嗎，」雪柔幫韋恩戴上吃東西用的小圍兜，「在一群陌生人面前登上舞台？」

「我想是的，」艾芙說，「但是，要不是習慣了怯場，就是不再上舞台。外婆，那真的需很多勇氣。」

「軍隊要靠肚子來行軍，」這位女家長說，「好吧。如果我們的盤子裡都裝好食物了……」每個人都合起雙手。外婆做了禱告：「親愛的主，為了我們桌上的飲食，我們向您獻上感謝，阿門。」每個人一起說「阿門」然後開動。迪恩心想，食物，就和音樂一樣，能讓人們聚在一起。

「這個派烤得真完美。」雅思培說，好像在評價一段獨奏。

「真是一道甜美多汁的感謝。」瑪姬姨媽說。

「其實，」迪恩說，「他沒這個意思。他只是看到什麼就說什麼。」

「我的鼻子是一張嘴。」韋恩把一根胡蘿蔔塞進鼻孔。

「韋恩，你這樣很噁心耶，」雪柔說，「把它拿出來。」

「但是恁說我不能在餐桌上挖鼻孔啊。」

「瑞伊，告訴他。」

「照你媽說的做。」瑞伊勉強忍住笑。

韋恩把小拇指插進鼻孔。「它更進去了。」現在已經沒那麼好玩了。「它卡住了！」他用力打噴嚏，把鼻孔裡的胡蘿蔔以高速噴到迪恩的餐盤上。連雪柔也不禁莞爾。

「那麼，誰來跟我們說說迪恩青少年時期的八卦？」艾芙問。

「噢，天啊，」比爾說，「我們有多少小時？」

「恁可能會需要幾天的時間，」瑞伊說，「還只是刮到皮毛而已。」

「說謊、說謊、說謊，」迪恩說，「都是謊話。」

「啊，但是，我們這裡的搖滾樂叛逆者是誰啊？」瑞伊用叉子叉起一塊腰子，「誰又是有責任的丈夫？」

只因為恁趁雪柔的卵子成熟時，把恁的木薯插進她的暖手筒裡。迪恩從地上撿起韋恩的湯匙。

「對迪恩來說，在他媽過世後日子並不好過，」莫斯外婆說，「對大家來說也都不好過。他父親……」

「有點難搞。」比爾幫她把話說完，眼睛看著迪恩。

「沒錯。」外婆繼續說下去，「瑞伊離家到達根罕去當學徒，迪恩搬回皮考克街的老家跟他爹住，但這樣的安排行不通。所以迪恩搬回這裡跟我和比爾住，差不多有三年之久，而他同時在艾貝斯菲特藝術學院上學。我們那時候覺得非常驕傲。」

「但是，他沒有成為下一個畢卡索，」瑞伊說，「他變成一個我們認識而且深愛的吉他天才。」

「他才是吉他天才。」迪恩把拇指比向雅思培，「我們在大營帳演出時，瑞伊你也在現場。」

「我會演奏，」雅思培說，「因為我用練習來取代生活。這不是我會建議的生活方式。」

「在這個世界，恁要有任何成就，」比爾說，「恁就必須下苦工。天分是不夠的。恁還需要紀律。」

「迪恩有令人驚豔的藝術表現，」瑪姬姨媽說，「那就是他的作品，在收音機上方。」每個人都看著迪恩所畫的惠斯塔布碼頭。「他的心一直在音樂上。他會在樓上自己的房間裡彈奏他的歌曲，直到每個音符都沒彈錯。」

「現在還是這樣。」雅思培用叉子叉住一顆滾動的豆子。「較遜色的貝斯手是溫巴—溫巴的彈，就像低音號手的吹法。迪恩的演出非常流暢——」他放下叉子來模仿，「邦—邦—比—但比—但比，邦—邦—比—但比—但。他把貝斯當成節奏吉他來彈。真的很棒。」雅思培吃下豆子。

這個基於事實的稱讚，讓迪恩有點不好意思。

「看到那個盾形徽章嗎？」外婆指著一個獎盃，然後唸出刻在上面的字：「『最佳樂團，葛瑞夫森一九六四挖墓者。』那就是迪恩他們的樂團。我們等會兒再把相簿挖出來。」

「哇，相簿耶。」艾芙興奮地搓著手。

摩托車像打雷般駛過，讓餐具櫃上的茶杯搖晃起來。「就是那個傑克卡斯提洛，」瑪姬姨媽說，「把他的孩子溫尼放在邊車上，把這個小鎮當成他的私人賽車場。」

「恁不介意我問一個問題吧，雅思培，」瑪姬姨媽說，「恁是上流人士子弟嗎？恁的談吐文縐縐的，就像BBC的播報員。」

「六歲以前，我是由住在萊姆里傑斯的阿姨帶大的。她開了一間供膳宿舍，經濟上一直不寬裕。但是，後來我去伊利讀一間寄宿學校，那的確都是上流人士的子弟在讀。不幸的是，有上流人士的口音不保證你會有上流人士的銀行存款。」

「恁阿姨怎麼有錢讓你讀貴族學校？」比爾問。

「我父親的家族德魯特介入。他們是荷蘭人。」

瑪姬姨媽調整她的假牙。「而且他們非常富裕，是嗎，雅思培，希望你不介意我這麼問！」

「我們可不可以別再嚴刑拷問這個可憐的傢伙？」迪恩問。

「哦，他不介意的。恁介意嗎，雅思培？」瑪姬姨媽問。

雅思培看起來並不介意。「我對澤蘭的德魯特家的描述會是『有錢』而不是『富裕』。」

「有錢和富裕不是同一回事嗎？」雪柔問。

「有錢的人知道他們有多少錢。富裕的人錢多到他們從來無法確定自己到底有多少錢。」

「恁母親在哪裡？」瑪姬姨媽問。

「母親在我出生時就過世了。」

女人們同情地發出嘖嘖聲。「可憐的寶貝，」瑪姬姨媽說，「瑞伊和迪恩至少還認識他們的媽。完全沒有她的記憶，那想必相當難熬。你應該先告訴我們的，迪恩。」

「我剛提醒過你們，別再嚴刑拷問他。」

布穀鳥從外婆的咕咕鐘裡出來叫了七次。

「該不會已經七點了吧。」艾芙說。

「有趣的事物，是時間。」朵特姨媽有感而發。

迪恩十五歲。癌症與嗎啡已經將他母親消磨到快不成人形。他害怕去她的病房探望，他也知道害怕探病讓他成為全英格蘭最不孝的兒子。死亡讓其他話題都成為無謂的逃避，然而，還沒要死的人要如何跟即將死去的人談論死亡?那一個星期天早晨，瑞伊在達根罕，迪恩的爹在水泥庫房加班，莫斯外婆和姨媽們在教堂。迪恩從來看不出上教堂的意義。「上帝的作為何其奧妙」聽起來和「硬幣的正面朝上我贏，背面朝上你輸」差不多同樣意思。如果禱告有用，迪恩母親就不會正在走向死亡。迪恩帶著他的 Futurama 吉他到醫院。到病房時媽媽正在睡覺，所以迪恩非常輕聲地彈奏。他練習一段〈田納西華爾茲〉（The Tennessee Waltz）的炫技改編曲，當他彈到最後，一個微弱的聲音說：「彈得真好，親愛的。」

迪恩抬起頭來。「我在練彈吉他。」

幻影般的一抹微笑。「好孩子。」

「不好意思，可能把恁吵醒了。」

「這樣子被吵醒最好了。」

「還想再聽一首嗎？」

「再彈一次，山姆。」[26]

所以，迪恩還是彈〈田納西華爾茲〉。兒子把全部注意力都集中在吉他指板，錯過了他母親離開世界的準確時刻……

★★★

在〈碎片〉曲末，雅思培演奏一段煙火式的獨奏，艾芙鋪了一層層輝煌的哈蒙德和弦，葛夫的鼓敲出閃電與雷聲。迪恩的手指（不是迪恩）正彈奏著他的貝斯行進，讓迪恩可以放眼俯視馬洛船長酒吧副廳裡的兩百多個人。他瞥見一些希望看到他成功的朋友、一些曾經希望他撞死或燒死的死對頭、從這樂團看到自己年輕時曾經擁有或曾經可能擁有事物的老人、出來買醉或尋找潛在炮友的年輕人、拿著金巴利香甜酒及小鹿牌香梨汽泡酒與香菸的女孩；迪恩心想，葛瑞夫森，恁打我臉，恁踢我蛋，恁跟我說我一無是處，是個笑話，是討厭鬼，是同性戀，但是，請聽他媽的烏托邦大道。我們已經變得他媽的非常厲害，在那張臭臉及那些冷嘲熱諷背後，恁知道的。下面的聽眾中一定有些哈利莫菲特的親朋好友。你們回去轉告他，我們讓這個地方燒起來了。雅思培彈奏到第一輪的結尾。迪恩望過去，而正如他預料，雅思培的眼睛仍專注在他那把Stratocaster電吉他的指板上，意思就是他還打算再彈一輪。大多數人從來沒有現場看過哇哇踏板使用，而雅思培對這玩意兒的掌握已經到爐火純青的地步。這首歌的功勞算我的，別忘了，真謝謝恁。兩三次的彩排之前，艾芙還建議把歌詞從「所有的夢最終都化成碎片」改為「碎片是夢的種子」。迪恩嘗試這麼唱，而這首歌就從令人意志消沉變成激勵人心。雅思培建議艾芙在「夢的種子」那一行加入唱合音；而房間裡的每個人，包括帕維爾茲德在內，都發出愉快的哎哼聲。在他待在波坦金戰艦的最後日子裡，迪恩已經放棄分享自己的創作曲：那樂團總是把曲子弄得更糟。烏托邦大道的情況剛好相反。這樂團是一台可以將樂曲不斷精煉的機器。

雅思培即將從獨奏裡走出來；迪恩望著正點頭數拍子的葛夫；還有四小節……三小節……二……一……然後是艾芙給的OK眼色……然後雅思培停下來——他們全都根據一個鐘來數拍子——一、二、三、四——然後藉由擊鼓、重擊、撥弦、彈刷，將結尾猛力砸碎成散落一地的分子碎片……

掌聲是最純粹的毒品，迪恩心想。他用一個布啤酒墊抹了一下臉，咕嚕咕嚕地享用他那一杯史密斯威克啤酒。「各位乾杯。」掌聲持續不斷。眼前看不到像倫敦演唱會中那麼多的天鵝絨服裝，比較多的是平凡的襯衫、牛仔褲及鴨舌帽。馬洛船長絕非不三不四的酒吧，它離葛瑞夫森工人俱樂部只有幾個門的距離，也是藍圈水泥的員工領到薪水袋後能去的最好酒吧。照葛瑞夫森的標準來說，一些走嬉皮風的群眾是被彈珠台、點唱機及一個月兩次的現場表演引誘進來的。在群眾的一側，里馮和某個迪恩不認識的男子站在一起。如果他是男朋友，他們最好他媽的小心一點。掌聲稍微緩和下來，迪恩傾身靠近麥克風。「謝謝你們來聽演出，也謝謝戴夫和席芙邀請我們來。」他的目光瞥向後方的吧台，戴夫塞克斯[27]，那個有著泰迪熊臉的屋主，在那裡揮手回應。「我是迪恩莫斯，在葛瑞夫森土生土長的小孩，如果我不告而別時還欠誰五鎊，在這場演唱會後我會把錢還給恁——」迪恩把他的G弦弦鈕轉緊，「前提是，恁先借我十鎊。」

26 模仿電影《北非諜影》的著名台詞。
27《骨時鐘》主角荷莉的父親。

葛夫敲擊出喜劇的磬……塔蹦！

「現在為你們介紹這個樂團：鍵盤手，艾芙哈洛威小姐！」

艾芙在哈蒙德電子琴上彈奏出貝多芬的第五號交響曲開頭。一個天才大聲喊，「恁可以隨時彈我的風琴[28]，達令！」

「抱歉，」艾芙搬出她慣用的回答，「但是我不彈玩具樂器。」葛夫再，次磬……塔蹦！

「鼓手，」迪恩說，「來自約克夏人民共和國：彼得『葛夫』葛瑞芬，或簡稱葛夫！」

掌聲響起。葛夫敲奏出爆竹爆炸般的鼓聲；起身，行禮。

「吉他手，」迪恩說，「雅思培——德魯特——先生！」雅思培用哇哇踏板的音效彈出〈天佑女王〉（God Save the Queen）的最後一段。掌聲響起。

有人喊著：「在我看來，雅思培更像他媽的仙女[29]！」

雅思培往前走幾步，手遮在眉毛上，掃瞄聽眾想找出那個起鬨者。「誰在跟我說話？」

「在那裡！」起鬨者向他揮手，「去把你他媽的頭髮剪掉啦！」

操，迪恩心想，布萊頓多元技術學院第二集即將上演。

雅思培更仔細地打量對方。「什麼？然後看起來跟你一樣？」他不假思索就把腦中的意念說了出來，這下連那個起鬨者都笑了。迪恩趕緊把握住這個時機，把曲目往下帶。「下一首歌是雅思培的曲子，名叫〈婚禮出席〉，好，來吧，三、二、一——」

接下來的一首是迪恩的舊歌〈在當時似乎是個好點子〉（Seemed Like A Good Idea At The Time），再來是堅毅而且道地的〈蒙娜麗莎唱藍調〉、布克爾T（Booker T）的〈青蔥〉（Green Onions）、〈暗房〉、十分鐘的〈放棄希望〉。到後來，整個房間都跟著高唱：「**我要把你的心挖—挖—挖出來，就像你挖出我的心**」，彷彿他們知道這首歌好多年了。還有〈木筏與河〉、動物樂團風格的〈日昇之屋〉、加料版的〈風不缺席〉，以及由艾芙主唱的披頭四〈日行者〉（Day Tripper），只不過她把歌詞中的

「她」都改成「他」。第二首安可曲他們演奏了挖墓者最棒的曲子〈六呎下〉（Six Feet Under），那是迪恩十七歲時寫的。迪恩擔憂兩件事——喝棕色艾爾啤酒的群眾不懂得欣賞雅思培幾首創作曲的迷幻性，或葛瑞夫森不先用淫詞穢語轟炸艾芙一回，就不讓她演唱下去——都沒有發生。當戴夫塞克斯打開房間的燈時，迪恩滿身是汗，聲音沙啞，指尖幾乎脫皮，但是整個人因演出而情緒激昂。迪恩、雅思培、艾芙、里溤及葛夫在鼓組旁邊即興擺出橄欖球的鬥牛陣式。

「小伙子們，我們真托媽的**攻占陣地了！**」葛夫說。

「小伙子們，我們真托媽的攻占陣地了！」葛夫說。

「你可以再說一次。」艾芙說。

「那**真是**老掉牙的冷笑話。」艾芙說。

「帥呆了，」里溤說，「很快就會有好消息。偋不可能表演得**那麼**棒而沒人把消息傳出去。」

我還真他媽的希望如此，迪恩心想。

「輪到你了，雅思培。」艾芙說。

每個人都看著雅思培，「輪我做什麼？」

「說說你托媽的**感想**，你這戀童癖。」葛夫說。

雅思培想了一下。「我覺得……我們的演奏正在進步？」

他們五個人的圓圈被這個世界闖入並且打散。「偋很快就能把我的五鎊還我了。」肯尼伊爾伍德說。

迪恩說：「相信我，我也等不及了。」

28 Organ也有「器官」的意思。
29 Fairy也有「男同性戀」的意思。

「如果媽能看到恁今天的表演，」瑞伊說，「她一定會非常驕傲。」

「她看到了，親愛的。」瑪姬姨媽邊說邊捏了一下迪恩的臉頰。

迪恩不斷與更多老同學、老師以及舊識相遇、敘舊，直到在兩杯啤酒下肚後，一個女孩出現。

「你可能不記得我，」她說，「但是——」

「裘得，布萊頓多元技術學院。恁借艾芙一把吉他。恁好嗎？」

她很開心。「現在，你們需要一張唱片合約。」

「我已經寫信給聖誕老人了，」迪恩說，「等待好消息吧。」

「現在才七月。但是你乖不乖呀？」

打情罵俏。「蓋茲如何啊？我沒記錯名字吧？」

「我不知道，而且我不在乎。」

讚美上主。「我很遺憾聽妳這麼說。」

「嗯，你最好是！」

迪恩把她的香水吸進肺裡。「恁在這裡做什麼？」

「我哥喜歡玩音樂，他說一個叫烏托邦大道的樂團要演出。我的耳朵豎了起來，然後，嘿，你們出現了。」

「我很訝異，經過上次的事後恁還願意來。」

「就算把全世界給我，我也不願意錯過你們的演出。」

山克斯突然在她身後冒出頭來，用手勢告訴他們該離開了。

迪恩用手勢告訴他再兩分鐘。「我和雅思培今晚會借住在城裡一個朋友那裡。恁要……？」

喂，喂，裘得上揚的眉毛彷彿在說：「一步一步來，飛毛腿鼠[30]。我哥會開車載我回布萊頓。我在一家化妝品量販店找到一份工作。但是……」她揮舞著一張折成方形的紙，「如果你有空，比方說，目前沒在跟別人交往，那麼這是我上班時的電話號碼。你得假裝是顧客，要不然我的老闆會起疑心。還有，這號碼是寫在不可能的任務的專用紙上，它在四十八小時內就會變成灰燼。」她伸手到迪恩的西裝外套裡，把那張紙塞進去。用嘴唇在迪恩的臉頰輕啄一下。「打電話給我，免得事後懊悔。我是說真的，這個樂團太棒了。你們會成名。」

山克斯把噴嘴放進嘴中，煙順著水菸壺彎曲的脖子移動——泡泡，泡泡，不計辛勞不嫌煩——進入他早已被煙燻成褐色的肺……接著再從肺裡出來，成為一朵朵的白花椰雲。

「這些東西是合法的嗎？」肯尼問。

山克斯模仿公義天秤的模樣。「儀器，合法。瓶子裡的百草可能會驚動警察。我付過保險費了。」一段長而且有生氣的靜寂展開。吉姆莫里森（Jim Morrison）正在唱〈結尾〉（The End）。

「喂，迪恩諾——我們表現得還好嗎？」

「非常好。」迪恩說。他拿著噴嘴的乳頭狀吸嘴塞進兩唇之間，心裡想著袞得，然後……把煙吸上來，泡泡—泡泡，它上來了，現在把煙含在嘴裡……然後再次放出來。「這……就像……」今晚我真的詞窮了。「吸奶，而且，漂浮在空中。」

老哥瑞伊笑得前後搖晃，但沒有發出任何聲音。

「你跟雅思培，」肯尼說，「就像一對結了婚的伴侶。」

迪恩在想這句話的意思時，雅思培的臉讓迪恩想到史坦勞萊（Stan Laurel）。「我們還是別去那裡吧。」雅思培含著噴嘴吸了一口。水菸壺對他而言不是新鮮事，他住過阿姆斯特丹。

迪恩問：「阿姆斯特丹的人會喜歡我們嗎？」

雅思培的話回來得比平常快一些。「首先，我們需要唱片合約。不然就只是業餘的演出。」

我們的唱片合約，在彩虹盡頭。迪恩感覺迷失在太空中，需要釐清自己的位置。山克斯的公

30 Speedy Gonzales，華納兄弟的一個卡通角色。

寓就位在他的唱片行，傳奇的魔術巴士（Magic Bus）樓上。凌晨時分。這裡是些誰跟誰啊？區區在下、小腿山克斯、他那位名叫派珀兒的女性朋友、老哥瑞伊、肯尼伊爾伍德、雅思培和一個在演唱會之後才出現的女孩，她的目標很明顯是德魯特先生。她說她的名字是艾薇。他們六個人都靜止不動。一幅林布蘭的畫作。看到嗎？我也懂藝術。以燭光為畫筆，在彷彿有生命力的黑暗上作畫……

……直到山克斯用一串抖動的話語破除了林布蘭魔咒。「你們四個人今天晚上的表現真的是脫胎換骨。脫離了這個見鬼的世界！不久之後某一天，我將可以滔滔不絕地說，『噢，是的，是的，我跟迪恩莫斯是舊識──我們一起見到小理察──他最早會彈的幾個和弦其實是我教的……』還有那些歌！〈暗房〉、〈碎片〉、〈蒙娜麗莎〉……每一首都可能是暢銷曲。妳不覺得嗎，派珀兒？」

「西雅圖的FM電台會愛死你們。」

「希望很快會成真。我已經窮到脫褲。」

雅思培沒在聽，他的耳朵一直灌入來自艾薇、艾薇、艾薇的耳語。他看著山克斯，山克斯讀出他的心思。「孩子們，走道再過去一點有個空房間，裡面只有一張單人床。我敢保證能滿足你們的需求。」艾薇離開，像貓一樣融入陰影。迪恩確認袠得的電話很安全。還在我的口袋裡。

老哥瑞伊警告雅思培：「老弟，我很佩服你。我的那話兒已經跟我一樣飄飄然了。」雅思培聳了聳肩。

「一句提醒，」肯尼突然出聲，「一個科學上的事實。葛瑞夫森的女孩是放在腿上的蛋，恁只要對著其中一個打噴嚏，突然間它們就晚了三個月，她的家人會來猛敲恁家的門，全都叫你孩子的爹。瑞伊在這裡，他知道我在說什麼。」

瑞伊模仿絞刑套索的樣子。瑞伊拿起神聖的噴嘴大吸一口……然後吐出一隻精靈，還有煙吹成的四肢。「確定恁戴上那東東。我希望，恁有準備吧？」

雅思培像童子軍一樣行了個禮，然後跟在艾薇後面離開。

「那你怎麼樣？」瑞伊問他，「有可以愛愛的對象？」

派珀兒識相地飄走。「男孩們，我想我會謹慎地離開，保留我的童貞。明天早上見。」

飄飄然的迪恩再吸一口大麻——把它吸進去，泡泡—泡泡，含住它，然後吐出來——希望話題快轉開。

「那你怎麼樣？」瑞伊問他，「有可以愛愛的對象？」

願意用任何事物來換一個安靜的人生。「沒太多。在艾芙姊姊的婚禮上有一個來自聖約翰伍德的女孩，我們在她的住處度過一個週末。整個六月就那麼一次。」

「恁這個幸運兒，」肯尼說，「崔西只會說，『沒有訂婚戒指就沒有性——這句話你到底哪個地方聽不懂？』我應該現在就甩了她，但是她老爸是我老闆。真是他媽的一場惡夢。」

輪到瑞伊：「有些時候還不錯。我喜歡當爹，那大多是在韋恩沒意識的時候。但是雪柔是頭喜怒無常的牛。我單身時身邊的性感小妞還比較多。每天她都變得更像她娘。婚姻是座監獄，由囚犯自己出資興建。山克斯，恁怎麼看這事？恁已經進到碾磨機裡被碾磨兩次了。」

山克斯把兩扇推門推進各自的門槽內，然後播放地下絲絨樂團（Velvet Underground）的音樂。「婚姻是個錨，小伙子們。讓你不至於漂去撞上礁石，但也讓你無法出航。」

A面的第一首歌，〈星期天早晨〉（Sunday Morning）讓迪恩整個人融入歌曲中。妮可的音高偏差了半個音，但聽起來反而更有味道。

瑞伊坐起來，然後問：「那麼，艾芙在跟誰交往？」迪恩太放鬆了，沒去回答他。瑞伊輕踢迪恩的腳。「艾芙在跟誰交往？」

迪恩抬起頭。「萊斯特廣場的某個電影放映師。」

肯尼問：「你或葛夫或雅思培偷吃過她嗎？」

「艾芙？耶穌啊，肯尼，當然沒有。那就好像在跟恁妹妹做愛。」

這次換成肯尼坐起來。「恁什麼？恁搞過賈姬？」

水菸壺的魔咒逐漸消散。迪恩躺在山克斯的土耳其地毯上，在他原先躺的地方。他記得父親告訴過他：「恁待在恁奶奶家夠久了，該回家了。」他父親就去跟莫斯外婆說：「謝謝妳做的一切，但是迪恩是我的。薇伊也會同意。願上帝保佑她的靈魂。」誰能反對這樣的提議？他在新年的第一天搬回家。他媽已經在九月過世。當冬天轉成春天時，他的工作清單變得更長。煮飯、買菜、打掃、洗衣服、熨衣服、擦皮鞋，每件他媽媽曾經做的事。「這世界沒有責任要養活恁，」，他爸爸說，「就像我沒責任要養活你一樣。」哈利莫菲特一直貪愛杯中物，但是看到他一天要喝掉一瓶晨星，一款便宜而且劣質的伏特加，迪恩還是感到吃驚。他的表現很正常，沒有人會猜他是酒鬼。鄰居們不會，工作夥伴也不會。一旦離開家，他爹仍然是個討人喜歡的傢伙。但在皮考克街，「壞」就會變成「更壞」。他訂下規則，不可能的規則，不斷改變的規則。如果迪恩待到外面，那他就是在打混。如果迪恩待在家裡，那他就是在偷懶。如果迪恩不說話，那他就是難相處的狗屎。如果迪恩說話，那他就是愛頂嘴。「打我啊，如果你真的喜歡流行音樂。去啊，看看你會搞出什麼名堂。」迪恩從來不敢。父親強迫兒子遵循他訂下的尊貴鰥夫法案。迪恩每天都必須把空酒瓶收進新的箱子裡，接電話也是迪恩的工作。如果他爹喝得酩酊大醉，他就要說：「他剛出去。」迪恩做必須做的事，就像他媽一樣。他對瑞伊說謊：「對啊，沒什麼可抱怨的，你在達根罕過得如何？」瑞伊能做什麼？放棄他的學徒實習機會嗎？跟這個人講道理嗎？如果酒鬼聽得懂道理，那就不會有酒鬼了。但是當迪恩要開始到藝術學院上學時，某件事必須……

篝火之夜。迪恩十六歲。他從艾貝斯菲特的一個煙火派對回到家，發現他父親正對著廚房桌上的《鏡報》皺眉頭。那天的晨星伏特加已經只剩空瓶。

迪恩只是說：「晚安。」

「給這男孩一個獎賞。」

迪恩拉開廚房的窗簾，注意到後院中他們平常燃燒垃圾、落葉及雜草的焚化爐裡有一個小型營火。他們通常在週六燒垃圾，那一天是週五。「那裡生起營火，我看到了。」

「某些舊狗屎需要燒掉。」

「那麼，就晚安囉。」

迪恩的父親翻動報紙。

迪恩上樓，回到他的房間，然後注意到令他感到不安的「消失」，一個接著一個，就像內臟上被打了一個個的洞。他的Futurama吉他，他的丹塞特唱機，他的《自學吉他》系列教本，他的小理察簽名照。迪恩聽到營火燒得劈里啪拉響。

他衝下樓，經過做這件事的那個人身旁，再衝到戶外嚴寒的空氣中，看看還有什麼東西可以搶救回來……

營火燒得非常旺。只有那把Futurama吉他的指板還在，指板的亮光漆被燒到正冒著泡泡。紫色火焰正舔著吉他的脖子，丹塞特唱機已經被燒成一塊紡錘狀的焦黑酚醛樹脂，那些吉他教本已經成為一頁頁的灰燼，小理察的簽名照已經不見了。迪恩的爹事先就加了好幾塊煤及一些火種。紫色火焰烤著迪恩的臉，帶著油氣且有毒的黑煙裊裊上升。

迪恩回到屋內。「這是為什麼？」他的聲音在發抖。

「什麼為什麼？」迪恩的爸爸仍然沒有抬頭。

「做這件事的用意是什麼？」

「到目前為止，恁一直是個好吃懶做、留長髮、拿把吉他的脂粉氣男子。現在，恁只是一個好吃懶做、留長髮的脂粉氣男子。這就算是，」迪恩的爹抬起頭來，「朝正確的方向踏出一步。」

迪恩拿出背包，把他的九張唱片、二十張單曲、一包吉他弦、媽寫給他的生日卡片、他最好的衣服、仿鱷魚皮短靴、相簿以及他的樂曲筆記本裝進去。他對他的房間做最後一次道別，然後下樓。在他能去打開門栓之前，一股強大的力量就將他拋過客廳。迪恩的耳朵猛撞上門框。合成地氈上的腳步聲接近。迪恩把自己身體豎直。「怎麼？恁想要把我鎖在這裡？」

「我沒有一個彈吉他的娘炮男同志兒子。」

迪恩看著那對死硬的眼睛，心中厭惡它們。他爹真的在那裡面嗎？還是那是伏特加在說話？「恁說的完全沒錯，哈利莫菲特。」

「恁說什麼？」

「我不是恁兒子，恁不是我爸爸。我要走了。現在。」

「別說大話了。是時候了，別再浪費時間在美術跟音樂跟這些狗屎上，去找個真正的工作，像瑞伊那樣。我警告過恁，但是現在我已經——我已經採取行動了。恁將來會感謝我。」

「我現在就在感謝恁。恁已經開了我的眼睛，哈利莫菲特。」

「恁再說一次——再說一次——操，恁會後悔的。」

「後悔哪個部分，哈利莫菲特？那個『我不是恁兒子』，還是——」

迪恩的下巴被打裂，他的頭顱撞在牆上，他的身體發出砰然巨響。意識過來時，他已經倒在合成地氈上了。他嘴裡嚐到血味，頭顱及下巴的抽痛和脈搏同步。他抬頭往上看。

哈利莫菲特低頭往下看。「看看恁逼我做出什麼？」

迪恩站起來，在鏡子前檢查了自己的嘴巴。裂開的嘴唇、鮮血、被打糊的牙齦。「這就是恁以前常對媽說的話？在恁打她的時候？『看看恁逼我做出什麼？』」

哈利莫菲特的冷笑已經不見了。

「在葛瑞夫森沒有祕密。整個城市的人都知道。『哈利莫菲特又來了，打他老婆像打地毯一樣，她得到癌症，然後她死了。』他們從不會當著恁的面說，但他們都知道。」

迪恩打開門栓，走進十一月的黑夜。

「我跟恁斷絕關係了！」哈利莫菲特喊著，「聽到了嗎？」

迪恩繼續走。窗簾被急促拉上。

皮考特街聞起來有霜及煙火的味道。

在七年又四分之一哩之外的地方，迪恩被雨聲吵醒，肯尼在沙發上打呼。某個人把軟墊放在迪恩的頭下。瑞伊在扶手椅上睡著。水菸壺被玻璃、酒杯、酒瓶、菸灰缸、花生殼、紙牌環繞。迪恩緩步走到廚房要倒杯水喝。葛瑞夫森的水不像倫敦的水那麼有肥皂味。他坐在桌前嚼一塊Jacob蘇打餅。在高處的棚架上，吊蘭展開它的捲鬚，懸垂在一幅象頭神的織錦以及一張山克斯與派珀兒在某個陽光燦爛的異地拍的照片前方。迪恩曾經到過、離葛瑞夫森最遠的地方是波坦金戰艦在沃爾弗漢普敦的演出。他分到的演出收入不到一鎊。他在海德公園的角落做街頭表演都賺得比這還多。烏托邦大道是條死路嗎？我們昨天表演得很好，但那是在主場的表現……萬一沒人想簽我們怎麼辦？民宅屋頂從女王街往下延續到河邊。拖船將一艘貨輪從提伯利碼頭拉出去。當那艘貨輪的中段不再被醫院擋住，貨輪名字的字母就一個個出現在迪恩眼前——STAR OF RIGA（里加之星）。山克斯的Gibson木吉他就坐在對面的椅子上。迪恩幫它調好音，然後在只有斷斷雨聲及自身思緒的伴奏下，他讓指頭自由地在琴弦上刷、撥……

★★★

「這是恁的嗎？」瑞伊站在山克斯廚房的門廊。

迪恩抬頭。「蛤？」

「那個曲調。」

「只是我隨手胡亂撥奏的。」

瑞伊喝了一杯水。「瑪姬姨媽說得沒錯。媽會非常以你以為傲。她會說『當然，迪恩向來就是有藝術天分的那位。』」

「她最引以為傲的是你才對。『當然，瑞伊向來就是專心致志的那位。』她還會把韋恩寵壞呢。」

瑞伊坐下來。「你跟爹打算把手斧埋起來了嗎？」

迪恩順手刷出幾個不和諧的音。「他是先拿起手斧的人。」一顆雨滴順著窗戶往下滑。「比爾對我而言更像一個爹。你也是。還有山克斯。」

「我並不是要你原諒他，但是他已經失去所有了。」

「我們之前就講過這些了，瑞伊。『都是伏特加的錯』，『他爹對他媽跟他暴力相向』，『他看著媽過世，自己也像到地獄走了一遭』，『拒絕叫他爹的怨恨很幼稚，這怨恨將我逐步吞噬』。想再溫習一次嗎？」

「不，但是如果他有辦法抹消燒掉恁吉他的舉動，他一定會。」

「他親身跟恁這麼說嗎？」

瑞伊扮了一個鬼臉。「他不是個會跟人討論內心感覺的人。」

「別再說了。這不是怨恨，只是後果。如果恁希望人生中有他，那很好。恭喜恁。那是恁的選擇。我不希望在我的人生中有他。那是我的選擇。事情結束。總之，……別再說了。」

「他這個年紀的人可以而且真的是說走就走，尤其是一旦肝被操壞。死人是沒辦法簽停戰協議的。而且他仍然是恁的爹。」

死人是沒辦法簽停戰協議的，迪恩心想。好句子。「基因上，法律上，是的，他是我父親。但在其他每個面向，他不是。我有一個哥哥，一個姪子，外婆，比爾，兩個姨媽，但沒有一個爹。」

瑞伊長嘆一口氣。下水道的水汩汩流著。

山克斯的電話在走廊中響起。

迪恩沒去接。山克斯是一個插手管很多事的人，任何人都可能打電話過來。他們這位主人的臥房門打開，他的腳步沉重地踩在走廊上。「喂？」很長的暫停。「對，他在……對……請問您是哪位？」山克斯出現在門廊。「迪恩，孩子。恁們的經理人。」

★★★

「里馮？你怎麼知道我在這裡？」

「暗黑魔法。雅思培也在那裡？」

「算是。他跟一個女孩在一起。」

「我需要你們兩個人都來丹麥街一趟。」

「但現在是禮拜天早上。」

「我知道。葛夫和艾芙也都在路上。」

聽起來像是緊急的壞消息。「發生了什麼事？」

「發生了維克特法蘭奇。」

「誰是維克特法蘭奇？」

「艾列克斯（Ilex）唱片A&R部門（藝人與製作部）的星探。他昨天晚上在馬洛船長酒吧，他想要簽下烏托邦大道。」

他想要簽下烏托邦大道。就這麼幾個字。

我有個未來了，終於。山克斯的走廊也在側耳聆聽。

「哈囉？」里馮聽起來很擔心。「你還在嗎？」

「我在，」迪恩說，「我說。那真是……他媽的該死。」

「別急著去買你的凱旋噴火跑車。維克特先提出一份三張單曲的合約，接著才會是專輯合約，如果——如果——聽眾的興趣持續累積。艾列克斯並不是四大唱片當中的一個，但這是一份貨真價實的合約。對我們這個樂團的發展來說，做小池塘裡的中型魚可能比做大湖裡的蝌蚪更理想。維克特昨天晚上就想要簽下你們，但是我想爭取更好的價錢，並且告訴他EMI也在聞味道。他今天早上打電話跟人在漢堡的老闆請示——答案是yes。」

「恁從來沒告訴我們昨天晚上的演出是一場試演。」

「沒有一個好經理人會告訴他的樂團這種事。快穿上衣服，把雅思培也挖起來，搭下一班到查令十字的火車，趕來月鯨。明天在艾列克斯唱片跟他們會面之前，我們還有一些細節要討論。」

「沒問題，再見。呃，謝謝。」

「不客氣。哦——迪恩，還有一件事。」

「耶？」

「恭喜你們，你們爭取到合約了。」

迪恩掛上電話，話筒砰的一聲撞上話機。

我們得到他媽的唱片合約了。

「老弟？」他老哥從廚房走出來，看起來很擔心。「還好嗎？恁的表情看起來像有人死了。」

★★★

月台屋頂在滴水。隧道的開口在滴水。路標、電纜及號誌燈在滴水。幾隻鴿子蜷縮著身體，棲息在滴水的行人天橋的滴水的工字樑上。月台就像汪洋中的群島，由一灘灘積水之間的幾塊溼地構成。迪恩的右腳溼了。他得把靴子拿回去給鞋匠修。不，迪恩發現。不，我不需要。我要走進柯芬園的阿尼羅與大衛迪（Anello and Davide）頂級鞋店，然後說：「嗨，我是迪恩莫斯，我是烏托邦大道樂團的成員，我們剛與艾列克斯唱片簽了約，所以，麻煩把你們店裡最棒、貴死人的皮靴拿出來給我。」迪恩從鼻子裡噴出一聲笑。

「什麼東西那麼好笑？」雅思培問。

「我的心思一直漂移，想到別的事去了，有點忘記原本的事，然後我想，我為什麼心情這麼好？接著，我想起來了——噢，耶，就是這件事，我們拿到一份唱片合約！——然後就再『轟隆！』一次。」

「這是個好消息，」雅思培同意。

「西漢姆在兵工廠的主場以三比零贏得比賽是『好消息』。得到一個合約是……高潮級的好消息。而恁是在實際的性高潮上再多加這個高潮。恁應該是在狂喜狀態。」

「我想是的。」他打開他那包萬寶路，「只剩兩根。」

他們將菸點著。「我有點擔心，」迪恩說，「我會在山克斯家的地板上醒來，而這一切都只是一場水菸夢。」

雅思培伸出一隻手，雨滴在他手掌上噴濺。「這不是夢中的雨，太溼了。」

「恁是這方面的專家。」

「很不幸的，對。」

迪恩望著往倫敦方向的鐵軌。他想到，年輕時的自己也是順著同樣的鐵軌望向一個尚未成形的未來。他想發個電報回到過去給自己：你會被敲竹槓、被搶而且被霸凌，但是烏托邦大道會等著恁。千萬要堅持下去。鐵軌抖動起來。「火車來了。」

迪恩和雅思培有自己的靠窗座位。迪恩往外望向遠端的月台，視線進入東向列車的候車室內，他看到哈利莫菲特就坐在窗邊。他正在看報紙。在迪恩可以躲起來之前，哈利莫菲特剛好抬起頭來，目光直接看向他。不帶惡意，無意指責，沒有嘲諷，不是絕望，亦非懇求。只是單純的，「是的，我看到你了。」——就像接線生接通一通電話。哈利莫菲特不可能事先計畫好這次遭遇。迪恩直到十分鐘之前都還不知道自己會搭上這班列車。哈利莫菲特為什麼要在七月一個下著雨的星期日早晨搭車去馬蓋特？去度假？哈利莫菲特是不度假的。哈利莫菲特低下頭繼續看報……而從這個角度，迪恩不再能發誓那個人真的是他。畢竟，有兩面被雨水淋溼的窗戶及二十碼下著雨的距離隔在他們兩人之間。不能否認，那個人真的神似哈利莫菲特——眼鏡、姿勢、濃密的頭髮，但是……有可能並不是他。往倫敦的這列火車開始蓄勢待發，張力繃到最緊，然後駛離月台。那個人沒有再抬起頭來。

「怎麼了？」雅思培問。

葛瑞夫森火車站滑向過去。

「看到一個我以為我認識的人。」

不期然

里馮停在路邊的車又熱又悶。艾芙打了個呵欠，並拿出隨身攜帶的小鏡子檢查臉上的妝。妝有點花了。「今天是星期四嗎？」

一輛水泥攪拌車隆隆地從旁邊駛過，揚起煙霧與灰塵。

「星期五。」迪恩躺在後座，他的筆記本攤開在胸膛上。「晚上在牛津，明天在紹森德。現在不要看。是可愛的麗塔，女收費員[31]來了。」一個收費員從車子旁邊走過，檢查停車計時器。迪恩大聲說：「美好的一天。」她並沒有回答。

艾芙又打了個呵欠。「上回布魯斯和我到牛津演出，一個學生指控我們剽竊了無產階級的歌。布魯斯告訴他，他小時候成長的環境是，每次要上大號，他就得穿過群蛇出沒的灌木叢到戶外的茅廁上，所以這位牛津校隊男孩可以過來親他屁股。」

「哦。」迪恩並沒有認真聽。

艾芙心想這一刻布魯斯不知道是在做什麼。誰在乎？我已經有安格斯。「那麼，今晚牛津，明天紹森德。」

「明天紹森德。」

「你在那裡演出過嗎？」

迪恩在筆記本上寫了些東西。「去過一次，跟波坦金戰艦去的。到威斯特克里夫的錄音室。很多摩登派。他們討厭我們，所以這次只能希望他們不要認出我來。」

艾芙打開汽車的收音機，正在播放顫音樂團（Tremeloes）的〈就算壞時機也是好的〉（Even The Bad Times Are Good）。「為什麼這首歌是第十五名，而〈暗房〉卻榜上無名？它根本是垃圾。」

「電台播放，電台播放，電台播放。鋼琴部分很棒。」
「那我們的電台播放呢？〈暗房〉的鋼琴部分棒得不得了。」
「如果妳自己都這麼說了。」
「我就是這麼說。」
「這是個雞生蛋蛋生雞的問題。如果我們不登上排行榜，就不會有機會在電台播放。如果不在電台播放，就不會登上排行榜。」
「其他樂團是怎麼做的？」
迪恩把筆記本放到胸膛上。「跟DJ上床。有個夠有錢支付電台費用的唱片公司。寫一首令人無法抵擋、幾乎是靠自己爭取到播放機會的歌。」
艾芙轉動收音機的旋鈕，找到今年夏天最暢銷的熱門曲的最後幾小節。DJ總結這首曲子：「史考特麥肯錫（Scott McKenzie），仍然到舊金山，頭髮上仍然插著花[32]。您現在收聽的是長波一九八，藍鬍子電台的貝特塞貢多秀（Bat Segudo Show），由加了三重薄荷及水果氣味的閃亮護齦牙膏贊助播出。最後還有時間再聽一首今年夏天的發燒曲，史提夫汪達（Stevie Wonder）的〈注定要愛她〉（I Was Made To Love Her）。我們不都是這樣嗎，汪達先生？」
艾芙把收音機關掉，並且嘆了一口氣。
「史提夫汪達又哪裡得罪妳了？」迪恩問。
「只要播放的不是我們的歌，我就不舒服。」
迪恩旋開他那罐保溫瓶的杯蓋，幫自己倒一杯冷水。「口渴嗎？」
「快乾死了。你之前是從杯蓋的哪一邊喝的？」

31 披頭四《花椒軍曹》專輯裡的一首歌。
32 取自麥肯錫的〈舊金山〉（San Francisco）的歌詞。

「沒概念。」迪恩從座椅中間的隙縫把水遞給她。「樂團夥伴都長一顆唇皰疹算得了什麼？」

「你什麼時候變成了唇皰疹專家？」

「無可奉告。」

艾芙喝下那杯水。一個傢伙和一個女孩騎著速克達從車旁經過。「雅思培和葛夫為什麼有辦法再次推掉這些禮貌性的拜訪？」

迪恩從鼻孔嘆了一口氣。「葛夫一副粗魯樣，里馮根本不敢派他出任務。雅思培則是聽起來像是吸了毒。」

「所以你和我就受處罰，因為我們比較有禮貌而且清醒。」

「我，我還寧願和妳一起，而不是跟葛夫一起關在野獸的肚子裡，拖著器材到處跑。」

一位午餐時段的義交志工在自控行人穿越道上站定位，指引兩兩並排成縱隊前進的孩童穿越馬路。

迪恩的筆尖簌簌地刮過筆記本頁面。

艾芙問：「還在寫歌詞？」

「趁妳沒在問我事情的時候。」

「我可以看一下嗎？我好無——無——無——聊……」

迪恩投降，把筆記本交給她。

煙火趁夜劃開天空

百枚火箭尖叫，墜落。

你使盡全力，掄起斧頭

揮向我的吉他，為它送終。

我的唱機接著遭殃
小理察也不能全身而退。
你倒了石蠟，點燃一根火柴
而，阿哇—吧—呃—嚕拉—阿哇—班—貝！

艾芙對著歌詞露出微笑，迪恩問：「怎麼了？怎麼？」
「好歌詞。『阿哇—吧—呃—嚕拉』。」
迪恩看起來鬆了口氣。「恁怎麼看——」
「噓。讓我先讀完再說。」

但願庭院中的篝火
仍在你眼中燒出紫焰，
仍將我的未來轉化為碳，
仍悶燒著，你的十一月戰利品。

「別有比我更大的夢想。
我說你是啥你就是啥。
我叫你幹你就幹。」這，
去對你的朋友晨星說吧。

「靈魂的X光，」艾芙說，「這是在說你爹？」
「呃，不完全是——呃……應該……是的。」

「想好曲名了嗎？」

「我心裡想的是〈依舊燃燒〉。」

不夠好，艾芙心想，繼續掃瞄詞句。

「恁不喜歡它？恁有更好的想法？」

艾芙掃瞄歌詞。「你覺得〈紫色火焰〉如何？」

迪恩想了一下。一輛聯結車隆隆駛過。「或許。」

「你運用了揚抑格的四音步詩，我看得出來。」

「我有一些治這種症狀的藥膏，但症狀消失後，還要再等一個禮拜才可以有性行為。」

艾芙輕拍那一頁。「等—答，等—答，等—答，等—答。『但願庭院中的篝火』。一個『等—答』就是一個揚抑。揚抑這個字本身也是一個揚抑，這證明了希臘人愛現。抑揚這個字，也就是一個『答—等』，本身也是一個抑揚。不考慮一些小細節，你的歌詞是四個揚抑的長度，所以它是一首揚抑格的四音步詩。」

「原來，那就是恁在貴族學校學的東西。」迪恩將一顆水果軟糖放進嘴裡，把剩下的整條拿給她。

艾芙拿了一顆。檸檬口味。「在最貴族的貴族學校，像雅思培的學校，你還要學拉丁文與希臘文的格律。不只是英文。」

「在最差勁的差勁學校，像我的學校，恁學抽菸、推諉塞責、閃避狗屎及偷小錢。」

「大不列顛工作場域的必要技能。」艾芙再讀一次歌詞。小心不讓檸檬味的唾液從嘴裡溢出。

「沒有副歌，沒有橋段？」

「不確定它需要副歌。如果靈魂的X光有動聽的副歌，那麼它還是靈魂的X光嗎？」

「『去對你的朋友晨星說吧』聽起來很孤單。」

「晨星伏特加是哈利莫菲特的主要食物來源。」

每當談到他父親，迪恩都習慣轉開話題，但艾芙這次感覺一扇上鎖的門已經半開了。「如果他跟你連絡——如果，比方說，我們後來在錄這首歌……那你會怎麼做？」

迪恩停了半晌才回答。「我在葛瑞夫森見過他，偶爾。坐在理髮店。在市場。在等火車。但我刻意把他抹掉。比我想像中還容易。在那個——」他對著筆記本點頭，「篝火之夜後，我們就沒有再講過話。一次都沒有。」

「那麼瑞伊與雪柔結婚的時候呢？」

「瑞伊做好安排，所以哈利莫菲特在登記處，而我在接待櫃台。兩個從不碰頭。快樂的日子。」

艾芙再次看著歌詞。「這些歌詞不是橄欖枝，但它們是一個訊息：『你還存在，而我仍然想著你。』如果他對你而言已經完全死了，那為什麼還要寫這首歌？」

迪恩把菸灰輕彈在窗外。

他的心情明顯有起伏。「抱歉，如果我越過界了。」

「不，不，我只是有點嫉妒，恁怎麼能想講什麼就直接講出來。是因為恁受的教育嗎？或者，只是因為恁是個女生？」

「要成為其他人家庭的睿智啟發者很簡單。」艾芙為自己搧風。「那麼，為什麼要在這個時候寫關於你爹的歌？」

迪恩皺眉頭。「某個東西只是說了：『輪到我』，然後它就一直纏著恁不放，直到恁把它寫成歌。恁的創作過程不是這個樣子嗎？」

我以為我到現在已經很了解迪恩，但是我錯了。「是的。他想必是個複雜的人。我是說，哈利莫菲特。」

「『複雜』只是一個詞。如果恁見過他一次，恁會想，社交上的靈魂人物，如果多認識他一點，恁會想，還算不錯的人，只是有一點怪怪的。如果恁是他家人，恁就會知道為什麼他沒有朋友。他不是為了喝醉而喝酒，他是為了舉止正常而喝酒。而他所謂的正常變得他媽的令人難受。」

一輛垃圾車駛過，胸膛裸露的清潔隊員扶著把手站在車側。一個有動作明星的體格，另一個的身材像飛鏢選手。

艾芙問：「你媽為什麼不離開？」

迪恩皺眉頭。「真是可悲。一個會選擇離開丈夫的母親就是個失敗的女人。許多人是這麼想的。我猜她也擔心我和瑞伊會發生什麼事。她害怕日後會變成穿二手衣跟啃麵包跟籌保證金，而且從此不能去度假。就算論及離婚，那也是賺錢養家的人才有錢聘請真正的律師。此外，她一直有那種扭曲的期待，期待最近一次的施暴就是最後一次的施暴，期待他會慢慢變和善。」

「與其說那是扭曲的期待，不如說是扭曲的邏輯。」艾芙說。

「同意。」迪恩把菸蒂丟到窗外。「那也是最多人選擇的想法。」

「你爸爸還住在你們小時候那棟房子？」

「大約一年前，他出了一場車禍後才搬離那裡。他只是輕傷，但是他撞上的那輛Mini就報銷了。駕駛現在還坐輪椅，他十歲的女兒瞎了一隻眼睛。」

「天哪，迪恩，」艾芙說，「那真可怕。」

「對。說實話，那個意外遲早要發生。因為他酒駕，保險公司不願意理賠，所以他得賣掉房子。他現在住在社會住宅，水泥工廠也炒他魷魚，所以他必須去登記領取失業救濟金。諷刺的是，這，這正是他堅決反對我成為樂手的原因——他很肯定我最終會淪落到靠失業救濟金過活。他的酒友不再幫他付酒錢。他被酒吧列為拒絕往來戶。那時候，我想，好吧，如果那人不是哈利莫菲特，那我會有點可憐他……但是那人就是哈利莫菲特。我就只想，這是恁自己鋪的床，現在自己躺上去吧。」

「他曾經求助過嗎？」

「瑞伊告訴我，他會去匿名戒酒協會。誰曉得結果會如何？沒了晨星之後的哈利莫菲特會是什麼樣的人？」

里馮回來，爬進車子，然後拿一條斑點圖案的手帕擦臉。「哇靠，當初我幫巴斯特高文（Buster Godwin）操弄排行榜時，一盒巧克力和幾句諂媚的話就把事情搞定。現在他們卻要你交出你的長子。」里馮從車子內的手套箱拿出一個信封，將五張一鎊的鈔票放進去。「赤裸裸的賄賂。」

「不能乾脆把錢給我嗎？」迪恩問，「或者，我們不能直接到唱片行買一百萬張我們的單曲嗎？」

「殘酷的事實是，這世界一點也不在乎〈暗房〉，而我們有兩個禮拜的時間讓它在乎。所以，只要能賣出這支單曲，任何事都不排斥。這就表示我要去賄賂斯勞一家唱片行的某個蠢蛋，讓他回報膨脹的銷售數字。這也表示妳，」里馮看著艾芙，「要跟我一起去跟那個討厭鬼閒聊。而你，」里馮轉向迪恩，「用凋萎的玫瑰向店裡的那些女孩求愛。準備好了嗎？再次衝向那缺口[33]……」

「彼得珀普。」快板唱片行那位鱒魚嘴經理輕撫著艾芙的手。「在此為您服務。」立體聲音響正在播放英格伯漢普汀克（Engelbert Humperdinck）唱的〈我的一切隨之而去〉（There Goes My Everything）。歡迎到我的『總部』。」

艾芙把手縮回來。「看起來很棒，珀普先生。」

「我可以自豪地告訴妳，我們在梅登黑德及斯坦納斯也有分店。在週六，生意都好到忙不過來。不是這樣嗎，女孩們？」

「那絕對是，玻普先生，」店裡的兩位助手出聲回答，兩個都是和艾芙年紀差不多的年輕女人，但是腿比較長，身材比較纖細。

「嗯嗯嗯——」彼得珀普從喉嚨發出聲音，「我們有六間試聽室。六間。我們在火車站的那家競爭對手只有三間。」

「快板是斯勞區唯一有信譽的唱片經銷商。」里馮說，「要來根菸嗎，玻普先生？」

玻普把整包菸放進他口袋。「我們可以為每種口味的人料理，從艾靈頓公爵到貓王到愛德華艾爾加。不是這樣嗎，美女們？」

33 Once more unto the breach，莎士比亞《亨利五世》第三幕第一景的台詞。

那兩個助手說：「那絕對是，玻普先生。」

「這兩位是白貝姬和黑貝姬，」彼得珀普說，「美女們，艾芙哈洛威是真正的英格蘭夜鶯。」

「很高興見到你們。」艾芙說。

白貝姬的笑容說，這要由我們來決定。

黑貝姬的笑容說，沒錯，妳是樂團成員，沒錯，妳出了一張單曲，但是，這裡是誰有求於誰啊？

「這點小意思——」迪恩拿給兩位蕾貝卡各一束花，「來自烏托邦大道。」

「來真的？」黑貝姬說，「十二朵紅玫瑰哪！」

「你這樣來，我們要怎麼跟我們的男朋友解釋啊？」白貝姬故作苦惱狀。

「妳就說他們是斯勞、梅登黑德以及斯坦納斯最幸運的兩個傢伙。」迪恩回答。艾芙聽了都覺得噁心，但那兩位貝姬卻看著彼此，像兩位對眼前之事不敢置信的法官。

「女孩們，東西不會自己做盤點的。」彼得珀普說。

「不會，珀普先生。」她們回到儲物間去。

這位店經理轉身面向里馮。「那麼，法蘭克林先生。我的小 *dolce per niente*（甜頭）呢？」里馮把那個裝錢的信封交給他，它消失在彼得珀普的西裝外套裡。「我有妳的《橡木、梣木與荊棘》迷你專輯，哈洛威小姐。它跟妳一樣，非常細膩。」

艾芙試圖表現出開心的樣子。「謝謝你，珀普先生。」

「我辦公室裡有一架鋼琴。」這位經理的眼睛瞥向一道門，「快板唱片行一度也賣樂器。」

「真的啊？」艾芙問，「為什麼後來不再賣？」

「我弟弟偷走了那部分的生意。」彼得珀普把臉頰往內吸，「沒錯。妳的耳朵沒聽錯。」

「聽起來是並不是非常有手足情。」里馮說。

「我從不浪費任何心思去想那個背後捅我一刀的小偷，或去想他在車站附近開的那家像豬舍一樣的店。成功就是最甜美的復仇。但是，這裡既然有妳和鋼琴，哈洛威小姐，如果我請妳彈奏一曲，該不會突顯我貪得無厭吧？我的意思是，只為我一人彈奏？」

里馮說，「我們的行程非常緊湊，很抱歉——」

「就《旋律創造者》（*Melody Maker*）的排行榜編輯來說，一點甜頭，」珀普輕拍他的外套口袋，「會加到銷售數字上。讓我獨自一人聆聽艾芙哈洛威小姐演奏〈風不缺席〉，還能夠將那些數字再乘以……十。」

艾芙可以聞到彼得珀普的體臭味。

里馮的表情告訴艾芙，妳可以自己決定。

這是一個把〈暗房〉送上排行榜，到一個ＤＪ可能會突然注意到的地方。「好吧，但只有一首。」

「我們會躲在鑰匙孔後面聽。」迪恩半開玩笑。

「你們可以，」彼得珀普緊閉嘴唇，噘嘴做出慶祝勝利的親吻動作，「如果你們找得到鑰匙孔的話。**嗯嗯**——。」

艾芙告訴自己不要擔心。只是一首歌。

快板唱片行門市後方的辦公室走米色風格，相當整潔，而且看得到後巷內的垃圾桶。沿著牆面擺置了成排的檔案櫃。一架黑色的直立式鋼琴就立在辦公桌對面。鋼琴上擺了一個相框，照片中是一位嚴肅的女人，穿著整排鈕扣都扣好的服裝。彼得珀普關上辦公室的門，然後放低聲音。「哈洛威小姐，我必須提醒妳。你們的經理人，我認為他是……妳知道的……他是一個……」

艾芙一點也沒有意願跟他討論里馮的同性戀傾向。「他私人的事是他私人的事。珀普先生，而且——」

他吐出蛋形的煙圈。「**生意就是重點所在！**那也是**他那種人**唯一在乎的事。妳讀過《威尼斯商人》嗎？」

艾芙有點摸不著頭緒。彼得珀普臉上的黑頭粉刺就像流著汗的盲人點字凸點。

「如果你們的經理人真的是他們當中的一員，」他把香腸般的手指指向門，「那麼我非常擔心妳的前途。」

艾芙還是聽不懂，直到突然間她搞懂了。「等等——你是在問我里澐是不是猶太人嗎？」

彼得珀普的鼻孔張大。「當然。他是嗎？」

艾芙的第一個直覺是回答，「不，他根本就不是猶太人！」但是接著她遲疑了：去否認彼得珀普的指控，就是認可這個沉重的指控。但是，生為一個猶太人何錯之有？

到目前為止，彼得珀普對於自己的推論能力相當得意。「他們喜歡藏躲。我卻能夠尋找，然後發現。嗯嗯嗯嗯——。我就是能聞出來。」

「什麼？如果他們全都將大衛之星的圖案繡在工作服上，那你不是會更高興？」

「噢，你們這些追求時髦的年輕人不假思索，就大口吞下他們的宣傳，像吃水果軟糖那樣。醒醒吧！CND（核裁軍運動）是猶太人經營的。BBC？同上。LSD？猶太人發明的。巴布狄倫？猶太人。布萊恩伊普斯坦？猶太人。貓王？猶太人。你們這種反主流文化其實只是猶太復國主義者製造出的煙幕。」

「你當真相信這些？」艾芙問。

「你認為是誰引導希特勒，讓他得到權力的？是羅斯柴爾德家族。他們早就知道，通往以色列國的道路必須經過集中營。在歷史上，他們一直都是操弄槓桿的人。我為《泰晤士報》描述過這個現象，但是我做的揭露被審查封殺了。」

「或許《泰晤士報》需要看到證據。」艾芙說。

「業餘人士有可能會任憑『證據』躺在那邊，但是猶太復國主義者不會。那就是我們可以確定他們在操弄的原因。」

「所以，你唯一的證據就是你缺乏證據？」艾芙問。

「別傻了。恰恰好在我把我的報導寄給《泰晤士報》之後的第四十天，就有人來邀請我加入斯勞共濟會分會。喔，我當然當下就把那個穿著褲子手淫的偽君子趕走。彼得珀普不是可以被收買的人。」他點燃一根里馮給的菸，抽了幾口。

我愈早彈奏，就能愈早離開這裡。艾芙坐到鋼琴前，快速彈了一個D音階來幫手指熱身……

……演奏到最後一節，剪刀在靠近她耳朵的地方發出喀嚓聲。艾芙猛然甩頭遠離刀刃。彼得珀普盯著一綹艾芙的頭髮看，那一小撮頭髮被他的食指及拇指緊緊捏住。他看起來性慾高漲。艾芙跳離鋼琴椅，膝蓋還撞上鋼琴。她在發抖。「你為——為什麼要剪我的頭髮？」

「男人有權要求一個紀念品。」彼得珀普讓剪刀繞著指頭轉了幾圈。他用那綹頭髮輕刷自己的臉頰，品嚐艾芙所表現出的厭惡與噁心，而且享受這種感覺。「妳的頭髮就像我母親的頭髮。」艾芙快步跑到門旁。夢魘發生，門把轉不開。她往另一個方向轉，不敢回頭看，然後走出房間，進入一間唱片行，在星期五下午，在斯勞。

唱片行的立體聲音響上，露露（Lulu）正在唱著〈讓我們假裝〉（Let's Pretend）。

里馮正在快速翻閱店裡的爵士唱片。

迪恩看起來正在跟白貝姬攀談。

一位顧客進門，店裡的門鈴發出「噹」的一聲。

里馮抬起頭。「蠻快的嘛。一切都好？」

艾芙原本要說，「不好，那個變態剛剪下了我一撮頭髮！」但是，里馮能做什麼？叫彼得珀普把那綹頭髮還給她？她並不想要拿回那撮頭髮。如果她向警方舉報店經理的行為，服務台的員警會笑出來。那個店經理觸犯了哪一條法律？如果那個黏答答的卑鄙小人告訴《旋律創造者》，〈暗房〉在他的三家門市總共賣了八百張，而非八十張，誰敢說這不會就此把〈暗房〉送進排行榜前五十名？

「我會好好保留獨自一人聽妳演奏的記憶。」彼得珀普出現。艾芙那撮頭髮已經不見了。「直到我死的那天。」

艾芙沒做聲，不信任自己能若無其事地回答。

「所以，」里馮說，「珀普先生，我們可以仰賴您的支持嗎？」

「我的話就是我的保證。」彼得珀普對著艾芙微笑，接著張開然後闔起拳頭，就像小孩子說再見時所做的動作那樣。「別當個陌生人，夜鶯。」他的鱒魚嘴送給她一個飛吻。

艾芙餐盤上的鱒魚盯著她看。七日晷餐廳裡充滿午餐時段的閒聊。艾芙的媽、伊莫珍及碧雅都望向她這邊。他們在問妳某件事。「抱歉，什麼事？我因為盤子裡的鱒魚而分神了。它讓我想起一個店經理。在斯勞。」

「他想必給妳留下非常深刻的印象。」艾芙的媽說。

「嗯嗯——」艾芙將叉子插進鱒魚的眼睛。

碧雅朗誦起約翰貝傑曼（John Betjeman）的詩：「來吧，友善的炸彈，落在斯勞！它如今已不適合人類居住。沒有可以讓牛吃的草。蜂湧而來，死神。接下來，當然，炸彈後來真的落下。貝傑曼想必嚇壞了。」

「我曾經到斯勞參加過一場教師研習會。」伊莫珍輕輕用餐巾拭嘴。「還有更糟糕的地方。」

碧雅的叉子刺向一根小黃瓜。「我可以看到路牌上寫著：『歡迎來到斯勞：還有更糟糕的地方——伊莫珍哈洛威。』」

「現在是伊莫珍辛克列爾了。」她們的母親提醒她。

「頭腦有時還是轉不過來，」碧雅說，「這裡還剩 *un petite goutte*（一小滴），繼續吧。」她把剩下的酒倒進她母親的香檳杯。「妳一生只有一次五十歲。」

「謝謝妳，親愛的，」她媽媽說，「不過，『一滴』是陰性詞，所以應該是une *petite goutte* 才對。」

猜錯性別，妳可是會惹上麻煩。」

「在法文文法及蘇荷區的某些酒吧裡，的確會惹上麻煩！」碧雅說。她媽媽和姊姊們瞪了她一眼。「我是聽說的……是艾芙說的。」

「真有趣，」艾芙用叉子肢解鱒魚，「對了，里馮要我代他向你們問候，我先說了，免得待會兒忘掉。」

艾芙的媽很高興，「也代我問候他。在伊莫珍的婚禮上，他真的是一位紳士。穿著如此得體，而且談吐不俗。我想他是個非常公正的老闆。」

「我們很幸運，」艾芙說，「演藝圈裡的大部分經理人，不會比惡名昭彰的克雷兄弟（Kray Twins）好到哪裡去。」

「碧雅九月就要離巢單飛了，」伊莫珍提醒他們的媽，「妳有沒考慮再回去工作？」

「喔，我已經很久沒過那種回家後踢掉高跟鞋的日子了，還有，扶輪社、婦女協會、花園……要怎麼辦，更別說妳們的老爸了。」

碧雅切開她的法式鹹派。「妳會懷念教書嗎，伊咪？」

伊莫珍遲疑。「我遲疑了太久，對吧？」

「婚姻需要時間去適應，達令，」她們的媽說的，「對妳和勞倫斯都是。但是別擔心，你們會習慣的。」

伊莫珍用叉子把青豆壓扁再挑起。「這就是我們簽字進入的協定，不是嗎？房子和家和其他的一切。」

「就目前來講，」碧雅說，「可以透過我們這位即將以美妙舞姿登上排行榜頂端的姊妹，感同身受地過一個搖滾人生。」

艾芙哼了一聲。「我們連『沾上排行榜的邊』都沒有。」

「現在還是草創時期。」伊莫珍說。

艾芙將一叉子魚肉放到奶油馬鈴薯上。「大部分樂團都止步於草創時期。流行音樂不像民謠是家庭工業，經常性開支要多很多。錄音室費用、行銷，要等五十場演出當中失敗了四十九場之後，他們才開始有機會嗅到一點名聲及財富的氣味。」

「你們將會是五十個當中成功的那一個，」伊莫珍說，「我的朋友還在談論你們在婚禮演唱的那幾首歌。」

「我喜歡那首『蒙娜麗莎』什麼的，」她們的媽說，「我都起雞皮疙瘩了。你們為什麼不把它發行成單曲，達令？」

好問題。「因為烏托邦大道還有另外兩個寫歌的人，而我們全都想要當揮鞭者。」

「你們是怎麼決定第一首單曲的？」碧雅說。

三個月前，就在葛瑞夫森演唱會結束後的那一天，艾芙的第一個想法就是，單曲一定非〈蒙娜麗莎〉莫屬了。問題是，迪恩提名〈放棄希望〉，而雅思培投〈暗房〉一票。

「把我當維克特法蘭奇，」里馮提議，「告訴我為什麼要選你的歌來出單曲。」

「〈放棄希望〉有很棒的重複樂段，」迪恩說，「提供我們閃耀的機會。再加上，我比艾芙和雅思培更需要錢。」

艾芙臉上沒有笑容。「如果我們發行的是〈放棄希望〉，我們會被歸類成一個藍調樂團。它非常男人。」

「〈蒙娜麗莎〉則是非常女孩。」迪恩反對。

「你們幾個是男生，」艾芙說，「所以，男生本來就會聽我們的歌。如果把〈蒙娜麗莎〉發成單曲，就能讓女生們也買我們的唱片。」

接著輪到雅思培，「〈暗房〉有一種迷幻的氛圍，可以做為我們參加英國版『愛之夏』（Summer of Love）的代表作。」

里馮辦公桌上方的鐘滴答滴答走著。「三首曲子都可能成為暢銷曲。」他們的經理人說，「這真是個幸福的難題，葛夫？」

「我不知道，」葛夫說，「但是你必須公平地解決這個問題。在阿契金諾克第一支樂團的末期，瑞特納、金諾克和其他人全都為了托媽的版稅在爭吵。」

「那麼恁有什麼建議？」迪恩問，「把從單曲賺到的寫歌費全放在一起，然後大家平分？」

「或者，把所有的歌都當成我們三個人寫的？」雅思培建議，「藍儂－麥卡尼。傑格－理察斯。」

「我跟布魯斯在弗萊契與哈洛威迷你專輯上就是這麼做的，」艾芙說，「衍生出的問題比它解決的還多。如果迷你專輯賣得好，問題會變得更棘手。」

「我們可以把問題全都留給艾列克斯，」里馮建議，「告訴他們，『你們做決定就好，別來煩我們。』」

「不，謝了，」迪恩說，「我們的音樂，我們自己決定。」

「那麼，應該丟骰子來決定。」雅思培宣布。

「你……看起來好像在說真的。」里馮面露疑色。

「我是說真的。誰丟的點數最高，誰就出第一張單曲。第二高的人決定第二支單曲。第三的，第三。」

「這真是他媽的瘋了，」迪恩說，「就算是以你的標準來說。」

「一顆骰子，誰也不怪誰，沒有任何牢騷。哪裡瘋了？」

艾芙看著迪恩，迪恩看著里馮，里馮看著艾芙。

雅思培把一顆紅底白點的骰子放在咖啡桌上。

「魯托，你有時候還真是個他媽的怪咖。」葛夫說。

「那是好事還是壞事？」雅思培問。

葛夫聳肩，微笑，皺眉，三件事同時。

迪恩拿起骰子。「我們真的要這麼做？」

「這很荒誕，」里馮說，「但是，我不得不承認，它是……公平的。」

「總比一場熱烈卻無結論的爭吵好。」艾芙同意。

「不少更重大的事情也是由擲錢幣來決定。」葛夫點頭。

「好吧，那麼答案就是『是』，」迪恩做結論，「我們來吧。」

停了一下之後，三位寫歌者都點頭。

里馮雙手一攤，順從他們的決定。「好，但別讓艾列克斯知道，或任何媒體人。這實在……太古怪了。誰先丟？」

「我先，」雅思培說，「從骰子的主人開始，順時針。」

「好吧，」迪恩說，「好像有規則手冊可以遵循一樣。」

「有的，」雅思培回答，「規則一：如果出現同點數，只有同點數的人可以重擲骰子。規則二：如果骰子掉到桌子下，擲骰子的人要重擲。規則三：兩手呈杯狀捧著骰子搖晃五秒，然後把骰子丟出來——不可以『放』骰子。規則四：結果就是結果，不能抱怨，也沒有幾戰幾勝。」

「哎呀，」迪恩說，「好吧。你先擲，骰子主人。」

雅思培捧著骰子劇烈搖晃，接著拋出骰子。三點。

「可以更糟，」迪恩把骰子撈起來，「也可以更好。」他親吻他捧骰子的手，搖晃骰子，然後讓骰子落下。它咔答咔答彈了幾下，然後滑行，最後停在二。「該死！」

沒有多計較也沒什麼儀式，艾芙搖了骰子幾下，然後丟出。它撞在玻璃上，點數六朝上……

……但是接著它滑到桌邊，掉到地板上。

「再擲一次！」迪恩說，「規則二。再丟一次。」

「我沒聾，迪恩。」艾芙重擲一次。她得到一。

「我們擲骰子。」艾芙在七日晷餐廳裡承認。

「骰子？」她們的媽媽確認，「骰子？」

「似乎比大聲爭吵來得好。」

碧雅嚼著芹菜。「唱片公司知道這件事嗎？」

「他們不需要知道。事實上，A&R部門的經理維克特本來就想要〈暗房〉，他現在可能後悔了。這首歌沒有什麼表現。」

「沒有人能指責你們懈怠，達令。」她媽聽起來有點憤怒，「你們全都在死命工作。」

「的確。」艾芙將她杯中的香檳喝光，它現在已經沒有氣泡了。「我們並沒有得到任何回饋。」

「不對。」伊莫珍重新打開這星期的《旋律創造者》，讀出上面的評論：「切下一塊平克佛洛伊德的上好部位，加上少量奶油，撒上一點達絲蒂斯普林菲爾德，醃泡一夜，然後你會得到什麼？〈暗房〉，由一個新來的樂團烏托邦大道為我們所準備的了不起首演。或許注定成為不凡。」

「一段幾十個字的美好總結，總比一大段糟糕的總結好。」艾芙用拇指把麵包屑壓扁，「但是，沒有電台播放的機會，我們就只是四顆一廂情願的豆子，自己付錢來成為一個樂團。」

「不要現在就畏縮不前。」碧雅說。

「當那幾個男生不那麼——」混帳「——白痴的時候，我喜歡錄音。我也喜歡現場演唱。身為歌曲創作者，我們彼此砥礪，幫助對方把曲子寫得更好。但是，詭詐的商人、卑鄙的音樂人、接二連三的挫折、在廂型車裡永不止息的長途旅行，以及那種根本沒人在聽我們的歌的感覺……真的會讓你的心神與精力耗損殆盡。我不能說妳沒提醒過我，媽。」

「妳敢這麼說出來真是很有勇氣，達令。」

「我也這麼認為。有兩個擔心東顧慮西的父母，是迪恩和雅思培他們兩人所沒有的禮物。天哪，我在胡說些什麼。都是香檳在作祟。」

「如果妳可以怪罪香檳，」艾芙的媽說，「那我也可以。當妳告訴我說妳想要用大學教育來換民謠演唱時，妳爸和我確實有些疑慮。」

「太太太——輕描淡寫了！」碧雅把聲音拉高拉長。

「我們怕妳會被人占便宜。我們怕妳會——」

「變成身無分文，而且把肚子弄大。」碧雅像做舞台旁白那樣自言自語。

「謝謝妳喔，碧雅。但是看看妳辦到了什麼，艾芙。一首歌被收錄進美國的一張唱片，而那張唱片成為白金唱片。兩張迷你專輯，六百個人付錢買票到貝辛斯托克市政大廳聽妳演唱。妳正在做妳想做的事，即使有這一切的阻礙。那就是為什麼我、我們，還有爹，雖然他嘴巴上不說，非常以妳為榮。」

「沒有比這更好的結論了，」碧雅舉起杯子。她們四個人在桌上互碰酒杯。「敬〈暗房〉。」

她們喝酒。艾芙把記憶存放在心中。

伊莫珍清了一下喉嚨。「說到把肚子弄大……」

艾芙、碧雅及她們的媽轉頭看著她。

她們的嘴巴都已經開始微微張開。

「我本來是想等到喝咖啡時再說的，」伊莫珍說，「但是，香檳也跑進我腦袋裡了……」

我要當阿姨了。丹麥街和引擎一樣熱，而且可以聞到柏油的味道。鴿子划著、而非拍著翅膀穿過潮溼的空氣。臉上還因喝香檳而散發著熱氣，耳中還聽得見咖啡帶來的嗡嗡聲，艾芙穿過查令十字路。福伊爾書店的門開著，讓陰暗的室內能通風，艾芙可以感受到書架迷宮所帶來的吸引力……但是，這時候我不需要更多沒讀過的書堆疊在面前，就像我不需要再長一次鵝口瘡。她穿過曼內特街尾那條長達十碼、位於海力克斯之柱酒吧正下方的隧道。一位白天攬客的嫩男妓說：「愛妳的帽子，甜心。」艾芙禮貌性地點了個頭。希臘街有下水道的味道。女人的袖子和裙子都很短。艾芙從兩個像加勒比人的女人身旁走過，她們用連珠炮般的方言在閒聊。其中一個輕拍一個小女嬰的背讓她打嗝，小女嬰剛剛才吐了一團奶糊到她媽身上。

我要當阿姨了。艾芙趕到貝特曼街，然後繞過轉角到那間歐陸書報攤。她用拇指翻開書報架上法國《世界報》、德國《世界報》、義大利《晚郵報》、荷蘭《民眾報》等報紙。她和布魯斯一直夢想去巴黎。他現在就在那裡……而我工作到要死卻只是為了出售一張沒人要的單曲。一個垃圾桶上蒼蠅嗡嗡作響。一隻老鼠用鼻子尋找吃的東西。傑弗森飛船樂團（Jefferson Airplane）的〈白兔〉（White Rabbit）從仙女座唱片行（Andromeda Records）開著的門逃出來。艾芙努力克制自己進店裡看還剩多少張〈暗房〉的衝動……接著屈服於那個衝動，但很快就再出來。她數了一下，在新曲架上還有十四張單曲；稍早之前有十六張。兩小時內賣了兩張。如果這情況發生在，比方說，全國的五百家唱片行，那就是，從早上十一點以來賣了一千張……換句話說，一天八小時可以賣出四千張……再乘以六天，那就是兩萬四千張單曲……但是，我是在騙誰啊？這裡是蘇荷，烏托邦大道比較為人所知的地方。像彼得珀普那樣的店能賣出多少張〈暗房〉啊？艾芙離開那間店，有點擔心。

別管它。我要當阿姨了。在Primo's的窗戶裡，一個男孩正從雪糕杯裡挖冰淇淋來餵他女朋友。他抽出那根被舔得一乾二淨的湯匙。他看起來很平凡，她則是非常漂亮，像一匹可以獵捕任何男性的女狼。我希望我是那個男生。她壓碎那個思想，穿過迪恩街，進入梅爾德街。路愈來愈窄，最終變成一條和黃昏一樣幽暗的小巷，在那裡妓女把一位路人拉進某個側門，她的手指勾住他的皮帶。那條小巷將艾芙彈出來，來到華都街的向光面。一個蔬果攤上的櫻桃閃閃發亮。艾芙加入排隊的人龍。幾碼之外有一個電話亭，話亭的一面玻璃不見了，艾芙可以聽見裡面的女人喊著說：「這不是什麼聖靈感孕，蓋瑞，這是你的種！你**承諾過**的！蓋瑞？**蓋瑞！**」那女人靜了下來。艾芙心想，一個經典的民謠敘事模式。那女人蹣跚走出電話亭。她的睫毛膏融化了。她懷孕了。她走進市場人群中，啜泣著。話筒在電話線底下旋轉，就像繩子下方懸著某個人的身體。

我要當阿姨了。艾芙告訴店家她要四分之一磅的櫻桃。那個男人秤完重，交給她一個褐色紙袋，然後把她的硬幣放進口袋。「妳今天看起來臉色蒼白，小寶貝。蠟燭兩頭燒，妳很快就會沒蠟燭了。」艾芙把這句話記了起來，然後走上彼得街，把一顆櫻桃放進嘴裡咬扁。夏天就從被咬破、被陽光曬得溫熱的櫻桃表皮滲溢了出來。她吐出果核，它噗通一聲落入排水溝裡。

一支送葬隊伍擋住了布羅威克街的交通。艾芙走進自助洗衣店，等候那群人經過。菸一根接著一根抽，頭髮捲著髮捲的修斯太太帶著一籃髒衣服出現在洗衣店。「娜妮馬克倫上個禮拜過世，她在沃威克街的家人得到了安寧。」修斯太太把菸灰彈到地板上。「上禮拜她到布蘭達的沙龍燙她平常的髮型。她在燙髮的頭盔裡打了個盹，結果就永遠睡著了。真是幸運。」

「為什麼說幸運？」艾芙問。

「她最後一次的燙髮費算店家的。」

靈車來到洗衣店門前。艾芙瞥見那個放在活人當中的棺材。

「在妳的年紀，」修斯太太說，「妳認為衰老及死亡是其他人的事。在我的年紀，你會想，人死後到底都到哪裡去？如果妳想要做什麼事，就去做吧。因為輪妳躺進那個箱子的時間不久之後就會到來。沒有醫生、沒有什麼飲食、沒有任何東西能夠讓它不來。它會來到，快得就像——」她彈了一下手指，艾芙跟著眨了個眼，「這樣。」

利沃尼亞街是一條結了蜘蛛網的死巷，有一條小巷切過它，通到波特蘭馬房街，只有蘇荷當地的人或迷路的觀光客會走這條小巷。艾芙把她的鑰匙插進標示為「九」的門裡，兩側鄰舍分別是一間隱祕的鎖店，以及一間由幾位俄國姊妹經營的裁縫店。艾芙的公寓是在瓦特尼先生樓上，瓦特尼是個鰥夫，和他的柯基犬住在二樓，不太跟人來往，耳朵幾乎聾了。對於當鋼琴演奏者的鄰居而言，這是個優點。在骯髒的走廊上，艾芙看到三封信及一張帳單躺在門墊上，全都是瓦特尼先生的。她將它們放到他門旁的架子上，然後爬了兩小段磨損得很厲害的樓梯，來到自己的前門。在門內，安格斯的鞋子整齊地並排著，收音機裡胖子多明諾（Fats Domino）正在唱著〈藍莓山〉（Blueberry Hill）。安格斯從浴室裡喊：「哈洛威小姐，我猜？」

艾芙脫下鞋子。「寇克先生，我相信。」

「提醒妳，如果妳有朋友在旁邊，」安格斯用毫無掩飾的蘇格蘭高地腔說，「我可是光溜溜的。」

「稍息，士兵，只有我一個人。」她把手提包和帽子掛在衣帽架上，然後直接走進充滿蒸氣的浴室。

安格斯在浴缸裡閱讀《奧茲》（*Oz*）雜誌，他的鼠蹊部藏身在一大團泡泡浴的泡沫中。「你這一團私處保護物長得夠像南極洲。」艾芙坐到椅子上，「你被煮成粉紅色了。」

「午餐怎麼樣？」

「我要當阿姨了。伊莫珍已經三個月了。」

「真是好消息，對嗎？」

「絕對是。」

「妳可以教那個小嬰兒如何捲大麻。等到伊莫珍發現時，他就會說，『可是，媽咪，艾芙阿姨說我可以！』」

艾芙扭動她的腳趾。被高跟鞋約束那麼久，它們累壞了。「今晚皇宮戲院上映什麼電影？」

「第一廳是《惡夜追緝令》，我會在第二廳播放《我倆沒有明天》。如果妳想看這一部，我可以偷偷放妳進來。」

「今晚要到貝辛斯托克。」

「跟他們說，妳寧可和妳的蘇格蘭高地肌肉男在一起。」

「那行不通，哎。目前已經賣了六百多張票。」

安格斯發出十足佩服的聲音。「什麼時候出發？」

「五點，野獸現在是在雅思培家。你六點開始放映？」

「對，但在那之前我還得回我的出租床位一趟，換掉我的髒衣物，拿一些新的過來，所以我必須在四點前離開這裡。」

艾芙看一下錶。「現在將近兩點半，所以……我們還有九十分鐘自己的時間，寇克先生。」
「我們可以玩三盤拼字遊戲。」
「我們可以煮二十顆蛋，一顆接著一顆。」
「或者，可以聽《花椒軍曹》兩次。」
艾芙坐在浴缸邊緣，扶著安格斯的頭讓它往後傾斜，然後她吻他。她想到Primo's窗戶裡的那位女狼。她張開眼睛看安格斯是否在看他。布魯斯總是看著她。過去總是。安格斯從不。這讓她感覺自己有主控權。
「在南極洲冰凍荒原底下，在極深之處，」安格斯吟詠著，「醒來一隻古老的惡獸……」

安格斯打盹，睡著。艾芙納悶成為男生會是什麼感覺。她的枕頭把安格斯的臉壓到變形。每個愛人都能讓你學一樣功課，而安格斯的功課是：溫柔就是性感。海灘男孩（The Beach Boys）正在藍鬍子電台唱〈別說話（把你的頭放在我的肩膀上）〉(Don't Talk (Put Your Head On My Shoulder))。這是一首比它自己承認的還要古怪許多的歌，艾芙心想。她床上方的野天鵝吊飾不停繞旋，無止盡地在時間中飛行。那是碧雅親手製做，當作她入住新居的禮物。安格斯睡覺時會發出咆哮般的噪音。這個高大、笨拙、深眼窩的蘇格蘭人愈來愈得她的喜愛。他們五月時第一次見面，六月時他在這裡睡過幾夜，而現在他在這裡過夜的日子比不在這裡時還多。上個星期她把他介紹給樂團的人。迪恩喜歡他，雅思培也喜歡他——就像雅思培對任何人的喜愛一樣。葛夫跟他就沒那麼對味。艾芙喜歡這種跟非音樂人出去的新奇感。安格斯認為音樂是一種魔術，這讓艾芙成為魔術師。她對安格斯的感情並不是她對布魯斯那種天昏地暗的愛，但是，喜歡他就夠了。安格斯也是一個證明，證明她喜歡男人，證明她在九七號公車上聽到的聲音是個惡意的謊言，而不是被壓抑的真理。
是嗎？
很明顯。

艾芙點燃一根菸，然後把煙吐向那些天鵝。感謝上帝，有人發明避孕藥，而我的女家庭醫師願意開處方箋。海灘男孩結束和聲，接下來這首歌實在太熟悉了，以至於她花了自由落體所能擁有的幾秒鐘時間來辨認，再花幾秒鐘的時間來相信……

〈暗房〉——她的和弦，她的華妃電子琴——正從她的Hacker牌收音機裡播放出來。接著，迪恩的貝斯；接著，葛夫的小鼓；然後是雅思培的藍儂風格歌詞：「你帶我到你的暗房，然後滑進我的心……」

艾芙的心猛撞著。**是我們！**

「……當負變為正，當借據已簽好名……」地下電台的聽眾到底有多少，沒人說得準，但是肯定有成千上萬的人這時候正在聽烏托邦大道。五萬？十萬？萬一他們討厭它呢？萬一他們發現我在虛張聲勢呢？萬一他們愛它呢？萬一他們衝出來要買它呢？她很想躲起來，她很想好好品嚐這個一生僅有一次的第一次。她很想告訴每個人她知道。「安格斯！」

「**要幹嘛？**」

「**聽！收音機！**」

安格斯聆聽。「那是你們。」

艾芙只能點頭。他們聽了整首歌。貝特塞貢多一直等到艾芙唱完結尾的副歌才說話。「剛剛那一首可口的完美流行音樂是〈暗房〉，烏托邦大道的全新單曲。他們來自英格蘭，他們是現在進行式，而且他們是本週的主打金曲，由火箭可樂，給時髦聽眾喝的時髦蘇打飲料，榮譽贊助播出。如果這首歌沒讓你起雞皮疙瘩，請趕快去看醫生，因為你可能已經死了。在烏托邦大道之前的那首歌是海灘男孩的〈別說話（把你的頭放在我的肩膀上）〉，接下來，在還沒進新聞之前，我們還要——」

安格斯關掉收音機。「你們將要上《最佳流行音樂》了。」

「除非他們派豪華轎車來載我。」艾芙說。安格斯並沒在笑，所以艾芙補上一句：「我只在開玩笑。」

「我沒在開玩笑，」安格斯回答，「這就是開始。」

別作夢了，艾芙提醒自己。

迪恩接起電話：「我們剛剛上貝特塞貢多的節目了。」

「我知道，我知道！雅思培也聽到了嗎？」

「不知道。他不在。葛夫還沒來這裡。我該幫我的第一個小孩取名『貝特』或『塞貢多』嗎？」

「迪恩貝特藍鬍子塞貢多莫斯。」

「這是起飛，艾芙。我真的是有他媽的這種感覺。」

「我也是，我也是。」

迪恩笑著。「我……天哪……電台耶！我們。海灘男孩！」

「我來打電話給月鯨。待會兒見。」

「回頭見。」

貝特妮接起電話：「午安，月鯨經紀公司。」

「貝特妮，〈暗房〉上貝特塞貢多的節目了。」

貝特妮的語調轉變成飄飄然的欣喜。「妳聽到了嗎？」

艾芙笑著。「聽到了。」

「我幫妳轉接給里馮。」

里馮以溫文儒雅的加拿大方式表現他的開心。「恭喜。這是開始的開始。你們開始了。」

「你事先就知道？」

「終於有一次我不知道了。不過，有趣的是，維克特法蘭克稍早之前打電話說約翰皮爾（John Peel）明天會在《芳香園》節目上播〈暗房〉，但是，貝特搶先他一步。這只是兩次電台播放，但是一次的播放就足以觸發連鎖反應。內政部——」

安格斯在艾芙的前門向她揮手，艾芙回給他一個飛吻。安格斯假裝心臟被射中，踉蹌地離開。

「打算掃蕩地下無線電台，隨時都有可能出手，所以之後就沒有藍鬍子電台或倫敦電台。但是有可靠的消息來源指出，約翰皮爾及貝特塞貢多都在跟BBC接洽，準備轉跑道到Radio One。他們是好夥伴，跟他們兩個人吃頓午餐會是聰明的投資，如果妳下禮拜有空。」

「沒問題。」

「我會來做一些安排，然後……呃，很抱歉，艾芙，貝特妮說艾列克斯正在另一條線上。」

「去吧。」

「我們稍後在德魯特塔見。」

艾芙走到廚房窗邊，看安格斯離開這棟建築，進入樓下的利沃尼亞街。他沒有回頭往上望，就消失在柏威克街。她走到浴室，問鏡中的自己，她剛剛是不是作夢夢到烏托邦大道在電台上播放。

「那是真的。」她的鏡像告訴她。

「如果我變有名了，妳還會是我的臉嗎？」

「親我。」她的鏡像回答。

於是艾芙親了她，在嘴唇上。

雅思培是對的……鏡子真的非常奇特。

她的鏡像大笑，艾芙打算去整理一下床單，但是安格斯已經整理好了。她回到廚房倒了一杯牛奶，這時前門傳來鑰匙轉動的聲音。她心想安格斯是忘了什麼。他的外套？

「嗨呀，袋熊！」

地板就像船的甲板一樣開始搖晃起來。

「嗨，」布魯斯說，「妳的牛奶溢出來了！」

的確是，她把瓶子放下來。

他說：「再來一次。嗨呀，袋熊。」

每樣東西都靜止不動而且非常安靜。

「什——麼——為——什——麼？你是怎麼——」

「搭過夜渡輪。」他把背包丟在衣帽架旁邊，「船離開加萊後我就沒有再吃過東西，所以現在為了一個火腿起司三明治，我幾乎什麼事都做得出來。那麼，妳最近過得如何？」他的雙手穿過他濃密的金髮，將它往後順。他被曬得很黑，而且變老了一點。「天哪，我好想妳。」

艾芙往回走了幾步，進到廚房櫥櫃。「喂，等等——等一下——我……」

布魯斯看起來很困惑，接著，不困惑了。「啊……我猜，妳根本沒收到我的明信片？」

「沒有。」

「這全都要感謝皇家郵政。或者，是法國*facteur*（郵差）沒把事情辦好。」布魯斯走到廚房水槽邊，把一些水拍到臉上，再幫自己倒一馬克杯的水，喝下。他上上下下打量她。「新髮型，對嗎？還掉了幾磅。」他讓自己懸垂在沙發上，腹部的肉露了出來。「如果妳沒有火腿，起士與黃瓜就可以了。」

艾芙感覺就像走錯棚。「你甩了我，你溜到巴黎。你應該還記得吧？」

布魯斯皺起眉頭。「甩了妳？拜託，我們需要氧氣。我們是藝術家。」

「不。你別，」她用堅定的聲音說，「甩了我，讓我心碎，接著又出現，好像過去這六個月從未曾發生過。」

他玩笑式的嘛嘴彷彿在說，我惹了什麼禍嗎？

「我是認真的。」

他玩笑式的嘛嘴不見了。「我以為看到我妳會很開心。我直接從查令十字趕到這裡，我……」

「或許凡妮莎會很開心。我的感覺非常錯綜複雜。」

布魯斯把臉皺成一團，彷彿他想不起來這名字是在哪裡聽過……「喔，她嗎？唉，袋熊。嫉妒對妳沒好處呢。」

所以，她把他甩了。「去找沃特西。」

「沃特西回希臘了。人們是會往前走的。」

「如果我也已經往前走了呢？」

布魯斯裝作沒聽到她剛剛這句話。「嗨，我聽說烏托邦大道的事了。《旋律創造者》上那篇評論，很正面。我可以拿一根嗎？」他從小桌上她那包駱駝牌香菸裡拿了一根，並且點燃。

艾芙努力克制住把那根菸從他手中拍掉的衝動。

「從伊斯林頓的民謠窩一路走，還真漫長，不是嗎？我很以妳為榮。」

艾芙發現她一點也不想告訴他關於〈暗房〉在《貝特塞貢多秀》上播出的事。「聽著，我今天晚上有一場演出，所以——」

「酷。我會跟妳一起去，用我的生命來捍衛妳的皮包。我甚至可以上台表演，如果你們缺一位吉他手。演出的地點在哪裡？」

「貝辛斯托克，不過——」

「那個沒沒無聞的地點？」

艾芙嘆了一口氣。我必須把話說清楚。「你當初走出這個門，布魯斯。事情就結束了。我們結束了。而且你要把鑰匙交還給我。」

布魯斯的眉頭上揚，就像一位等待真相浮出的教師。「我們在跟別人『交往』了嗎？。」

「請把鑰匙還給我。」艾芙討厭那個「請」字。

但是，這時布魯斯的自大退潮了。冰箱顫抖了一陣子後也趨於寧靜。「我想，我們彼此應該一視同仁。」他把鑰匙放在沙發的扶手上。「二月的事我很抱歉，每一件事我都很抱歉。我是一頭蠢澳洲野犬，我愛說大話。我知道我沒辦法揮動魔法棒就修復我所造成的傷害……」他的聲音抖動著。「或是讓弗萊契與哈洛威復生。」

艾芙的喉頭一陣緊。「沒錯。」

「想到妳仍然在恨我，那……最難受。在我從滑鐵盧橋跳下去之前——」他做出勇敢的表情，「我可不可以……我們可不可以……像好夥伴一樣好聚好散？」

要小心。艾芙把雙臂交叉在胸前。「你的道歉遲了好幾個月，但是，好吧。我們現在就像好夥伴一樣好聚好散。再見。」

布魯斯閉起眼睛。出乎艾芙意外的，他的雙眼開始流淚。「神啊，有時候我真的非常討厭我自己。」

「我可以理解為什麼會，」艾芙說，「有時候。」

他在圓領襯衫上輕拭雙眼。「該死，很抱歉，艾芙。但是……我現在碰到了一點麻煩。」

藥物？梅毒？犯法？「說吧。」

「在法國，事情一發不可收拾。警察修理了我一頓，因為我在香榭麗舍大道街頭賣藝。他們幹走了我的吉他。我的室友帶著我的存款、衣服，還有所有東西跑了。我沒錢了。只剩兩法朗、七生丁、八先令及三便士。我——我——我是透過托比葛林的辦公室才能回到這裡。」布魯斯臉紅而且冒汗。

「他不在，但是他的祕書幫我結算了我們的《牧羊人之杖》的版稅。」

「那沒多少錢。」

「買不起一杯鴿子食物。我知道我是幹話王，在那麼多人當中選擇向妳求救，但是……我真的、**真的**，沒有人可以找了。所以我……」他深呼吸一口，讓自己鎮靜下來，「我求你，拜託。如果妳有任何方式能夠幫忙……任何方法……拜託……幫幫我。」

獎

「一個非常、非常、非常美好的夜晚，女士與先生們，歡迎你們每一位來到這禮拜的《最佳流行音樂》。我希望接下來的半小時能帶給你們歡樂。」留著披頭四髮型的金髮吉米薩維爾（Jimmy Savile）露出微笑，供電視台的攝影機拍攝。「那麼，我們用一支美好、輕快的短曲來開始今天的節目如何？演唱者是今年夏天最棒的新樂團之一，而且，各位紳士們，請別動你的電視機，留意這位令人怦然心動的絕妙鍵盤手吧！廢話少說，請歡迎——以他們的首支單曲〈暗房〉進入排行榜第十九名的——這一個，獨一無二、古怪、美妙的……烏托邦大道！」

電子提示板上亮起「掌聲」的燈號，加油聲揚起。雅思培看著舞台下的里馮、碧雅、迪恩的女友裘得，以及艾列克斯唱片的維克特法蘭奇。我們辦到了。前奏從擴音裝置播放出來，舞池內三四十個入選參加節目的嬉皮風年輕人正隨著艾芙的和弦左右搖晃，艾芙則是在她那台沒插電的華妃電子琴上假裝彈奏。碧雅和裘得花了三天時間幫艾芙設計服裝：美洲印安女人風格，搭配上有流蘇的麂皮刺繡頭帶以及玻璃珠。迪恩穿了一件他在棉花糖板球棒店買來的、略呈灰色的粉紅大禮服。他做出貓王招牌的撇嘴動作供攝影師拍照。葛夫的鼓棒敲打在加鋪了消音橡皮軟墊的鼓面，以及敲起來只會發出「噓」聲的特製鈸上，他身上穿著爵士樂手喜歡穿的寬鬆襯衫及迷幻風背心。歌聲出現。雅思培傾身接近麥克風，對嘴唱出他先前錄製好的聲軌。第二架攝影機移近艾芙。一個製作人告訴他們，艾芙是第一個在《最佳流行音樂》上「彈奏」樂器的女生。雅思培的嘴靠近麥克風：

妳帶我進入妳的暗房
祕密在此被寬衣釋放。

耶路撒冷在它的東方，
麥加在朝西的方向……

迪恩在第二段副歌時把嘴湊到艾芙的麥克風旁，跟她一起唱。他指著攝影機的鏡頭，指向全英國數百萬台的電視機。在橋段過後，第三架攝影機移近，要捕捉葛夫在雅思培獨奏之前的鼓樂演奏。雅思培在沒插電的Strat電吉他上以平常在舞台上演奏的方式彈奏，最後以藍調彎音及明暗變化完成獨奏。接著回到艾芙與迪恩的最後一段合唱，但唱到一半就被觀眾巨大的喝采聲從中截斷。掌聲！他們的三分鐘時間到了。

一個助理匆匆地把樂團請下舞台，斜靠在一群穿著迷你裙的女人當中的吉米薩維爾正在介紹隔壁舞台上等著演出的下一支樂團。「如何呀，女士與先生們？烏托邦大道的〈暗房〉是不是很精采？現在，現在，現在。關於我們下一組來賓有三個提示。提示一：他們都很小。提示二：他們都有臉。提示三：他們都很癢而且住在公園裡。他們會是誰呢？為什麼這麼講，讓我歡迎小臉樂團以及他們最新的可愛小曲——〈奇癢公園〉（Itchycoo Park）！」

從側翼的觀眾席，雅思培和葛夫看著黛安娜羅絲（Diana Ross）和至上女聲三重唱（Supremes）對嘴唱著〈反射〉（Reflections）。雅思培看到黛安娜羅絲的眼白。艾芙加入他和葛夫。黛安娜羅絲、瑪麗威爾森（Mary Wilson）及辛蒂伯德松（Cindy Birdsong）三人讓其他演出團體看起來都像業餘。包括我們在內。她們的姿態、黑皮膚及銀色長禮服與黑白銀幕完美配合。雅思培——以及大半的英國，他猜——著迷於她們的極簡編舞，以及她們如何體現那首歌，傳遞它並且忠於它。節目中沒有其他任何一首歌——〈奇癢公園〉、交通樂團的〈我鞋子裡的破洞〉（Hole in My Shoe）、移動樂團（Move）的〈雨中的花〉（Flowers in The Rain），以及花盆人樂團（Flowerpot Men）的〈讓我們到舊金山〉（Let's Go To San Francisco）——能像這首曲子這樣，讓雅思培深刻感受到每個人，從作曲者到聽眾，都相信它。

當〈反射〉結束，黛安娜羅絲用簡單的揮手及微笑來回應熱烈的掌聲，接著她和至上女聲才被護送著從他們身旁經過。當她經過雅思培時，他吸入一些她身後留下來的分子。

「你認為將來有一天我們也會到那裡？」艾芙壓低聲音問。

「哪裡？」雅思培問。

「美國。」

雅思培考慮這個問題。

「如果托媽的赫爾曼的隱士們樂團（Herman's Hermits）能，」葛夫說，「那我們也可以。」

當英格伯漢普汀克以〈最後的華爾茲〉（The Last Waltz）結束節目，BBC的萊姆葛洛夫攝影棚（Lime Grove Studios）——朋友口中的「史萊姆葛洛夫」（Slime Grove）——的後台慶祝派對同時開始，倫敦週四到週日的週末也正式展開。音樂家、經理人、樂團成員、妻子們、專欄作家，以及逢迎者在場中穿梭，各有盤算、打情罵俏、抱怨及背後中傷。里馮、雅思培及霍伊史托克爾窩在角落，和維克特法蘭奇及安德魯朗格奧德曼（Andrew Loog Oldham）在一起。艾芙與布魯斯——他的手放在她臀部——則是和碧雅、裘得、迪恩以及交通樂團一半的成員聚在一處。

艾芙前男友出現，以及艾芙無預警就把安格斯趕出去，曾在帕維爾的酒吧引起很大的爭論——當時艾芙帶著布魯斯來見樂團的成員。照雅思培判斷所及，迪恩很氣艾芙重新接納布魯斯，因為迪恩認為布魯斯過去對艾芙很不好，將來有可能再次對她不好。在那時候，布魯斯就先離開，告訴艾芙他會把晚餐準備好等她回家。艾芙也在生迪恩的氣，因為她認為她要選誰當男朋友不干迪恩的事，尤其是迪恩自己也劈腿，除了裘得以外還和來自斯肯索普的瓦萊麗法式蛋糕店的女服務生交往。這讓迪恩更加生氣，而這又讓艾芙更加鄙視他。葛夫開始練習擊鼓，這讓迪恩與艾芙都對他不悅。葛夫打得更大聲。雅思培這時候已經完全無法掌握情況了。為什麼，他心想，正常人會這麼在乎誰跟誰做愛？當然，想跟對方做愛的人會這麼做，直到其中一人或兩個人都不再想做。這時事情就結束了，就像動物王國中交配季結束時那樣。如果人人都能接受這點，以後就不再會有人傷心了。

或許，迪恩現在已經接受這點。葛夫和幾個咯咯笑的女孩坐在沙發上，大眼圓睜的凱思穆恩正用比手畫腳的方式描述一個包含許多跳躍的故事。雅思培檢查他的事實簿：我在一支樂團裡；我們拿到合約；我寫了一首歌；它登上排行榜第十九名；我們剛剛才在《最佳流行音樂》上配合預錄的音樂裝模作樣地演出這首曲子。有幾百萬人看到。

是的，這些事實看起來很可靠。

在雅思培看來，〈暗房〉是一朵由蒲公英種子構成的雲，乘著無線電波漂移，落腳生根於人心，北到雪特蘭群島，南到錫利群島。這些種子也飛行著穿越時間。或者〈暗房〉會停在尚未出生的人們心上，甚至是那些他們的父母也尚未出生的人們的心上。誰曉得呢？雅思培迎面撞上一個留著頭盔狀金髮、穿著青檬色襯衫配上一條洋紅色領帶的人。他向滾石樂團的布萊恩瓊斯道歉。

布萊恩瓊斯說：「骨頭都沒斷。」他把一根菸放進嘴裡，然後問：「有打火機嗎？」

雅思培幫他點了菸。「恭喜，〈我們愛你〉（We Love You）相當成功。」

「喔，你喜歡那首歌嗎？」

「它不斷引起我的共鳴。」

布萊恩瓊斯把煙含在口中，再嘆氣將它呼出來。「我在裡面彈美樂特朗魔音琴（Mellotron）。美樂特朗是個麻煩傢伙，它的延遲音效很難掌握。我該認識你嗎？」

「我是雅思培，我在烏托邦大道彈吉他。」

「去度假還不錯，不會想去住那裡。」

雅思培納悶那是不是個笑話。「為什麼滾石只有你一個人在這裡？」

布萊恩瓊斯皺眉。「私下講……其實我也不明白。」

「為什麼？」

「有些事情會卡在我腦袋裡，有時候。」

「什麼樣的事？」

「呃，我們今晚要在《最佳流行音樂》上演唱〈我們愛你〉這個想法。所以，我放下每件事，請湯姆載我過來……結果發現一堆困惑的BBC工作人員跟我保證，不，事實上滾石並沒有要上這節目表演，也從未上過這節目。」

「所以……你是說，有人在惡作劇。」

「不。那比較像是我腦袋裡的一段訊息。」

雅思培想到扣扣。「一段訊息？」

布萊恩瓊斯垂頭喪氣地靠在牆上。「也許是一段訊息的記憶。但是當你想查出那訊息是從哪裡來的，卻查不到東西。就好像……被讀過之後就消失無蹤的塗鴉。」

「你嗑了藥嗎？」雅思培問。

「最好是。」

「曾經有無形體的靈來造訪過你嗎？」

布萊恩瓊斯把簾幕般的金髮從他布滿血絲的眼睛前面撥開，正眼瞧著雅思培。「說給我聽。」

雅思培在主教之伊利寄宿學校的十年裡，沒有任何一個人稱得上他的敵人，但他也只交了一個朋友。漢茲弗瑪吉歐是他的室友，也是兩位瑞士科學家的兒子。在板球場第一次聽到扣—扣的三星期後，當「事件」的數目已經達到兩位數，雅思培告訴室友他聽到的聲音。他們是在自由活動的時段，坐在一棵橡樹下。弗瑪吉歐身體靠在樹上，而雅思培說了半個小時的話。弗瑪吉歐有一陣子沒有回答。蜜蜂隨便翻閱苜蓿的葉子，一串串的鳥語纏絆在一起。一列火車穿過沼澤地往北駛去。

「你告訴過任何人嗎？」弗瑪吉歐最後終於說。

「我不會想要宣傳這樣的事。」

「完全沒錯。」

一個魁梧的草皮管理員正推著割草機在除草。

雅思培問：「你有任何可以解釋的理論嗎？」

弗瑪吉歐的雙手手指交織放在胸前，「我有四個理論。理論一的假設是：扣—扣是用來贏取注意力的捏造物。」

「不是。」

「你誠實到有點病態，德魯特。所以，理論一出局了。」

「很好。」

「理論二的假設是：那聲音是由一個超自然實體發出的。我們可以幫他、她或它取名為『扣扣』。」

「是『他』。『超自然實體』並不十分科學。」

「鬼魂、惡魔、天使都是違反科學的，但是在非正式的民意調查中，我敢打賭，相信這種東西的人比相信廣義相對論的人還多。但為什麼是個『他』？」

「我不知道我是怎麼知道的。他就是他。我不是理論二的擁戴者。站在多數人那邊並不表示你就是站在正確的那一邊。」

弗瑪吉歐點頭。「而且，鬼魂會顯現，天使會干預，惡魔會恐嚇。他們不會只發出敲門的聲音。這感覺上就像是三流科學。且讓我們先把理論二也排除掉。」

穿過音樂教室敞開的窗戶，穿越草地，傳來三十個男孩的聲音，他們唱著「夏天到了……」

「你應該最不喜歡理論三。它的假設是：扣扣是思覺失調的結果，沒有外在的真實跟它對應。簡單來說，你是個神經病。」

男孩們從舊宮殿蜂湧而出，衝下斜坡。

「但是，在我聽來，扣扣的聲音跟你的聲音一樣清楚。」

「你覺得聖女貞德真的聽到上帝的聲音？」

一朵雲在空中漂移，橡樹底下是一大片斑駁的網狀樹蔭。「所以，對扣扣的感覺愈真實，我發瘋的程度就愈厲害。」

弗瑪吉歐拿下他的眼鏡清理鏡片。「對。」

「在那場板球賽之前，我是住在我腦袋裡的唯一的人。但現在有兩個人。即使是在扣扣沒在敲的時候，我也知道他在那裡。我知道這聽起來很瘋狂。我想，我可以證明我沒有發瘋。但是你可以證明我發瘋了嗎？」

從音樂教室的窗戶傳來音樂老師的聲音。「不，不，不——這樣不行！」

「那麼，理論四呢？」雅思培問。

「是理論X。理論X同意扣扣不是謊言，不是鬼魂，也不是精神病症的插曲，而是一個未知之物。」

「那麼理論X難道不就只是個比較酷的說法，告訴人家：『我一點線索也沒有』？」

「字面上來說，是的：我們沒有線索。理論X是收集線索的理論。你曾經試過和扣扣對話嗎？」

「每天在禱告時，我都會『廣播』一個訊息：『跟我說話』或『你是誰？』或『你要什麼？』」

「目前都沒有回應？」

「目前都沒有回應。」

弗瑪吉歐把停在他拇指上的一隻瓢蟲吹走。「我們需要用科學方式思考，而不是像個害怕自己發瘋或被鬼魂騷擾的男孩。」

「我們要如何以科學方式思考。」

「把那些事件歷時的長短、次數及模式都記錄下來，然後分析數據。那些『造訪』是隨機的嗎？有什麼模式嗎？好好觀察。扣扣只出現在伊利，還是他在七月會隨你到澤蘭？」鐘聲響起，鴿子咕咕叫，割草機割著草。「扣扣有沒有可能是某種信差？如果是，它傳送的訊息是什麼？」

「你腦袋裡的扣—扣—扣不是什麼訊息。」布萊恩瓊斯在雅思培進一步描述接下來發生的事之前就插嘴打斷他。「那是一個胎記？或，印度教的眉心點？」那位滾石成員因長期服用藥物而縮小的瞳孔正注視著雅思培的眉毛中間。他輕拍那個位置。「這裡，它關起來了，它很害羞。我該認識你嗎？」

「我是雅思培，我是烏托邦大道的吉他手。」

「在格羅斯特郡，雅思培是指黃蜂。」布萊恩瓊斯問雅思培身後的某個人。「我說，史提夫，你們這些頭腦簡單的東區人是不是把黃蜂叫雅思培啊？」

「那些小雜種沒有名字，我們只會它們啪嗒打下來。」小臉樂團的史提夫馬里奧特（Steve Marriott）拿了一杯棕色艾爾啤酒給雅思培。「恭喜你出名了。至於這位偉大的撒旦陛下——」史提夫馬里奧特把一個奧格登牌（Ogden）小鼻煙盒塞到布萊恩瓊斯的手掌中，「生日快樂。」

「是今天嗎？」布萊恩瓊斯對著鼻煙盒眨眼。「鼻煙？」

史提夫馬里奧特擠出一鼻孔分量，然後模仿張開鼻孔吸氣的動作。

「噢，這樣的話，我要去用粉末灌溉我的鼻子了……」

雅思培拿起棕色艾爾啤酒，喝了幾口。

「你剛剛違反了第一條規則，」史提夫馬里奧特說，「絕對不要接受陌生人的飲料。裡面可能加了烈酒。」

「你不是陌生人，」雅思培說，「你是史提夫馬里奧特。」

那位歌手露出微笑，彷彿雅思培剛說了一個笑話。「你們樂團裡的那個小妞，她只是在耍花招，還是她真的會彈？」

「艾芙不是花招。她彈琴。她唱歌。她寫歌。」

史提夫馬里奧特鬆口讓下巴往下掉。「真稀奇。好吧，就當你說的是真的。」

「還有傑佛森飛船的葛瑞絲斯里克（Grace Slick）。」

「她唱歌，性感得要命，但她不演奏。」

「羅塞塔撒普（Rosetta Tharpe）。」

「羅塞塔撒普自成一支樂團。她不屬於任何樂團。」

「卡特家族（The Carter Family）。」

「他們是一個真正的家族，後來才變成一個樂團。」

「現在，好吧，現在，好吧。」一隻手抓住雅思培的肩膀，一個帶著鼻音的約克郡口音填滿他的耳朵。「這房間的明星瓦數足以點亮整個埃塞克斯，但是我直接來找你，好心的雅思培爵士，恭喜你們今天獻上了在《最佳流行音樂》的處女秀。」吉米薩維爾抽著一根粗雪茄，「你有何感想？」

「還沒完全進入狀況，一切就已經結束了。」雅思培承認。

「那正是那些女士告訴這位年輕史蒂芬的感覺。」吉米薩維爾用色瞇瞇的眼色瞄著史提夫馬里奧特，「他剛從死裡復活。」

「我沒注意到我已經死了，吉米。」史提夫馬里奧特說。

「這位藝術家總是最後一個才知道。雅思培，那邊那位迪吉里杜隊長[34]，是不是搞上了你們那位風情萬種、胸部豐滿的風琴手？」

「如果你指的是艾芙和布魯斯，他們是住在同一間公寓裡，沒錯。」

「吉米，她對你而言有點老了，真的，」那位歌手說，「我的意思是，她已經超過十六歲。差不多合法了。」

「噢嗚！」吉米薩維爾的下巴往外突出，「馬里奧特再次揮出右鉤拳！那就是你在明星界闖蕩時最想做的事嗎？嗑到茫？我就不覺得。就憑你這體格。你們被稱為『小』臉不是沒有緣故的。你做何

34 迪吉里杜（Didgeridoo）是澳洲原住民的木製長管樂器。

感想，年輕的史蒂芬？完全地、忠誠地被唐亞頓（Don Arden）剝削？連演出時穿的衣服都不是你們的？你們不如考慮乾脆讓樂團枯萎死掉算了？我知道我會這麼選擇。」

連雅思培都可以辨識出史提夫馬里奧特臉上的恨意。

「很抱歉我觸動了一條敏感神經，」吉米薩維爾說，「我該借錢給你，讓你能搭公車回家嗎？」

鏘——嗯嗯嗯！霍伊史托克爾剛從聖特羅佩回來，穿著一件土耳其藍的西裝外套，在杜蘭特斯飯店的私人會議室裡用湯匙輕敲一個酒杯。在聖特羅佩一個星期讓他膚色變黑了。*如果他是一隻烤雞，雅思培心想，他就是在烤箱裡多待了二十分鐘。*鏘嗯嗯嗯！霍伊的日光掃過私人會議室。賓客包括月鯨旗下杜克—史托克爾經紀公司的弗雷迪杜克；里馮，他穿著一套蔓越莓與香草條紋的西裝；貝特妮，她的頭髮盤起來，穿著一襲黑洋裝配上黑珍珠項鍊；艾芙仍然穿著她上《最佳流行音樂》時穿的印第安女戰士裝；布魯斯弗萊契穿著赭色法蘭絨上衣，戴了條鯊魚牙項鍊；碧雅哈洛威穿得就像皇家戲劇藝術學院表演系的學生；一個臉色蒼白、名叫崔佛平克（Trevor Pink）的藝術學院學生，他和碧雅一起來的，手上有粉紅色（pink）的漆，所以他很容易記住；迪恩穿著英國國旗；迪恩的女友裘得，她比迪恩稍微高一點；葛夫；臉型像雞蛋哥、負責A&R部門的維克特法蘭奇，以及臉型像惠比特犬的行銷奈吉爾霍爾納（Nigel Horner）。*太多眼睛了。*社交聚會是射箭場及記憶測驗。

鏘嗯嗯嗯！會場逐漸靜了下來。

「各位朋友，」霍伊史托克爾開始，「月鯨的同仁及支持者，我想要說幾句話。我這就開始！當我告訴我在紐約的夥伴我要在倫敦投資音樂事業，典型的反應就是：『霍伊，你瘋了嗎？你或許是個華爾街投資大師，但是你在演藝事業是新手，那些英國佬肯定會把你榨乾！』我的敵手只是捧腹大笑，等著看霍伊史托克爾傾家蕩產。很好。那些爛人這下子肯定是他媽的笑不出來了！現在，**我簽下的第一個樂團的第一支單曲就登上英國前三十！**」

喝采及掌聲像泡泡般上漲並且溢了出來。

「我們今天會在這裡，是因為五位真正有天分的人，」霍伊史托克爾說，「且讓我們一個接一個點名羞辱他們。」

五位？雅思培納悶。他想必把里馮也算進去了。

「首先，我們這位比例勻稱迷人，能撥弄里拉琴，也能觸動象牙琴鍵的民謠女王。獨一無二的，艾芙哈洛威小姐！」

掌聲。貴族們從牆上數幅環繞房間擺置的畫像上俯瞰他們。艾芙的微笑讓雅思培覺得相當複雜，不易理解。

霍伊史托克爾轉身面向迪恩。「很多人都說，貝斯手就是沒當成主奏吉他手的樂手。我說，『放你馬的屁！』掌聲，謝謝！」

人們鼓掌。迪恩得意地舉起酒杯。

霍伊史托克爾繼續說：「鼓手也很不公平地成為許多笑話的哏。譬如……」霍伊攤開一張紙條，戴上眼鏡，「『鼓手和儲蓄債券有何不同？』有誰知道答案？『其中一個會成熟並且賺錢。』」一些禮貌的微笑。葛夫點頭，就好像他以前就已經聽過了。「『什麼東西有三隻腳跟一個屁眼？』沒人知道嗎？『鼓手椅』！再來一個。請聽：『鼓手手臂上的一位美女，該如何稱呼她？』」

葛夫用雙手圍成擴音器的形狀：「刺青。」

「你踩了我的線了，葛夫！下一位，幫烏托邦大道寫出第一支熱門曲的人，我很確定，這只是很多熱門曲當中的第一支。我們的 Stratocaster 之王，雅思培德魯特！」他唸錯雅思培名字的發音，並且舉起手中的酒杯。雅思培用力將視線集中在霍伊史托克爾西裝翻領上的一片糕點酥皮，以避開所有人的眼神。

鏘嗯嗯嗯！「我不是個會自吹自擂的人，」霍伊史托克爾邊說邊用手刷過他的西裝翻領，「所以，我就不在這裡喋喋不休地介紹我在烏托邦大道的誕生上演奏哪個樂器——對，這是個雙關語，你們沒猜錯。所以，我就讓成果來說話，只說一些關於我的嚮導及我的導師——我自己的『直覺』——

的話。專長很廉價。專長可以透過學習、聘請或偷挖而得到。但是直覺呢？你要不是有，要不就沒有。我說得對嗎，維克特？」

那位A&R部門的人對著霍伊舉起酒杯。「說得太正確了，霍伊。」

「你知道嗎？當我在第七大道貝托魯奇（Bertolucci）的家裡——我常在那裡和勞勃瑞福、李察波頓及亨弗萊鮑嘉等人吃飯——第一次見到里馮的時候，我的直覺告訴我，『霍伊，這就是你要找的人。』同樣的，當我聽到樂團在大營帳演出的錄音帶時，我的直覺就站起來告訴我：『這就是你的樂團。』當我住在多爾切斯特飯店——到倫敦*en froligue*（嬉戲）時，為什麼要住在其他地方呢，對嗎？——見到維克特時，我的直覺就說：『就是這家唱片公司。』砰、砰、砰！賣了超過一萬六千張，而且在英國那個電視節目做過一次傑出的現場表演，再次證明我在金錢上的直覺。」

「直覺，」葛夫在雅思培的耳旁說，「是托媽的一堆狗屎。」

「你們知道最棒的是什麼嗎？」霍伊史托克爾帶著笑容掃視整個房間。「這才只是開始而已。維克特，我認為現在差不多就是讓你來宣布那個驚人消息的時候了，*s'il vous plait*（請）。」

「謝謝你剛剛那段激勵人心的演說，霍伊，」維克特法蘭奇說，「我的確有喜訊要宣布。我才跟人在漢堡的托托西弗爾（Toto Schiffer）通過電話。他是艾列克斯的負責人，他給了我們綠燈，不只讓我們可以錄接續〈暗房〉的一首單曲，還讓我們……出一張唱片。」

碧雅、裘得和艾芙同時發出，「哇噢！」

「球射進托媽的網，得分了！」葛夫說。

迪恩把椅子往後傾。「我還以為忲從來沒問過。」

「你們要準備好大幹一場了，」維克特法蘭奇告訴這個樂團，「我們希望這張唱片在聖誕節之前就上架。」

「沒問題，」里馮承諾，「我們樂團已經有一疊經過演唱會拋光的歌曲，隨時可以錄成黑膠唱片。」

「理想狀況是，我們在那張唱片發行的一個禮拜前發行第二張單曲，」奈吉爾霍爾納說，「製造最大的聲量是關鍵。」

「我要做的第一件事是重新檢視演唱會的行程安排，」里馮說，「取消一些比較不重要的行程，以便空出時段到錄音室錄音。」

「這次會有機會到真正的錄音室錄音嗎？」迪恩問。

「菌傘在〈暗房〉的錄製上表現得夠好了，」維克特法蘭奇說，「價格也很有競爭力。」

里馮拉直他的領帶。「我知道這個樂團一定會想辦法拿一張年度專輯來回報西弗爾的信任。」

「你一直很安靜呢，雅思培。」霍伊說。

雅思培不太確定這是在批評還是邀請他發言。他拿起酒杯準備啜飲一口，才發現酒杯已經空了。

「我們還需要從你這裡得到兩三首新歌，」奈吉爾霍爾納說，「像〈暗房〉一樣吸引人的曲子，拜託。」

「我會盡力。」雅思培希望所有的目光都從他身上移開。他必須集中注意力在他害怕會聽到的聲音上。

「我跟艾芙也寫歌，恁知道的。」迪恩說。

它來了……穩定的指節敲在木頭上的聲音。扣……扣……扣……比迪恩的抗議聲還微弱，但是比另外那天還大聲一點。沒有其他人聽到。這個訊息只有一個收信者。

雅思培聽從弗瑪吉歐的建議，用一本取名為K2的筆記本，記下一九六二年四月到一九六三年四月之間十二月內發生的事。在那本筆記中，他用荷蘭文記錄了那些扣扣「插曲」出現的時刻、歷時及場合。雅思培採用音樂符號來描述敲門聲的各種不同風格：*f*代表*forte*（強），*ff*, *fff*, *cres.* 代表*crescendo*（漸強），*bruscamente*（粗暴），*rubato*（彈性）等等。那些資料建立了某些事實。扣扣的造訪傾向於聚集在正午或午夜左右。造訪出現在他獨處時的可能性，和出現在他跟同伴在一起、他在淋浴、在讀書、在唱詩班，或他在餐廳時的可能性差不多。在那一年中，造訪的頻率從原本一週兩次、三次或四次，增加到每天兩次、三次或四次。扣扣還伴隨著雅思培到澤蘭，在棟堡的寄宿處度過夏天。敲門聲的長度，從他在板球場聽到的三個為一組的扣—扣聲，增長到可以維持一分鐘的一串複雜扣扣聲。還會變得更大聲或更靠近。雅思培感覺到有某個有智慧的個體在扣扣聲背後。有時候那敲門聲聽起來很絕望，或很忿怒，或很無情。與扣扣溝通的種種嘗試——輕敲一次代表「是」，兩次代表「不是」——最終都失敗。雖然這種活動逐月增加，但雅思培還是習慣了。就幻聽情形的輕重而言，敲門聲相對較為無害。它不是宣稱自己是上帝的一個聲音，或是叫他將自己殺死的惡魔，甚至也不是據說會在斯瓦夫翰宿舍樓梯間作祟的那些被吊死的詹姆斯黨人。和雅思培那些長期忍受癲癇、小兒麻痺後遺症、單眼失明，甚至嚴重口吃之苦的同學比起來，扣扣是背負起來相對輕的十字架。他忠實的朋友弗瑪吉歐沒把這事告訴任何人，而且一直對他室友的古怪狀況保持好奇心，不過即便這兩個男孩沒再提起這件事，日子還是照樣過。雅思培很快就會回顧這些日子，發現它們是一個黃金時期的結束。

「那些歌詞，」維克特法蘭奇告訴雅思培，「在〈暗房〉的最後一節：『我們在樹下躲雨與厄運；但是在樹下，雨會下兩次。』我不知道那是什麼意思，但我又知道那是什麼意思。」一位飯店服務生從一個銀壺的窄壺嘴倒出咖啡到瓷杯裡。波爾多葡萄酒放在銀盤上傳給每個人。「像那樣的字詞是從哪裡來的？」

雅思培希望他可以在蛇形湖的一艘划艇上抽大麻，來慶祝他們上了《最佳流行音樂》節目，遠離維克特法蘭奇和霍伊史托克爾和任何要求他行動的人。「寫作這件事本來就很難解釋。我得到我的字詞和你得到你的字詞的地方其實是相同的：就是那個自稱為『英文』的語言。會吸引你的眼睛或耳朵的東西，是我將那些字詞組合起來的方式。概念，就像種子一樣，會從世界、從藝術、從夢境飄進我心中。或者它們直接就出現在我心中。我不知道怎麼會這樣或為什麼會這樣。接著，我就得到一句歌詞，然後我搓揉它，讓它能融入整首歌的節奏。我也必須考慮韻腳。我是不是挑了很容易押韻的結尾字？會不會太容易押韻了？那只會製造出陳腔濫調。絕不要用*desire*（渴望）來合*fire*（火）的韻。或用*tonight*（今晚）來合*hold me tight*（抱緊我）。合得太巧妙，聽起來就很牽強。*Pepsi Cola*（百事可樂）配*Angola*（安哥拉）。」

「太厲害了。」法蘭奇看了看錶。

布魯斯拿他的空波特酒杯換了一杯滿的。「艾芙剛剛在電視螢幕上看起來無與倫比，攝影機很愛她。」

「我們全都梳洗打扮得光鮮亮麗。」艾芙說。

「我正在等《時尚》雜誌打電話來邀拍封面故事，」葛夫說，「我考慮在另一側的臉上也弄個對應的疤痕。」

「每個上《最佳流行音樂》的女人都會得到不少攝影機的時間，」艾芙說，「我們在那個節目上是異類。」

「主要是因為妳的民謠背景，」布魯斯說，「民謠的重點不外乎友好與真實。那就是攝影機要捕捉的東西。」

迪恩噴出刀刃般的一道煙。「俉認為民謠音樂在真實性上一枝獨秀，是嗎，布魯斯？」

「在一個民謠俱樂部出了錯，你無處可躲。沒有成群的尖叫女孩可以幫你掩飾。你是赤裸的。」

「聽起來好像我都去錯俱樂部了。」霍伊開玩笑。

「所以，問題是，」布魯斯說，「艾芙的哪一首歌會成為接下來的那支單曲？」

「我們另外再找時間討論這件事吧。」艾芙說。

「我們六月時就決定好了，布魯斯，」迪恩一時找不到菸灰缸，就把菸灰彈在碟子上，「當俉還在男同志巴黎嘗試融入、撤出、融入、撤出時，雅思培贏得出首支單曲的機會，我得到第二名，而艾芙得到第三支單曲。這也解釋了為什麼艾芙會是在《暗房》的B面。順道一提，她得到的版稅和雅思培在A面的曲子是一樣的。」

「較聰明的做法也許是，」維克特法蘭奇說，「先看看菌傘前幾次的錄音效果如何，再來決定。」

「維克特說得沒錯，」布魯斯說，「他看過一百個只紅過一支單曲、隨即殞落的奇蹟，因為他們把第二支單曲搞砸了。第二支單曲必須能展現這個樂團風格多樣性的幅度。」

迪恩的臉色轉成粉紅。「我們又不是他媽的冰淇淋店。」

「老弟，」布魯斯說，「這是『愛之夏』之後的秋天。但當我聽到〈放棄希望〉時，我聽到的是厄運與陰鬱。套用霍伊的精簡用詞，它『不是非常現在』。艾芙的新歌，雖然『不期然』，卻如此貼近現在，它談到明年。對吧，霍伊？」

雅思培不認為霍伊聽過〈不期然〉，但是月鯨的這位主要投資人噘起嘴唇並且點頭。「當然，看看幾首歌錄起來的效果怎麼樣也無妨。」

「我感謝大家的喜愛，」艾芙說，「但是——」

「如果第二首熱門曲是艾芙哈洛威的歌，」布魯斯說，「我們的粉絲會發覺烏托邦大道是陰與陽。他們會認為，沒有任何事是這支樂團辦不到的。女孩會愛上這支樂團。〈放棄希望〉是一首很有意思的小曲子，迪恩，別誤會我的意思，但是如果是由它來接續〈暗房〉，那麼烏托邦大道會被放在一個標示為『奶油樂團複製品』的分類格裡。接著，當艾芙在第三支單曲擔任主唱時，所有你的藍調粉絲會想，這個女孩在我的樂團裡做什麼？想像一支滾石的新單曲是由某個女孩來唱。那是災難。我們必須現在就讓所有人記住，艾芙是這樂團的核心歌手。」

迪恩對著房間說：「沒有人有話要說嗎？」

「說什麼？」布魯斯的微笑讓雅思培難以解讀。

「跟艾芙睡覺並不表示𠍇就得到投票權。」

幾個人喘氣，幾個人咕噥：每個人都看著艾芙。

「各位，」里馮說，「我們放輕鬆點……」

「艾芙在她閒暇時要找什麼娛樂是她自己的事，」迪恩說，「而我的事就是這個樂團。總而言之，布魯斯，在烏托邦大道的大小事上，伕沒有他媽的任何投票權。完全沒有。」

艾芙嘆氣。「可以停止了嗎？我們應該要慶祝才對。」

「我並不想要投票，迪恩，」布魯斯說話的樣子像個有耐性的教師，「是的，我是艾芙的相好，是的，我是個幸運的人，不，我不在樂團裡。但是如果我看到你把船直接駛向一座巨大冰山，我就不會閉上嘴。我會大聲喊叫。『留意那個該死的大冰山！』如果〈放棄希望〉是你們的下一支單曲，我擔心那就是一座冰山。」

「提醒我，」迪恩說，「你最近有幾支進到排行榜前二十名的熱門曲啊，麥卡尼先生？我已經忘記了。」

布魯斯微笑，這再次讓雅思培感到困惑。「你不一定要是披頭四，才能對音樂事業有正確的見解。迪恩。」

「伕表現得像是藝能界之王，實際上伕履歷表上都是他媽的沒搞頭的東西，這讓伕看起來就是個該死的討厭鬼。喂，討厭鬼。」

剎車在梅森院的鵝卵石上發出尖叫聲。天空沒有星光。距離幾扇門之外，印迪卡藝廊正在舉辦一場夜間的非公開展覽。雅思培聽到笑聲。「我們又來了，」迪恩說。這兩位烏托邦成員站在十三A的門口。距離他們上次假裝是布萊恩伊普斯坦的朋友，試圖花言巧語混進去已經四個月了。披頭四的經理人伊普斯坦兩個星期前才自殺身亡，全世界關注這新聞有一兩天之久。「伕新認識的那位夥伴承諾把咱們的名字記下來，對吧？」

「是的，」雅思培回答，「不過，那是他在BBC的廁所吸食古柯鹼之後做的承諾，所以……沒人能保證。」

「不入虎穴焉得虎子。」迪恩按了那個金色的門鈴，它響了。門上的窗孔迅速打開，而什麼事情都難逃過它法眼的那隻眼睛出現，「晚安，先生們。」

「嗨，」迪恩說，「嗯，所以我們，嗯、啊、呃，事實上——」

「莫斯先生、德魯特先生，」那隻眼睛說，「你們好嗎？」

迪恩看著雅思培，接著再回到那隻眼睛。「很好，你呢？」

「恭喜你們上了《最佳流行音樂》，」一切都難逃它法眼的那隻眼睛說，「這是第一次，但是日後你們還會更常上那節目，我相信。」

「謝謝，」迪恩說，「我完全沒預期，呃……」

窗孔關上，然後十三A的門打開，一個角力選手體型的禿頭男子出現在門後，穿著像驛馬車駕駛。音樂與談話聲從裡面溢出來。「歡迎來到聖詹姆斯威士忌俱樂部，我是克里夫。經理部門請我邀請你們成為我們的會員。辦公室明天早上會寄送文件到月鯨，但是今天晚上，就請直接進來吧……」

高挺的牆面、美麗的人們、明年的時尚、不錯過任何小花招的眼睛、一條通到某個沙龍的走廊。菸味很濃，燈色金黃，鏡子可能是走道也可能只是鏡子。雅思培盡他所能避開這些東西。鑽石懸垂、笑聲迴旋、香檳冒泡，牆面是花呢格紋，酒瓶陳列架上，八卦自由傳播，面孔是名人不過視角很不尋常，天分渴望被發掘，天分被評估，嘴唇帶著光澤，牙齒露了出來，香水來自法國，小夥子來自北部，新手們時而被冷落時而找到友善的人攀談，老男人追求年輕女人，年輕人盤算得與失，各種感覺全混合在一起。一些開放式的小隔間沿著牆邊設置。一輛真正的驛馬車停在角落。音樂的搏動從地下室傳上來。「與我在一起，達令！」一個男子的聲音宣告，「妳將會榮華富貴。」雅思培感覺自己就像不小心闖入一個沒有籠子的動物園。

迪恩在雅思培的耳邊喃喃說道：「**你看**，麥可肯恩（Michael Caine）、喬治貝斯特（George Best），不，**別看**。」

雅思培看了。那個著名的演員正因為某個膚色黝黑、留著鬍子的矮男子所說的話而大笑。「誰是喬治貝斯特？」

「恁真的不知道誰是喬治貝斯特？」

「我真的不知道誰是喬治貝斯特。」

「他是地球上最棒的三個足球員之一。」

「好的。我要去拿飲料，你要喝什麼？」

迪恩扮了個鬼臉，「恁在這種地方該喝什麼？」

「我的祖父總是喜歡說，『如果不確定要喝什麼，點威士忌加冰塊就對了。』」

「完美。謝謝你囉。那麼我先去一下廁所，馬上就回來。」

雅思培在人群中擠出一條路到酒吧，在那裡有三個幾近低吼的聲音穿透背景的嘈雜聲。「是的，伊皮為披頭四賺到一大筆錢，」一號聲音說，「但是他把商品化的機會拱手讓人。伊皮只是一個非常、非常幸運的家具推銷員。」

「為什麼那幾個男孩還要跟他在一起？」二號聲音說。

「啊哈，」三號聲音說，「我的司機從林哥的司機那裡聽說，他們已經決定，這個週末他們在威爾斯跟靈性導師瑪哈瑞西（Maharishi）見面回來之後，就要將他解聘。」

「但是伊皮已經聽說這個惡毒的計畫，」一號聲音說，「看出來了嗎？他的『意外服用過量藥物』現在看起來沒那麼意外了。」

「一派胡言，」二號聲音說，「他一口吞下太多顆藥丸了，就這麼簡單。伊皮向來就會把事情做得過火……」

「站住，留下買路錢。」布萊恩瓊斯戴了一頂墨西哥帽，和兩個女人舒服地在一個小隔間裡。「交出你的威士忌或是你的命。很高興你來這裡。」沒有迪恩的跡象，所以雅思培把他那杯Kilmagoon[35]威士忌給布萊恩瓊斯。等迪恩出現時我還是可以再去拿一杯。「見過克瑞西小姐——」

布萊恩瓊斯指著一個瘦長、留著髮捲的黑髮女孩，「以及克瑞西小姐的美胸朋友……」

「妮可。」她晃了晃手指，「嗨，」瑪莉官招牌的齊耳短髮幾乎遮住她的眼睛。「我認識你嗎？我看過你的頭髮。」

「雅思培今天晚上剛上過《最佳流行音樂》。」布萊恩瓊斯說。

「我就知道！」妮可為自己鼓鼓掌。「頭髮展現個性。就像布萊恩有一頭神奇金拖把。」

「它是我太陽神般活力的來源。」布萊恩瓊斯同意。

「如果我們把它剃掉，」克瑞西小姐補充，「就沒有人能在一堆漂白的馬鈴薯頭先生中認出他來。」

「你是獅子座。」克瑞西對雅思培說。

「雙魚座。」雅思培回答。

「那正是你的痛苦的來源。你是隻屬靈性的獅子被困在屬物質的雙魚裡。」

雅思培猜他正在被撩，但是克瑞西看起來很年輕，明天早上可能還得去上學。「我不抱怨。」

「那就是獅子座的氣度，」妮可說，「大多數的男人都是很糟糕愛發牢騷，他們應該把他們的陰毛拔光。唉呀。」她把手指放在嘴唇上。「不小心說溜嘴。我有一點點小醉，都怪邪惡的瓊斯先生。」

布萊恩瓊斯拿酒杯碰雅思培的酒杯。「像鮭魚一樣健康。」他在妮可的菸上抽了一口。太陽神在吸食古柯鹼。

「你剛剛正要告訴我你的頭腦收到什麼樣的訊息，」雅思培說，「結果史提夫馬里奧特碰巧出現。」

布萊恩瓊斯的目光在雅思培的臉上漂移，「那是今晚才發生的事嗎？感覺上那像是更早之前的事。」

「我會施一個保護的魔咒，」妮可說，「我上過巫術課。我那位老師前世是摩根勒菲[36]。」

「克瑞西小姐，」布萊恩瓊斯說，「請將手指從我乳頭上移開。有些事要看時機和地點。」

「他在弗萊明哥俱樂部的廁所裡可**不是**這樣說的。」克瑞西告訴雅思培。「唉呀。我又說溜嘴了。」

「女士們，」布萊恩瓊斯說，「我朋友和我要私下談點事，妳們自己去找幾分鐘樂子。」

「掃興鬼。」妮可嘟起嘴。兩個女人離開那個小隔間。

布萊恩瓊斯靠過來。他的帽沿碰到雅思培的頭。「我、凱斯和米克住在切爾西的一個糞坑。聲音就在那個時候開始出現，時有時無的。有時候它們是友善的，它們會說：『幹得不錯，布萊恩。』另一些時候則告訴我，我是多沒用的一坨狗屎。再另一些時候，它讓我做一些徒勞無益的事，就像今晚。『萊姆葛洛夫攝影棚！去去去去去！』你認為那只是我無意識的舉動？或許我吃太多迷幻藥了。我聽起來像是怪人？」

「我不判斷任何人。我自己也在精神病院待了兩年。」

布萊恩瓊斯這個人不容易解讀。「我應該要認識你。」

在他們附近，一托盤的酒杯掉到地上，爆發一陣驚呼聲。

快一點。「你聽到的聲音曾讓你感覺它是邪惡的嗎？」

布萊恩瓊斯喝了口威士忌。「你為什麼這麼問？」

雅思培躺在主教之伊利寄宿學校的女舍監室裡，他的頭痛已經變成和颶風一樣強烈。女舍監給了他阿斯匹靈，她接著得去辦點事。雷聲在整片沼澤地上反彈。這個五月的下午就和日食一樣昏暗。門上有扣—扣—扣的聲音。雅思培等待著那個東西即將進來，或是離開。

35 作者虛構的牌子。
36 亞瑟王傳奇中的女巫。

門上有扣—扣的聲音。

雅思培回答：「舍監不在這裡。」

門上有扣—扣的聲音。

雅思培回答：「那就請進吧。」

門上有扣—扣的聲音。

雅思培猜那是一個膽小的一年級生。他把自己甩下床，他的大腦猛力撞到他的頭顱內側，然後走向那道門。

門外的走廊上沒有半個人。

雅思培猜那是惡作劇，然後把門關上。

馬上，門上有扣—扣的聲音。

雅思培把門打開。

門外的走廊上沒有半個人。沒有半個人。

雅思培的鼓膜砰砰振響。他在發抖。

扣扣？雅思培用思想說話。是你嗎？

沒有人回答，雅思培把門關上。

門上有扣—扣的聲音。

那敲門聲可能只出現在雅思培的頭裡。

第一批如子彈般強勁的雨打在窗戶上。

就像指關節敲在木頭上，又來了一個扣—扣。

雅思培感覺扣扣觀察他時的專注度堪比狙擊手，或心理學家，或猛禽。雨水零散地打在伊利的陳年石砌、老舊石板、河面、柏油路以及車頂。一陣刺耳的聲音襲擊雅思培，扣扣扣—扣—扣—扣—扣奇—扣。他跌回床上，並把毛毯拉起來蓋住頭。雅思培朗誦著，「我沒有瘋，我沒有瘋，我沒有瘋……」他猜想那些發瘋的人順著迴旋梯往下滑直到消失無蹤時，口中說的就是這句話。

突然間，敲門聲停止。

雅思培等待它再次出現。

他從毛毯裡出來。

雨停了。水在滴。

門上有扣—扣的聲音。

雅思培唯一能做的就是拒絕回應。

另一次的扣—扣之後，門開了，一個神情緊張、穿著大兩號制服的新生走進來。「哈囉。請問舍監在嗎？金斯理先生說我看起來好像病得不輕。」

★★★

那天晚上雅思培做了一個有如在戲院播出般清晰的夢。雪下在山中一間有高牆、上揚屋簷及松樹的寺廟。夢的場景在日本。女人們用掃帚打掃木頭走道，其中幾個還懷有身孕。沿著一條被夢中之光照亮的彎曲隧道，他來到一個有穹頂的房間。房間裡有個背部直挺、呈跪姿的女神，她是由一塊夜空雕刻出來，大小約有人類女性的三四倍。她合成杯狀的雙手製造出一個搖籃大小的空間。她的眼睛看著那個空間。她那張掠食者般的嘴張得大開。如果不知火（Shiranui）的神龕是問題，一個思想說，那麼這裡就是答案。搖曳的火焰呈現月光花般的藍而且沉默無聲。發現自己被引誘到這個地方來成為祭品之後，雅思培趕緊順著通往寺廟的彎曲隧道往回逃。木製屏風在他後面滑動關上。扣、扣、扣、扣、扣。他抵達這個世界的斯瓦夫翰宿舍，他自己的房間，把房門拴上，躲到床上。但是他仍然聽到聲音。扣—扣，扣—扣……扣扣打算在那道分隔日本的雪中寺廟與他的伊利宿舍房間的牆上敲出一個洞，這絕對不能、**絕對不能**讓它發生……但已經發生了……

「狗屎，」布萊恩瓊斯說，「聽起來是一趟糟糕的旅行。」聖詹姆斯威士忌俱樂部裡的煙把光線變成棕色。雅思培一直在喝他的威士忌，但他的杯子卻從來沒空。那個滾石問：「你們那個學校的人都吃酸嗎？」

「我們唯一知道的酸是酸粒糖，那種硬糖；鹽酸；還有電池酸液。那時候還是一九六二年。」

「漢茲弗瑪吉歐是真名嗎？」布萊恩瓊斯問，「漢茲就是那個焗豆的牌子？弗瑪吉歐就是義大利文的『起士』的意思？」

「對，他是德國—義大利—瑞士人。除了糟糕的旅行之外，你經歷過類似扣扣的事嗎？」

布萊恩瓊斯瞇起眼睛。「我的訊息有時候很棘手，但你的扣扣聽起來——」

「那是一場惡夢，德魯特！」一個熟悉的聲音透過空曠的空間傳來，「你在做惡夢，德魯特！醒來。」

雅思培將身體坐得筆直，盯著一個他認識的臉看，但他還不確定那是現在、過去還是未來。那是弗瑪吉歐。令人困惑的是他們是在宿舍裡，雅思培原以為他是在女舍監室。敲門聲已經停了。

「你剛剛在用一種外國語言說話，」弗瑪吉歐說，「不是荷蘭語。真正的外國語言，中文或類似的語言。」

鬧鐘上顯示一點十五分。

「發生了什麼事？」弗瑪吉歐問。

門上有扣—扣的聲音。

雅思培看著弗瑪吉歐，希望他也聽見那聲音。

門上有扣—扣的聲音。

「你聽見那個聲音嗎？」雅思培在顫抖。

「聽見什麼？你讓我很擔心。」

弗瑪吉歐臉色陰沉。「所以現在的情況比以前更嚴重了？」

「就好像我的頭殼是牆，而這是一根槌子。」

「你記下資料了嗎？」

「弗瑪吉歐，讓自己保持神智正常就已經花掉我所有的精神了。」

「所以沒有任何對話？」

「沒有。他只是敲，不停地敲。」

「現在還在敲嗎？」

「對。」

「那一定很嚇人。」

「現在我知道那個詞的意思了。」

「你可以做一件事嗎？」

「任何事。」

弗瑪吉歐注視著雅思培的眼睛，就好像要窺進一個洞穴。「扣扣，我們想要問一個問題。扣一次代表『不是』，扣兩次代表『是』。麻煩你。了解嗎？」

敲門聲停下。斯瓦夫翰宿舍的沉默充滿喜悅。「他不再出聲了，」雅思培說，「我想他——」

扣—扣，回應來了，大聲而且清楚。

雅思培感到驚訝。「他敲了兩次。你聽到了嗎？」

「沒有，不過……」弗瑪吉歐心想，「如果他聽得見我，他就是連接到你的聽覺神經系統。喂，你是扣扣嗎？我們可以這樣稱呼你嗎？」

扣—扣，回應來了。「可以，」雅思培說，「敲了兩次。這會變得更瘋狂還是較不瘋狂？」

「扣扣，你知道摩斯密碼是什麼嗎？」

一段暫停，接下來是單一的扣聲。「不，」雅思培說。

「可惜。」弗瑪吉歐在他的床上傾身向前，「扣扣，你是獨立於德魯特存在嗎？」

扣—扣。「是的。」雅思培確認。

「扣扣，你認為你是個惡魔嗎？」

一段暫停。扣。「不。」雅思培說。

「你曾經擁有一個身體，像我和德魯特一樣嗎？」

扣—扣。「很強的『是的』。」雅思培說。

「扣扣，你知道我們所在國家的名字嗎？」

扣—扣。「是的。」雅思培說。

「是法國嗎？」

扣。「不是。」雅思培說。

「是英格蘭嗎？」

扣—扣。「是的。」雅思培回報。

「所以你知道今年是一九六二年，扣扣？」

扣—扣。「又一個『是』。」

「扣扣，你在德魯特身體裡住多久了？你可以每一年敲一下嗎？」

緩慢的，就好像要確保雅思培不會數錯，扣扣敲了十六次。「十六。」

「十六年？那不就是德魯特的一生了？」

扣—扣。「是的。」

「你比德魯特還老？」

堅定的扣—扣。「是的。」

「你多老了？」弗瑪吉歐問。

扣了十下之後有一段暫停。雅思培說：「十。」然後扣扣聲繼續到二十。「二十。」扣扣聲繼續到三十。「三十。」雅思培繼續用這種方式算到了一百。然後，兩百。幾分鐘過去之後，扣扣聲才終於停了下來，然雅思培回報，「六百九十三歲。」

斯瓦夫翰宿舍沒有半點聲音。

「讓我們試試這個。」弗瑪吉歐走到他的書桌，在一張寫字紙上畫出填了英文字母的方陣圖。他拿著它來到雅思培的床，然後將它放在毛毯上。

	1	2	3	4	5
1 -	a	b	c	d	e
2 -	f	g	h	i	j
3 -	k	l	m	n	o
4 -	p	q	r	s	t
5 -	u	v	w	x	y
6 -	z				

「這些數字是x y座標，」弗瑪吉歐出聲跟扣扣解釋，「你一個一個字母地把字拼出來。先敲欄號，再敲列號。所以，假設你想要拼sun這個字，你就先敲四下，」弗瑪吉歐將手往右橫移到第四欄，「暫停一下，接著再敲四下——」他往下數了四列，「來到*s*；然後敲一下選第一欄，再敲五下來到*u*；再來，敲四下與三下來選*n*，了解嗎？」

輕脆的扣—扣。「他了解。」雅思培說。

「很好。那麼，扣扣，你想要幹什麼？」

扣扣敲了兩下，然後等雅思培說「二」；接著三下。L。弗瑪吉歐把那個字母寫在小記事本上。接著是四次與二次的敲門聲，對應到I；然後，在兩分鐘之後，

l–i–f–e –a –n–d–l –i –b–e–r–t–y（生命與自由）

出現了。雅思培從沒有想過他頭殼裡的那個偷住客可能也是個囚犯。弗瑪吉歐問：「我們要怎麼給你生命與自由？」

扣扣再次工作了。

d–e–z–o–e–t–m–u–s–t（德魯特必須）

扣扣停在那裡，或者，看起來像是。

牆上的老舊熱水管震動而呻吟。

「德魯特必須怎樣？」弗瑪吉歐問。

扣扣聲再次響起，並且拼出

d–i–e（死）

弗瑪吉歐和雅思培看著彼此。

雅思培手上的每根汗毛都豎立了起來。

「為什麼？」弗瑪吉歐問，「德魯特對你做了什麼？」

扣扣的回答來得快而且尖銳：

t–r–e–s–p–a–s–s（擅闖）

「但是，你是那個跑到他的頭裡的人。」

回應的敲門聲一五一十地拼出詳情：

i–n–t–h–e–b–l–o–o–d（在血液裡）

雅思培盯著那些字母看。

「就像是神祕的填字遊戲。」弗瑪吉歐說。

對你來說是填字遊戲，雅思培心想，但是對我來說卻是死刑執行令。「弗瑪吉歐，我沒辦法再繼續了。」

「但這是我經歷過最令人不可思議的——」

「停下來。拜託。一切停下來。現在。」

生命的要素
SIDE A
1. 鉤（莫斯）
2. 最後的晚餐（葛瑞芬—哈洛威）
3. 建造者
（作曲：烏托邦大道／作詞：法朗克蘭）
4. 證明它（哈洛威）

鉤

「挑隻好樣的肥仔。」迪恩的爹從罐子裡取出一隻蛆，然後將它拿近魚鉤。「非常輕柔地擠壓他。在頭的下方。恁可不想把他捏死，恁只是要他把嘴巴張開……張得大開，就像這樣……看到了嗎？把魚鉤餵進他的嘴裡……就像線穿進針孔一樣。」迪恩仔細觀看，感覺十分有趣但也十分噁心。「扭轉魚鉤讓它從他屁股穿出來，直到你看到鉤尖。看到了嗎？這樣他就不會滑掉，但是他還能夠稍微扭動，讓魚不會發覺他是一隻魚鉤上的蛆。他只會想，哦，美味的晚餐，大口一咬然後吞下……接著魚鉤就會牢牢靠靠地卡在他身上。接著，猜猜看，到頭來誰才是晚餐呀？」他爹微笑。那是少見的景象。迪恩也微笑。「最後再檢查一次，看恁的鉛錘跟浮標有沒有綁好——它們要花好幾先令——接著恁就可以抛竿了。」他爹站起來，手舉在空中。「退後一點，我們可不希望你被鉤子鉤到，然後飛進河裡。這樣恁媽會唸我唸個沒完沒了。」迪恩快速在碼頭上退了幾步，幾乎退到岸上。他爹拿著釣竿伸到肩膀後方，然後甩竿。鉛錘、浮標以及魚鉤上的蛆一起飛過光滑的泰晤士河，在許多碼外的河面上落水，撲通一聲噴濺起不少水花。

迪恩快步走回來。「它抛了好幾英哩遠。」

他的父親坐下來，兩腳懸垂在碼頭邊緣。「握住它，牢牢抓好。兩手一起。」迪恩照著指示做，而他爹就拿起裝在牛皮紙袋裡的酒瓶暢飲。河水順流而下。河水順流而下。河水順流而下。迪恩希望這樣的情形能一直持續下去。父子倆有一陣子沒有說話。

「釣魚的奧祕就是，」迪恩的爹說，「什麼是鉤，誰拿釣竿，什麼是釣餌，什麼是魚？」

「這為什麼是奧祕，爹？」

「等恁老一點就會知道。」

「但是，什麼是什麼，不是很明顯嗎？」

「它會變的，兒子。很快。」

艾咪巴克瑟爾的牙尖在她嘴唇上留下凹痕。「當我跟約翰或保羅或赫里斯樂團的小伙子們聊天時，我就像在跟一些學生時代就認識的傢伙說話。他們就和兄弟一樣親近。賣力地去參加各種才能秀，通過各式巡迴演出的考驗。他們像奴隸一樣，在洞穴俱樂部之類的地下場所表演。跟他們比起來，你們不覺得你們……有點像是——」這位《旋律創造者》記者必須提高她的音量，以壓過周遭嗡嗡響的噪音，「被製造出來的？」

里馮在月鯨的辦公室今天並不是一片寧靜的綠洲。樓下的杜克—史托克爾辦公室有個廁所水箱破了，一群工人正嘈雜地在維修。

「我們的音樂聽起來像是製造出來的嗎？」雅思培問。

「妳是說，我們是托媽的猴子樂團？」葛夫問。

「你們不是猴子樂團最忠實的粉絲嗎？」艾咪巴克瑟爾問。

里馮插嘴：「我們希望戴維（Davy Jones）、麥可（Michael Nesmith）、彼得（Peter Tork）以及，呃……」

「陰囊切片。」躺在沙發上、嘗試從宿醉中恢復的葛夫抱怨著，一頂黑色的牛仔帽蓋住他的臉。

「是米奇多倫茲（Micky Dolenz），」艾芙說，「別那麼刻薄。」

「我們祝福猴子樂團一切順利。」里馮說。

艾咪巴克瑟爾交叉雙腿時，她的性感網襪發出尼龍摩擦的聲音。迪恩試圖把注意力放在她的手上。紅寶石色的指甲，兩隻手各戴了三或四枚戒指。她的原子筆在紙上留下正常書寫而非速記的字跡，她的肌腱在前臂裡面收縮抽動。她說話帶著埃塞克斯的口音。「一切——順——利……記下來了。所以，艾芙，那天晚上在表兄弟俱樂部，當一個溫文儒雅的加拿大人、一個天殺的倫敦東區佬、一個快餓死的維京人以及一個野人鼓手邀請妳加入他們的快樂樂團時，妳心中想到什麼？」

「等等，」迪恩打斷他們，「一個『天殺的倫敦東區佬』？」

里馮的手勢說，別在這裡做文章，當作沒聽到就好。

「讀者喜歡吸引人的創團神話。『我們一起被關在一個穀倉，之後組成了一個樂團』，或『我們在一艘救生艇上隨波漂流，差點要靠吃掉對方來存活』，比起『我們的經理人把我們組合起來，像組合Airfix模型飛機那樣』要有血有肉得多。我們女性讀者也感到好奇，艾芙，她們想知道身為一個男孩樂團中唯一的女孩是什麼樣的感覺。」

在貝特妮的辦公室，三台打字機不斷發出「咔拉咔拉」與「乒」的聲音：辦公室已經騰出空間來容納兩位來自杜克—史托克爾的姊妹花祕書。

艾芙回擊這個問題。「妳在《旋律創造者》的感覺如何？流行音樂雜誌界向來就不以尊重女性聞名。」

「天哪，艾芙，說到這裡我的氣就上來了。滿口幹話、自鳴得意的好色男孩改寫規則手冊來符合自己的需求。聽起來是不是很熟悉啊？」

艾芙無力地點頭。「男人如果犯了錯，那就是一個錯。如果女人犯了錯，那就是『不是早跟妳說過了！』那聽起來是不是很熟悉啊？」

里馮看起來像事不干己。雅思培直視著前方發呆。葛夫的臉仍然蓋在帽子下。「這裡有哪個人這樣對待恁？」迪恩問。

「在錄音室裡，每個有睪丸的人都是這樣對待我。」

「我可他媽的沒這樣。」

「看。看看大家是怎麼回應我的想法的，和你們回應男生想法的方式做對照。仔細看，然後學起來。」

迪恩點了一根登喜路菸。要不是某人的大姨媽來了，就是布魯斯把想法放進她的腦袋裡。

「讓我們把焦點拉回樂團的組成上。」里馮建議。

「那麼為什麼妳要加入這幫兄弟？」艾咪巴克瑟爾的筆還是相當忙碌。看起來她對自己很滿意。

艾芙啜飲一口咖啡。「在表兄弟俱樂部見面後的隔天早上，我們到位在哈姆苑的茲德俱樂部去，只是隨興演奏一點音樂。對四個陌生人來說，那種音樂的化學反應相當不錯。」她指著豎立在玻璃桌上的一張《樂園是通往樂園的路》的唱片封套。「從那時開始情況一直在改善。」

「很好……」艾咪巴克瑟爾的筆不停地寫。鋸子的聲音從下面傳上來。「妳和妳的男友，布魯斯弗萊契，去年出了一張迷你專輯《牧羊人之杖》。順便一提，我很喜歡。我有點好奇，弗萊契會嫉妒妳在烏托邦大道的成就嗎？」

「妳可以說『無可奉告』。」里馮說。

「布魯斯為我和這個樂團感到高興……」艾芙回答。

只因為他有更多錢可以吸，迪恩心想。

「……而且他已經幫自己的幾首歌製作了一捲試聽帶。我們的成功讓他的創意又流動起來。」

布魯斯弗萊契不會流動，迪恩心想。他只會流口水。

艾咪巴克瑟爾看起來有點懷疑。「有什麼好消息嗎？」

「有些人表達了初步的興趣。杜克－史托克爾已經把它放進美國市場，迪恩馬丁（Dean Martin）的人跟他接觸過，還有葛蕾蒂絲奈特（Gladys Knight），珊迪馮泰尼。」

「珊迪馮泰尼？」這位記者望了裝作若無其事的里馮一眼。「等布魯斯拿到第一支金曲，或許我會訪問他。但是艾芙，妳不會懷念妳在藝術創作上的獨立性嗎，現在妳必須跟另外這三個人在音樂見解上討價還價？」

「恁這個他媽的挑撥離間者。」迪恩喃喃說道。

這記者有點得意。「只是做我該做的事。」

艾芙遲疑。「很顯然，樂團是個民主團體。」艾芙輕輕彈掉她駱駝牌香菸的煙灰。「你有時候可以照自己的意思做，但是如果每次都想照自己的意思做，那你就不能再待在樂團裡。」

艾咪巴克瑟爾把這句話抄錄下來。「你一直安靜地坐在後面，雅思培。首先，你的姓，德佐伊特。我的發音正確嗎？」

「不。魯特是押『魯特』的韻，不是『伊特』的韻。」

「了解。聽說你有貴族血統，這是真的嗎？」

「曾經有一度，我父親是荷蘭王位第十六順位繼承人，但是新出生的嬰孩們已經把他擠到一百名之外。」

這對樂團的其他成員也是新聞。「恁從來沒跟我說過。」迪恩說。

「從來沒有機會談到。」雅思培說。

「誰托媽的會去談它？」葛夫問。

雅思培聳肩。「這重要嗎？」

迪恩幾乎要告訴艾咪巴克瑟爾，「這個雅思培是個瘋子」，但是她已經發問：「你認為自己是英國人還是荷蘭人？」

「我完全不會去想到這個問題，除非有人問。」

「那麼當人家問你時，你會怎麼回答？」

「我會說『我覺得都是』，通常他們會回答『你不能兩者都是』，我說『我覺得兩者都是』，然後對話就嘎然而止。」

她用原子筆輕敲自己的牙齒。「主教之伊利寄宿學校如何看待有個校友登上《最佳流行音樂》這件事？」

「不知道，」雅思培說，「那裡不准看電視。」

「我上個月訪問的好幾位樂壇人士用『天才』來描述你的吉他功力。你要辯解嗎？」

「在對我說出那樣的稱讚之前，應該先去聽吉米罕醉克斯和艾瑞克克萊普頓的演奏。」

「當〈暗房〉進入排行榜前二十名時，你有多麼欣慰？」

它最高來到第十六名，迪恩心想，接著就像他媽的一顆石頭沉到水裡，就算我們上了《最佳流行音樂》。

「迪恩和艾芙也寫歌，」里馮提醒那位記者，「那就是為什麼《樂園》充滿變化而且沒有冗詞贅語。」

「我很好奇，」艾咪巴克瑟爾說，「你們第一次演奏唱片裡的歌曲給你們的唱片公司聽時，他們有什麼樣的反應？」

古恩特馬克斯坐在辦公室裡，沒說半個字，窗框內的倫敦塔橋景觀就像一幅裝在畫框裡的圖畫。狂風驟雨讓泰晤士河的河面不斷翻攪。維克特法蘭奇坐在一幅有紅色與黃色圓點的油畫下方，負責行銷的奈吉爾霍爾納坐在一台最新型的Grundig唱機旁邊。《樂園是通往樂園的路》正從四個Bose音箱發送出來。古恩特粗糙的食指在播放〈碎片〉的時候甚至還跟著打拍子。艾芙做〈蒙娜麗莎唱藍調〉中的鋼琴獨奏時，他歪著頭聆聽。A面結束時，他向奈吉爾霍爾納做了一個「翻面」的手勢。雅思培的〈婚禮出席〉以及艾芙的民謠〈不期然〉播放，然後結束，沒有引起任何騷動。〈紫色火焰〉播出時，迪恩發現自己在流汗。艾芙在其中做了一段普洛柯哈倫（Procol Harum）式的風琴獨奏，迪恩很喜歡，還請狄葛把它剪接到更早之前的一次錄音上。這讓這首曲子失去成為單曲的資格，迪恩可用來競爭榮耀與權利金的歌曲因此只剩下〈放棄希望〉與〈碎片〉。雅思培的歌〈獎〉播放到一半，古恩特的頭開始非常微幅地隨著音樂晃動。迪恩感覺想吐。〈獎〉播完了。唱針離開唱片。Grundig唱機自動關機。

在大老闆還沒說話之前，維克特法蘭奇和奈吉爾霍爾納都不想表達任何意見。但他卻遲遲不說話，直到迪恩已經失去耐性。「恁喜歡它，還是不喜歡，古恩特？還是，我們得自己猜？」

奈吉爾霍爾納和維克特法蘭奇都皺起眉頭。

古恩特用兩手的手指推出一個尖塔。「〈暗房〉表現得很不錯。大多數的樂團應該會跟著已經被驗證的公式來走，對吧？」

「通常是這樣，」維克特法蘭奇，「一般而言，是的。」

「然而在這張唱片裡，唯一一首聽起來像〈暗房〉的曲子——」古恩特身體往後仰，「就是〈暗房〉，這張專輯聽起來就好像是由三個不同的樂團錄製的，而不是一個。」

「那是好事還是壞事？」迪恩問。

古恩特從辦公桌裡拿出一個木盒來，打開它。迪恩注意到維克特法蘭奇與奈吉爾霍爾納交換了一下眼色。古恩特從盒子裡拿出一根雪茄煙，然後用一具小斷頭台削掉雪茄的一些外皮。迪恩蹺起二郎腿。古恩特宣布：「《樂園是通往樂園的路》在聖誕節前就會出現在唱片行，並且登上唱片排行榜的前四十名。做得好。」

一種完全釋放的感覺流經迪恩全身。

「我有十足的把握，它會表現得非常棒。」里馮說。

古恩特一面削雪茄一面說：「我們會把所有的一切都投注在《樂園》以及一支新單曲上。電台、演出、雜誌專訪，每樣事。讓我們現在來抽根雪茄吧。」他遞給每個人一根雪茄。「這是一個小小的傳統，可以追溯到我的潛水艇年代。」

「那個盒子有『古巴』的字樣嗎？」艾芙問。

「它們是從船上掉下來的。」古恩特說。

「艾列克斯唱片很喜歡這張專輯，」里馮告訴艾咪巴克瑟爾，「每一次，只要一首歌結束，古恩特，那位執行總監就說『那真是傑作』，等下一首歌開始播，他又做同樣的評論。在最後，他說：『這是一整張該死的傑作的合輯。』」里馮講得極具說服力，讓迪恩幾乎記得事情是這樣發生的。

「選擇艾列克斯不是很冒險嗎？他們有非常強的古典音樂目錄，但是你們應該是他們簽下的第一支流行音樂團體吧！」

「EMI和Decca先跟我們接觸，」里馮回答，「但是我們認為，不。未來是屬於更快、更飢渴的品牌。」

艾咪閉起來的嘴唇回答，隨你怎麼說。「現在讓我來問問你，葛夫。你有什麼樣的故事？」這位鼓手拿開他的牛仔帽，張開一隻眼睛。「在朗尼史葛俱樂部喝了五品脫的啤酒，一兩份烈酒，接下來記憶就模糊了。」

「我已經注意到你是樂團的丑角。但是，嚴肅一點來說呢？」

葛夫咆哮一聲，把身體旋正，然後咕嚕咕嚕喝了幾口咖啡。「鼓手的故事如下。我小時候是個多病男孩，花了很多時間待在赫爾皇家醫院。那裡有個兒童樂隊，我開始學打鼓。離開醫院後，我被說服加入一個銅管樂隊擔任打鼓男孩。後來，瓦歷惠特比把我收到他門下。」

「我爹很喜歡瓦歷惠特比。〈是的，先生，那是我寶貝〉。」

「瓦歷帶著我在英格蘭北部巡迴。紹斯波特的龐廷度假營、斯凱格內斯的巴特林度假營。我喜歡這樣的生活。女士們喜歡聽我打鼓。瓦歷是亞歷克西斯科爾納（Alexis Korner）的舊識，所以當我到倫敦發展時，亞歷克西斯就讓我在藍調與爵士俱樂部工作。不久之後我就進入阿契金諾克的藍調集團。幾次失敗之後，阿契為他的新樂團藍調凱迪拉克招募新血時，給了雅思培一次試奏機會。可惜那個樂團沒能撐太久……」

「2i酒吧事件已經成為傳說，」艾咪說，「女士們現在仍然喜歡聽你打鼓嗎？」

「關於女士們的事，妳應該要問迪恩，厚臉皮小姐，」葛夫再次躺下來，「『葛瑞夫森的山羊』，她們這樣稱呼他。真是托媽的無恥。」

「她們現在會叫他『葛瑞夫森的作曲家』，」里馮說，「這都要歸功於〈放棄希望〉。今天發行上市。迪恩寫的。」

「嗯……」艾咪巴克瑟爾先把葛夫的故事抄完才看向迪恩。她有一種裘得所欠缺的『去你的』的氣度。裘得善良、甜美而且忠實，如果迪恩從沒離開過葛瑞夫森，而想找個好女孩安定下來，裘得這樣的女孩就是完美的。但是名氣改變了規則，《旋律創造者》的記者知道這點，但是布萊頓的美髮師不知道。「所以，」這位記者說，「〈放棄希望〉，做為樂團的第二張單曲，是個很大膽的選擇。」

「為什麼這麼說，巴克瑟爾小姐？」

一個突然閃現的小微笑。「叫我艾咪就好。我不是我媽。它是一首單純的節奏藍調短曲，沒有任何迷幻欺矇的成分。」

「它的鉤（記憶點）一點也不單純。一旦㤈被它鉤住，就無法再游走了。它有一個鉤在主歌，一個鉤在副歌。」

「一首歌的好壞端賴於它的鉤，你是這樣想的嗎？」

做為回答，迪恩哼著奇想樂團的〈妳真的抓住我了〉（You Really Got Me）的鉤，直到葛夫說出歌名。接著葛夫哼出另一首歌，配合著打鼓的手勢。幾秒之後，雅思培說：「〈收稅員〉（Taxman），收錄在《左輪手槍》（*Revolver*）。」雅思培想了一下，接著唱出他所選的鉤的旋律，唱了三句之後艾芙才在第四句時配上〈獵狗〉（Hound Dog）的歌詞。「不過照你唱它的方式，」艾芙補充，「聽起來更像《獅子與我》（*Born Free*）的主題曲。」

「看起來你們常常玩這種遊戲。」艾咪下註解。

「這都要感謝〈暗房〉，」艾芙回應，「我們現在更常需要搭乘野獸，我們的廂型車，做更長途的旅行。這種猜鉤遊戲就變成固定的戲碼了。」

「迪恩鉤人的本事相當有名，」葛夫告訴艾咪，「尤其是在蘇荷廣場的男廁。」

「當然，葛夫只是在開玩笑。」里馮說。

艾咪草草記下一些東西。「我說〈放棄希望〉是個很大膽的選擇，意思是：你們不覺得〈暗房〉的粉絲聽到〈放棄希望〉之後會感到困惑嗎？」

「在《花椒軍曹》中，哈里森那首印度風的歌曲緊挨著〈當我六十四歲〉（When I'm Sixty Four）。

從西塔琴到雙簧單，就像這樣……」他彈了一下手指，「那會讓恁感到困惑嗎？還是恁心想，我的天啊，那還真聰明？」

艾咪巴克瑟爾看起來並不買單。「那兩首歌都不是單曲。〈放棄希望〉是艾列克斯的選擇，還是你們樂團自己的決定？」

「是我們自己的選擇。」迪恩看著其他人。雅思培已經到雅思培之境漫遊了，艾芙盯著自己的指甲看。葛夫在帽子底下。他媽的多謝囉，迪恩心想。

一把小小的銀製匕首掛在艾咪巴克瑟爾喉嚨的凹陷處。「艾列克斯欣然同意？還是你們脅迫他們就範？」

「關於下一張單曲，」古恩特馬克斯在艾列克斯總部宣布，「我有點拿不定主意。」他的辦公室瀰漫著雪茄的菸味。「是〈蒙娜麗莎唱藍調〉，還是〈獎〉。大家有何意見？」

「樂團本身，」里馮說，「提名〈放棄希望〉。」

「A面的第一首歌。」迪恩說。

古恩特皺起鼻子。「它過於虛無。」

迪恩不知道那個詞的意思。「它只是夠虛無。」

「它是專輯的強勢開頭曲，」維克特法蘭奇說，「但那不必然表示它是最佳的單曲。」

「問題是，迪恩，」奈吉爾霍爾納皺起他的惠比特犬臉，「這年頭的青少年怎麼可能為了一首關於被搶劫及被驅逐的歌而瘋狂？這些事根本無足輕重，因為俄國人到頭來還是會用核彈攻擊我們。」

「他們的確為它瘋狂，」迪恩說，「在我們的演唱會上。」

「〈蒙娜麗莎〉會讓艾芙成為聚光燈焦點，」維克特法蘭奇說，「我可以預見女孩子們大量購買。她們會認同一個女人挺身對抗一個有敵意的世界裡的各種變數。」

「我認同維克特關於〈放棄希望〉的看法，」奈吉爾霍爾納奉承地說，「而且我投〈獎〉一票做為下一張單曲。每個有明星夢的小孩都會愛上它——而且如果有哪一類的歌是ＤＪ們最喜歡播的，那就是那種讚揚ＤＪ的歌。」

迪恩看著里馮。里馮看起來像一個正要決定要不要吃屎的人。迪恩很想大喊，「我們說好的！我們他媽的丟過骰子了！」「不行。我們已經選擇〈放棄希望〉了。它堅韌不拔，可以立即帶出世界末日的元素與氛圍。如果再選一首雅思培的歌，人們會認為我們只是窮人版的平克佛洛伊德。」

「現實是這樣的，」古恩特把他的雪茄捻熄，「艾列克斯花了一萬三千鎊在《樂園是通往樂園的路》上。因此，單曲由艾列克斯來選。」

迪恩也把他的雪茄捻熄。「不成。」

古恩特、奈吉爾霍爾納及維克特法蘭奇都看著迪恩，一開始就像要確定自己有沒有聽錯，接著就像發現自己沒聽錯。古恩特低聲說：「你說『不成』，那是什麼意思？」

「單曲要由樂團來選。」

里馮採取行動。「月鯨和樂團很感激您們的投資，古恩特，這是當然的——」

「別說了。」古恩特做出一個停止的手勢。「艾芙，妳不是一直想證明這樂團並不是個安插了一位穿連身裙的鍵盤手來當花瓶的男子團體嗎？」

「分而治之，古恩特？」迪恩哼了一聲，「高招。」

艾芙望向窗外。「我同意等到輪到我的時候再說。」

「謝謝妳，」迪恩說，「你們看吧——」

古恩特並不打算讓迪恩把話題轉開。「這個『同意』是什麼意思？『輪到我』？我是不是發現了某種——」他在空中畫出一個橢圓形，「計謀？」

「樂團致力於……」里馮選擇他的用詞，「……平等地對待所有詞曲創作者，務使任何嫉妒之芽在萌發之際就被扼殺。」

古恩特思索這些話。「所以……你們同謀——你們自己協調——先發行一首雅思培的單曲，接著一首莫斯的單曲，接著一首哈洛威的單曲。這就是你們的……」他尋找恰當的用詞，「……要點？」

「這是紳士之間的約定。」迪恩說。

「而我的意見——」古恩特嘖了一聲，「就只是空氣？而且，艾芙，為什麼妳要排在那兩個男生後面？這是現代的女性主義嗎？」

「艾芙不是因為是女生而排在最後，」雅思培說，「她排在最後是因為她只擲出一點。」

迪恩詛咒這個受過教育的誠實白痴。

古恩特退縮了一下。奈吉爾霍爾納與維克特法蘭奇滿臉疑問。「你在說些什麼？」

「她擲骰子的時候，」雅思培解釋，「我得到三點，迪恩兩點，艾芙一點。那就是她的單曲排在第三的原因。」

古恩特發出「蛤？」的一聲。「如果你們相信我是擲骰子來做重大的商業決定，那麼你們就是住在虛幻的雲端布穀鳥國。不。是住在雲端布穀鳥國的一間裝了護墊的病房。聽著——」

「你才托媽的聽著！」葛夫傾身向前，「一個又一個托媽的凍得要死的夜晚，當你們窩在溫暖的床上時，拉起我們的屁股在M2公路上趕路的人是我們。我們。需要閃躲，或沒閃過，」他摸了摸他臉上的傷疤，「被跳腳的摩登派丟擲酒瓶的人也是，我們。所以，如果你想要拿回你的一萬三千鎊，那麼我們就可以選擇那支托媽的單曲。不是你們，是我們。而〈放棄希望〉就是下一支單曲。」

謝謝恁，迪恩心想。他媽的終於。

「所以你的威脅，」古恩特做了個總結，「是像這樣：『照著我們說的做，不然我們就自毀前途』？」

「沒有人在威脅任何人，」里馮說，「但是我會請求您在這件事上就同意我們的做法。這是這個樂團想要的方式。」

「支票是我簽的，而且單曲由——」他指著維克特和奈吉爾霍爾納，「我們來選擇。那就是我想要的方式。」

「去你的。」葛夫把他的雪茄在沙發扶手上捻熄，再將它丟在地毯上，然後站起來，離開辦公室。

「他在虛張聲勢，」奈吉爾霍爾納說，「他會再回來的。」

「別傻了，」艾芙說，「他來自約克郡。」

「鼓手多得是，」維克特法蘭奇說，「如果他退出，看起來他是這麼做了，我們再聘一個新的就好。」

「不，他媽的恁不會。」迪恩站起來，帶著挑釁的意味。艾芙站起來，意志堅決，雅思培站起來。里馮站起來，口裡喃喃自語：「哦，這下好了。」

「什麼！」古恩特馬克斯的聲音上揚，「離場？罷工？這不是很聰明。很簡單，我會把你們所有人都開除。」

「然後跟恁的一萬三千鎊說再見？」迪恩問，「如果你跟柏林總部的托托西弗爾說這件事，情況會如何？」

古恩特的臉色改變。「勒索我？」

★★★

「我從不知道有哪個唱片公司像艾列克斯那麼熱切地照顧它旗下的藝人，」里馮告訴艾咪巴克瑟爾，「古恩特馬克斯是有遠見的人，他是烏托邦大道家族的成員。妳可以引用我的說法。」

「我的天啊，」艾咪說，「那是個溫暖的評語。回到你，迪恩。你該不會也跟皇室有關係吧，有嗎？」

「我是愛丁堡公爵的私生子。噓。」

「樂團對皇室成員十分尊敬。」里馮說。

艾咪啜飲一口咖啡，然後用一種他是個杞人憂天的人，不是嗎？的表情看著迪恩。「你的歌名走虛無風。〈碎片〉、〈放棄希望〉、〈紫色火焰〉。你是流行音樂憤青的一員？」

那個詞又來了。「恁說的『虛無』是什麼意思？」

「荒涼，激烈，認為人生毫無意義的一種信念。」

「喔。沒錯。對，嗯，如果有什麼事讓我生氣，我可能會把它寫成一首歌。但那不表示我認為人生沒有意義。」

「什麼樣的事會讓你生氣？」

迪恩點燃一根登喜路香菸，然後吸了一口。樓下敲敲打打的聲音又響起。「什麼事讓我生氣？自以為是上帝的樂評。用炫酷言詞對恁發號施令的人。以為用『別忘了我為你們打過仗』就可以結束任何爭論的老人。關掉地下電台的上流人士。任何認為別人的夢是屎的人。裡面的空氣比餡料還多的派。把奶油從牛奶上刮走的企業或既得利益者。還有我們這些沒有任何作為、放任這些壞蛋幹壞事的其他人。」

「嗯，我剛剛問過，」艾咪說，「雅思培不也是『既得利益者』嗎？」

迪恩的室友望向他這邊。「不，雅思培很棒。」

「我就跟堆肥一樣平凡，」葛夫說，「所以當迪恩需要談論雪貂、戶外廁所或社會主義時，我就在這裡。」

艾咪巴克瑟爾的銀匕首閃爍著。「如果你們日後都大紅大紫，要在薩里購買豪宅來扣減稅額，你還會是『跟堆肥一樣平凡』嗎？你已經嚐到一點當明星的滋味了。情況還沒有開始改變嗎？」

「我——的——媽——呀，迪恩諾！」史都華基德站在走廊，目不轉睛地看著雅思培的公寓。「說說恁們是怎麼峰迴路轉的。」肯尼伊爾伍德說不出話來。羅德丹普西的眼睛東西一樣一樣、配件一個一個地打量。迪恩猜想他是在估計價值。「恁不會打算掃瞄這裡的每樣東西吧，羅德？」

羅德只是咯咯笑，眼神還是繼續掃瞄。」

「這真的是恁住的地方？」史都探問。

「這是我住的地方。」迪恩回答。

「就好像是《花花公子》裡的場景，」史都說，「恁有電視，有立體音響。屋頂上還有直升機停機坪，有嗎？」

「雅思培的爹買下這地方當作投資。雅思培是照顧房子的人，而我是照顧雅思培的人，我想。」

「那麼，雅思帕現在人在哪裡？」肯尼模仿上流人士的口音問。

「牛津，他明天回來。不過我要讓恁們知道，他絕對不會嘲笑你們的口音。」

「他敢嘲笑的話，我們絕對會把他打到他媽的天昏地暗。」肯尼說。

史都仍然盯著公寓看。「恁從一月開始就住在這裡，恁卻到現在才邀我們來參觀。」

「不能怪迪恩，」羅德丹普西說，「演藝圈是個殘酷的競技場。我敢打賭他連上大號的時間都沒有。」

「恁沒說錯，」迪恩說，「把鞋子脫掉，史都。這是屋子的規定。」

史都發出「蛤？」的一聲，但是羅德丹普西已經開始解開他騎士靴的鞋帶了。「這地板，比恁奈莉姨媽的房子加上裡面所有東西還要值更多錢。」

「包括恁的奈莉姨媽在內，」肯尼補上一句，「她年輕時懂得收取高額租金。提醒你，她絕對值每一分錢。就跟恁媽一樣。」

「太好笑了。」史都也解開他的鞋帶，「我可以去撒泡尿嗎？還是那會把黃金馬桶弄髒？」

「順著走道走，左邊第二間。」

史都華遵照指示走，肯尼則是去看那些唱片收藏。

「我很為恁高興，迪恩。」羅德丹普西在葛瑞夫森的名聲毀譽參半。十六歲時，他因為放火燒掉他逃學訓導員的車子，而被送到少年感化院；十八歲時，他加入一個騎士幫派；二十歲時，他闖空門而從天窗摔了下來，弄瞎一隻眼睛。他離開監獄時無家可歸、沒有工作、身無分文，但是比爾山克斯借他足夠的錢，讓他可以擺一個路邊攤專門販售騎士裝備。現在他已經在肯頓鎮擁有一間店。

「我也為恁高興。」迪恩告訴他。

「我們都善用了各自的天賦。說到這裡。」他從外套口袋拿出一個Nipits牌甘草糖的盒子，交給迪恩。

裡面是和他拇指一樣大的大麻塊。

迪恩把它舉起來。「準備好，要起飛了……」

〈見識過嗎？〉（Are You Experienced）從雅思培的喇叭隆隆傳出。迪恩在羊毛地氈上攤開四肢，隨著〈風呼喊瑪莉〉（The Wind Cries Mary）中諾埃爾瑞丁（Noel Redding）低沉的貝斯聲而下沉。一個在黑暗中發出輝光的荷蘭小妖精人偶為黑暗染上些許顏色，那隻小妖精的名字叫卡布勞特先生。肯尼把大麻捲菸遞給迪恩。「洩漏一些祕密吧，搖滾巨星。」

迪恩吸了一口，他漂浮起來又沉了下去。「什麼祕密？」

史都知道他的意思。「有多少位女孩曾經在恁的睡臥處，見識過迪恩莫斯？」

「我不會在床柱上留刻痕來記錄她們的數目。」

「恁到達二位數了嗎？」肯尼刺探性地問，「恁仍然跟那個來自布萊頓的美髮師在一起？」

迪恩把大麻捲菸傳給羅德。「這大麻是上帝等級。」

「這是黑爾門切斯那（Helmand Chestnut），放在一輛福斯廂型車的鑲板裡從阿富汗帶進來的。看在我們是舊識，可以用成本價幫你弄到貨。」

迪恩這時才發覺羅德丹普西並不只是賣騎士相關裝備。「我會記住這件事。」

「那個美髮師，」肯尼提醒他，「恁在拖延。」

迪恩的良心給他一巴掌。「我和裘得斷斷續續的。」

「恁這個壞蛋，」肯尼發出呻吟，「我為什麼要放棄音樂？我恨死我的工作。那領班是個皮條客，工會代表是個蠢蛋。」

「但是恁有一個女朋友。」史都指出。

「她只有嘮叨，沒有性交。」大麻讓肯尼轉成自白模式，「我告訴她『我們來做吧』，她就開始哭泣，然後全是『恁是把我當笨蛋耍嗎，肯尼？』之類的話。如果我是迪恩，如果我上過他媽的《最佳流行音樂》，我就會跟她一刀兩斷，然後悠閒地在蘇荷逛，然後吸食迷幻藥，然後跟模特兒跟嬉皮女孩睡覺，然後用我的人生做些事。我在葛瑞夫森快悶死了。」

「那就跟隨著迪恩的腳步啊，」羅德說，「就像他們談到足球投注時說的，『如果你沒加入，就沒有機會贏。』」

肯尼吸一口大麻。「我恨不得明天就可以這麼做。」

迪恩考慮誠實以告：從艾列克斯那裡拿到的微薄預付版稅還沒辦法付清他欠月鯨、塞爾瑪吉他店及他老哥的錢；他從〈暗房〉分到的那一份錢還比不上肯尼那種工會工作的三張薪水單……但是他們的羨慕嚐起來太棒了。「也不全然是吃喝玩樂。」

「這是在梅菲爾有間公寓的他說的……」輪到史都吸一口大麻，「他的馬克杯在電視機上，還有一隻他『斷斷續續』交往的小鳥。」

「全是性交，沒有嘮叨。」肯尼評論。

「結識任何有名的夥伴了嗎？」史都問。

有幾秒鐘的時間，迪恩考慮說沒有。〈從太陽數來第三顆石頭〉（3rd Stone form the Sun）裡的貝斯音效快馬加鞭地從音箱湧出。「布萊恩瓊斯算嗎？」

「**哪個**布萊恩瓊斯？」史都張大嘴巴，「滾石的布萊恩瓊斯？」

「當然，他該死的當然算囉，」肯尼說，「布萊恩瓊斯耶！」

迪恩的耳朵因為大麻而嗡嗡作響。「我們在演出場地碰到。我們談論吉他、場地、唱片公司。就我們兩個人而已，輪到他買酒時，他會慢那麼一點點。」迪恩的半個小謊長大成為一個謊言。「這和罕醉克斯很不一樣。吉米可以把身上的襯衫脫下來送你。」

「恁也認識罕醉克斯？」肯尼問，「我他媽的真不相信！」

但他們還是相信了他。自從逃離葛瑞夫森之後，迪恩從未曾感覺如此安穩與光榮。他把大麻捲菸傳給羅德，他的一隻眼睛裡住著一個非常微小、反射在瞳孔上、帶著笑容、在黑暗中發光、知道內情的卡布勞特先生。

那天晚上稍後，迪恩和肯尼在一袋鐵釘酒吧的吧台前等待。羅德和史都已經去找桌子。迪恩塞了五張一鎊的鈔票到他朋友的口袋裡。「這是恁去年借我的五鎊，在2i酒吧。恁沒拿它去歡場尋樂。」

「謝囉，迪恩。以為恁忘了。」

「絕不會忘記。恁救了我一命，謝謝。」

「從那時到現在，一段漫漫長路呢！」

「我想也是。」

「說真的，我想嚐嚐這種滋味，」肯尼說，「倫敦。我可以在恁的沙發上睡一陣子嗎？」

迪恩想像肯尼以迪恩莫斯死黨的身分現身演出場地的畫面，但不喜歡這想法。「恁在這裡要做什麼？」

「做恁做過的事。弄把吉他，寫幾首歌，組一個樂團。我可不是挖墓者最差勁的吉他手。我是嗎？」

「兄弟，這是割喉遊戲哪。」

「對你來講，結果算相當甜美。」

「對，但是我練吉他已經……好多年了。」

「或者，我可以撣掉我藝術學院文憑上的灰塵，到《奧茲》雜誌或地下報刊《國際時報》找份工作，或者到波多貝羅市集賣古董，或把自己裝備成一個攝影師。我唯一需要的就是一個基地。所以……恁的沙發？」

你真是一點概念也沒有，迪恩心想。「事情是，那不是我的沙發。那是雅思培他爹的沙發，而且他隨時都可能把我們趕出去。如果恁是認真的，恁就需要一個更穩定的地方。你該問的人是羅德。」

在肯尼發覺自己碰了軟釘子之前，迪恩就與酒保的眼神交會。「四杯史密斯威克！」

在一袋釘子酒吧演出的前一支樂團是來自伊普斯威奇的五人團，名叫安特洛尼克斯（Andronicus）。他們演奏得不怎麼樣，但是維持一種炒熱氣氛、適合跳舞的節奏，穿著從我曾是基奇納伯爵（I Was Lord Kitherner's Valet）服飾店買來的拿破崙式外套的迪恩，發明了一種名叫「紅鶴」的舞。他其實還買不起那件外套，但他認為他很快就買得起。迪恩感覺被愛淹沒，來自他在音樂上的兄弟與妹妹，雅思培、艾芙與葛夫。來自里馮的愛，里馮（Levon）名字裡就藏了愛（love）。他對媽的愛，她在美好、奇妙、優雅的〈田納西華爾茲〉琴聲中離世。迪恩擦了一下眼睛。對小理察的愛，因為他在福克斯通劇場解救了那個流鼻涕的泰山男孩。對莫斯外婆和比爾的愛。他發誓他會幫他們在布羅德斯泰爾買一棟小洋房，也許是用他從〈放棄希望〉拿到的第一張版稅支票，也許是第二張，也許是第三張。對瑞伊、他的外甥韋恩以及，好吧，他懷孕的嫂嫂的愛。哈利莫菲特可以在地獄等待他的救濟品——即使是羅德的快樂丸也有極限。但是迪恩可以感受到自己對這位獨眼羅德的愛，他以成本價提供這些神奇藥丸。對安特洛尼克斯以及其他平庸音樂團體的愛，因為他們的黝暗，烏托邦大道顯得更加耀眼。對裘得的愛，在布萊頓的她應該已經入睡了。迪恩也曾經是平凡人，不久之前。對史都和他老友肯尼的愛——就算他並不想當他的褓姆。愛就像磐石上的一座燈塔，讓它的光束旋轉照亮各處。當安特洛尼克斯的表演結束時，迪恩走到吧台告訴酒保：「幫我送一輪酒給我朋友！」

那酒保問：「誰是你的朋友？」

迪恩看著那些人臉。「他們全部！」

酒保看起來有點懷疑。「他們**全部**？」

「每一個！所有人！都算在我帳上。」

「再說一次，您是哪位？」酒保回答。

「迪恩莫斯。我的樂團是烏托邦大道，我們上個月上過《最佳流行音樂》。我希望我能記帳。」

酒保並沒有說：「抱歉，莫斯先生，我沒有認出你來。」他說：「不能記帳，除非老闆說可以。」

那顆神奇的藍色藥丸沒能解救他，在模模糊糊中迪恩發覺，接下來，二十個旁觀者告訴另外二十個人，而那二十個人又再告訴另外二十個人，說有個名叫迪恩莫斯的笨蛋在一袋釘子酒吧讓自己出盡糗事。

「沒關係，德莫特。」羅德丹普西出現在迪恩身邊，「我來擔保他的帳。標準的額度上限。」酒保的臉色馬上改變。「喔，好的，**這樣**的話……」他回頭看著迪恩，「……莫斯先生可以記帳。」

感激之情在迪恩胸中燃燒。「羅德，我……」

羅德做了一個這沒什麼的手勢。

迪恩跳到一張桌子上。「一袋釘子！不論恁喝什麼，到吧台請他把酒錢記在迪恩莫斯的帳上。**迪恩莫斯**。我的樂團是烏托邦大道，我們的專輯是樂園是通往——」湧向吧台的人群把迪恩從凳子上擠下來，他幾乎整個人跌倒在溼黏的地板上。幾個人把他扶起來，大笑著，一整列全新的一生摯友舉起他們的新加坡司令、曼哈頓、三倍分量蘇格蘭威士忌、杯杯香，以及無數品脫的司陶特啤酒向他敬酒，而這些都是迪恩、迪恩的才華以及迪恩的大方付錢買的。他的朋友們愛〈暗房〉，迪恩向他們保證〈放棄希望〉會撼動他們的心靈。

那天晚上變得酒水蕩漾。女孩們問：「所以，你們真的是流行歌手！」迪恩說，「這是一個骯髒的工作，但是總要有人做，」或是，「我現在是，但我剛開始只是一個有個瘋狂夢想的男孩。」女孩們問他認不認識滾石或披頭四的成員。女孩們張大眼睛聽他的真實謊言。女孩們像牧羊人一樣把迪恩引領到舞池。有個女孩把手繞在他的脖子上。他想必問過她的名字，因為她的嘴唇正靠在他耳朵上，像一條魚輕咬著魚鉤上的蛆。「伊茲潘海利根。」

★★★

「我還算是勞工階級嗎？」迪恩重複那個問題，「如果我在薩里有一棟豪宅，一輛凱旋噴火以及之類的東西？」

艾咪巴克瑟爾——艾咪——點頭，就好像她知道答案。

一隻獨腳鴿子停在里馮的窗台上。

誰在乎？「事情發生的時候再來問我吧。」

「是『事情發生的時候』？」艾咪問，「不需要加『如果』嗎？」

「對，『事情發生的時候』。」厚臉皮的牛。

沙、沙、沙，艾咪的筆寫著。

「恁打算把我寫成一個白痴？」

艾咪抬頭看他，沒有說「不是」也沒有說「是」。

「艾咪沒問題的，」里馮告訴迪恩，「我們認識很久了。」

迪恩搔了搔他尾椎的癢。「她那篇關於約翰的孩子們樂團（John's Children）的報導，讓他們看起來像傻瓜。」

「約翰的孩子們？」艾芙認識他們，「那幾個試圖藉由教唆聽眾破壞場地，來搶何許人樂團風頭的傢伙。」

「何許人樂團可以各拉一坨屎到水桶裡，」葛夫發牢騷，「而那個水桶仍然是一支比約翰的孩子們更棒的樂團。」

「喔，我可以引用你這個說法嗎？」艾咪說。

「烏托邦大道，」里馮說，「祝福約翰的孩子們——」

「對，妳可以寫是我說的。」葛夫說。

艾咪的原子筆繼續在筆記本上沙沙作響。「最後一個問題，問你們所有人，如果你們不介意。在聆聽《樂園是通往樂園的路》時，我一直忍不住想到政治。我們住在一個革命性的年代。冷戰，帝國的結束，威權的腐蝕，對性與毒品的態度。音樂應該像鏡子一樣反映出改變嗎？音樂應該觸發改變嗎？它能夠嗎？你們的音樂有這能耐嗎？」

「問寵物及喜歡的食物還比較好回答一點。」葛夫咕噥著，臉還是蓋在牛仔帽下。

「〈放棄希望〉是以原子彈來終結。」艾芙說。

「〈蒙娜麗莎〉的核心是女性主義，」雅思培加上註解，「它的『姊妹曲』是妮娜西蒙的〈四個女人〉（Four Women）。」

「連〈暗房〉都有一種免費附贈愛的歡樂氣氛，」迪恩提醒，「它並不全然是〈我想握住你的手〉（I Want To Hold Your Hand）。」

「你們各自提名其他人的歌。」艾咪說。

「那就是我們，」葛夫吼著，「一個快樂的大家庭。」

「但是，〈木筏與河〉是一首對音樂的頌歌，」艾咪繼續說，「〈獎〉所探討的是成功的擺盪與繞圈。〈紫色火焰〉，順便一提，是我的年度精選歌曲——」她看著迪恩。迪恩心中的喜悅悸動，然後才提醒自己別忘了樂評是音樂人的敵人，「而且它是純粹、毫無掩飾地屬於個人。這幾首歌都無關政治。」

「哪裡規定一個樂團不能兩者都是？」艾芙問。

「偶爾蛋會寫出一首既是偉大音樂，也陳述某種理念的作品，」迪恩說，「比方說，〈不論如何〉（For What It's Worth）。〈該死的密西西比〉（Mississippi Goddamn）。〈改變即將來到〉（A Change is Gonna Come）。但是，若一整張專輯的東西全都是為政治服務呢？那就不討好了！我應該要知道這點的，因為我曾經是波坦金戰艦樂團的一員。」

「披頭四、滾石、何許人、奇想，」葛夫說，「他們並不想改變世界。他們不是靠寫關於核裁軍運動（CND）的國歌或製造出社會主義者樂園來賺到豪宅。他們只是想製造出托媽的好音樂。」

「最棒的流行歌曲是藝術，」雅思培說，「製造藝術本身就是一種政治行動。藝術家拒絕接受主流的世界版本，藝術家提出一個新版本，一個顛覆的版本。獨裁者畏懼藝術是正確的。」

「而且音樂讓他們嚇到大不出便來，」迪恩說，「它就是那些鉤。一旦音樂進到恁身體裡，它就不會再離開了。最好的音樂是一種思考，或是一種再思考。它不奉命行事。」該死，迪恩想，我聽起來還真有見識。

一袋釘子之後的星期天一大早，迪恩站在伊茲潘海利根住處外，覺得自己很笨。倫敦的建築物輪廓與招牌都朦朧地躲在冷霧後面，迪恩的拿破崙外套也擋不住這霧氣。周遭無人。前一夜令他失望。伊茲潘海利根一直退縮，她臨別的話是，「我想你最好現在就離開。」他們沒有交換電話號碼。他起步順著高登街走下去，到了尤斯頓路時才發現自己是往北走而不是往南。他在公車站等十八路公車。他納悶昨晚肯尼和史都後來上哪兒去。他說過他的朋友可以暫時在切德溫馬房街睡沙發，但當伊茲潘海利根說「到我那邊去」時，他完全忘了這個承諾。他想到哈利莫菲特如何需要伏特加來讓自己感覺正常，懷疑他是不是同樣也需要靠性來讓自己感覺正常，或被愛，或成功，或真實。這想法令他感到不舒服，但它可能是真的。十八號公車一直不來，於是迪恩徒步沿著尤斯頓路走下去。三十秒鐘後，一輛十八路公車從他身旁駛過。車掌在車上看著迪恩揮手叫公車停下來，然後公車被濃霧吞噬。

迪恩轉進高爾街。當他腳步沉重地踩在街道上時，一段吉他旋律跟著他一起走。他調整它，扭曲、尖銳、帶金屬味，兩小節長。前半段問了個問題而後半段回答。一個完美的鉤。他繞過貝德福德廣場的邊緣。枯黃的葉子仍然黏在樹上。他以前住過的莫威爾街這時在左側張開。迪恩走進它狹窄的咽喉，能見度降到十步左右。他經過尼維特太太的房子，他想到她從他那裡偷走的五鎊。她的招牌「臥室／起居室出租——黑人與愛爾蘭人勿試——詳情內洽」放在窗沿。他注意到排水溝裡有一顆鵝卵石，他判斷它放在那裡是有原因的。左右張望一下，確定沒有人會從霧中冒出來，迪恩把那顆石頭丟向窗戶。它沒發出太大聲響就落入屋內，只有很短、像樂音般的玻璃破碎聲。他跑離現場，心中振奮。沒有人喊叫，沒有人看到——一個他可以帶進骨灰罈的祕密。

牛津街只看得到一些來自週六夜的難民。在蘇荷廣場，一隻瘦而結實的黑狗正跟在一隻胖乎乎的淡色母狗後面。性是操縱木偶的大師（master），他心想，然後用原子筆將這幾個字寫在一張舊公車票上。艾芙說：「如果你不把它寫下來，那想法就不曾出現過。」韻腳也突然冒出來：*disaster*（災難）、*sticking-plaster*（護創貼布）、*faster and faster*（愈來愈快）。他經過數個月前「霍金斯醫生」曾經派他跑來請求擔架支援的那間診所。倫敦是一場遊戲，它邊走邊訂定遊戲規則。奎克西先生的姪子之一正在拖艾特納咖啡店的的地板。迪恩原本想帶幾個法式烘焙坊的可頌，到艾芙在利沃尼亞街的公寓去拜訪她，但想到布魯斯會在那裡就作罷。如果迪恩可以彈一下手指就抹除布魯斯弗萊契的存在，而沒人會問半句話，也不會有命案調查，那他絕不會遲疑。事實上，他這時真的彈了一下手指，抓住任何一絲它可能奏效的機會。他會在帕維爾茲德的俱樂部和艾芙見面，進行排練。他們那天晚上要在布里克斯頓演出。開車過去不算遠。他從蘇荷區走上攝政街，一條彎曲的濃霧運河，然後跨越它，走進梅菲爾區。他決定泡過澡後打電話給裘得。他決定對她好一點。連葛夫都說他放蕩。迪恩應該送她一些花。女孩子喜歡花。他也許會把他的鉤寫成一首歌送她，他想，或許寫一首環繞著她的歌，就像〈暗房〉環繞著梅卡一樣。在布魯克街的波蘭雜貨店，迪恩買了一盒蛋、一條麵包、一份《每日鏡報》及一包登喜路。「濃霧日。」那個人說。

「濃霧日。」迪恩附和。他走進切德溫馬房街，爬了那五或六個台階來到他家前門。他已經安全回到家。運氣是在迪恩這邊。他掏出鑰匙……

門裡面，一雙女靴整齊地放在門廊。雅思培顯然提早從牛津回來，而且還帶著同伴。

「雅思培？」迪恩出聲。

沒有回應。或許他們在床上。空氣中一股大麻菸的泥炭味，小妖精卡布勞特先生還亮著。迪恩穿過客廳去開窗，想讓一些空氣及光線進來，卻看到裘得正坐在扶手椅上觀察他。他驚叫了一聲，整盒蛋掉到地上。「該死，裘得！恁讓我心臟病發作了！」

裘得沒說半句話。

門廊那雙鞋是她的。「我只是出去買點阿斯匹靈。不久之前。我找的每個地方都沒營業，我幾乎晃過半個倫敦。只為了阿斯匹靈！不可置信。妳要吃點蛋嗎？」他打開蛋盒，三顆蛋被摔破了。「來點炒蛋？還是恁想吃歐姆蛋？」

裘得盯著他看。

「那麼，呃……雅思培在家嗎？」

「他和我同時到。」她的音調和平常不同，「他讓我進來。他又出去了。我沒問他上哪去。」

「原來如此。好吧。很高興見到恁。」

「我昨晚打電話要問你的感冒有沒有好一點，但沒人接。所以我想我該過來照顧你。我搭早班火車到維多利亞站。這裡沒人應門。」

「恁想必剛好錯過我，」迪恩說，「我一出門妳就到了。」

「你是個臭騙子，迪恩。」

迪恩裝出困惑的表情。「我為什麼要騙恁？」

「別這樣，拜託。」

「別怎樣？」

「我很容易被騙，但別因此就盡情騙我。」

迪恩希望自己未來不要陷入這樣的困境，到那時候，眼前場景只是一個過去犯下的錯誤，而他也不再感覺自己是個自以為是的傢伙。

裘得擦拭眼睛。「每個人都說，你認為既有的規則對你不適用。我為你辯護，我說你現在已經腳踏實地了。」她站起來，走到門邊，穿上外套及靴子。「我想說，『我希望你是最棒的』，但我不希望我最後對你說的話是個謊言。所以……我希望你能找到一個比現在的你更好版本的你。為了你自己。」

迪恩感覺自己比池塘裡撈起來的一袋水草還令人作嘔。

裘得在身後把門關上。

「迪恩？」

艾咪正看著他，里馮辦公室裡的其他人也一樣。貝特妮的電話在隔壁響起：「午安，月鯨？」國際時鐘的鐘面呈現出不同的時間。「不好意思，可不可以再說一次？」

「我剛剛是說，」艾咪說，「如果最後你還有任何搖滾音樂界靡爛墮落的故事想要提供給我，我是不會推辭的。」

「喔，對，抱歉。不。每天十點之前帶著一杯熱可可及《高爾夫週刊》上床，那就是我的人生。」

「我可以想像。」艾咪收拾好她的手提包，站起身來。「好吧，我想我要的東西都拿到了，那麼……我就不打擾你們了。」

里馮站起來，把門拉開。「妳覺得，這篇報導大概什麼時候會刊出？」

「下禮拜那一期。」

「也為我們的專輯寫篇評論嗎？」里馮問。

「那我早已經寫好了。」

迪恩審視她的臉，想看出一些端倪。

艾咪的尖牙在她嘴唇上留下凹痕。「放輕鬆點，我為什麼要用八百字來報導一個樂團，如果我認為他們的專輯是垃圾？」

迪恩跟艾咪握手。她雙眼直視他的眼睛。

迪恩盯著裘得剛剛坐過的那張椅子看，它仍然保留著由她身體熱氣構成的模糊幻影。這一切的麻煩都是肉慾所造成。獵取女孩是一種癮，與這些陌生人做愛並沒帶給他任何歡愉。迪恩發誓他要開始像他對待艾芙那樣地對待女人——像人，基本上。迪恩聽到電話鈴聲。他將水關掉，去接電話，「喂？」

「早啊，恁這個整晚待在外面的風騷鬼。」

「羅德。真抱歉，昨天晚上我……放了恁們鴿子。」

「不需要解釋，羅密歐。跟那女孩一路到底了？」

「紳士是不會透露細節的。」

「你這個淘氣的搖滾之神。恁的一些魔法粉末落在肯尼身上了。」

「是嗎？」

「喔，是的。最後看到他時，他正和一個看起來像女巫的女士朝漢默史密斯站走去。這對那小子是好事，他的精液已堆積到他的鼻竇了。史都到肯頓睡我的沙發，他剛剛才離開。」

「結局好一切就都好了，我想。」

「沒錯。那麼，經過這麼美好的一夜，談錢就有點傷感情，但是，恁是打算用現金還是支票來付錢？」

時間像火車一樣，發出尖銳的剎車聲。「你是指那些藥丸？」

「不是，是恁在一袋釘子酒吧的記帳。」

迪恩記起來。「是的，當然。那總額加起來是……」

「九十六鎊加上一些零頭。」

時間脫離軌道，就像火車發生車禍那樣。

迪恩並沒有多出來的九十六鎊閒錢。

迪恩連一張五鎊鈔票都沒多出來。

「迪恩？」

「呃……怎麼了。」

「喔，很好。我還以為恁掛了。在恁走了之後，我就幫恁把帳結了。一袋釘子並不是倫敦最便宜的酒吧。恁的舉動非常慷慨，但是人們只會取笑恁。希望恁不介意我那麼做。」

「沒問題，謝謝！」

「這電話線路沒事嗎？恁聽起來時在、時不在的。」

就在迪恩還在研究要如何告訴朋友，他無法償還一大筆出乎意料的酒帳時，他的心思被一段記憶挾持：魚鉤滑進一隻蛆的嘴裡，扭轉魚鉤讓從它的屁股穿出來，哈利莫菲特說，直到你看見那個鉤尖。懂嗎？

專訪之後，艾芙和雅思培在清理桌上的咖啡杯，而貝特妮在檢查答錄機中里馮錯過的電話。葛夫在牛仔帽下一動也不動。迪恩看到沙發扶手上有一隻女用手套。「看，艾咪的一隻手套忘了帶走。」

「正合你意。」艾芙給迪恩使了個眼色。

「看看我可不可以追上她。」

「她已經離這裡好幾條街了。」雅思培說。

「或許，」艾芙一派輕鬆地說，「比你說的近得多。」

「什麼時候手套也變成捕龍蝦的籠子了？」

迪恩快步走出里馮的辦公室，穿過月鯨的門，下到杜克—史托克爾經紀公司所在的那層樓面的樓梯間平台，艾咪正在那裡抽菸。

迪恩讓那隻手套懸垂著。「失物招領：麂皮手套一隻。」

「正合你意。」她接過那隻手套。他把它捏得更緊。她的臉告訴他，你很可愛，但還沒到那麼可愛。他鬆開手指。

「我可以得到什麼獎賞？」他拿出他那包登喜路菸。

「你可以給我你的電話號碼。」

恁這個厚臉皮、美麗、柔媚、玲瓏有致的賤人。

「如果我把電話號碼給恁，我怎麼能知道恁會打電話給我？」

「你不能。」艾咪舉起打火機。

丹麥街隨著火光的搖曳，時而浮上樓梯，時而退下。

迪恩將他的菸伸入她的火焰中。

最後的晚餐

在阿蓋爾公爵酒吧樓上等待他的下一杯健力士啤酒出現時，葛夫開始數起人頭。在聖誕燈光的光暈下，貝特妮、她那位擔任戲院總監的男友，以及佩圖拉克拉克（Petula Clark）是數字一、二和三；衣冠楚楚四人組：里馮、一個名叫班傑明的生化學家、帕維爾和移動樂團的經理，他們是十七、十八、十九及二十；雅思培、漢茲弗瑪吉歐及來自肯亞的科學家是三十六、三十七及三十八；ＤＪ約翰皮爾及貝特塞貢多是四十四及四十五；在一個角落共享時光的艾芙和布魯斯是五十九與六十。與艾芙前額相抵的布魯斯正在說話，艾芙臉上露出情人才會有的那種笑容。葛夫為艾芙擔心。對撞即將來臨。他從外衣口袋的一個藥盒裡拿出一顆安非他命，面對窗戶，把那顆將平安與喜樂帶給所有人的藥丸吃下去。在樓下的布魯爾街，工人們拉高衣領、壓低帽子，趕著要回家。對街一家蔬菜水果店樓上，一個約莫十歲的男孩正透過窗戶看著葛夫。葛夫抬起一隻手跟他打招呼，那個男孩退縮到陰暗中。

「苦難，是人生絕對會信守的承諾。」

葛夫轉過身來，看到兩個嘴唇血紅、帽上插著看起來能致命的帽針、戴著網格手套、披著毛茸茸的披肩、刻意擠出乳溝的年輕女生。他不確定是兩個人當中的哪個人在出聲。「嗨。」

「我們還沒有正式見過面。」其中一個說。

「但是我們已經看過你演奏，」另一個說，「經常。」

「我們是你最忠實的粉絲。」她們兩個人一起說。

葛夫覺得既詭異又很想笑。

「我是維納斯，」一個說，「就如女神維納斯。」

「我是瑪利亞，」另一個說，「就如童貞女瑪利亞。」

「這是恁的健力士，搖滾野人。」迪恩拿了一品脫的啤酒給他，「吧台那邊正在進行滑鐵盧戰役。我們這裡有什麼人呢？」他給了葛夫一個「好啊，你在暗中偷歡」的眼神，葛夫回給他一個「從來沒見過她們」的眼神。「這是維納斯和瑪利亞，」他回答，「以人的形態出現。」

「哈囉，迪恩。」維納斯和瑪利亞以完美的立體聲音效回答。

迪恩的目光從一個身上移到另一個。「哇噢。」

「我們到現在已經看過你們十一次演出了。」瑪利亞說。

「我們已經播放《樂園是通往樂園的路》超過兩百次了，」維納斯說，「現在聽的是第三張唱片了。」

「我們已經把歌詞都背起來了。我們收集你們的媒體剪報，甚至追蹤到《赫爾報》（*Hull Gazette*）上的報導。我們知道你們每個人的生日。」

「還知道我們家前門的顏色，對嗎？」迪恩開玩笑。

「你跟雅思培的是鮮紅色，」維納斯說，「艾芙在利沃尼亞街那棟公寓的大門是金屬原色，但是她那一戶的門是黑色。你的門以前是塗了木焦油的木頭色，」維納斯看著葛夫。「但現在它是豌豆糊的綠色。」

在葛夫還搞沒清楚該如何因應這樣的狀況之前，艾咪拿著一大杯馬丁尼來到這裡。「下面喧鬧得像瘋人院一樣。」她看到那兩個追星女，知道眼前的情況。「我的天哪，我愛死了妳們的外型。那束腹上的蕾絲花邊實在……」

「我們搜刮了我們已過世祖母的衣櫃。」瑪利亞說。

「我們想，為什麼要把它留給蠹蟲吃？」維納斯說。

「的確，何必？」艾咪說，「妳們是姊妹嗎？」

「在烏托邦大道上的姊妹，」維納斯解釋，「我們很喜歡妳那篇專訪，艾咪。妳是《旋律創造者》

最棒的寫手。」

「贏其他人一大截，」瑪利亞說，「妳從來不拍樂團馬屁，但也不會糟蹋他們。我們認為妳配迪恩很合適。」

艾咪看了迪恩一眼，然後啜飲一口馬丁尼。「我很高興妳們認為我配得上他。」

「他現在容光煥發，」維納斯說，「比他跟那個美髮師交往時氣色更好。只是別傷了他的心。」

「不然，我們會挖出妳的內臟。」她們放慢速度同聲說。

艾咪只能苦笑。「我會牢記這個警告。」

瑪利亞伸手碰觸葛夫那杯啤酒。「我可以潤潤喉嗎，葛夫？」

葛夫發現自己把黑啤酒交給她。她喝掉四分之一杯，然後把它轉交給維納斯，她也喝了差不多的分量。

「健力士之於口渴的人……」瑪利亞說。

「……就像血之於吸血鬼，」維納斯說，「重點是裡面的鐵。」他把那個半空的杯子交還葛夫。

里馮，站在椅子上，透過手持麥克風對著房間呼喊。「好了，各位，好了，各位，聽我講幾句話，可以嗎……」喧嘩聲平息。「謝謝，每一位，謝謝你們來到這裡，在忙碌的一天、忙碌的一週、忙碌的一年之後。今天我們有許多事值得慶祝。不只是烏托邦大道全新的單曲，迪恩的〈放棄希望〉的發行……」

歡呼聲響起，迪恩舉起一隻手回應。

「……還有《樂園是通往樂園的路》的發行。」里馮拿起那張唱片，接受更熱烈的歡呼。「在十一個禮拜前，這還只是樂團尚未成行的想法。七個禮拜前，艾芙、雅思培、迪恩及葛夫才在菌傘完成最後一首歌的錄製。在我看來，結果已經有目共睹。」

表示贊同的喊叫聲此起彼落。許多的掌聲。

「不少樂評人不看好我們……」里馮把「去死吧，菲力克斯芬奇[37]！」及「閨房裡的太監！」之類的喊聲壓下去。「……但是，整體來說，這張專輯已經贏得我們期望得到的迴響。英國的音樂媒體中，沒有任何樂評人比《旋律創造者》的艾咪巴克瑟爾更有智慧——而她今晚就在現場。」

歡呼聲又響起。艾咪揮手。迪恩用力拍手。

「如果艾咪不反對，」里馮繼續說，「我就把她對《樂園》的評論讀給大家聽。」這位記者做了一個「請便」的手勢，里馮就打開一本《旋律創造者》，戴上眼鏡並且翻到正確的頁數：「找到了：問題：如果你讓一個忿怒的年輕貝斯手、一個民謠圈的女元老、一個Stratocaster吉他半神人和一個爵士鼓手交配，你會得到什麼？答案：烏托邦大道，一個與眾不同的樂團。他們的首張唱片《樂園是通往樂園的路》，是你一九六七年絕對要收藏的一張專輯。歌曲創作的範疇及品質都無與倫比。貝斯手迪恩莫斯獻上〈放棄希望〉，一小片殘酷大街的藍調節奏。〈碎片〉是對於破碎之夢的孤寂嗥呼。〈紫色火焰〉長達七分鐘，由重複樂段、權力、靈魂追尋及成熟共同舞出的詩篇。」

「附議，附議」及「說得好，艾咪」的喊聲四處響起。

里馮喝了一小口蘭姆酒。「艾芙哈洛威空靈、堅毅的聲音對她成群的粉絲而言一點也不陌生。然而，《樂園》揭露了她當鍵盤手的才能。且聽她在〈紫色火焰〉中熾熱的哈蒙德獨奏，或是她在〈暗房〉裡七彩絢爛的演奏。哈洛威的幾首新歌也是一流的水準。〈木筏與河〉是向音樂致敬的一首電子民謠頌歌，而〈不期然〉是一首感傷戀歌（torch song），這火炬（torch）的火焰現在正再次向上竄升。」

「熱情如火哪，貝比！」布魯斯像勝利者一樣高舉雙手，然後吻了艾芙。葛夫看著迪恩。兩人都翻了白眼。

「在三首歌中，〈蒙娜麗莎唱藍調〉的力道最為強大。關於女人在男人、男人、男人的世界中航行所需扮演的角色，從未曾有比這首歌更詼諧傳神的刻畫被蝕刻成唱片。未來它真的會成為一支單曲？」里馮從雜誌上抬起頭來。「我想我們全都會同意，對嗎？」

更多掌聲。葛夫注意到，維納斯和瑪利亞兩人以完全一致的節奏在鼓掌，就像只有一雙手。

「接著我們看到，」里馮繼續唸，「雅思培德魯特。終於，有人值得拿來與克萊普頓和罕醉克斯兩位先生比較。德魯特以驚人的敏捷性彈奏木吉他的樂段、音箱回授的嚎叫，以及太空藍調。他寫了烏托邦大道大爆發的暢銷曲〈暗房〉，它是曾經在《最佳流行音樂》上演唱過的情歌之中最奇特的一首。〈婚禮出席〉是一首適合在水晶吊燈下跳舞的夢幻華爾茲。德魯特貢獻的第三首歌是〈獎〉，談到從沒沒無聞到即將成為明星的一段旅程。它呼應狄倫的〈荒涼路〉（Desolation Row），但是就和以它為結尾曲的那張唱片一樣，它是自己的光榮見證。」掌聲響起。

葛夫掏出一支萬寶路菸放進嘴中，然後輕拍外套口袋想找打火機；瑪利亞已經掏出一根火柴。維納斯把它吹熄。他們圓睜的眼睛是四顆滿月。

「最後，」里馮說，「忽略葛夫葛瑞芬在烏托邦大道扮演的角色是個罪過。葛瑞芬像查理沃茨（Charlie Watts）一樣軋軋答答，像凱思穆恩一樣爆炸，像金傑貝克（Ginger Baker）一樣搖擺。」維納斯和瑪利亞輕輕地捏葛夫右手與左手的二頭肌，既詭異又有挑逗性。「莫斯與葛夫的節奏部分是將這張曲風迥異的專輯整合起來的無形力量。《樂園是通往樂園的路》……」里馮的目光掃過樓上房間，「……有成為經典的所有素質。艾咪，謝謝妳，我自己無法這麼有技巧地宣告我對烏托邦大道的愛。」

更多的掌聲。對葛夫而言，這一切變得太肉麻了。他把杯子放到壁爐台上。

「恁要去哪裡？」迪恩問。

「衝去廁所解放。」

★★★

在小便斗上方、與視線同高處的淡粉紅色牆上有一些塗鴉。也許是無腦的淫詞穢語，也許是機智的淫詞穢語，但葛夫不想花力氣把那些字母轉換成字，所以他就讓象形文字繼續當自己。排水孔發出

37 也出現在作者的小說《雲圖》（*Cloud Atlas*）中，身分為文學雜誌書評。

汩汩的水流聲。他吸光那根萬寶路菸僅剩的生命，把菸蒂丟進那一小灘黃色水池。它發出嘶聲。門被撞開，週五夜店的喧噪湧了進來。不一會兒，迪恩在隔壁的小便斗前解開褲襠的拉鍊，口中唱著《獅子與我》的主題曲。「那麼，」迪恩說，「維納斯跟瑪利亞。」

「她們怎麼了？」

「非——常明顯她們想要撫摸你的筒鼓。」

「追星族就是追星族。」

「恁的意思是？」

「她們要的是一個明星。她們不是要我。」

「那又怎樣？恁至少可以銷魂一次，或，銷魂兩次。」

葛夫想到艾芙和布魯斯。

「就放手去，」迪恩說，「恁怕什麼？」

「陰蝨以及五種不同的淋病，當開胃菜。」

「恁知道在葛瑞夫森，關於女性衛生我們是怎麼說的？」

「我怎麼覺得，」葛夫說，「接下來你嘴裡吐出來的話，會讓我在托媽的復活節之前都吃不下東西？」

迪恩表現出受傷的樣子。「我提供恁的，只不過是給好戰友的有益健康建議：『如果聞起來像雞肉，就繼續舔。如果聞起來像鱒魚，趕快滾開。』」

葛夫嘗試不露出笑容。「你這人很糟糕。」

「這是一種恩賜。」迪恩把拉鍊拉上，「認真來講，三人行並不是很常有的機會，而且恁的個人魅力有待鍛鍊。那就是恁為什麼總是臉色蒼白、無話可說……而且一副餓巴巴的樣子。」

兩個星期後，葛夫手裡端著一個盛了炸魚與薯條及一罐可樂的托盤站著，在藍野豬公路服務站餐館裡左右張望。在凌晨的時段，這地方被兩派人占據。卡車司機們留短髮，穿格紋襯衫，背部不好，而且鼓著大肚子。他們認真讀著《鏡報》、《賽馬報》或道路地圖，並且討論路線、每加侖的里程數、測速相機位置及危險的彎道。藝能界人士是樂手、表演者，加上經理人、場務及隨行人員，如果有的話。不少男人的頭髮及肩，今年流行的服飾特色是佩斯利圖案、棉質天鵝絨及皺褶飾邊。他們閒聊著唱片公司、簽約、演出場地、樂器，以及哪個演出承辦者在前次巡迴演出的收據還沒付清之前，就神祕地宣告破產。只不過，沒看到葛夫老哥史蒂夫的身影。葛夫並不擔心。這是個結冰的夜晚，車流比平常慢。披頭四的桌子空著，所以葛夫拿著托盤去占位。每位在英國巡迴演出的人都會在這間開二十四小時、位在沃特福德峽的藍野豬補充精力。雖然名字上有「沃特福德」，但沃特福德峽並不在沃特福德附近，它是北英格蘭與南英格蘭象徵性的邊界。吉米罕醉克斯第一次來倫敦時，聽到藍野豬經常被提起時，他還以為那是開在騎士橋或蘇荷的一家嬉皮俱樂部。

葛夫坐在林哥的座位，因為從那裡他的視線可以看到停在餐館附近的野獸。他不是假設表演同袍會砸破車窗或偷走車內的擴音器，但他也不能假設他們不會。他準備好大吃一頓。開車去伯明罕，在卡爾頓舞廳搭配移動樂團的演出，再開車回這裡，他已經餓壞了。照赫爾的標準，這魚不夠新鮮，但他已經餓到不在乎了。他從黏答答的瓶子裡灑出醋，牙齒咬進那一片鱈魚。雅思培拿了一盤蛋、焗豆、烤番茄及土司。「這裡舒適又溫暖。這張是披頭四的桌子？」

「對，你坐的是喬治的位子。」

雅思培切下一塊正方形的土司，在上面堆了一大坨焗豆。「你坐在林哥的位子上？」

「你能讀人心思，魯托。」

雅思培細嚼慢嚥。「〈鉤〉聽起來很不錯。」

「那是迪恩最棒的曲子。別跟他說是我說的。」

接著，迪恩走了過來，他帶著培根三明治和小山般的薯條，坐到麥卡尼的位子。「你們看到誰坐在那角落嗎？」

葛夫順著迪恩點頭的方向看過去。「托媽的赫爾曼的隱士們樂團（Herman's Hermits）。罌粟洗腦曲的供應商，那種曲子甜到讓你掉牙。」

「但那些罌粟洗腦曲讓他們到美國進行了共二十個演出日期的巡迴演出，」迪恩說，「我們去當他們的配搭樂團如何？」

艾芙坐了約翰藍儂的位子。她點了一塊派。「我的小眼睛偷偷瞄到某個以HH開頭的東西。」

「我只是說，」迪恩說，「如果我們去當他們在美國巡迴時的配搭樂團，那豈不是很棒？」

艾芙把紙巾的一端塞進她的寬鬆襯衫裡。「我寧願我們是憑自己的本事到那裡，不是靠攀附赫爾曼的名氣。」

「要橫越大西洋，那可是需要多到數不清的本事，」迪恩說。他悶悶不樂地叉起一根薯條。意思就是，葛夫在心中翻譯，要遠遠超過一支排名十六的暢銷單曲及一支最高來到七十五名的失敗單曲。里馮告訴他們，他們的第二支單曲在伯明罕的演出之後已經掉到百名之外了，而迪恩在這趟漫長的車程中異常安靜。

「我們還不夠乏味，沒有充當配搭樂團的條件，」雅思培說，「主打樂團希望你能讓他們看起來更棒。」

「今晚的情況就是這樣，」艾芙說，「當我們開始時，移動樂團的經理人盡說些『祝你們有絕佳的演出』的客套話，但是在〈獎〉之後，他就告訴里馮，『把他們弄下台，他們只負責該死的暖場演出。』」

「阿契金諾克有一次打算帶著雛鳥樂團（Yardbirds）在北英格蘭做十二晚的巡迴，」葛夫說，「你知道這合作關係維持多久嗎？三天。他們每天晚上都他媽的搶走整場演出的風采，阿契受不了這點。艾瑞克克萊普頓還為此寫了〈綠眼怪獸藍調〉（Green-Eyed Monster Blues）。」

「我還以為那是一首關於女人的歌。」雅思培說。

葛夫把豆糊壓在一根大薯條上。「現在你知道了。喂，這一幕是不是很經典：艾芙說，『如果你把票放在火焰上方，就會看到我們的唱片現正發行的字樣』，而那個笨蛋真的照做，那張托媽的票就被燒掉！」

「那點子我是從佩姬西格那裡偷來的。」艾芙把番茄醬噴到她的薯條上。「所以，〈鉤〉今天晚上再次大受歡迎，迪恩。」

迪恩怒視他的培根三明治。「不像〈放棄希望〉。〈放棄希望〉就像一顆裝了鉛的氣球往下掉。艾列克斯並沒有大力推，問題就在這裡。他們應該要在《新音樂快遞》及《旋律創造者》上登廣告的。」

葛夫看著艾芙，艾芙也回看他。「很多偉大的歌曲銷售量都奇差無比，擺臭臉先生。許多狗屎歌曲熱賣到呱呱叫，看看赫爾曼的白蟻們[38]。至少艾列克斯目前還沒把我們甩掉。」

「葛夫說得沒錯，迪恩，」艾芙說，「這不是世界末日……」

「這是場該死的災難。」迪恩把他的盤子推開。

「喔，拜託！」葛夫失去耐性，「中國的一場饑荒，菲律賓的一場地震，赫爾市輸給里茲：那才是托媽的災難。你托媽的去戰勝你的情緒，不然就離開，去咖啡店找份工作。」

迪恩怒氣沖沖。「下次我想推銷某首歌時，如果還有下次，艾列克斯只會說，『我們不贊同：還記得上次你以為〈放棄希望〉會擠進前十名的金榜，最後的結果如何？』」

藍野豬餐館播放令人生膩的罐頭音樂〈平安夜〉。

「如果我們當初發行的是〈蒙娜麗莎〉，」迪恩說，「我們在聖誕節時就會有一首歌在前十名的金榜上。」

「這種事沒有人會知道。」艾芙堅持。

「但那就是艾咪認為的，也是妳認為的。」

「自憐真的不適合你，迪恩。」

38 更動「隱士」的開頭字母變成「白蟻」，仍在講縮寫為HH的赫爾曼的隱士們樂團。

「嗨，」雅思培抓著錶鍊讓錶面左右搖晃，「現在已經正式算聖誕節前夕了。」

「親嘴和好，」葛夫說，「不然你會被列在淘氣小孩名單上。」

「我才不親**那傢伙**，」艾芙哼了一聲，「我寧願親……」

「彼得珀普？」迪恩提議。

艾芙的怒氣退了一點。「呃。」

「抱歉。」迪恩說。

「都要怪那顆骰子。」艾芙說。

「這杯敬永遠不放棄希望。」雅思培舉起他那杯蒂澤爾柑橘飲料（Tizer）。他背叛了偶爾喜歡說雙關語的習慣。

「這杯敬烏托邦大道，」迪恩說，「現在各大唱片都買得到，U擺放的位置就介於Shirley Temple（秀蘭鄧波爾）的T跟Gene Vincent（吉恩文森特）的V之間。」

葛夫點燃一根菸。「在兩個禮拜內我們錄了九首歌。大多數的唱片都會塞一些垃圾進去，讓三明治變厚。但我們的不會。」

「我們唯一需要的，」迪恩說，「是讓一百萬個人同意而且……」他被葛夫肩膀後面出現的一個人打斷。「**馬可斯？**」

葛夫轉身發現一個穿著粉紅色卡佛坦長袍的傢伙，他戴著土耳其藍眼鏡，披著黑色斗篷，還圍了一條上頭有盧恩符文的頭帶。

「迪恩！很開心在這裡碰到你。」

「在藍野豬這幾位是，艾芙、葛夫、雅思培。這位是馬可斯達利，波坦金戰艦的吉他手。」

「就是因為迪恩說那首毛主席之歌是聲音上的淋病，」雅思培天真的問，「而把他開除的那個馬可斯？」

馬可斯看起來不太老實。「過去的事再提有什麼用。照理來說，迪恩應該要感謝我。上《最佳流行音樂》？一張唱片？我的意思是……可惡。」

迪恩把一個嗝壓抑下去。「這個新的巫師造型是怎麼回事？無法想像它能適當地融入抗議隊伍。」

馬可斯搔了搔脖子。「克里斯現在是個會計師，保羅追一個女孩追到印度去了，所以我和湯姆組成了水瓶座戰艦樂團。」

迪恩瞪大眼睛。「利用資本主義的流行歌曲將無產階級轉成馬克思主義的事，後來怎麼樣了？」

「某天晚上我們在達特福德演出，演唱到〈工人們聯合起來〉時，有人打了起來。演變成一場大亂鬥，我們只好離開舞台。我的的意思是椅子在飛，牙齒在飛。有人報警。八個人被逮捕，另外十幾個人送醫。我們回來收裝備時，它們全被偷走了，什麼都不剩，我們只好開車回家。但是沒辦法，因為我們的廂型車也不見了。那時我才明白：人們所呼求的真實革命應該不是政治革命，而是精神革命。」

「所以你把迪恩踢出樂團，因為他不向你的紅旗磕頭，」葛夫說，「接著你卻又在同一面旗子上亂塗宇宙符文？」

「萬事皆有因，」馬可斯說，「在達特福德，宇宙對我說話。我就寫了好幾首跟神祕主題有關的歌，並且更新我們的形象——」他拉起他的披肩，「然後，請看，我們的演出費變成一次五十鎊。」

迪恩的眼睛張得大開。「五十還是十五？」

「五十。我們現在有經理人了，他在跟Decca唱片談。這全都跟能量流動有關。波坦金被擋住了，水瓶座在流動。在新的一年可以到中土來看我們。我們的音樂可以比我解釋得更清楚。得走了，但是聖誕快樂等諸如此類。很高興見到你們全部……答—答。」馬可斯達利走了。

「你看起來很吃驚。」葛夫跟迪恩說。

「他以前堅決要我們稱呼他『同志』。」

「這年代愈來愈瘋狂了。」艾芙說。

「那是好事還是壞事？」雅思培。

「晚安，各位。」史蒂夫不到一分鐘就到了。他穿了一件暗紅色皮夾克和厚毛衣，帶著愉快的笑容。「艾芙、雅思培、迪恩，很高興再看到你們，而且，呃……」他對著葛夫皺眉頭。「他叫什麼名字，這個打鼓的傢伙？我總是忘記這個人。」

「我的名字是『或許你的年紀比我大』，」葛夫回答，「我的姓是『但我還是會踢你的屁股，你這個厚臉皮蠢蛋』。」

史蒂夫微笑著坐下來。「不好意思我遲到了。盧頓那裡有場車禍。」他的笑容消失。「只剩一個線道可以通行。」

「從伯明罕過來時車速也很慢。」艾芙說。

「有些路段像溜冰場，」迪恩說，「還有凍人的霧氣。」

「我們剛吃完東西，」葛夫說，「你餓嗎？」

「我離開前吃過一塊餡餅。我們很快就必須出發了。抱歉，那茶壺裡還有茶嗎？我可以喝點茶。」

「我幫恁拿個杯子。」迪恩說。

「伯明罕的演出如何？」史蒂夫問。

「沒有太落漆。」葛夫看著雅思培和艾芙。

艾芙點頭。「你在德比看過我們演出之後，我們又有一些新曲子。葛夫演奏得像惡魔。一如既往。」

「你完全就像他。」雅思培的目光從史蒂夫移到葛夫，再移回史蒂夫。「而且完全不一樣。」

「我有長相跟頭腦，」史蒂夫說，「顯然。」

「而且裝滿大便，」葛夫說，「顯然。你取那輛車時沒有碰上麻煩吧？」

「對。菲爾叔叔的朋友住在溫布利那個方向，所以是在市區方便的一邊。那是一輛捷豹，車齡三年，哩程表上才兩萬英哩，懸吊系統好得像在空中駕駛。值得過去取車。」

「在聖誕節把你弄回家也順利達成，」艾芙說，「我覺得像個幫派份子，正在交付證人。」

「如果他不回赫爾過聖誕，」史蒂夫說，「媽就會派人去綁架他，把他放在後車廂載回來。現在這種方式，他可以自己開車。」

迪恩帶了一個杯子回來。「杯子來了，主人。」

「謝謝，朋友。我等不及了。」史蒂夫為自己倒一杯茶，咕嚕咕嚕飲下還把頭往後仰。「啊……好多了。在我忘記之前，有件重要的事要先說：我有個工作給你們所有人。」史蒂夫拿出三張《樂園是通往樂園的路》專輯以及一支黑色麥克筆。「可以請你們全部人都簽名嗎？」

「激動的心情還沒有消退，」迪恩拿起那支筆，「是要給誰的？」

「一張是給瓦歷惠特比，一張給我媽和我爸，一張是我自己的。等你們比披頭四還有名時，我就會把它賣掉，然後從汽車銷售員的生涯退休。」

「瓦歷**應該**知道這不是傳統爵士樂，對吧？」葛夫問。

「當然他知道。他看過你們在《最佳流行音樂》上演唱〈暗房〉。他隔天早上就到普萊斯唱片行去，告訴每個人他在你十二歲時就發現了你。他還不斷拿你們的媒體剪報給媽看。」

迪恩把那幾張唱片和麥克筆傳給葛夫。

「你們想必對那個封面很滿意。」史蒂夫說。

他們全都看著那張在蒙娜麗莎咖啡廳拍的照片，其中艾芙、雅思培、迪恩和葛夫都坐在窗邊的座位。運用長時間的曝光，那位攝影師加入路人、一隻狗及一個單車騎士經過的模糊鬼影。寫著「**烏托邦大道**」的一面招牌被固定在牆的左上角；在牆的右下角，一面報刊告示牌上寫著「樂園是通往樂園的路」。

「我超愛它的。」迪恩回答。

「我們花了好一陣子才拍好那一張照片。」雅思培回答。

「我們超過艾列克斯唱片公司美編製作預算的兩倍。」艾芙說。

葛夫把名字簽在封面的一片淡色的窗戶上。

「一張唱片就像一個嬰兒，」艾芙說，「我們四個人把它生出來……」

「……不確定妳要怎麼講下去。」迪恩說。

艾芙呃了一聲。「你知道我的意思。你會希望你生出來的小孩有好看的臉。封面設計就是它的臉。」

僵凍的空氣穿過葛夫的外套，把他的肉從骨頭上一片片削下來。「這裡根本是他媽的西伯利亞！」每個字都化成一陣白色的蒸氣。一群人來到野獸旁邊。「好吧，」葛夫告訴他的樂團團員，「那麼我們就三十號再見面。」

「我跟雅思培會在德魯特大樓煮點東西來吃，」迪恩告訴他。「我們一九六七年的最後晚餐不該在藍野豬吃。」

「說得沒錯，」葛夫說，「我會帶著洗胃器。」

「別在聖誕節之前打開你的禮物，」艾芙說，「不然它會化作一團懊悔的煙霧，然後消失。跟你的家人享受甜美的團聚吧。」

「對，你們也是。」

雅思培跟他握手，那握手既正式又有種奇特的親密感。

「聖誕快樂，恁這個北方蠢蛋。」迪恩對他說。

「世界和平，你這個偉大的南方皮條客。」葛夫回答。

少了葛夫的烏托邦大道樂團爬進野獸。艾芙坐在駕駛座，到第三次才靠節氣閥讓車子活過來。她擦掉擋風玻璃上結成冰的水氣，對著葛夫揮最後一次手，然後駛上滑溜的路面離開。

史蒂夫領著他走到一輛被月光照亮的S型捷豹。

「看——看——你。」葛夫輕輕撫摸引擎蓋。

「想開開看嗎？」

Ｍ1公路從北方的黑暗中衝出來，也把一面寫著「赫爾一〇二」的路標和一根根高大的路燈從黑暗中帶出來。一輛聯結車的車後燈維持在他們前方一百碼。捷豹比野獸更溫暖、更舒服而且更安靜，操縱起來像作夢。而且更安全，葛夫想。「如果專輯賣得不錯，你可以幫我們找一輛好一點的廂型車嗎？或許是一輛貝德福德？」

「當然，」史蒂夫說，「你們會需要一個巡演設備管理人。」

「再看看吧。為什麼這麼說？你自己想要這個工作嗎？」

「黛比可不會喜歡這點子，那些追星女會令她不放心。」

葛夫想到維納斯和瑪利亞，心中納悶。「音樂家的人生並不如外人想像的那麼美好。」

「當明星的壓力愈來愈大，是嗎？」史蒂夫問。

「一首歌進入前二十名算不上『明星』。」

「你是不是常被認出來？」

「不能說是，我們只上過電視一次。迪恩才是帥哥，雅思培是吉他之神，而艾芙是一幫小伙子當中的黃金少女。人們通常會忘記鼓手，這對我來說卻是剛剛好。」

一輛凱旋噴火跑車在快車道上超了他們的車。

「太快了，你這個蠢蛋。」史蒂夫對那個駕駛說。

「黛比近來如何？」葛夫問，「仍然在髮廊工作？」

「黛比。是的。她有點……這不容易，她的朋友都已經有孩子，或第二個，甚至第三個孩子了。當然，黛比很為他們高興，但是每一次，在嬰兒洗禮時，她就會問『什麼時候輪到我們？』，每個月，她會說『或許是這一次』，但是每次結果都是『不是』。這給黛比重大的打擊。」史蒂夫點了一根菸。他從來沒有這麼直接討論過這個主題。

葛夫看得出這不容易。「對啊，這肯定相當不容易。」

「有時候你甚至會想，或許我們真的不會有小孩。所以……這是我們的大新聞，真的，彼特。我們在新年會跟嬰孩領養的相關人士見面，多了解事情要怎麼進行，對啊。」

葛夫的眼睛瞥向身邊的他。「重大的一步，史蒂夫。」

「重大的一步。」史蒂夫從儀表板裡抽出一個花俏的菸灰缸，把菸灰輕輕彈在裡面。「感覺這是正確的。希望好事會發生，這種想法一點也沒錯，但是……經過五年後，你開始想，等等，我真是隻托媽的鴕鳥。現在是我們該面對現實並且嘗試別的做法的時候了。」

「媽知道嗎？」

「知道，是媽輕推黛比這一下的。我們已經考慮過這樣的事，但是要走出第一步真的很難，對啊。」

葛夫從一輛開得很慢的Morris Minor旁邊超車。「我可以想像。」

一座天橋從車子上方以時速五十英哩經過。

「我還想像你和黛比是非常棒的父母。」

「希望有好運，耶。」

「我會教你的小孩敲鼓。」

一個寫著「赫爾七十五」的路標發著光，變大，然後消失。

「我一直很慶幸赫爾（Hull）是個很短的字。」葛夫說。

「有道理。」

「它跟家（home）的字母數一樣多，也是以h開頭。」

「別忘了，地獄（hell）也一樣。」

「對。」

「在南方有很多B。*Brighton*（布萊頓）、*Bristol*（布里斯托）、*Bournemouth*（伯恩茅斯）、*Bedford*（貝德福德）。它們是雜種，可以匯集成一個長字*Birmstolmouthford*。」

「其他人知道嗎？」

「艾芙猜到了，但是她很優雅，沒有直接問。當我開車時，她會大聲唸出路標，就像在跟她自己講話。迪恩沒聽懂。我懷疑他根本沒聽過失讀症。雅思培呢……誰知道。」

「雅思培是不是有點……」史蒂夫尋找一個合適的詞，「怪怪的？」

「他是個奇怪的傢伙。當阿契金諾克把他找進藍調凱迪拉克樂團時，我想，他是個活在自己世界裡的人。等我更加認識他之後，我想，或許所有上流社會人士都這個樣子。但是，雅思培不是上流社會人士。他爹是百萬富翁，但是雅思培只能靠他祖父留給他的一點點錢儉約度日。他也需要烏托邦大道成功，不然他就慘兮兮了。這些日子以來我對雅思培的看法是，他只是有一點點心理狀況——但是誰沒有呢，或多或少，所以，互相寬容，對吧？最常惹火我的是迪恩。一個托媽的蠢蛋！有一半的時間他認為自己擁有上帝的恩賜；另一半的時間他神經質地認為自己沒有上帝的恩賜。沒錯，他母親在他還是男孩時就過世，而他爹常給他巴掌，但是去死吧。我們每個人都有悲慘的故事，可是我們並不會全表現得像個愛吵鬧的白目。」

「他跟阿契金諾克一樣爛嗎？」史蒂夫問。

「喔，跟金諾克比起來，迪恩就像在幼幼班。」

一顆輪廓清晰的月亮升到一座淺色山丘之上。

史蒂夫把暖氣溫度調高。「那麼艾芙呢？」

十一月，在《樂園》錄音排程的最後一個早晨，雅思培和迪恩遲到了二十分鐘。葛夫一直在聽戴夫布魯貝克（Dave Brubeck）的〈休息五分鐘〉（Take Five），所以他嘗試維持五四拍子記號的節奏，來為待會兒的錄音時段熱身。艾芙在戴夫布魯貝克的鋼琴部分加入彈奏。葛夫問自己，這世界上有多少個女人能做到這件事？艾芙停下即興的彈奏，請狄葛設好鼓組的麥克風，再請葛夫鋪出五四拍的擊鼓節奏。他維持著這個五步的節奏達五分鐘之久，直到艾芙——現在完全進入製作人模式——揮手叫他停下來。她叫狄葛在葛夫的耳機中重播那段鼓樂，請葛夫即興地再加上鈸、腳踏鈸、鑼及管鐘——隨他的意——在五四拍的框架內。艾芙扶著耳機讓它罩在一隻耳朵上，以便同時聽到鼓樂的音軌以及葛夫現場加上的聲音。「別想太多，葛夫。把你腦袋裡的東西敲奏出來就好。」

葛夫先從筒鼓開始，然後加入一分鐘舒適柯爾（Cozy Cole）風格的獨奏。接著他抓起鼓棒，敲出一段獨奏，帶著沉重的強拍與壓鼓框，配上一段小鼓插曲。艾芙看著他的手，臉上帶著出神的笑容。葛夫秀了一段亞特布雷基（Art Blakey）的輪鼓；一段蟄步跳躍的頑固音型；一段艾爾文瓊斯（Elvin Jones）的連續三連音脈衝；配上搖擺年代的敲鈸風格；最後是一段輝煌的自由型態漸強——當艾芙的手緩緩舉起……然後……放下。葛夫停下他外加的即興演奏。原先的鼓樂音軌繼續走五小節。

咚！二、三、四、**五**

咚！二、三、四、**五**

咚！二、三、四、**五**

咚！二、三、四、**五**

咚！二、三、四、**五**——接著……

停

艾芙只是搖著頭。「太棒了！」

狄葛的聲音從麥克風傳出來。「錄到了。」

葛夫取下他的耳機。「所以，這是要做什麼？是一首妳正在創作的曲子？還是……」

「我會說這是**我們**正在創作的曲子。如果我把它寫成一首曲子，你也會是作者之一。」

葛夫想像他們的名字出現在唱片封套上，框在括號內——（哈洛威與葛瑞芬）。錄音間的門突然打開，迪恩和雅思培衝了進來。「我們的火車在托登罕宮路附近的一個隧道內被困了十五分鐘，有個可憐的傢伙臥軌自殺。恁們怎麼了？閒得發慌？」

「他們讓艾芙加入樂團時，打破了常規，」葛夫說，「我剛開始不太確定她的能耐。我看不出她能熬過在俱樂部巡迴表演的艱苦，我認為迪恩、雅思培和我組成三人團體就可以了。但是里馮堅持邀她來試合，結果……對，他是對的。我錯了。她能驅動人心，她能帶動齒輪。對付那些起鬨者，她可是刀槍不入。在舞台上，她拿一份薪水做兩位樂手的工作：一個托媽的偉大鍵盤手——還有那歌聲。一聽就知道是她。」

「那首〈蒙娜麗莎〉可以滲入骨子裡，黛比甚至聽到哭了。」

「艾芙的問題是她對男人的品味，」葛夫說，「托媽的久病不癒。她又跟那個澳洲歌手復合了……」

「愛情是盲目的，」史蒂夫說，「而且絕不是眼科醫生的粉絲。所以……你把自己和她看成一對戀人嗎？」

「我和艾芙？」葛夫噴出一陣笑，「不。不不不。」

「有那麼好笑嗎？她有迷人的身體曲線和部位。」

他想像艾芙的反應。「或許吧，如果我們不是在同一個樂團裡……但是，性是沒辦法和音樂相提並論的。」

「既然你這麼說，那麼你有嗎？」史帝夫問。

「有什麼？」

「喔，別裝出一副無辜樣了。」

葛夫想到瑪利亞和維納斯。阿蓋爾公爵酒吧那場《樂園》派對的當天晚上，她們就搬進他的新公寓。她們有一副鑰匙可以自由進出，但大多數的夜晚他們三個人都睡同一張床。她們會作飯及打掃，她們一起抽大麻，她們幾乎不告訴他任何關於她們自己的事，葛夫也乾脆停止打探。如果我知道太多，葛夫有點怕，她們會化做一陣輕煙消失。她們並不要求一般人想要的那些東西。她們不要求禮物，她們不要求參加派對。她們擁有絕對的掌控權。葛夫也不在乎放棄自己的掌控權。他懷疑他們的關係——如果這個用詞正確——可以維持下去。或許那就是他還沒有告訴任何人關於她們的事的緣故，甚至連曾經短暫見過她們的迪恩也不知道。瑪利亞和維納斯是他這一生中最奇特的段落之一。

「沒有。」葛夫對他哥說謊，「我仍然在尋覓……」

「赫爾四十」，一個路標上寫著。那輛捷豹的指針來到時速四十英哩。連我也會算這道數學。現在是凌晨兩點十五分，所以，他們會在約莫四十分鐘內[39]到達亞爾伯特大道。

「你覺得，爸還沒上床睡覺嗎？」葛夫問。

「他會坐在沙發上，」史蒂夫預測，「他會說：『你看看，看看貓拖了什麼東西回來？』而且他會看著你的八字鬍，然後說：『有個東西卡在你的嘴唇上，兒子。那是一隻被壓扁的老鼠嗎？』」

「好老爸，隨時準備好一根閃亮的大針，以防我們過度自我膨脹。」

「別以為他不像潘趣[40]那麼自豪。這位可是曾經跟乘客們誇口說他兒子是約克郡有史以來最年輕的職業鼓手的人。現在你上過BBC，他更是停不下來了。他甚至把我跟他為你組裝的餅乾盒鼓組給找了出來。」

葛夫的目光望向身旁。「你在開玩笑吧。」

「他把它收在他的小屋裡。」路燈橘黃色的光束不斷在史蒂夫臉上閃現。葛夫的老哥大笑。「他甚至——」史蒂夫的臉轉變成雙眼圓睜的驚恐模樣。葛夫往前看，看到前方聯結車的車身彎折翻倒在路上，另一輛迎面而來的貨車衝破中央分隔護欄，它的底盤占滿了捷豹的擋風玻璃。葛夫像暴風雨中的水手猛轉方向盤。輪胎發出尖叫聲。方向盤鎖死了。我們需要奇蹟——

「我們沒事。」史蒂夫的聲音，來自數光年遠卻又像只在幾英吋外。沙啞。某樣東西壓在葛夫身上，他被壓扁了。那輛貨車撞上我們。情況很糟。我還活著。史蒂夫也是。只要人還活著……葛夫張開一隻眼睛。另一隻眼睛看不見了。我仍然可以用一隻眼睛打鼓。一隻腿、一隻手那就比較難了。一隻眼睛，我可以。橘光滲入被撞爛的車。史蒂夫的身體像玩具人偶一樣彎折，四肢以不正常的方式扭曲。地面成為天花板。我們翻車了。葛夫嘗試移動右手，沒有反應。托媽的不妙。葛夫嘗試移動兩隻腳，沒有反應。他沒感覺到疼痛。恩典，不吉利的恩典。如果你的脊椎斷了，你就不會感到疼痛。聲音從史蒂夫的嘴裡傳出來。不是話語，只是咯嚕咯嚕的聲音。葛夫說「沒事，我們會沒事的」，但是說出來的卻是：「麻西，麻味味麻西。」就像葛夫祖父中風之後那樣。或者，就像我喝醉了酒那樣？血從史蒂夫的嘴裡流出來，沿著他的臉往上流，方向和平常相反。在橘光照射下，血像機油一樣黑，在他的眼窩積成一灘血，再從眉毛那裡往外滴。他虛弱地咕噥著。葛夫說，「史蒂芬，別離開我們。」出來的聲音是，「史滴，貝里克瓦……」一陣潮水襲來。

砰—砰，砰—砰，砰—砰，砰—砰，砰—砰。一陣潮水褪去。葛夫重新進入他的身體。我的脈搏。斷斷續續的呻吟聲。他覺得冷。那是好事，凍死的人會覺得溫暖。史蒂夫在他旁邊。史蒂夫非常僵硬，或許他是在儲存體力。我希望有星星。那裡應該有星星。還有史蒂夫、車頂、一千塊玻璃碎片散在地板上，但那其實是車頂。還有踏板ABC：*acceleration*（油門）、*brake*（剎車）、*clutch*（離合器）。伸手可及。但願我的手還能正常運作。來自M1公路的琥珀色光閃爍著。聲音，距離很遙遠，不過也可能是非常、非常微弱，只是很接近。從麥克風發出，在深夜，在毯子底下，他和史蒂夫的舊房間裡，在亞爾伯特大道。〈溫柔地愛我〉（Love Me Tender）。迪恩模仿貓王的時候曾經彈奏

39 實際上的數學計算應該是四十／四十＝一小時。
40 英國木偶戲Punch and Judy中的滑稽角色。

過幾次。在藍野豬餐館裡，艾芙從披頭四桌子的對面看著他。雅思培在〈紫色火焰〉的結尾抬起頭來看他，準備在同一拍上將這首歌做個了結。「西里爾！這裡！把切割器帶過來！」為什麼？車禍。什麼車禍？這場車禍。葛夫想放聲大叫，告訴他們史蒂夫需要優先救援。他的聲音無法配合，聲音就是出不來。只要活著就還有希望。但那不必然如此。有一首歌，是關於聖經中你應該要去讀的一些事。葛夫的媽晾衣服時經常唱這首歌。星星。春天裡的一天。葛夫是一個靠在窗邊的男孩。星星。

等待他的人生開始。

建造者

雨滴在傘面及棺材蓋上敲著鼓，雨水灑在長方形坑洞裡的水面上。那個洞七呎長、三呎寬，而且足足有六呎深。里馮很同情那幾個挖墓人，他們把一百二十六立方呎、又冷又溼的土挖出來移走。有人在哭泣。當教堂的鐘靜下來時，得了重感冒的教區牧師開始說：「你必汗流滿面才得糊口，直到你歸了土，因為你是從土而出的。你本是塵土，仍要歸於塵土……」紫杉上粗嘎的烏鴉叫聲幾乎要蓋過創世紀的經文。牧師的聲音開始分裂而且變得微弱，像一台快掛掉的擴音器。「悲劇……只有全能上帝能理解……祂已經給了如此的多，但還有許多要再加給我們。」有節奏的隆、隆、隆，就和低音鼓一樣深沉，打在里馮聽力的外緣。聲音來自北海，或許。他的腳溼了。他的襪子從浸溼的草皮吸起水來。牧師結束他的簡短講道時，人們開始排成一列準備在慰問簿上簽名。里馮認為在教堂舉行追思禮拜時他們就該做這件事了，至少那裡沒雨。六七十個人魚貫經過葛瑞芬先生與太太和他們三十幾歲的長女與長子身邊。戴了雙層手套的里馮和他們逐一握手。這個家庭成員的相似度非常明顯。「我很遺憾。」他告訴葛夫的爹，那位公車司機。這實在是太薄弱的安慰話了，里馮心想，但是話說回來，還有什麼話能減輕他們的悲傷呢？葛瑞芬先生回頭看，就像一個無法理解這個日子為什麼會到來的人。「我很遺憾。」他告訴葛夫的媽，葛夫的下巴顯然遺傳自她。她的眼睛凹陷而且布滿血絲，她的嘴唇抽搐，就彷彿要說「謝謝」，但是並沒有聲音從口中逃出。里馮懷疑她知道他是誰嗎。在隊伍的最後，一位教堂司事提供一支小鏟子給任何想鏟一點土到墳內棺材上的人。大約有一半的人前去。排在里馮前面的艾芙搖搖頭，把哭泣往肚裡吞。迪恩的手臂環繞著她，護送她離開。雅思培接下那支小鏟子，留心觀察身旁的情況，就像一位在做田野調查的人類學家。潮溼的泥土落在木頭上的沉悶響聲，在里馮耳中聽來，是他聽過最悲哀的聲音。

在赫爾皇家醫院，裹著石膏、纏著繃帶、綁著固定板的葛夫正在聽里馮述說史蒂夫葬禮的經過。他避免眼神的接觸。里馮試著不去看葛夫那顆被剃成光頭的頭顱：他們剃掉他的頭髮以便裝上金屬板。里馮只講事實，事實很明顯具有說服力。走廊上一個人咳嗽得非常嚴重——那種停不下來、幾乎不像人類發出的聲音的老菸槍咳法。躺在床上的人是葛夫，但是葛夫已經不再是葛夫了。這個葛夫看起來好像這輩子從來沒有笑過，而且永遠不會再笑。法蘭克辛納屈正在醫院的收音機裡低聲吟唱〈給自己過個愉快的小聖誕節〉（Have Yourself A Merry Little Christmas），雖然聖誕節已經來過又走了。

「再來幾顆葡萄？」艾芙問。

「不用，謝謝。」

「菸？」

「我不介意來一支。」

「幫伭新買了一包登喜路。」迪恩放了一根菸到葛夫的嘴唇上並且點燃它。

葛夫讓煙在肺中停留了一段時間。「我不確定我還能回歸。」他的聲音是它舊我的影子。「我沒辦法去想打鼓，或是演出，或是排行榜名次之類的事。史蒂夫死了。」

「我們能理解。」里馮說。

「不，你們不能。」葛夫揉著他的紅眼睛，「你們認為我會這樣講只是因為史蒂夫死了，但是我不知道我還想不想要這些東西。這托媽的太辛苦了。一夜一夜又一夜又一夜。」

「這不像你，夥伴。」迪恩說。

「這就是問題所在。我不是從前的我了。我哥哥死了，而我是開車的人。」

「沒有人說是你的錯。」艾芙說。

「警察沒這麼認為，」迪恩也贊同，「史蒂夫的太太也沒這麼認為。沒人這麼認為。」

「過失，」葛夫嘆氣，「過失，過失，過失。我閉起眼睛，就會回到那個現場。在公路上。我知道將要發生的事，卻沒辦法改變結局。結局總是一樣。那輛貨車。我，史蒂夫，在那裡。上下倒吊著，像托媽的蝙蝠一樣。我無法托媽的睡著覺。」

「你有沒告訴過醫生？」艾芙問。

「還想要更多的藥丸？我是一個移動藥商。好吧。這托媽的還有待討論。我是一個平躺下來的藥商。」

「恁爹說醫生說——」

「那也有可能是我的葬禮。如果我沒繫上安全帶，如果那貨車是以不同的方式撞上來，如果我們的車是以另一種方式翻車。這整個托媽的宇宙，極大數量的小如果。如果，如果，如果。托媽的何其簡單，我就可能死在那個箱子裡……」

隔壁床上的男人在打呼。

這會是件有趣的事，如果情況不是目前這樣。

「但你並沒有死在那個箱子裡。」雅思培說。

「死的是史蒂夫，正是這點在折磨我，魯托。」

隔天一大早，當回程的火車離開赫爾時，天仍然下著雨。許多屋頂、一個河口、一批拖網漁船、一個堅毅的小城、一個足球場，以及陣陣的雨，都一起滾向過去。沒人有心情閒聊，而這時只有一個主題不算閒聊：烏托邦大道現在要怎麼辦？艾芙拿出希薇亞普拉斯（Sylvia Plath）的小說《鐘罩》（*Bell Jar*），雅思培手上有湯瑪斯曼（Thomas Mann）寫的《魔山》（*Magic Mountain*），迪恩在看《每日鏡報》。去想其他事情不是經理人可以有的奢侈選項。里馮已經把漢默史密斯戲院的新年演唱會，以及下個月的所有行程全都取消，加起來會有四百鎊的演出費不再進到月鯨的帳戶。帳單有到期日。月鯨的房東、國稅局以及電話公司不會在乎史蒂夫葛瑞芬的死亡悲劇。里馮還是必須付錢給貝特妮、菌傘、火險。《樂園是通往樂園的路》已經爬上唱片排行榜的第五十八名，〈放棄希望〉已經掉出榜外。艾列克斯很「失望」。維克特法蘭奇已經告訴里馮，第三支單曲必須表現得比〈暗房〉「好很多」。維克特不需要再補上一句：「不然我們就會丟下這支樂團。」里馮想到唐亞頓的格言，他談到你必須向唱片公司求愛的三個時機：首先，當他們簽下你的樂團時；其次，當你需要他們的錢來宣傳樂團時；第三，在一首歌失敗時，求他們仍然堅定支持你的樂團。里馮還想到墨索里尼女婿的格言：勝利有一千個父親，但失敗是一個孤兒。看著車窗外荒涼的風景，里馮感覺自己像個孤兒。許多人對於樂團經理人的印象，都是來自電影《一夜狂歡》（A Hard Day's Night）裡那位尖酸、愛剝削的霸凌者。但現實世界的情況艱難多了。依賴這個樂團而存在，里馮必須視情況的需要扮演勤勞探勘的地鼠、出借金錢者、藥物提供者、代罪羔羊、精神科醫師、皮條客、自我撫慰者、褓姆、拳擊沙包以及外交官的角色。如果你的樂團變得富有，你可能會賺到錢。如果你的樂團還是很窮，你會變得更窮。烏托邦大道是里馮最後而且是最棒的一次嘗試。里馮喜歡他們這幾個人，大部分的時間。他愛他們的音樂，但他已經精疲力盡了。倫敦幾乎要將他碾碎。天氣是灰濛的。同性戀活動場所總是會受到黑函、緝毒掃黃小組及投機份子侵擾。他懷念以前有可以去愛的人的時光。經理人過的是艱苦、無人感謝的人生。他們就不能說「謝謝你，里馮，你相信我們，而且早上、中午及晚上都為我們賣力工作」嗎？一次就好？樂團的事進行得順利，那要歸功於他們的天賦才華。事情出了狀況，那就怪經理人。

事實一：樂團需要在新年推出一支新單曲〈蒙娜麗莎唱藍調〉，而且需要狠狠地宣傳它，從蘭茲角到約翰奧格羅茨。還包括歐洲。

事實二：缺了鼓手，以上這件事就不會成真。

迪恩讀到《每日鏡報》的封底頁。里馮可以清楚看到頭版「我支持英國」的活動宣傳：工人們每天多貢獻半小時不支薪的工作來拯救英國工業。派伊唱片請電視主持人布魯斯佛西斯（Bruce Forsyth）幫忙推出了一支活動單曲，而DJ吉米薩維爾也一連工作九個整天，在里茲綜合醫院擔任志工門房。照片的圖說寫著：吉米正在做他分內的事——你呢？！對里馮來說，這整起活動是落在差勁、愚蠢及天真的腹地。火車的搖晃將迪恩、雅思培及艾芙送入夢鄉。陣陣的頭痛正在里馮的腦幹孵化，但是他必須思考。那是他的工作。葛夫說他不確定自己還會不會回來，這只是悲痛當中的說法？或者，那是他精神崩潰的第一步？或者，那是想離開艱苦音樂人生的真誠願望？萬一月鯨打算終止葛夫的合約，那該怎麼辦？未來的比例要怎麼分配？霍伊史托克爾和弗雷迪杜克希望拿到他們投資的回報。里馮唯一能給他們看的，是一支表現還算可以的暢銷曲和一張賣得很差的唱片。萬一〈暗房〉只是僥倖成功？萬一〈放棄希望〉才是真實的指標，反應出大不列顛對他親手打造的這支樂團並不青睞？萬一真正的戰場已經不再是倫敦了？萬一流行音樂的中心已經轉移到舊金山？

這樂團讓里馮快發瘋。迪恩對於他們尚未賺到的錢的需索，艾芙的不安全感，雅思培日復一日的失能。現在，再加上葛夫的搖擺不定。里馮點燃一根菸。他從車窗往外看。仍然在北方，仍然在下雨，仍然單調乏味。

他記得剛抵達紐約時，仍然被迷惑到相信自己在同一時間能成為流亡到格林威治村的波特萊爾、披頭族民謠歌手，以及一部偉大加拿大小說的作者。十年了，唯一有點接近真相的是「流亡」。受到一股已經多年沒感受到的衝動驅使，里馮翻到他會計帳簿的最後一頁。

里馮的錶顯示時間已經過了九十分鐘。從那五頁的潦草筆記及刪除線，四段簡單的詩句冒了出來。他在新頁面謄寫了一份簡潔的複本。

在我年輕時，愛找到了我。
一頂帳篷，一面湖，一顆流星。
我在頭腦裡建造烏托邦，在那裡
我們可以展現自己的真性情。

他們修理我，把我踢出去
他們將我餵給他們的聖焰。
「變態」、「怪獸」、「異常」
還算是比較文雅的語言。

合規，合規，不然就滾出去。
教條怎容任何例外。
建造你自己的烏托邦是
一種造孽的重罪。

你所籌謀的會被拆解。
你所建造的滑移鬆開。
好的意圖被人遺忘。
你不禁納悶，意義何在？

里馮知道這不是羅伯特洛厄爾（Robert Lowell）或華萊士史蒂文斯（Wallace Stevens）的詩，但這幫他打發了時間。自憐可以提升一個人的心情。車窗外的地景現在就和大草原一樣平坦，不過，因為上面羅布了許多縱橫交錯的寬闊水溝與引流渠道而顯得潮溼。一間大教堂飄進視線範圍內，里馮納悶它是哪間教堂。林肯？彼得堡？

「伊利大教堂。」雅思培打了呵欠，「就是我上學的地方。」

「那就是伊利。甜美的記憶？」

「記憶。」雅思培回答。

里馮闔起筆記本。

「你寫了一首詩。」

如果是艾芙或迪恩問，里馮可能會以謊話回應。「是的。」

「我可以讀嗎？」

里馮對於雅思培表現出的好奇感到好奇。他順從自己的直覺，說：「只是幾行詩句。」然後把筆記本交給他。

雅思培的視線順著詩句往下移，閃爍著。

接著他讀了第二次。

火車顛簸出自己的節奏。

雅思培把它交回里馮。「這行得通。」

火車停在一個鄉間車站，但是當它駛離車站時，突然發出尖銳的剎車聲停了下來。車廂裡的燈熄滅。駕駛告訴乘客出了一點「機械問題」。里馮在起霧的窗戶上擦拭出一小塊透明區域，看到那車站的站名：大切斯特福德。

「惡名昭彰的事故地點。」雅思培說。

半小時後，駕駛宣布：「一個機械技師已經被派去查看那個機械問題了。」

「愛上這種贅述。」艾芙說。

「該死的英國鐵路公司。」迪恩抱怨。

一陣冰雹打在沼澤地上，窒悶的車廂變得更窒悶了。三個嬰孩同時放聲大哭。打噴嚏的人把細菌像種子一樣放送到空氣中。里馮有幾顆阿斯匹靈，但是當他把茶倒進保溫瓶的杯蓋準備服藥時，他發現杯蓋上面沾了保溫瓶內部脫落的玻璃碎屑。里馮只好在他乾渴的嘴裡累積一些口水來吞下大顆的藥丸。它們卡在他的食道。他吸吮一顆Polo薄荷糖，才終於把藥丸吞下去。他脫口說出真相：「我們需要一支暢銷單曲，急切需要。」

「我們全都希望有支暢銷單曲。」迪恩說。

「不是的。我們需要一支暢銷單曲，不然就完了。」

「恁的『就完了』是什麼意思？」

「我們跟艾列克斯的合約就完了。」

艾芙看起來不自在。「他們要放棄我們？」

「是他媽的誰說的？」迪恩問。

「古恩特馬克斯，還有商業邏輯。」

「但是你看到葛夫了，」艾芙說，「心理上、生理上、精神層面上，他都還沒準備好回到樂團。」

「妳說得沒錯，艾芙。但是這個說法也沒錯：如果我們沒有推出一支暢銷單曲，並且拚死命把它炒熱，就沒有樂團可回去了。」

「葛夫很快就可以東山再起。」迪恩的語氣帶著指責，「而且如果艾列克斯不要我們，那就去他的！我們換一間要我們的唱片公司。」

「說一間來聽聽。」里馮的頭更痛了，「前一支單曲失敗了。《樂園》也賣得不好。」

「所以恁是說我們要找一個新鼓手？」迪恩問，「這想法也去死吧！如果林哥史達被一輛該死的大貨車——」

「披頭四銀行裡有數百萬鎊的錢，還有每小時都能生出錢來的舊作。但是烏托邦大道在銀行裡沒有半毛錢，迪恩，而且我們並沒有舊作。」

「等等，里馮？」艾芙說，「等等。你是說你想裁掉葛夫，因為他哥哥死於一場可怕的車禍，而且他過於悲傷以至於無法演奏？你是認真的嗎？」

「我只是把事實一個個列出來。因為總要有人做，不然我們的樂團就沒了。當然我們要給葛夫時間。這是當然，但是你們聽過葛夫說的話，也看過他。他很有可能不會再回來了。」

「像葛夫這樣的鼓手並不是長在樹上，伸手就拿得到。」艾芙說。

「你認為我不知道這點？」里馮問，「是我挑他的！但是一個不能打鼓的鼓手就不再是鼓手。雅思培，說些話。」

雅思培在蒸氣凝結的玻璃上畫了一個漩渦。「八天。」

「說英語，不要講費解的填字謎語。拜託，我的頭痛已經跟東盎格利亞一樣大了。」

「我的荷蘭祖父以前常說，『如果你不知道該怎麼做，就八天什麼事都不做。』」

迪恩問：「為什麼是八天？」

「少於八天是倉促，多於八天是拖延。八天足夠讓世界洗牌後發給你一手新牌。」

沒有警告，火車震了幾下，開始移動。

乘客們疲倦地發出一陣嘲諷的歡呼聲。

〈給黛比的華爾茲〉（Waltz For Debby）的掌聲漸歇。「謝謝。」比爾艾文斯（Bill Evans）說，「非常感謝。所以，呃，下面這首歌是我在我父親過世後寫的，歌名叫〈將星星熄掉〉（Turn Out The Stars）而……呃，是的……」這個沉默寡言的美國人把他的香菸擱在菸灰缸邊緣，俯身靠近鍵盤。他的眼睛半閉，由雙手接管接下來的演奏。

里馮回想起半年前，充足的陽光從天窗灑進屋內，艾芙就是在這架史坦威鋼琴上彈奏她剛創作完成的〈蒙娜麗莎唱藍調〉。他想到還在病床上的葛夫。所有的努力，那些會議、電話、信件、用掉的人情，還有我從霍伊史托克爾、維克特法蘭克及每個人那裡忍受的窩囊氣——只為了讓《樂園》得以錄製並且發行——但這一切現在全都變成了狗屎……

閉起嘴，仔細聽。世上最偉大的爵士鋼琴家就在十碼外的地方演奏。帕維爾出現，拿了一杯伏特加放在小桌子上。他輕拍里馮的膝蓋安慰他，那種動作只有同志做得出來。他隨後就把手收回來，讓里馮曝露在一位隔壁顧客的異樣眼光裡。那個男人看到了。那男人的同情表情及揚起的眉毛安撫了里馮的不自在及油然而生的罪惡感。里馮認識那張圓圓的、有名的臉。五十好幾，灰白的蓬鬆油頭，如天使般無邪，若事情的發展不是這樣……

法蘭西斯培根。狡猾地，那位畫家朝著他的方向點了個頭。里馮往左往右看——我嗎？法蘭西斯培根扭曲嘴唇，露出俏皮的笑容。

比爾艾文斯演繹的〈別讓我走〉（Never Let Me Go）讓里馮沉浸於回憶中——親密、痛苦、歷歷在目。曾經發生的、未曾發生的、早該發生的，以及正在發生的，在新年的第一個週末。法朗克蘭的延伸家族和他父親教會會眾中的核心成員，會齊聚他們位於多倫多市外圍的克蘭堡的家中，迎接一九六八年的到來。聖誕樹一定還立在那裡。十年來里馮都不是一個受歡迎的賓客，他沒有受邀參加他姊姊的婚禮。我已經習慣了……很久以前我就已經克服這感覺。不過，聖誕節和新年還是不好過。

「我是法蘭西斯。我可以打擾你一下嗎？」法蘭西斯培根靠了過來，「你看，我的朋友亨弗把我引誘過來，用狂喜的詞語描述艾文斯先生——但是，坦白說，我是所謂的『迷失於大海中』」。這位藝術家說著怪腔怪調的英語，底層卻是簡練的愛爾蘭語。「我看得出你見多識廣，所以我鼓起勇氣請你給我一兩個提點。」

法蘭西斯培根看上我了嗎？里馮納悶。「我根本稱不上是爵士樂迷，但是……好的，我會盡可能回答。」

「對我而言你已經夠懂了。那麼，『他為什麼不就照著那該死曲調來彈琴就好？』這算是個蠢問題嗎？」

「那要看你覺得，『梵谷為什麼不就照著向日葵原本的樣子來畫就好？』是不是個蠢問題。」

法蘭西斯培根放聲大笑，接著裝出靦腆的表情。「你想必認為我是個無可救藥的老蠢蛋。」

「不，不開口問的人才是蠢蛋。像比爾艾文斯這樣的鋼琴家，重要的事不是旋律本身，而是旋律能引發什麼。就像德布西。當德布西的前奏曲問世時，他把它們的曲名——*Des pas sur la neige*（雪上足跡），*La Cathédrale engloutie*（沉沒的教堂）等等——印在樂譜的最後，這樣音樂就可以自己說話，不受文字的干擾。對那邊那位艾文斯先生而言，可以跟著哼唱的曲調是一種干擾。曲調是交通工具而不是目的地。」一些人離開，讓他們的視線可以看到那個方下巴、因注射海洛因而憔悴的鋼琴家。「我不知道現在的你，是不是比我開始說話前更像迷失在海上。」

「你是說他是個印象派？」

我誤入一部法國小說，里馮心想，小說中的角色一頁接一頁地在談論藝術嗎？「正確。」

「是的，這很有幫助。」他的眼睛打量里馮，「你是蘇荷的常客？或者那只是我一廂情願的想像？」

「我們沒見過面。我的名字是里馮。」

「天哪，我從來沒有當面見過一個里馮。你的口音聽起來離家很遠。加拿大人？」

「您太厲害了，大多數人都猜美國人。」

「你有一種有文化及文明的氣質。」

「您真諂媚，培根先生。我有點像吉普賽人，我十九歲離開多倫多。由於種種原因，我沒有再回去過。」

「我來自最黑暗的威克洛，我一點也不想回那個地方。」法蘭西斯培根做出一個顫抖的表情。「你的杯子空了。」他像通俗劇裡的間諜那樣四下張望，然後才拿出一個隨身小酒壺。「想來點可以暖身的酒嗎？不用害怕，你不會在我的閣樓裡光溜溜地醒來，除非你絕對堅持。」

蘇荷才有這種事。「好吧！」里馮記得在2i的地下室，他曾經在迪恩的可樂裡加入威士忌。那也算是某種誘惑。「必須老實告訴你，我今天晚上不會是個好陪伴。」

法蘭西斯培根倒了酒。「這話怎麼說？」

「生意上的事，就不勞您費心了。我之所以在這裡，只是因為這間俱樂部的主人帕維爾脅迫我出櫃。」

「敬這些知道什麼時候該脅迫我們的朋友——」畫家拿起杯子碰撞里馮的杯子，「也但願事情能快速解決。」

「我也希望如此。」

「啊，亨弗。」畫家對一個四十幾歲、穿著針織毛衣的男人說，「就如俗語所說，拉把椅子過來，見見我最新結交的朋友，里馮。我們還沒有進展知道對方姓氏的地步。」

「里馮法朗克蘭。」里馮向那人伸出手。

亨弗有一張和善的臉，而且握手時握得很緊。「我是亨弗萊利托頓（Humphrey Lyttelton）。那麼，你是比爾的粉絲？」

「是的。今天晚上之後更是了。你該不會就是亨弗萊利托頓，那位爵士樂小喇叭手吧？」

「是的，我以擅長用那個樂器來折磨那些不幸的人而聞名。你該不會就是里馮法朗克蘭，那位樂團經理人吧？」

里馮很驚訝。「沒錯。」

「那麼我認識你們的鼓手。我是瓦歷惠特比的朋友，他是你這位男孩以前的精神導師。他現在表現還好吧？」

我該從哪裡說起？「他哥哥過世。是他開的車，他很自責。整件事讓他受到很大的打擊。」

「我曾經認識一位小馬夫，」法蘭西斯培根說，「他常說，『悲傷是愛的帳單，期限到了。』我記不得他的臉，甚至名字，但是我記得那句話。這不是很奇妙嗎，有些事情你記得牢牢的？」

殖民地室俱樂部的牆壁是黏液綠。在狹窄的封閉空間裡，三四十張因酒而潮紅、受酒精蹂躪、彷彿來自煉獄的臉漂浮著。一位鋼琴師在角落的一台直立式鋼琴上彈奏〈別輕聲低語〉（Whisper Not）。聖誕裝飾及聖誕故事在吧台縱橫交錯。帶著蘇格蘭腔的聲音呱呱響著：「於是那位法官從高處往下看著我，然後問，『你不覺得所有人都一起跳舞這件事很奇怪嗎？』我告訴法官大人說：『法官大人，我在印威內斯出生及長大，我哪曉得你們南部在週六晚上會幹什麼事？』」華麗的燈具反射在帶有黃褐斑點的鏡子上。各式罕見的瓶子及留神觀望的眼睛閃閃發亮；閒聊聲像在冒泡或起沫；相框照片裡的人物眼神開始失焦、渙散。一葉蘭挺立在銅製的花盆裡；殖民地的鋼鐵意志女皇穆里爾貝爾徹（Muriel Belcher），就坐在她吧台尾端的一張椅子上，啜飲一杯粉紅色琴酒，並且輕撫一隻白色貴賓犬。「烏托邦大道？」一天抽六十根菸，讓她的聲音粗得像銼刀。「聽起來好像位在米爾頓凱恩斯外圍的一片郊野，那裡每棟房子都有四間臥房。」

「果真如此，我會該死的有錢多了。」里馮把他那杯濃厚、土耳其風的飲料喝乾。他不確定自己喝的是什麼，因為那杯烈酒把他的味蕾全搜刮了。

「我還以為經營樂團是走向名聲、錢財及免費腿腱肉與腰脊肉的單行道，」倫敦東區小子喬治說，「法蘭西斯的經紀人賺了很多錢，而她唯一做的事就是偶爾辦場派對。」

「你不可以說畫廊的瓦萊麗的壞話，」法蘭西斯說，「這就像是去咬餵養你的人。」

「我的感覺是，」畫家路西恩有狐狸般的眼睛，「這份工作的附帶津貼就是，你能搞你的藝術家。」

「是『搞上』，還是『壓榨』？」長著雨刷般白眉毛的傑拉德問。

「都不是，」里馮回答，「那幾個男孩都是直男，我也沒有本錢可以騙他們。」

「里馮的父親是個牧師。」法蘭西斯刻意捲舌。

「那麼，有人會直接下地獄。」穆里爾說。

「那正是我們最後一次見面時他告訴我的話，」里馮聽到自己說的話，只好怪罪那杯土耳其烈酒，「一字不差。」

「我父親最後跟我說的話是，」傑拉德說，「我開始引述：『如果你的腳再踏進這塊土地，我會用繩子把你綁起來，然後鞭打你，直到你變成烏鴉肉。』引述結束。」

「你說『我也沒有本錢可以騙他們』，」畫家路西恩問里馮，「你的意思是『我不知道怎麼騙他們』？或者你的意思是，『我太誠實了，沒辦法去騙他們』？」

「後者，」里馮回答，「我把他們想成長期的投資。」或者，把他們當成某種家人，現在我是這麼想的。

「那麼，經理人可以怎麼剝削一個樂團，」倫敦東區小子喬治說，「如果他不是像恁這樣他媽的這麼多顧慮？」

里馮的杯子神奇地再次滿了。「有些經理人會在帳本上做文章，把宣稱賺到錢與實際賺到的錢的差額收進口袋。還有詭詐的合約，你可以讓你的委託人為了一碗湯或一點可悲的分紅，就把版權讓渡給你。從那時候開始，那隻金鵝就為你生鵝蛋了。還有複雜的稅務詐騙，收入並不是捐給慈善機構的慈善義演。很多種方法。」

「恁的委託人難道不會突然明白過來，然後用鉛管把恁的頭殼打凹？」倫敦東區小子喬治說。

「通常，這些有天分的人不願意相信這種事，因為那會證明他們很容易上當。他們寧可把臉撇開。我知道一個經理人讓他那些樂手跟藥物牽涉不清，他們茫到不會去問錢的事。」

「但是這樣的策略不會殺了他的樂手嗎？」傑拉德問。

「正如所願。死人不會告你詐欺。我知道另一個人叫他的樂團在一張空白的紙上簽名，他再把它打成一份授權書。他把他們都清理掉。等他們終於湊到足夠的錢來告他時，他拿出第二張他們全都簽了名的宣誓書，放棄他們告他的權利，在任何情況下，包括偽造宣誓書。」

「一種變態的天才，」這俱樂部擁有人穆里爾說，「那麼，到頭來你為什麼還相信誠實的價值？」

「一塊很大的派的一小片，比起你偷來的一小塊派的一半，分量還是來得多，」里馮回答，「這是我的想法。」

「詐騙是廉價的，」傑洛米，一個老顧客，說，「我把國家機密傳給我在蘇聯大使館的聯絡人。那是叛國罪，如假包換的罪。」其他人都睜大了眼睛。「一個人可以因此被絞死，你知道的。」

「你怎麼想，法蘭西斯？」一個隨機發出的聲音問。

「我的想法是，我們應該讓一九六八年的第一次殖民別具風格——艾達？」那位酒保轉頭看，「每個人一杯香檳！解開皮帶，放庫克香檳出來吧！」

酒吧響起歡呼聲。同一時間，里馮感到恐慌，他身上只有一點錢，但是法蘭西斯丟了一疊鈔票給穆里爾。有幾張飄到地上。「媽，這樣夠嗎？」

穆里爾眼睛一瞥就做完了計算。「我會說，夠。」

「把多出來的錢捐給蘇荷老邁男同志之家。傑洛米需要一個可以棲身之所。」

傑洛米假裝覺得這說法很有趣，同時伸手去撿那些掉在地上的鈔票。里馮注意到他塞了幾張進他的口袋裡。香檳的瓶塞被拔開，杯子被倒滿酒。鋼琴靜了下來。「女王、酷兒、木雞、直男、老古板、好施者、寄生蟲、平庸者、畫家同行、偽善者、詐騙犯、老實人、老朋友，」法蘭西斯吸引了里馮的眼睛，「深膚色的英俊陌生人，以及穆里爾，她經營了這個迷人的烏托邦前哨站。在這短暫的時間裡，我們共享一個舞台。其他人會過來把我們踢下台。但是趁著你們在這裡，為自己寫個好角色，好好扮演。」他環顧吧台四周，「好好扮演。沒有別的好說，因為已經沒有別的事可說。智慧是裝飾過的陳腔爛調。」

後面某個人大叫：「也祝你新年快樂，你這隻可憐蟲！」法蘭西斯鞠了個躬。里馮一次喝光他那杯香檳。嚐起來像液體的星光……

里馮喝下了一整個星系。鋼琴家在演奏〈愛你已深〉（I've Got You Under My Skin）。路西恩幫他買一杯加了安格仕苦精的皮斯可酸酒。他也想把我灌醉嗎？里馮有點困惑。他是個直男觀察者，混在酷兒之中……法蘭西斯在里馮耳邊說：「我畫廊經紀人的姊夫開了一間音樂俱樂部，藏身在攝政街後面。他們正在哈卡威餐廳吃晚餐。你願意跟我過去，當我的客人嗎？這也許會讓你覺得非常無聊，但我保證你能吃到倫敦最新鮮的海鮮。」里馮不記得他的回答，但是現在他正跟畫家法蘭西斯和空想家傑洛米走在貝特曼街上。一陣冰涼的風摸索著里馮較敏感的身體部位，這讓他清醒了一點。法蘭西斯停在貝特曼街和迪恩街的交叉路口。「你知道嗎？我現在有點想賭一把？我們先去一下潘洛斯賭場。」

貽貝放在青豆色的瓷船上，外殼呈藍黑色，內側是燧石灰。哈卡威的餐廳位在金利街旅館的一樓。蠟燭是蜂蠟，亞麻布餐巾相當硬挺，刀叉沉重。這遠超過里馮的預算，但是，這是自從葛夫車禍的悲慘消息在聖誕節早上傳到他耳朵之後，他第一次沒在擔心樂團的事，他享受這種時光。傑洛米在誇口他在賭場輪盤上賺了多少錢。里馮對潘洛斯的記憶則是零碎而遙遠，就像反過來看萬花筒，看到自己在二十一點牌局連輸不止。法蘭西斯、傑洛米和里馮加入一個更大、由鍍金的人們構成的群體。里馮在故事中是個小角色——「我們這位可憐的加拿大兄弟」在玩二十一點時「真真實實地經歷了滑鐵盧」。傑洛米試圖挑逗他，但是不夠刺激，無法令他興奮。除此之外，他對潘洛斯的記憶感覺上就和傑洛米的記憶一樣不可靠。里馮依稀記得他在賭場酒吧撞見薩繆爾貝克特（Samuel Beckett），但是沒有其他見證人，而且這種隨機遭遇聽起來很牽強，連里馮自己都這麼覺得。餐桌上坐在他身旁的據說是一位公爵夫人，來自羅特米爾，或是溫德米爾，甚至是范德米爾，而且——除非這部分是里馮夢到的——她是喬治歐威爾的遺孀。「這些牡蠣真是讓人達到高潮。吃一隻試試。」

里馮從她送到他嘴邊的牡蠣殼裡把牡蠣吸進嘴裡，他配著拉圖堡紅酒把它吞下肚。法蘭西斯一口氣叫了六瓶。連那位法國侍酒師也因為那將會高得驚人的帳單而略微嚇到。

「我從來沒有遇過音樂界的大人物。」公爵夫人說。

如果我是迪恩，我會像紅疹一樣長滿她的全身。「我從來沒有見過喬治歐威爾的遺孀。」里馮說。

「你有什麼我需要知道的事？」公爵夫人問。

妳需要知道我喜歡的是男人，里馮心想。「我不是真正的大人物。」

「但是你**確實**挑選幾位明日之星，在某種程度上？」

「就像投注站的賭客在安特里賽馬場『挑選到』兩點十五分場次的贏家一樣。我只是幫一支主流樂團爭取到合約。好吧，在『仍屬次要』的層級上稱得上『主流』。好吧，『有成為主流樂團的潛力』。這樣妳懂了吧。不是大人物。」

「如果妳在圖謀里馮的錢財，」傑洛米告訴公爵夫人，「請三思。這裡有任何人聽過烏托邦大街嗎？」

「是『大道』。」里馮更正完才意識到，傑洛米是故意唸錯名字。噁心的臉。

「我敢打賭，聽過你，傑洛米布里塞特，諜報大師、教授的寄生蟲及兼職的畫作折磨者的人，比聽過里馮那個流行樂團的人還要少。」

傑洛米微笑著聽法蘭西斯這段妙語，法蘭西斯臉上卻沒有笑容。里馮知道這個人的內心有如刀割。

公爵夫人輕聲跟里馮說：「你嘴唇割破了。牡蠣殼。那一定是我的錯。」

「沒事的。」里馮用餐巾擦拭嘴唇，著迷於那亞麻布將他的血吸掉的方式。滲透作用。

「你為畫展準備的新畫作進行得如何，法蘭西斯？」一個諷刺畫版的狄更斯說。

「現代的奴隸制度。畫廊的瓦萊麗還要六幅，在……某個月的月底之前。我不記是哪個月。時間快到了。」

喬治歐威爾的遺孀問：「你對你目前完成的畫滿意嗎？」

「沒有藝術家會對自己的作品感到滿意，」法蘭西斯回答，「除了亨利摩爾（Henry Moore）之外。」

傑洛米吞下一隻牡蠣。「我上個月在巴黎遇見薩爾瓦多達利和他妻子加拉達利。他也在籌畫一個新畫展。」

「有趣。偉大的自慰者在搞藝術了，現在？」

「我到紐約大都會藝術博物館參觀過傑克遜波洛克（Jackson Pollock）回顧展，」那位某個地方的公爵夫人說，「你怎麼評價他？」

「我給他最高的評價，」法蘭西斯說，「身為一位蕾絲編織者[41]。」

這是一場大戰，里馮心想。他正在暗殺敵人，一次撂倒一人。一條枕在成排青豆上的奶油香煎比目魚上桌。聞起來有奶油、胡椒及海洋的味道。

幾杯拉圖堡紅酒下肚之後，哈卡威餐廳男士洗手間的門一下子往前一下子往後。里馮命令它不要再動，它悻悻然地聽從了。里馮在小便池讓膀胱洩洪。小便池（Urinal）。大寫的U，U形彎頭的U。一個熟悉的人影從他視界的周圍蹣跚經過。一個隔間的門被栓上。里馮眼前的瓷磚是米白搭配墨水藍。他聯想到在多倫多克蘭堡的牧師公館裡，他母親梳妝台上那幾件台夫特瓷器。樂團加上我，里馮想，只有葛夫跟艾芙和他們的父親有正常的關係。過了幾秒鐘。過了更多秒。過了更多秒。里馮把褲子前襠的釦子釦起來，然後去洗手。「看看你，陪著一個有名的乾爹在賭場及夜總會裡游來游去。」那是傑洛米，他的臉在鏡子裡。「記得這點：我已經認識他好幾年了。我是個藝術家，你是一個精於計算的人，是一隻壁蝨。滾開，不然我會聯絡我在KGB的臥底聯絡員，讓你消失。警察永遠不會找到你的屍體。」

傑洛米愈試圖讓自己可怕，他就變得愈可憐。

傑洛米把里馮的沉默錯誤解讀為他已成功嚇阻了里馮的證明。「你的計畫絕對不會成功。」

里馮感到好奇。「計畫？」

「你根本不是第一個有這想法的人，達令。用你的股溝來交換幾張法蘭西斯培根的真跡，然後賣掉它們來過舒適的一生。」

里馮擦乾手，把紙巾丟進垃圾筒，然後轉身面對他的對手。「首先，我的股溝是非賣品，而且——」

「哦，你認為那個陰莖罷工的老糊塗邀請你過來，只是為了你的談話品質？」

「其次，他為什麼要把藝術品給一個陌生人？他不是笨蛋。第三——」

「喬治從他那裡榨取了數千鎊，而現在喬治的家人正在勒索那個白痴。」

「你真的該聽我把第三點講完的。」

「我充滿期待。」

沖馬桶的聲音，接著，一個藝術家從廁所隔間裡出來。

「法蘭西斯！」傑洛米幾乎尖叫出來，「我們只是……」

「跟你在莫斯科的同志說：」法蘭西斯說，「讓我回來吧，都結束了，現在，倫敦人甚至連對我吐口水都覺得不屑。」

傑洛米逼自己的嘴露出笑容。「你和我都是成人了，不會因為一個荒唐的誤解而吵嘴。」

「如果我洗完手時你還在這裡，」法蘭西斯走到洗手台，「我就叫經理把帳單寄給你。」

杜佛斯道外，一條像洞穴般漆黑的通道將他們吞下。一個小彎再一個大彎之後，里馮和法蘭西斯從通道冒出來，進入一個有窗柵的小庭院。地面鋪得不甚平整。在磚塊圍繞的黑暗中，一面霓虹燈招牌打上了幾個字：「拉撒路下潛」[42]。

陳述、承諾，或是警告？

法蘭西斯走向一扇門，門打開然後在他們身後關上。裡面昏暗而且偏紅。一個聲音說：「歡迎回來，先生。」法蘭西斯喃喃說了一些話。「當然，先生，如果你願意擔保他，」接著，「您真是非常慷慨，先生。」台階往下通到一個有拱形弧頂的地窖，在那裡，吉米史密斯（Jimmy Smith）融化人心的哈蒙德風琴及史坦利特倫丁（Stanley Turrentine）火山爆發般的薩克斯風激昂地演奏著。里馮無

---

41 典出自荷蘭畫家維梅爾名畫《編織的女孩》（The Lacemaker）。

42 典出自新約聖經路加福音。Lazarus and Dives 講述一個貧窮乞丐拉撒路和一位財主的故事。

法判定這個俱樂部的大小，如果它算俱樂部的話。由板石鋪成的舞池四周設置了一些裡面擺了桌子與長凳的小隔間。這裡可能曾經是教堂的地下室。拉撒路下潛大多數的客人是男性，雖然還是有些女人在酷兒當中跳舞，就好像這沒什麼大不了的。男人在吧台打情罵俏、握手、碰觸。幾雙眼睛在打量里馮。里馮有點受寵若驚，因為他身上只是穿著去參加比爾艾文斯演奏會的衣服，而不是穿上適合到蘇荷俱樂部與男人會面的服裝。別傻了，這一切都是因為你是跟天殺的法蘭西斯培根在一起。最後那張臉帥到有點危險。濃密的捲髮，深色的皮膚，胸部坦開直到心窩，就像希臘神話裡的羊男薩提爾。里馮想，我要好好地認識你，但隨即把那想法丟棄。「現在是血腥瑪麗時刻。」

「一杯血腥瑪麗的確非常完美。你怎麼知道的？」

「出來好好玩一夜，不僅是在製造炸彈，也是在拆炸彈。兩杯血腥瑪麗，可以的話，麻煩你……」一位大塊頭酒保點頭。一個光頭摩登派和一個大鬍子嬉皮被鎖在一個熱情的吻中。

「我從來沒聽過這個地方。」里馮說。

「各種品味都被照顧到了。」畫家的臉離他只有幾英吋遠。

里馮回頭看著一位年紀是他兩倍的男子。

法蘭西斯在里馮的嘴唇上給了一個奇特、緩慢、嘛嘴的吻。他們的眼睛保持張開。沒有情慾。這是儀式。法蘭西斯把臉收回去，然後按摩里馮臉部的肌肉和筋膜：不很輕柔，也不至於引起疼痛。「逼迫我們的人認定，」法蘭西斯嘆著氣，遺憾地說，「『同性戀』違背自然法則。這是老掉牙的謊話了。自然的法則其實是湮沒。年輕與精力是飛逝的異常現象。這個真相就是我作畫的畫布。」

一個女人臉的男孩，或男人臉的女孩滑開一個天鵝牌火柴盒，裡面有兩顆白藥丸。法蘭西斯放了一顆到嘴裡，然後吞下。里馮看著另一顆。這時候問「那是什麼？」並不是一個選項。迷幻藥、阿斯匹靈、維他命C、安慰劑、氰化物……任何東西都有可能。

里馮吞下它。法蘭西斯說：「好孩子。」

一位貝斯手、一位鼓手和一位鍵盤手奏出重複擺盪的低音，帶著有力的殘響。連里馮這樣不跳舞的人也受到這低音的誘惑而跳起舞來。一個穿著襯衫式長睡衣、畫了臉彩的人讓碟子在棍子頂端旋轉著。他已經加到十三個碟子。最後晚餐的賓客每人分到一個碟子，這位牧師之子心想。這就像觀光客尚未湧入之前，飛碟俱樂部的樣子。一個戴太陽眼鏡的瘦子加入這個樂團，在低音之上添加一道次中音薩克斯風的旋律。它們突刺、迴旋、轉動以及嗥叫。不像史托克豪森那麼商業化，但是對拉撒路來說恰恰好。難以置信地，那位羊男正繞著里馮旋轉，或是反過來。他可以選擇這地方的任何人。他的嘴唇豐厚且誠懇，他的眼睛能引發暈眩。我可以掉入他的雙眼而永遠無法到達眼底。他的皮膚在暗紅的光中洗浴，汗珠凝結在表面。那顆藥丸讓里馮對速度之類的感覺變得更敏銳，並且讓他散發安眠酮的光輝。不是幻覺，他心想，帶著感激，除非這個地方，或是這個夜晚，或是我的整個人生，本身就是一個幻覺。那個羊男把里馮領出舞池。他的手掌因為長繭而呈鱗片狀：很顯然這羊男是靠雙手來工作。他們穿過另一道門，進到一個專為約會而布置的小房間，裡面有一張單人床、乾淨的床單、一張椅子以及幾段繩子。這裡就和人的身體一樣溫暖。一盞紅色的燈像餘燼一樣發著光。那支無名樂團的貝斯搏動著。羊男從水壺裡幫里馮倒了一杯水，水既冰涼又新鮮。羊男也用同一個杯子喝水。他把一顆蘋果拿到里馮的嘴唇前，蘋果既酸又有檸檬味。羊男也咬下同一顆蘋果。

他們說話，少許，在赤裸的黑暗中。兩人都小心不透露細節。在神奇的樓梯台階上方，有一個殘酷的現實世界在等著我們，小心一點總是沒錯。羊男是個名叫柯姆的都柏林本地人，他自稱「黑愛爾蘭人」，沉沒的西班牙無敵艦隊水手的後代，「雖然那是用來遮掩許多罪的一個謊言」。里馮說他從事音樂發行事業。柯姆說，「我是個配線師。」然後，他發現里馮不知道這個詞，補上了「電匠」。柯姆問他，「恁那位胖老爹朋友」是不是本世紀最偉大的畫家之一。里馮說：「他是最偉大的**那一個**，在我心中。」柯姆問里馮是不是跟他「在一起」。里馮說不是，他只是跟他一起過來。里馮從外套口袋拿出一支原子筆，在柯姆的左手掌上寫下他的電話號碼。「你可以把我洗掉，或是打電話給我。」柯姆心臟上方的位置有一個十字架刺青。里馮非常輕柔地吸吮它。之後柯姆問里馮，里馮是他的真名嗎？里馮說是的——那麼柯姆呢？他說，是的。里馮醒來時，羊男已經離開。里馮有條不紊地檢查他的皮夾、手錶及筆都還在他的外套及長褲裡，每樣東西都在它該在的地方。

幾幅以粉筆畫的基督誕生圖。雪人。長在上下顛倒的下巴上的眼睛。紙杯蛋糕。關於紐芬蘭人與新蘇格蘭人的笑話。青年冰上曲棍球的進球。讀書報告。蛋糕架。向神懇求讓他變正常的祈禱。有皺褶的紙巾。燃燒著給魏斯班尼斯特（Wes Bannister）的情詩的篝火。在雪中鏟出來的通道。浸信會男孩探險團的營隊。在阿第倫達克公園的帳篷裡與肯登萊斯特（Kenton Lester）對彼此身體的摸索。「那個遊戲，」肯登這麼稱呼它，「想要玩那個遊戲嗎？」肯登的臉因為愉悅而扭曲。流星。稍後，氣憤地否認。忿怒！承諾自己會更小心。一些承諾，當肯登一家人搬去溫哥華。黏滯的幻想。小論文。考試。他在多倫多大學一個房間裡的床。朋友們。關於佛洛伊德、馬克思及諾斯洛普弗萊[43]的談話。看外國電影之旅。手捲的紙菸。詩。造訪民謠俱樂部。和一個已婚法官玩那個遊戲，在公園那間旅館的十六樓，在一個星期六。另一個星期六。再另一個。醜聞。他父親，大聲喊叫。他母親，低聲啜泣。關於電療門診的一場會談。一個決定。六小時的公車旅程來到紐約。在布魯克林他的小房間所做的裝飾。詩。在華爾街一間經紀公司收發室找到的一份工作。足夠買一把吉他的錢。歌曲。到格林威治村的旅行。來自戴維范洛克（Dave Van Ronk）的忠告：「孩子，我們全都是為了某個理由被放在這個地球上，但是去騷擾那把吉他，肯定不是你來到這世上的理由。」和來自十餘個不同種族、信仰及大小各不相同的男孩所發生的性關係。是的，大小。在第二十九街及第三大道交叉口一間唱片行找到的工作。梅修－雷夫斯（Mayhew-Reeves）經紀公司的一張辦公桌。在謝亞球場演出的披頭四。*他們的經理人，布萊恩伊普斯坦，他是我們當中的一員……*位在百老匯西經紀公司的一間狹小辦公室。護照申請。倫敦！與一群藝術家一起到巴黎、馬德里、波昂的旅行。對易碎的自我所做的修復工作。寫給母親和姊妹的信。他在加拿大外度過的第三、四、五個聖誕節。一封來自姊姊的信：「親愛的里，這太誇張了，你是我弟弟……」照片。部分家人在尼加拉大瀑布的一次祕密重聚。派伊唱片公司的一間辦公室。擔任大猿樂團經理人的一段時間。在女王公園的一間頂樓公寓。與A&R人員建立的好關係。與霍伊史托克爾和弗雷迪杜克的握手。打給貝特妮德魯的電話。計畫。去看雅思培德魯特在阿契金諾克樂團裡演奏的旅行。和迪恩莫斯到2i的那趟旅行。烏托邦大道，或是四分之三的它。艾芙哈洛威。起飛！小巡迴。和艾列克斯唱片的維克特法蘭奇簽下的合約。〈暗房〉。唱片。新年更多的行程。到赫爾的旅程。演出的取消。道歉。

我們製作的是什麼，我們就是什麼。

里馮醒過來……

寒冷的光線滲入。在一個髒亂的房間裡，里馮躺在一張破舊的沙發上。書籍。瓶子。碗盆。物品。一個鏡子，破裂成一朵由碎片構成的鋸齒狀的花。他不知道自己身在何處。他記得柯姆——但是記得柯姆已經離開。里馮坐起來。脆弱地。俯視著一排倫敦馬房式建築的框格窗，很像雅思培家中的窗戶，但是它的兩側較高。溼透的冬季天空，就像濕透的衛生紙。里馮的衣服都還穿在身上。他需要泡個澡。他的鑰匙和皮夾在咖啡桌的角落。香菸及牛油的氣味。門打開，法蘭西斯培根探頭看進來，他在睡衣外面罩了一件吸煙外套。他有一個黑眼圈，而且嘴唇破了。「啊，你還活著。這樣事情比較好辦。」

「你怎麼了？」

「我沒事。」

「可是你的臉！有人把你打到七葷——」

他輕鬆而果斷地說：「你搞錯了。」

43 Northrop Frye（1912 -1991），加拿大文學批評家，二十世紀最有影響力的文學理論家之一。

里馮想起拉撒路下潛：各種品味都被照顧到。

「解你的宿醉。」法蘭西斯交給他一杯蕃茄汁。

里馮嗅了一下。「血腥瑪麗？」

「別跟護士爭論。」

里馮喝下那黏稠的紅色液體，感覺好了一點。「很棒。」

「我稍微思考了一下你的困境。」

「我的困境？」

「你的鼓手、樂團、疑慮，以及失敗等等的事。」

「我把這些全告訴你了？」

「在計程車上，你把一切都吐出來了，可以這麼說。」

既然他都這麼說了，里馮心想，我想我的確……

法蘭西斯培根點燃一根香菸，然後在他的血腥瑪麗裡加上不少伏特加。「里馮，我跟你素不相識。日後我們也許會再見面，也許不會。倫敦既是一個大都會也是一個村落。你本身不是一位藝術家，但是你能夠幫助那些製造藝術的藝術家。你是一位促成者，一位推手，一位建造者。這是一種呼召。你不會得到榮耀，不會被人紀念，但是也不會被人吞下肚。而且你可以拿到錢。如果那還不夠，你還可以去打高爾夫。」在法蘭西斯肩膀旁邊的架子上，一隻老鼠從一罐松節油後面看著他們。「如果你的鼓手男孩能從靈魂黑夜裡走出來，那很好。如果他不能，那就另找一個。不管怎麼說，別再這麼他媽的自憐自艾，趕快回去工作。」這位畫家喝掉他的血腥瑪麗。「現在，我要上去我的工作室，照著我自己的建議做。你離開的時候請把前門關上，它需要使勁的砰一聲才能關好。」

如果一月是一個地點，那麼會是今天早晨的肯辛頓公園。樹木光禿而暗黑，花床上沒有半朵花。也許是星期天，但是你看不到太陽，也感受不到它。從某個角度來說，天空不完全在那裡。圓池裡的鷗、鵜及鴨，或嗚嗚或叫喊。天很冷，沒人在外面逗留太久。準確來說，根本沒人逗留。里馮很高興他從法蘭西斯培根的外套架上偷來的圍巾這時可以派上用場。他會拿去還他，如果他的良心堅持，但是他懷疑它會堅持。派丁頓附近的商店大多關門了。幾輛汽車還在行駛。沒有孩童在女王公園嬉戲。

他爬上他的公寓，打開浴盆的水龍頭，刷牙，燒了一壺茶，再把它放在托盤上帶進浴室。他從浴室的抽屜裡拿出筆記本，讓自己沉進充滿泡沫的熱水中，開始讀離開赫爾時他在火車上寫的那四節詩。我需要最後一節。里馮知道它快出來了。新的一節，把整首詩翻轉過來。他納悶他用原子筆寫在柯姆手掌上的電話號碼是不是已經被擦洗掉了，或者，可能今天電話就會響了。

也許在幾分鐘之內。

也許在幾秒鐘之內。

證明它

被馬克葛酒吧的舞台燈光照到的八個女人，將她們手中的苦啤酒放到舞台上。四個在哭泣。兩個像在祈禱，嘴型跟著歌詞變動。成功了！艾芙心想。兩週前的星期四，烏托邦大道還被視為一支沾染了迷幻藥的男子藍調節奏樂團，配上一個新奇女孩。艾芙估計大多數參加他們先前演唱會的女性觀眾是陪男友過來的女朋友。然而，自從她在《倫敦守護神劇院秀》節目中對嘴唱〈蒙娜麗莎唱藍調〉給上千萬的觀眾看之後，事情已經有了改變。馬克葛是愛丁堡一個幾乎是男孩限定的場地——史提夫馬里奧特和小臉樂團下個週末會來這裡——但是今晚室內將近一半的觀眾是女性。當艾芙唱到最後一段副歌的高音E，而雅思培、迪恩及葛夫全停了下來時，肯定有超過兩百人的女聲一起大聲唱出副歌，來充當她的伴唱團。這下即使我想唱走音都沒辦法了，她心想，然後把最後的一句「藍藍藍——調調調……」拉長成原本的兩倍。去他的，她心想，我還要再唱四小節……迪恩給她一個「天哪天哪」的笑容。雅思培把他漸弱的音繼續拉長，而葛夫也耐心敲出多出來的拍子，最後才以鈸的漸強來結束全曲。他們才演唱到十二首曲目中的第二首，而且他吃了止痛劑，不過，到目前他表現得很好。他的鑼聲被歡呼聲、跺腳聲及掌聲所淹沒。「謝謝你們，」艾芙對著麥克風說，眼睛看著最前面那八個女人。其中一個是留著狂野黑髮、手臂宛如電纜的皮克特女王[44]，她雙手做出擴音器的形狀：「為著那條歌，阮一路從格拉斯哥拚過來，艾芙，啊妳真正沒給我們失望！」

艾芙做出「謝謝」的嘴型，然後靠近麥克風。「謝謝你們每一位。我多麼希望我們幾個月前就來這裡。」

更多掌聲，以及難以分辨的尖叫、吶喊及口哨聲。

「我的天哪，我懷念這種感覺，」艾芙繼續說，「過去幾個月裡，曾經有好幾次，未來看起來不是那麼樂觀……」

那個皮克特女王喊著：「我們夠清楚你們經歷過的事，艾芙！」「但是，愛丁堡及格拉斯哥，你們把我們帶回來，而且——」人們叫喊著，「伯斯！」和「鄧迪！」和「亞伯丁！」以及「托媽的托本莫瑞[45]！」艾芙笑了。「好的，好的，蘇格蘭，你們吹走了黑暗。所以，我們的下一首歌是……」艾芙在找她的曲目清單，「我的曲目清單剛剛燒掉了。迪恩？下一首是什麼？」

迪恩大聲回答：「演唱恁的新歌如何？」

艾芙遲疑了一下。她很確定〈碎片〉是第三首歌，而且迪恩不是那種會放過成為聚光燈焦點機會的人。「〈證明它〉？」

迪恩對著麥克風說：「蘇格蘭，幫幫忙。艾芙寫了一首新曲子，實在酷斃了。恁們是想聽還是不想聽？」

馬克葛響起隆隆的贊同聲。葛夫來了一段連續鼓聲開場，迪恩把手做成杯狀靠在耳朵旁邊。「我沒聽清楚，蘇格蘭。恁們接下來是想聽老掉牙的歌？還是想聽艾芙的新歌？」

隆隆聲自己說出回答：「艾芙的新歌。」

迪恩用「看起來很明顯」的表情看著艾芙。

「好吧，好吧。你們講得很清楚了。」艾芙活動了一下手指，然後開始她的鋼琴序樂。現場安靜下來。她停止彈奏。「歌名叫〈證明它〉，而且它有點，算是，半——類——自傳……所以，是關於一些到現在仍未癒合的傷口，所以，如果演奏到一半我衝下舞台，只在身後留下悲傷與淚水的軌跡，

44 皮克特人（The Picts）是上古後期至中古早期居住在今蘇格蘭北部與西部的原住民部族。皮克特女王大約出生於西元七三七年。

45 Tobermory，蘇格蘭西部茂爾島的首府。

你們知道是怎麼回事。」她繼續彈奏序樂。這個以三和弦為基礎的小樂段已經在她的筆記本裡好幾年，一直在等待一個家。現在它找到歸屬了。在十六個煙霧的小節被彈奏出來後，艾芙望向迪恩，他再與雅思培確認，而雅思培再用眼神向葛夫示意，接著這位鼓手開始計數。「一、二、一二、一二——」碰！恰卡—碰！恰卡—恰卡—恰卡—恰卡—碰！接著加入了迪恩的貝斯行進與艾芙憂鬱的鋼琴重複樂段，到了第五小節，觀眾已經可以跟隨著拍出節奏了。艾芙傾身靠進麥克風：

「他們嫉妒我！」他大喊而離開。
她是他的弄臣所以她跟著他出去。
他是羅密歐，她是他的次要情節。
不得不承認這並不是有尊嚴的一幕。
「我會證明它」她哭喊，「我對你的愛——
我會證明它，我會證明它，我會證明它。」

菌傘的鐘顯示七點五分，艾芙必須想一下：是晚上七點五分，還是早上七點五分？傍晚，她確定了。樂團已經開始十一月的錄音時段，從相對較容易上手的舊作取材來結集成第一張專輯，但是這些東西在錄音室會持續演化。到了第一個星期的週五——十天的第五天——他們仍然在第三首歌，艾芙的〈木筏與河〉，嚴重落後於他們一天一首的進度。艾芙希望有更具爵士風的鼓樂，於是和葛夫研究一個由鋼絲鼓刷製造出的似漣漪卻又斷斷續續的效果。到了第十次嘗試，她很開心。「錄音中」的燈號熄滅，而布魯斯溜了進來，對艾芙擠了個眼，在控制室的角落找了張板凳坐下。狄葛按下回放。帶子轉動。

歌曲開始播。艾芙一直瞄向布魯斯。
布魯斯只是坐在那裡，閉起雙眼聆聽。

艾芙喜歡這次的錄音，希望布魯斯也喜歡。

「很美。」里馮說。

「大功告成。」迪恩說。

「幹得好。」葛夫說。

「同意。」雅思培說。

布魯斯看起來還沒做出決定。

「很好。」艾芙告訴自己，她和布魯斯相愛，並不表示他就必須愛她所錄製的每一樣東西。

「那麼，我會把這捲帶子標記成主帶，」狄葛說，「你們還可以待到七點四十五分，再來我就會把你們踢出去了。」

「在我們之後還有誰要進來？」迪恩問。

「喬博伊德的某個小子。他的名字不容易記住。尼克達克，尼克雷克，或類似的名字。我得把你們的一些垃圾清掉。」

「差不多該排練〈婚禮出席〉的時候了？」里馮建議，「這可以節省一點明天早上的時間。」

艾芙無法制止自己。「布魯斯，你喜不喜歡？」

她可以感覺到迪恩、里馮和葛夫在交換眼色。

布魯斯吸了一口氣。布魯斯把氣吐出來。「老實說？」

艾芙的心開始萎縮。「當然。」

「好吧。如果妳想要的是一個民謠爵士珍奇古玩，那麼任務圓滿成功。我知道，我不屬於樂團，」布魯斯看了迪恩一眼，「但是，關於我被問到的意見，這首歌令人窒息。把拍子打在一跟三是會有什麼問題嗎？」

「我是請葛夫『以鼓聲把那條河打出來』。」艾芙說。

布魯斯停下來。「好。」

「如果我的女友創作了一首像〈木筏與河〉這樣的曲子，」葛夫說，「我不會只是在那邊冷言冷語。」

布魯斯嗤之以鼻。「艾芙和我相信誠實的價值。」

「喔，是嗎？『誠實』，就像你托媽的偷跑去巴黎？」

艾芙覺得燒灼感從脖根往上升到臉龐及耳朵。

布魯斯露出輕鬆的微笑。「這是一首好歌，但是被埋藏在太多自命不凡的東西底下。給智慧人的忠告。如果你想知道如何錄艾芙的作品，播〈牧羊人之杖〉來聽。」

「我們可以再嘗試錄一次，」艾芙說，「回歸更基本——」

「不，艾芙，」迪恩說，「現在就很棒了。」

「我不會再去碰它。」雅思培說。

「沒有托媽的可能。」葛夫說。

「如果基本的擊鼓模式對你而言太簡單了，葛夫，」布魯斯說，「我可以代替你來演奏，而你可以——」

「你敢把托媽的一根手指放到我的鼓組上，我就打——」

「停下來，」艾芙發出呻吟，「拜託你們停下來。停下來。」

「如果妳那邊需要有人協助防衛，艾芙，」布魯斯告訴他的女友，「那就是我的職責所在。」

「恁這個閃亮盔甲騎士的戲碼會更有說服力，布魯斯爵士，」迪恩說，「如果你不是這麼一隻愛吸血的水蛭。」

布魯斯大笑。「我是一隻水蛭？你現在不用付房租就住在梅菲爾馬房街的一間豪華公寓裡，不是嗎，怎麼了，又來了？」

迪恩站起身來。「你要跟我到外面去解決？」

「各位，讓我們冷靜一下，」里馮介入。

「我很冷了。」布魯斯穿上外套，「不，我不想要『到外面解決』，迪恩。不是因為我怕你，只因為我已經不是十五歲的男孩了。艾芙，吾愛，我們稍後見。」

布魯斯沒再說一個字就離開。

「迪恩！」艾芙氣到發抖，「如果我在你面前侮辱艾咪，你做何感想？或者，去討論裘得或所有你過去約會的對象，只是為了揭她的舊瘡疤？葛夫，你竟敢提起巴黎的事？布魯斯只是想幫忙，而你卻把他批得體無完膚？你們兩個是怎麼了？令我他媽的難——以——置——信！」

迪恩和葛夫彼此對望，不以為然。

艾芙抓起她的包包，走了出去。

三個月之後，在馬克葛的舞台上，艾芙以歌劇風格唱出第一節的最後一個「證明它！」。她非常清晰地發出「它」那個字。雅思培把G弦往下扳，就像一輛摩托車吼叫著衝出採石場邊緣。他的目光往上看著艾芙，她再對著葛夫點頭，讓他開始在腳踏鈸上輕踩：五、六、七、八……下一節。艾芙看了那位皮克特女王及七姊妹。她們全都仰臉看著她，睜大眼睛，被勾引住，抽著菸，隨著節拍點頭。關於這首歌是受誰及受什麼啟發，話已經傳到蘇格蘭了。艾芙猜……如果「啟發」是正確的詞。連菲力克斯芬奇也在上星期《每日郵報》的專欄寫了一些關於珊迪馮泰尼的精選前五熱門曲的流言。里馮很高興自己還沒動到半根手指頭，樂團就終於首次在真正的報紙上贏得幾英吋長的報導。除非那是里馮告訴芬奇的，艾芙這時候才想到這種可能性，但她馬上把這想法拋到腦後。不論資料的來源為何，專欄長度在隔天就加倍，附上珊迪馮泰尼辦公室怒氣衝衝的否認，以及一封給月鯨的信，保證只要對布魯斯弗萊契的「公開誹謗」可以追溯到艾芙哈洛威，那麼他們一定會採取法律行動來毀掉月鯨。毫無疑問，還有更多爆料會出現。《旋律製造者》和《新音樂快遞》正在搧風點火。等到下週的版本送到書報攤，那故事看起來注定會沸騰到溢出鍋來。如果被任何人問到，艾芙也許會這麼回答：「我們的法律顧問建議我不做評論。」但是月鯨的律師泰德席爾沃並沒有說她不能把它唱出來。

艾芙彈奏一串滑音，進入第二節，然後鋒利地唱出歌詞：

他會寫一首暢銷曲來證明他們都錯了
他將會領先群倫，但是
他要獵取暢銷曲，卻沒有暢銷曲接近他。
他瞪著頁面，頁面卻回瞪他。
「我會證明它，」他發誓，「我有點石成金的魔力——
我會證明它，我會證明它，我會證明它。」

★★★

跑出菌傘之後，艾芙在蒙娜麗莎咖啡廳外面追上了布魯斯。他們進去，坐在後側並點了兩份培根三明治。交通樂團的〈我鞋子裡的洞〉（Hole In My Shoe）在電台上播放。「迪恩和葛夫剛剛對待你的方式根本太差勁。但是你竟然可以這麼冷靜。你真的……很棒。」

布魯斯把糖攪進咖啡。「就如良善的主耶穌說的，『你們中間誰不是狗屎的，誰就可以先拿石頭打他。』而且，」他做出有罪的表情，「他們說得有道理。關於巴黎。我感到羞愧。」

艾芙親了她的食指，然後伸手到桌子對面按在他的眉毛之間。「都古老的歷史了。」

布魯斯露出「我配不上妳」的笑容。「事實是，我認為弗萊契與哈洛威讓烏托邦大道有點沒有安全感。〈暗房〉是勉強上榜的歌曲——但是如果沒有艾芙哈洛威的曲調及和聲，你能想像它會變成怎樣嗎？〈看艾蜜莉玩耍〉（See Emily Play）的三流版本。他們曾經做過什麼可以拿來跟〈牧羊人之杖〉相提並論？葛夫在阿契金諾克兩張較不出色的唱片上當過鼓手。迪恩的履歷表上寫了波坦金戰艦，但那個樂團只錄過兩三支試奏曲，雅思培則是有〈暗房〉。至於里馮——當然，他是個不錯的經理人，但是擔任過米凱莫斯特的行銷幾個月，並不表示你就上得了控制台。我只希望他們夠像男人，能說：『布魯斯知道一些我們不知道的事。讓我們跟他學點東西吧。』但這就是妳的夥伴，只會爭功諉過的白痴。」

艾芙希望她的家人可以見見這個改過自新的布魯斯。他從未受邀到奇斯爾赫斯特路。碧雅在戲劇學校下課後來找過她好幾次，這件事讓布魯斯很感激。他說他願意等待，並且用行動來證明過去十二個月內他已經成長了很多。

畢格斯太太帶著他們的培根三明治過來。布魯斯的牙齒咬進三明治，蕃茄醬跟著滲了出來。「天哪，我好需要它。」

艾芙用餐巾擦掉沾在布魯斯下巴的蕃茄醬……肚子的一陣疼痛告訴她，她的月經快要來了。她的月經並沒有遲來，但是她還是感到鬆了一口氣。接著，她心想，如果，只是如果，她和布魯斯有了小孩，那麼這個半弗萊契半哈洛威的共同創作，會長什麼樣子。

「我已經完成〈漩渦在我心〉，」布魯斯說，「聽起來非常甜美，不是我在吹牛。」

「你後來決定怎麼處理副歌？」

「就如妳說的，放慢一點聽起來會比較好。謝謝。」

「真的不用客氣。你的用心即將結出好果實。」

「你們是我的啟發，袋熊。妳、〈風不缺席〉以及莫斯、葛瑞芬及德魯特先生們。我不得妳團友喜歡，但是我看得出來他們已經用力搖晃了蘇荷這棵音樂樹，看有什麼果實會掉下來。最好的老師不一定是你的朋友。有時候，最好的老師是你的過錯。」

「把那句話寫下來，」艾芙堅持，「不然它就沒存在過。」

布魯斯照做，拿起原子筆把話寫在紙巾上。

「組一支樂團，」艾芙問，「事情會不會容易一點？」

布魯斯嘖了嘖舌，然後搖頭。「我們已經嘗試過，達令。如果我和你們四個人一樣常常不在家，我們就會逐漸疏離。我並不想再次失去妳，不要。而且，想想那些大名鼎鼎、卻不會或不願自己寫歌的獨唱歌手，貓王、辛納屈、湯姆瓊斯（Tom Jones）、西拉。真的，這種人不少。克里夫理查。我可以做這種。我跟鋼琴住。我有合約。弗雷迪杜克、霍伊史托克爾、利昂內爾巴特（Lionel Bart）。看看〈風不缺席〉對妳而言結局多棒。三或四支那種曲子問世，我就可以開始計畫一點我們的未來。所以，當一個待價而沽的作曲者，就是可以成為明星的梯子，我正踩在上面，而且我會堅持待在上面。」

艾芙傾身到桌子對面，吻了她的男友。

布魯斯舔了他的手指。「我配不上妳，袋熊。」

「我會盡我所能來幫你。我的東西都是你的，袋鼠。」

雅思培在〈證明它〉裡插了一段獨奏，完全不像排練時他嘗試過的任何一個版本。他的演奏散發出光芒。不知道他是怎麼辦到的。她瞥向迪恩，迪恩的臉告訴她，我也不知道。雅思培刻意不做任何吉他戲劇效果，但是音樂油然浮現在他臉上。甜美的和弦帶有一種靜謐的幸福感，當它即興搖擺到一個新境界時，朦朧中藏著驚喜，或者，當Stratocaster狂吼時，可感受到若隱若現的凶殘。只有在他演奏時，艾芙發現，他的表情才能被解讀。雅思培的獨奏結束在一聲鋼鐵人般的激情嚎叫，而他朝著她的一瞥就意味著，輪到妳了。艾芙接起鋼琴的樂段，然後把它擴展成一個布基烏基風格的獨奏。我喜歡我的工作，艾芙心想。也許還有比看著陌生人與她所寫的歌產生連結更深的滿足感，但是她從來沒有經歷過。音樂上來說，〈證明它〉更接近芝加哥藍調，而不像艾芙從瑞奇蒙駁船時期以至於她在表兄弟俱樂部的人生階段所表演的民謠音樂。或許加入一個銅管樂段，如果我們真的有機會錄製這首歌。然而，在艾芙看來，民謠是一種態度，更甚於它是一個類別及形象。如果一首歌照顧到社會低層人士、窮人、受欺壓者、移民及女性，那麼在精神上艾芙就稱它為民謠。它是政治。它說，我們很重要，這首關於我們的歌就可以來證明它。她在D2，從最低音往上數來的第二個D上結束她的獨奏，那是鍵盤上她最喜歡的一個音。她看著台下那個皮克特女王及她的姊妹們，然後想到土魯斯—羅特列克（Toulouse-Lautrec）畫作裡的那些吧女。她們虛弱、疲累、受虐待且帶著夢想、渴望更好的人生……但是同時也是不屈不撓。那幾個男孩此時正輕柔地演奏著，準備迎接「睡眠之節」。艾芙把嘴唇緊靠在麥克風上，好讓自己的聲音變得柔軟。

當蘇荷進入深沉的夢境，她演奏她的鋼琴，
和弦先上場，歌詞再偷偷進來。
他躺在她床上，他喜歡他聽到的話——
「她的東西就是我的——她自己說的——所以
我會收下它，調整它，打扮它，
而且改善它，改善它，改善它。」

從赫爾的史蒂夫葬禮回來後的隔天早上，艾芙在黎明前的陰暗中醒來。這城市演奏著它的伴奏音軌，而布魯斯淺淺地打著呼。艾芙聽到一首華爾茲。來自她的鋼琴，位在廚房外的一個角落。她並不害怕，沒有任何會威脅人的事物能以如此具有靈魂、神聖的方式演奏音樂。她看到那個鋼琴家的雙手。右手彈奏重疊的二分音符：C到低八度的C；F到F，同樣地；降B到降B；E到E。左手彈奏爵士樂般的六度；藍調爵士而不是紅爵士。結束了，艾芙想要再聽一次。那位鋼琴家照辦。這一次艾芙的注意力集中在右手的三度：E與G；D與F；C與E；接著像溜溜球一樣上升回到A與G，此時手張得更開；拇指在F而小指在降B……

艾芙穿上浴袍，走向她的鋼琴，拿出一張樂譜稿紙，寫下C、F、降B、E的序列，接著讓華爾茲的樣貌再次昇起……在那裡。前半部非常接近那位夢中鋼琴師的彈奏方式。全曲第四分之三的部分比較需要做些揣摩。艾芙盡她所能地小聲彈奏一些和弦。到了最後四分之一，清早配送牛奶的車子已經叮叮噹噹駛在利沃尼亞街上。艾芙必須採用前半部的音樂邏輯，自己創作出最後幾小節。接著，完成了。三頁的音樂。艾芙把整首曲子彈一遍，知道它已經完成了。

「早安，袋熊。」布魯斯出現，「那很美。」

「抱歉，吵醒你了。睡夢中有一首歌來拜訪我。」

布魯斯拖著腳步走過來，伸了個懶腰，並且探頭看著那份手稿。「有名字嗎？」

有的，艾芙發現。「給葛夫的華爾茲。」

布魯斯扮了一個鬼臉。「看來我也必須在M1發生一場差點身亡的車禍。〈布魯斯敘事歌〉，妳可以這麼稱呼寫給我的歌。」

葬禮之後兩週，里馮開車載著這支樂團回赫爾看葛夫。這次的拜訪並不成功。他們經過藍野豬餐館，但是沒人有心情建議大家在那裡稍作停歇。葛夫已經出院，正住在他爸媽家。他爹，一個公車司機，在外值勤，代一位生病同事的班。葛夫的媽因憂愁而憔悴，非常擔心葛夫的狀態。他沒有離開家，甚至也很少離開他的房間，也不想跟任何人說話。她在前廳拿蛋糕和茶給他們。艾芙幫忙她把花插好。葛夫走下樓梯。他的外傷已經好很多，石膏已經拆除，頭髮也開始長出來，但是他的幽默感和好奇心都不見了。他的回話非常簡短。

「有任何關於什麼時候回來的想法嗎？」里馮問。

葛夫只是望向別的地方，點一根菸，然後聳聳肩。

「我們開了他媽的超久的車過來，可不是要來看恁聳肩的。」迪恩說。

「我也沒托媽的叫你們過來！」葛夫回答。

「我們沒要催你的意思，」里馮說，「但是——」

「那你們托媽的來這裡幹嘛？」

「格拉斯哥的馬克葛俱樂部願意提供下個月第三個星期六的時段，讓我們過去演出，」里馮解釋，「離現在還有四個禮拜。酬勞蠻不錯的，很棒的曝光機會。如果我們真的過去，我認為我可以說服艾列克斯趕快把〈蒙娜麗莎〉出成一支單曲。但是我們必須在三月死命巡迴演出。我知道你還在悲痛之中，不該在這時候就請你復出。但是我們必須知道。你要來，還是不要？」

葛夫閉起眼睛，身體往後貼靠在扶手椅上。

一台摩托車駛過。艾芙回想起迪恩的外婆，和她位在葛瑞夫森的家。那是較快樂的時光的一個較快樂的家。

「我們可以做什麼事幫你復出嗎？」里馮問。

葛夫沒有回答。

艾芙聽到遠方一列火車的聲音。

「史蒂夫會希望你怎麼做？」雅思培問。

艾芙因為這個白目問題倒抽一口氣。

葛夫瞪著雅思培，面露凶光。

雅思培回看他，彷彿他們是在討論天氣。

也許過了一分鐘。

「滾開。」葛夫說，然後離開那個房間。

他們幾乎一路無聲地開車回到倫敦。艾芙心想，幸運之輪轉動得多麼快。突然之間，烏托邦大道的未來變得完全無法確定。然而，在一個星期前，布魯斯將〈你心中的旋風〉的優先購買權以八百美元的價格賣給安迪威廉斯（Andy Williams）的公司。只是一個優先購買權，但是那些錢是真的。

艾芙終於回到家時已經很晚了。布魯斯幫她倒了一杯酒，按摩她的腳，然後聽她述說那個悲傷的一天的悲傷故事。艾芙泡了個澡，然後他們上床睡覺。

當迪恩帶著渴望吹奏口琴，手掌在通氣孔上不斷張合搧動來豐富音符的音質時，他的貝斯鬆鬆地懸垂在他身前。聲音在馬克葛俱樂部的低凹洞穴中繞圈圈，那是一段靠著牙齒完成的飛快獨奏。艾芙在鋼琴上即興彈出低音聲部，葛夫用壓鼓框來記拍子，雅思培則是把Stratocaster當成節奏吉他一樣彈奏。群眾被吸引住。這是最棒的感覺了——你寫了一首歌——你研究它——你擦亮它——你調整它——你演奏它——你看著數百個、數千個、上萬個人棲息在它裡面……我的天哪，我愛我所做的事。將來還會有一些調整，但是艾芙知道〈證明它〉會被收進下一張唱片裡。如果艾列克斯還想要下一張唱片。艾芙並不想要因為假設有一個未來，而為未來帶來楣運，雖然這場演出帶給她希望，烏托邦已經正式回歸了——而且，從某個角度來講，狀況更勝從前。消息會傳回維克特法蘭奇那裡。有葛夫回來坐在鼓組後面也給了她希望。她看著這位鼓手，他還沒有像從前那樣用極強勁的撞擊力道來敲奏迪恩那些較沉重的樂曲，但他已經表現很好了……

二月的第一個星期，里馮嘗試跟葛夫說話。葛夫拒絕接電話。里馮發了一封電報，請他打個電話到月鯨。葛夫沒有回應。里馮開車回赫爾——再一次。艾芙隨行。當他們抵達時，葛夫的媽淚眼汪汪。葛夫兩天前離家出走，只用他那有讀寫障礙的字跡留下一張紙條，內容可能是，「離開一下，別擔心，彼特。」但真正的內容很難確定。他在赫爾的朋友和家人，沒有人知道他在哪裡。事實上，他們很希望他已經回倫敦去了。里馮留下一封信給他爹，請他轉交給葛夫——若他近期回家。信中為葛夫設了一個期限，在週五之前告訴他們，他到底要不要繼續待在這個樂團。如果沒收到他的回覆，他們會把它當是「不」，然後辦試奏來找人取代他。艾芙和里馮開始漫長的車程回倫敦，這已經是十天內的第二次了。

週四的午餐時段，當艾芙捧著她和布魯斯洗好的衣服，腳步蹣跚地走回公寓時，她的電話響起。

「喂？」

嗶聲響起，一枚硬幣哐噹落入電話機的聲音，接著她聽到一個約克腔的男聲，「呀普。」

「葛夫？」

「艾芙。」

「你要離開樂團了嗎？」

「別軟弱。怎麼了？你們希望我離開嗎？」
「你才別軟弱。我們沒有人希望你離開，是你自己消失了。」
「現在我已經沒消失了。」
「你告訴過里馮和其他人了嗎？」
停了一下。「妳可以告訴他們嗎？」
「呃——沒問題，我會試試看。里馮不在城裡，而雅思培和迪恩有可能出門不在家了。這是個好消息。但是……」
「但是什麼？」
「我們以為已經失去你了。為什麼你改變了心意？」
停了一下。艾芙聽到酒吧的嘈雜聲。
「我……已經弄清楚史蒂夫會要我怎麼做了。」
艾芙等待葛夫告訴她，但他沒有。「好。」
「你們今天會在帕維爾那裡排練嗎？」
「會。」艾芙看了看時鐘。
「那麼，就在那裡碰面了。像以前那樣，一點鐘開始？」
「哇噢，等等——你在倫敦嗎？」
「是的，在阿蓋爾公爵酒吧。」
「就在轉角而已？」
「通話時間快到了。」嗶聲再次響起。
迪恩的口琴在獨奏的結尾部分感覺已經不夠力，馬克葛的觀眾狂吼，迪恩再次拿起貝斯，對自己的表現感到無比開心，因為很少有獎品比得到六百個蘇格蘭人的贊許更閃亮、更難靠努力贏得，尤其當你是個英格蘭人。他和艾芙交換眼神——她點頭，準備好了——迪恩的低音聲部進來替代她的左手，讓她可以空出手來彈奏下一節。在民謠音樂中，演唱者需要去扮演某些角色：在很長的一段獨奏之後，艾芙需要再次召喚出這首歌的角色，並且從獨奏者轉換成被虐待的前處女、攔路搶匪、捕鯨人——而觀眾會被要求配合這樣的演出。如果〈證明它〉能成功，那是因為艾芙可以做自己，裸露自己的心來唱出這首歌。這也是為什麼這首歌如此疼痛也如此有力。她看著那個皮克特女王，娓娓唱出自己所經歷的愛、背叛與失落的故事：

星期三早晨她在熨他的襯衫，
她在電台上聽到她自己的歌。
「你怎麼可以這麼做？」她大叫。「放輕鬆。」他說，
「妳知道的東西都是我教的——而且
請證明那是妳的作品，如果妳可以，那麼就請——
證明它——在法庭上——證明它。」

「所以，恁要回來了。」迪恩在帕維爾茲德的俱樂部對葛夫說。艾芙那天中午沒辦法連絡到他或雅思培，只能在月鯨的貝特妮那裡留話給里馮。現在，他們三個人全都同時來到帕維爾的酒吧。

帕維爾正用一塊布擦乾玻璃杯。

葛夫正在調整他的鼓椅。「對。」

里馮看了艾芙一眼：妳知道嗎？

她的眼神告訴他。是的，但是，順其自然吧。

葛夫把一顆蝶形螺母鎖緊。

艾芙在史坦威鋼琴上彈奏了幾個比爾艾文斯的和弦。

「你的身體可以旅行嗎？」里馮問。

葛夫像瀑布下瀉般在鼓組上快速敲了一輪，最後猛敲一聲鈸來結束。「我會說可以，你們呢？」

迪恩和里馮轉向雅思培。

波蘭英雄們從牆上看著他們。

光線穿過天窗落在明亮的布簾上。

葛夫拿出一根香菸，開始尋找火柴。

雅思培走過去，彈開他的Zippo打火機。

「多謝。」葛夫身體前傾，嘴裡叼著一根登喜路。

「不客氣。」雅思培把打火機收起來，接著打開吉他盒的夾扣。「我們最近都在練習艾芙的這首新歌……」

約莫幾天過去了。艾芙一邊熨衣服一邊聽Radio One播放的音樂。赫里斯樂團的〈珍妮弗艾克力斯〉（Jennifer Eccles）正在播放。這首歌不像那個樂團前一支單曲〈反轉的邁達斯國王〉（King Midas in Reverse）那麼迷幻。艾芙有點納悶，迷幻風是不是真如迪恩向來所宣稱的，只會是曇花一現的現象。東尼布萊克本（Tony Blackburn）介紹下一首歌。「接著要為大家帶來的是美妙的珊迪馮泰尼，一位德州的歌手，她三或四年前一連好幾支曲子上了排行榜。希望你們會和我一樣，愛上她的這首新歌，〈給我的男孩的華爾茲〉，因為我認為它將會是一九六八年最暢銷的曲子之一……」

序曲聽起來很熟悉。艾芙沒辦法指出她為什麼會覺得熟悉。那個C、F、降B、E的序列給那首歌一種爵士的感覺，但是一個銅管樂段把它拉往偏藍調的方向。珊迪馮泰尼接著唱出她的主唱旋律。艾芙發現她可以預測出它的每一個轉折。在副歌部分，令人作嘔的真相猛然打在她臉上：〈給我的男孩的華爾茲〉就是〈給葛夫的華爾茲〉，只是加上銅管樂段及歌詞。那曲調及和弦不只是熟悉，它們根本完全相同。這是剽竊。她聞到棉花燒焦的味道。她那件新的Liberty襯衫燒了起來……

★★★

布魯斯的鑰匙在門鎖裡轉動。「天哪，那幾個小伙子到現在仍然用摧毀曲子的方是演奏〈綠袖子〉……妳還好嗎？」

「你偷了我的歌，還把它賣給珊迪馮泰尼。」

布魯斯做出一副「我是多麼無辜我應該不可能會聽到我以為妳剛說了的那些話」的表情。「什麼？」

「你把我的歌賣給珊迪馮泰尼，或者是杜克－史托克爾賣的，或者是某個人賣的。東尼布萊克本在Radio One播放。」

「偷了它？」布魯斯看起來感到困惑，「聽聽看妳自己說的話。我為什麼要從別人那裡偷歌？弗雷迪杜克說我可以寫歌，利昂內爾巴特說我可以寫歌，霍伊的許多委託人都說我可以寫歌。他們都錯了嗎？這是妳要表達的意思嗎？」

「我要表達的是，」艾芙感覺缺氧，「那首〈給我的男孩的華爾茲〉就是〈給葛夫的華爾茲〉，加上歌詞及一段俗氣的副歌。」

「我必須告訴妳，艾芙，妳的話聽起來很詭異——」

「別，別，別，別這樣說我。別這樣。」

布魯斯站在那裡。外頭利沃尼亞街上一隻狗在吠叫。「妳看。我們兩個人一起生活、呼吸、吃飯、睡覺。或許——或許——我吸收了一兩個樂句，妳幹嘛就變得那麼歇斯底里？」

「吸收？那根本是同一首歌！」

「但是〈給我的男孩的華爾茲〉有副歌，有銅管樂段，有歌詞。我寫的歌詞。怎麼可能是『同一首歌』？不管怎麼說，妳已經從我這裡得到一百萬個點子。」

「那你就舉五個例子來聽聽。三個。不，說出一個例子給我聽就好。」

「〈不期然〉的歌詞。」

「你是認真的嗎？我只問了你關於幾行樂句的想法，那和我拿走你的一首曲子，而你在收音機上聽到它時才知道這件事，是完全不一樣的事。」

布魯斯搖頭，就好像見證到女人大腦的不合邏輯而感到震驚。「妳為什麼不能感到開心？當〈暗房〉登上排行榜前二十名時，沒有人比我更高興了。如果〈我的男孩〉表現得有珊迪馮泰尼的人所預期的一半好，我——我們——以後就可以養尊處優地過日子了。」

這就像是在跟一台網球發射器爭論：啪、啪、啪——總是有回聲。「你認為我不會注意到嗎？你認為那張唱片會失敗？還是你根本就不在乎？」

布魯斯嘆氣。「妳為什麼老是要做這種事？」

艾芙被預期要問：「做什麼？」所以她沒有。

布魯斯還是回答了她。「妳總是把自己設定成受傷害的一方。我沒有偷東西。〈我的男孩〉是一首布魯斯弗萊契的歌。」

艾芙已經被逼到無法再回頭的地步。「那麼布魯斯弗萊契就是個騙子兼小偷。」

那個受傷男友的面具從布魯斯的臉上蒸發。「是嗎？」連他的聲音也變了，「證明它。」

雅思培坐在馬克葛的鼓台邊緣，彈著他的Strat吉他。迪恩的點頭表示，再一輪我就要鞠躬下台了。艾芙快速地彈奏減和弦與增和弦的行進。東尼布萊克本對〈給我的男孩的華爾茲〉的說法是對的：才過了兩個星期，它已經登上美國排行榜第十一名，在英國還高居第三名，只排在佩圖拉克拉克及猴子樂團後面。上個星期珊迪馮泰尼飛來英國，在萊姆葛洛夫攝影棚參加《最佳流行音樂》的錄影。根據菲力克斯芬奇的專欄，在珊迪的隨行人員中包括了布魯斯以及「美得不得了的模特兒凡妮莎福克斯頓」。根據迪恩的說法——他是聽洛史都華（Rod Stewart）說的，洛總是知道這些事——布魯斯從巴黎回來之後，就一直在「彈她的G弦」。布魯斯現在穿的是義大利西裝。他的信用額度非常好，版稅很快就會像打雷一樣隆隆湧進。艾芙拿不到一便士、一美分、一芬尼、一元或一里拉。杜克—史托克爾經紀公司及月鯨經理公司的律師泰德席爾沃做出的結論是：雖然〈給葛夫的華爾茲〉和〈給我的男孩的華爾茲〉在音樂上的相似度非常高，辯方律師會主張，艾芙無法證明〈給葛夫的華爾茲〉是她創作的，她無法證明布魯斯聽過它，而且無法證明布魯斯剽竊了那首歌。艾芙很可能還必須付布魯斯和她自己的法律訴訟費。如果她拿這個故事給媒體，布魯斯還可以反過來告她誹謗，讓艾芙失掉兩大筆錢，而不只是一大筆錢。「那麼，我該怎麼辦？」她問。泰德席爾沃建議她準備幾根針及巫毒娃娃。

葛夫、迪恩和雅思培停止演奏，讓艾芙自己一人在鋼琴上結束〈證明它〉。馬克葛的聽眾鴉雀無聲，不願漏掉任何一個字。聚光燈照在鋼琴上，兩個小光點反射在皮克特女王的眼睛上。她的皮膚變成金黃色，艾芙的手也一樣……

偷兒需要傻子來進行他的騙局，
一個易受騙、相信任何人的傻子；
愛人需要解藥來治療重病。
歌手需要一個律師和一把槍。
「我會證明犯罪對我有利，」羅密歐說，「我會，我會證明它，我會證明它。」他仍在證明它。

生命的要素
SIDE B
1. 守夜人（德魯特）
2. 將巨石滾開（莫斯）
3. 就連藍鈴花（哈洛威）
4. 神智正常（德魯特）
5. 看看那是誰（莫斯）

守夜人

引擎在水面下攪動，骯髒的海水湧出泡沫，阿納姆號駛離水泥打造的哈維奇碼頭。雅思培感覺甲板開始隨著大海的湧動而上升、下降與傾斜。

「阿姆斯特丹，」葛夫說，「我們來了。」

「合法的大麻，」迪恩說，「我們來了。」

「容忍，不是合法，」里馮更正，「謹慎一點，拜託。被警察盯上可能會妨礙我們未來的巡迴演出。」

阿納姆號巨大的汽笛發出三聲嗚嗚。

「是真的嗎？」葛夫說，「聽說在紅燈區，妓女就站在玻璃隔間裡，你可以從街上直接看到裡面？」

「這是真的。」雅思培說。

「喔，想必好吃極了，」艾芙說，「看得到卻吃不到。」

雅思培很確定這是嘲諷的說法。

「如果你要去，」艾芙告訴迪恩，「別告訴我，我不希望我必須跟艾咪說謊。事實上，我不想跟艾咪說謊。」

「天哪，我就跟白雪一樣純潔無暇。」迪恩扶著自己的心。

「這是你每年夏天搭的船嗎？」里馮問雅思培。

「每年夏天，一位司機會到伊利來接我，把我載到哈維奇，然後把我送上船。我祖父會在另一邊接我到棟堡去。」

「棟堡就是德魯特家族住的地方？」艾芙問。

「德魯特家族住在米德爾堡，澤蘭的首府。棟堡則是位在海岸邊，我以前是寄宿在棟堡的一個教區牧師家中。」

「恁為什麼不能就跟家人一起住？」迪恩問。

「家中的政治考量。」雅思培回答。

「你一點也不在乎孤身一人被送到北海的另一邊，去跟一些陌生人住？」艾芙說。

雅思培想到自己站在這道欄杆前面，被同樣的北海海風襲擊，看著每一樣他曾經認識的事物逐漸變得扁平，成為地平線上的一抹小疙瘩。「說不在乎不是一個選項，我沒有別的地方可去。我喜歡船，我是在船上出生的。」

「統治階級的人，耶？」迪恩說。

帶著鹽味的空氣充滿他們的肺。陰影在布滿皺紋的海面漂移、離去。海鷗盤旋在阿納姆號左右。

「這是一場探險，」雅思培，「我覺得自己好像故事裡的一個小男孩。」

*擅闖入血液中。*七年前，雅思培醒來，在他和弗瑪吉歐與扣扣進行溝通後的隔天早上。他感受到內臟中有一種令他作嘔的恐懼感，此外，由堅硬的關節所敲出的一串*扣—扣—扣—扣—扣—扣*，打在他頭顱的頂端，就像一個忿怒的樓下鄰居用掃把柄猛撞他的天花板。它停下來然後再開始，一分鐘好幾次，跟使用水刑來折磨犯人沒兩樣，彷彿不把雅思培逼瘋絕不善罷干休。他沒有胃口，略過早餐。第一堂課是歷史，但是扣扣把漢弗瑞斯老師關於百年戰爭的論述埋了起來，所以他以偏頭痛為由，請求准許他先離開。他穿過自己的房間去找女舍監，手中拿著弗瑪吉歐在前一天晚上製做的那張「字母方陣」。女舍監給他一顆阿斯匹靈——它對敲門聲沒帶出任何效應——然後坐著打了一陣子毛線。待她離開房間後，雅思培大聲問他的折磨者，和平的代價是什麼。答案是扣—扣—扣的一輪猛轟。雅思培知道不可能再有進一步的溝通了。

弗瑪吉歐在午餐前過來看他。「耶穌基督啊，你看起來糟透了。它仍然……」他用兩手的指關節互敲三次。

雅思培點頭。在他看來，整理出語句就像是試圖做心算，由某人隨機喊出一些數字而他將它們加總。「打電報給我祖父。萬一我被強制關進英格蘭的醫院裡，可是沒有監護人可以把我弄出來。」

弗瑪吉歐點頭，然後離開。在勢如雨下的猛烈敲門聲下，他艱苦熬過更多個小時。敲擊聲愈來愈大。雅思培感覺他的心靈已經出現一道道縱橫交錯，像頭髮一樣細的裂痕。校長和城內診所的貝爾醫生一起過來，仔細檢查雅思培一番：弗瑪吉歐的電報已經寄到魏姆祖父那裡。扣扣發射了槍林彈雨的重擊，讓雅思培的眼睛流出淚來。在量測了雅思培的脈搏、反射動作、血壓、視力及聽力之後，貝爾醫生做出「劇烈神經性偏頭痛」的診斷，開了幾顆安眠藥和一款溫和的鴉片口服液。弗瑪吉歐在晚餐後回來，但是這時候，他已經幾乎無法說話了。「我不知道這是邪靈附身還是發瘋還是腦瘤，」雅思培說，「但是已經快把我殺死了。」

弗瑪吉歐問女舍監和校長，雅思培可不可以睡在他們的宿舍，這樣一來如果他情況惡化，一旁的弗瑪吉歐就可以馬上發現。校長同意，於是雅思培吃了兩顆安眠藥，才去睡在他自己的床上。他選擇不去數羊，反倒列出斯瓦夫翰宿舍的學子能殺死自己的各種方法：用制服領帶當成套索來上吊；在烏茲河淹死；用瑞士刀割自己的血管；把頭躺靠在金斯林到倫敦的鐵道上……

……扣扣搖晃雅思培，讓他恢復意識。他的鬧鐘顯示兩點。弗瑪吉歐在睡覺。雅思培感覺對自己的身體不熟悉，就彷彿睡覺時，他的心思被移植了。那敲擊殘酷、無情……某個衝動催促雅思培離開床，到衣櫃的鏡子前查看自己在鏡中的模樣。一個陌生人的雙眼打量著他。鏡子裡那個陌生人用他的指關節敲打著鏡子內部，而且在極其短暫的疼痛瞬間，他揭露他真實的樣貌：一個男人，比雅思培更老、更矮，長著東亞人的眼睛，穿著儀式用的道袍。他的頭髮剃光。接著，他不見了。

出於它自己的意願，雅思培的指關節再次去敲鏡子，而那個人物重新出現，附身於雅思培的拳頭，然後扣—扣扣扣扣扣扣扣扣扣扣扣扣扣扣扣扣扣扣扣扣扣扣扣扣扣扣扣扣扣扣

扣扣扣—扣—扣—扣—扣—扣—扣「德魯特！德魯特！德魯特！」

弗瑪吉歐將雅思培從鏡子旁邊拖走，將他壓制在他的床上。他的指關節被割傷而且流著血。「你在夢遊！你在作夢！」

「不，我沒有。」雅思培說。

烏托邦大道樂團一行人走下荷蘭角港的登船通道。一道斷斷續續的彩虹位在倉庫和碼頭的上方。里馮兩手各提了一個公事包，雅思培和迪恩背著他們的吉他。至於音箱、鍵盤和鼓，電視台的攝影棚及帕拉迪索音樂廳會提供，所以葛夫和艾芙只需要帶各自的過夜行李。他們進入荷蘭角港的新海關區。這地方的設計、標誌的字體、荷蘭語的發音，以及說話者的臉，都讓雅思培很放心。他終於來到排隊人龍的最前面，把他的荷蘭護照交上去。那位體格壯碩的海關官員端詳雅思培的照片，接著對著雅思培的長頭髮皺了一下眉頭。「但是這裡說你是男性。」他說話帶著法蘭德斯的口音。

玩笑話。頭髮。「是的，常常有人這麼說。」

那官員對著雅思培的吉他盒點頭。「機關槍？」

另一句玩笑話？雅思培把他的Stratocaster給那人看。

那官員做出一個難以解讀的表情，目光射向雅思培後面的艾芙、葛夫、迪恩及里馮。「那是你的樂團？」

「是的，那個比較老的是我們的經理人。」

「哈。你們很有名嗎？」

「不是很有名。也許很快就會變有名。」

「你們怎麼稱呼自己？」

「烏托邦大道。」

那官員再次檢查雅思培的名字。「你跟米德爾堡的德魯特家族有關係嗎？那個船運家族？」

經驗已經教會雅思培怎麼閃爍其詞。「只是沾上一點邊的遠親。」

AVRO電視的更衣間裡有四張椅子，正對著四面鏡子，由四顆裸露的燈泡照亮，再加上一個衣帽架，兩隻在破裂瓷磚上被踩扁的蟑螂，還看得見幾個垃圾筒。「我們已經來到重要時刻了，貝比。」迪恩喃喃說。

「至少這裡沒有尿味及啤酒味。」艾芙說。

「請先在這裡休息二十分鐘。」那位助理說。

雅思培把目光轉離那些鏡子，我懷疑。

「可以在這裡先做些準備，」助理說，「你們的時段快到的兩分鐘前，我會把你們送到攝影棚的舞台。你們要演唱〈暗房〉和〈蒙娜麗莎唱藍調〉。在那之後，漢克會做一個簡短的訪問。還需要其他東西嗎？」

「一團和我的頭一樣大的鴉片，」迪恩說，「謝謝！」

「這種東西可以自己到城裡去買。在節目結束後。」

掌聲湧進外面的走廊，驚駭藍（Shocking Blue），來自海牙的一個四人組迷幻搖滾樂團，帶頭開始今晚的表演。

「我會再回來。」助理出去後就把門帶上。

「真是該死。」迪恩轉向雅思培，「你們這些追求狂放波希米亞風的荷蘭怪咖還有什麼事情做不出來，有嗎？」

是諷刺、挖苦或真誠？雅思培做了一個萬用的聳肩動作。

「我要去跟赫里斯樂團的經理人談一點事。」里馮戴上他的藍眼鏡。「別做任何我不會做的事。」

「這給我們留下很大的空間。」艾芙不免俗地說。

雅思培把外衣套在一個衣架上，再把那件衣服掛在鏡子前面，坐下來，拿出他的樂富門香菸。

「為什麼鏡子會讓你毛毛的？」葛夫問，「當然，沒錯，你也許不能當油畫的主角，但是你的相貌還不至於那麼令人反感。」

「它們就是讓我毛毛的。」雅思培避免講得太明確。

「噢，仔細聽聽這位神祕隊長的話。」葛夫說。

「恐懼症不理性，」艾芙說，「那就是重點。」

「我害怕的東西都蠻能理解的，」迪恩說，「蜂群，原子戰爭，原子戰爭之後還活著。」

「瘟疫，」葛夫說，「電梯井，艾芙呢？」

艾芙想了一下。「在舞台上忘詞，在樂曲中彈錯音。」

「如果發生這種事，」迪恩說，「就假裝用匈牙利語唱歌，如果有人問『那是什麼？』時，就說，『這就是前衛。』」

「說到前衛（Avant-garde），讓我想起我的太陽眼鏡，」葛夫說，「我把它留在化妝室了。我很快就回來。」他起身離開。

「老佚倆了，」迪恩說，「恁只是想去要化妝師小姐的電話，恁這隻老狗。我要跟你一起去。她拒絕恁的時候，我要蓋恁的臉。」

「我想去看驚駭藍的演唱，」艾芙說，「你要來嗎，雅思培？」

平和、寧靜及一根香菸在邀請他。「我留在這裡。」

更衣間的門上傳來扣—扣—扣的聲音。

沒事的，雅思培安慰自己。「哈囉？」

褐髮、方下巴、眼神有些焦急的一張臉探了進來。「你就是雅思培德魯特，我猜。」這位訪客有低沉的美國口音。

雅思培知道他，他先前是飛鳥樂團的一員。「金克拉克（Gene Clark）。」

「嗨，可以打擾你一下嗎？」

「不用客氣，小心別踩到蟑螂就是了。」

金克拉克低頭看了一下那兩隻被踩扁的蟲子。「如果不是神的恩典，躺在那裡的也可能是我。」

雅思培不確定正常的回應該是如何，於是他聳聳肩，希望這樣不會有問題。那位訪客穿了一件桃紅色襯衫、鬆垂的淡紫色蝶形領帶、綠色的長褲及發亮的Anello & Davide皮靴。他拉出一張椅子。「我只是想說，我**真的**很喜歡你們的唱片。你的吉他彈奏可以說是舉世無雙。你是自學的嗎？」

「我曾經跟一位巴西老師學過一陣子。大致上來說，我是自學的，在一個又一個房間裡。」

那位歌手看起來好像覺得雅思培的回答很奇怪。「你把自己教得很棒。當我聽到〈暗房〉時，我心想：『平克佛洛伊德怎麼有辦法讓艾瑞克克萊普頓跟他們一起演奏？』真的很棒。」

那是稱讚，雅思培明白。回報一個。「謝謝。你和戈斯丁兄弟（Gosdin Brothers）合作的專輯是一場饗宴。〈回音〉（Echoes）很了不起。那個往上攀升的F大七和弦真是巧妙。」

「所以，那是個F大七和弦哦？」金克拉克輕輕彈掉菸灰。「我稱它『F失神』。我喜歡那張專輯最後的樣貌，只可惜它賣得很差。發行日和我之前的樂團發行專輯《比昨日年輕》（*Younger than Yesterday*）正好重疊，所以它就像掉進洞裡消失了……」

雅思培猜現在輪他講話了。「你做巡迴演出嗎？」

「只在幾個特定日期，在比利時及荷蘭這裡。這裡的人喜歡我。總之，足以讓宣傳人員願意安排我飛過來。」

「我以為你是因為害怕飛行，才退出飛鳥樂團的？」

金克拉克把他的香菸捻熄。「我退出飛鳥，因為我厭倦飛行。厭倦了那種生活、那些尖叫、那些面孔、那些名聲。所以我退出。名聲會把自己壓印在你臉上，接著它會塑造你的臉。名聲能讓你不受制於平常那些規則，那也正是法律不喜歡我們這些歌手的原因。如果一個帶著吉他的怪咖不需要遵守大多數人及好人的規則，那麼為什麼還有人需要遵守？麻煩的是，如果名聲是一種藥，那麼它就很難戒掉。」

「但是你戒掉了，克拉克先生，」雅思培說，「你離開了美國的披頭四。」

金克拉克查看他手上的繭。「是的。但是猜猜怎麼了？現在名聲離開了，我卻又想要它回來。沒有名聲，我要怎麼賺錢養活自己？在咖啡店駐唱賺點啤酒錢並無法解決問題。我懷念有人知道我是誰的時光。當我有名聲的時候，名聲快要把我殺死。現在它走了，沒沒無聞快要把我殺死。」

驚駭藍的〈露西布朗回到城裡了〉（Lucy Brown Is Back In Town）順著走廊飄過來。那薩克斯風的獨奏很棒，那首歌本身倒不怎麼樣。

「我們會在烏托邦大道裡給你一個家。」雅思培說。

金克拉克的笑容一閃即逝，就好像雅思培是在開玩笑。「我是人生中最蠢的笨蛋？所有的流行音樂都只是一時流行、轉眼即逝？在很多年後，我們都會被某個新的強尼桑德（Johnny Thunder）和雷聲樂團（The Thunderclaps）取代？或者，當我們六十四歲時還能這樣玩嗎？有誰曉得呢？」

「時間曉得。」雅思培說。

預錄好的〈蒙娜麗莎唱藍調〉最後幾個和弦逐漸淡去，助理導播舉起一個荷蘭文牌子，上面寫著「掌聲」，觀眾也配合演出。雅思培在其中認出他在藝術學院時期街頭表演的老伙伴及同學，山姆維爾威。維爾威對著他舉出兩根大拇指。樂團被引導到一張沙發，就坐在漢克圖林（Henk Teuling）旁邊。《粉絲俱樂部》（Fenklup）的主持人是個塊頭有如海象的男人，他的穿著就像一個公務員。他對著攝影機說著字正腔圓的荷蘭語，就好像要為這節目的嬉皮觀眾贖罪。「英國樂團烏托邦大道為我們演唱了〈暗房〉和〈蒙娜麗莎唱藍調〉。他們的吉他手雅思培德魯特是『半個荷蘭人』，而且是著名的德魯特船運家族的子弟。我的資訊正確吧？」

「大部分，」雅思培回答，「我們可以說英語嗎？」

「當然。」漢克圖林露出寬容大量的笑容，然後望向艾芙。「何不先從為我們介紹這位可愛的女士開始？」

「這位是艾芙，」雅思培說，「〈蒙娜麗莎〉就是她寫的。」

艾芙冷靜地對著攝影機揮手，然後豪邁地說出：*Gooddag, Nederlands*（日安，荷蘭）。

觀眾大聲喊著：「我們愛妳，艾芙！」

「那麼我必須問，」主持人問，「妳為什麼會跟三個男生在一個樂團裡？這非常不傳統。妳是自己申請加入的嗎？還是這個樂團來邀請妳？」

「我們……算是彼此跟對方試合。」艾芙說。

「有人說妳是被聘請來做吸引人的花招。」

艾芙的表情變得複雜。「我不太可能會對這個問題回答『是』吧？我的意思是——你是被聘請來做吸引人的花招嗎？」

「不過，小精靈是一種長著尖耳朵、有魔力的小矮人。可是妳並不矮、沒有魔力，也沒有尖耳朵。」

「它是家人給我取的小名。我出生證明上的名字是Elizabeth Frances。El加上F就成了Elf。」

漢克圖林接受這個說法。「原來如此，你喜歡阿姆斯特丹嗎？」

「我愛這裡。它是如此……令人難以置信。而我就在這裡。」

「的確是如此。」漢克圖林轉向葛夫，「你是……」

葛夫的眉毛皺了起來。「我是托媽的什麼？」

「你是烏托邦大道樂團的鼓手。」

葛夫望向鼓組那邊，一副震驚樣。「天哪，你說得沒錯。我是這個樂團的鼓手……」

「而今晚，在阿姆斯特丹這裡，你們就要在帕拉迪索音樂廳獻出你們的首場國際演出。這場演出對你們有何意義？」

「意味著我可以接受漢克圖林的訪問。」

漢克圖林點頭，彷彿在思考康德所說的話。接著他轉向迪恩。「你是迪恩莫斯，一個貝斯吉他手。你寫了一首我們現在還沒聽到的歌，歌名叫〈放棄希望〉。它是你們發行的第二支單曲。它表現並不如預期，為什麼？」

「那是個奧祕、難以回答的問題，」迪恩說，「就像是問『是誰聘僱來的？』一樣。」

漢克圖林露出難以辨認的微笑。「英國式幽默。我在荷蘭是個知名的音樂評論人，而且絕對具備主持這個節目的資格。這就把我們的話題帶到烏托邦大道的專輯，《樂園是通往樂園的道路》。」他拿出一張他們的專輯讓攝影機拍攝。「有人說這張專輯得了精神分裂症。你們怎麼回應？誰要來回答？」

「一張專輯怎麼可能得精神分裂症？」迪恩問，「那就好像說，『你的直升機得了躁鬱症』一樣。」

「然而，事實上，在這張專輯，我們聽到迷幻搖滾、帶迷幻效應的民謠、節奏藍調、民謠插曲、爵士樂段。所以，事實上，對於如此不一致的風格，『精神分裂』是很貼切的形容詞。」

「用『折衷』這個形容詞不是更貼切嗎？」艾芙問。

「但是，那麼，」漢克圖林問那三個男生，「烏托邦大道要擺在哪一**類型**的音樂？我們在電視機前的觀眾也會擔心這個問題。**類型**。」

「把它放在折衷類。」迪恩說。

雅思培的注意力漂移到別處，找到山姆維爾威，他在模仿用套索把自己吊死的動作。那是在開玩笑。雅思培也模仿一個微笑。他發現自己是在找翠克絲。

「你對這個問題也有看法吧，雅思培？」那個知名的音樂評論人問。

「你這就像是一個動物學家問一隻鴨嘴獸：『你是一隻長得像鴨子的水獺？或是一隻長得像水獺

的鴨子？或是一隻卵生的哺乳類？』鴨嘴獸根本不在乎。鴨嘴獸忙著挖洞、游泳、狩獵、進食、交配、睡覺。跟鴨嘴獸一樣，我不在乎。我們創作我們喜歡的音樂，我們希望別人也喜歡它，就這樣而已。」

製作人做出時間到了的手勢。漢克圖林對著攝影機說話。「今天的訪問就到這裡。有人會認為這四隻鴨嘴獸的音樂沒有焦點、令人困惑而且太大聲。有些人也許會喜歡上它。我不要任何人對他們有成見。接下來上場的是一支已經第三次上《粉絲俱樂部》的團體，要帶來他們最新的排行榜金曲〈珍妮弗艾克力斯〉，我很榮幸為大家呈現一支最真實的英國流行音樂感動——赫里斯樂團！」

辛格運河的黑色水面映照出彎曲河岸上保持一定間隔的街燈。一顆顆淡黃色的燈影碎裂、消失、碎裂、消失。雅思培越過窄橋，進入羅莫藍街，街景正是外國人想到阿姆斯特丹時心中會出現的典型圖像：鋪著紅磚、兩側有街燈、高而窄的房屋裝著高而窄的窗戶，還有尖陡的三角牆以及花盒。在這條不算長的街道上走到一半，他就在銅製的門鈴上方發現他要找的那個門牌號碼及一個名牌：**葛拉瓦西**。他從來就不是社交禮儀的大師，但是他很確定，正常人會先打電話告知，而不是在五年後直接出現在人家家門口。不只如此，如果你按下門鈴，扣扣的回來就會變成正式記錄。雅思培感受到眼下的分歧選擇。還是，我可以走開，希望狀況會自行好轉。

一輛貨運廂型車開上羅莫藍斯塔街。雅思培必須站在門前的台階上，讓那輛車經過。那輛車慢了下來，駕駛及乘客——兒子？——瞇起眼睛看雅思培，就好像要記住他的面孔，以協助警方素描師畫出嫌犯像。我也有可能是你，雅思培看著那個兒子，心想，從起初到結尾，都是一些Y形的分叉……他的拇指還放在門鈴上，只是力道比先前大一點點。要得到一個未來，就要付上另一個未來的代價。不，那道門根本就自行打開了。伊格納茲葛拉瓦西用他那帶著弗里斯蘭口音的荷蘭語對雅思培說話。「啊，時機抓得剛剛好，雅思培。快進來，外面很冷。晚餐已經做好了。」

葛拉瓦西醫師的廚房雖然雜亂無章，卻一塵不染，色調是水仙花的黃。「我太太到馬斯垂克去拜訪家人。」這位醫生舀了些燉肉到雅思培的碗裡。他年紀比較大，喉嚨的皮膚比較鬆弛，但他的白髮仍然向後揚起，彷彿他正面對一陣強風。「她一定很遺憾剛好錯過你。」

「請轉達我的問候。」雅思培提醒自己說。

那藥草的蒸氣讓他冰冷的皮膚感覺舒暢。

「我會的。你覺得倫敦如何？」

「像迷宮。」

「我們都覺得你的留聲機唱片有很多可稱讚的地方。當然，『現代音樂』對我而言是指浦朗克或布瑞頓[46]，但是如果文化不演化，它就會死去。我也寄了一張唱片給克勞蒂杜波瓦。她目前在里昂教書。對於你和烏托邦大道，她，照英格蘭人說法，就像哈利一樣快樂（欣喜若狂）。」

「請轉達我的問候。」

「我會的。當我讓她在萊克斯多普測試她的新想法時，我根本不知道我們正在孵化『荷蘭的吉米罕醉克斯』。《電訊報》就是這麼稱呼你，連我也聽過他。*Bon appétit*（請享用）。」

雅思培的味蕾開始研究味道。小牛舌、迷迭香、丁香……「今天晚上有客人嗎，醫生？」

那醫生剝開一個脆皮麵包。「為什麼這麼問？」

「那鍋湯。你煮的分量夠一支橄欖球隊吃。」

葛拉瓦西撇了一下嘴。「那是我母親傳給我、需要精心製做的傳統猶太食譜。光是收集那些材料就很不容易，所以我把分量做足，值回我所下的工夫。我們現在有一台冰箱，可以把東西存一個星期。此外，我有個直覺——期待——一位過去病人可能會順道造訪。」他有某種表情。得意？

46 浦朗克（Francis Jean Marcel Poulenc, 1899-1963）是法國鋼琴家、作曲家；布瑞頓（Benjamin Britten, 1913~1946）是英國作曲家、指揮家、鋼琴家。

雅思培尋找線索：一位過去的病人……「是我嗎？」

醫生開心地喝啤酒。「還有別人嗎？」

「你想必有過許多病人。」

「沒有太多位過去病人的名字用巨大字母印在帕拉迪索音樂廳外面，也沒有太多人在電視節目《粉絲俱樂部》上演出過。」

「在萊克斯多普，你常說電視會把人腦變成茅屋起司。」

「為了你，我破了例。我強迫一位鄰居看這個節目。那節目很無腦，但是你們都演奏得非常棒，我認為。跟留聲機上一模一樣。」

雅思培咬了一口鬆軟的皇帝豆。「在電視上，我們是播出唱片，再對嘴唱。」

「真的嗎？天哪，天哪。可惜漢克圖林沒有預先錄好他的訪問。再吃一碗吧。很高興看到你吃東西。」

那位精神科醫生端出綠茶，並且在他擺滿書的書房中點燃菸斗。這兩種香氣讓雅思培回想起他在萊克斯多普療養院的日子。葛拉瓦西醫師的聲音讓人心境安穩。「雅思培，這只是單純的拜訪，還是，如果我想的沒錯，也有醫學專業上的需求在裡面？」

「你算退休了嗎，醫生？」

「我們這些老精神科醫生是永不退休的，我們只是在理論上突然消失了。他啜飲一口茶。「稍早之前看到你在我的門口，我就猜你來這裡是有事情要談。」那醫生又喝了一口茶。「我說錯了？」

屋外一位趕路的自行車騎士瘋狂地按了一陣車鈴。

說出來吧。「我想我又可以聽到他了。」

那醫生以類似咆哮的聲音說出他的想法。「扣扣嗎？那個蒙古人？還是另一個？」

「你還記得我的病歷。」

醫生菸斗的煙聞起來有菊苣、泥炭及胡椒的味道。「透露一個事實：你這個案例為我的醫師生涯加了不少分。在《精神醫學論壇》刊登了我的雅德病人論文後，從溫哥華到巴西利亞，從紐約到約翰尼斯堡都有醫師同仁跟我連絡，提供我有關同樣現象的報告：一些被診斷患了精神分裂症的病患表示，有個能改善精神病症狀的東西會不時來拜訪他們。去年五月我們還在波士頓辦了一場研討會，主題是「自主療癒人格」（Autonomous Healer Personae）。如果我看起來像吸血鬼那樣熱切，我向你道歉——但是，沒錯，你這個案例我記得非常清楚。」

「若非精神醫師有點像吸血鬼，精神醫學根本就不會存在，而我可能早已經死了。」

醫生沒有否認這點。「我會盡我所能來幫忙。」

任何事都需要錢。「謝謝，但是我祖父過世了，我也沒有固定薪水，所以——」

「不需要任何費用。我唯一的要求是我可以發表我的研究發現。」

「說定了。」雅思培猜想這時候握手是恰當的。

葛拉瓦西醫生跟雅思培握手時面帶微笑，接著他伸手拿記事本。「那麼，我們有多少時間？」

「我們在帕拉迪索的試音是八點。」

醫生的時鐘顯示六點五十五分。「那麼，現在只能先記錄一些基本事情。你為什麼會認為扣扣回來了？」

「我最近幾個月又聽到他的聲音。他聽起來仍然很遙遠，而且聲音仍然很微弱，但是他醒著。我認為我最早大約是一年前在倫敦的夜店聽到他。」

低沉的咆哮。「你在夜店吸食了藥物嗎？」

「安非他命。我在夢中也看到他。」

「鏡子裡的那個僧侶？」

「對。」

另一段低聲咆哮。「或許，在你的人生中沒作夢夢到這麼一個創傷人物那才是怪事。」

「如果……有個隱形人進到這個房子裡，醫生，你看不到他，但是能感覺到他。我可以感覺到扣扣，在這裡……」雅思培碰觸自己的太陽穴。「這就跟在伊利，還有在萊克斯多普的情形一樣，在那個蒙古人出現之前。那個蒙古人說我有五年的時間。我的五年到了。」

葛拉瓦西醫生的原子筆忙個不停。雅思培想到同樣愛用原子筆的艾咪巴克瑟爾，從去年十一月起，她經常來切德溫馬房街，在迪恩的房間過夜。「你服用過迷幻藥嗎？」

「沒有，我謹記你的警告。」

「你有沒有服用奎立靜或任何抗精神病藥？」

「沒。我沒有這類藥物。我沒有去找醫生。英國監禁的人數比一般人以為的還要多。」

葛拉瓦西拿起菸斗抽了一口。「扣扣的夢裡發生了什麼事？」

「就像一部我在看的電影。一部歷史電影，場景是幾世紀前。我看到扣扣——一位僧侶或寺院住持——被某個行政首長之類的人下毒……」雅思培從背包裡拿出他的日記。「在第一頁，我也把其他幾個我認為重要的夢寫下來。它們都有日期。」

這位精神醫師接過日記。雅思培猜他看起來很開心。「我可以跟你借這本日記，把一些重點抄下來嗎？」

「可以。」

他翻開第一頁。「一個很好的習慣。」

「我朋友弗瑪吉歐說，『沒有仔細記錄下來的事，就只是八卦和揣測。』」

「他說的沒錯。你們還有連絡嗎？」

「是的，他在牛津研究大腦。」

「代我向他問好。他是個很聰明的孩子。我猜想，自從扣扣的——該怎麼說呢？——『復甦』之後，你還沒有聽到那個蒙古人說話？」

「沒錯，那個蒙古人已經很久沒出現了。」

「在萊克斯多普，你跟我說過他只是剛好經過，就像一個『赤腳醫生』。」

「沒錯。」

「而你現在仍然相信……他是真實存在的？」

鐘擺的擺幅只有淺淺的半分鐘。

「是的，」雅思培說，「很不幸的，我相信。」

「為什麼要說『不幸』？」

「如果你的理論正確，那個蒙古人只是一個我自己創造出來把我的精神病症鎖住的心理警長，那麼我就有可能再創造一次。但是如果**我是**對的，那個蒙古人真實存在，而且只是碰巧來到萊克斯多普，那麼我的預後就不太妙了。」

外頭有一個女人大喊：「開車時給我看著路！」

「你想必覺得自己像個守夜人，雅思培，你只知道危險即將到來，卻不知道是何時或從哪個方向到來。」

「這個明喻不算太差。」

「為什麼，謝謝。」葛拉瓦西喝一口綠茶，「我想先讀一下這本——」他舉起筆記本，「回顧一些事實，之後再來進行今晚時間能做的更完整訪談。就目前來講，我先開給你奎立靜的處方。在你回英格蘭之前到藥局拿藥，這樣萬一未來有更嚴重的復發，你至少會有一點喘息的空間。」

說謝謝。「謝謝。」

這位心理醫師想了一下。「還有一件事。我在波士頓碰到紐約哥倫比亞大學的一位心理學家，他是一個怪傢伙，採用的是非傳統的研究方法，至少。但是我非常尊敬他。他對「自主療癒人格」感到好奇，尤其對雅德這個病人有興趣。我可以把今晚的談話分享給他嗎？」

「可以，他叫什麼名字？」

「尤里昂梅瑞納斯醫師，他看起來是中國人。但是這故事說來話長。大多數人都簡單起見，只稱呼他梅瑞納斯。」

〈紫色火焰〉原本就很長的獨奏變得比以往更長，因為雅思培在曲子的深處發現了一條祕密通道。高聳的屋頂、穹頂的陰鬱、拱形的門窗喚起帕拉迪索音樂廳最早做為非聖公會教徒崇拜場所的記憶。崇拜仍然在這裡進行，雅思培心想。不是崇拜我們四個人，是崇拜音樂本身。音樂把靈魂從身體的牢籠中釋放出來。音樂把「多」轉變為「一」。那些馬歇爾音箱震動著他的骨架。我們碰觸到某種神聖的東西。他的Stratocaster述說著狂喜與失望。我們不是諸神，但我們是某種似神的東西的流通管道。雅思培可以死在這裡，死在現在，而不覺得短少了一些人生。他看了迪恩一眼，讓他知道結尾快要到了。雅思培帥氣地扳了最上面的兩條弦來結束，迪恩再像噴燈一樣衝向最後一節。迪恩的歌聲是一年前的兩倍厚實，這有一部分要歸功於奶油樂團的傑克布魯斯（Jack Bruce），他們在愛丁堡的馬克葛演出後，他到後台提供迪恩幾個邊彈貝斯邊唱歌的竅門。他也去上了一些正式的歌唱課，現在，在他舒適音域的兩端都各增加了莫約半個八度的音程。艾芙並不想被搶了風頭，於是大剌剌地彈了一段出神入化的哈蒙德風琴獨奏。雅思培心想，古斯德魯特，或是他同父異母的兄弟們，是不是也在帕拉迪索聽他們演唱。不太可能。這樣他們不是會先跟我連絡嗎？誰曉得？如果我連正常人都難以理解了，那麼德魯特家族對我而言就更如費解的填字遊戲……

在後台，雅思培和其他人走散了，一個又一個顯然認識他的人像旋轉木馬般冒出來。山姆維爾威是少數幾個他說得出名字的人。「所以，德魯特，你離開阿姆斯特丹時沒沒無名，回來時卻已經成為一個成名的流行樂手。我的學生認為你是神。我告訴他們，我們曾經在水壩廣場一起街頭賣藝，他們認為我是在亂掰，所以我要把這張照片……笑一下！」一道閃光在雅思培的眼睛裡和頭腦裡炸開。

「勝利！」蕭開懷吼著，「加冕！神化！」

「需要興奮劑、鎮靜劑、外來貨？」一個穿著條紋衣的蟾蜍先生問，「迷幻魔菇、大麻、安非他命、特粗大麻捲菸？你說得出來的我都有。」

蕭開懷這下子變成了賀不攏嘴。「該死的你怎麼這麼晚才來，蛤？阿姆斯特丹需要你……」

「在德魯特總部，他們這時候一定會排泄出冰涼的嘔吐物。」荷蘭女王在發表評論，但她不可能這時候出現陽台上，還抽著一根大麻捲菸。

「我是《暢銷曲週刊》的戴斯歐托，」一個送葬人的臉說，「你真的在萊克斯多普精神病院住過兩年？」

從陽台上，雅思培看到帕拉迪索的經理正在下面的吧台區和里馮與艾芙談話。我要怎麼到他們那裡去？

「所以，問題是，雅思培，」潘交情拍著他的背說，「你們現在的經營團隊有辦法帶你們更上一層樓嗎？」

雅思培下錯樓梯。「他唯一的朋友是他的吉他，」一位音樂學院的老師解釋，「他畢業公演的作品是〈我該說是誰來找？〉（Who Shall I Say Is Calling）。它能滴下聲音……」

「古柯鹼、大麻、安非他命、紫心，」蟾蜍先生在雅思培耳邊喃喃說道，「保證滿意。試過迷幻藥嗎？」

「或者，他們會嘔吐出冰涼的排泄物？」茱莉安娜女王問，「家族不可外揚的醜聞私生子——上了《粉絲俱樂部》！無價！」

「你跟我在星期一做過愛。」一個女人把她的臉塗得像一張羅夏克墨漬測驗的圖。「星象上來說。是的，那就是我。」

雅思培在男廁洗手，他告訴羅夏克小姐。「或許，那是艾瑞克克萊普頓。」

「現在你有名了，」蕭開懷在樓下的酒吧說，「會開始冒出各式各樣的寄生蟲……」

「我是《暢銷曲週刊》的戴斯歐托，」一個送葬人的臉說，「聽說你和約翰藍儂某次一起吸食迷幻藥時，分別寫出了〈暗房〉和〈露西在鑲了鑽石的天空〉這兩首歌。是真的假的？」

「……而且他們會想得到好處或金錢，」蕭開懷接續他剛剛說的話，「你需要更擅長說『去死吧！』」

「問題是，」潘交情說，「像雅思培德魯特這樣的獨奏天才，在一支樂團的限制之下能昌旺多久？」

「誰是你的手下敗將？」蟾蜍先生的臉皺成一團。忿怒。「不是一個留著丁丁那款蓬鬆感油頭的矮胖比利時性伴侶嗎？」

那位講師拿給他一根大麻捲菸。「所以，院長希望你能在創辦人紀念日回學校做一場演講……」

「真是該死，」迪恩搖搖晃晃地走過來，「現在廁所裡這兩個傢伙還在擁吻跟互相撫摸身體！啊啊啊……」

「……講題隨便你選，」那個講師說，「『藝術、愛情與死亡』，『蘇荷快遞』，『反文化』……千萬要答應啊。」

「我是《暢銷曲週刊》的戴斯歐托，」一個送葬人的臉說，「聽說你父親希望把你從你祖父的遺囑中除名，是真的假的？」

「所以我唯一需要的就是五百荷蘭盾的頭期款來付錄音室費用，」蕭開懷說，「最好是現金。」

雅思培看到那個羅夏克女子，她的手伸進葛夫的襯衫裡。「我們在禮拜一做愛，星象上，但是今晚……」她輕聲對著葛夫的耳朵說，然後她的手繼續往下挖。

「你就等著從未來的銷售額中拿取製作人費，」蕭開懷說，「大筆的錢，跟你保證。你有什麼好損失的呢？」

那個三月夜像炭一樣灰而靛藍，星光燦爛。沿著王子運河的空氣清脆而沁涼。春天幾乎已經到了。一輛自行車的鈴噹響起。雅思培讓出路來，騎士通過時低聲說了「Taak」（任務）。一首很久以前的歌以及一陣荷蘭炸肉丸的味道從一間打著琥珀色光的酒吧傳來。雅思培駐足在阿姆斯特爾廣場的角落，並且舉起拇指試探懸在空中那顆半月的鋒利度。*再次成為阿姆斯特丹人真是自在。*英格蘭人不相信雙重性，他們把那視為潛在的叛國。在荷蘭，有個德國、法國、比利時或丹麥父母並不是什麼大不了的事。這個城市的鐘開始午夜的那輪鐘響。鐵鐘鳴接著銅鐘響，一擊接著一擊，豪宅與教堂逐漸消逝。在拉姆街麵包店樓上的那家音樂學院以及雅思培曾經住過三年的那個狹小房間消失了。同樣淹、淹、淹沒的還有那些骯髒妓院、船務公司及破舊的咖啡店；歷史悠久的旅館、過於講究的餐廳及音樂廳；帕拉迪索、萊克斯美術館及ARPO錄音室；水壩廣場、百葉窗已經關上的紀念品店，以及安妮之家；產科病房及墓園；馮德爾公園，公園裡的湖和栗樹、菩提樹及樺樹，樹上還沒有葉子；這城市的睡眠者與這城市的失眠者；甚至連在各自的鐘樓裡負責編織這齣不可能發生之消失戲碼的鐘，也在真實中融化而消失無蹤，直到阿姆斯特丹遠古的未來消失殆盡，僅剩下一片有鹽味的沼澤，被強風不斷吹刮，能以此處為家的生物只剩下鰻魚和海鷗，以及擁有會漏水的船的茅屋客和飢餓的狗……

在阿姆斯特丹的水道中，挖墓者之溝是個異數，因為它是條死路運河。只有那些想找一條通到動物園的捷徑的觀光客會意外誤闖進來。土生土長的阿姆斯特丹人當面告訴過雅思培，沒有這樣的運河存在——它的名字「挖墓者之溝」就證明是惡作劇。

然而現在它就在眼前，在半圓月的光照下，連街牌都看得見。那些值得尊敬的居民已經睡了，但是在遠端，在挖墓者之溝八十一號的那扇三角形閣樓窗裡，可以看見些許的天藍色。雅思培走完這條短運河的全程，來到被燈照亮的窗戶正下方的那扇門。他按了最上面的門鈴，仿照荷蘭童謠的節奏：*Boer wat zeg je van mijn kippen*……（農夫你覺得我的雞如何），暫停片刻，……*Boer wat zeg je van mijn haan*?（農夫你覺得我的公雞如何？），雅思培等待著。

或許她在睡覺，只是忘了把燈關掉。

雅思培等待。*我會數到十，然後就離開……*

四層樓之上，那扇窗戶打開。一根鑰匙落在鵝卵石上發出金屬的響聲。雅思培把它撿起來。鑰匙連接一個超人鑰匙圈。他像小偷一樣壓低聲量，讓自己走進那棟建築裡，經過樓梯間的自行車、瓦斯筒及一捲舊地毯，上到第四層樓。他快到走到時，最上面的那扇門自己開了……

棒狀的電熱器呈現熔岩的紅色，它讓些許的紅滲進天藍色的燈光中而製造出紫色的光芒。海倫梅芮爾（Helen Merrill）那獨特細薄絲綢般的聲音正在電唱機上唱著〈你能回來該有多好〉（You'd Be So Nice To Come Home To）。翠克絲穿著繡著「米蘭公爵旅館」的毛茸茸浴袍站在房間裡。三十歲、苗條、少許爪哇人的基因、冒著剛出浴的蒸氣、頭髮盤起來。「天哪。是鴨嘴獸先生。」

「我可以進來嗎？」

翠克絲的眉毛揚起。「我也很高興見到你。」

剛剛好像該說哈囉的。「抱歉，哈囉。很高興見到妳。」

翠克絲讓路給他過，然後在他身後把門帶上。「我正要上床，哭著讓自己入睡。我以為你那些追星女一定正在大啃我這隻可憐紅狐的骨頭。」

雅思培把外套掛在鹿角上。「諷刺。」

「天哪，天哪，倫敦都沒讓你變聰明一點嗎？」

雅思培脫下他的靴子。「挖苦？」

「不要表現得太正常。」

「那應該沒什麼危險。」

翠克絲準備了兩杯蘭姆酒和冰塊。

架上的時鐘說現在是五點鐘。

雅思培的錶說現在差三分鐘到午夜。

「幾個月前它發條鬆了，」翠克絲說，「時間很嘈雜。」

他們各自占據了沙發的一角，把腳也盤到沙發上，面對彼此。「*Proost*（乾杯），鴨嘴獸先生。」

「乾杯。」他們飲酒。蘭姆酒讓雅思培的食道感到灼熱。

「帕拉迪索的演出怎麼樣？」

「演出很順利，但是演唱會之後的派對玩得太過火。我趁沒人注意，就溜走了。」

「你們的專輯像新鮮鯡魚一樣賣得嚇嚇叫。米德爾堡的德魯特家族現在正在召開緊急董事會討論你的事。你父親會在那裡，對著他的股東說：『家醜不可外揚的私生子正在《粉絲俱樂部》演奏吉他！我們在這件事上的官方立場是什麼？』你們的貝斯手很性感。」

「迪恩在現實生活中並沒有他在電視上看起來那麼豁達。」

「你們四個人看起來很親近。」

「如果和其他人在同一個樂團裡，你可以更深入認識他們。」

「就像家人？」

「我不是這方面的專家，但或許如此，是的。我跟迪恩一起住，我想是他在照顧我，確保我不會忘記事情。葛夫什麼都不怕。他沒有煩惱，很會生活。我想像艾芙就像個姊妹。她善解人意，像妳一樣。他們三個人——還有里馮，我們樂團的經理人——都知道我的情緒失讀症，我想。我們不討論這事。他們直接幫我應付這類狀況，當我需要時。」

「真是英格蘭人的作風。」翠克絲點了一根土耳其香菸。「有什麼感覺？成為明星？」

「在帕拉迪索，人們一直問我這個問題，當我說『我還不是真的明星』時，他們的表情就變得……難以解讀。」

翠克絲想了一下。「他們可能認為你拒絕他們，因為你認為他們不值得你花時間跟他們說明。」

「真實和幻想一點都不像。」

「你從來就不在乎這點，不是嗎？」

雅思培喝下他的蘭姆酒，透過杯底看著蠟燭的火舌、閣樓的斜牆、披掛的布料、電熱器，以及那個呼吸著裊裊焚香煙的印度女神。「我錯過了妳的人類學課，翠克絲。」

「你是唯一一個橫越英倫海峽去發展自己的事業，留我一人在家悲慘地扯頭髮的人。」

我真的是這樣？她真的是這樣？不——她在微笑。「諷刺。」

她用腳踹了一下他的小腿肚。「給這個男孩一個獎。」

半輪明月從翠克絲的窗戶照進來，射在她那張自製的四帷柱床上。天體永遠不會死，雅思培告訴那個月亮，但是你也永遠沒辦法跟另一個軀體交纏在一起。「你很幸運是在四月的月初到帕拉迪索演奏，」翠克絲說，「我就要搬去盧森堡住了，不再回來。」

「為什麼？」

「嫁給一個盧森堡人。你是我最後一次的尋歡作樂。」

你說：「恭喜妳。」「恭喜妳。」

「恭喜我結婚？還是我該慶幸你是我最後一次的尋歡作樂？」

「我的意思是，」她在開玩笑嗎？「妳的婚事。」

「嗯，時間差不多了。我已不再年輕。」

「那是真的。」

翠克絲的身體抽動著。她在微笑。

「什麼？有這麼好笑嗎？為什麼？」

翠克絲把雅思培的頭髮纏繞在她的手指上。「不會吃醋，不會說『妳怎麼可以這樣，好大的膽子！』你幾乎是個理想的男人。」

「沒有太多女人會同意妳的說法。」

翠克絲發出一種可能代表懷疑的聲音。「你的舌技不是自己學會的，對吧？」

雅思培想到梅卡和她在攝影工作室上方的那個房間。在美國，現在仍然是昨天。「妳走了之後，店怎麼辦？」

「我已經把店賣給尼克和哈姆。他們仍然可以從巴西拿到一些很罕見的唱片，音樂學院的窮學生來買還是可以打折。」

「沒有妳，阿姆斯特丹會黯然失色。」

「感謝喔，但是阿姆斯特丹不會注意到半點改變。自從我們每天熬夜想重新設計我們的未來，甚至闖入皇家婚禮去抗議之後，這城市已經變了。」翠克絲的食指順著雅思培的鎖骨滑動。「還記得那些不用錢的白色腳踏車嗎？現在沒有人修理了。人們想，為什麼不能叫其他人去修？不然就是把它漆成黑色，然後鎖起來。」荷蘭挑釁運動（Provo）的發條已經鬆了，新的革命已經搶走擴音筒，那些運動沒有幽默感。那些人引用切格瓦拉的話，彷彿他是他們熟識的朋友。「站著死勝於跪著活。」他們會說，「你沒打破一顆蛋不可能做得出煎蛋捲（有失才有得）。就好像示威者的脊椎，或政治人的頭顱，或老寡婦的窗戶，都只不過是一顆蛋。是我們這些烏托邦主義者清空舞台，讓汽油瓶游擊隊上場的時候了。我不想參加了。」

「誰是未來的翠克絲范雷克先生？」

「一個養馬人。年紀比我稍長，稱不上是美男子，但是夠有錢成為我的最後一個最佳追求者，夠聰明知道一位聰明妻子的價值，而且夠世故讓我的過去就留在過去。」翠克絲輕拍雅思培的鼻尖。「他母親不贊成。她稱我為攀高枝的人，我稱她為背著氧氣筒的登山家。我會贏過她的。」

餘燼吃掉一根香。檀香。

「妳可以每天騎馬。」雅思培說。

「我會每天騎馬。」翠克絲同意。

伊利寄宿學校的貝爾醫師不確定雅思培在精神崩潰邊緣、而且在只有弗瑪吉歐一個人照顧的狀況下，真的可以進行十二小時的跨海之旅，但是校長的態度堅定。他自己十六歲時曾經是軍校的學員，而海風的吹拂正是年輕德魯特現在所需要的藥。扣扣對雅思培神智的開戰已經讓他憔悴到無法表達意見。電報已打給雅思培的祖父，他會在荷蘭角等候。後來雅思培才知道他的學校最在意的是，要確保他最後發瘋的地方離斯瓦夫翰宿舍愈遠愈好，最好是在另一個國家。有車載他去哈維奇碼頭。貝爾醫師把幾顆藥丸拿給弗瑪吉歐，交代他在雅思培情況惡化時給他吃。車子還沒到哈維奇路程的一半，雅思培的狀況就惡化。扣—扣—扣—扣匯集成結實的撞擊。藥丸減輕它，一點點，但不足以停止那攻擊。雅思培和弗瑪吉歐登上阿納姆號。那是顛簸的渡海。兩個男孩坐在二等艙的大廳，弗瑪吉歐只有在把嘔吐袋裡新吐的東西丟到船舷外時會離開他。一些要去西德的士兵嘲笑嘔吐的弗瑪吉歐和臉色蒼白的雅思培，兩人都穿著有點秀氣的制服。但是後來士兵們都同情起他們來。「喝一口這個，你們兩個可憐的傢伙。」一個軍用扁平酒壺。茶和琴酒，讓他們肚子舒服些。阿納姆號在夜空下靠港，那些新兵祝他們好運後就被這個世界吞沒了。魏姆祖父在他那輛捷豹裡等待，就在新的入境大樓外。他用英語對弗瑪吉歐說：「我不會忘記你這麼好心幫忙。雅思培，我現在就直接帶你到瓦聖納附近的一間診所。一切都會很順利，一切都會很順利，你現在是在荷蘭了……」

雅思培從翠克絲的房間爬下樓梯，要回到挖墓者之溝。到了第十段或第十二段樓梯，他發現他的身體還在翠克絲的床上，在高高的樓上，但是台階還是繼續領著他走，直到這位作夢者到達一條地下通道。一個老女人在等著他。她把一根手指放在嘴唇上——噓！——然後指著牆上的一個窺視孔。雅思培從那個孔看過去。另一面是一間藏骨室，或一間囚房，或兩者都是。扣扣穿著儀式用的道袍，坐在一隻鯨魚的下顎骨上，一手拿著刀子，另一手拿著一根脛骨。那根骨頭上刻了一道道凹痕。一個就像魯賓遜一樣，雅思培想，在他被困的荒島上記錄日子。扣扣的目光與雅思培的目光相遇。一個機制啟動，兩個人交換了位子。雅思培現在變成扣扣的囚徒，被困在扣扣心靈最深處的地窖裡，沒有被解救或逃脫的希望。他甚至沒辦法冒死越獄。窺視孔裡的眼睛——扣扣的眼睛——消失了。雅思培獨自一人被永永遠遠留在這裡，用刀子在刻了一道道凹痕的脛骨上劃上新刻痕，就像用琴弓拉小提琴……

……尖銳的金屬刮劃聲塞滿雅思培的頭。他在翠克絲的床上醒來，耳中聽到的是電車鋼輪的聲音。他的心臟砰砰撞著胸膛。他如釋重負，自己已經不再困在那間沒有門的藏骨室裡。那列電車駛過之後，就只剩下翠克絲的呼吸聲、雨水打在阿姆斯特丹的屋頂與運河上所發出的嘆息聲、距離頂樓很遠的挖墓者之溝八十一號鍋爐間的聲音，以及黑夜逐漸退去的聲音。

我們相信我們的愛人不會傷害我們。

奧斯塔科克的鐘從遠處送來五記悲傷的鐘聲。雅思培借穿翠克絲那件毛茸茸的褐色浴袍，拖著腳步走到浴室。藥膏、乳液瓶及乳膏罐。雅思培把水拍在臉上，而且刻意不去看鏡子。他感受到某個他會稱為「改變之痛」的感覺，但是他不確定那是不是真正的情緒。他走到翠克絲的小廚房，吃了一顆柳橙。他在瓦斯爐上燒了一壺開水，但在壺笛吵醒女主人之前就把茶壺移開。他拿著他那杯茶到翠克絲的餐桌。一匹銀馬用蛋白石製的雙眼看著他。幾行歌詞在過去幾小時被埋藏起來。小心翼翼地，雅思培開始進行挖掘工作。

一首歌、一頂皇冠、一場登基大典
一座旋轉木馬、一項交易——
一個如此不可能的城市，
並不盡然是真實的。

醫生、騙子、老師、寄生蟲
推手、術士、傭工——他們
衝撞著樂園的大門。
我從後面偷偷溜走。

挖墓者之溝的夜晚，天藍色的光，
噹的一聲、那支可以打開妳鎖的鑰匙。
樓梯、黑暗、一盞神奇的燈，
一隻不需要敲門的狐狸。

來自伊斯坦堡的一根香菸，
一杯烈火加冰塊——
一具幾個月前發條已鬆的時鐘。
一具我們兩度上緊發條的時鐘。

一匹以蛋白石為眼的銀馬，
來自印度斯坦的薰香——
我，很少能理解，
妳，通常能。

妳一直睡，像隻小小鳥，
一聲鐘響，一切安好，來自遠方——
我睡得像個逃亡者，
如果我真的睡得著。

一個詛咒、一位惡魔，甚至更糟，
一把刀、一根骨頭，一道凹痕——

我是孤獨的守夜人。
這是我負責守的夜。

將巨石滾開

六個警察進入羅馬機場的登機大廳，後面跟著一個隊長。他拿下太陽眼鏡，掃視群眾。迪恩想像那幾個警察和俄羅斯航空櫃台的那幾個生意人發生槍戰，原來那些生意人是KGB。尖叫聲、大破壞、鮮血。迪恩躲避子彈，試圖去解救那個穿著粉紅色外套的火辣女郎。KGB被射中。義大利國王為迪恩別上勳章。那位粉紅衣女郎帶迪恩去見她父親，他的城堡就位在一座百畝的葡萄園之上。「我自己沒有兒子，」他擁抱這個英勇的阿爾比恩[47]之子，「直到今天……」

回到現實，那位隊長旁邊這時多了一位攝影師。

他看起來很面熟。**他是**。他在樂團下塌的飯店拍過一張他們的照片。他看到迪恩、葛夫、雅思培和里馮，而且指著他們。隊長大步走過來，他的手下呈V字隊形跟在他後面。他看起來不是來要簽名的。「呃……」迪恩說，「里馮？」

里馮正在跟櫃台人員說話。「稍等一下，迪恩。」

「我怕我們沒有那麼多時間了。」

隊長到了。「你們是烏托邦大道樂團？」

「有什麼事嗎，長官？」里馮問。

「我是金融警察隊的弗林格蒂隊長。這個，」他輕拍里馮綁在胸前的那個皮包。「裡面是什麼東西？」

「文件。貴重物品。」

他做了一個招手的手勢。「打開。」里馮照著做。弗林格蒂隊長拿出信封。「這是什麼？」

「兩千元。樂團四場演出賺到的錢。**合法**的酬勞，隊長。我們在義大利的承辦人恩佐恩德瑞西——」

「不，不合法。」隊長把錢塞進他的口袋，「全部。你們來。現在。要問問題。」

里馮吃驚到沒辦法走動。他們全都如此。「什麼？」

「在義大利開演奏會，在義大利賺錢，在義大利繳稅。」

「但是我們的文件已經辦好了。你看。」里馮攤開一張義大利文寫的收據。「這是我們的承辦人開的，是正式的——」

弗林格蒂隊長宣稱：「不，不*valido*（有效）。」

里馮改變了音色。「這算是勒索嗎？」

「我們會在這裡逮捕你們嗎？我看是同一件事。」這警官對著義大利航空櫃台的職員用連珠砲似的義大利語說話。迪恩聽到一個詞*passaporti*（護照）。

那個職員神色慌張地把他們的護照拿出來——迪恩快速動手將它們奪下來，放進他的外套口袋。

弗林格蒂隊長把臉伸到迪恩面前。「給我。」

腐敗的警察，我一眼就可以看出來。「我們的飛機半小時後就要起飛了。我們要上飛機，帶著我們那筆該死的錢。所以——」

疼痛從鼠蹊部將迪恩撕裂，出境大廳開始旋轉。迪恩的下巴撞到地面。一顆超新星爆炸，就在離他臉不到幾英吋的地方：閃光燈的一閃。里馮發出抗議。迪恩重新恢復視覺。那位攝影師靠近他，想拍攝一張從地板角度拍攝的照片。迪恩旋轉身體，施展一記馬的後踢，他的腳跟把塑膠鏡框和鏡片在對方的顎骨上踢碎。一聲尖叫。靴子踢在迪恩身上，他像胎兒一樣蜷曲起來，以保護他的手和睪丸。「畜牲（Bastard）!畜牲!」弗林格蒂隊長放聲大叫:;不過，他也有可能是在叫*Basta! Basta!*（夠了）。那靴踢停了下來。迪恩的手腕被猛然扭到身後，而且用手銬銬起來。他們把那些護照從他的外

47 Albion，英格蘭或大不列顛的雅稱。

套口袋裡拿出來。他被拉扯到雙腳跪地。葛夫抗議著，滿嘴髒話。一些命令以義大利語發出，這一群人被帶走。「一定會要你們承擔法律後果的，」里馮說，「我保證。」

「後果現在才要開始。」弗林格蒂隊長再次戴上他的太陽眼鏡。「我跟你保證。」

「真像旋風，」艾芙對迪恩說，「三月在阿姆斯特丹，六個晚上當赫里斯樂團的配合樂團……現在又要前往義大利。搭飛機。」

迪恩往窗外看。他們的飛機已經到達跑道的頂端。「嗯，〈紫色火焰〉在那裡是第九名。我提過這件事了嗎？不太記得了。」

「十分鐘內沒提到，至少。」艾芙說。

「里馮應該堅持要求坐頭等艙的。」

「對，而我應該要堅持要求叫葛雷哥萊畢克（Gregory Peck）到機場接我，然後像載奧黛麗赫本那樣載我到處逛。」

迪恩看了一下坐在走道旁的雅思培。他臉色蒼白，戴著太陽眼鏡，嚼著口香糖。「放輕鬆點，老弟。如果我們像石頭一樣墜落地面，我們什麼屁事都做不了，所以，擔心那些幹嘛？」

雅思培的手指緊抓住扶手。

空中小姐透過廣播說：「請確認您已繫好安全帶……」巨大的引擎發動，機身開始震動。

艾芙探頭，視線穿過雅思培及葛夫望向里馮，「這樣正常嗎？」

「百分之百。機長一腳踩油門，一腳踩煞車，所以當他放開煞車時，飛機就會突然——」

當彗星四型客機突然往前衝時，乘客們全被往後壓在椅背上。機艙充滿「哇噢」的聲音，迪恩發現艾芙的手指扣進他的手腕……每樣東西都在晃動，窗戶上的雨珠變成一條條的線，地板往上傾斜，地平線往下傾斜，飛機升了起來。艾芙口中喃喃地說：「噢，天哪，噢，天哪，噢，天哪……」在下面，一間間的倉庫、一棟多樓層的停車場、一棵棵的樹、一座水庫、M4公路，以及一條條幹道，不斷往下掉。一個多霧的、真實大小的英格蘭模型；像蛇一樣的泰晤士河、瑞奇蒙公園、邱園裡那間長得像方舟的玻璃屋……接著窗戶開始起霧；機身搖晃，彷彿被一隻巨大的手抓住搖動。艾芙問：「這樣正常嗎？」

「只是一些亂流，」里馮說，「沒問題的。」

迪恩輕拍艾芙的手。「艾芙……我的手腕？」

「喔，天哪，抱歉。你的手好像被狗咬了一口。噢……天啊，你看看——**那個！**」他們從雲層上方看著雲。被陽光照亮、像雪一樣白，又呈淡紫色；像被打發的奶泡、帶著皺褶，卻又有鋼刷過的絲紋……

「瑞伊一定不會相信這事。」迪恩說。

「你要如何捕捉它，」艾芙說，「在音樂上？」

「雅思培，」迪恩說，「恁一定要看一下這景象，我說真的。」

雅思培即使聽到迪恩的話，也沒有理會他。於是迪恩和艾芙看著窗外的雲。「那真的是我曾經親眼看過最美麗的事物了。」艾芙說。

「我也是。」一種搔癢感讓迪恩警覺到艾芙的一綹頭髮纏到了他的短鬚。他輕輕將它解開。「我會把它還給它合法的主人。」

搶奪小隊的兩位警察和樂團一起坐在警用廂型車的後面。迪恩注意到車內部很類似警用囚車。長條椅設在車的兩側，光線只能透過駕駛艙頂端的粗格柵欄傳進來。迪恩的上腹、屁股及鼠蹊都已經因為未來的淤青而感到陣陣抽痛。他的手仍然上著銬。兩個守衛點了菸，他們配著手槍。「嗨，朋友，」迪恩問，「*Amico*（朋友）。香菸，*per favore*（拜託）？」

那個守衛愉快地搖頭，意思是：「*Amico?* 真的嗎？」

「你袋子裡的錢，」葛夫問里馮，「**是**合法的嗎？」

「百分之百，」里馮說，「但它現在已經不在我的袋子裡了。」

「全部換成現金帶在身上不是有點危險嗎？」葛夫問。

「如果你認為帶現金在身上危險，」里馮說，「那你可以試著接受一個你從來沒有共事過的外國承辦人開給你的支票。你就等著看，你回家時那張支票就會神奇地跳票。」

「那個警察知道恁有這些錢，」迪恩說，「還知道你把錢放在哪個袋子裡。真是他媽的有鬼，如果恁問我意見。」

里馮嘆氣。「沒錯，只有恩佐知道我有這些錢。」

葛夫問：「我們自己的承辦人為什麼要設計陷害我們？」

「恩佐可以得到五場完售的劇院演出淨收入，那個隊長可以分到豐潤多汁的一部分。一切都令人滿意。去他的，我應該帶貝特妮一起過來，讓她偷偷把錢帶回去的。在演藝事業中被坑是進這一門必需繳的學費，但是我還以為我已經繳過學費了。現在，如果恩佐突然趕來化解這件事，那麼我欠他一個道歉。但是如果他還是AWOL（擅離職守），我們就知道是什麼狀況了。」

有一分鐘之久沒有人說話。「感謝上帝，艾芙搭早班飛機先離開了，」迪恩說，「感謝上帝。」

「你說得沒錯。」葛夫說。

警用廂型車駛過路上的一個坑洞而跳了一下。

「錢只不過是錢，」雅思培說，「我們還會賺更多。」

「泰德席爾沃有辦法把那兩千塊錢弄回來嗎？」葛夫問。

「這是義大利，」里馮說，「如果幸運的話，我們的案子可能要到一九七五年才能進法庭。認真來說。沒辦法，最好的結果就是快速被驅逐出境。」

「最差的結果呢？」迪恩問。

「別去想吧，但是，除非你們大使館的人跟你說那是安全的，否則不要簽任何文件。別忘了，警察貪腐是義大利人發明的。」

在警察局的圍牆內，他們四個人走下廂型車，不斷眨眼而且感到眼花撩亂。那是一棟醜陋、平頂的一層樓建築。迪恩腳步蹣跚，葛夫扶著他。圍牆上方架設了鐵刺網，在圍牆外，他們可以看到一座陸橋、一根工廠煙囪以及一個住宅區。一個守衛用噓聲把他們趕進建築物裡。等候室裡的每個人，從十歲小孩到神職人員到懷孕的女子到值班警佐都在抽菸。室內的對話停了下來，每顆頭都轉過來看這些奇特的外國人。這群人被引導穿過一道防爆門，進入一間偵訊室。弗林格蒂隊長已經在裡面等他們。「*Allora*（那麼），喜歡我的旅館嗎？」

「這是個糞坑，」迪恩說，裝出親和的表情，「恁知道這個詞嗎？『糞坑』？裝滿糞便，就像你們這些人。」

「你們全部都因為違反通關現金規定而被逮捕，而你——」他對著迪恩冷笑，「還因為攻擊警察。」

「冷靜，迪恩，」里馮低聲嘀咕，「冷靜下來。」

「去你的。你才攻擊我呢。」

「誰會相信罪犯、竊賊、騙子？把口袋裡的東西都拿出來放這裡。」他指著櫃檯上的四個淺木箱。

「你已經從我們這邊偷走兩千美元，」葛夫說，「我們怎麼知道還能不能再看到自己的東西？」

「不對，是你們從義大利人民這裡偷走東西。」

「弗林格蒂隊長，」里馮說，「請打電話給恩佐恩德瑞西，他會解釋這場誤會。」

弗林格蒂露出一副幸災樂禍的樣子。「誰是恩佐恩德瑞西啊？」他的笑容就像是在說，我在說謊，而且我根本不在乎你們知道我在說謊——這就表示，迪恩猜想，他們被他們的義大利承辦人設計了。里馮、葛夫和雅思培這時候已經依照指示把口袋裡的東西都掏出來。迪恩問：「我雙手被他媽的銬起來，請問我是要怎麼把口袋裡的東西掏出來啊，天才隊長？」

「沒錯。所以，我來掏口袋。」那個隊長掀開一個可翻開的桌板，來到迪恩這一側的櫃檯。

「你只要把手銬解開就行了。」迪恩指出。

弗林格蒂在托盤上方把迪恩外套的口袋由裡往外翻。一些硬幣掉了出來——還有用錫箔包起來、已經變形的一坨東西。

天哪，這他媽的什麼鬼東西？「那不是我的東西。」

「來自你的口袋。我親眼看到它從裡面掉出來，我的警佐也看到了。」

值班警佐的下嘴唇往外突。「*Sì*（是的）。」

弗林格蒂剝開錫箔，裡面是一坨毒品。隊長像差勁的演員一樣睜大眼睛。「大麻？我希望不是。」

現在迪恩開始擔心了。「是恁把它放進去的。」

弗林格蒂嗅了嗅那坨東西。「聞起來像大麻。」他用拇指的指甲刮下一些，輕觸自己的舌頭。「嚐起來像大麻。」他搖頭，「是大麻。這不好。非常不好。」

「我們要求一位律師，」里馮說，「還要立即聯絡英國及加拿大大使館的人員。現在。」

弗林格蒂發出嘲笑。「哈。是義大利，是禮拜天。」

「電話，律師、大使。我們知道我們的權利。」

隊長傾身靠在櫃檯上。「不是倫敦，是羅馬，這裡。『權利』，是我來決定。我說——」他的手指輕彈了一下里馮的鼻子，「不行。」

里馮把頭往後抽，要躲開這奇怪的進擊。副隊長開始戳迪恩的身體，要他順著一條走廊走下去。

「喂！」迪恩發現可能還有比失去尊嚴更糟的事在等著。「恁要把我帶去哪裡？」

「私人套房，」隊長告訴他，「在糞坑旅館裡。」

「別在任何文件上簽名，迪恩，」里馮在後面對他喊，「什麼都別簽。」

那位義大利承辦人並沒有在入境處等他們，所以里馮去找電話亭，要打電話到恩德瑞西的辦公室。迪恩對義大利人的第一印象是他們比英國人更常笑，而且笑得更燦爛。他們的髮型比較好看，穿著比較有風格，而且說話不只動口，也動手、動臂及動眼睛。他看兩個猛男級的大傢伙用輕啄般的吻打招呼，兩邊的臉頰各親一下。「往好的方面看，」葛夫喃喃說道，他的聲音低到艾芙無法聽見，「如果義大利男人大多數**是**同志，那麼我們就有更好的機會，是吧。」

迪恩的毛孔吸進溫暖的空氣。「我喜歡這裡。」

「我們根本還沒走出機場。」艾芙說。

「**獨一無二的**——烏托邦大道！」露出一顆銀牙、穿著米色襯衫的男子張開雙臂迎面而來，他那中氣十足的音量需要從十調降成三或四。「我是，」他將手放在心上，「恩佐恩德瑞西，你們的承辦人、崇拜者、朋友。而你們，」他先選擇雅思培，「雅思培德魯特，*il maestro*（老師）。」

「恩德瑞西先生。」他伸出一隻手。

那位承辦人用兩隻手一起握住它。「叫我恩佐就好，記得。」他轉向迪恩，「迪恩，*il cronmetro*（計時鐘）。」

*il*什麼？「感謝你帶我們過來，恩佐。」

「是你們的粉絲把你們帶過來的！他們寫信給我，他們*telefone*（打電話）給我，他們愛死了〈紫色火焰〉！這首歌是你寫的，迪恩，是嗎？」

迪恩開始有點自我膨脹。「你說得沒錯，是的，那是我寫的一首歌。」

「*stu pen doso*（學好）一首歌。我們演出、進行*interviste*（訪談），然後，下個禮拜我們就上升、上升、上升直到義大利**第一名**。而妳，艾芙哈洛威，*la sirenessa*（美人魚）。」他舉起艾芙的手，輕觸他的嘴唇。

「很高興認識你，恩佐恩德瑞西先生。」

「妳這個禮拜在杜林、拿坡里、米蘭、羅馬，讓一萬顆心心碎了。」他轉向葛夫。「所以你……不是里馮嗎？不，不。你是圭夫（Greef）葛瑞芬，因為你給我很多悲傷（grief），對嗎？」恩佐合起雙手做出槍的形狀並且發出喀聲。「『站住，留下買路錢！你的錢和命我都要！』，對嗎？」

「里馮隨時都可能回來，」艾芙說，「他去打電話找你。班機到達的時間有一點混亂。」

恩佐嘆了口氣。「對盎格魯撒克遜人來說，時間是主宰。對地中海人來說，時間是僕人。」

恩佐的飛雅特小巴士用野獸極速兩倍的速度在義大利的高速公路上疾馳。開車的是一位沉默的壯漢，恩佐用「山提諾，我的左右手」來介紹他。高速公路穿梭於淺褐與暗綠的山丘間。從轟炸後的廢墟中，市郊逐漸生成。起重機的吊臂伸到半天高，高大深色的樹木像開瓶器一樣往上升。車輛隨意變換車道，彷彿行駛在一個沒有法律的國度。人們按喇叭而不是打燈號，交通號誌儼然只是裝飾品。雅思培還帶著搭機時的病容。「你是在羅馬出生的嗎，恩佐？」艾芙問。

「在我的手上劃一刀，臺伯河就會流出來。」

「你的英語是哪裡學的？」迪恩問。

「大戰時在羅馬跟美國大兵及英國士兵學的。」

「那時候小孩子們不是都被撤到鄉間？」艾芙問。

「沒有地方是安全的，整個義大利都是戰場。*Certo*（當然），羅馬是塊吸引炸彈的磁鐵，但是其他城市也一樣，而且如果你在錯誤的時間出現在錯誤的地點，**轟隆**！在一九四三年，**大——大轟炸**摧毀了聖羅倫索，皇家空軍的傑作。死了三千個人，包括我的父母。」

「真可怕。」艾芙說。

「二十四年前的事，都是過往雲煙了。」

「倫敦也被炸到屁滾尿流。」迪恩說。

恩佐口中的銀牙閃了一下。「被義大利空軍？」

「墨索里尼跟希特勒站在同一邊，對吧？」

「*Certo*（當然）——墨索里尼的人殺了我舅舅和表兄弟，他們是北方的武裝抗議份子。電影、故事很簡單：好人 *contro*（對抗）壞人。可是真實卻是——」他的手指搖晃而且交纏在一起，「*così*（像這樣）。」

迪恩心想，歐洲歷史會不會比他從小看的那些戰爭電影所描述的還複雜。

「災難是機會之母，」恩佐說，「美國大兵抵達，他們帶來漫威漫畫，我學英文，他們有美金，我幫他們弄到他們需要的東西，我拿傭金，那天晚上就有東西吃。黑市的人，他們幫我，我幫他們。這就是義大利人。年紀小就是一種保護。如果祕密警察抓到一個男人，他們射死他。如果抓到一個男孩，通常就不會。這是我的人生大學。我學會 *'uss-ssel*。」

「學會什麼，恩佐？」葛夫問。

迪恩猜出他的意思，「你是說 *Hustle*（兜售）？」

「沒錯，*'Uss-ssel*。這是我到現在還在用的技巧，做為一個承辦人。」

一輛學校巴士突然從那輛飛雅特旁邊近身超車。山提諾按下喇叭，身體探出窗外並且大喊，沒去考慮以他們行駛的速度，他的話根本傳不到那個冒失駕駛的耳中。學童們從車窗探出身來，對著山提諾比出戳刺的手勢，食指和小指直直地指向他，就像兩根牛角。「那是什麼意思？」迪恩問。

「是 *cornuto*（角）。太太跟其他男人出去的男人頭上會長的角。」

「戴綠帽，」艾芙說，「民謠裡多的是這種描述。」

一間農舍從車外飛過。屋頂的角度很淺、狹窄的窗戶、餅乾色的石牆。有點坡度的田野上栽種了一排又一排迪恩看起來像是肯特啤酒花的作物。

「是葡萄園，」恩佐說，「葡萄，做葡萄酒的。」

迪恩心想，如果他是出生在那個農家，而不是在葛瑞夫森的皮考克路，那他會變成誰。他心想，或許身分並不是用洗不掉的墨水寫的，而是用顏色很淡的5H鉛筆來寫。

那扇裝了格欄的高窗不到一呎寬六呎長。頭也許穿得過去，但是身體絕對過不去。一道照亮灰塵的陽光落在生鏽的床架與布滿皺褶的床單上，角落的一個濺了糞便的瓷孔散發出邪惡的蒸氣，地板是黏答答的水泥，畫滿塗鴉的牆上處處是黴斑。鋼門上有個狹縫狀的監視孔，在接近地板處有另一個開口。除了床墊，沒有別的地方可以坐。現在要做什麼？他聽到馬路上沉悶的嘈雜聲、遠處義大利人的吵架聲，以及貯水箱的滴、滴、滴。

希望弗林格蒂只是想把我們嚇到忘掉那兩千美金。

迪恩對義大利的毒品處罰條例完全沒有概念。滾石樂團因持有毒品而被定罪的案子最近才翻盤。但是他們是滾石，而且那是在英格蘭。

時間緩緩往前走，迪恩的憤慨逐漸冷了下來，他剛才被修理的地方開始愈來愈痛。他不知道艾芙現在如何，伊莫珍還應付得來嗎？嬰孩去世讓他可以更清楚看待自己目前所處的困境。里馮、雅思培及葛夫知道他在這裡。他並不是在沒有任何見證人的情況下被綁架的。他是英國人。義大利也不是俄國或中國或非洲，在那些地方他們大可帶我到後面，把一顆子彈送進我腦袋。迪恩的審判案——如果走到這一步——將會時間拖得很長、又花錢又令人頭痛。可以直接將他遣返的話何必多此一舉？最後，迪恩不是沒沒無聞的人，他有一首歌進到義大利排行榜前五名，有一點名氣。昨天晚上烏托邦大道才在羅馬辦一場兩千個座位全滿的演唱會……

「兩千個人！」為了壓過梅爾克瑞爾戲院側廂的嘈雜聲，葛夫幾乎是對著迪恩耳朵喊。「從阿契金諾克到現在這樣，十四個月了！我是在托媽的作夢嗎？」滿身是汗的迪恩邊喝水邊捏葛夫的肩膀。迪恩聲音沙啞，爛醉、快活，而且暫時天下無敵。最後一陣的吼叫和口哨是送給樂團，也送給迪恩的新歌〈鉤〉，一首尚未定稿的曲子。梅爾克瑞爾戲院愛它的程度和〈暗房〉與〈蒙娜麗莎〉不相上下。掌聲最後變成行進巨人般的啪、啪、啪、啪、啪、啪、啪、啪、啪……

里馮出現。「第三首安可曲？他們想要聽。」

艾芙從水壺裡咕嚕咕嚕地喝了好幾口水。「我很樂意。」

「我從來不會拒絕兩千個羅馬人的要求。」葛夫說。

「說『不』好像不太有禮貌，」迪恩同意，「雅思培？」

「當然。」

恩佐出現，像在大賺一輪的巡迴演出的最後一晚表現。「朋友們，你們太*fantaaaastici*（令人驚豔）了！」

「這群觀眾也一樣，」迪恩說，「他們瘋了。」

「在英格蘭，你們……」恩佐模仿用拉鍊把嘴唇拉起來的動作，「在義大利……」他像在演歌劇，「……我們表現出來！這種聲音是愛的聲音。」

「而且我們還是用外國語言唱歌，」艾芙說，心中感到納悶，「想像一群英國聽眾——」她伸手比劃向兩側的觀眾，「會為了一支義大利樂團如此瘋狂嗎？」

「他們會研究歌詞，」恩佐解釋，「他們會感覺那個音樂。妳寫的歌，艾芙，它們說『人生是悲傷，是歡樂，是情緒』，這是普世性的。雅思培，你的歌說，『人生是古怪，是奇境，是夢。』有誰不這麼覺得呢，有時候？迪恩你的歌說，『人生是戰鬥，是艱難，但你並不孤單。』你，圭夫，是直覺的鼓手。而且，你們的義大利承辦人是個天才。」

一位陰沉的男人對著恩佐的耳朵說話。恩佐翻譯，「他請求，『請再演唱一首歌，免得他們開始破壞他的戲院。』」

「我們已經把整張專輯演唱完了。」葛夫說。

「我們所有庫藏的翻唱曲也都唱過了。」迪恩說。

「雅思培的新歌，」艾芙說，「有誰贊成？」

樂團加上里馮說：「贊成。」

「我來介紹這首歌，」迪恩說，「恩佐，『我們也愛你們』的義大利語要怎麼說？」他讓恩佐反覆說了幾次，直到他記住。他們走回舞台，歡迎他們的是哥吉拉等級的吼叫聲。雅思培背起他的吉他，葛夫坐到他的位子上，艾芙坐在鋼琴前。迪恩傾身靠近麥克風：「*Grazie, Roma-anche noi vi amiamo*（謝謝，羅馬，我們也愛你們⋯⋯）」

一個女人用尖叫聲說：「迪恩，我要你，貝比！」或者「迪恩，我要你的貝比！」

「*Grazie tutti*（謝謝大家），」迪恩說，「再一首歌？」

羅馬狂吼著，*Siiiiiiii* 及 *Yeeeees*！

迪恩把手做成杯狀靠在耳後。「*che cosa*（什麼）？」

回答的聲音比彗星四型起飛的音量還大。

這是種毒品，迪恩發現，而且我已經上癮了。他看著艾芙。她回看他的眼神像是在說，你這個小可愛。「好的，羅馬，你們贏了。下首歌真的是我們今晚的最後一首歌⋯⋯」

一陣巨大的失望呻吟聲重摔在地上。

「但是，我保證，我們很快就會再回來義大利。」

呻吟聲從地面上升成為歡呼聲。

「這是雅思培的歌，它叫做〈守夜人〉。」

香檳的木塞噴射出來，百合花的香氣讓人頭暈。恩佐的非常好的朋友們湧了進來。看起來半個羅馬市的人都是恩佐的非常好的朋友。其中一位在廁所遇見迪恩，灑了一道很長的高品質古柯鹼讓他吸。一個星系在迪恩的腦袋裡爆炸。香檳變成紫色的酒，更衣室變成迪恩曾經幻想進入的那種夜店貴賓室，裡面有巨大的水晶吊燈、女人們身上懸垂著一顆顆的鑽石，彷彿剛剛才從詹姆士龐德的電影裡走出來。男人們聚在一起聊天，抽著雪茄，放聲大笑。一位像從溼壁畫走下來的義大利男孩在艾芙的耳邊輕聲說話。她微笑著。迪恩用眼神對她說，「啊，有人在尋找性伴侶。」艾芙用眼神回答，「我能說什麼呢？」恩佐那位擁有古柯鹼的非常好的朋友帶他到另一間廁所再來一回合。一個爵士樂三人組正在演奏〈我搞砸了，而且那真不妙〉（I Got It Bad And That Ain't Good）。恩佐和里馮走了進來，兩人臉色都很凝重。他們蹲在艾芙旁邊說話，艾芙的臉色變了。她的雙手撫住嘴巴。里馮看起來像生病了一樣，形容枯槁。那位帥哥追求者已經消失了。

迪恩猜測有人過世了，他走過去。「什麼事？」

艾芙張開嘴巴，但還沒辦法說話。

「艾芙的外甥，」里馮說，「伊莫珍的嬰孩馬可，猝死了。他在昨天晚上過世。」

俱樂部裡嬉鬧如常，就好像這些事都沒發生。

「噢，天哪，」迪恩說，「二十四小時前的事？」

「我的助理，她現在才告訴我，」恩佐恩德瑞西說，「在英格蘭和義大利之間的 *telefono*（電話），不是好……」

艾芙發抖而且呼吸沉重。「我必須回家。」

「我們明天下午就會回去了。」里馮提醒她。

「明天早上第一班飛機。」艾芙告訴迪恩。

里馮看著恩佐，他點了點頭。「是可能。我的非常好的朋友，他是義大利航空老闆的兄弟……」

艾芙只是左右張望，沒有辦法思考。

「讓我們送恁回旅館，」迪恩告訴艾芙，「恁得打包還有什麼的，我會去睡恁的沙發……」

傍晚進入囚房。那個長方形的柵欄天空變成橘色，接著成為瘟疫的褐色。迪恩的身體因為挨打而感到疼痛。固定在門上方牆上的一盞虛弱的燈閃爍幾下後點亮了。八點了嗎？還是九點？他們把迪恩的錶拿走了。

*看起來我今晚要在這裡過夜了，*這個囚犯心想。

迪恩納悶其他人是不是也都單獨拘禁。他們原本該搭的班機差不多已經抵達倫敦了。

艾芙差不多是在伊莫珍位於伯明罕的家中了。

我是在困境中，迪恩心想，但是，伊莫珍想必是在地獄裡……

前一天晚上艾芙和迪恩都沒有睡。艾芙談到她去看過她那個小外甥三次，還談到最後一次馬可是怎麼對著他的阿姨咯咯笑。她哭了出來，擔心這時艾芙也許想要獨處，迪恩提議自己先離開。她請他留下。他們打盹了一個小時左右。接著計程車就來了。

她一定以為他們現在已經回到倫敦了。

還沒有人會注意到他和雅思培不見了，葛夫的同公寓房客不會警覺到任何異常，貝特妮也需要好一段時間才會在明天感覺事有蹊蹺，但是運氣好的話，她也是要到下午才會打電話給恩佐恩德瑞西。接著，騎兵隊就會出動。希望如此。門最下方那個小窗口滑開，一個餐盤出現。迪恩蹲在窗口旁邊，對著外面發問：「喂！我的朋友在哪裡？我的律師在哪裡？還要多久——」

那個窗口啪一聲關了起來。腳步聲遠離。

兩片塗了美乃滋的白麵包，一個塑膠杯，裡面裝了微溫的水。麵包吃起來像在吃紙，水喝起來有粉筆的味道。還真是偉大的義大利食物。

時間過去。窗口拉開。「*Vassoio*（餐盤）。」一個男人說。

迪恩蹲到開口旁邊。「律師。」

那聲音重複一次：「*Vassoio*。」

「弗林格蒂。*Fer-lin-ghetti*。」

窗口再次快速關上。鑰匙叮噹噹響，門上一個厚重的鎖發出呻吟聲，而後打開。一個大鼻子、大八字鬍、大肚子的大塊頭警察走了進來。他拿起餐盤，指著它，然後告訴迪恩：「*Vas-soi-o*。」

「*Vassoio*，餐盤。懂了。律師呢？弗林格蒂呢？大使館呢？」

那個大塊頭警察的鼻子哼了一聲，意思是，繼續作夢吧！

「*Grazie mille, Roma*（萬分感謝，羅馬）。」迪恩引用恩佐在梅爾克瑞爾戲院教他的話。「*Anche noi ti amiamo*（我們也愛你們）。」

那個警察交給迪恩一捲分量不足、厚度也不足的衛生紙和一條毯子，然後用力把門關上。迪恩躺下來，想念蘋果、吉他、報紙，甚至書。思想輕聲對他說：該不會是古恩特馬克斯和艾列克斯把恁丟給這群狼的？弗林格蒂該不會只是為了嘲弄恁，而決定把恁丟到這裡來？

門上方的燈咔喳一聲熄掉。囚室變暗。

些許的光從門底下滲進來。就這樣而已。

你跟艾咪在一起時，為什麼是個愛吃醋的偽君子？

迪恩多麼希望兩個星期前，當他在牛津街的一〇〇俱樂部看到水瓶座戰艦樂團的馬可斯達利對著艾咪流口水時，沒有一時氣到失去理智。他多麼希望他沒有叫艾咪提早結束那天晚上的活動，因而刺激她回答了：「要走你自己走，但我要留下來，」並且逼著他要不就離開，要不就像個沒長半顆牙的笨蛋留下來。他多麼希望當艾咪回家時，回到她自己的公寓時，他沒有當真說：「恁知道現在幾點嗎？」就好像他是她老爸而不是情人。迪恩也希望他沒有開始像蘇格蘭場的摩斯警探一樣審問起她來。他多麼希望自己沒有稱她為「擁有一台打字機的寄生蟲」。他多麼希望當她告訴他，她知道阿姆斯特丹那個荷蘭女孩的事時，他沒有說她是一個得了妄想症的賤人。她怎麼會知道的？迪恩多麼希望他沒有把一個大理石菸灰缸丟進她那個有玻璃門面的櫥櫃裡，就像哈利莫菲特狂喝暢飲三天時會做的事。他多麼希望自己夠有紳士風範，隔天就跟她道歉，而不是躲到切德溫馬房街，讓艾咪只好把他的東西移出她的公寓，放到月鯨的一個箱子裡。當他隔天到那裡準備團練時，貝特妮眼中閃現一種奇特的眼神，那眼神說：「懦夫。」迪恩不得不同意。那不是跟人說再見的方式。

他在糞坑旅館裡醒來。身上發癢。他檢查自己的軀幹，上面處處是蟲咬的斑痕，有些還帶著血汙，那應該是他睡覺時去搔抓所留下來的。為了換一根香菸我還有什麼做不出來的？他起身，把尿尿進那個糞坑。他的尿聞起來像雞湯。他很渴，他很餓。在過去二十四個小時裡他吃了……沒半樣東西，就這樣。他敲了敲門。這讓他指關節感到疼痛。「哈囉？」沒有人過來。「哈囉？」

沒有人過來。別放棄。

他敲出〈放棄希望〉貝斯部分的節奏。

沉重的腳步聲。眼睛高度的孔洞快速打開，迪恩聯想到聖詹姆斯威士忌俱樂部大門上的窗孔。

「*Stai morendo*（你快要死了）？」

什麼意思？迪恩請求：「*Aqua, per favore*（水，拜託）。」

義大利語的氣話連連炸裂。窗孔被用力關上。

時間繼續拖著腳步前進。食物的開口猛然打開，早餐幾乎和晚餐完全相同，麵包更不新鮮。鋁杯中盛了咖啡，但是咖啡表面的泡沫看起來有點像痰，令他有點不放心。他考慮把它舀掉，來喝下面的咖啡，接著腦中浮現弗林格蒂得意洋洋的模樣，於是他把咖啡留在托盤裡，沒去動它。他想到中產階級——這世上像克里夫與米蘭達哈洛威之類的人——從搖籃到墳墓，是多麼相信每位警察都是法律的忠僕。一段吟誦從迪恩最近的記憶中油然升起。

豬玀去死！

豬玀去死！

豬玀去死！

鈴鈴鈴！

鈴鈴鈴！

鈴鈴鈴！

切德溫馬房街的門鈴把迪恩吵醒，他的頭還在陣陣抽痛。前一天，他們樂團才在米爾頓凱恩斯附近的一塊空地完成了一場節慶演出。艾芙到伯明罕拜訪伊莫珍、勞倫斯以及她的嬰孩外甥馬可。迪恩、葛夫和雅思培三人把野獸帶回倫敦，吞了顆藥丸，然後趕到即興俱樂部去。雅思培和一位來自達利奇的奧林匹克馬術障礙騎師一起走，葛夫和一位雅芳小姐一起離開，留下迪恩去追求一個連眼睛都帶著笑容的半塞浦路斯人——直到洛史都華跳著華爾茲過來把她偷走。凌晨兩點，即興俱樂部裡剩下的人已經不再是大水池而是一小窪水。他走回公寓，心中強烈懷疑「搖擺的六〇年代」並不全然像報紙所吹噓的那樣輝煌，甚至對一個已經上過電視不只一次，而是兩次的音樂人來說……

鈴鈴鈴！「喂！迪諾！我看到俉的皮靴了！」

是肯尼伊爾伍德。罪惡感驅策迪恩走到前門。他這位同鄉好友和一個愛吃扁豆、幫人解讀塔羅牌、名叫弗洛絲的女孩一起住在漢默史密斯的一間公社裡。迪恩曾經去拜訪過他這位藝術學院好友兼挖墓者樂團同團成員，就那麼一次。肯尼演奏過一些他自己寫的、很容易被忘掉的歌給迪恩聽，建議迪恩加上一點最後的修飾，然後由烏托邦大道把它錄製成曲，創作者就是伊爾伍德與莫斯。迪恩聽到這個笑話還笑了出來，後來才知道肯尼是在說真的。他們之後就沒有再見過面。肯尼幾次留言給他，但是迪恩讓自己相信他真的忙到沒時間回電。接著，葛夫發生車禍，肯尼就從迪恩的「待辨事項」清單上被拿掉了。

「開門，」肯尼穿過門上的郵件口往屋內喊，「不然我就要吹、再吹、全力吹——」迪恩打開門，驚訝地發現肯尼已經從葛瑞夫森的前摩登派完全轉換成倫敦西區的嬉皮：卡佛坦長袍、頭帶、斗篷。「俉可以逃，但俉沒辦法躲。」

「早安，肯尼。弗洛絲，妳好嗎？」

「是下午才對，俉這個蠢蛋。」肯尼說。

「要進行大示威的下午。」弗洛絲說。

「俉說什麼？什麼大示威？」

「近十年來的最大的一場示威，」弗洛絲說，「對抗美國在越南進行的種族滅絕。我們會聚集在特拉法加廣場，然後遊行到美國大使館。你要來嗎？」

如果美國政府真的是在跟地獄打交道，要把亞洲的一個不幸國家變成死亡的煉獄，並且強迫美國青少年去戰死在那裡，迪恩懷疑吹著哨子沿牛津街走下去就能改變它的意志。迪恩還來不及把想法說出來，一個年輕女子就從雅思培家前門的那段階梯下面飄了上來，打開一包萬寶路香菸。「嗨，迪恩，我是蘿拉。我們可以邊走邊說嗎？絕對不能錯過凡妮莎蕾格烈芙（Vanessa Redgrave）。」

蘿拉看起來像是被疊加在這個灰色的三月午後。她穿了一件男版的黑色連帽外套，正面沒有扣上，穿著牛仔褲及長靴。她的黑頭髮裡有幾條紅色髮綹，而且她看起來什麼事都能做。昨晚沒有排遣掉的慾火讓迪恩醒了過來。「我去拿外套。」

演說在國家美術館的牆上發出回聲。「在每個男人、女人、孩童、牛、狗、貓都被殺死之前，美國這台戰爭機器不會停止……」特拉法加廣場擠滿嬉皮、學生、工會成員、CND支持者、托洛斯基支持者，以及基於各種原因關心這議題的市民。「英國與美國正面臨的經濟危機，其根源就是這場在越南進行的自殺戰爭……」。警察守在白廳路和帕爾摩街的出口處，防止示威人士轉往唐寧街與白金漢宮去，數百個人就從封鎖線外觀看示威。「我們從西德來到這裡，要追求一個新社會、一個更好的未來，在那裡帝國主義、戰爭、資本主義都只能在歷史的垃圾筒裡被找到……」群眾光是在現場就足以產生低沉的轟隆聲。肯尼估計人數有一萬，弗洛絲說兩萬，而蘿拉認為將近三萬。不論人數有多少，群眾本身就是個電網。迪恩覺得他自己的神經系統已經與它連接在一起。為數不少的越共旗幟成簇地環繞在納爾遜紀念柱四周。標語牌像一頁頁的紙在人群中穿梭：「地獄，不，我們不去！」「越共勝利！」「我們已經成為父母警告我們要留心的人。」迪恩感到納悶，這些東西怎麼有辦法阻止B52轟炸機去轟炸越南的村落。

在演講結束之後，大批人群開始湧上查令十字路。肯尼、弗洛絲、蘿拉及迪恩跟著人流走。經過鳳凰戲院，經過丹麥街、塞爾瑪吉他，迪恩欠那家店的錢已經付清了，終於。經過那個可以通往已不復存在的UFO俱樂部的門口。在托登罕宮路地鐵站，群眾往左轉順著牛津街繼續往前流。一個臉上長著粉刺的年輕新兵從地鐵站走出來。和平示威者高聲辱罵：「這位士兵男孩，你殺死了多少個小孩？」接著一位彷彿要盡父職的警察趕緊將他推回地鐵站裡。「萬——歲——胡志明！萬——歲——胡志明！」牛津街的百葉窗都已經關上，就好像是在為可能的入侵做好準備。迪恩認為他看到米克傑格，但是不太確定。弗洛絲與肯尼告訴他，他們聽說約翰藍儂和他的新女友小野洋子也在群眾中遊行。不論事實如何，迪恩都感受到這場示威的威力。他和它合而為一。這條路是他們的，這城市是他們的。

「你也感受到了嗎？」蘿拉問。

「是的，」迪恩說，「是，我感受到了。」

「你知道這種感覺叫什麼名字嗎？」

「什麼？」

「革命。」

他轉頭看著她。

蘿拉回看他。「我們和這些團體一起遊行：婦女參政運動者、杜魯第縱隊（Durruti Column）、巴黎公社社員（Communards）、憲章運動者（Chartists）、圓顱黨人（Roundheads）、平均主義者（Levellers）、瓦特泰勒（Wat Tyler）……」

迪恩不敢承認他根本沒有聽過這些樂團。

「……還有每一位勇於對他們那個年代的吸血集團伸出兩根手指，然後罵：『去你的！』的人。名目在改變，但是權力也不斷在變化，權力的擁有只是暫時的。」

「恁姓什麼，蘿拉？」迪恩說。

「你問這幹什麼？」

「有一天恁會出名。」

蘿拉點燃一根萬寶路。「蘿拉薇若娜古比托西。」

「哇噢。這名字還……真長。」

「地球上大部分的名字都比『迪恩莫斯』長。」

「我猜是的。那麼，恁是義大利人？」

「我來自許多地方。」

他們轉進北奧德利街，在那裡遊行隊伍像進入漏斗一樣往南行：「**放——開——越南！放——開——越南！**」梅菲爾的連排別墅裡不時看到有人在張望。兩個街區以南是格羅夫納廣場，警察排成的警戒線及警用廂型車陣線護衛著他們後方的美國大使館：一棟矮胖、現代主義式的五層樓堡壘，建築物上方是一隻老鷹。

「德國黨衛軍不是也有一隻老鷹嗎？」弗洛絲問。

前方的示威者填滿廣場周遭之後，來自後方的擠壓力道愈來愈強。格羅夫納廣場中央那片大面積的草地與樹木被警察的人牆守住，警察嚴重低估了他們需要容留的群眾人數。廣場的出口被守住，所以最前面的數千名示威者沒有地方可以去。推擠變得更嚴重了，直到圍住廣場裡公園的那些封鎖線被突破，同一時間，在好幾個地方。一個人跌到迪恩身上，某人的腳跟把迪恩的膝蓋踩進柔軟的草皮裡。一陣怒吼聲響起，就像足球賽或一場戰事要開始前那樣。如果這天是一張輕鬆夏日的流行樂單曲唱片，它現在已經被翻到較黑暗、較搖滾的B面了……

迪恩被蘿拉薇若娜古比托西扶起來，她在他耳邊輕聲說：「開始談情說愛吧。」然後消失在一個個身體之中。哨子響起。煙霧弄髒空氣。肯尼和弗洛絲不見人影。太陽已經變得昏黃。「**豬玀去死！豬玀去死！豬玀去死！**」負責繞著廣場圍成警戒線的員警們已經撤退到大使館前方，集結成一個方陣。誰是在誰那一邊？對陣的兩方是什麼人？拋射物像雨一樣落下。玻璃破掉的清脆響聲——零落的歡呼聲——「我們打中一扇窗戶了！」另一陣歡呼！「又一個！」尖叫聲。「**呵！呵！胡志明！呵！**

呵！胡志明！」地震了？在倫敦！馬匹逼近，十來匹，甚至更多，朝迪恩直來。騎在馬上的警察像維多利亞時代的騎兵甩短劍一樣甩著警棍。人們在樹下跑來跑去，低垂的樹枝讓騎警無法追進來。迪恩逃到另一匹馬的路徑上，轉到另一匹馬的路徑，又轉到另一匹馬的路徑，然後跌倒，避免頭顱被一位連鬢鬍警察手中的警棍打碎。一匹馬的馬蹄重重踩在離他的頭不到幾吋的草皮上。迪恩掙扎著站起來，發現一小塊毛茸茸的草皮黏附在他手上。一個戴著LBJ[48]面具的男子對著警察丟了一顆煙霧彈。迪恩跑向另一個方向，但他已經不知道那是什麼方向。戰線不斷繞回原處，音量愈來愈大聲：「**呵！呵！胡志明！呵！呵！呵！胡志明！**」一幫警察抓到一個男子，然後用警棍及皮靴不斷地打他、踢他、打他、踢他。「這樣的愛與和平對恁來說分量夠嗎？」他們扯著他的頭髮把他拉走。「讓路！」一個警察被放在擔架上從迪恩身邊被抬走，他的臉看起來就像屠夫的托盤。迪恩想要離開格羅夫納廣場。他們四十八小時之內就要飛往義大利了，被捕會很糟：手被摧殘，那可是大災難。但是出口在哪裡？警察用警用廂型車當牆擋住布魯克街的出入口，無差別地把示威者丟進車內。「**豬玀去死！豬玀去死！豬玀去死！**」一匹黑馬仰起身朝著迪恩衝過來。某人的手抓住迪恩的後頸，把他拉到路邊的門階上。

「米克傑格？」

迪恩的拯救者搖頭。「不，我只是一個模仿者。往那邊去，這裡不是街頭鬥毆者的場子。」他指著卡羅斯道的開口處，警察正讓人們從那裡離開廣場。

通過那個由制服員警負責的篩檢站時，迪恩不敢與任何人的眼神交會。他記得某首童謠的最後：劊子手現在要來剁掉你的頭了。他順著亞當道往下走，穿過一個拱廊，他看一夥三人正在踹一個倒在地上的嬉皮。他們理了光頭，像僧侶一樣，其中一個穿了件星條旗的T恤。這些人是何方神聖啊？不是摩登派、不是搖滾樂迷、不是泰德男孩。他們辦事很有方法。那個被害人蜷曲成一顆顫抖的球。其中一個光頭注意到迪恩在看他們。「怎麼？也想嚐嚐這滋味嗎？恁想嗎，恁這個孬種？」

48 Lyndon Baines Johnson（林登貝恩斯詹森）的縮寫。詹森於一九六三至一九六九年擔任美國總統。

迪恩很快地考慮了他的選項。他選擇走開……

……像個懦夫。在羅馬市郊一間警方的拘禁室裡，在一個被床蝨入侵的床墊上，迪恩重回這樣的情境。他隔天才發現，肯尼已經被捕而且鼻子被打斷。現在輪到我在囚室過夜了。如果哈利莫菲特現在可以看到迪恩一個人被關在牢裡，他會笑到乳頭都掉下來。「我不他媽的早告訴你了嗎！」或者，並不是這樣。在他們出發前往義大利的前一天，他就收到瑞伊的信。匿名酒精成癮者協會的一個連絡人已經幫哈利莫菲特找到一個工作，擔任夜班保全。然而只要他再去喝一次酒，他就會丟掉工作。但就目前而言，他是個守夜人。就像雅思培的歌中所說的。瑞伊說他已經改變很多，或許瑞伊說得沒錯。或許我身上一直帶著手斧，時間已經久到自己都忘了。

一隻蚊子飛進迪恩的視野。

它停在他頭旁邊的牆上。

迪恩拍死它，然後檢查它的遺骸。

恁忘記那個老壞蛋是怎麼用皮帶抽打媽了嗎？如果那還不夠讓你一生隨身攜帶手斧，那什麼事才夠？

午餐送來了。那是一杯沖泡的湯，迪恩分辨不出口味，他只能希望裡面沒有被人吐口水。還有一顆蘋果和三塊餅乾，餅乾上烤出TARALLUCCI的字樣。餅乾無味，但迪恩需要裡面的糖分。腳步聲接近，鑰匙在門內轉動。是大塊頭警察在對他招手。「*Vieni*（過來）」。

迪恩的希望湧起：「你們要放我走了？」

「*Hai uno visitatore*（你有訪客）。」

那間沒有窗戶的審問室唯一的光源是一道條狀燈，燈上停滿蒼蠅，活的跟死的。迪恩自己一人坐在桌前，他聽到門另一邊一個打字員在打字的聲音，兩個男人的笑聲。幾分鐘緩緩過去，那兩個男人仍在笑。接著門打開了。

「莫斯先生。」一個穿著淺色西裝的英格蘭人在翻閱文件。他透過金邊眼鏡看著迪恩。「莫頓席蒙德斯，英國大使館領事司。」

軍職退役，迪恩心想。「午安，席蒙德斯先生。」

「對你來說不好，一點也不好。」他坐得筆直。他把一份義大利報紙放在迪恩面前，指著一張照片。「這可不是你們法朗克蘭先生所期待的曝光方式。」

照片中迪恩莫斯雙手上銬，被架著走出機場。「這是全國性的報紙？」

「當然。」

那麼，如果我了解我的法朗克蘭先生，迪恩尋思，他會樂翻了。「至少他們刊登的是我最帥的角度。」

片刻的暫停。「你認為這一切是一場嬉戲？」

「不知道什麼叫『嬉戲』。我被對待的方式根本是荒謬的鬧劇。其他人怎麼了？」

莫頓席蒙德斯輕輕吐出一聲哼。「德魯特先生與葛瑞芬先生都沒被起訴，直接釋放。他們住在機場附近的一家*pensione*（民宿）裡。法朗克蘭被質問一些關於逃漏稅及違反出入境現金規定的事。」

「這是什麼意思？」

一聲嘆息。「你們不能就這樣直接把五千美元帶出這個國家。法律明文禁止。」

「不是五千，是兩千。而且為什麼不行？這是我們賺的。」

「這不重要。而且，對你來說，這不是問題所在。你被起訴的理由是公然侮辱——」莫頓席蒙德斯檢查了一個檔案，「襲警，拒捕，而且，更嚴重的，運毒。」他抬起頭。「仍然是嬉戲，是嗎？」

「這根本就是胡扯。他們打了我，看到了？」迪恩站起來，解開他的襯衫，讓對方看他的淤青。

「我也許踢了一個記者，因為他對著我的臉開了閃光燈，但是那份毒品——是——被放在那裡的。」

「官方的說法和你的不同。」領事掃描了一下報紙上的報導，「我讀給你聽：稅務警察局的弗林格蒂隊長告訴記者，『我們這次處理這些流氓的方式，會對那些外國名人傳達一個訊息：若你敢藐視義大利法律，我們會讓你後悔。』」席蒙德斯抬起頭。「你可能會被判入獄，莫斯先生。」

「但是我並沒有做他們說我做的那些事。」

「這是你的說法對上一位義大利警察隊長的說法。如果定罪的話，你面臨的是最少三年的徒刑。」

不會走到那個地步的。不會走到那個地步的。「我會有律師嗎？還是這是由巫術來審判？」

「英國會幫你聘一位律師，或律師之類的。但是義大利的司法系統比英國的更冰冷無情，你會被至少拘留十二個月。」

迪恩想到他那間囚房的模樣。「保釋呢？」

「沒有機會。法官會假設你有可能棄保潛逃。」

「那麼恁來這裡幹什麼，席蒙德斯先生？幸災樂禍地看著一隻留著女孩頭髮的蠢蛋？還是，恁也會幫助那些沒有上劍橋牛津的人？」

席蒙德斯有點被逗笑了。「我會提出標準的特赦訴求，提到你年輕且涉世未深。」

「我什麼時候才會知道這訴求有沒有成功？今天嗎？」

「在義大利，星期一是速度緩慢的一天。運氣好的話，星期三。」

「義大利有任何速度快的日子嗎？」

「沒有。即將到來的選舉也不會解決這個問題。」

「他們在起訴我之前還可以拘留我多久？」

「七十二個小時，除非地方法官同意延長羈押。而在像你這樣的案子上，這是非常可能的。」

「我可以見我的朋友嗎？」

「我會問看看，但是那個隊長一定會跟我說，他不能讓你們串供，一起編你們的故事。」

「唯一的故事是，『一個腐敗的小墨索里尼把毒品放在一個無辜的英國人身上。』我可以有一支牙刷，或者從我的皮箱裡拿幾件乾淨的衣服嗎？我的囚房是一間該死的廁所。」

「它永遠不會變成希爾頓飯店，莫斯先生。」

該死。「我沒有要求希爾頓，只是要求一個上面沒有床蝨到處爬的床墊。你看看這些被咬的痕跡。」

席蒙德斯看了一下。「我會跟他們提到你的床墊。」

「恁不會身上剛好有一包菸吧？」

「這違反他們的規定，莫斯先生。」

迪恩回到囚房，每小時都過得很慢。他想像弗林格蒂正在想像他開始崩潰。囚犯唯一的反制招式就是不要崩潰。他想像他的芬達掛在脖子上，然後彈奏起《樂園是通往樂園的路》專輯的貝斯部分，一首接一首。他在一把想像中的木吉他上彈奏〈憂鬱一直都在〉（Blues Run The Game）。他在腦中想像切德溫馬房街的公寓，然後檢視它，一個房間接著一個房間，尋找一些他不知道自己已經收藏起來的細節：各種氣味；透過襪子所感受到的木板；吊蘭；他用來放大麻的菸草罐；那個錫罐上的海盜；你要打開蓋子時所感受的阻力。他想像自己一連三年都必須做這樣的事，他有一種要崩潰的感覺。停下來。一瓶水從門下方的開口送進來，還有一點湯及一根用過的牙刷。他喝下一半的水，接著用剩下的水在糞坑上方幫自己擦了一個澡。他沒去動那根牙刷。穿過裝了柵欄的窗戶，他被拘禁的第二晚漸漸暗去。燈火晃動著。迪恩聽到另一隻蚊子的聲音；看到它；追蹤它；殺死它。抱歉，老弟，但是，不是你就是我。迪恩做了一百個仰臥起坐。他的內褲黏在他的皮膚上。燈光咔喳一聲熄滅。萬一我出不去呢？萬一我不能再見到艾芙跟瑞伊跟雅思培跟葛夫跟莫斯外婆跟比爾呢？

迪恩在床上躺下來。床發出嘎吱聲。

但我還會再次看到他們。葛夫不可能再見到他的哥哥。伊莫珍不可能再見到他的兒子。艾芙不可能再見到她的外甥。那些蠟燭被吹熄了。我的卻還在燃燒……

★★★

在那個被稱為「羅馬」的永恆迷宮的心臟地帶，迪恩碰到一個隱藏的廣場。一個鏽跡斑斑的藍色路牌上寫著*Piazza della Nespola*（內斯波拉廣場）。老人在樹蔭下下西洋棋，女人聊天，男孩自我吹噓、歡笑，並且把一顆球踢來踢去。女孩看著他們。一隻狗有三隻腳。廣場是溫暖的，就像葛瑞夫森從來不曾是溫暖的那樣。地上的石板和鵝卵石把正午儲存的熱釋放出來。迪恩聽到豎笛的聲音，但是他無法判斷那個旋律是穿過哪扇窗戶、翻過哪個陽台發送出來的。他希望自己能將它轉換成音符，像雅思培或艾芙那裡。迪恩知道它不久之後就會消失。他知道他應該回到旅館，越過那條河，那座橋，但是某種魔咒讓他繼續流連。在顏色有如內臟的粉紅牆上，在剝落的灰泥與赤赭的磚塊上，塗鴉是這麼寫的：CHIEDIAMO L'IMPOSSIBILE（我們要求不可能）、LUCREZIA TI AMERÒ PER SEMPRE（盧克雷齊亞我永遠愛妳），及OPPRESSIONE=TERRORISMO（壓抑＝恐怖主義）。椋鳥成群穿過建築物之間的天空間隙。一個高而窄的入口吸引迪恩往上爬了五六級台階，進入一間教堂。黑暗中閃著金光，空氣中懸浮著香的氣味。人們進來，點亮蠟燭，跪下、禱告然後離開，就和進郵局辦事的民眾一樣。迪恩不相信這些，但是在這裡，那不重要。他為死者點亮一根蠟燭：為媽、為史蒂夫葛瑞芬，也為艾芙的小外甥馬可。他為還活著的人點亮另一根蠟燭：為瑞伊、雪柔及韋恩；為莫斯外婆和比爾；為艾芙、雅思培、里馮和葛夫。一支小詩班在唱歌，純粹的人聲疊加往上攀升，達到遠處的屋頂。迪恩必須離開，但是一部分的他想永遠留在這裡。在記憶及睡夢中，他會重新在時間與空間中造訪這一小塊空隙。這地方現在已經是他的一部分。每一個人生，大轉輪的每一次旋轉，都會留下一些這樣的空隙。河口旁的一個碼頭，天窗下方的一張單人床，暮色籠罩的公園裡的一個樂隊演奏台，隱密廣場裡的一間隱密教堂。祭壇上那些蠟燭並沒有燒盡。

第三天開始。星期二。艾芙和貝特妮現在應該知道了。床蝨再次把迪恩當點心吃。他懷疑席蒙德斯先生並沒有跟弗林格蒂提到床墊的事。為了一根菸，我還有什麼事做不出來？羅德丹普西告訴過迪恩，英國監獄就像簡陋的青年旅舍，有各式人等及各種幫派，但是只要你把頭壓低就可以安全度過。義大利監獄也同樣有存活的可能嗎？他不會說他們的語言。等他出到外面，再來呢？強尼凱許（Johnny Cash）出獄之後還能繼續發展音樂事業，但是迪恩不是強尼凱許。你不能期望雅思培和艾芙閒著沒事幹直到一九七一年。腳步聲接近，門上的送餐孔被拉開，早餐餐盤被推進來。

「我的朋友呢？我的律師呢？弗林格蒂呢？」

餐盤上的每樣東西都和昨天一樣。

「新的囚房？」迪恩透過那個開口問，「新的床墊呢？大使？香菸？記得我還悲慘地關在這裡嗎？」

那個開口快速關上。迪恩吃了麵包。他舀掉咖啡的泡沫，然後冒著喝到口水的風險喝下咖啡。他想到莫斯外婆的蘋果派、炸鱈魚及薯條。他把 *vassoio*（托盤）放在送餐窗口旁邊。「別跟獄卒為敵，」羅德丹普西跟他說，「那些該死的傢伙握有恁的生殺大權……」

迪恩納悶席蒙德斯是不是已經提出特赦的訴求。他納悶艾芙或貝特妮會不會相信他笨到帶毒品到機場去。他納悶艾芙姊姊那邊的情況如何。腳步聲接近，迪恩很確定那是大塊頭警察。窗孔啪地打開，餐盤被換成半捲衛生紙，窗孔啪地關上。那捲衛生紙的分量比昨天的還多。這表示我沒有要換到別的地方去？

迪恩思考關於那個被稱做「自由」的東西。

他一生中一直都有自由，但根本沒注意到它。

時間流逝。時間流逝。時間流逝。

腳步聲接近。門下方的窗孔快速打開。

一個托盤被推進來。麵包、水及一根香蕉。

午餐。香蕉太熟而且軟到起沫。迪恩不在乎。

席蒙德斯說，他們必須在七十二小時內起訴他。

弗林格蒂清楚表示，誰的話才是真正的法律。

迪恩把托盤放在送餐口旁邊。

是的，長官；不是的，長官；裝滿三個袋子了，長官……

好的囚犯也許會得到一根額外的香蕉。

我還以為我知道什麼是無聊：原來我他媽一點概念都沒有。

怪不得半數的監獄人口會吸毒。

不是為了讓自己嗨起來：是要打發時間，在你被時間殺死之前。

由日、週、月、年編組而成的武裝縱隊從未來出發，朝著迪恩行軍過來。第一次聽證。被移轉到真正的監獄。當我與一個帶著性挫折及陰蝨的精神病患關在同一間囚室時，我會回想起現在這段期間的無聊，然後我會說：「耶穌啊，那些日子還真……」

迪恩給自己一個差事，做了一百個仰臥起坐。

彷彿那樣就能讓恁在真正的監獄裡不受欺負。

他的內衣令他感覺噁心。一袋乾淨的換洗衣服正在切德溫馬房街附近的洗衣店等著他，它們會是乾淨的，而且有肥皂粉的味道。當然，這些衣服也可能是在月球上。

柵格分割的月光照在水泥地板上。整個第三天就在沒有人說半句話的情況下度過。迪恩這個星期應該要在菌傘錄一張〈守夜人〉的試奏帶。或〈鉤〉。迪恩的肚子在低聲咆哮。晚餐是一壺水、一個過期的麵包、一吋的義大利臘腸、一杯冷的米布丁。來一段交談會很不錯。怪不得人們在監獄會失去神智。人們說：「只要人還活著，就有希望。」但是每句諺語都有它的B面，而這句話的B面是：「抱持著盼望，會讓人不再調整自己去適應新的現實。」迪恩是個囚犯。囚犯不可能是流行樂手。他不知道他的被捕是否已經上了《旋律創造者》。他估計艾咪的說法會是：「希望那些義大利人丟掉牢房鑰匙。」弗利特街的那些媒體也會同意她的說法，假使真的有人注意到烏托邦大道那個較沒名的作曲者被扣留在義大利。他們會說：「好樣的，義大利！把那個容易流鼻血的小子鎖起來！」社會大眾不會相信那大麻是被栽贓的，社會大眾相信報紙告訴他們的事。莫斯外婆和阿姨們也許不會相信，但是哈利莫菲特會。他會選擇相信……

萬一哈利莫菲特在我還關在監獄裡的時候過世呢？

酒鬼並不是以長壽聞名。

迪恩對著囚室說：「哈利莫菲特對我而言已經死了。」

如果那是真的，你為什麼還那麼常想到他？

曾經有一次，在葛瑞夫森，一夥小孩把迪恩的書包丟到鐵道的路堤上，讓迪恩哭著回家。他爹把他放到車上，他們開車在葛瑞夫森繞來繞去，直到迪恩辨認出那些霸凌他的小孩。「孩子，在這裡等。」哈利莫菲特離開車子，走向那幾個小孩。迪恩聽不見他爹說的話，但他看得到那些小孩的表情。他們的臉色從高傲自大轉變成鐵青害怕。哈利莫菲特回到車上說，「孩子，我猜他們不會再找你麻煩了。」

當哈利莫菲特是怪獸時，事情就變得簡單。

月光不見了，囚室變得更暗。

或許夜晚的天空已經被雲遮住。

或許月亮已經移動它的位置。

雨聲。第四天。星期二。不。是星期三。星期三？今天有件事必須發生。為什麼？

為什麼今天必須有事發生？

馬桶聞起來比先前更糟。迪恩摺起他的監獄毛毯，並且用監獄的牙刷洗刷牙齒。再來呢？

為了一根香菸，我有什麼不能犧牲的呢？

或者，為了一本筆記本和筆。他想寫一首歌，但是如果他想到很棒的歌詞卻忘掉了，對他而言會是一種折磨。

那麼，只好把歌詞記起來。迪恩從那個老藍調橋段開始：在糞坑旅館裡醒來。那不好，BBC會禁播而且封殺那張單曲。那麼——

門鎖裡有鑰匙發出的噹啷聲。

是大塊頭警察，他做出一個不耐煩的「跟我來」的手勢。

迪恩進入會客室時，里馮站了起來。他穿著一件乾淨的襯衫，鬍子也才剛刮過。好徵兆。大塊頭警察把他們鎖起來。「簡直是地獄，」迪恩說，「我幾乎想抱恁了。」

里馮張開雙手。「我承諾不情緒失控。」

迪恩已經三天沒微笑。「我是個全身惡臭的傢伙。如果我再靠近恁一點，恁可能會昏倒。發生什麼事了？其他人在哪裡？恁們都沒事？」

「我沒事。雅思培和葛夫也很好——只是擔心你。」

「艾芙呢？」

「她已經跟貝特妮連絡上了。很難過，那是當然。不過，一件一件來。你還能忍受得住嗎？」

「要看接下來會發生什麼。那個叫席蒙德斯的傢伙談到三年的徒刑。」

「胡扯。古恩特的律師已經升空了。在還沒栽贓毒品給你之前，逮捕你的理由就已經錯誤百出。時間很短，迪恩，所以我直接講重點。席蒙德斯和那個隊長很快就會帶著認罪暨道歉聲明進來。『很抱歉我打了那位善良的警察大人。我不知道大麻是非法的。請釋放我，我保證改正我的行為。』在上面簽名，然後你就可以自由離開……」

釋放的感覺溢過迪恩全身。我要回家了。

「但是我是要請你拒絕在上面簽名。」

「恁在開玩笑。」喔，不，他不是在開玩笑。「為什麼？」

「星期日我打一通電話給加拿大領事，請他幫忙打幾通電話到倫敦。星期一貝特妮就忙著連絡一些友軍，包括某位艾咪巴克瑟爾小姐。」

迪恩皺眉。「艾咪？『友軍』？」

「在大笑一場之後，她寫了一篇關於烏托邦大道被卑鄙義大利人虐待的三百字報導，然後寄給一位《標準晚報》的同業夥伴，那報紙週一就刊登出來。」

迪恩有點困惑。「艾咪為我做的？」

「艾咪是為她自己，但是她做了，那是重點所在。在《標準晚報》上架後，《鏡報》也跟著來詢問。」

「《唱片鏡報》嗎？」

「是《每日鏡報》，全國發行量五百萬的報紙。到昨天早上的茶點時段，五百萬名讀者已經知道迪恩莫斯，英國流行音樂的工人階級英雄，正面臨三十年的徒刑，為了一件他沒犯的罪行而被關在一所外國監獄裡。」

「三十年？席蒙德斯跟我說估計三年。」

里馮聳肩。「他們沒去查核事實，算我的錯嗎？更棒的是，《標準晚報》還刊載了一篇長達兩頁的獨家專訪，訪問了迪恩的未婚妻，流行音樂記者艾咪巴克瑟爾：這位明星的甜心表示『但願上帝幫助我的迪恩，他被關在第三世界的地獄陷坑裡』，對公關人員來說，這簡直像夢遺一樣難以企求。」

「你知道嗎，她最後對我說的話是：『我要打求救電話了。』」

「那只是在現實中說的話，沒刊在報紙上，而後者才是重點。艾咪的照片是在蘇荷廣場旁邊的那間天主教堂拍的，根據那篇報導，她就是在那裡為你禱告。」

「艾咪對宗教的虔誠程度跟毛主席不相上下。」

「我知道她很有天分，但**這一招**根本是天才。貝特塞貢多在他的節目專門討論你，還接連播出〈紫色火焰〉、〈蒙娜麗莎〉及〈暗房〉。《金融時報》在一篇關於英國公民落入腐敗外國司法系統的報導中引用了你的案例。然後——我把最好的消息留到最後——我們有守夜行動。」

「什麼守夜？」迪恩問，「事實上，什麼是守夜？」

「兩百位粉絲聚集在義大利大使館外面，從黃昏直到黎明。無數『釋放迪恩莫斯』的標語牌。對面公寓裡的一個粉絲不斷透過窗戶播放《樂園》。哈羅德品特（Harold Pinter）說他明天會來到現場。布萊恩瓊斯也是，如果他起得了床。雖然伊莫珍家發生了那件可怕的事，艾芙還是會到場發表演說。連天氣也站在我們這邊。這讓那些義大利人非常難堪。」

迪恩試圖了解這些話的意涵。「警察為什麼不介入？」

「大城市的怪異現象。通往大使館的那條梅菲爾死巷並不算公共通道，所以必須由地主來發出驅逐通知。這需要幾週的作業時間。所以警察可以守住那棟建築，但他們不能驅散守夜的人群。」

迪恩開始理解目前的狀況。「而在這當下，我們得到了媒體報導，大量的報導。」

「貝特妮每小時都在接媒體的電話，其中包括美國的特約記者。訂單像雪片般飛進來，唱片像雪片般飛出去。古恩特打電話過來，跟你問候一聲。艾列克斯壓製了三萬張《樂園》，而且，」里馮把他兩手的指尖抵在一起，「如果今天晚上你還待在牢裡，《倫敦郵報》的菲力克斯芬奇明天一早就會飛過來。他會先訪問我們，接著和我們一起陪你光榮返國。你應該在週五就可以被釋放。」

「《倫敦郵報》會為這次訪問付我們錢嗎？」

「起先他們願意給二，但是我跟他們說《世界新聞》也想做專訪，最後就以四達成協議。」

「一場專訪就四百鎊？真沒天理。」

里馮笑得很甜。「感謝他們啦。是四千鎊。」

迪恩睜大眼睛。「倰從來不會拿生意開玩笑。」

「我不會。我的提議是這樣，這四千鎊的一半歸給你。你是被囚的人。另外那兩千鎊就當成取回被弗林格蒂拿走的巡迴演出費，所以你還可以拿到其中的百分之二十。這樣可以接受嗎？」

六天被關在警方的囚房裡挖自己的屁股，來換得兩千鎊？那已經比瑞伊一年賺的錢還多了。

「真該死。當然。」

席蒙德斯和弗林格蒂走了進來。

「席蒙德斯先生，弗林格蒂隊長。」迪恩說。

他們坐下來。席蒙德斯開口說話。「我想法朗克蘭先生已經跟你解釋過，你有多麼幸運，只受到一點小小的懲罰就可以逃離這裡。」

弗林格蒂把一支筆及一份打好字的文件放在迪恩面前，那些段落是用英文和義大利文寫的。迪恩瞄過那份文件，發現裡面有承認、犯錯、無故、持有大麻、道歉及尊嚴對待等字眼。

迪恩把那份悔過書從中間撕成兩半。

弗林格蒂像卡通裡的惡棍那樣下巴垂了下來。

席蒙德斯努力控制好自己的呼吸。

里馮的臉在跟迪恩說。*這才是我的乖小孩。*

「你不想回家？」弗林格蒂追問。

「我**當然想**，」迪恩對著席蒙德斯說，「但我從來沒有打警察，而且那坨大麻是有人栽贓給我的。也許恁現在會相信我了。如果我有罪，我早就不見蹤影了。恁還會看到我嗎？」

席蒙德斯看起來有點頭大。「義大利政府現在願意原諒你，我必須建議你接受它。」弗林格蒂對著那位領事館官員吐出一連串聽起來很辛辣的義大利話，席蒙德斯冷靜地坐著等那個隊長說完話。

「他是說，不保證下次你還能得到原諒。」

「我們在這裡各說各話。」迪恩回答，「我被義大利警察打到瘀青。有人把毒品栽贓給我，那人就是這個——」迪恩的手指向弗林格蒂，卻不注視對方的眼睛，「**弗林格蒂**。我不想要原諒，席蒙德斯先生。我要一個他媽的道歉，書面的。而且在我拿到一份道歉之前——」迪恩站起來，把兩個手腕靠在一起，「我還是回糞坑旅館吧。」

弗林格蒂看起來很生氣，但也很——迪恩覺得——焦慮。

席蒙德斯轉過來對里馮說：「如果你著眼的是媒體曝光度，你最好小心一點。這是高賭注的撲克牌局，而你賭上的是這個男孩的自由。」

「等等。」里馮在他的記者筆記本上快速寫了一些東西。「《倫敦郵報》的專欄作家菲力克斯芬奇叫我先把過程都記錄下來，在他明天抵達之前……所以。我們現在走到哪裡了？撲克牌局？媒體曝光度？不、不、不。讓我跟你保證，這是迪恩的決定。我建議他接受你們的卑鄙協議。但是你們看到了，迪恩是個有道德原則的人。」

「恁是個很上道的人，席蒙德斯先生，」迪恩說，「我們一開始看不對盤，很抱歉。我那時候嚇壞了。但是，現在，請注視我的眼睛。如果恁是我——無辜的——恁會簽那份認罪聲明嗎？」

英國領事館代表「哼」了一聲，把目光轉開，再轉回來，鼻子抽搐了一下，然後深深吸了一口氣……

葛瑞夫森區的國會議員亞爾伯特莫瑞和《倫敦郵報》的攝影記者在希斯洛機場的停機坪迎接BA546號班機。夜晚的天空呈現出戰艦爆炸的戲劇性及顏色。迪恩、里馮、葛夫和雅思培——仍然因為剛下飛機而搖搖晃晃的——被引導到一旁做點簡單的介紹和握手，接著，航廈上方觀景台上的五十，或六十，或七十個女孩開始尖叫「迪——恩！」一個標語牌從護欄上垂下來：「迪恩，歡迎回家」。迪恩向她們揮手。如果是猴子樂團和披頭四也許會有數百位粉絲到場，但是他們以前也是從幾十個粉絲開始，這是肯定的。他無法不注意到，那些牌子上寫的是「迪恩」，不是雅思培或葛夫。「迪——恩！」

里馮把迪恩的注意力轉移回那位議員身上。「您能撥冗過來實在令我們很感動，莫瑞先生。而且您為迪恩回國安排了這麼隆重的排場。」

「對葛瑞夫森的英雄而言，這一切都是該做的。我們以前就以他的音樂為傲，但現在我們以他的骨氣為傲。」

菲力克斯芬奇進到他們中間。「先生，我是菲力克斯芬奇，《芬奇在城裡出沒》（*A Finch About Town*）節目的主持人。可以請你再詳細說明一些關於迪恩骨氣的事嗎？」

「樂意之至。那些義大利祕密警察盡他媽的一切努力想叫迪恩磕頭。但他磕頭了嗎？他沉淪了嗎？我經常讀你的專欄，芬奇先生，所以我知道我們在很多事上意見不同，政治上。但是我，身為一個社會主義者，而你，身為一個頑固的保守黨員，我們能夠不一致認為，在羅馬那個不被上帝眷顧的地牢裡，迪恩莫斯所展現出的正是真正的英國鬥牛犬精神嗎？」

「我們絕對該如此認為，莫瑞先生。」芬奇的鉛筆捕捉了對方的每一個字，「說得太傳神了，先生，太棒了。」

「是的，」亞爾伯特莫瑞說，「是該拍些照片的時候了。」

那個專欄作家、那位政治人物、烏托邦大道樂團和它的經理人一同站起來，攝影師的閃光燈「啪」的一聲，火光眩目。

★★★

一位機場官員護送樂團通過一個VIP通關口。移民局官員跟迪恩說不需要看他的護照，但是可不可以請迪恩在他女兒的簽名簿上寫「致親愛的貝姬」並且簽名？迪恩照做了。他們順著階梯來到一條走廊，之後是更多的階梯，最後抵達一間準備室，隔壁的會議室聽起來已經相當熱鬧。等在準備室的是艾芙、貝特妮、瑞伊、泰德席爾沃，以及艾列克斯唱片的古恩特馬克斯與維克特法蘭奇。首先，迪恩給艾芙一個擁抱。她看起來神色空洞，就像葛夫在史蒂夫過世後的那些日子裡那樣。他低聲說：「嗨，謝謝妳過來。」

「歡迎回來，囚犯。你變瘦了。」

「相信你們幾個在義大利偷溜出去玩過了。」貝特妮說。

「莫斯外婆跟比爾跟姨媽們請我帶來他們的關心，」瑞伊說，「他們原本已經計畫要去劫獄了，真的。」

「恩佐恩德瑞西已經讓自己成為歐洲最有名的騙子，」泰德席爾沃說，「自毀前途。」

「你有沒有創作出一首監獄敘事詩？」維克特法蘭奇問。

「我們可以在下一張專輯發行之前，趕著把它弄出來。」古恩特說。

迪恩仔細回想這句話。「下一張專輯？」

那個德國人幾乎要笑出來。「還在協商中。」

我本來以為今天已經夠好了。迪恩看著里馮。里馮告訴他：「古恩特想要自己告訴你這個好消息。」

「看來我們應該更常被監禁。」葛夫說。

「下一次，」迪恩說，「換你去被關，圭夫。」

葛夫咯咯笑，雅思培看起來就像他最開心時那樣，艾芙的表情比較複雜。維克特法蘭奇透過百葉窗的縫隙往外窺探。「你們來看看這個。」烏托邦大道和他們的經理人看到那間活動會議室裡的情形，那裡有三十個記者及攝影師在等待記者會開始。前方是電視台的一架攝影機，攝影機側邊有著泰晤士週末電視的字樣。

「那就是，」里馮說，「我們的下一章。」

就連藍鈴花

計程車開走。艾芙看著伊莫珍和勞倫斯的房子，她的手提箱還在腳旁。忍冬盛開在門廊四周。她父親的Rover汽車停在車道上，就在勞倫斯的Morris汽車後面。另一輛車想必是勞倫斯父母的。這天是被剝奪了睡眠的一連串模糊影像的疊加：與迪恩及其他人在羅馬揮手道別；搭車到機場；空中飛行；在希斯洛機場裡弄清楚方向；搭長途巴士到伯明罕；搭計程車，一路上想著，快一點，再快一點。而現在她來到這裡，勇氣卻已經離開她了。我能跟伊咪說什麼話？有什麼事是我可以做的？這個四月下旬的下午殘忍得相當完美。一隻畫眉在唱歌，非常靠近她。一個詞，「哀歌」，浮現在艾芙腦中。如果她曾經知道這個詞的意義，現在她不知道了。你永遠不會覺得自己已經準備好面對，所以開始吧。她拿起手提箱，走向前門。樓上臥房的窗簾是拉上的，於是艾芙輕拍前面的窗戶，以免吵醒在睡覺中的伊莫珍。網眼簾被拉開，艾芙的母親從屋內往外看，與她只有幾吋的距離。通常她的眼睛會亮了起來，但今天不是「通常」。

勞倫斯、他的父母、碧雅和她們的父母都在客廳問候她，每個人都輕聲細語。伊莫珍在樓上，「休息」。她的丈夫悲慘、心碎，看起來比兩個星期前艾芙上次在這裡時老了五歲。她跟他說她很抱歉，卻驚訝於這言詞完全不足以表達她的感受。勞倫斯點頭。從艾芙的父親與辛克列爾先生的表情，看得出他們也不知該說些什麼。她母親、辛克列爾太太和碧雅紅著眼睛，啜泣。碧雅把艾芙帶到廚房。「馬可開始可以睡整個晚上。伊咪星期五半夜餵他吃了最後一餐後，把他放到床上讓他睡覺。她和勞倫斯也睡著了。伊咪六點半醒來。她心想，真棒，馬可又睡了整晚，然後去看他。」碧雅閉起眼睛，眼淚溢出眼眶。她吸氣，然後吐氣，吸氣，然後吐氣。艾芙抱住她。「所以，是的，馬可還跟她離開時一樣。但是……沒有了呼吸。」

電熱水壺裡的水滾了，開關自動跳開。

「勞倫斯叫了救護車，但是……馬可已經走了。他們試圖讓伊咪鎮靜下來。勞倫斯先打電話給他媽和他爹，他們才再打電話給我們爸媽。他們昨天就到這裡。我今天早上才到。爹打電話到馬可被送去的那家醫院，」碧雅大聲嚥下口水，「驗屍官說他可能有心臟缺陷，但是要等到解剖，明天或星期二……這要看……」碧雅的注意力開始難以集中，「……伯明罕這個週末有多少人過世。抱歉，我想不到更好的方式來解釋。我一直沒睡。」

「我也都沒睡。別擔心。」

碧雅抽了一張紙巾。「我們已經用了一盒又一盒的紙巾。我短期之間應該也不會有心情化妝。」

艾芙問：「妳見過伊咪了嗎？」

「只有今天早上見過幾分鐘。她的狀況很糟，昨天大半的時間都在睡覺。醒著就是折磨。她在服用煩寧。她跟媽見過幾分鐘。勞倫斯在她的房間進進出出，只是要留意她的狀況。我昨天打電話到月鯨，在，呃……我不知道，兩點左右吧。貝特妮幫忙打電話到你們那位義大利承辦人的辦公室，然後回電給我說，她已經留話給他在羅馬的祕書了……怎麼了，艾芙？」

艾芙這才發覺，恩佐恩德瑞西早在他們在梅爾克瑞爾戲院演出之前就知道馬可的事，卻什麼都沒說。好讓那場演唱會可以進行。「我是一直到……半夜才知道。」

「嗯，那不會改變什麼。我幫妳泡杯茶，應該找得到一些薑餅……」

腳步聲從樓上往下移，是勞倫斯。「艾芙？她想要見妳。只有妳，暫時。」

艾芙感受到不安而且有罪惡感，只召喚她，而不召喚碧雅或那兩位提心吊膽的母親。「現在嗎？」

勞倫斯點頭。「是的，可以的話，呃……」

「當然，」艾芙說，「當然。當然。」

「我會在托盤上放一杯茶給她。」碧雅說。

「可以跟她妹妹說話，對她來說是一種安慰。」辛克列爾太太說。

艾芙爬上鋪了地毯的樓梯，來到二樓。字母M、A、R與K貼在嬰兒房的門口。世上若還有比看到這些字母更痛苦的事，艾芙猜想，那就是把它們拿下來。她快速看了一下房內。同樣是兩面藍色的牆，兩面粉紅色的牆。小鴨子們繞圈圈，牆面上那個造型簡單的十字架，尿布檯上的那堆尿布。空氣中仍充斥著爽身粉的味道。艾芙買給他的那隻名叫約翰衛斯理的泰迪熊仍然坐在斗櫃上方。

馬可死了。他，以及馬可的未來——一個可以挺直身體到處走的孩童，一個逃學的男孩，一個為初次約會整理頭髮的青少年，一個離開家鄉的男人，一個丈夫，一個父親，某個看著電視並且宣告「這整個世界都瘋了！」的老傢伙。現在都不存在了。

她把托盤放下，讓自己冷靜。

艾芙穿過走道到臥房去。「伊咪？」

「艾芙？」被悲傷掏空擰乾的伊莫珍坐在床上，背靠著床板。她的浴袍底下是一件睡袍。她的頭髮凌亂。這是近幾年來艾芙第一次看到伊莫珍沒有上半點妝。「妳來了。」

「我來了。碧雅幫我們泡了茶。」

「嗯。」

艾芙把托盤端到床頭櫃，她注意到一個菸灰缸及一包金邊臣香菸。伊莫珍三年前就戒菸了。「我在服用煩寧。」伊莫珍說，聲音單調沒有起伏。「它是不是像大麻？」

「我不知道，伊姆。我沒服用過煩寧。」

「妳真的是今天從義大利飛回來？」

「當然是。」

「妳一定累了。」她指著擺在凸窗前高背扶手椅。他們的母親在那張椅子上餵哺伊莫珍、艾芙及碧雅，而伊莫珍也在那裡餵馬可喝了八個星期的母乳。

陽光穿過窗簾上的雛菊。

艾芙想起要記得呼吸。「我不知道該說什麼。」

「我聽過『我很抱歉』，我聽過『這真可怕』，我聽過『這就像一場惡夢』，大半的情況，人們只是哭。爹也哭了。這件事怪異到有幾秒鐘之久，我甚至完全沒有想到馬可。人們……人們……噢，抱歉。我沒辦法好好把話講完。」

「我想，煩寧和悲傷會讓人這樣。」

伊莫珍點了一根菸，然後倒到她的枕頭裡。「我又開始抽菸了。」

「不是我在張揚，我現在一天抽二十根菸。」

「人可以把自己哭乾，艾芙。妳知道嗎？」

「我不知道。」艾芙打開窗戶讓一點風吹進來。

「那就像妳嘔吐，又嘔吐，直到胃裡已經不剩任何東西，但還是繼續嘔吐，可是只吐出空氣。差不多就是這樣，只不過把嘔吐換成流淚。就像那首歌〈為我淚流成河〉（Cry Me A River）。那是誰唱的？」

「茱莉倫敦（Julie London）。」

「茱莉倫敦。我在學習各種事。馬可是用他那條小熊維尼的毛毯包裹起來，救護車的隨車人員要把他帶走時，我的手、我的身體都不願意讓他走。我的手緊抱著他不放，好像那會有任何效果一樣。在那個階段，當他的心臟正要停止時，我人在哪裡？就在這裡。在睡覺。」

艾芙想把她的眼睛隱藏起來。「別這樣想。」

「要怎麼做，艾芙？妳能控制自己要想什麼嗎？」

「不太能。但是，分散注意力有時會有幫助，一點點。」

「我的乳房發痛，它們仍然分泌乳汁，它們還沒有理解發生了什麼事。我必須用手把它擠掉，醫生說，不然我會得乳腺炎。如果妳哪天考慮要寫這世界上最悲哀的歌，妳可以使用這點。」

艾芙感覺她的淚又開始要流出來了。她自己拿了一根金邊臣香菸。「我永遠不會寫那樣的曲子。」

伊莫珍穿過一片虛空注視著艾芙。「我聽起來像瘋了嗎？」

窗戶外盛開的花朵在下午最後的陽光照射下，美得令人心碎。「我不是心理學家，」艾芙說，「但是我很確定瘋了的人不會問，『我快瘋了嗎？』我認為他們就直接……瘋了。」

伊莫珍的呼吸很淺，間隔逐漸拉開。她喃喃地說，「妳總是知道該說什麼話，艾芙。」

艾芙看著她的姊姊睡著。「希望如此。」

★★★

斯巴克布魯克圓環旁邊的板球員之臂旅館裡面，裝飾了許多板球相關的收藏品與照片，簽了名的板球棍陳列在正面為透明玻璃的小展示櫃裡。碧雅、艾芙和她們的父親住在這家旅館，並且在旅館的餐廳裡吃晚餐。艾芙簡短報告了他們樂團的義大利巡迴演出，而她爹鼓起精神分享了瑞奇蒙扶輪社的慶祝活動。碧雅則是談到她接下來要扮演艾比蓋兒威廉斯（Abigail Williams），《激情年代》（*The Crucible*）一劇中的惡女角色。該劇作家亞瑟米勒（Arthur Miller）下個星期會來皇家戲劇藝術學院教授幾堂課。閒聊，艾芙心想，是你用來填補隙縫的多功能填塞劑，讓你可以不用看著那個隙縫愈變愈大。食物送來了。牧羊人派和青豆是她們的爹的，沙拉和歐姆煎蛋是碧雅的，艾芙點的則是一碗義大利雜菜湯，湯裡面包含了菜單上每道菜的碎屑。

「看到她那樣真令人難過。」碧雅說。

「什麼都幫不上忙真令人難過。」艾芙說。

「她不是只有她自己。」她們的爹說。外面，在停車場對面，車輛不斷繞著那個圓環旋轉。「不會永遠都這麼痛的。有一天妳們的姊姊會回來，我們的工作就是幫助她走過去。怎麼了，親愛的？」

看到碧雅哭，讓艾芙也開始哭了起來。

「我說了一段安慰的智慧話語，妳們這樣回應也未免太誇張了吧。」她們的爹說。

旅館大廳的休息區，這時只剩下哈洛威父女三人了。碧雅和艾芙忘記假裝他們不會抽菸，而他們的爹也忘記表達反對。電視上正在播放法國警方突襲巴黎的拉丁區，把抗議者的路障拆掉的新聞。警方發射瓦斯彈，抗議者丟擲石塊，數百人受傷，數百人被逮捕。「這是你們要建造一個更好世界的方式嗎？」艾芙的爹問，「用石頭丟警察？」

在波昂，一大群學生在德國議會遊行，抗議剛通過的緊急法。「如果我有辦法，」艾芙的爹說，「我會給他們一個國家，讓他們自己去管。比利時，比方說。我會告訴他們，『這全是你們的了。你們自己去找食物給幾百萬個人吃，自己去處理汙水、銀行、法律、治安、學校教育等問題。你們讓他們夜裡能安穩睡覺，所有無趣但重要的細節都自己負責。助聽器，釘子，馬鈴薯。』接著，十二個月後再回來，看看他們弄成什麼樣子……」

在越南，一個稱做欽德（Khâm Duc）的美軍基地被北越蹂躪。九架美國軍機被擊落，數百個士兵及平民被殺。「這整個世界，」艾芙的爹宣稱，「已經瘋了。」

碧雅和艾芙交換了一個眼色。他們的父親幾乎每看一段新聞，就至少會說一次那句話。

「我要去睡了，」艾芙說，「真是漫長的一天。」

星期一多雲。艾芙從旅館打電話到月鯨，要請里馮取消那個星期稍晚的樂團演出。她一生中從來沒有取消過任何一場售票的演出。月鯨的電話一直占線中。他們的爹開車載著艾芙和碧雅繞過板球場來到伊莫珍家，艾芙的媽讓他們進去。

「昨天晚上過得如何？」她們的爹輕聲說。

「非常糟。」她們的媽回答。

「可以看看她嗎？」碧雅問，「她起床了嗎？」

「晚一點，親愛的，她現在還在睡覺。勞倫斯和他父親已經去醫院見驗屍官。」

「那好，」艾芙的爹說，「庭院的草需要割一下。」碧雅和艾芙拿了一些洗好的衣服出去晾，然後去店裡買了些雜貨和香菸。在書報攤，珊迪馮泰尼正在電台上唱著〈給我的男孩的華爾茲〉。碧雅看著她。艾芙說：「如果我不笑，我就會哭。」艾芙幫伊莫珍買了一包金邊臣以及這星期的《旋律製造者》。回到家裡，伊莫珍在樓下，望著像拼圖一樣的鬱金香田以及她母親正試圖讓它運作的一架風車。艾芙希望她可以說：「妳看起來好一點了。」但這明顯是個謊言。

艾芙再次打電話給月鯨，但是電話還是占線中。她試著打到雅思培的公寓，但是沒有人接。她納悶是不是出了事，但是隨即告訴自己別疑神疑鬼。

當辛克列爾父子回來時，艾芙和碧雅正在準備沙拉。他們從後門進來。「好吧，」勞倫斯的爹回報說，「驗屍官已經在死亡證書上寫『嬰兒意外猝死』。這解釋了一切卻又什麼也沒說。」

啜泣不受控制地湧出。伊莫珍用雙手掩住嘴巴。

「噢，寶貝，」辛克列爾先生嚇壞了，「我沒有看到妳，我……」

伊莫珍轉身想跑上樓，但她媽剛好擋住路，於是她原地轉身，往回跑，側身穿過廚房進入花園。

「我以為她會在樓上。」勞倫斯的爹說。

「是那消息本身的錯，榮恩，」艾芙的媽跟他保證，「不是傳送消息的人的錯。我會去陪她。」

碧雅切黃瓜時，艾芙製做了油醋汁。割草機的聲音停止。艾芙的媽回到屋內，看起來在發抖。艾芙的爹跟在她旁邊。「伊咪希望獨處。」她解釋。

「我實在很抱歉，」辛克列爾先生反覆說，「我實在很抱歉。」

「不用抱歉，榮恩，」艾芙的爹說，「她最終還是得聽那個消息，現在話已經說了，她也已經聽到了，她就可以……好好消化這個消息。這樣對她最好。」他走到走廊電話旁邊，打電話到他的辦公室。

碧雅打開三號電台來壓過談話聲。電台播放的是繁複的莫札特。

伊莫珍從花園回來，紅著眼而且滿臉愁容。

這是一齣劇，艾芙想，出去與進來，不停歇。

「那裡有沙拉，寶貝。」辛克列爾太太說。

「我不餓。」伊莫珍上樓，勞倫斯跟著上樓。艾芙回想起去年二月在奇斯爾赫斯特路辦的那場訂婚午宴。如果可以閱讀未來的腳本，我們會選擇不去翻頁。艾芙的媽宣布：「我想我要出去，到外面的商店走走。新鮮空氣會對我有些幫助。」

碧雅和艾芙一起清理盤子。幾分鐘之後，她們聽到伊莫珍在啜泣。

「這是個艱難的時刻。」辛克列爾先生說。

「最艱難的一次。」艾芙的爹說。

三號電台開始播放新聞。巴黎的暴動和逮捕持續了一整個早上。「我們年輕時，並沒有人把大學教育放在盤子上送給我們，」艾芙的爹說，「對吧，榮恩？」

「那正是問題所在，克里夫。它是放在盤子上送給他們，所以他們不珍惜。他們像被寵壞的孩童那樣把它摔碎。鬧事的全都是這些遊手好閒的左翼小伙子。在英國利蘭車廠，經營階層只要露臉就會被蛋洗及修理。這一切要走到哪裡才會結束啊？」

「這整個世界，」艾芙的爹，「都瘋了。」

「上個禮拜在義大利有沒有發生這樣的事，艾芙？」辛克列爾先生問。

艾芙解釋說，那趟巡迴演出是長達一個禮拜重複且累人的巴士旅行、舞台布置、演奏、抓住可以補眠的任何時間——在隔天的長途車程之前。「我們忙到就算火星人入侵也不會發覺。」

喝過咖啡後，碧雅說她要回旅館了。「這裡不太需要我。我必須寫一篇關於布萊希特（Bertholt Brecht）的小論文。」艾芙爹和勞倫斯爹之間起了善意的爭執，兩人都想載碧雅回板球員之臂旅館。後來碧雅穿上外套說：「我走過去就好。」才化解了困境。

稍晚之後，勞倫斯走下樓，輕聲說：「她吃了一顆藥，現在睡了。」說完他也走出門。

「你是無法抗拒一點新鮮空氣的。」艾芙的爹說。

「沒錯，」辛克列爾先生同意，「沒錯……」

艾芙第三次打電話到月鯨。電話還是占線中。她打電話到杜克—史托克爾經紀公司，連絡不上對方。打到雅思培的公寓，沒有人回應。她問她爹今天是不是國定假日。「當然不是，寶貝，」她爹說，「為什麼這麼問，為什麼？」

感覺上就像烏托邦大道已經不存在了。「沒事。」

剛割過草的氣味瀰漫在微溫的空氣中。艾芙從小屋裡拿了修枝剪，然後到花園的遠端去修剪黑莓及雜草。柳樹的複葉搖曳著，藍鈴花從米德蘭土裡伸展出來，一隻畫眉鳥在附近用顫聲歌唱。是昨天那隻？她仍然看不見牠的身影？艾芙想到她的公寓已經空了一個星期，希望一切都安好。那扇門很堅固，人也無法從窗戶進入，但是蘇荷就是蘇荷。冰箱裡的牛奶現在應該已經凝結成塊了。

「妳漏掉一小塊了。」伊莫珍的聲音說。

艾芙抬起頭來。她姊姊穿著雨鞋，浴袍外面還套了一件粗呢大衣，臉上並沒有閃現她那則評語裡的幽默微光。「我沒把蕁麻除掉，蝴蝶需要它。妳那是新潮流的穿法，還是什麼？」

一道矮牆分開地勢較高的草皮與較凹陷、較泥濘的區域，伊莫珍就坐在矮牆上。「我剛剛有一點動搖。」

「妳想怎麼動搖都沒關係。」

伊莫珍望向那棟房子，折斷一根樹枝。

「我該叫大家留給妳空間嗎？」艾芙問。

一輛吵鬧的摩托車攪亂正午市郊的昏沉。

「不，請留下來，拜託。我害怕住在沉默無語的房子裡。」

那輛摩托車開走，原本的喧囂化為寂靜。

「每次我醒來，」伊莫珍說，「只在片刻之間，我忘記了。悲哀在那裡壓迫著我，但我已經忘記我為何悲哀。所以，在那片刻，他回來了。活著，在他的嬰兒床裡。他開始認得我們，他才開始會笑。你看到了。接著……」伊莫珍閉起眼睛，「……我想起來了，然後，那個禮拜六的事又重頭來過一遍。」

「真是該死，伊姆，」艾芙說，「那想必是一種折磨。」

「是的。可是當折磨結束時……在我不再有這樣的感受時，他真的就會消失了。這樣的折磨是我所擁有的全部的他。折磨與母乳。」

一隻滿載花粉的蜜蜂在空中反覆舞出橢圓形軌跡。

我完全不知道該說什麼，艾芙心想，半點概念也沒有。

伊莫珍看著艾芙拔的那一堆雜草。

「抱歉，萬一我誤拔了花園裡的珍奇植物。」艾芙說。

「勞倫斯和我原本考慮在這裡建一個涼亭，或許現在就把這裡留給藍鈴花吧。」

「你無法跟藍鈴花爭論，它們甚至聞得出藍色的味道。」

「藍鈴花盛開的時節，我曾經把馬可帶來這裡，三次或四次，就那麼幾次。那就是他……可以用他的臉來感受戶外大世界的僅有幾次機會。」伊莫珍把臉轉開，接著看著自己的手。她的指甲一團亂。「妳會以為妳有永永遠遠，但我們只有七個禮拜，四十九天。就連藍鈴花都活得比他久。」

一隻蝸牛爬上磚牆。黏黏的人生。

「妳經歷了難產，」艾芙說，「妳需要時間恢復。」

「那不只是會陰撕裂，子宮破損，而且……結果是，我——我……無法再懷孕了。」

艾芙非常冷靜。日子還是要過。「確定不可能了嗎？」

「婦產科醫師說這『可能性極低』，我問『有多低？』他說，辛克列爾太太，『可能性極低』是婦產科說『不會發生』時的用語。」

「勞倫斯知道嗎？」

「不知道，我還在等適當的時機。然後……禮拜六——」伊莫珍試圖找出恰當的動詞，但是沒能成功。「所以，我剛剛選擇告訴妳，而不是我丈夫。我永遠無法再成為母親了，勞倫斯也不會再成為父親。這是生物學上的事實。除非他心裡想，我簽的婚約並不包括這一項，而且……噢，我又不斷在繞圈圈了。」

一個看不見的小孩正對著一道牆踢球。

咚砰，那顆球發出聲音，咚砰、咚砰。

「這是妳的身體，」艾芙說，「妳的消息，妳的時間。」

咚砰，那顆球發出聲音，咚砰、咚砰。

「如果那是女性主義，」伊莫珍說，「算我一份。」

咚砰，那顆球發出聲音，咚砰……

「那不是女性主義，它只不過是……真的。」

咚砰、咚砰……

板球員之臂旅館的交誼廳裡沒什麼人，艾芙坐在鋼琴前練習琶音。她整個晚上都在想伊莫珍。她的心需要花點時間做點別的事。外面下著雨，她聽得見旅館大廳休息區電視上那位新聞播報員的聲音，但聽不出他在說什麼？艾芙感覺到一個旋律在等著她。有時候旋律自己會來找你，像〈給葛夫的華爾茲〉，但有時候你幾乎是要靠地形地貌來追蹤它、靠線索、靠氣味……艾芙畫出五線譜，來宣示自己的企圖。她的右手彈奏降b小調的旋律——多酷的音階——左手則彈奏和諧與不和諧的音程，看會激發出什麼火花。藝術可遇不可求：你唯一可以做的就是跟它表示你已經準備好了。走錯路，將它排除，而後揭露出正確的路徑。就像愛情一樣。艾芙喝一口香蒂啤酒。她爹出現。「我要先去睡了。再見，貝多芬。」

艾芙瞥了他一眼，「好的，爹，睡飽飽……」

「……別讓床蝨咬，晚安，親愛的。」

艾芙繼續彈，把一條正確的路徑連到下一條正確的路徑。藝術是橫向的，藝術是對角的。她嘗試將它翻面，彈奏低音的琶音，上面再覆蓋極高音的旋律。藝術是光之幻影。艾芙把音符寫到她手畫的五線譜上，一個小節接著一個小節，每四個小節就問一個音樂問題並回答它。她先試著採用八八拍，但是後來採用十二八拍：八分音符為一拍，每小節十二拍。她偶然發現一個中間樂段——森林中的一塊林間空地，長滿了藍鈴花——她感覺它就是〈耶和華是我的牧者〉（The Lord Is My Shepherd），卻又覺得這是她重新創作出來的樂段——把原曲上下顛倒過來。在曲子的最後，她重新彈奏開曲的主題。來到中段時它已經改變了，就好像天真會被經驗所改變。她用彈性速度、圓滑奏及力度技巧來彈奏。她彈奏了整曲。行得通。會有些毛邊，那是當然，但是……沒有勉強之處，沒有庸俗之處，沒有古板之處，沒有文字。沒有歌名。沒有時限。目前還沒有。她喃喃自語。「真該死，妳還真不賴。」

「對不起。」一個男人說。

艾芙抬頭看。

是吧台的服務生。「我們要關了。」

「好，不好意思。現在幾點了？」

「半夜十二點十五分。」

早上，當艾芙和碧雅到板球員之臂的餐廳吃早餐時，艾芙爹的表情告訴她有事情發生了。她心想，伊莫珍——但是她錯了。克里夫哈洛威把他的《每日電訊報》在桌面上推到她面前，指著其中一篇文章。艾芙和碧雅開始讀：

烏托邦大道陷入困境

以進入排行榜前二十名的暢銷曲〈暗房〉與〈證明它〉聞名的流行樂團烏托邦大道，週日下午在準備離境時被羅馬機場的義大利警方拘留。樂團經理人里馮法朗克蘭因涉嫌逃稅而被拘留，吉他手迪恩莫斯則因為在身上被發現毒品而被逮捕。羅馬的英國大使館證實兩人都已經尋求領事館的協助，但是拒絕做進一步的評論。樂團律師泰德席爾沃發出聲明表示：「迪恩莫斯和里馮法朗克蘭都是無辜的，那些誹謗及栽贓的指控都是無中生有，我們預期在最短的時間內為他們洗刷罪名。」

「**這他媽——**」艾芙把一句葛夫式的髒話轉變成，「**麻麻煩大了**。」

「真令人意想不到。」碧雅說。

「那有可能是妳。」她爹壓低音量，以免其他埋頭吃早餐的人聽到。

「怪不得我的電話都沒人接。」艾芙說。

「這下妳會離開樂團了吧，我想？」她爹說。

「爸，我們先把事實釐清再說。」

「這是《每日電訊報》，艾芙。這些**就是**事實。」

「那麼『無罪推定』是怎麼回事？」碧雅問。

刀叉碰撞的聲音。「國民西敏寺銀行，」她們的爹把音量壓得更低，「不能容許銀行經理的家人與不良人士有任何牽連。毒品？逃稅？」

「只有白痴才會帶著毒品到機場去，爸，」艾芙回答，「尤其是，如果你是個帶著吉他又留著長髮的傢伙。」

「那麼，或許迪恩真的**是**個白痴。」她的爹輕敲報紙。

從某方面來說他確實是，但不是這方面。「英國警方會把毒品栽贓給人，義大利警方為什麼就不會？」

「英國警方是全世界羨慕的警察模範。」

艾芙感覺自己怒火中燒。「你怎麼知道的？你到過全世界，去問過每一個人？」

「如果艾芙的名字也出現在這篇報導上，」碧雅說，「照原本劇本的安排，如果她跟其他人一起到了機場，那麼你會相信誰的話？她的話？還是義大利警察的話？」

克里夫哈洛威低頭，雙眼從眼鏡的上端看著她的女兒。「我會相信艾芙，因為她有良好的家教。可惜的是，並非每個人都像她這樣。」當女服務生走近時，他把報紙摺了起來。「全英式早餐，謝謝。培根可以脆一點。」

貝特妮在第二聲鈴響時接起電話，艾芙把六便士硬幣塞進投幣孔。「貝特妮，我是艾芙。」

「艾芙！感謝老天，妳知道新聞了嗎？」

「只看到《每日電訊報》上寫的東西。」

「還有更多消息。妳是從哪裡打的？」

「公用電話，在伯明罕的一間旅館。」

「給我電話號碼，我打回去……」

幾分鐘後，電話響起，艾芙接了起來。「準備好了，請說。」

「首先，好消息。雅思培和葛夫已經被釋放，他們住進機場附近的一間旅館裡。壞消息，里馮和迪恩還被拘留。不過，艾列克斯的古恩特已經聘請了德國馬克所能買到的最棒的義大利律師，而且答應只要有新消息就會打電話過來。」

「發生了這一切，恩佐恩德瑞西跑哪裡去了？」

「神祕的 AWOL（擅離職守），聞起來像是設計陷害。媒體的關注度破表。在所有人當中，艾咪巴克瑟爾透過《標準晚報》帶頭進攻。」

「我不太敢問，但是，這些媒體是站在哪一方？」

「我們這邊。《每日電訊報》有點自命清高，但是《鏡報》的標題是：『把你們的義大利髒手從我們男孩身上移開。』《每日郵報》是：『腐敗的義大利佬誣陷英國明星！』泰德席爾沃在外交部的一位朋友認為，羅馬官方想要塑造出自己嚴厲打擊『外國影響力』的形象，他們並沒有料到會鬧得這麼大。樂團的好友及粉絲們在梅菲爾區的義大利大使館外面辦了一場守夜抗爭活動。這是外交官的夢魘。」

艾芙感覺身體裡的齒輪在旋轉，槓桿在移動。「我要怎麼做？」

「保持低調。我在草擬一份新聞稿。我會說妳安全地在英格蘭某處，而且對於大家在這黑暗時刻挺身支持烏托邦大道，妳非常感動——但是如果這個故事繼續發展下去，狗仔們可能就會來嗅聞妳的足跡。」

「喔，天哪。我們最不需要的是守在門口的記者。」

「完全沒錯。伊莫珍還好嗎？」

艾芙不知從何說起……

熱淚從伊莫珍痠痛的眼睛漲溢出來。艾芙拿了一張紙巾給她。「他想必知道了，他想必想找媽媽，他想必很害怕，他想必……」伊莫珍顫抖著，像躲進藏身處的小孩子一樣蜷曲起來……「昨天夜裡我聽到他的哭聲。我的乳汁開始分泌，我在黑暗中醒來，快要走到門口時，我才想起來，但我的貼身睡衣已經溼了，所以我只好用該死的吸乳器把乳汁吸出來，等到吸完後，我得在水槽中把乳汁沖掉，而——」伊莫珍努力換氣，就好像她的悲傷已經轉變成氣喘。艾芙輕拍伊莫珍。「深呼吸，姊，深呼吸……」樓下廚房裡，三號電台被扭開。

窗簾被拉起擋住陽光。

午餐（伊莫珍沒有加入）之後，艾芙回到花園的盡頭處繼續拔草。她與時間彼此相忘。

「你漏掉一小塊了。」一個聲音說。

是勞倫斯，他手中的托盤上有個茶壺。

「昨天伊咪也是這麼說。」

「是嗎？好吧，呃……媽烤了薑餅。」

「太棒了，謝謝。我只要再……」她扯下一條黑莓的藤蔓，脫下手套，然後和勞倫斯一起坐在矮牆上。「她還在睡嗎？」

「是的，那是她的安全港。只要她不作夢就好。」

艾芙咬下薑餅人，從他的頭開始吃起。「嗯，很好吃。」

「是這樣的，火葬場打電話過來。馬可的火化時段排在明天，四點鐘。顯然有人取消他們的時段。」

「有誰會跟火葬場取消預約？」

「我……呃，沒想到去問。」

「別管我，我純粹是個感覺遲鈍的白痴。」

「妳爸告訴我迪恩與里馮的事，」勞倫斯說，「被困在義大利。妳想必很擔心。」

艾芙很擔心，但是馬可的死讓她沒有心思顧及其他。「他們有律師，你們是家人。我應該在這裡。」

勞倫斯點了一根香菸。「我從來不知道死亡如何把語言弄成一團亂。馬可過世後，伊咪和我仍然算有一個『家庭』嗎？或者……我們又被降級為『夫妻』？直到……不知道什麼時候？」

艾芙記得伊莫珍昨天跟她說的話。一個非常沉重卻又必須保守的祕密。她喝了一口茶。

「如果我說，『馬可現在是我兒子，』」勞倫斯繼續說，「看起來就好像我在否認馬可已經走了，就好像我瘋了……」

那個看不見的小孩再次對著一面牆踢球，艾芙猜想這是他或她平常的練球時間。

「……但是如果我說，『馬可過去是我兒子』，那又……」勞倫斯穩住自己的情緒，「那又難以承受，它太……」對於自己幾乎哭出來，他幾乎笑了出來。「真悲哀。上帝啊。有人需要去發明一種動詞時態，專門用來談那些……那些已經過世的人。」

柳樹的葉子在他們身旁輕拂及窸窣作響。就像馬尾。「使用『現在』，」艾芙說。艾芙想到雅思培那種奇特、與世界失去連結的模樣。那有時候是一種超能力。「如果其他人認為我瘋了，由他們吧。」

咚砰，咚砰，咚砰……

★★★

週三早上天氣晴朗。板球員之臂旅館餐廳的窗戶打開，溫暖的空氣滲進屋內。艾芙、碧雅及她們的爹穿上黑衣。這天早晨他買了《每日郵報》，他把菲力克斯的專欄拿給女孩們看：

為烏托邦大道守夜

兩百位英國流行樂團烏托邦大道的粉絲，聚集在梅菲爾區三王院的義大利大使館外面為這支樂團守夜，抗議樂團的吉他手迪恩莫斯與經理人里馮法朗克蘭在羅馬遭到拘禁。義大利當局指控兩人持有毒品及涉嫌逃稅，但是樂團成員及粉絲們異口同聲說「沒這回事！」。這些粉絲遞交了請願書給一位義大利領事館人員，要求釋放迪恩與里馮。他們以滿腔的熱情而非技巧，唱著那位被拘禁的樂手所寫的歌。滾石樂團的布萊恩瓊斯也加入了守夜，並且告訴芬奇，也就是謙卑的在下，說：「我自己曾經受過極其粗暴的司法系統的單方面惡待，毫無疑問的，那些義大利人此刻正在玩同樣的骯髒遊戲。如果他們握有迪恩與里馮犯罪的真正證據，他們就該直接起訴。如果他們沒有證據，就放迪恩及里馮走──他們還必須向我們道歉，因為他們浪費了每個人的時間。」

呼應瓊斯先生的熱情相挺，穿著英國米字旗外套的羅德丹普西，迪恩莫斯的密友，是這麼說的：「這是件醜聞，外交部那些名流根本不願意伸出援手來，為迪恩這種出身低下的英國樂手洗刷汙名。如果迪恩上過伊頓中學，他們還會這麼無動於衷嗎？」當我問丹普西，明天是不是打算再回到守夜現場，他發誓他會奉陪到底，直到事情有結果。

姑且不論烏托邦大道的音樂是不是我喜歡的類型，謙卑的在下，芬奇，還是忍不住要對於三王院這場聚集表示敬意。他們證明了英國的年輕人可以讓自己的聲音被聽見，而不需要訴諸此時在全歐洲四處爆發的那種不光彩場面。如果守夜活動能維持在法律所設定的方正範圍內，我想我會認同一位粉紅爆炸頭示威者手中所揮舞的標語牌：把你們的狗爪從迪恩莫斯身上移開！

「滾石樂團在我心目中的形象不是穿著閃亮盔甲的仗義騎士，」艾芙的爹說，「不過，菲力克斯芬奇確實有他的影響力。」

「這真是奇蹟，條子們沒有用靴子踢他們。」碧雅說。

「條子？」她們的爹表現出一副被嚇壞的父親模樣，「靴子？」

「我很訝異那些友善的警察伯伯們，」碧雅故作單純，「沒有驅散那些示威者。妳見過這個羅德丹普西嗎，艾芙？」

「只有短暫見過一面。」艾芙沒有告訴他們丹普西是迪恩的藥頭，而且他還一度滑頭地對她調情。

「妳會去參加這個『守夜』嗎？」艾芙的爹問，「如果妳能遠離這樣的活動，我不知道會有高興！」

「今天我心中只想著馬可。」

艾吉巴斯頓火葬場是一座卵石抹面的長方形建築，外形宛如一個鞋盒。正面有個仿希臘式的門廊，後側是一支高大煙囪。雲杉無法完全遮掩一塊工業用地、高架道路，以及六棟長得一模一樣的住宅大樓。對艾芙來講，這些位在高空中的住家，看起就像一間間豎立起來的監獄。在接待區等候他們的是伊莫珍的朋友伯妮迪，艾芙記得在姊姊的婚禮上見過她。她用擁抱把伊莫珍包了起來。「噢，親愛的。我可憐的、可憐的親愛的。」她脖子上的銀色十字架項鍊，說是屬於一位吸血鬼獵人也不會有人懷疑。

兩個門廳分別標示為「追思A廳」與「追思B廳」。A廳門上的塞入式名牌寫的是「基伯懷特下午三點三十分」，B廳則是寫著「辛克列爾下午四點」。一首以高分貝來詮釋的〈當聖徒邁步前進〉（The Saints Go Marching In）從A廳放送出來。那首歌結束後，門突然打開，至少一百個人從裡面溢出來，進入這天的下午。大多數人看起來、聽起來是加勒比人。熱帶的膚色與黑色混合在一起。「蓓西一直都喜歡一首可以跟著唱的好歌。」一位女士說。她的朋友回答：「她最後也跟著我們一起唱，我發誓。我知道那是蓓西，因為它走音得那麼嚴重……」

在參加基伯懷特喪禮的人群離開之後，等待室感覺比先前更淒涼了。伯妮迪、艾芙的媽以及辛克列爾太太閒聊一些瑣事，伊莫珍與勞倫斯安靜地坐著。

四點前的幾分鐘，喪禮主持人請九位悼念者進入一個可以容納三四十個人的空間。燈光刺眼，地板是磨損嚴重的木頭，牆面是帶著菸漬的白色。一台鋼琴放在角落。馬可的小棺材放在一條輸送帶上，就像失物招領處的一個包裹。一隻幾乎是嶄新的藍兔子坐在棺材上。艾芙的媽握著伊莫珍的手臂，領她走到前面。艾芙希望這景象不要讓她想到伊莫珍的婚禮那天。玫瑰是白的。

伯妮迪精心設計的致辭儘管立意良善，最終還是奠基在「神的作為奇妙」的訊息上。我不知道如何賦予馬可的死意義。「當我們要跟曾經非常短暫充當馬可靈魂居所的那個軀體說再見時，」伯妮迪開始做結論，「且讓我們聆聽一首伊莫珍最喜歡的詩歌。」她望向喪禮主持人。他把唱針放在容易破裂的唱片上，〈上帝是我千古保障〉（O God Our Help In Ages Past）的合唱開始響起。

伊莫珍用顫抖的聲音大聲說出：「不要。」

每個人，包括喪禮主持人在內，都看著她。

「不要。請停止播放，拜託。」

喪禮主持人把唱針拿起來。

伯妮很擔心。「出了什麼問題嗎，伊咪？」

「我——我先前指定這首詩歌，但是……這是錯誤的選擇。」伊莫珍嚥了嚥口水。「馬可應該一生都有音樂與他為伍。童謠、流行音樂、舞曲以及各種音樂。我不希望他離開我們時，聽的是一首你在葬禮時播放的詩歌。」

「我們沒有帶其他唱片。」她媽說。

「艾芙，」伊莫珍轉向她的妹妹，「彈點音樂。」

艾芙很緊張。「我沒有準備任何曲子，伊姆。」

「拜託，任何曲子都好。一首為馬可彈的曲子。」她努力克制住快要流下來的淚，「拜託。」

「當然，伊姆。當然，我會的。」艾芙走向鋼琴。喪禮主持人幫她打開琴蓋，她坐在鋼琴椅上。但是要彈什麼？〈木筏與河〉？她可以憑印象彈〈月光奏鳴曲〉，但是任何錯誤都會聽得很清楚。史卡拉第（Scarlatti）太輕快了。接著艾芙想起她昨天晚上在板球員之臂所創作的那首歌。她將它放在手提包裡，這樣她萬一突然有歌詞的靈感就可以寫上去。艾芙把音樂練習簿放到譜架上，然後將目前還沒有標題的那六十六小節音樂從頭到尾彈完。放慢速度彈奏它，改變了它的色調。曲子大約維持了五分鐘。隨著艾芙的彈奏，伊莫珍的心境開始回穩。她走到馬可的棺材旁，吻了棺材的蓋子。勞倫斯也跟著做。他們互相擁抱而且哭了出來。兩位傷心的祖母也在碧雅的陪同下加入。

艾芙的曲子結束。

餘韻填滿了接下來的沉默。

伊莫珍告訴喪禮主持人。「時間差不多了。」

艾芙走過來，拿起那隻藍兔子。

每個人的指尖都摸在白色的棺木上。

喪禮主持人慎重地按下一個按鈕。

輸送帶鏗鏗鏘鏘活了過來。

光滑的棺材蓋在他們的手指下滑動。

馬可的棺材通過一個簾幕。

簾幕後面，一個機械隔板緩緩下降，把通道關了起來。

就連藍鈴花都活得比他久。

星期四早上，艾芙與貝特妮約在皮卡迪利圓環地鐵站的渦旋人流中碰面。每一分鐘，倫敦人從對角交叉的隧道內湧出來，各自帶著悲劇、歷史、喜劇及羅曼史。擦鞋童勤快地工作，報販以最快的速度將報紙交到排隊買報的人手中。貝特妮戴了一頂風格獨具的藍帽子，圍了一條絲巾，搭配一副賈姬歐納西斯（Jackie Onassis）的招牌太陽眼鏡。

「我差點認不出妳來。」艾芙說。

「這正是重點。一個記者潛伏在月鯨外面，他試圖脅迫單車快遞員告訴他一些八卦。伊莫珍現在如何？」

「她現在跟我父母一起住在瑞奇蒙。」艾芙想找到適當的詞語，「悲傷是個拳擊手，而我姊姊是沙包，我們唯一能做的就是在一旁觀看。」

「那麼就觀看吧，」貝特妮說，「把她的傷口縫起來，等她完全就緒時，幫助她再次站起來。」

艾芙點頭。沒有別的事好說。「那麼，里馮和迪恩怎麼了？」

「他們像皮疹一樣爬上了各媒體的版面。這則，是《每日郵報》的報導……」貝特妮的筆記本貼了一則新聞，在一張迪恩站在馬克葛俱樂部舞台上的照片下方寫著：

「我有我的尊嚴要捍衛」

在沒有確切證據的情況下，迪恩莫斯週日在羅馬因被指控持有毒品而被逮捕，這個迷人男孩的冒險故事昨天有了非常戲劇化的轉折：這位烏托邦大道的吉他手不願意在認罪聲明上簽名來換取被遣返的機會。曾寫過排行榜前二十名歌曲〈暗房〉和〈證明它〉的莫斯先生堅稱那項違禁品是逮捕他的那位警探栽贓給他的。樂團經理人里馮法朗克蘭涉嫌逃漏稅的指控已被撤回。在一份透過他的律師發表的聲明中，莫斯先生解釋了他英勇的抉擇：「我願意做任何事來結束這場苦難磨練，並且回去見我的朋友、家人及國家——但是，為了一個我沒有犯下的罪行，而在一份不實的認罪書上簽字，這已經超過我能忍受的限度。」

「我可以聽到〈希望與光榮之土地〉的音樂，」艾芙說。

「里馮和弗雷迪杜克可以聽到這塊土地上各唱片行收銀機的聲音。喔，而且泰德席爾沃請我告訴妳，BBC電台也派了一位記者到三王院的守夜現場。還會有其他人。」

「別告訴我說，我會出現在午間新聞上。」

「午間新聞和晚間新聞。」

艾芙想到她父親在辦公室吃午餐的情境。萬一我說的是他所不認同的話呢？

「我想把第一場專訪給艾咪巴克瑟爾，如果妳不介意？」

「我沒問題。」艾芙想到迪恩待在義大利的牢房裡，他的命運可能依賴於她這場專訪的成功。

「我覺得這有點超過我的能力，貝特妮。」

「上個禮拜六，就我所知，妳才讓兩千個義大利人對妳百依百順。」

「是的，但那只是一場表演。」

「現在這個活動也一樣。那就是我們要提早見面的原因。我們找個安靜的地方，坐下來喝杯咖啡，然後想出一些說詞……」

艾芙在A&R部門的維克特法蘭奇及月鯨的律師泰德席爾沃的護送下，通過拱廊進入三王院。庭院裡已經塞滿人。歡呼聲響起，絲毫沒有要停止的跡象。艾芙克制住轉身逃走的衝動。迪恩需要這個。數十個人呼喊她的名字。幾秒鐘之內，它演變成反覆的吟唱：「艾芙！艾芙！艾芙！艾芙！艾芙！艾芙！艾芙！艾芙！艾芙！」年輕人，幾張較老的臉，那些穿著講究的人，沒有刮鬍子的嬉皮。「艾芙！艾芙！艾芙！艾芙！艾芙！艾芙！」少數幾個摩登派，一組三人的雜耍表演者，一個賣衛斯特熱狗的小販，一個演奏手搖琴的男子。哈羅德品特？「艾芙！艾芙！艾芙！艾芙！艾芙！艾芙！」〈碎片〉正從樓上的某扇窗戶播放出來。記者們擋住了艾芙的路：「我是《衛報》的亞瑟哈屈吉斯，」一個穿著千鳥格紋西裝外套的新聞記者說，「妳對於反文化的期望和恐懼是什麼？」「艾芙！艾芙！艾芙！艾芙！艾芙！」他被一個沒有頭髮、鬥牛犬般的記者推擠到畫面外。「法蘭克赫斯，《晨星報》，烏托邦大道對於無產階級的艱困處境有何看法？」一個浪蕩少年型的記者擠了進來：「威利戴維斯，《世界新聞》。恁的三圍是多少？艾芙，流行音樂中最性感的男人是哪一位？」「艾芙！艾芙！艾芙！艾芙！艾芙！」艾芙轉身閃開，一個美國腔的聲音說：「別忘了呼吸。」她很年輕，長得像西班牙人，而且很漂亮。「艾芙！艾芙！艾芙！艾芙！艾芙！」那個女人的嘴巴湊近艾芙的耳朵。「我是露薏莎瑞伊[49]，《間諜鏡》雜誌，但那不重要——祝妳好運，別忘記呼吸。」

艾芙好好吸了一口氣。「好的。」

泰德席爾沃護衛她穿過擁擠的人群，來到路燈下方的一個板條箱旁。維克特法蘭奇把麥克風交到她手上。如果我忘記我的演講詞怎麼辦？貝特妮輕拍她的肩膀：「別忘了，妳可以一字不差地把

49 作者小說《雲圖》的主角之一。

一整首民謠背起來。這對妳來說不成問題。」艾芙點頭，然後站到板條箱上。那個「艾芙！艾芙！艾芙！艾芙！艾芙！艾芙！」變成另一陣歡呼，比上次更大聲、維持更久。唱針從〈碎片〉上移開。數百張臉回頭看。數十台相機的咔嚓聲此起彼落。人們從周遭建築物的窗戶裡往外觀看。她用手勢讓吵鬧聲安靜下來。

深呼吸。「早安，各位。」艾芙的聲音從綁在燈座上的一個音箱發出來，她的話從三王院的牆上反彈回來。「我是烏托邦大道的艾芙哈洛威，我來這裡是要——」

一個女人大喊：「我們知道妳是誰，艾芙達令！」

「喔，嗨，媽，謝謝妳也來到這裡。」艾芙的妙語得到一陣溫馨的笑聲。「說真的，各位，我很感謝你們的支持。我來這裡，是因為我的朋友迪恩在羅馬的監獄裡被關到快要腐爛了……」

「呸！」、「無恥！」鬧哄哄地唱和聲。

「……他在那裡被刑求，而且不讓他見律師。義大利警察說他是個毒販。」語句要簡短，貝特妮提醒她。海明威而不是普魯斯特。「那——是——謊——言。他們給迪恩一個選擇，承認那個謊言的指控然後被釋放——或者拒絕認罪然後被關回牢房。他選擇拒絕。」

一陣中等規模的怒吼，以及表示贊同的點頭。

「有人說迪恩莫斯想出風頭。有人說迪恩唆使義大利警察逮捕他，純粹是為了增加曝光。那根本是——胡——扯。有**哪一個**神智正常的人會冒著在外國監獄被關上好幾年的風險，只為了一小段專欄報導？」

有個人把麥克風指向她，同時在一個箱子上調整音量大小。

「有人說迪恩是個無賴跟暴徒，那也是——謊——言。迪恩討厭暴力。請讓我們以他為榜樣。為了迪恩，對大使館的人員友善一點，這件事不是他們幹的。同樣的，別給守在這裡的警察添麻煩，他們也是倫敦人。」

別忘了呼吸。「那些都不是迪恩，接下來這個才是迪恩。他是勞工階級的男孩，他知道『不夠』

是什麼狀況。迪恩不是聖人，但是他會把身上的襯衫脫下來給你，如果你比他更需要。他很正派，很仁慈。他是會在歌曲中呈現人生的痛苦與光輝的詞曲創作者。那些歌告訴我們，我們並不孤單。迪恩是我的朋友。所以，拜託，可以把我們的朋友帶回家嗎？」巨大的怒吼聲充滿那座庭院。

「我們可以把他帶回來嗎？」

群眾用更大的怒吼回應。

第三次才是大功告成的一次：「我們——可以——把他——帶回來嗎？」

怒吼聲震天。艾芙走下板條箱。群眾擠向前來。相機咔嚓、咔嚓地響，閃光燈反覆閃在她臉上。泰德席爾沃、維克特法蘭奇、貝特妮及她招募來的幾個大塊頭一起形成一個方陣，送艾芙走出三王院並坐上計程車。車子開走。艾芙的心瘋狂地跳動著。「我表現得如何？」

神智正常

安東尼赫爾希的房子是一棟位在彭布里奇巷的愛德華式大宅，高牆上方有穗狀尖刺。鍛鐵大門前的兩位保鏢照著名單查對派對參加者的姓名，才放他們進來。雅思培抬頭看著後院那座條紋大帳篷的篷頂。「有人完全不缺錢哪，」葛夫說，「在像這樣的高級街道上擁有像這樣的房子……你覺得呢，迪恩諾？十萬鎊？」

「放輕鬆，看看這些車子。一輛眼鏡蛇跑車。奧斯汀希利（Austin Healey）……一輛簡森攔截者（Jensen Interceptor）。恁認為這些全是他的嗎？」

「把你流到下巴的口水擦掉。」艾芙告訴他，「等到新專輯賣了一百萬張，你就可以買自己的車了。」

「靠我們的版稅？能勉強買到一輛生鏽的Mini我就該偷笑了。恁猜會有電影明星之類的人來參加這場派對嗎？」

「這很合理。」艾芙說，「他是一位導演。再說一次，正式來說你單身嗎？我已經記不清你恢復單身幾次了。」

迪恩裝出心臟中槍的樣子。喜劇效果，雅思培心想。「他的電影我只看過《客西馬尼園》，」迪恩說，「全都在講一些關於耶穌、毒癮者以及這類人物的事。超出我的理解能力。」

「阿姆斯特丹音樂學院的電影社團辦了一場安東尼赫爾希的回顧展。」雅思培說，「他最棒的作品真的是無與倫比。」雅思培看了一下時間：五點零七分。「里溤遲到了。」

「或許他卡在一個複雜的狀況，」葛夫說。艾芙皺了皺眉頭，迪恩的表情像微笑也像咆哮。雅思培不確定發生了什麼事，但是一輛剛抵達的計程車解救了他。里溤到了，他付錢後跳出計程車。「哇噢，你們全都準時到達。」

「恁把我們當成什麼？」迪恩氣沖沖地說，「一小群以為全世界任由我們擺布的蠢蛋搖滾明星？」反諷？雅思培無法確定，因為其他人開始把注意力全放在里馮那套有著土耳其藍鑲邊的嶄新西裝。

葛夫把手指放進嘴裡輕吹一聲口哨。

艾芙說，「有人去逛街了。」

迪恩用手觸摸那個翻領，「薩維爾街買的？」

「必須有那樣的扮相才能達成交易，我的朋友。〈將巨石滾開〉進行得怎麼樣了？」

「我們準備要錄第二十次了。」雅思培說。

里馮扮了一個雅思培無法解讀的鬼臉。失望？「很快就會好的，各位。維克特說想出成單曲，他是說真的。」

「跟他說，等它的旋律天才到達完美巔峰狀態時，他就會聽到這首歌。」迪恩說，「那是值得的。」

里馮點了一根菸。「拜託不要在一首曲子上用光整張唱片的預算。《樂園》進入前三十名，你們在艾列克斯的信用現在是比較好了，但是我們還是不能無底限地透支。」

「看來那個風笛樂團及保加利亞合唱團已經出局了，迪恩，」艾芙說，「那麼，為什麼我們要來這裡？」她對著赫爾希的豪宅點了一下頭。「貝特妮不清楚細節。我們心裡想像的是『電影配樂』。」

「或者，」迪恩說，「赫爾希先生上個月在報紙上看到我英俊挺拔的帥模樣，然後心想，那就是我要找的男主角？」

「是喔，那就是這樣了，」葛夫說，「他正要拍《來自黑礁的醜陋自慰男》，然後心想，這傢伙不需要化妝就可以入鏡。」

「喔，恁這個爛人，」迪恩說，「或者赫爾希想把我們拍到電影裡，就像那個義大利導演把雛鳥樂團拍進《春光乍現》一樣？」

「米開朗基羅安東尼奧尼，」里馮說，「你們都搞錯目標了，艾芙說的才正確，是電影配樂。把今天想成一場為某個尚不確定的工作而進行的面試，好好玩樂，但不要太盡興。」

「恁說話的時候為什麼老是看著我？」迪恩問。

「你太多疑了。一起進虎穴，好嗎？」里馮左右觀望，然後穿過那條路。

雅思培在萊克斯多普療養院的第二天，葛拉瓦西醫生診斷出嚴重幻聽思覺失調症，然後尋找可以減輕症狀的藥。奎立靜，德國製的一種抗精神病藥，是新興藥物中療效最高的。扣扣住在他身上的感覺還在，但是「內在的錘打聲」停止了。雅思培覺得他心智上的那位入侵者已經被困在一間閣樓裡，十六歲的他現在可以自由盤點新環境了。這間精神病院藏身在瓦森那鎮與北海沿岸沙丘之間的一座森林裡。一棟一層樓的診所連接了兩棟一九二〇年代的大宅，這兩棟房屋分別充當男舍與女舍，總共只容納了三十位住民。一道高牆環繞這個地方，而大門有守衛負責看管。雖然*Niet Storen*（請勿打擾）的標示牌通常會得到尊重，但是住民私人的房間沒辦法上鎖。雅思培位在頂樓的房間裡有床、桌、椅、衣櫃、書架及垃圾筒。在他的堅持下，鏡子已經被移走。從那扇裝上欄杆的窗戶，可以俯瞰底下的樹冠層。

雅思培的小名是*De Jeugd*，少年仔。他是萊克斯多普年紀最小的住民。特拉普會修道士是一群躁鬱症患者，他們只偶爾說出一兩句簡短的句子。劇作家們是靠八卦、詭計及內訌來度過他們的每一天。陰謀者煽動他人相信一些關於錫安長老會、共產主義蜜蜂及南極洲　處納粹祕密基地的惑人理論。雅思培在那裡居住的期間一直維持「未結盟」的狀態。在這間診所，理論上禁止性關係，實際上也很難進行，雖然還是有人聽過這樣的事。雅思培那層樓有兩個男人偶爾會性交，但是在英國住宿學校待過十年的經驗，已經讓他對於偷偷摸摸的同志性交不陌生。他自己的性慾被奎立靜削弱了，或許這樣反而更省事。

萊克斯多普的日子是從七點的鐘聲開始，接著是八點的鐘聲宣布早餐時間到了。雅思培坐在一張未結盟的桌子旁吃麵包與起士，並且喝咖啡，不太說話。住民接著按姓名的字母次序到藥局領當日的藥。雅思培的姓氏Z確保他是最後一名。早晨是根據每個人的診斷進行的治療：心理治療、行為治療，或純粹只是「社區服務」，提供給那些願意也有能力在廚房或花園裡做點簡單勞役的人。下午是自由時間。拼圖很熱門，桌球和桌上足球也很受歡迎。有些病人背誦詩句、歌詞，或是劇作家們話題性十足的週六輕鬆劇「轉折」。魏姆祖父與葛拉瓦西起初還很努力讓雅思培繼續跟上主教之伊利寄宿學校的課程，但是當他打開課本時，他知道他和學校已經永遠分道揚鑣了。一位來自阿佩爾多恩、別名為「教授」的前古典文學教師，招募雅思培成為他的西洋棋對手。他下的棋步緩慢但凶猛。一個來自芬洛的修女組了一個拼字遊戲聯盟，她發明新字和規則來確保勝利，受到挑戰時還會發出惡意的宗教詛咒。

幾週變成幾個月。在八月，雅思培接受了葛拉瓦西醫師提議，到萊克斯多普療養院外走走。但是才離開幾碼，他就感覺脈搏加速、身體變得沉重。他的視線漂移，無法聚焦。他趕緊通過大門回到院內，他很確信，除了奎立靜的效果，他還需要萊克斯多普的牆才能將扣扣阻隔在外。他承認這個想法很荒謬，但是一個只會出現在鏡子裡、一直想把雅思培逼瘋的東方僧侶也同樣荒謬。葛拉瓦西醫師擔心他的年輕病患過於依賴奎立靜，於是把他的十毫克劑量減為五毫克。一天之後，雅思培感覺扣扣蠢蠢欲動。兩天之後，他感覺頭殼上有答—答，答—答，答—答的聲音。三天之後，他在一根湯匙上隱約看到扣扣的反射影像。第四天，雅思培的劑量回到十毫克。

整個秋天，魏姆祖父都固定來探視他。如果用「喜歡」來形容這些探視並不貼切，至少，雅思培很珍惜有人來看他。三或四個詞語構成的句子是雅思培回話時的上限，但是魏姆德魯特曾經自願入伍參戰，對於那些飽受砲彈驚嚇之苦的人並不陌生。他一個人負責他們兩個人的談話，談德魯特家族的家務事、新聞、棟堡、書籍以及他自己人生的篇章。父親古斯也來看過他一次，那次的會面並不太愉快。古斯德魯特和魏姆不同，無法掩飾他對於雅思培的脆弱心靈所感到的不安，也隱藏不住他對那些更明顯有精神問題的病人的不耐與厭惡。古斯的妻子和雅思培的同父異母手足並沒有一起過來。雅思培並不在乎，愈少人見證他的精神崩潰並表示同情愈好。雅思培與這個世界唯一的其他連結是漢茲弗瑪吉歐。他每週都從伊利、日內瓦或從他剛好在的地方寫信給他。有些週他只草草寫了一張明信片，另外幾週則是寫了將近十頁的長信。雅思培試圖回信，開頭寫了「親愛的弗瑪吉歐」，然後就是半天之久，迷失在無數種可能的第一行中，直到他放棄。雅思培這位前室友從未因為沒收到回信而不再寫信過來。

★★★

十一月，葛拉瓦西醫生的一位來自魯汶大學的門徒，名叫克勞蒂杜波瓦，她要來萊克斯多普療養院實習八週。她的論文主張音樂對某些精神病患可能會有正向的效益，而她很希望來這裡檢測論文中的某些想法。「請進，」當雅思培進入諮商室時她對雅思培說，「你是我的第一隻實驗天竺鼠。」各種管樂、弦樂及打擊樂樂器排在桌面上。杜波瓦小姐帶著行為不檢的小孩般的微笑，請他選一樣樂器。他選了吉他，一把西班牙製的拉米雷斯吉他。他喜歡吉他靠在大腿上的感覺。他撥了一下弦，有一種未來已經改變的感覺。他的手指還記得G、D、A及F幾個常用和弦的位置，他與大比爾布朗齊在棟堡邂逅後上過幾堂吉他課，這就是那時候學的。雅思培告訴杜波瓦小姐那次邂逅的事。他已經有好幾個月沒有說過那麼多話了。他問她那天可不可以把吉他借他。她借給他吉他，跟伯特威登（Bert Weedon）所寫的一本名叫《吉他一日通》的手冊。

雅思培不知道那書名不能照字面解讀，很氣自己到結束練習時只完成了伯特威登課程的三分之二。他的每根指尖都需要包上膠布。杜波瓦小姐對他的表現印象深刻，但是她答應繼續把拉米雷斯借給他的條件是：他要在週末的輕鬆劇中表演給大家聽。雅思培沒有選擇。當他演奏時，他完全忘記自己是個受驚的中輟生，在荷蘭的一間精神病院浪費生命。當他演奏時，他是音樂的僕人也是主人。在週六，他彈奏簡化版的〈綠袖子〉。在未來幾年，雅思培會親身體驗數千人在現場給他讚賞，但是沒有任何的讚賞可以與他在那個週六所贏得的掌聲相提並論——這群聽眾中混雜了各式各樣的人：精神分裂症患者、憂鬱症患者、幻想家、醫生、護士、廚房工作人員及清潔人員。我還要彈得更棒，他想。

杜波瓦小姐要回魯汶時，她把她的拉米雷斯吉他託給雅思培，說她期待在春天看到更多進展。在聖誕節前不久，雅思培彈奏〈是的，先生，那是我的寶貝〉（Yes Sir, That's My Baby）及杜安埃迪（Duane Eddy）的〈四十英里壞路〉（Forty Miles Of Bad Road）給他祖父聽。因為生病而錯過幾次探訪的魏姆祖父看到雅思培進步神速既高興又吃驚，他聘請一位在汀哈格娶了荷蘭妻子的巴西吉他演奏家，每週到萊克斯多普為雅思培上課。雅思培在週六輕鬆劇中的「演出」愈來愈複雜也愈長。他還塞入一些自己創作的音樂，有人問起時，他就說那是「傳統阿根廷民歌」。聖誕節，雅思培收到一台飛利浦唱機——附有耳機，這份禮物來自「德魯特家族」，意思是那是魏姆祖父送的。杜波瓦小姐給了他阿貝爾卡雷巴洛（Abel Carlevaro）所錄製的巴哈與曼努埃爾龐塞（Manuel Ponce）。他的巴西老師送他安德烈斯塞戈維亞（Andrés Segovia）的《西班牙吉他大師》，以及歐蒂塔（Odetta）的《歐蒂塔唱敘事詩與藍調》（*Odetta Sings Ballads and Blues*）。雅思培整天都花在把歐蒂塔的歌抄錄下來，每個音符，每個和弦，每節歌詞。他不認為自己是歌手，但他需要把人聲部分哼出來，那為什麼不乾脆把歌詞也唱出來？雅思培在一九六三年的第一個週六輕鬆劇演唱了歐蒂塔的〈聖安諾〉（Santy Anno），而且還接受一次「安可」。他大可接受第二支安可曲，但是他的巴西老師提醒雅思培，音樂家應該要留給聽眾意猶未盡的感覺。

那年冬天氣候惡劣，荷蘭的運河都結凍了，但是穿越弗里斯蘭省的*Elfstedentocht*（十一城市巡迴溜冰賽）卻被迫中途取消，因為一萬個溜冰選手剩六十九個人沒有失溫或凍傷。雅思培花了許多工夫要把法蘭西斯科泰雷加（Francisco Tárrega）的練習曲練到純熟。雅思培的父親每年都會前往南非，出發之前他到萊克斯多普探視雅思培。雅思培彈奏〈我搞砸了（而且那真不妙）〉（I've Got It Bad (And That Ain't Good)）以及泰雷加的〈C大調練習曲〉。這一次他父親比預計時間還晚離開。隔週，那位來自芬洛的修女在睡夢中逝世，雅思培創作了〈拼字遊戲活字典安魂曲〉來紀念她。有些住民感動到流下淚來。雅思培享受音樂賦予他的權力——他能控制他們的情緒。

春天帶來鬱金香及復甦。某個四月的早晨，雅思培認為他聽到了遠處的扣、扣、扣……到了晚上他更確定了。葛拉瓦西猜測奎立靜對雅思培已經沒有用處。他嘗試其他精神病的藥，但是扣扣聲愈來愈近也愈大聲，直到醫生把奎立靜的藥量加到十五毫克。弗瑪吉歐寄給他哈利史密斯的《美國民謠選集》，雅思培感覺它們跟藍調很相近。跟著他的巴西老師學，他把泰雷加的〈阿爾罕布拉宮的回憶〉（Recuerdos de la Alhambra）彈得無可挑剔。這首歌優美到雅思培幾乎難以呼吸。花苞張開，昆蟲湧出，啄木鳥的嘴像錘子一樣敲擊樹幹。鳥語充斥在萊克斯多普周遭樹林的每個角落。雅思培突然激動地啜泣起來，但他說不出原因。療養院安排了到附近幾個鬱金香園踏青的行程。雅思培爬上巴士，但是他們都還沒離開萊克斯多普森林，他就發現自己快換不過氣來。巴士只好把他載回來。雅思培做為病人的第一個週年紀念日到來，然後過了。還會有第二個週年紀念日，第三個，第十個？

扣門聲再次響起。葛拉瓦西醫生把奎立靜的分量增加到二十毫克。「這是最後一次了，」他告訴雅思培，「它正在殺死你的腎臟。」雅思培感覺自己是活到第九條命的貓。

一個八月天，魏姆祖父和漢茲弗瑪吉歐一起出現。弗瑪吉歐長高了十五公分，變得更壯，留了半套鬍子，穿著一套軋別丁布料的西裝。他隔天就要從鹿特丹搭船到紐約，一間在麻薩諸塞州劍橋市的學校提供他一份獎學金。兩位好朋友坐在一棵杏樹下。雅思培彈奏〈阿爾罕布拉宮的回憶〉。弗瑪吉歐談論他們在伊利的同學、劇院表演、在希臘的揚帆航行以及一個稱為「模控學」（Cybernetics）的新興科學。雅思培的新聞被限制在一間精神病院的例行事務上。他很希望自己從與一個惡魔——或者，照葛拉瓦西醫師的說法，扮成惡魔的精神疾病——的對抗中脫離出來。稍後，當魏姆祖父的車載著漢茲弗瑪吉歐前往他光明的前程時，雅思培知道死亡是一個門；然後問自己，人要門做什麼？

打開門後，是一條充斥著笑聲與軼事的門廳，《蓋茲與吉巴托》（*Getz/Gilberto*）的唱片播放得很大聲。百合花和蘭花從希臘古甕中伸了出來。樓梯盤旋而上，逐漸接近一個現代主義的水晶燈。一個四十幾歲的男子飄然而至，散發著主人的親切與和善。「迪恩我是從上個月的報紙上認識的。艾芙是那個女孩。一頭長髮的是雅思培。剩下的就是葛夫，和里馮了。還有可能是別人嗎？歡迎來參加我的仲夏舞會。」

「能受邀是我們的榮幸，赫爾希先生。」里馮說。

「叫我東尼，」這位導演堅持，「不用拘謹。我太太說，她打電話過去時，你們正在錄音室錄音。希望我不是你們的不速之客，否則我永遠不會原諒自己。」

「你阻止了一場謀殺，」葛夫說，「我們為了一段鍵盤獨奏鬧得不太愉快了。」

「拍攝《貓的搖籃》那個派對場景時，你拍的就是這個門廳及樓梯嗎？」雅思培問。

「好眼力！我的預算已經過度膨脹，所以這是比較不花錢的場景。我說，蒂芙？蒂芙？」他對著一位有著一頭蓬鬆金髮，穿著一件有藍色與粉紅色漩渦的上衣及一條寬鬆的喇叭褲，裸露雙臂的女人說，「看看誰來了！」

「烏托邦大道。」她走了過來，帶著笑容。「以及法朗克蘭先生，我想。」雅思培猜她比她丈夫年輕十五歲。「很高興在這麼臨時的通知下，你們可以過來。」

「我們怎麼可能錯過這個千載難逢的機會，」艾芙說，「妳的家美得讓人心動，蒂芙妮。」

「東尼的會計師告我們，把《戰艦山丘》賺到的錢轉化成磚頭與砂漿，不然就等著把它交給國稅局。這間房子辦起派對再適合不過了，但是，天哪，要照料它簡直是惡夢。」

「蒂芙妮跟我介紹你們的《樂園》唱片，」導演說，「這是在那件可惡的義大利事件之前。這張唱片意境高遠。」

一種稱讚，雅思培想。「謝謝。」表示贊同。「我們也是這麼認為。」每個人都看著他。我說了不恰當的話。

「最特別的是，」蒂芙妮赫爾希說，「每次播放它，我最喜歡的歌都不一樣。」

「那麼你現在最喜歡的是哪一首？」迪恩問。

「我要怎麼開始呢？〈不期然〉撥動我的心弦。〈暗房〉讓我背脊發涼，但是如果你把我捆綁起來，強迫我選擇，那麼……」她看著迪恩，「〈紫色火焰〉。」

迪恩沒說話，雅思培猜他很高興。

「蒂芙妮，如果我這樣做不會太厚臉皮，」艾芙從手提包裡拿出一本簽名簿，「妳會介意幫我簽名嗎？」

「多窩心哪，」蒂芙妮邊說邊接過筆來，「我上次簽名已經是幾百年前的事了。除了簽支票之外。」

「我媽曾經帶著我們姊妹到瑞奇蒙電影院去看《薊冠毛》（*Thistledown*）。看過之後我妹妹碧雅就宣布：『我要成為演員。』現在她是皇家戲劇藝術學院大一的學生了。」

「喔，我的天哪！」蒂芙妮赫爾希說，「真特別的故事！」

「妳看，蒂芙？」赫爾希說，「妳的粉絲沒有跑掉。」

蒂芙妮赫爾希寫下：「致碧雅哈洛威，我在戲劇界的妹妹，蒂芙妮西布魯克上。」「謝謝，」艾芙說，「她會把它框起來。」

「您的新片是關於什麼主題，東尼？」雅思培問。

「好萊塢所說的『公路電影』。倫敦的一個流行樂手被告知他只剩一個月可活，然後就把自己栓在斯凱島，處理他的未竟之事。他有已故姊姊派珀爾的幽靈為伴，一路上少不了冒險與頓悟。情緒上的高潮，結尾的轉折。結束——然後一座座奧斯卡湧進來。」

「誰飾演那位明星，」里馮問，「如果這問題不會太無禮的話？」

「這是個尚待討論而且急迫的問題。我該找亞伯特芬尼（Albert Finney）還是派屈克麥古漢（Patrick McGoohan）？或是找一個真正的歌手，他真正，你們知道的，經歷過這樣的事？」

「找貨真價實的歌手吧，」迪恩說，「說個時間，我願意來演。接下來幾個月我有很多空閒時間，對吧，里馮？」

他看起來、聽起來都像是在說真的，但從其他人臉上的微笑，雅思培猜測他是在開玩笑，他並不是在做真正的承諾。雅思培露出微笑的表情。「您的片名想好了嗎？」

「《深入北方的窄路》。」蒂芙妮說。

「真的非常聳動，」艾芙說，「我喜歡。」

「這標題出自松尾芭蕉，」雅思培說，「日本詩人。」

「有人是個無所不知的讀者。」蒂芙妮說。

「我年輕時有很多時間可以閱讀。」

「你的意思是，在你加入老頭俱樂部之前？」這位導演帶著淺笑說，但是雅思培聽不懂這個笑話。

「蒂芙妮將重拾演藝事業，飾演電影中的派珀爾。」赫爾希喝一口他的皮姆雞尾酒。「隔了四年之後。」

「五年，」蒂芙妮赫爾希說，「等到它上映就隔六年了。雅思培，你那首〈獎〉，」蒂芙妮轉向雅思培，「會讓我聯想到〈世事難料〉。你有沒有意識到這點？」

「沒特別注意。」雅思培說。停頓片刻。他們還要我說更多嗎？

「你知道的，約翰也來了。」安東尼赫爾希說。

「這托媽的不可能吧！」葛夫說，「藍儂？這裡？在這個派對？」

「我想，他在客廳，」這位主人說，「在雞尾酒旁邊。蒂芙妮，妳要幫他們引介一下嗎？我有任務在身，我得去幫羅傑摩爾找幾顆青橄欖……」

★★★

「三件事實。」雞尾酒旁邊那個人不是約翰藍儂，而是一個老一點、牙齒不好、戴了一條鯊魚齒項鍊的男人，他用布道家的眼神注視聽眾。蒂芙妮和其他人離開，但雅思培喜歡事實。「事實一：在新石器時代，來自其他星球的幽浮來到地球拜訪。事實二：靈線是他們航行上的導引。事實三：當靈線匯集時，我們就有一個降落地點。在羅馬人占領英格蘭之前，巨石陣就相當於這地方的希斯洛機場。」

「真正的考古學家可能會指出，」一個澳洲女人說，「只有當事實是從證明推導而出，才算是事實。」

「我們多麼幸運，」那個幽浮專家說，「無政府主義者今天可以不用來煩擾阿普拉布斯了。象牙塔陣營的人的確抱怨過我的書，我當初給他們的回答，就跟我現在要給布斯小姐的說法一樣：『我的書裡有六百頁的證明：滾開，自己去讀那本該死的書吧！』」他停下來享受笑聲。「他們有沒有聽進我的建議？當然沒有。學術界的人從搖籃到墳墓都受到思想箝制。在牛津迷失的那幾年，我參加了他們的研討會。我只有一個問題：從尼羅河谷、中國、美洲、雅典、亞特蘭提斯、印度，以至其他地方，分布範圍如此廣泛的人類社會，怎麼會在相距不到幾十年的時間內，都發明出冶金術、農業、法律及數學。他們怎麼回答？」這位幽浮專家模仿得了帕金森氏症的學者在腦中尋找合適詞彙的樣子。「『哦，讓我查一下教科書……』」他模仿翻頁的動作。『啊，找到了，在這裡……那是巧合！』巧合。破產的知識份子最後的避難所。」

「如果巨石陣上方的天空曾經蜂擁著小綠人，」阿普拉，那位澳洲人說，「那麼他們現在在哪裡？」

「他們感到作嘔逃離了，」幽浮專家的淺笑漸漸消失，「這些訪客帶給我們其他星球的智慧，我們卻把它用在戰爭、蓄奴、宗教及讓女人也穿褲子的女性主義上。然而，然而，我們的神話、傳說以及文學中充斥著來自其他位面（plane）的個體。天使與邪靈、菩薩與精靈。頭腦裡的聲音。我的假說將這些現象全部統一起來：**這些個體來自外太空**。數千年來他們不斷來造訪我們，要看看**人類**是否已經準備好接受終極的啟示。答案一直是『還沒』。但是那個『還沒』正逐漸轉變成『快了』。看到幽浮的報告愈來愈多，迷幻藥導引我們進入更高的狀態。很快地，外星來的個體會啟動巨變。或者，照我在書中的用詞，一個『星變』。」

接著是一段引人深思的沉默。然後有人說：「*Far out*（說得好）。」

雅思培沒有聽過這個說法，他猜它的意思是「哇噢」。

「如果你是個科幻小說作家，」阿普拉布斯輕彈手中的香菸，「我會想，好吧，這根本是陳腔濫調，不過他的粉絲一定會說『說得好』。或者，如果你有興趣組織邪教，我想，山達基、奎師那，以及梵蒂岡都可以兜售他們那些空洞的主張了，你當然可以宣傳你自己的。但是我無法接受的是，你怎麼可以用科學術語來胡扯那些空洞理論。你是在知識之井裡小便。」

「我們要謝謝布斯小姐，」幽浮專家說，「為我們揭露學術界的人是怎麼想的：如果我們不相信，那就不是知識。」

阿普拉布斯把煙呼出來。「從現在起算五十年，你會回頭看你這段糞話，然後難為情地退縮到一旁。」

「妳才會在五十年後回顧，然後心想，為什麼我那時候的想法如此放不開而且龜毛？」

「放不開而且龜毛？」阿普拉布斯把菸蒂捻熄，「我的天哪，我們多麼容易就……」她走開，然後讓路給朝這邊走來的艾芙和她的夥伴，這位年輕女性看起來不像英國人，穿了一件繡有銀色圖案的黑色天鵝絨外套。

「雅思培，我希望你來見過這一位。她是露薏莎。」

「嗨，露薏莎。」雅思培說。

「我愛你的音樂。」露薏莎的口音聽起來是美國人，「我愛死了艾芙的歌，我得趕快補一句，」兩個女人開朗地互換眼神，「但是我播放〈婚禮出席〉太多次，讓唱片的音軌磨損了。它是超自然的，如果我可以用這個詞。」

超自然，雅思培心想，源自「神聖的意志」。「謝謝妳。妳外套上的那些刺繡是彗星嗎？」

「喔，是的。藝術化的彗星。」

「露薏莎自己刺繡上去的，」艾芙說，「我的縫紉得到一個E，老師的評語是『可以再努力一點』。讓我留下一生的傷疤。」

「妳是個幽浮專家嗎?」雅思培問那個美國人,「還是妳是時尚設計師?」

露薏莎覺得這個問題很有趣。「都不是。我是拿傅爾布萊特獎學金來這裡進修的新聞系學生。我很幸運,對嗎?」

「拿到這獎學金跟幸運應該扯不上關係吧。」艾芙不表贊同。

「噢,那沒什麼。艾芙在做她的馬丁路德金演講時,我人剛好也在三王院。」

「天哪,那個致詞在恍恍惚惚之間就度過,」艾芙說,「我不記得我說了什麼,但我確切知道那不是『我有一個夢……』」

「妳太謙虛了,艾芙。我為《間諜鏡》雜誌報導了那整個故事,我引用妳的說法,而且,請看——這是我在國際性刊物上發表的第一篇可掛作者署名的文章。所以,我欠妳一分人情。」

「啊,一派胡言。」艾芙以一種從外甥過世之前到現在,雅思培從未見過的方式在微笑。

「你們幾個人有到美國巡迴演出的計畫嗎?」露薏莎問,「他們會在紐約、在洛杉磯吃了你們。」

「那是好事還是壞事?」雅思培問。

「喔,那是好事,」露薏莎說,「絕對是好事。」

「我們的唱片公司正在考慮要不要安排一趟短期的美國巡演,」艾芙說,「因為目前《樂園》賣得算相當不錯。但誰曉得呢?」

來到門廳弧形樓梯的一半時,雅思培聽到一個聲音。「哈囉,名人先生。」聲音的主人有一顆藍眼珠及一顆黑眼珠。他穿了一件滾白邊、搭配銀鈕釦的黑西裝。「我們上次也是在樓梯上碰面,」大衛鮑伊說,「那時候我正在上樓,而現在我正在下樓。這是個隱喻嗎?」

雅思培聳肩。「如果你想把它當隱喻,請便。」

大衛鮑伊望向雅思培身後。「那麼……梅卡沒在這裡嗎?」

「她最後一封信是從舊金山寄出的。」

「那倒不稀奇。一百個人中有九十九個人，你一下子就會忘掉，梅卡是你唯一會記得的那個不，是五百個人當中。她閃閃發亮。」

「我同意。」

「嫉妒可不是一個會慢慢折磨你的惡魔。」

「女人想跟誰走就跟誰走。」

「完全沒錯！大多數的男人都只抱持著『我是泰山妳是珍』的心態。不過，說真的，我嫉妒你們的銷售量。如果問這個問題不算太無恥，」大衛鮑伊靠了過來，「那整起義大利事件是里馮自導自演的嗎？」

這時里馮碰巧出現在雅思培的視線內，他正在樓梯底部幫彼得謝勒（Peter Sellers）把酒杯加滿。

「應該不是，除非他比我們認識的他詭詐十倍。」

「我的經理人比我以為的還要糟糕十倍。我那幾支單曲完全沒有在電台播出，我的唱片公司根本沒有推銷那張專輯。真的賣得慘兮兮。」

「我買了你那張專輯，大衛。它有很多值得稱讚之處。」

「哦。對我來說，給我一杯威士忌及一把左輪手槍還比較仁慈。」

「很抱歉，如果我冒犯到你。」

「不會，是我自己臉皮太薄了。」大衛鮑伊的手插進他那一頭薑黃色的頭髮裡，然後往後撥。

「自從我離開學校，我就被喻為明日之星，但是我到現在仍然一文不名。在安東尼赫爾希的仲夏舞會跟明星們親切交談感覺很好，但是明天我還是要在一個可悲的辦公室裡影印各種報告。說不定我唯一的才華就是跟人開玩笑，說我很有才華。」

兩個女人穿著高及大腿的長靴，從他們身旁輕聲走過，

「一夕成名，」雅思培說，「需要好幾年的時間。」

大衛鮑伊讓杯子裡的冰塊像漩渦般旋轉起來。「連你也是這樣？」

「我在水壩廣場當了三年街頭藝人。在——」我可以信任這個人嗎？「精神病院待了很長的一段時間之後。」

大衛鮑伊與雅思培四目交接。「我不知道這事。」

「是在荷蘭一間非常謹慎的精神診所。我不是在幫它做廣告。」

大衛鮑伊遲疑了一下。「我那位同母異父的哥哥泰瑞也在我父母家附近的坎恩丘醫院進進出出。」

雅思培搖頭，像正常人那樣。還是我該點頭？

「他第一次發作時，我剛好跟他在一起。我們走在薛弗茨貝瑞大道上，他開始對著柏油碎石路面的裂縫以及從裡面滲出來的柏油尖叫。有幾秒之久我以為他在開玩笑。我大概是說：『好吧，泰瑞，鬧夠了。』但是他不是在開玩笑。兩個警察以為他吸毒，就把他壓制到地上——壓在此時已經燙到泰瑞皮肉的柏油上。他媽的可怕得要命的東西，精神病。」

雅思培回想起鏡子裡的扣扣。「的確。」

大衛鮑伊咬碎一顆冰塊。「我擔心它在我身上滴滴答答開始計時了，就像定時炸彈一樣。這種事確實遺傳在我們的家族裡。」

我知道它正在我裡面滴滴答答走。「我有兩個同父異母的哥哥，到目前為止他們都還很正常。德魯特家族這邊把它怪罪到我母親身上。」

「你是怎麼控制住的？」

「精神病學。音樂也有幫助。還有一位……」我要怎麼稱呼那個蒙古人？「算是精神導師吧。」

雅思培喝下他的雞尾酒，然後說出他的理論。「一顆大腦會建構一個真實的模型。如果那個模型和大多數人的模型沒有太大的不同，你就會被標示為『神智正常』。如果那個模型和大多數人的模型不同，你就會被標示為天才、適應不良者、有遠見者或瘋子。在最極端的情況下，你會被標示為精神分裂症患者，然後被關起來。如果沒有萊克斯多普療養院，我就死了。」

「不過，精神失常是你永遠撕不掉的標籤。」

「你可以寫關於它的事，大衛。或是，關於一些非典型的心理狀態。或許你的恐懼症會讓你變得有名。」

大衛鮑伊緊張的笑容時而浮現時而消逝。「有香菸嗎？我的最後一根菸被藍儂討走了。那正是這位利物浦百萬富翁會做的事。」

雅思培拿出口袋裡的那包駱駝牌香菸。「他還在這裡嗎？」

「是的，我想。他在電影院裡。」

「什麼電影院？」

「安東尼赫爾希在地下室有個電影院。看看有錢人怎麼活的？順走廊走下去，經過那個明朝大花瓶，」他的手指著它，「有一扇門，你一定看得到。」

坡度很陡的樓梯以直角轉彎通往樓下。光亮的牆面上貼了一張張的電影海報：《無臉之眼》（*Les Yeux sans visage*），《羅生門》（*Rashomon*），《馬布斯博士的遺囑》（*Das Testament des Dr Mabuse*）。樓梯繼續往前延伸的長度比他想像的還長很多，結束的地方是一個小型的接待廳，那裡聞起來有點苦杏仁味。一個專注在手中針織活的女人坐在一張扶手椅上，她頭上沒有頭髮。「抱歉，請問這裡是電影院嗎？」

那個女人抬起頭來，她的眼神空洞。「爆米花？」

雅思培沒有看到爆米花。「不用，謝謝。」

「你為什麼要跟我玩這些遊戲？」

「我不知道你的意思。」

「你每次都是這樣講。」她拉扯一條線。簾幕往兩側分開，露出一片黑暗。「進去吧。」

雅思培照著指示進去。他看不見自己的手，他的臉碰到另一面布簾。他走進一間小禮堂，裡面有六排座椅，每排有六個座位。每個座位上都坐了人，只有第一排一個靠走道的座位是空的。穿過瀰漫在空中的煙霧，電影片名投射在螢幕上：《環形監獄》（*PanOpticon*）[50]。雅思培走向那個空位子時，他弓起的身影出現在螢幕下方。就算約翰藍儂在這裡，雅思培也認不出他來。電影開始播放。

冬天，在一個黑白的城市裡，一輛公共汽車從人群當中擠過。一個心思重重的中年乘客看著窗外下得忙碌的雪、賣報的小販、正在毆打黑市商人的警察、沒人光顧的店裡那一張張表情空洞的臉，以及一座被燒到只剩骨架的橋。雅思培猜想這部電影是在鐵幕國家拍攝的。下了公車後，那個男人問司機接下來的路要怎麼走。司機朝著遮住部分天空的那一道高牆點了點頭做為回答。板條箱、破損的物品、野狗。環形廢墟裡一個毛髮很多的瘋子對著一盆火在說話。最後，那個男人找到一扇木門。他彎下腰，然後敲門。扣—扣。沒有人應門。扣—扣。一個錫罐垂掛在一條線上，線的另一頭消失在磚砌之中。那個男人對著那錫罐說話。「有人在嗎？」字幕是英語。他的語言盡是嘶聲、噓聲、爆裂聲。匈牙利語、塞爾維亞語、波蘭語？「我是波蘭斯基博士。邊沁典獄長在等我。」他把那個錫罐靠在耳朵上，聆聽那些在雅思培聽起來像快淹死的水手所說的話。扣—扣—扣。監獄的門打開。倦怠感像帽兜一樣籠罩在雅思培的頭部周圍。他抵擋不住那倦怠……

……然後在一間小電影院裡醒來，被空白螢幕那水銀般的光輝照亮。雅思培環顧四周。所有人都離開了，電影已經播放完了。「對你的損失，我感到抱歉。」那文雅的聲音就在他身邊。

雅思培轉過身來，看到他曾在專輯封面上看過的一張臉：席德巴雷特。平克佛洛伊德的前主唱以黑白的形象浮現在微亮的黑暗中。「那部電影怎麼樣？我睡著了。」

席德巴雷特讓一張瑞茲拉捲菸紙滑過舌頭。「不曾離開神智正常者之境的人是不可能理解的。」

「理解？」

席德巴雷特將那根長長的捲菸在濾嘴上輕拍幾下。「從外面這裡看，這是個難以形容的悲哀故事。你有打火機嗎？」雅思培找到魏姆祖父的打火機，然後讓火焰維持在一定的高度。席德巴雷特嘴裡叼著那根大麻捲菸，傾身靠過來。他吸滿煙，然後把那根大麻菸捲遞給雅思培。那股猛勁是立即的，那不只是大麻。席德的聲音很慢才抵達而且斷斷續續，就好像是從月球上反彈回來。「我們以為我們是一個『一』，但你和我都知道，一個『我』就是『許多』。有好人的我，精神病患的我，打老婆的我，自戀的我，聖人的我，自我中心的我，想自殺的我，那個不敢說出自己名字的我，暗黑球體（Dark Globe）的我。我是一個由許多『我』構成的帝國。」

雅思培想到扣扣。他心想，他曾經度過一整分鐘的時間而都沒有想到過扣扣嗎？只有在音樂裡。他問：「那麼誰是帝國的皇帝呢，席德？」

席德巴雷特穿過兩個黑洞回盯著他，接著張開嘴巴，把那支捲菸捻熄在自己的舌頭上。它發出嘶嘶聲。

另一部電影開始播放。螢幕散發藍光，由無數細點所構成的海，像玻璃一樣反光的天空，綳帶色的海岸線。在螢幕上，一艘白星遊輪幾乎占滿鏡頭。汽笛鳴了三次，字幕上寫著「**埃及海岸線外，一九四五年十一月。**」

鏡頭切換——薩里斯伯瑞號的甲板。船長瞇眼看著祈禱本：「上主，藉由祢話語的力量，祢平靜了原始汪洋的渾沌……」那個男人是個不懂得戲劇效果的北方人。他複誦禱詞，就好像在唸航海協定一樣：「祢使氾濫的洪水退去，祢止息了加利利海的暴風雨。」

50 環形監獄的概念出自英國哲學家邊沁（Jeremy Bentham），這樣的設計使得處在中央塔樓的監視者可以觀察到囚室裡罪犯的一舉一動。《環形監獄》中的波蘭斯基博士（Dr Polonski）及邊沁（Bentham）典獄長是作者二〇〇一年的小說《九號夢》（*number9dream*）中的人物。

切入特寫——甲板。乘客和船員圍著一個棺材站著。一位形容枯槁的護士抱著一個三天大的嬰兒，嬰兒在哭泣。船長繼續說：「我的主，當我們將米莉華勒斯屬世的遺體交付深海時，請賜她平安……」

鏡頭切換——兩位英格蘭女士從頭等艙的甲板上俯瞰這場葬禮。「真是悲劇，」第一位女士說。「我的女僕從達文頓夫人的女僕那裡聽說，她，」那女人戴著手套的手指著那棺材，「根本不是華勒斯『夫人』，而是一個沒結婚的『小姐』。」

「僕人們都是無可救藥的八卦傳播者。」

「彷彿他們沒有更好的事可做。顯然，華勒斯小姐原本是一個護士，她加入『捕漁船隊』——如果妳不介意我用這個庸俗的詞——遠赴孟買。這支船隊是由一些年輕女性組成，她們到印度的目的是想獲得她們留在英國所得不到的好姻緣，而她正是其中之一。看起來，華勒斯小姐高估了自己釣魚的天分。她『鉤到』一個荷蘭男子，但是他，」她輕聲說，「在約翰尼斯堡已經有太太和小孩……」

第一位女士的眼睛睜得很大。「真的嗎？他有沒有受到審判？政府不能主動介入調查嗎？」

「德國潛水艇的威脅一解除，那個惡棍就快速逃回南非。華勒斯小姐獨自一人被留在孟買，在那種狀態，身上什麼都沒有，只有一張三等艙的船票。然而，在孟買與亞丁的船期延誤，再加上她身體狀況的惡化又來得比預期快……」

「雖然說一個巴掌拍不響，」第一位女士搖著扇子，「但是，除非你有鐵石心腸，否則你還是會同情這位可憐的女士。」

鏡頭拉近……那口棺材，雅思培那時才三天大。

第二位女士的聲音：「看看那可憐的小孩。沒有媽媽，沒有合法身分。這不是開始人生的最好方式，對吧？」

四位穿著制服的水手扛著棺材到護欄旁邊。第五位吹奏〈葬禮號〉。

鏡頭切換——在水面下。薩里斯伯瑞號的船底漂浮在上方。太陽是一顆眩目的模糊光球，一口棺材衝破海面的平頂。魚兒躲避。米莉華勒斯的棺材下沉……下沉……下沉，最終停靠在布滿皺褶的海床上。薩里斯伯瑞號的螺旋槳轟轟隆隆地攪拌海水，船往前開走，只在身後留下聖桑（Saint-Saëns）〈水族館〉（Aquarium）的各種魚類。魚兒們開始打量剛剛送進海裡是什麼東西。

那是雅思培生平最早的記憶：他的眼睛因流淚而腫脹，那感覺不熟悉、令人吃驚。原來它的感覺是這樣。

米莉華勒斯有訊息要傳達嗎？棺材愈來愈大，直到它充滿整個銀幕。雅思培把耳朵貼到木頭上……

扣——

扣扣扣——

扣！扣！扣！

扣！扣！扣！

雅思培站起來，跑向出口……

人們塞滿走道，說話、調情、喝酒、抽菸、爭論。雅思培氣喘吁吁地想要吸到空氣，他的心臟怦怦撞著胸膛。扣扣聲並沒有跟隨雅思培爬上那條陡峭、有如艾雪（Escher）畫風般令人知覺錯亂的樓梯，但是死刑判決的感覺仍緊跟著他。扣扣正打算把他自己挖掘出來，而我沒有辦法阻擋他。布萊恩瓊斯披著一件斗篷出現，斗篷上點綴著珠子及金色亮片。「我得要跟你講講道理。」他呼出的氣息有發酵及生病的味道。「〈獎〉的歌詞，我可以辨認出其中幾行是來自那天晚上我們在聖詹姆斯威士忌俱樂部的交談。」

雅思培把思緒從扣扣身上拉開，轉移到這個帶著病容的滾石樂團成員。「你說得沒錯，其中有幾句話是你說的。謝謝。」

「你都已經說出那個神奇的詞『謝謝』了，」布萊恩瓊斯用手比出一個十字架。「我就赦免你的罪吧。你知道嗎？我幫米克和凱斯想出數以噸計的點子，但是我唯一從他們那裡得到的是挖苦。我應該要自己寫歌的，你知道嗎。連懷曼（Bill Wyman）也把我的一個點子放進『撒旦曲解』[51]裡。就這麼說定了，明天我就開始自己寫歌。你有藥嗎？」

「梅菲爾的德魯特勳爵以及科奇福德農場的布萊恩國王啊。」迪恩的藥頭羅德丹普西悄悄出現在他們身邊。「我剛剛聽到我最喜歡聽到的四個字嗎？還是我的耳朵騙了我。你是在問『你有藥嗎』，對吧？」

「解救我，葛瑞夫森的羅德尼爵士，」布萊恩瓊斯說，「這年頭，我連帶著一顆阿斯匹靈離開房子都不敢。」

「這給你，我的朋友，」羅德丹普西塞了一包東西到布萊恩瓊斯的背心口袋裡，「醫生隨時都在。」他轉向雅思培。「苯甲嗎林、曼蒂、瑪莉J小姐。純潔無瑕的迷幻藥。」

「下次吧，或許。」

「來如風，去如電，那就是我。布萊恩，我下星期會到恁家去結算你的帳。已經愈積愈多了。別跟人借錢，也別借錢給人。」羅德丹普西使了個眼色，然後從兩個身體之間的空隙離開。

迪恩同樣穿過那個空隙走過來。「雅思培，瓊斯先生。」

「牢獄夥伴。」布萊恩瓊斯抓住迪恩的肩膀，「我有一些最令人興奮的俏皮話。你跟我一起來拍一部監獄電影吧！米克正在拍一部這樣的電影，跟幫派份子有關的一堆胡扯。他和艾妮塔一起光著身體在浴缸裡，而凱斯嫉妒得要死。那就是我所謂的公正……總之，我們會找赫爾希來當這部片的導演。我們可以將它取名為《堅不可摧》。你覺得呢？」

「『要多少現款？』還有『我要在哪裡簽名？』」

「『一噸』，還有『用你的血，簽在那條虛線上。』」

「那麼我加入，布萊恩。一座那種奧斯卡小金人正是我外婆鋼琴上所需要的裝飾品。」

「太完美了。我會跟……跟我的人說。我要去男廁打開丹普西給我的禮物，待會兒見。」

他們看著他離開。「說得好像他能做出一個起士三明治一樣，」迪恩說，「更別說是拍一部電影了。過去三個小時恁躲到哪裡去了？我以為恁會提早離開。」
「我在電影院睡著了。」
迪恩用奇怪的眼神看著他。「恁去了電影院？」
「地下室裡面有一間電影院，席德巴瑞特也在那裡，我想。」
「席德在這裡？這個派對有太多名人，這真是他媽的很誇張。從廁所出來時還碰到罕醉克斯。」
「約翰藍儂還在這裡嗎？」
「他在那邊。」迪恩指著一條兩側是書架、中間擠了許多人的通道。「與他那位東方女士一起，正在跟一個看起來很像茱蒂嘉蘭（Judy Garland）的人說話。有一會兒沒看到艾芙的影蹤。里馮在交際。柯姆也在某處。如果待會兒沒再見面，我們就公寓見囉，或者，如果我沒在公寓見到恁，那麼就明天菌傘見……」
「沒問題。」雅思培沒走幾步，就被艾咪巴克瑟爾，迪恩的前女友、《每日郵報》最新的當家記者，擋住去路。「我會說『沒想到會在這裡碰到你！』但是，說真的，有誰不在這裡？」艾咪巴克瑟爾把菸灰彈進一個水晶壺裡。「東尼和蒂芙妮的演技很棒。我想他們已經跟你們玩過『我們正要拍攝一部搖滾音樂的電影，但是傷腦筋的是，我們是要找演員來演，找歌手來演，還是兩者都要』的哏了吧？」
「哏？」雅思培不知道這個字的意思。
「雅思培，親愛的，赫爾希夫婦已經將倫敦最紅的明星勾引到他們的仲夏舞會，以確保這場派對是這一季的指標事件，而且可以充當一部他們可能會拍——」艾咪巴克瑟爾的身體靠近雅思培，讓瑪格麗特公主與斯諾登伯爵可以從他們身旁通過，「也可能不會拍的電影的試鏡預備會。」

51　指滾石樂團專輯《應撒旦陛下之請》（*Their Satanic Majesties Request*）。

「我沒有任何概念。」雅思培說。

「這就是為什麼，」艾咪動手拉雅思培的領帶，就像在拉鐘索一樣，「叮—咚、叮—咚，你是那麼可愛。你知道嗎，你們還欠我一份人情，是我把你們全從義大利的監獄弄出來的。你打算如何回報我這份人情啊？叮—咚、叮—咚？」

暮光微亮的天空呈現石板瓦與珍珠母貝的顏色，泛光燈照亮的游泳池則呈現下午藍。後院草皮上的大篷帳閃爍著從內部發出的光，一支小喇叭搭配爵士鋼琴的三重奏正在演奏〈夏日時光〉。雅思培移步到葛夫的所在處，他正被一堆模特兒、女明星、知識份子及誰曉得是誰的人圍在中間。「我睡不著覺。隔壁牢房一直傳來尖叫——整個晚上。那是在義大利，所以我不太清楚發生了什麼事，直到隔天早上。那裡，在我的早餐餐盤上……」葛夫把音量壓低到幾乎像是耳語，「擺在焗豆上的，是一根人的**大姆指**。」

感到噁心的驚呼聲連連。一個聲音在雅思培耳邊問：「那是真的嗎？還是他已經在自由發揮想像力？」

雅思培轉頭，看到一雙古怪的眼睛，眼睛的主人留了一顆爆炸頭，頭上是一頂蛇皮高頂禮帽，禮帽上插了一根鮮豔的藍羽毛。我認識你……

「見鬼了！」葛夫回頭看他，「是吉米罕醉克斯！」

「你獨奏專輯的名稱有著落了，吉米，」凱思穆恩說，「就像剛剛那樣：『見鬼了，是吉米罕醉克斯！』我的是『月亮上的男人』。還是，這聽起來太像男同志色情雜誌？」

「烏托邦大道，我喜歡你們這幾隻小貓。」吉米罕醉克斯和葛夫與雅思培握手，「你們的專輯已經上市。」

以稱讚來回報人家，雅思培心想。「《軸心》（*Axis*）令人耳目一新。」

「我沒辦法再聽它，老弟，」吉米罕醉克斯說，「聲音的品質差透了。我把原版唱盤留在一輛計程車上——」

「還是，改成《月亮裡的男人》？」何許人合唱團的鼓手追問，「還是，那會愈描愈黑？一旦開始想，你就停不來……」

「所以我們用的是諾埃爾的一捲皺起來的錄音帶。查斯還必須把帶子燙平，用熨斗。你們幾隻小貓在哪裡錄音？」

「菌傘，」雅思培說，「在丹麥街。」

「我知道。經驗唱片就是在那裡錄我們的第一張樣本。」

「還是，我應該回到我的第一個選項，」凱思穆恩說，「《對著月亮嚎嘯》？我會出現在封面——一隻毛茸茸的狼——嚎嘯……」

「你是怎麼安排〈碎片〉的吉他音效的？」吉米問雅思培，「我不確定有沒有使用法茲破音器（Fuzz Pedal）的效果。」

「我把吉他插到狄葛一把舊的Silverstone吉他所附贈的音箱上。那個喇叭的錐體上有起伏的皺褶，這就產生了唱片中那種破音效果。」

「啊哈，那麼現在你已經把廠牌換成Strat或Gibson了吧？」

「我只有一把Strat吉他。鹿特丹的一位水手——」一個人把自己當成人體砲彈射入泳池「——將它賣給我。那是一把一九五九年的喜慶紅（Fiesta Red）。它不像你的吉他能產生那麼多音調上的震波，沒有法茲破音器也沒有渦旋圈，但是它是萬用型。對迪恩新創作的那首監獄歌曲來說，它能勝任而且咆哮力道十足。」

「是的，我讀到你們的羅馬假期故事了。監獄真是重屎之地。」

「你們很幸運，整條弗利特街的媒體都出來遊行聲援，」布萊恩瓊斯說，「他們要求懲罰我，為了區區一包大麻——那是皮爾切警探栽贓給我的。那個壞蛋甚至給我這個選擇：『你要被控持有大麻還是持有古柯鹼？』」

「掌權者被嚇到拉不出屎來，他們沒想到你的抗議有傳染性，」一位體格壯碩、戴著一副嚴肅眼鏡的男子說。雅思培知道他是一個著名的劇作家，但是那個名字他卻想不起來。「如果你手掌朝著自己，對著當權者比出代表反抗的V字手勢，而得到一個快樂的結局，那怎麼還會有平民願意乖乖忍受工作場域裡的種種委屈？革命就這樣發生了。」

「砰、砰，你死了，」一個戴著牛仔帽、穿著睡袍及拖鞋的小男孩用一把玩具槍對著那位劇作家開了兩槍。

「誰不會死呢，長期來說？」那個劇作家問，「出生的另一面即是墳墓，光只會閃亮一下，接著夜就再次來臨。」[52]

那個男孩在這一圈巨人當中尋找下一個被害人，他選擇了吉米罕醉克斯。「砰、砰，你也死了。」

「嗨，小個子。有時候我看得出這很有趣。」

當蒂芙妮赫爾希走過來時，那個男孩旋轉他的槍，然後把它插進他的槍套裡。「克里斯賓[53]！誰說你可以下來的？」

「我兒子有一小圈他想像出來的朋友，」蒂芙妮解釋，「法蘭克會為克里斯賓的不當行為背黑鍋。」

一位拿托盤的侍者從旁邊經過，那位劇作家拿他的空酒杯換了一杯酙滿的酒。「健康的想像力是一生之福。」

「克里斯賓的想像力不能算『健康』。」蒂芙妮說。

「恁是他媽？」迪恩感到驚訝。雅思培沒有注意到他也來了。「妳是說真的嗎？我完全不——」

克里斯賓朝迪恩開槍。「砰、砰，你死了。」

蒂芙妮赫爾希告訴迪恩：「我得當兩個人的媽，因此我的演藝事業中斷。好吧，在你把這裡變成仲夏夜大屠殺之前，讓我們帶你回亞吉那裡。」

那個小男孩還沒有結束。他把他的槍對準雅思培，手指壓著扳機，緩慢地。雅思培順著槍管看進去，和克里斯賓未來會成為的那個男人眼睛對著眼睛。「等你準備好就開……」

那個小男孩像已經歷經滄桑的成人一樣嘆了一口氣。「不殺你。」他把槍口轉向布萊恩瓊斯，「砰、砰，你死了。」然後是凱思穆恩，「砰、砰，你死了。」

凱思穆恩配合演出。「我的眼前一片黑，親愛的男孩。」

「走向那道光，凱思，」布萊恩用幽靈般的聲音說，「朝著那個光亮的地方走去……」

「別鼓勵他，」蒂芙妮說，但是凱思穆恩過度入戲地發出呻吟聲，還抓住瓊斯的手肘，然後他們兩個人跌跌撞撞地往後退，越過了游泳池的池緣……啪的一聲兩人都掉進水裡，水花把旁人都濺溼了。尖叫聲與歡笑聲充滿游泳池畔。

一位薩克斯風演奏者吹奏出澎湃的〈大海有多深〉（How Deep Is The Ocean?）。雅思培沿著一個三呎高四呎寬的陰暗通道往前爬。地面是軟的。草地。雅思培靠著雙手與膝蓋把身體往前拖行。通道兩側的牆面是下垂的亞麻布。他輕觸通道的頂部。木頭。他的指關節敲出扣－扣。一個錯誤。扣－扣。如假包換。快、快、快。雅思培唯一能做的，就是把奎立靜緊握在手中，然後繼續往前移。看……鞋子。一雙雙並排的鞋子，男鞋，女鞋，脫下來的鞋子，露出塗了指甲油的腳趾的涼鞋。我是在大篷帳裡，在鋪了桌巾的長條桌底下。他記得以前也曾經這樣突然覺醒過來。他記得他曾經發覺自己曾經記得自己曾經發覺這點。雅思培心裡納悶，這樣的一條鏈結可以回溯多遠。他的手碰到一樣膨鬆的東西。一個圓麵包，被他壓擠成一顆麵糰般的圓球。它發出唧唧聲。扣－扣。雅思培已經來到長條桌遠端的角落。他向右轉。沒有別的選擇。這不是他第一次在長桌底下繞行了。我

52 出自薩繆爾貝克特（Samauel Beckett, 1906-1989）的《等待果陀》（*Waiting for Godot*）。

53 作者《骨時鐘》中的主要角色之一。

的手錶已經遺失，時間已經不在乎我。沿著桌下通道前進，轉過下一個角落，一個人頭出現，那是另一個在桌底下爬行的人。距離二十呎、十五呎、十、五……兩個人互相打量。

「你是你，不是嗎？」雅思培問。

「我想是的。」約翰藍儂說。

「我來到這裡之後，就一直在找你。」

「恭喜你找到了。我在找……」他需要人家推他一把。

「找什麼啊，約翰？」

「某個我已經失去的東西。」這位披頭四成員說。

「你失去了什麼，約翰？」

「我他媽的神智，老弟。」

看看那是誰

嶄新的櫻桃紅凱旋噴火馬克三型跑車俐落地駛過環繞大理石拱門的銳利彎道，彷彿它直接受迪恩的心智操控。一具發出嗚咽聲的排氣量一二九六引擎、胡桃木儀表板、暗紅色皮椅、極速每小時九十六英哩，「但是她可以達到一百，」銷售經理這麼說，「如果你是在下坡，而且想要調皮一下。」將敞篷放下，在陽光與樹影之下沿著貝斯沃特路快速奔馳，迪恩沿途超車趕過一輛Mini、一輛水泥攪拌車、一輛塞滿乘客的公車，以及一輛載了個戴圓頂硬氈帽男子的計程車，然後在海德公園大使旅館旁邊的紅綠燈前驟然停下來。男人們假裝沒盯著迪恩看，嫉妒迪恩有這樣的車，而且身旁坐著一位戴著菲利普查維利（Philippe Chevallier）太陽眼鏡、圍著雪白頭巾的神祕女子。毫無疑問，迪恩會嫉妒迪恩到死，若非他已經是他自己。一張專輯登上排行榜第十七名。布萊恩瓊斯和吉米罕醉克斯的電話號碼在他的小黑電話本裡，而且在買了這輛新車之後，他的銀行帳戶裡還有四千四百五十一鎊的存款。如果他做的是工廠工作，就如哈利莫菲特要他找的那種工作，和瑞伊一樣，那麼這輛車可能要花掉他三到四年的工資。他將手放在排檔桿上，距離蒂芙妮赫爾希焦糖色的大腿只有幾英吋。他的排檔桿在顫動著。

「沒後悔買了它，我想？」這位女明星說。

「這輛車？恁在開玩笑嗎。」

動作自然地，她輕拍他的手。「簡直是藝術品。」

那是輕拍還是觸摸？「謝謝恁願意陪我來買車，蒂芙。恁有沒注意到那個銷售白痴臉上的表情，當他發現恁是誰的時候？」迪恩裝出他的上流腔，「喔，您是赫爾希夫婦的朋友？我這就請賈斯可恩先生過來。」

「東尼感到很遺憾他沒辦法一起過來。那幾個美國人來到這裡，他就把一切都先放下了。」

迪恩沒有任何遺憾。綠燈亮起，他踩下油門，那輛噴火向前滑動。迎面而來的亂流淘氣地跟蒂芙妮幾綹鬆散的頭髮玩起遊戲。到肯辛頓宮花園時燈號又變成紅色。她的麂皮手套放在迪恩的手上。

「如果我請你繞騎士橋、白金漢宮及帕爾摩繞一圈，這會不會太不識相？我已經有好幾年沒有感覺這麼……自由了？」

「我十二點必須到菌傘，在那之前我都是妳的。」

「你真是個甜心。在下個路口左轉。」

「那裡有鐵門及警察。恁可以從這裡開下去嗎？」

「有蒂芙妮西布魯克坐在敞篷的凱旋跑車上，可以。」

迪恩左轉，然後把車子在大門前緩緩停下來。

「多麼美好的早晨啊！」蒂芙妮拿下她的太陽眼鏡後眉開眼笑。「我們要跟湯川家在日本大使館用午餐。我們可以通過嗎？」

那個警察看著蒂芙妮、那輛車以及迪恩，以這樣的順序。「是的，恁們可以通過，小姐。享受恁們的午餐，先生。」

「真是有用的技巧，演戲。」離開大門之後，迪恩說。

「每個人都會演戲。訣竅在於把它演好，而且收割演戲的成果。」

噴火跑車帶著低沉的引擎聲，順著一條兩側都是大使館的林蔭大道駛下去。大多數的國旗在迪恩看來都很陌生。舊的帝國快要瓦解，新的國家又一年一年冒出來。不久之前，迪恩還差點要在羅馬監獄裡被關三年，現在他卻坐在一輛凱旋噴火跑車裡奔馳在大使館大道，警察還尊稱他為「先生」。迪恩在金士頓路左轉。紅綠燈維持在綠燈，一路到皇家阿爾伯特音樂廳，在那裡他告訴蒂芙妮：「總有一天，烏托邦大道會讓那個地方塞滿人。」

「幫我保留皇家包廂，我要用仰慕的眼神從那裡往下盯著你看。」

蒂芙妮剛剛說的是你，不是你們全部，也不是你們樂團，迪恩的渴望往上移了一個檔次。她憑空變出一面小鏡子，並且幫自己補點口紅。迪恩試圖警告自己，這時候搞出緋聞絕不是什麼明智之舉。她是兩個孩子的媽。她丈夫會把樂團目前已經談好的《深入北方的窄路》原聲帶案砍掉。里馮、艾芙及葛夫會氣到臉色鐵青。如果任何人發現這件事。

迪恩想像在解開她的拉鍊。

他的脈搏往上提升一個檔次。

「給你一分錢，告訴我你心中在想什麼。」她說。

迪恩心想，是不是所有女人都讀得出男人的心思，還是只有某些女人，還是只有跟他上床的女人。「我把想法鎖在很安全的地方，蒂芙妮西布魯克。」

蒂芙妮模仿起納粹惡棍的口氣。「粉好，目斯先生，我們住然有辦法叫你把心旅的話掏出來，到時候你的皮要綳緊一點……」

《金髮美女》（*Blonde on Blonde*）的第一面播放完畢，唱針自動離開唱盤。蒂芙妮解開迪恩的眼罩以及綁住他手腕的繩索。微風輕推他房間裡的窗簾，倫敦發出哼聲、擊鼓、加速、煞車以及呼吸。古柯鹼的效力已經退了。迪恩的瑞士刀及一段吸管放在鏡子旁邊。蒂芙妮大可將那把刀插進任何地方，至少，他不用擔心會得淋病了。開凱旋噴火跑車出遊的那天早上之後，今天是他們第三次私通。如果她有任何性病，他現在小便時早就感覺像在尿電池的酸液。蒂芙妮躺下來。「抱歉，我變得有點愛咬人。在我遇見東尼時，我已經是《吸血鬼之吻》（*Kiss of the Vampire*）最後一輪的三個人選之一。但某個美國蕩婦拿到那個角色……」

迪恩摸了摸他鎖骨上那個愛的咬痕。

「……接著我懷了馬丁，然後就這樣了。從好的方面來看，你以出色的表現通過你的試鏡。」

「是嗎？」迪恩在吃到一半的蘋果上咬了一口，「妳後來拿到什麼角色？」

「真有趣。」她拿過他的蘋果，咬下最後一大塊。「『蒂芙妮莫斯』聽起來比『蒂芙妮赫爾希』更順耳。」

*她只是在玩弄你。*迪恩跟自己掛保證。

「等我們的戀情公開，我要一只比東尼當初給我的更大的訂婚戒指。人們就是會注意這種事。」

迪恩嚼得更慢了。*就讓那個玩笑不了了之……*

「我的律師說，我得到貝斯沃特大宅的機率會大增——如果我可以證明東尼有外遇。我已經搜集到一些證據。但就目前而言，還是你先幫我們買個住所比較妥當。畢竟人都需要一個家。」

迪恩看著她，想確定她是在開玩笑。

「切爾西很不錯。找個大到可以辦派對的房子，還要有一間公寓給管家和當褓姆的換宿生住。兩個男孩需要他們自己的房間。克里斯賓喜歡你，馬丁遲早會不再討厭你……」

蘋果卡在他的喉嚨。

「他或許會調整得更快，如果我們給他生一個小弟弟。」

他先是很不愉快地想到一個名叫曼蒂克瑞達克的年輕女人及她的小男嬰，接著，這個想法被另一個同樣不愉快的想法取代：蒂芙妮並不是故意跟他開玩笑來惹怒他，她是在講正經的。迪恩把身體坐正，開始退縮。「聽著，蒂芙……我——我——我……我不認為——」

「不，不，你的考慮完全沒錯。切爾西太了無新意。我想，換成騎士橋好了。這樣的話，哈洛德百貨就在我們家門口。」

「是沒錯，但是……我的意思是，我們才剛剛……但是……」

蒂芙妮坐起來，用沾滿汗水的床單蓋住自己的胸部。她皺著眉頭，真誠地感到困惑。「但是什麼，甜心？」

迪恩盯著這位出軌的愛人。*我他媽的要怎麼從這個情境脫身？*蒂芙妮的臉色突然改變——變成一個淘氣的大笑臉。釋放的感覺像糖一樣，在迪恩的血流中溶解。「妳這個他媽的邪惡女巫。」

「這是戲劇學院的基本練習。」

「妳完完全全把我唬住了。」

「哦，謝謝你喔。我——」她的臉上宛若浮現幾絲嫌惡，「等一下。」蒂芙妮從盒子裡抽出一張舒潔紙巾，然後把頭撇開，擦拭了一下自己的臉。轉頭回來之後，她注意到自己拇指背面有優格般的一抹膏狀物。「看看它。」她盯著它看，「生命的要素。」

十個早晨之前，在他們的公寓裡，雅思培正粗略地彈奏新歌給迪恩聽，而這時電話響起。是里馮，他找迪恩，聽起來不是什麼好消息。「事情是這樣的。一個名叫艾曼達克瑞達克的女孩和她的媽媽、一個家庭法律師以及一個三個月大的男嬰剛剛一起到訪月鯨。他們宣稱你是那個小嬰孩的父親。」

一開始，迪恩感到不舒服。接著他嘗試回想自己在哪裡聽過那個名字。「艾曼達克瑞達克」。聽起來不熟悉，但是也不陌生。

「迪恩？你有沒有在聽？」

嘴巴很乾，喉嚨很緊。「我在聽。」

「這個女孩在騙人，還是她沒有？」

「不知道……」他的聲音沙啞，「我……不知道。」

「『不知道』不是個答案。我們需要的答案是『是』或『不是』。兩者都會有問題，但是，其中一個問題比更另一個嚴重得多。你可以來辦公室一趟嗎？」

「現在嗎？她還在那裡？」

「不，她離開了。是的，現在過來。泰德席爾沃午餐過後就要去度高爾夫週末。我們需要一起談談。」

迪恩掛上電話。雅思培繼續在那個地勢較低的客廳裡彈奏吉他。艾曼達克瑞達克？往前推三個月，再加上懷孕的九個月，等於去年六月或七月，那大約是伊莫珍婚禮，或葛瑞夫森演唱會的時間。那時候他是跟裘得在一起。他有些不列入記錄的邂逅，但他那時就已經跟那些女生說清楚——或講明白——她們不會是他穩定交往的女朋友。與名人的一夜情本來就是玩票性質，那是不成文的約定。不幸地，迪恩現在發覺，不成文的約定和成文的合約一樣，都有一些字體印得特別小的附屬細則。

迪恩徒步朝丹麥街走去，他告訴雅思培，一個不可靠的說謊者，他要去辦點事。當他穿過溫暖悶濕的梅菲爾時，他試著把去年夏天認識的女孩們依序排好。首先，在諾丁丘，在羅傑達爾屈（Roger Daltrey）的一位好友的派對上，他碰到兩個追星女。那是五月的事嗎？還有，停在拉夫堡青壯農夫演唱會舞台後方那輛路華汽車裡的那個女孩。她姓克瑞達克嗎？伊茲潘海利根是在六月，或七月。迪恩必須承認，他已經記不得了。他希望自己能夠把這些事搞清楚，在莫斯外婆和比爾聽到這消息以前。在他們的世界裡，如果一個男孩讓一個女孩「出問題」，他就要娶她，就這麼簡單。就像瑞伊和雪柔。不過，那已經不是迪恩的世界了。如果他早知道這事，他早就付錢請她墮胎了。墮胎現在已經合法。女孩不用再到某地方的某個老女人的後室去，冒著因失血過多而翹辮子的風險。迪恩腳步沉重地沿著希臘街走，穿過海力克斯之柱酒吧下方那條短隧道，走進曼內特街。

「有時間嗎，先生？」一個女孩問。依據蘇荷區街角的標準來，她相當漂亮。迪恩停下腳步。她的皮條客從結了一層煤灰的陰影中冒出來，誤解了迪恩的猶豫。「蘿塔才剛剛從鄉下上來，美好且乾淨，豐潤且多汁。」

迪恩感到作嘔，快步走進昏黃無力的陽光中，經過福伊爾書店，希望這只是一場電影。希望他不需要去月鯨面對貝特妮。她會從她的打字機上方看著他，然後說：「早安，迪恩。」就像什麼事都沒發生過。

《金髮美女》的第二面結束播放，唱針臂哐噹一聲掛上。蒂芙妮的大腿和他的黏在一起。他想，如果我必須讓任何人懷孕，我寧可那個人是妳。五年前的妳，當然，要扣掉有丈夫和小孩。她說：「給你一分錢，告訴我你在想什麼。」

這句話開始折磨他。「喔……巴布狄倫。」

「他是你的好朋友嗎？」

「不，我只是幾年前在阿爾伯特音樂廳聽過他演唱。」

「東尼也有那場音樂會的票，但是馬丁那時候長水痘，我沒辦法離開，他就跟芭芭拉溫莎（Babara Windsor）一起去。聽說那場演出是一場風暴。」

「一半的聽眾期待聽到〈隨風飄盪〉，他們聽到的卻是碰、砰、撞！他們很不高興。」

「我從來就無法掌握狄倫的音樂。當他唱到『你像女人一樣裝假』，然後——接下來的是什麼？——像女人一樣戀愛，像女人一樣心痛，接著像小女孩一樣破碎，他是單純在批評他的女朋友太脆弱嗎？還是他想說所有的女人都很脆弱？還是他有別的意思？他為什麼不明說？」

「每個人可以有自己的詮釋，我猜。但是，我喜歡這樣。」

她在他的乳頭周圍畫了一個圓圈。「我還是比較喜歡你的歌。」

「喔，我猜妳對所有男生都這麼說？」

「你的歌詞是故事。或者，是旅程。艾芙的歌也是……」

「雅思培的呢？」

「雅思培的歌有點狄倫的風格，從某個角度來說……」

「現在我只好殺了他，純粹出於嫉妒。」

「別這樣，這棟公寓是發展我們的婚外情最完美的地點。」

「我喜歡海德公園大使旅館。」

「一個人應該要經常變換他婚外情的地點……」聽起來好像她有經驗，迪恩心想。「那裡的服務生口風很緊，如果你給他們小費。但是，這個城市愛傳八卦，而東尼可不是沒沒無聞的人。」

「他哪個時候從洛杉磯回來？」

「月底。他一直更改時間。」

走道的電話鈴鈴作響。

是泰德席爾沃，迪恩心想，要跟我說曼蒂克瑞達克的消息。

走道的電話鈴鈴作響。

「你要去接嗎？」蒂芙妮問。

走道的電話鈴鈴作響。

「管他的，我喜歡跟妳在一起。」

走道的電話鈴鈴作響。

「東尼會衝向走廊，」蒂芙妮說，「電話鈴一響起，他就成為巴夫洛夫的狗[54]。」

迪恩猜巴夫洛夫是某個附庸風雅的俄國製片。電話鈴聲停止。蒂芙妮若有所思地嘆了一口氣。

「已經好久沒有人看重我勝於一通電話了。」

他們聽到公寓的門裡有鑰匙轉動的聲音，蒂芙妮緊張起來。「那只是雅思培，」迪恩說，「我已經擺出『請勿打擾』的牌子了。」

她仍然很緊張。「你說他整天都不會在。」

「我猜他的計畫改變了。他不會進來的。」

「不能讓任何人知道我們的事。我是認真的。」

「我也是，我也不希望任何人知道。我會跟雅思培說我有一個害羞的訪客。妳要離開的時候，他會躲起來。他不喜歡追問。沒事的。」

迪恩穿上內褲及睡袍……

在廚房，雅思培正在喝一杯牛奶。

「你的展覽看得如何？」迪恩問。

「令人印象深刻，但是露薏莎已經約好要去訪問瑪莉官，所以她和艾芙先離開。我也就提早回來了。」

「艾芙和露薏莎最近好像走得很近。」

雅思培研究他的臉。「你剛剛做完愛。」

「恁管這幹什麼？」

「愛的咬痕、內褲，還有睡袍，而且……」雅思培的鼻子用力嗅聞，「……還有過熟的布里乾酪的味道。」

啊。「聽著，這位年輕女士很害羞，所以，她要離開時，如果恁可以退回恁的房間，我會非常感激。」

「當然。艾芙六點要過來，所以你的朋友應該要在那之前離開。我是不會偷看，但是艾芙會。」

★★★

在月鯨，貝特妮從她的打字機上方看著迪恩，然後說：「早安，迪恩。」就像什麼事都沒發生過一樣。

「早安，貝特妮。那麼，呃……」

「泰德在裡面，和里馮在一起。」答──答答──答──答。

迪恩敲門，然後拉開里馮辦公室的門。他的經理人和律師坐在矮桌前，抽著菸。

「說曹操，曹操就到。」泰德看起很高興。

「請坐。」里馮看起來高興的程度比泰德少很多。

54 形容一個人的反應不經大腦思考。巴夫洛夫（Ivan Pavlov, 1823-1899）是俄國心理學家，以狗做「唾液制約反射實驗」，提出古典制約理論。

迪恩把他的芬達吉他靠在檔案櫃上，然後坐下。他點燃那天早上的第五支萬寶路香菸。

「那麼，」泰德說，「我問一個人類最古老的問題，你是孩子的爹嗎？」

「我不知道，我不記得有個艾曼達。我見過很多女生，但我沒有把她們的名字或任何事記到日誌上的習慣。」

里馮伸手拿出他的日誌，從裡面拿出一張一個年輕女生抱著一個嬰孩的照片。她有深色的頭髮，深色的眼睛及帶著多重意義的微笑。那個嬰孩看起來就跟任何一個嬰孩一樣。迪恩會把那嬰孩的媽歸在「我不會拒絕」的類別。

「怎樣？」里馮問，「喚起任何散落的記憶？」

「沒有特別的印象。」

「克瑞達克講得非常明確，」里馮說，「七月二十九日，在亞歷山德拉宮舉辦的情愛集會。你們負責的時段介於開花腳趾樂團與明天樂團之間。她說當亞瑟布朗的瘋狂世界樂團（Crazy World of Arthur Brown）在演出時，你們兩人在後台相遇，然後你們回到她位在一間洗衣店樓上的公寓，接著，九個月之後，」里馮舉起那張照片。「亞瑟迪恩克瑞達克就出生了。」

突然間，迪恩那一大片模糊不清的懷疑之雲縮為一個小白點，就像電視關機時那樣——然後消失。去吃屎、吃屎、吃屎。那間洗衣店。是「曼蒂」而不是「艾曼達」。她那時候問了：「那麼我還會再見到你嗎？」迪恩用他的「讓我們別糟蹋了這個美好的夜晚」的台詞回答她。她母親在樓下摺衣服。她看了迪恩一眼，沒有說半句話。迪恩逃到寧靜的週日街道上。「我們上過床。」

「從法律上，或從遺傳學上，」泰德席爾沃說，「都無法證明年輕的亞瑟是從你而生。大家都知道未婚媽媽有說謊的習性。」

迪恩看著那個嬰孩，帶著新的盼望以及新的罪惡感。他有一點莫斯的成分——或莫菲特的成分嗎？他很希望他能拿那張照片給莫斯外婆看，卻又害怕拿給她看。她會非常生氣。「我聽說，恁可以做一種血液檢查來……」

那位律師的一隻手搖擺著。「血型檢驗只有在大約百分之三十的情況下可以排除你們的親子關係，不一定能當成確切的證據。」

「那麼我還有什麼選擇？」

泰德席爾沃拿起一塊薑餅。「你可以宣稱你從來沒有見過克瑞達克小姐，但我不建議。因為如果你們未來走上法庭，你就必須發假誓、做偽證。」他用力咀嚼薑餅，「你也可以承認你和克瑞達克小姐那天晚上確實發生性關係，但是拒絕承認你就是那個小孩的父親。」他咀嚼、再咀嚼。「你還可以承認那小孩是你的，然後直話直說。」

「這個直話直說的代價是多少？」

「價錢要看協商後的結果，這是當然。」

「這是當然。但是。」

「但是如果我是克瑞達克的律師，我會要求一個總額，那總額相當於一個八卦報刊會付給她的錢，加上隨物價指數調整的每月贍養費直到小孩滿十八歲為止。」

「真他媽的該死。那要到哪一年啊？」

「一九八六。」

那個日期位在遙遠到無法想像的未來。「全部加起來，好吧，我們談的是……」

「超過五萬鎊。物價指數已經考慮進去。」那間辦公室開始傾斜，並且像遊樂場裡的旋轉杯一樣開始旋轉起來。迪恩將眼睛閉上，想讓它止住。「一次性交要五萬鎊？為了一個甚至可能不是我的種的小孩？沒這種事。她可以滾開了。」

「那麼，我們暫時就考慮第二個選項，」泰德說，「你承認你和克瑞達克有肉體上的親密關係，但是你不承認你跟那小孩有親子關係。」

迪恩張開眼睛，房間恢復正常。「是的，就這麼做。而且，她先前為什麼不找我，要等她看到我的名下有一些錢以後才開始行動？這是淘金妹的特質，不是嗎？」

泰德看著里馮。「任何想法？顧慮？後果？」

里馮點了一根菸。「如果我們像滾石那樣行銷這支樂團，人家會說：『沒什麼好意外的。』如果我們把你們當成英國版的彼得、保羅和瑪麗（PPM）來行銷，那麼這件事就會毀了你們。但是烏托邦大道呢？兩者都有可能。報紙上可能出現這樣的說法：『早知道就該讓他留在義大利的監獄裡腐爛。』艾芙的女性粉絲可能會納悶，她為什麼要和一個愛情騙子快槍俠待在同一個樂團。另一方面，迪恩那些有義氣的追隨者會想：『幹得好，我的好孩子。』這些反應並不會互相排斥，全都是可以增加報導篇幅的好素材，這是可以確定的。」

「我同意。現在，我們採取拖延戰術。我會告訴克瑞達克的律師，迪恩正處在非常震驚的狀態。我會請他給我們，比方說，兩週的寬限時間，讓我們可以研究出下一步打算怎麼做的提議。我會跟對方講清楚，如果克瑞達克家跟媒體透露這件事，那麼任何協議都免談。我還提議我們現在就做血型鑑定。如果克瑞達克小姐是個淘金妹，她也許就會因此嚇到打退堂鼓。不論如何，去驗血型會製造出迪恩是個有責任感的人的形象——如果後來我們走上法庭。」

法庭。報紙。醜聞。哎。「他們很貧窮，對吧，克瑞達克家？他們會有錢付訴訟之類的費用嗎？」

「他們的錢當然不到可以淹腳目的地步。」

「所以，如果去告我看起來像是會花掉他們一大筆錢，那麼……」

「他們有可能會選擇減少損失。」泰德席爾沃輕拍他的菸斗。「告訴你，如果三十年的律師生涯教會我什麼，那就是，原告是善變的野獸。」

《金髮美女》的第三面播放結束。「馬丁出生的時候，東尼和我達成一個協議。」蒂芙妮在菸斗缸上輕敲她的香菸。「我會中斷我的演藝事業，成為東尼理想中的家庭主婦。作為回報，五年後，他會拍一部電影，讓我當女主角。*Quid pro quo*（交換條件）。我是個女演員。我主演的《薊冠毛》是英國一九六一年拍的一部電影。人們也在Carry On電影系列、國家劇院的《暴風雨》（*The Tempest*），以及《戰艦山丘》（*Battleship Hill*）看過我。我差一點點就可以在《第七號情報員》（*Doctor No*）裡飾演赫妮萊德爾的角色。所以，我們達成協議。我負責尿布、奶瓶、褓姆安排、夜夜不能熟睡，讓東尼專心去拍攝《衛根碼頭》（*Wigan Pier*）與《客西馬尼園》。我的經紀人一直問我要不要接片，但是東尼說我應該蓄勢待發，為蒂芙妮西布魯克的銀幕大復出做準備。去年他終於開始寫《窄路》。我說的『他』，意思就是『我們』。我比馬克斯，也就是東尼的共同作者，寫得還多。派珀爾，那個搖滾明星已過世的姊姊，是個很討人喜歡的角色，而那個角色是我的，直到兩週前。就在你買你那輛車的那一天。」

「我的噴火跑車跟這件事有什麼關係？」

「沒有關係。但是當我回到家裡，東尼已經等著要告訴我那個消息——」蒂芙妮的上下顎緊咬在一起，「華納兄弟很喜歡那劇本。他們會投資五十萬美元，前提是由珍芳達來飾演派珀爾。」

「珍芳達？到斯凱島去進行靈性的飄泊之旅？」

「他們想要在洛杉磯拍攝，並且把它取名為《通往遠西的窄路》。裡面盡是豪乳、mojitos雞尾酒及無腦美女的畫面。」

迪恩聽到雅思培放水準備泡澡的聲音。「那真他媽的沒品。」

「那是一種背叛！所以我要東尼告訴那些紐約佬，他們可以把那五十萬美金推到別的地方去。猜猜看他怎麼回答。」

我懷疑妳會喜歡他的回答。「怎麼回答？」

「他說他不是靠著推掉五十萬美金來付他的房款、買我的首飾、辦『我的』仲夏舞會以及請褓姆的。談話結束。這是*fait accompli*（既成事實）。」

費什麼？廢誰？「那是背後捅妳一刀。」

「他試圖用華納兄弟想新增的一個角色來搪塞我，扮演一個失智的女同志精神病患。我告訴東尼滾到一邊去，他照做了。他到洛杉磯，去幫助那些新秀演員展現潛能。」

所以，迪恩心想，她只是利用我跟她的性來報復她丈夫。但我在乎嗎？

「我本來不打算告訴你這件事的，」蒂芙妮說，「一個老是在抱怨她丈夫的祕密愛人一定不會太可愛——」

我不能說我在乎。迪恩親吻她——聽到前門有鑰匙轉動的聲音——然後突然從親吻中抽身回來，豎起耳朵聽。

「怎麼了？」蒂芙妮問。

「雅思培在泡澡。那麼剛剛是誰進來了？」

迪恩聽到人說話的聲音。他的身體重新分配血液，即刻地。他穿上長褲及T恤，然後抓起一支充當燭台的酒瓶，在必要時，可以當成棍棒來使用。他溜出房間進入走廊。雅思培在浴室裡把收音機的音量調得很大，所以他有可能沒聽到有人進來。在正前方，迪恩透過珠簾看到兩位不速之客……

迪恩衝過珠簾時大喊一聲。其中一個竊賊發出尖叫，向後跳，明顯受到驚嚇。他碰到掛外套的衣架，撞倒它，然後往後絆跌在地。年紀較大的那一位相當冷靜。他大約五十歲，穿著保守的西裝與領帶，他瞪著迪恩看，就好像他是這地方的主人。迪恩揮舞那支酒瓶。「恁他媽的是誰？恁在我的公寓裡做什麼？」

「這房子是我的，」那個老人帶著外國口音說，「我是古斯德魯特，雅思培的父親。」

「恁是什麼？」

「你以為他是實驗室做出來的嗎？這是我兒子馬廷。」馬廷，看起來約三十歲，他自己爬起來，臉色很難看。「所以，我們要問你同樣的問題。你是誰？你在我的公寓裡做什麼？把酒瓶放下來，你這只是在讓自己難堪。」

迪恩看到這家人長相上的相似性了。「我是迪恩，雅思培的室友。以為你們是小偷，很抱歉。」

雅思培出現，一條浴巾圍在腰際，一些水滴從浴巾滴到地板上。他和他父親及同父異母的兄長交換了幾句荷蘭語。這次重逢看起來令人不快。他們談到迪恩。雅思培告訴他們三人：「給我一分鐘，我馬上就出來。」然後退回浴室。

馬廷德魯特把衣帽架扶起來。「你在雅思培的樂團裡彈貝斯，我想。」

「烏托邦大道不盡然是雅思培的樂團。如果恁們剛剛先按了門鈴，我就不會，呃，下了錯誤的結論。」

「我打過電話，」古斯德魯特說，「一個小時前。沒有人接，所以我們以為沒人在家。」

喔，迪恩心想，原來剛剛的電話是你打的。

「你當我的房客多久了，迪恩？」古斯德魯特問。

房客？房租？這下難堪了。「這問題我就讓雅思培來回答吧。」

「你應該記得你哪時候搬進來的吧？」

「請坐，我來煮一壺茶。」

「非常英國作風。」馬廷說。

蒂芙妮原本在偷聽，以便在擅闖者攻擊迪恩時對著切德溫馬房街呼喊求救。現在她擔心會被困在這間公寓裡。赫爾希家的褓姆預期她會在七點前回家，而現在已經五點了。迪恩回到廚房，那兩位訪客正在那裡抽切斯特菲德牌（Chesterfields）香菸，雅思培抽的是萬寶路，交談用的是荷蘭語。迪恩轉身要離開，但是茶壺裡的水開始沸騰，而三位德魯特都沒有動靜。迪恩開始泡茶。在荷蘭語的交談感覺上像是告一個段落的時機，迪恩問：「德魯特先生，是什麼風把恁吹到倫敦？」

「我們每一年都會來倫敦三到四次。」

「而這是恁們第一次來到這間公寓？」

「我來倫敦是處理公事，不是來玩的。」

迪恩正準備要問：「那麼來看看家人呢？」但是他突然記起那個從不曾造訪的哈利莫菲特，也把曼蒂克瑞達克的兒子一併拋到腦後，於是沒有開口，只是把茶壺端過來。

「我們正在擴展事業，」德魯特先生說，「我可能會更常來拜訪。」

「那很好。」迪恩幫他們倒茶。「呃……要加牛奶？」

「牛奶可以接受。」雅思培的父親表示。

「那麼恁呢……呃，我要叫恁馬廷，還是也叫恁德魯特先生？」

「我們的年紀比較接近，所以你可以直接叫我的名字。牛奶我也可以接受。」

「好的，」迪恩說，「吐司上加焗豆？一碗碎麥片[55]？」

古斯顯然沒聽出言外的諷刺之意，他看了一下他那支薄如威化餅的錶。「我們很快就要和荷蘭大使一起共進晚餐了，所以要拒絕這個誘惑。我們最好把眼前的事講清楚，然後就離開。」

「很快」以及「離開」聽起來很不錯。「那就請講吧。」迪恩說。

「你們必須在七月底之前打包離開這間公寓。」

恁說什麼？「但是我和雅思培住在這裡。」迪恩看著雅思培，他看起來一點也不意外。他們想必已經用荷蘭語告訴過他。

「是的，從八月一日開始，」古斯德魯特說，「馬廷和他的新娘會住在這裡。」

雅思培用荷蘭語問他同父異母的哥哥某件事。

馬廷用英語回答他：「在四月，在根特。柔伊家族的人從事銀行業。她是媽媽的一個朋友的女兒。當然，我的意思是，我的媽媽。」

這個家庭真亂，迪恩心想，就算是根據莫菲特和莫斯的標準。雅思培說：「恭喜。」

馬廷用一些聽起來很冷靜的荷蘭字詞回答。

「等等。」迪恩並不冷靜，「恁說過雅思培是恁兒子，而不是某個隨機挑的房客？我不是自己作夢夢到的吧？」

古斯德魯特喝了一口茶。「雅思培已經跟你說過他的……起源？」

「如果伕是在一支樂團裡，伕會有很多時間要填滿打發。伕會說話。所以，沒錯。我知道伕在印度是怎麼把他媽的肚子搞大的，也知道伕表現得就像他根本不存在，直到他祖父他媽的硬逼伕接受他。」

古斯德魯特抽了一口切斯特菲德香菸。「你把我刻畫成這部電影的壞人了。」

「不然伕要怎麼刻畫伕自己，德魯特先生？被害人嗎？」

「不全然是這樣。我在法律上承認雅思培，我們，德魯特家族，讓他使用家族的姓。」

「伕想要因此得到聖人的封號，是嗎？」

古斯德魯特扮了一個苦臉，就像正常人在非常煩惱的情況下會做的那種臉。「年輕男子會犯錯。你不會嗎？」

這未免說得太沉重了吧，迪恩心想，但是搞死我我也不會承認的。

那個荷蘭人把嘴裡的煙呼出來。「我付錢讓雅思培接受教育，讓他每年夏天到棟堡度假，讓他住療養院。我想你知道這些事吧？」他看了雅思培一眼。雅思培也點頭。「我還支付他到阿姆斯特丹上音樂學院的學費。還有，這間公寓也是我花錢買的。」

「而伕現在要把他從這間公寓踢出去。」

「事實上，」馬廷說，「雅思培是非婚生子女。那不是他的錯，但是他無法行使和我一樣的德魯特家族權利。很抱歉，但這就是這個世界運作的模式。他已經接受了。」

「這裡只有兩個真正的混蛋[56]。」迪恩把兩手交叉在胸前，看著馬廷和古斯德魯特。

「我很高興雅思培有個——」雅思培的父親在菸灰缸上輕彈幾下，「擁護者。但是，雅思培，我先前就明白跟你說過，你住在這裡只是暫時的？沒錯吧？」

---

55 碎麥片（Shreddies）也有男性內褲的意思。

56 bastards 也有私生子的意思。

雅思培看著他手指上的繭。「沒錯。」

喔，真是該死，迪恩想。我幹嘛還幫你講話？

「還有，你沒有權利當二房東。」馬廷補充。

「我並沒有當二房東，」雅思培回答，「我沒跟迪恩收房租。」

「啊，」馬廷露出不自然的笑容，「怪不得他反應這麼激烈。」

「你的事業現在這麼成功，」古斯德魯特補上一句，「應該不用到肯辛頓公園去睡長條椅了，我想。」

馬廷站起身來。「我去看一下那兩間臥房。」

迪恩也站起來。「不，恁不能。」

「你忘記這間公寓是誰的了嗎？」

迪恩打量馬廷的塊頭。馬廷比他高兩三吋，體型較胖，牙齒整齊，皮膚光滑。而且比較害怕受傷。「我們會在九月一日前搬離公寓。但是在那之前，我們的房間是私有的，夥伴。所以恁可以滾開了。」

年長的德魯特捻熄他的切斯特菲德香菸。「或許迪恩的房間裡藏了見不得人的祕密，馬廷。檢查房間的事可以下次再做。」他用荷蘭語跟雅思培交談，拉起一道語言屏障。迪恩退回他的房間，裡面的蒂芙妮已經準備好要離開了……

不受歡迎的兩位德魯特離開了，雅思培在浴盆裡，唱盤上播放著珍妮絲賈普林（Janis Joplin）的歌。迪恩清洗那些茶具，告訴自己，他最近的行為和古斯德魯特年輕時的行為的任何相似處都只是表面上的相似。他從來沒有欺騙過曼蒂克瑞達克，他並不是在明知自己有妻兒的情況下讓對方懷孕的，他沒有任何足以證明他是那嬰孩的爹的證據。迪恩開了一罐啤酒，讓自己陷進沙發裡。所以我們需要在九月前找到一間新公寓。他現在已經有錢可以自己找個地方住了。我會懷念雅思培的，迪恩發現。當迪恩第一次遇見這個不會微笑、貴族學校出身、半個荷蘭人的怪胎時，他只是一個可以提供他免費住處，而且吉他彈得一級棒的人，就這樣而已。十八個月之後，他是一個朋友。這個詞有太多意涵了。迪恩幫他新買的那把Martin原聲吉他調好音，然後摸索〈眼神哀淒的低地女郎〉（Sad Eyed Lady of The Lowlands）的和弦。D……A……G……A？他從還留存著蒂芙妮氣味的房間裡拿出那張雙唱片專輯，把第四面放到客廳的立體聲音響上。「你水銀般的口舌在宣教士傳道的年代」是D、A、G、A7。「你的眼睛有如煙霧，你的禱告宛若韻詩」有同樣的模式，但是第三行就不一樣了，因為第三行聽起比較像G……D……E小調？迪恩嘗試撥彈而不是刷奏。好一點了。好一點了。試試F小調而不是G。不，是F。一湯匙的狄倫就可以調出一加侖的意義。我為什麼不試著寫這樣的歌詞？一首某通簡短的電話就改變了你是誰的歌。蒂芙妮的一通電話——「陪我到希爾頓參加一場雞尾酒會」——就把他們轉變成一對外遇的戀人。穩定是虛假的，確定只是無知。迪恩拿起一支原子筆，開始寫東西。時間流逝。雅思培從浴室出來。時間再次流逝。門鈴響起，雅思培去應門。大概是艾芙。

雅思培說：「找你的。」

迪恩花了一會兒才認出門口那兩個骨瘦如柴、眼神有如喪屍的人是肯尼伊爾伍德和他的女朋友弗洛絲。「嗨，肯尼，弗洛絲。好久不見了。」迪恩的心思像回力鏢一樣飛回到格羅夫納廣場的暴動，然後再回到現在。他把口中的「恁們還好嗎？」吞了回去。答案很明顯：他們已經毒品成癮了。肯尼很緊張。「羅德丹普西有沒有打電話過來？」

「最近沒有，沒有。怎麼了？」

「我們可以進去嗎？」

他們想要錢。「當然，但是我跟雅思培就要出門了。」

「我們也不會待在這裡。」弗洛絲左右瞄了一下馬房街。

迪恩讓他們進到玄關。他們兩人都有背包。「我們想要我們的三十塊錢。」弗洛絲說。什麼三十塊錢？「恁們要什麼？」

「肯尼在2i俱樂部借給你的錢，」弗洛絲說，「去年。」

「那個啊？那是一張五鎊紙鈔。肯尼，我在那袋釘子酒吧把錢還給你了。那天晚上吉諾華盛頓（Geno Washington）在那裡表演，還記得嗎？」

肯尼把那雙布滿血絲的眼睛轉向別處。

「那是三十鎊。」弗洛絲把她的頭髮往後撥，露出她手肘的彎曲處以及那裡的病變與重重針孔。「你現在不能叫窮了，大明星。」

迪恩問肯尼：「老兄，出什麼事了？」

肯尼看起來幾乎像死人。「給我們一分鐘，弗洛絲。」

弗洛絲已經不再是迪恩上次碰到那個會作白日夢的嬉皮女孩了。她內心傷痕累累，言詞卻銳利逼人。「別讓他輕易打發你。把菸給我。」

「恁在地鐵上就把最後一根抽掉了，弗洛絲。」

迪恩襯衫口袋裡有一包菸，他拿一根給她。弗洛絲拿了五根，然後走到外面。肯尼說：「她沒那麼刻薄。沒有任何事比羞愧對人的打擊更大，這是我學到的功課。」

「肯尼，出了什麼事？」

雅思培在房間裡隨興彈著他的Stratocaster。

「也給我一根菸，可以嗎？」肯尼問。

「整包拿走吧，那是弗洛絲拿剩的。」

肯尼的手在顫抖。迪恩幫他把菸點燃，肯尼感激地吸了一口。「我最後一次是什麼時候看到恁的？」

「三月。格羅夫納廣場，在那場大示威當天。」

「是的，我跟弗洛絲在那之後嘗試體驗一點海洛因。你試過？」

「我很怕針頭。」迪恩坦承。

「恁可以在湯匙上加熱，然後用吸管吸它的蒸氣，但是……不管恁要做什麼，別接近那東西。恁知道每個人都告訴恁『不要碰毒品』，但恁還是去碰，恁想，他們以前是餵我狗屎嗎？好吧，海洛因就是那個不是狗屎的毒品。第一次，它真是……他媽的美好得難以想像。就好像基督復臨，帶著眾天使，無法用言語描述。」肯尼揉了揉他鼻孔上的一個瘡。「但是你必須把那種感覺找回來。不是『想要』，是『必須』。只不過，第二次就沒有第一次那麼好，第三次不像第二次那麼好，一次不如一次。現在……恁的牙齦在流血，恁感覺很糟，恁討厭它，但是……恁需要它來覺得正常。我丟了我的工作，賤價賣掉我的吉他。羅德拿了幾包大麻讓我們賣，來付海洛因的費用，對啊。他的恩惠。我把它藏在我們房間的地板底下。」

「在漢默史密斯的公社？瑞文戴爾？」

「不，大家鬧翻了。」肯尼畏縮了一下，「羅德讓我們住到他在拉德伯克街的一個住處，二話不說就讓你住的一間居臥室。羅德的一個朋友負責看門，不分日夜，所以弗洛絲覺得很安全。我們賣大麻賺得的錢全拿去買海洛因，但是恁需要更多、更多的海洛因。所以，上個禮拜，羅德說，他每個禮拜會付我們五鎊加上一盎司的阿富汗白，只要我們幫他『囤貨』。意思是，他把一批古柯鹼藏在我們房間的地板底下，我們的工作就是看好它。」

羅德丹普西怎麼會信任兩個毒蟲幫他看守一批毒品？迪恩很怕自己猜得出答案。

「我們已經很久很久沒有嚐過阿富汗白這麼純的海洛因了。嗨的程度不像第一次，但是和第五次或第六次差不多，比長久以來的情況好多了。兩天後——」肯尼猛吸口中的香菸，就像要把菸的命吸乾。「那批古柯鹼不見了。地板被撬開。我告訴羅德，第一時間。他就開始發神經。他對著我尖叫，問我是不是以為他是笨蛋。但是我們並沒有A走它。我可以拿我的命發誓，拿弗洛絲的命發誓，拿他媽的任何人的命發誓。我們沒幹走它。」

羅德丹普西把它幹走了，迪恩想。「我相信恁。」

「羅德冷靜下來後，他告訴我，我跟弗洛絲欠他六百塊錢。我告訴他我們連六塊錢都沒有，連六先令都沒有。於是羅德說，為了還錢，我和弗洛絲要……」肯尼發現這話很難說出口，「……去參加派對。」

「什麼樣的派對？」

肯尼的呼吸加速。「昨天晚上，我們被帶到蘇荷的一個……地方，在法院大樓後方。看起來很高級。我和弗洛絲被分開。我被帶去泡澡，洗刷身體，刮鬍子……他們給我打海洛因——然後……有三個男人……」

「什麼？」

「別逼我說那些細節。看在老天的份上，迪恩。自己想像吧，好嗎？恁心裡想到什麼，他們就是做了什麼。一個接著一個。有他媽的一幅畫面了嗎？」

對應的詞是「下藥」與「強姦」，迪恩領悟到。

肯尼用袖子揉拭眼睛，他猛吸一口菸。「弗洛絲在車子裡。辦完事了。她沒說話，我也沒說話，只有司機在說話。他說，我們贏回十塊我們所欠的錢，還有五百九十塊錢要還。他告訴我們，別想找警察。他們都被收買了。如果我們逃跑，他說，他們就找我們的家人還錢。他拿弗洛絲妹妹的照片給她看，說：『可愛的小東西，不是嗎？』回到拉德伯克街之後，我們吃了安眠藥跟冰淇淋，而今天早上我們也使用了戒海洛因的美沙冬（Methadone）。弗洛絲叫我把她弄出去，不然……她就自殺。我知道她不是在虛張聲勢，因為我也是這麼想。」

「恁們想要躲在這裡？」

「這是他前幾個會找的地方之一。」

「恁們為什麼不一開始就找我幫忙？」

「弗洛絲不認為恁會相信我。恁會嗎？」

「我不知道羅德在做這種事──但是……我見過他用鉤子鉤人。而且，恁怎麼可能會去捏造這種事呢？恁沒理由。」

肯尼，在愁雲中，抓住迪恩的手腕。

迪恩拿出他皮夾裡的所有的錢──超過十一鎊──塞到肯尼手中。「說到海洛因。我不是專家，但我從哈利莫菲特身上學到一件事，光說『戒掉那些會殺死你的東西』是沒有用的。但是如果恁不把自己弄乾淨……」

雅思培的隨興彈奏這時已經轉變成他那首〈守夜人〉的獨奏。

肯尼把那些錢塞進口袋裡。「我會把我們弄到一個沒人知道的地方，一個沒有毒販的地方。謝佩島，也許。我不知道。找個避難所，而且……我們會再嘗試戒掉海洛因。恁覺得恁他媽快死了。但是蘇荷那棟房子，它比死還糟糕。」

電話鈴響起。肯尼站起來，臉色蒼白而且全身顫抖。

「沒事的，」迪恩說，「應該是艾芙打電話來說她會晚一點到。」

肯尼蹲下來，像一隻被嚇壞的動物。「是他。」

「老實說，肯尼。除了上個月在一個派對上碰過他，我最近幾乎沒見過他。」迪恩拿起話筒。「哈囉？」

「迪恩，恁他媽的最近如何啊？我是羅德丹普西。」

迪恩肺裡的空氣彷彿被吸了出去。「羅德？」

肯尼退了出去，搖著頭。

羅德丹普西發出友善的輕笑聲。「恁聽起來……怪怪的。有點像『說曹操，曹操就到』的感覺，是嗎？」

如果我還需要證明，那這就是證明了。

肯尼離開公寓，半開著的前門外已經暮色昏暗。我沒辦法幫上他的忙，只能盡我所能說個好謊，看看能不能騙過一位世界謊言冠軍。「恁真他媽的懂得讀心術啊，羅德。我向天發誓，十分鐘前——不，是五分鐘前——我跟雅思培才在談我們抽過最好的大麻，而我們想到的都是黑爾蒙布朗（Helmand Brown）。你去年秋天帶給我的，我記得那天肯尼跟史都也跟你一起過來？你還記得嗎？」

「令人難忘的夜晚。恁要的話，我還可以給恁更多。不同批，但一樣棒。」

「太棒了，好。呃，我們的新專輯正錄到最後階段，但是，錄完之後很快就跟你拿，也許？我再給恁電話。」

「可以啊。說到肯尼，恁最近有沒有看到他？我最近試著打聽他的下落。」

「其實，我也是。」把恁的謊言藏在摻雜著事實跟片面事實的乾草堆中。「上次見到他是在格羅夫納廣場，那時他住在牧者叢（Shepherd's Bush）那邊的一間公社裡。恁看到他了嗎？他還好嗎？」

羅德丹普西做了算計。「我上個月碰到他和他的女朋友。那間公社讓他住得很痛苦，所以他請我幫他留意有沒有別的好住處。一個朋友在肯頓有間房子出租，現代設備一應俱全，價錢也合理，對他和弗洛絲來說非常完美。問題是，我把他的電話搞丟了。你可以幫我找到他嗎？這事很急，對啊。」

羅德丹普西也把他的謊言藏在片面事實當中。「我很願意幫忙。我在想有誰可能會知道他的電話，但是我腦袋一片空白。」

「這就是倫敦的問題，」那個身兼毒販、皮條客以及誰曉得還有什麼身分的傢伙說，「恁永遠沒辦法知道恁會在下一個轉角口碰到誰。有辦法嗎？」

肯尼與弗洛絲來過的唯一跡象是在台階底部的兩個菸蒂。夜晚進駐切德溫馬房街。迪恩此時紛亂的心思就像一份問題與危機前五名排行榜。他打開車庫門去看他的噴火跑車。他轉開燈泡的開關，注視著那輛車。新家一定要有一間可以上鎖的車庫，他想，不然像妳這樣的美女不到十五分鐘就會遭遇不測。現在開車出去兜風已經太晚了，不過迪恩還是爬進車內，試圖找到片刻的安寧。他沒有如願。他可能是某個孩子的爹。那是我最不樂見的。與蒂芙妮赫爾希的婚外情令他感到愉快而且刺激，但是要怎麼結束？被雅思培的父親趕出公寓是一種痛，但他還不至於無家可歸。然而，肯尼跟弗洛絲，那是另一件麻煩。恁無計可施，化解不了那些人身上的事。就算——當，如果，如果，當——他們戒掉海洛因，迪恩知道他們的平靜已永遠被磨損，永遠會有陰影伴隨。弗洛絲討厭我是對的，這件事少不了我一份。肯尼是因為迪恩而來到倫敦，但迪恩沒做任何一件事來幫助他。半件事都沒有。一個人影從車庫門口經過，停下來，然後眼睛看進裡面。「哈囉，迪恩。」

迪恩聽到：「噢，恁是他媽的在開我玩笑嗎？」

哈利莫菲特淺吸一口氣。「有一陣子沒看到你了。」

他走進黃光之中，迪恩可以清楚看見他。

哈利莫菲特既沒變又變了。

他的老人斑更多、更明顯了。他的眼窩更加凹陷。

他刮了鬍子，頭髮修剪得很整齊。他下了一番工夫。

迪恩待在他的凱旋車上。「瑞伊告訴恁我的地址，是嗎？」

哈利莫菲特搖頭。「電話簿裡只有兩個德魯特，而梅菲爾比平納更像是你們會住的區。恁們也許可以考慮別把名字登記到電話簿上。」

迪恩在幾年前就不再預先想好萬一遇到他時要講什麼話了，所以現在他一時沒有可以退防的台詞。「恁要什麼？」

哈利莫菲特露出一副新的、悲傷的、不確定意涵的淺笑。「我不確定我知道，迪恩。我……好吧，首先，你的專輯很棒。」

恁以前常用皮帶打我媽、瑞伊和我。

「尤其是〈紫色火焰〉。恁真的表達了你的意思。」

迪恩納悶他自己的忿怒及不屑跑哪裡去了。時間是支滅火器，他想。飛蛾繞著車庫的燈泡飛舞。

「很漂亮的車。」哈利莫菲特說。

迪恩沒說話。

「恁在義大利被囚時我們都很擔心。」

誰是「我們」？莫菲特家？葛瑞夫森人？

「感覺好像是很久以前的事了。」迪恩說。

「恁應該很忙吧？巡迴，錄音，之類的事？」

走在一條恁以前在上面拉屎的道路上，追求一個恁以前在上面倒石蠟再點火燒掉的夢想。

「對。」

「為了恁自己的理想，你做得很棒。」

迪恩忍不住說出：「這全要歸功於恁給過我的所有鼓勵。」哈利莫菲特退縮了一下。不，我不會覺得有罪惡感。

「有很多事我希望以前做了，」哈利莫菲特說，「很多事我希望以前沒做。」他指著車庫門口的一張矮凳。「可以嗎？我不會耽誤恁太多時間，但是我的腳已經不像從前那麼耐站了。」

迪恩的手勢說，對我來講沒差。

他坐下來，然後脫下帽子。迪恩看到他已經不再遮掩他的禿頭。「我參加了這個小組，戒酒小組。感謝他們，我已經沒有再喝半滴酒，自從……那場車禍。恁聽過那件事？」

「那個無法再走路的男人和那個只剩一隻眼睛的女孩？」

哈利莫菲特看著他的手。「對。小組裡有這位女士，克莉絲汀，她是我的保證人。她說，『就連上帝也沒辦法改變過去。』這句話沒錯。恁並不總是能把東西修好或讓它恢復原狀，但恁可以說對不起。或許人家會叫恁滾開，或許他們會修理你，但是……你可以說『對不起』，所以……」哈利莫菲特深呼吸一口，然後把眼睛緊皺起來。迪恩原本以為今天出人意料的事已經夠多，不可能再有其他的了，但是看到順著哈利莫菲特臉頰上流下的淚，他知道他錯了。「所以。對不起，我打了恁、恁媽和瑞伊。對不起，我讓恁失望了。對不起，我……沒有注意到恁媽的癌症。對不起，我是恁們僅有的一切。對不起，恁媽過世後，我的行為完全脫軌了！抱歉，也許我從來就不曾走在軌道上！對不起我燒了恁的東西，恁的吉他，在篝火之夜。對不起，在恁跟肯尼跟史都在街頭表演時，全都是我的錯。」他張開眼睛，用手掌抹掉臉頰上殘留的淚。「我不是在責怪那些酒。酒在那裡，上帝知道，但是……」他搖頭。「匿名戒酒會裡有很多人，他們連一隻蒼蠅也不會傷害，但是我卻會動手打我的家人。那是我的問題，我很抱歉。」哈利莫菲特站起來，戴上帽子。他正打算講最後一件事時，艾芙走了過來。

「晚安。」

「妳是艾芙。恁是樂團成員。」

「是的，我看到車庫的門打開而……」

「我是哈利莫菲特。」

艾芙不自覺地皺眉，然後馬上又解開皺起的眉頭。「喔，我的天哪，您是……」她看了一下迪恩，沒繼續說出「迪恩的爹」。

「沒錯。就是那個哈利莫菲特。恁有一個甜美的聲音，寶貝。」

「謝謝，謝謝您。」艾芙感到困惑，「不過，等您聽到迪恩在新唱片上的聲音再說。他去上了和聲課，而且寫了這首叫〈夠〉的曲子。而且我告訴你，他無懈可擊。」

「是嗎？我很期待聽到。非常期待。」

股票經紀人鄰居牽著他的狗從前面走過，拋出一句「很棒的夜晚」。迪恩舉起一隻手跟他打招呼。

艾芙說：「可不是嗎？」那位鄰居已經離開了。艾芙問哈利莫菲特，「所以……您會……上去這兩個男孩的公寓？或者，這只是一個車庫派對？」

他剛剛說的每一個字，迪恩心想，都是真的。但是我沒辦法按個開關就忘掉。現在這一切都已經太遲了。「他剛好要離開。」

「祝福恁，艾芙，但是我要回葛瑞夫森去。英國火車是不等人的。」他對著迪恩點頭，「彼此照顧，好嗎？」

說完他就溜走，像故事中的人物一樣。

艾芙轉向迪恩。「你還好嗎？」

迪恩在方向盤上輕拍出節奏。「不曉得，艾芙，我真的不曉得。聽著，我，呃……幾分鐘後就上去。」

第三行星

SIDE A

1. 切爾西旅館九三九號房（哈洛威）
2. 我該說是誰來找？（德魯特）
3. 裡面的裡面是什麼（哈洛威）
4. 計時器（德魯特）

切爾西旅館九三九號房

「艾芙，醒來。」是誰？是迪恩。

她把自己拉出睡眠的流沙。

「快來看。」迪恩說。他就在她左側幾英吋的地方。

她張開眼睛，發現自己靠在迪恩的肩頭上睡著了。從機窗看出去，在很遠、很遠的下方，有一個由綠色塊與褐色塊拼併、靠光線針織而成的大都市，當機身傾斜飛行時，它就像一面織錦，在下方緩慢滑移。艾芙的大腦彈奏著蓋希文（Gershwin）〈藍色狂想曲〉（Rhapsody in Blue）開頭的前幾小節。

「嗯，那是我所見過最美的事物之一。」剛睡醒的艾芙用黏黏的嘴巴喃喃自語。小人國、大人國及飛島國全包括了。宛若一艘載了許多摩天大樓的船筏，曼哈頓飄浮在玻璃般平滑的黑暗河面上。帶著斜面的摩天大樓；銳利到可以割出血來的摩天大樓；由無數窗戶、窗台及不規則的凹陷，像點畫般點刻出來的摩天大樓；被擦拭得晶亮、閃現各色光澤的摩天大樓。「那是自由女神像，」迪恩說，「看到了嗎？」

「她在照片裡看起來比較大。」艾芙說。

「從上面這裡看下去，就和公園裡的雕像差不多。」葛夫說。

艾芙查看坐在她右邊的雅思培。他的毛質帽往下拉到接近鼻孔。「你還活著嗎，雅思培？我們快到了。」

雅思培把他的帽子往上翻，露出布滿血絲的雙眼。他在他的袋子裡摸索了一陣子，然後拿出一個藥瓶，但它脫手掉到地上。他用荷蘭語罵了一句。

艾芙伸手去撿那個藥瓶。「沒關係。」

「有沒有掉了任何一顆？把它們都找回來。全找回來。」

「不——蓋子還在，你看。我幫你開。要幾顆？」

雅思培倒吸一口氣。「兩顆。」

艾芙看了那個標籤——奎立靜——然後倒了兩顆藥丸到雅思培冒汗的手掌上。兩顆淺藍色的大藥丸。

雅思培吞下，然後把蓋子在藥瓶上旋緊。

「它們是吃什麼的？」艾芙問，「神經緊張？」

「是的。」意思是，「別管我。」

「我們就要降落了。」艾芙說。

雅思培拉下帽子蓋住他的眼睛，艾芙則又回去欣賞窗外風景。紐約……地名、符號、階段、天堂與地獄的代名詞。但一直到現在，在艾芙心裡，它才成為一個真實的地方。她想像中的紐約，從《西城故事》、《蜘蛛人》漫畫、《岸上風雲》、《第凡內早餐》、《風月泣殘紅》（*Valley of the Doll*）以及黑幫電影裡，一個又一個畫面拼組而成的紐約，正逐漸溶解，轉化成由大樑、碼頭、水泥塊、包覆材料、電線線路、水管管路、柏油路面、公路線道、建築頂樓、商店、公寓及八百萬的人所構成的實體……其中有一位是露薏莎瑞伊。艾芙的心劇烈跳動，她感到疼痛。但是，為什麼她不接我的電話？我的電報？我用心電感應所發送的命令？整個八月，露薏莎和艾芙每天都用航空信連絡，而且每週用貴得要命的國際電話講五分鐘的話。

十一天前，她不再收到那些卡片與信件。到了第五天，艾芙告訴自己，有個邏輯上合理的解釋：某個地方的郵局罷工，或者，露薏莎那邊的家人出了緊急狀況。第六天，她打電話到露薏莎的公寓，電話線不通。第七天她打電話到紐約《間諜鏡》辦公室，結果只得到露薏莎『出差，歸期請靜候進一步的通知』。」然而，不論艾芙用多麼巧妙的方式打探，都沒有得到進一步的消息。第八天，合理的解釋開始看起來很明顯了，雖然艾芙很不願意接受：露薏莎對艾芙的感覺，並不像艾芙對露薏莎的感覺那樣，而艾芙一生中最驚心動魄的愛情驟然結束，就像它驟然開始一樣。

然而，一部分的艾芙仍然希望這個合理解釋並不是個正確的解釋。當然，當然，露會跟我說的。她不會把我丟進這個殘忍的地獄邊境，讓我不知道我的心是否已經破碎，而且沒有辦法得知真相。

會嗎？萬一我並不如我自以為的那麼了解她？這不是第一次了。對嗎，袋熊寶貝？她在數日子。這就像以前布魯斯沒連絡時，我在數日子一樣。最殘酷的轉折是，她現在必須獨自一人承受這些痛苦。世上沒有一個活著的人知道她跟露的事。沒有一個活著的人能了解……

★★★

在赫爾希的仲夏舞會，艾芙和露薏莎找到一個安靜的後樓梯間，那裡有個夠大的窗邊座位讓她們可以躲進去。她們把窗簾拉上，屋內的人看不見她們，而窗外一棵銀杏樹上的盛夏茂密樹葉，也讓樓下花園裡的人看不見她們。這也許本來就是為了情侶幽會而設計的。她們談音樂與政治、家庭與小時候的事、倫敦、加州及紐約。夢想與時間。她們分享一根香菸，共用一個放在她們中間的玻璃菸灰缸。她們談到她們現在愛的是誰，以及為什麼。艾芙談到馬可，以及她永遠沒辦法再為他做的那些生日蛋糕。「蛋糕還是照做，」露薏莎說，「還要配上蠟燭。墨西哥人是這樣做的。」腳步聲響起，有人從樓上走下來，經過她們躲藏的地方；露薏莎露出兩人在密謀某事、彼此心照不宣的淘氣表情；腳步繼續往前。艾芙很想要親吻她的新朋友，比她曾經想親吻任何人的衝動都更為強烈且急切。艾芙的頭腦裡有一個聲音警告她。她是個女孩。停下來，這是不可以的。艾芙的頭腦裡另一個更強的聲音回答，我知道，而且她是我遇過最美麗的人；而且我為什麼要停下來？

露薏莎和艾芙彼此注視對方。

「那麼……萌生愛意了嗎？」露薏莎說。

艾芙的脈搏又快又重。「是的。妳很冷靜。」

「我猜我會是妳的第一次，」露薏莎說，「如果……」

艾芙感到羞恥，卻又不覺得羞恥。「那很明顯，是嗎？」

「我可以看見妳的心跳。妳看。」露薏莎碰觸艾芙左手腕的一條靜脈，而她左半邊的身體都融化了。露薏莎的聲音輕柔。「我知道妳現在的感覺。社會制約就像收音機所接收到的無線電波，響亮又刺耳，『這是錯的！她是個女孩！』」

艾芙一面點頭，一面喘氣，一面嘆氣，毫無章法。

「把收音機關掉。咔嗒。就這樣，不要過度分析。事實上，不要去分析。我以前分析過，但那是多餘的。別煩惱。妳現在不是要穿過單向鏡的愛麗絲，妳不會長出角來，不是要將值得尊敬的一族和變態一族互換。沒有人需要知道這件事。妳可以放心。只有兩個人，只有我們。只有」——那個微笑再次出現——「愛。」

嗖的一聲，等不及地，她們已經在親吻了。

艾芙抽身回來，臉色潮紅，不敢置信。

蜂蜜、菸草及波爾多紅酒。

「愛，」露薏莎說，「再加上少許的情慾。」

艾芙撫摸露薏莎的臉，就好像她會撫摸男人的臉上那樣。露薏莎也撫摸她的臉。艾芙的心臟像低音提琴一樣震動。慾望、慾望、慾望及慾望。

「別忘了呼吸。」露薏莎輕聲說。

艾芙差點就咯咯笑出聲來。她深深吸了一口氣。

樓梯上方一扇門打開，艾芙和露薏莎身體往後坐好。兩個朋友，遠離派對，享受一段安安靜靜的談心。輕柔的腳步聲來到那個窗邊座位，一隻小手把窗簾打開。一個有一雙淡藍色眼睛的金髮小男孩探頭進來看。他戴了一頂牛仔帽，上頭有一顆警長的星。「這是我的地方。」

「正確，」露薏莎說，「你叫什麼名字，警長？」

「克里斯賓赫爾希。妳們兩個在這裡做什麼？」

「事實上，我們並不是真的在這裡。」艾芙說。

克里斯賓皺了一下眉頭。「喔，是的，妳們是在這裡。」

「喔，不，我們不在，」艾芙說，「你是在作夢。現在，你其實在床上，正在睡覺。我們不是真的。」

克里斯賓心想。「妳們看起來是真的。」

「那是你的夢，」露薏莎說，「當你在一個夢裡，就像你現在這樣，感覺起來就是非常、非常真。不是嗎？」

克里斯賓點頭。

「我們要證明你在作夢，」艾芙說，「回到你的床上，躺下來，把眼睛閉上，接著再醒來。接著，再回到這裡來，你會發現我們不在了。為什麼？因為我們本來就不在這裡。這樣可以嗎？」

克里斯賓想了一下。「可以。」

「那麼，你去吧，」露薏莎說，「回到你的房間。快，快。不要浪費時間了。」

那個男孩轉身跑上樓梯。艾芙和露薏莎從窗邊座位上爬出來，快步走下樓梯。在她們回去派對之前，露薏莎問：「再來呢？」

艾芙沒做任何分析。「計程車。」

樂團成員在拉瓜迪亞機場的移民局入境管制關口排了一個小時又二十分鐘的隊。雅思培的精神狀態已經恢復不少，只是臉色還是有點蒼白。葛夫、迪恩和里馮已經將十六個月來搭乘野獸巡迴英國各地演出的路程中所設計出、用來打發時間的各式文字遊戲都玩過一次，甚至還需要設計新遊戲。艾芙被引導到一位移民局官員的查驗亭。那位官員瞇起眼睛，透過他那副金屬框眼鏡看著艾芙護照上的照片，再比對艾芙本人。他的小鬍子上沾了些糖霜。「伊莉莎白－法蘭西斯－哈洛威。」他的聲音無力地延續到他說完整個句子。「音樂家，這裡寫的。」

「沒錯。」

「妳表演的是哪一種音樂？」

別提到搖滾樂，里馮先前就建議，也別提迷幻文化或政治。「主要是，民謠音樂。」

「民謠音樂，就像那個瓊拜雅。」

「有點像瓊拜雅，對。」

「有點像瓊拜雅。妳也唱反戰歌曲嗎？」

一個直覺提醒艾芙要謹慎。「不好意思，我沒唱這種歌。」

「我的大兒子志願到越南參軍。」

薄冰，要小心。「那肯定很辛苦。」

「想知道最糟糕的嗎？」那個人把眼鏡拿下來，「在那裡，根本是該死的屠宰場。但在這裡，這些該死的怪胎卻還可以自由地燒毀徵兵卡、像兔子一樣發情、聚眾暴動，以及唱歌訴求和平。是誰幫他們買到自由的？是像我兒子這樣的小孩。」

這裡共有十二個入關查驗亭，艾芙想，為什麼我得碰上這一個？「跟抗議場合唱的那些歌比起來，我的演唱歌曲傳統多了。」

「是嗎？哪方面的傳統？」

「傳統的民謠。英格蘭的，蘇格蘭的，愛爾蘭的。」

「我來自愛爾蘭，唱點愛爾蘭風的歌給我聽。」

艾芙認為自己應該是聽錯了，「抱歉，您說什麼？」

「唱點愛爾蘭風的歌給我聽。一首民謠。還是，這——」他拿著她的護照在她面前晃了晃，「只是一坨沒用的牛屎？」

「你的意思是……你要我唱歌——就在這裡？」

「是的，那正是我的意思。」

沒有更高層級的官員可以投訴。那麼好吧，來場即興的演出。艾芙稍微向前傾身，在桌子上輕拍出四四拍的節奏，透過那個人的鏡片看著他的瞳孔。然後深呼吸一口：

一個秋日，在拉格蘭路，
我第一次見到她，我知道
她的黑髮將織出一面羅網
有一天我可能會因它懊悔。

我看到危險，但是我
仍然沿著那條迷人之路行走
我說，就讓悲傷成為一片落葉
在晨曦初露的時候。57

那個移民局官員的喉結跟著上下起伏。他把手中的菸移到嘴唇上，然後吸進一整肺的煙。「很美。」他在艾芙的護照上蓋了章，再交還給她。「真的。」

「我希望你兒子很快就回家。」

「他負責看守燃料庫，在接近前線的地方。一顆砲彈不知道從哪裡突然冒出來，那整個他媽的陣地就像七月四日的煙火一樣飛了起來。除了他的狗牌（兵籍牌），我的男孩不剩半點東西。他當時才十九歲。一小片金屬牌，那就是我們僅有的東西。」

艾芙勉強說出：「我很遺憾。」

那位悲傷的父親把香菸捻熄，回頭看那些排隊的人，然後對著下一個謙卑等待的外國人招手，「下一位！」

「哇噢，莫莉小姐啊。」[58]馬克斯莫荷蘭，石像鬼唱片（Gargoyle Records）那位臉頰粉紅、頭髮梳成羽毛造型、抹了髮蠟的A&R負責人，在入境大廳等候他們，手中拿著一面大牌子，上面寫著「歡迎純粹的天才樂團烏托邦大道」。沒有露薏莎瑞伊——艾芙唯一期待在入境大廳見到等候他們的人——的蹤影。馬克斯莫荷蘭擁抱里馮，並且像愛人一樣發出呻吟。「里夫、里夫、里夫、里夫、**里夫**。你怎麼瘦到剩皮包骨了。英格蘭還在實施食物配給制嗎？你們是靠什麼維生啊？樹根？野莓果？固體空氣？」

「靠幸運之神眷顧，馬克斯。謝謝你來接我們。」

「**拜託**！我可不是每天都可以來迎接老朋友和新簽下的團體。葛夫、雅思培、迪恩、艾芙。這條大道。」他跟他們一一握手問候。「你們，先生們與女士，實在太棒了。喔，我親愛的上帝，我聽過《生命的要素》的預錄黑膠了，的確是一張……」他裝腔作勢地說，「大師之作。」

「我們很高興恁這麼認為。」迪恩說。

「喔，但是我**真的**這麼想。而且《村聲》（*Village Voice*）的傑瑞納斯本[59]也同意。」他手一揮，拿出一份翻開到正確頁面的報紙。「問題：把一小杯節奏藍調與一大口迷幻風混合在一起，再加上少許民謠，然後好好地搖晃，你會得到什麼？答案是：烏托邦大道，他們的出道專輯《樂園是通往樂園的路》在這支樂團的本地英格蘭激起巨大的浪花。靠著第二年的努力成果《生命的要素》，這支風格獨特的四人樂團看起來有意讓波浪跨海衝擊到我們這一側的海岸。那麼，烏托邦大道到底是哪些人？艾芙哈洛威小姐，當她還在幼嫩的十六歲時，就幫汪妲沃楚寫了那首打進排

57 愛爾蘭民謠〈在拉格蘭路〉（On Raglan Road）。
58 取自小理察的搖滾歌曲〈Good Golly, Miss Molly〉。
59 也出現在作者的小說《雲圖》中。

行榜前二十名的熱門曲〈風不缺席〉，主奏吉他手雅思培德魯特及貝斯手迪恩莫斯各自貢獻了兩到三首歌，而葛夫葛瑞芬，由許多組件合組而成的鼓手，負責為樂團拋下令每個人安心的錨。」

「聽起來好像我的手和腳都可以拆卸下來一樣。」葛夫說。

「聽過整張專輯的九首曲子，你會發現，創意沒有減弱的趨勢，」馬克斯朗讀著，「從那首能瘋狂攫取注意力的開場曲〈鉤〉，到帶有強大傳染力的狄倫風結尾曲〈看看那是誰〉。因為有三位風格迥異的歌手兼作曲者，這張專輯擁有大多數樂團難以企及的寬廣光譜。莫斯向自由致敬的頌歌〈將巨石滾開〉孵化而攀升到一個哈蒙德風琴的漩渦高潮，擺脫地獄犬的一路尾隨。哈洛威的〈證明它〉是一齣悲喜劇，狠狠地把愛與竊取踩在腳下，而她的器樂曲〈就連藍鈴花〉將精靈捕捉在深沉的爵士藍調空瓶裡。天才吉他手德魯特將晚禱曲〈守夜人〉帶進派對，還有那首大師級傑作〈神智正常〉。烏托邦大道是否能在舞台上重新展現他們的錄音室魔法？這個星期就會在紐約獵豹俱樂部（Ghepardo club）揭曉，不過，不用懷疑——《生命的要素》是一張發燒專輯。」

馬克斯抬起頭看他們。「歡迎來到美國。」

「誰是傑瑞納斯本？」里馮問。

「他是那種會看著米開朗基羅的雕塑作品而抱怨大理石過於蒼白且陰莖太小的評論人。雅思培，你看起來一副想要嘔吐的樣子。」

「我不是經常搭飛機的人。」

「我們的車上有嘔吐袋。」馬克斯對兩位司機點頭，司機再對行李員點頭。「我們走吧。」

兩輛豪華轎車離開未來感十足的機場，順著坡道駛上高架的高速公路。里馮、雅思培及葛夫搭第一輛車；艾芙、迪恩及馬克斯莫荷蘭坐在第二輛車上跟在後面。迪恩撫摸著Lincoln Continental車內的胡桃木飾邊。高速公路的路燈點綴出一條光之路線，穿過暮色重重的郊野直達那座閃閃發亮的城市。艾芙的腦中播放出保羅賽門的新歌〈美國〉（America）。我原本以為我會跟著露一起經歷這趟旅程。迪恩轉向艾芙，他看起來很累但是很興奮。「從布萊頓技術學院一直到今天，真是條漫漫長路啊？」

「一條無比遙、遙、遙、遙遠的漫長道路。」

街燈在頭上快速滑過。一座座的高壓電塔，就像跨著大步走過荒原的火星入侵者。美國的卡車讓英國貨車看起來像小巫見大巫。

「這樣的景象仍然讓我起雞皮疙瘩。」馬克斯說。

「恁是紐約人嗎，馬克斯？」迪恩問。

「不，我的童年是在愛荷華州的雪松湍流度過。」

「這是個有田園詩意境的名字，」艾芙說，「雪松湍流。」

「在這個新世界要特別留心有田園詩意境的名字。」

「那麼恁是在哪裡認識里馮的？」迪恩問。

「在現在已經倒閉的弗雷克史登經紀公司（Flake-Stern Agency），去上班的第一個禮拜一。我們到了公司才被告知他們只有一個職缺，到那個禮拜五，我們會各有五分鐘的時間可以說服弗雷克和史登先生，為什麼他應該得到這個工作，而他的對手該被解雇。」

「根本是羅馬競技場。」艾芙說。

「我當時心中罵『去吃屎吧』，」馬克斯說，「我們兩個都放棄了原有的工作來弗雷克史登上班。如果對手不是里馮法朗克蘭而是別人，我就會花那個禮拜的時間設下計謀陷害對手，以求自保。但是里夫也在我身上看出我看到他時的想法。我們達成協議，而且想出一個計策。我們跟檔案室調出客戶資料夾，然後半夜在我的公寓裡做了一些篩選。禮拜五那個厄運時刻到來，我們發出一份聯合聲明，要求經紀公司必須同時給我們兩人全職的工作。不然的話，到週一，經紀公司的客戶們就會知道公司實際賺得的收入與支出之間的差距。到週二，客戶的律師會打電話進來。到週三停止營業後，弗雷克史登經紀公司很可能就從此消失了。」

「恁恐嚇你的準老闆？」迪恩問。

「我們給他們一份雙人合約。」

「這件事能成功，是因為你和里馮都沒有從背後捅對方一刀。」艾芙說。

「這正是我要表達的，」馬克斯說，「你不去剝里馮的皮，他就不會來剝你的；而在演藝界，誠實的經理人就和搖搖馬的糞一樣罕見。」

艾芙爬出轎車，站在真正的紐約市中心人行道——不是鋪石路——抬頭往上看。一棟由許多窗戶與陽台構成的維多利亞哥德式大廈直指月亮，幾乎來到半空。一個垂直走向的標誌寫著HOTEL的字樣，下方是水平走向、字體較小的CHELSEA（切爾西）。「這是一個機構，」馬克斯說，「絕大部分是長期出租的房間，都市裡的一個小鎮。人們在這裡成家，在這裡變老，在這裡死去。當然，大廈總幹事史丹利不會承認有人死在這裡。許多外面的人會以為這一區是根據切爾西而命名，因為那個標誌是這樣寫。」

「滾石在這裡保留了一個頂樓房間。」迪恩說。

「這是紐約僅有幾處願意出租給樂團成員的地方，」馬克斯說，「沒有人在乎你長什麼樣，而且牆壁很厚。」

「人口有多少？」艾芙問。

「我懷疑從一八八〇年代到現在，這裡都不曾清查過人口。」

一個鼻孔下結著血塊的男人從陰影中冒了出來。「嗨，你們大家，需要興奮劑、鎮靜劑還是外來貨？」

那兩個司機擋住那個毒販，讓馬克斯引導樂團穿過切爾西旅館的門。一個身材高大的門房像老友一樣跟他打招呼，而馬克斯把一張鈔票塞進他的手裡。「如果你可以幫忙把這些行李和裝備……」

「沒問題，莫荷蘭先生。」

旅館大廳有三四十個人坐在低矮的沙發上，在雕刻出來的火爐旁慢慢啜飲杯中酒、爭論、抽菸、看別人、也被別人看。艾芙猜想這些人當中包括教授、演員、騙子、妓女、皮條客以及移民局官員喜歡數落的那類政治活躍份子。其中沒有一個是露薏莎瑞伊。妳不能再繼續這樣下去。許多人有和雅思培一樣長的頭髮，而且他們衣櫃裡的衣服至少和迪恩的一樣大膽、前衛。風格與水準不一的藝術創作布滿牆面。「史丹利接受以藝術作品代替房租。」當他們走向辦公桌時，馬克斯這麼告訴艾芙。「史丹利從來就學不會。」一個有張長臉、留著褐髮飛機頭、手中拿著鉛筆的男子將身體挺直，看著他們。「每個禮拜有十來個小子來到這裡，手中抓著一個文件夾，跟我說：『我是新來的雅思培強斯，這個文件夾值三個月的房租。我需要一張雙人床及電視。』馬克斯莫荷蘭先生，你最近過得還好吧？」

「史丹利，你看起來像一百萬美元。」

「我覺得自己像一角硬幣和口袋裡的殘屑。你們是烏托邦大道，我猜。歡迎到切爾西。我是史丹利巴爾德（Stanley Bard）。我原本想幫你們安排在隔壁房，但是最後只有辦法安排在緊臨的樓層。迪恩、葛夫，我讓你們兩人住八二二號房。」

「我需要有自己的房間。」迪恩說。

「對，這是我們雙方的需求。」葛夫說。

「八二二是個有兩間臥室的豪華套房，」史丹利說，「我從《村聲》得知你是狄倫迷，迪恩。」

迪恩很小心。「誰不是呢？」

「巴比就是在八二二號房創作出〈眼神哀淒的低地女郎〉。」

迪恩的臉色改變。「恁他媽的在跟我開玩笑吧。」

「他說那裡有一種特殊氛圍。」史丹利巴爾德抓著鑰匙鍊，「在三樓，也許還可以幫你們兩人分別安排房間，如果你們——」

「八二二就可以了，謝謝。」迪恩將那把鑰匙捧在手上，就像信徒拿到一片基督的指甲遺骸一樣。

「艾芙，妳在九三九。里馮，九一二。雅思培，我幫你安排在七七七。一個中國人跟我保證，那在所有旅館都是最幸運的房間。」

雅思培接下那支鑰匙，喃喃說出「謝謝」。艾芙用非常自然的口氣問：「有沒有任何人留訊息給我，史丹利？」

「我查一下。」他進到後面的辦公室。其他人走向電梯，除了迪恩之外。「希望聽到露薏莎的消息？」

艾芙開朗地回答：「只是隨便問一下。她現在忙得要死。有大新聞。」

史丹利回來。「沒有，艾芙。抱歉。」

「我本來就沒在期待。」

九三九號房裡感覺很悶，有烤雞的味道。裡面的物品連小偷都懶得偷：繩絨線織成的床單、有缺口的陶瓷燈、指針誤指在「暴風雨」的氣壓計以及一幅畫了一艘飛船的畫作。艾芙一面打開行李，一面想像馬克吐溫、王爾德以及鐵達尼號的一位倖存者，在她之前，在同樣這個房間裡打開他們的行李。她把裝了哈洛威三姊妹與母親合照的相框放到桌上，那張照片是去年伊莫珍宣布她懷孕喜訊那天，一位服務生幫她們拍的。馬可也在那裡，應該算吧。艾芙洗了臉，喝了一杯紐約的自來水，然後對著梳妝台上方那面有裂痕的鏡子整理了一下頭髮，並且補了點妝。我敢打賭雅思培會用床單把他的鏡子蓋起來。如果《生命的要素》賣得不錯，而烏托邦大道必須做更多的國際巡迴，雅思培肯定需要比奎立靜更好的藥物。

艾芙打開通往陽台的窗戶。涼爽的夜晚，九層樓底下的車輛、人們以及陰影匆匆掠過。倫敦是個水平的存在，大抵而言；紐約卻是一個垂直的地方，拜電梯之賜。

美國，一個真實的地方。

樂團要在樓下會面吃晚餐。艾芙換上一件黑色薄綢寬鬆上衣配上一條乳白色鬚邊喇叭褲，那是她和碧雅在五個時區又兩天之前的切爾西買的。露薏莎的綠龍晶墜飾怎麼辦？如果戴上它，那麼我就是一個絕望、無法面對現實的女同性戀。如果不戴上它，我就是將她，以及最後一絲「這一切都只是誤會」的希望一併丟棄。艾芙還是戴上了那個墜飾。

當電梯停在九樓，操作這部古式籠型電梯上來的那個電梯男孩不見了，只有一位年約三十歲、梳理得很整潔的男子在裡面。艾芙想打開電梯的外門，但是那個把手動也不動而且很難操作。「讓我來，」他說，「這很不好操作。」他把內門拉開，把外門的把手往上扳，再將它打開。「請上來。」

艾芙走進電梯。「謝謝。」

「不客氣。」那個人知道自己高大、黝黑而且很英俊。他手上有枚結婚戒指，鬍後水聞起來有茶和柑橘的味道。「妳今天晚上的目的地是哪裡，如果妳不介意我問？」

「一樓，謝謝。」

「把拇指一直壓在G上就可以了。」

這是個奇怪的指示，但艾芙照著做了。

電梯並沒有移動。

「啊，奇怪。讓我問一下埃利吉烏斯（Eligius）。」

這裡沒有其他人。「誰？」

「電梯的守護神。」他把眼睛閉上然後點頭，「懂了。埃利吉烏斯說妳得放開拇指……」艾芙這才知道他現在是在跟她說話，「現在。」她照做，電梯開始繼續緩慢下降。「好樣的老埃利吉烏斯。」那個人說。

艾芙明白這詭計了：鬆開按鈕後電梯才會開始動。「有趣。有一點，但不是非常有趣。」

他得意的眼睛有雙層眼袋。「所以妳是這間精神病院的新住民，還是妳只是來拜訪人？」

電梯下降，通過八樓。

「拜訪人。」

「誰是妳要拜訪的那位幸運主人？」

艾芙選擇一個不可高攀的男性來轉移這個男人的魅力攻勢。「吉姆莫里森。」

「為什麼，女士，你運氣太好了，我就是吉姆莫里森。」

艾芙裝作不覺得有趣。「我在布雷克普看過的幾個交通指揮，比你看起來都更像吉姆莫里森。」

他做出投降的手勢。「妳已經從我這裡逼出真話了。朋友叫我里尼，我希望妳也這麼叫我。」

艾芙用一個「是這樣嗎」的表情回應他。

電梯下降，通過七樓。

里尼並沒有追問她的名字。他的鞋子被擦到閃閃發亮。「提醒妳，這是美國旅館中最慢的電梯。如果妳趕時間，走樓梯還快一點。」

「我沒那麼趕時間。」

「那很好。『比較快』這個詞現在已經快變成『比較好』的同義詞了。就好像人類演化的目標就是成為一顆有知覺的子彈。」

電梯下降，通過六樓。

他說話的口氣像作家，艾芙想。她嘗試想出文藝界叫里尼或列恩的人。「你是這裡的住戶？」

「每隔一段時間，但是我是個無可救藥的巡迴旅行者。多倫多、這裡、希臘。妳的口音是那種所謂的『倫敦鄰郡』腔？」

「是的，不錯喔。瑞奇蒙，在倫敦西邊。」

「我八年前在倫敦待過，是拿某個獎學金去的。」

電梯下降，通過五樓。

「哪種獎學金？」

「文藝方面的獎學金，我白天寫小說，晚上寫詩。」

「多麼像波希米亞人。留下了好的回憶？」

電梯下降，通過四樓。

「我在泰晤士河上當波希米亞人的記憶是，」里尼說，「房東太太利用電表騙取額外的電費；鄰居抱怨我打字機的聲音太吵；一連幾個月見不到太陽；下場超慘的智齒手術。要不是有蘇荷區，我根本不可能撐下去。在母親倫敦的眼中，嫵媚的人們閃爍著。」

「現在仍然和以往一樣嫵媚地閃爍著。我就住在那裡，利沃尼亞街。」

「那麼我嫉妒妳，在某些方面。」

電梯下降，通過三樓。

艾芙回想起布魯斯的朋友沃特西。「我聽說希臘很迷人。」

「希臘有許多面向，矛盾面向。由一個極右派軍政府統治，然而在外圍那些島嶼，希臘充滿生命，也讓人享受人生。」

「你怎麼會到那裡去的？」

「有一天，在某個英格蘭冬天即將結束之際，我到查令十字路上的銀行，那位銀行出納有曬得完美的古銅膚色。我問他是在哪裡曬出這膚色。他跟我談到伊茲拉島，而我想，**我也要去**。兩週後，從比雷埃夫斯駛出的渡輪讓我在碼頭下船。藍色的天空、藍色的海、柏樹、洗白的建築。五十分錢就可以吃到烤魚、冰涼的松脂酒、橄欖及番茄。沒有汽車，電力斷斷續續。我租了一個月租只要十四塊錢的房子，現在我已經自己擁有一間了。」

「聽起來像樂園，」艾芙說，「從很多方面來說。」

「樂園的問題在於，你很難在那裡找到可以養活自己的工作。」

電梯到達一樓。艾芙把門打開。

「我要跟朋友在聯合廣場用餐，」里尼說，「如果妳剛好要往那個方向，歡迎妳順道搭我的計程車。」

「謝謝，不用了，我是要，」艾芙指著通往艾爾吉訶德餐廳的那道門，「一直走到底。」

「我很高興我們一起經歷這趟史詩般的旅程，神祕的陌生人。」

「我是艾芙哈洛威。」

里尼表示贊同地重複唸了一次名字，像老派的紳士一樣舉起帽子，接著穿過大廳，然後又出現在艾芙的手肘旁邊。「艾芙，請原諒我，如果我有點越過線，但有時候一個人會對人有一種感覺。我的朋友珍妮特待會兒會在屋頂的陽台上辦一場小型聚會，非常隨興，只是幾個同樣不合群的人小聚一下。有時間及精力的話，歡迎過來看看。或者該說，上來看看。也歡迎妳的小圈圈同伴。」

「謝謝你，里尼。我會考慮。」

刺耳、分岔的西班牙音樂從艾爾吉訶德餐廳那幾個沙啞的喇叭裡傳出來。歌聲再次讓她想起露薏莎。一面巨大的落地鏡讓房間看起來是原本的兩倍大。雅思培背靠著鏡子坐著。服務生端著餐盤在棋盤式的地板上快速移動。餐盤及其他客人桌上的食物沒有一樣是艾芙熟悉的。他們的六人飯局喝的是一種稱為「老款式」的雞尾酒，對艾芙來說它是新的。「我可不是來找麻煩，」馬克斯莫荷蘭說，「我是來找才華的。我的邏輯是，如果五十萬個小伙子願意為了一個禮拜的音樂與抗議而聚集到芝加哥來，那麼外圍就會有一百個街頭藝人，而那一百個街頭藝人中，有五個可能是有搞頭的。我有個同伴為了這場大型聚會而住在康拉德希爾頓飯店，他讓我睡他的沙發。現在，我原本期待的是一場舊金山式的鮮花插進槍管裡的活動。但我錯得離譜，看不到半朵花。去年的情景[60]就好像是已經遠在十年前的事了。馬丁路德金被謀殺，整個夏天在暴動，越南變得慘兮兮。為了事先炒熱芝加哥這場大會，那些Yippies（易比派）還放話要把迷幻藥摻到供水系統裡。當然是鬼扯，但是媒體把它吃進肚子，再把它拉出來，而人們還相信這些鬼話。」

「Yippie原本是什麼意思？」葛夫問。

「青年國際黨（Youth International Party）。」里馮說，「那是一個由無政府主義者、理想主義者、反戰份子、擁毒團體所構成的傘狀組織。很有西岸快樂惡作劇的精神，對吧，馬克斯？」

「沒錯，但是芝加哥主要是由理查達利（Richard Daley）市長的精神主導。」馬克斯說，「他和克羅伊斯（Croesus）一樣有錢，和尼祿一樣腐敗。在夏天那些暴動中，他對縱火者發出格殺勿論的命令。警察開槍，警察殺人。」馬克斯的輕浮態度逐漸淡去。「長話短說，這些易比派的自由基地被人舉發。只有MC5與菲爾奧科斯（Phil Ochs）現身林肯公園的音樂會。沒有原本預期的五十萬人，只有區區幾千人到場。六個人當中就有一個是穿著花襯衫的聯邦幹員。我想要發掘下一個巴布狄倫的希望憑空蒸發了，於是掉頭走回希爾頓。在密西根大道上，我經過一大群反戰示威份子，天已經快要黑了。在飯店前面，電視台的燈光打得非常明亮，照亮兩方對峙的人馬，一邊是國家護衛隊的方陣，另一邊是揮舞著越共旗幟的長髮年輕人。在芝加哥！現在，兩週之後，再把這件事描述給你聽時我才發現當時的危險其實很明顯：這裡是火柴，這裡是煤油。但那時候我只是想，好吧，我是飯店的房客，應該沒問題的，只是從警察中間穿過去，然後進到飯店裡。」馬克斯喝了一口老款式雞尾酒。「事情發生就像水壩爆裂一樣。怒吼聲愈來愈大，然後突然間變成都市戰爭。混亂、磚頭、尖叫。群眾湧上去，警察帶著警棍湧回來。以正確方式揮擊的話，它們可以把骨頭像硬糖一樣打斷。它們確實以正確的方式揮擊。《芝加哥論壇報》稱之為一場『警察暴動』，但是大多數的暴動都比芝加哥來得溫和。每個人都是可以攻擊的對象。穿西裝的非同性戀者，女人，攝影記者，小伙子，藝人與製作部門的人。每個不是穿制服的人。警察專挑臉、鼠蹊部及膝蓋打。他們駕駛著配備有『監牢』的車輛，直接衝進人群。他們扯掉自己的員警編號，免得被人指認出身分。一個警察和我對上眼。他是掠食者，而我是獵物。我不知道他為什麼會看上我，但是他艱難地穿過人群朝我走來，意圖是打碎我的頭骨。我知道我早該跑掉。但是那就像是一場……那種你無法控制的夢。我站在那裡想，這就是我的死法，現在，今天，在密西根大道上，被打到腦漿四溢……」馬克斯點了一根香菸，看著自

60 指的是一九六七年十月在五角大廈前的抗議越戰活動。

己的手背。「一隻從後面踩進我膝窩的皮靴救了我一命。我往前撲倒，臉貼在地上。有個人壓到我身上。一顆催淚彈在幾英吋外的地方彈開。那是一個巨大、頂端有個鋼製突起物的紅罐子。我從尖叫、不斷跺腳及大喊的身體之間爬開那裡。我找到一個被電視採訪小組燈光照亮的小伙子。鼻子被打壞、半個嘴唇被撕掉、牙齒掉了一大半，血從他眼睛原本所在處的一道深傷口流出來。到現在，那小子的臉還歷歷在目，就像在看一張照片一樣。」馬克斯在空中比劃出一個標語牌的樣子。「和平行動主義者，一九六八。」

「我還以為格羅夫納廣場那場抗議已經很激烈了呢。」迪恩說。

「你後來有辦法把他弄出去嗎？」艾芙問。

「我的臉上挨了催淚彈的一擊，感覺上就像你的眼球融化了。我搖搖晃晃，腳步蹣跚地走離那地方，所以……沒有，艾芙，帶著將永遠伴隨著我的羞恥感，我必須告訴妳，我不知道後來那個小子怎麼樣了。我來到飯店的後面，一個門房就站在廚房的門口。身高六呎六吋，拿著一根擀麵棍當武器，一副卑鄙小人的嘴臉。我說：『讓我進去。』他說：『一美金。』我說：『人們正遭到屠殺。』他說：『兩美金。』我付了錢，讓自己免遭不測。」

「那就是你們的自由市場。」葛夫說。

「我從來沒把美國跟暴力聯想在一起過。」艾芙說。

「暴力寫在我們歷史的每一頁。」馬克斯用一塊麵包皮把他的西班牙蕃茄冷湯抹乾。「無懼的殖民者屠殺印第安人。有些時候我們會用沒價值的條約欺騙他們，但是大多數時候就只是大屠殺。奴役。『沒有任何報酬地為我工作，直到你死的那天，不然的話我現在就殺掉你。』南北戰爭。我們將暴力工業化。我們大量製造暴力，早在福特之前，早在法蘭德斯壕溝之前。蓋茨堡！一天就有五萬人喪生。三K黨。私刑、前線、廣島、卡車司機工會。戰爭！我們需要戰爭就像法國人需要起司一樣。如果沒有戰爭，我們就會編造出一個。韓戰、越戰。美國就是旅館外面的那個癮君子，只不過，讓我們上癮的藥物不是海洛因。不是的，先生。」

「所有帝國都奠基在暴力上，」雅思培說，「被殖民者反抗殖民者的掠奪與搜刮，所以殖民者必須壓制原住民。或者取代他們，或者殺掉他們。蘇聯正在做這件事。法國人，在北非。荷蘭人，在荷屬東印度群島，直到最近。日本人，在前一次的戰爭。中國人，在西藏。第三國際，在整個歐洲。英國人，在世界各地。美國一點也不獨特。」

這是自從他們離開倫敦後，雅思培說最多話的一次。

艾芙有點擔心他。有些地方不太對勁……

馬克斯用亞麻布餐巾擦拭嘴唇。「在這個自由的國度，你們會碰到一些曾在這世上活過，最溫和、最聰明、最有智慧的人。但是當暴力來到時，它毫不留情。沒有預警，憑空突然出現，就是這麼快。」馬克斯模仿槍枝發射子彈的動作。「享受這個自由的國度。但是，請小心。」

迪恩和葛夫決定加入艾芙，到里尼朋友在屋頂舉辦的聚會。雅思培表示不跟他們續攤了。烏托邦大道的第一場演出是在明天晚上，在那之前是一整天的媒體採訪。等待電梯時，一個穿著天使袍附帶翅膀的大鬍子男子走近葛夫：「如果我現在不問你『你是從哪裡得到那顴骨的？』我待會兒一定會鞭打我自己。」

葛夫臉紅。「我的顴骨？」

「你的顴骨簡直像天神一樣。」

「呃……謝謝。它就跟我的其他部分一起出世。」

「我慈愛的上主。你那口音！太令人讚嘆了。我是天使長加百列，你是？」

艾芙幫他解圍。「他的朋友稱他葛夫。」

「我會祈求上帝讓我們成為朋友。葛夫，請看，你的電梯到了。」

「跟我們一起上去嗎，加百列？」迪恩問，「葛夫會很樂意移出後面的空間給恁。」

「我待會兒會自己順著電梯井飛上去，謝謝。」

在電梯裡，迪恩按了代表屋頂層的R。雅思培按了七。

那位天使搖搖指尖。「別把自己當陌生人。」

電梯開始緩慢上升。迪恩盯著那鼓手的顴骨看。「像天神一樣。」

「去死啦。」葛夫面色和善地說。

艾芙問雅思培，「你還是覺得不舒服嗎？」

雅思培不知道這句話是在對他講。

迪恩在雅思培的臉前面彈了一下指頭。

「怎麼了？」

「艾芙剛剛問恁有沒有感覺好一點。」

雅思培皺了一下眉頭。「我有一些懷疑。」

「懷疑？」艾芙問。「關於什麼？」

「關於接下來會發生的事。」雅思培說。

迪恩失去耐性。「別他媽的掃人興了。我們要在紐約演出了，這是我們一直以來的夢想。」

雅思培按下四，電梯停了下來。他走出電梯，改爬樓梯。迪恩用力把電梯門關上，再次按下R。

「一旦他陷入那個受折磨天才的情緒裡，他就他媽的不可理喻。」

雅思培並沒有陷入「受折磨的天才的情緒」，艾芙心想。她決定稍晚去敲他的房門，在派對之後。

山茶花在水盆裡，造型植物在花架上，大波斯菊在花盆裡爭奇鬥豔。罐子裡的蠟燭閃爍著綠色的金光，燈籠裡的蠟燭則是閃爍著藍色的金光。一間金字塔狀的頂層公寓和一根巨大的平板煙囪，分別由兩側圍住頂樓的長方形花園，另外兩側則是由有護欄的牆負責。二三十個人環繞花園坐著，聊天、抽菸及喝酒，空氣充滿毒品的味道。一位賣弄琴技的吉他手坐在公園椅上撥奏琴弦，彈得蠻還棒的，三個女人就坐在他腳前。媽會說他是個「夢中情人」，艾芙想。接著她想到露薏莎。心痛。

「艾芙。」里尼出現，手中拿著馬丁尼。「很高興妳來了，但是，真尷尬，我先前沒有認出妳來。」

迪恩認出他來，然後脫口說出：「李歐納柯恩（Leonard Cohen）！」

那位歌手聳聳肩。「我已經不再假裝自己是別人。」

迪恩轉向艾芙。「為什麼你不事先告訴我們？」

「我……」艾芙臉紅，「里尼，抱歉，我真的很不好意思。」她轉身回去看迪恩。「他看起來和他唱片上那張照片一點都不像。」

「這也是我一開始沒有認出妳來的理由，」里尼說，「葛夫、迪恩，我知道《樂園》這張專輯。我在伊茲拉島上的一位朋友經常彈奏它。」

「我在俱樂部演唱過多少次〈蘇珊〉（Suzanne），」艾芙說，「天哪，我的版稅有一部分應該是你的……」

「給我一杯加冰塊的波本威士忌和〈蒙娜麗莎〉的和弦，我就叫我的律師放過妳。認識我們的女主人珍妮絲嗎？」

一個女人轉過身來。她圍了一條交織進頭髮中的粉紅色毛皮圍巾，穿了一件落難少女等待英雄救美時會穿的那種長袍，配戴足夠擺滿一個首飾攤的鐲子與鍊子，她是美國最有名的歌手之一。

「托媽的珍妮絲賈普林？」這次換成葛夫脫口而出。

「烏托邦大道！」她有十萬伏特的笑容。

「妳超越群倫，真的，珍妮絲，」葛夫說，「真的無與倫比。」他轉向艾芙。「所以，妳也不知道這是她的派對？」

「我聽錯里尼的話，」艾芙解釋，「我把『珍妮絲』聽成『珍奈特』。」

珍妮絲賈普林吸一口香菸。「里尼告訴我，他遇到一個倫敦來的Elf時，我心想，拜託，到底能有多少個精靈啊？於是我打電話給史丹利，而，你看，真相揭曉。」

艾芙眨眼。珍妮絲賈普林知道我的名字。「我們的飛機降落在紐芬蘭旁邊嗎？這裡是天堂嗎？」

「珍妮絲的派對比天堂有趣得多。」里尼說。

「如果火焰能夠唱歌，」艾芙告訴珍妮絲，「那麼它會像妳那樣唱歌。」

珍妮絲嘆氣。「妳知道的，我不能讓像這樣的讚美沒得到回報。」艾芙喜歡她把 can't（不能）讀成 cay-ant 的那種口音。「我也有一張《生命的要素》。」珍妮絲扭轉她小指上的一串琥珀珠子。「我失―控―了。」

艾芙看迪恩，迪恩看葛夫。「我們還在學美語。失控是一件好事還是壞事？」

「很棒的事，」里尼跟他們保證，「我們也很喜歡《通往樂園的路》。它讓我和珍妮絲得以度過去年冬天。」

艾芙攔截到他看珍妮絲的眼神。他們在一起，或者曾經在一起。她指著那個金字塔。「那就是妳住的地方，珍妮絲？」

「就像是童話裡的場景，不是嗎？那不是切爾西旅館裡最便宜的房間，但是，如果你在住的方面不能享受一點，你為什麼要那麼認真工作？」

「金字塔有一本紀錄輝煌的賓客簿，」里尼說，「亞瑟米勒和瑪麗蓮夢露租過它。沙特（Jean-Paul Sartre）、莎拉伯恩哈特（Sarah Bernhardt），還有，獨一無二的珍妮絲賈普林……」

珍妮絲四下張望。「雅思培呢？」她輕聲問，「你們說他的姓要怎麼唸？」

「魯特，」艾芙回答，「他就寢了。他和搭飛機不合，而且我們在獵豹俱樂部有一連四夜的演出，從明天開始。」

「這裡有些人會希望見到他。傑克森就是其中一個。」她對著那位頭髮閃閃發亮、正撥著吉他弦的夢中情人點了個頭。「進屋子，嚐嚐我的桃子潘趣酒。我爹的食譜。而且我相信……」她看著她的錶，「……現在是大麻時間了。」

三個男子向艾芙調情求愛，每一個都讓她更加想念露薏莎一點點。珍妮絲賈普林在金字塔裡的某個角落發現她，把一杯不透明的雞尾酒交到她手中。「試試這個。『殘酷事實』，那是它的名字。我的雞尾酒達人為我創造出這款酒。琴酒和肉豆蔻，再加上一點點重傷害。」她們舉杯互碰，然後喝下裡面的殘酷事實。「我的老天爺！」艾芙喊出。

「那是這款酒第二常用的名字。」

「它的勁道可以推動火箭了。」

「那正是我的希望，英格蘭女士。告訴我一件事，妳有沒有研究出一個方法？」

殘酷事實麻醉了艾芙的食道。「方法？」

「如何做一個女人。」

艾芙靠近看，看到珍妮絲眼白中滿布的微血管以及她臉上的疤痕。「我沒有答案。那是殘酷的事實。」

「不過，不正是如此嗎？如果妳是個男生，那就容易了。唱你的歌，搖你的尾羽。演出結束後，下到酒吧那裡泡馬子。但是如果妳是馬子，又是歌手，那麼妳要做什麼？我們就是被釣的人。我們愈是一個明星，這個問題就愈真實。我們就像……我們就像……」

「王朝婚姻時代的那些公主。」

珍妮絲咬她的下嘴唇，並且點頭。「而且我們的名聲還會提高男人更衣室裡那些吹噓的價值。那些男人從中獲利。『喔，是的，珍妮絲賈普林嗎？我認識珍妮絲。她在亂糟糟的床上幫我口交。』我討厭這樣。但是妳要怎麼對抗它？或改變它？或不被它擊倒？」

飛鳥樂團在一台超棒的高級音響上演唱〈不是生來跟從〉（Wasn't Born To Follow）。

「我還沒有到達妳的等級，」艾芙說，「妳有什麼建議嗎？」

「沒有建議。只有一個擔憂和一個人名：比莉哈樂黛（Billie Holiday）。」

艾芙喝下第三口殘酷事實。「比莉哈樂黛不是因為海洛因成癮及肝硬化，而在病榻上心肌梗塞過世嗎？死時銀行帳戶裡只有七十分錢。」

珍妮絲點燃一根香菸。「那就是我擔憂的事。」

一輪美國月亮卡在兩棟摩天大廈之間，就像一枚鎳幣掉進裂縫裡。艾芙從護欄的縫隙俯瞰這座城市。戰爭前夕，在城垛邊緣。她身體的核心還因殘酷事實而嗡嗡作響，四肢末端則是因珍妮絲的大麻而嗡嗡作響。她想像露薏莎像童貞女瑪利亞一樣出現在珍妮絲的空中花園，然後因為事情並不會發生而感到心痛。艾芙記得，當布魯斯為了模特兒凡妮莎而甩掉她時，她也感到很悲痛。失去露薏莎感覺比較像失去身體的一部分。我哪裡做錯了？一定是我的錯。一定是的。

「那就是，」迪恩指向一個方向，「那個有名的？」

艾芙完全不知道迪恩的意思。李歐納柯恩回答：「帝國大廈，地球上最高的建築。」

「金剛在哪裡呢？牠不是該過來撲打雙翼飛機嗎？」迪恩問。

「他的出場時段被砍掉了，」里尼說，「時局艱難哪。」

較近、較矮的那些建築的窗戶裡，不少的燈都還亮著。每個方形光框裡，艾芙心想，都有一個和我的人生一樣大的人生。

「聽到那聲音嗎？」迪恩問，手在耳後做成杯狀。

「要聽什麼聲音？」艾芙問。

「紐約的原聲帶唱片。噓噓……」

在派對的聊天聲以及山姆庫克（Sam Cooke）唱的〈失去與尋找〉（Lost and Lookin）歌聲底下，是引擎、汽車、火車、電梯、喇叭、警笛、狗……所共同組合而成的嗡嗡聲。每樣事物。門、鎖、排水管、廚房、搶劫、情人都有各自的聲音。「這就像是一個管弦樂團在調音試合，」艾芙說，「只不過，它才是主要演出。一首雜音交響樂。」

「她平常就會說那樣的話，」迪恩對里尼說，「就算她沒在吸菸。」

「艾芙是一位天生的詩人。」他轉動他那一雙「我可以看到妳靈魂」的褐色眼睛，注視著月光下的她。

「你是一位天生的調情高手，先生。」艾芙心裡想，接著才發現她剛剛已經將那些話大聲說了出來。珍妮絲的大麻。嘿喲。

「我已經將我的辯解改成『認罪』。」里尼讓步。

艾芙想像里尼在問迪恩關於她男友們的事，而迪恩據實以告，迪恩也問里尼關於珍妮絲的事，而里尼也據實以告。在性別戰爭中，女人們會彼此分享情報：男人們，當然，也會做同樣的事。她比以前更想念露薏莎，她是她可以逃避這一切的避難所。過去式。現在式。過去式。現在式。

「恁為什麼離開紐約？」迪恩對里尼說，眼睛往外望著他們夢中的城市。「當恁已經在這裡定居後？」

「我不是人生的定居者。我來到這裡是要寫出那部——也許只是一部——偉大的美國小說。這樣的老哏說起來還真不好意思。我那時認為自己是池塘裡的一條大魚，但是我連一條魚都稱不上。我很容易受環境影響而分心。格林威治村，披頭族的讀書會，民謠音樂會。我經常走很長的路，把自己當成一個 *Flâneur*（漫遊者），但是，只有法國人有本錢做漫遊者。我觀看東河上來往的船隻。有一次，我還搭電梯上到那裡。」李歐納對著帝國大廈點頭。「我從那裡俯視曼哈頓，一個荒謬的慾望攫住我：我想拿下它。擁有它。我們是藉由寫歌來代替占有嗎？」

「我藉由寫歌來發現自己想說什麼。」艾芙說。

「我寫歌只是因為我就是他媽的愛寫歌。」迪恩說。

「或許你是這裡最純粹的藝術家。」里尼說。

一個神智恍惚的聲音從金字塔裡傳出來。「嗨，里尼！我們需要你來裁決。」

里尼回話：「裁決什麼？」

「憂鬱和抑鬱的差別。」

李歐納柯恩面帶歉意。「職責所在，得先離開……」

「他會願意的，如果妳願意。」迪恩告訴艾芙。

「你的口氣就像皮條客，或是中間人。」

「只是擔心妳，我的樂團好夥伴，沒能拿到一大筆錢。」

真窩心哪！我不知道。「珍妮絲跟我說，他在希臘有個妻子之類的女人和繼子。算我挑剔吧，但是我放棄這個機會。」

迪恩把大麻捲菸傳給她。「如果九個月都沒有採取行動……我會他媽的得精神病。」

「行動」？像軍事演習那樣。艾芙吸了一口菸，再把煙吐出來，並且提醒自己，她對露薏莎的任何發言都沒辦法回收。山姆庫克已經唱到〈卑鄙舊世界〉（Mean Old World）。「男人，」艾芙說，「需要床事。對女人而言，那比較不是『必須』的事，而是『也許不錯』或是『有可能』。我們沒辦法贏。如果我們不玩這個遊戲，我們就是性冷感，或是得不到男人青睞。如果玩得太認真，我們就是蕩婦、人人插、有瑕疵的物品。更別說不在計畫內的懷孕所帶來的驚喜，它就躲在房間角落，等著看妳落入圈套。」艾芙把捲菸交還迪恩。「這些沒有一件是你的錯。但是你必須知道：父權社會是一種協議。」

「恁幫我上了一課。」迪恩把熄了的捲菸彈到空洞的暗處。「我的親子關係鑑定這件鳥事，讓我對隨興勾搭約炮之類的事有了新的看法。」

所以，他有話想要說。「你做出任何決定了嗎？」

「等我們飛回國時，檢驗的結果就已經等著我們了，但那不是一個直接的『是』或『不是』的答案。如果我不是那個嬰孩的父親，血型檢驗結果有百分之十的機會可以確認我是。」

「那根本就稱不上是證據確鑿了。」

迪恩有一陣子沒說話。「我想我們得等到那個小孩長大到足以顯露出家族相貌特徵再說了。不過，在那之前我要付『克瑞達克小姐』任何錢嗎？那是個問題。如果我不是孩子的爹，而我付了錢，那我就是個他媽的傻瓜。如果我是孩子的爹，而我沒付錢，那我跟那個古斯德魯特有何差別？」

喊叫聲從十三樓底下的那條街飄上來。

「如果我可以有三個願望，」艾芙說，「我會給你一個。」

「里馮第一次打電話告訴我這個消息時，我會願意做任何事來許願讓它憑空消失。任何事。但是現在，即使這個小孩不是我的，他也是某個人的小孩。恁不能許願讓一個生命消失吧？恁能這麼做嗎？」

艾芙想到馬可和馬可的小棺材。

「噢，糟糕，抱歉，艾芙。都怪我大嘴巴，我真是個他媽的白癡。」

艾芙捏一下迪恩的手。「不能。我們會忘記生命是寶貴的，經常。但我們不應該等到舉辦葬禮時才想到。」

迪恩撕掉他手上那支啤酒瓶的標籤。「沒錯。」

「我愛你們每一位，」珍妮絲賈普林站到花園裡的一個底座上，「但是我明天還有一場演出，所以我幫傑克森自告奮勇彈奏一首歌，做為返家曲，而他也幫我自告奮勇唱這首歌。」

傑克森數拍子讓他們兩人進入這首曲子，接著演奏同樣的小瀑布傾洩，然後結束在一個大七和弦上。微風吹亂他的頭髮。艾芙辨認出《切爾西女孩》（*Chelsea Girl*）專輯中的〈這些日子〉（These Days〉的開頭。然而，原唱妮可是用冰冷而清醒的北歐心智來唱這歌，珍妮絲卻像是用熱火來燒灼這首歌，從一個樂節到下一個樂節，曲子的顏色都有變化。這是一種把戲，艾芙心想，來抓住你的注意力，而她很擅長。在最後一節之前，傑克森即興加入一個橋段，而迪恩在艾芙耳邊說：「大帥哥又會彈琴，長得又好看。」

艾芙輕聲回答：「害怕自己碰到對手了？」

珍妮絲以阿卡貝拉（無伴奏清唱）的方式送上最後四句。

傑克森在吉他上模擬出鐘聲，一連敲了十響：

請不要讓我面對我的失敗
我還沒有忘記它們。

紐約市屋頂上的二十幾個人鼓掌，珍妮絲行了一個搖搖晃晃的屈膝禮。傑克森鞠躬。有人問：「再來一首嗎，珍妮絲？」她發出她的野馬蹦跳式大笑，「**免費**？滾開吧！或許里尼藏了什麼好東西。」

這位加拿大人任憑自己被誘騙到最前方，面帶笑容地接過傑克森手中那把Gibson吉他。「各位朋友。如果你們堅持，這是一首我十五歲時在陽光營地第一次學會的歌。在那裡我得到我招牌的陽光個性，而其他的就是音樂歷史了。」他憑耳朵幫吉他調了音。「兩位自由法國的流亡鬥士在倫敦寫了這首歌，曲名是〈黨徒〉（The Partisan）。好，一、二、三、四……」

里尼的吉他技巧跟傑克森比起來只能算普通，他的聲音帶有鼻音而且沉重，但是那首歌讓艾芙起雞皮疙瘩。敘事者是一位士兵，當敵軍湧過邊境而來時，根據軍令，他不能投降。於是他拿起槍，消失在前線，希望能存活下去，直到自由來到。歌詞像電報一樣簡潔，但相當生動，就像是要執導一齣在聽眾想像的舞台上演出的短劇——今天早上我們有三個人，今天晚上只剩我一人……不玩文字遊戲，也不使任何花招。整首歌幾乎沒押韻。艾芙想到〈證明它〉多麼刻意地想讓人印象深刻而覺得難為情。〈黨徒〉就是它自己。李歐納以法文唱了三節，接著以英文結束——在一個墓園裡，帶著重生的盼望。艾芙被曲子攫住而且很受感動。稍早之前那個大鬍子天使——艾芙沒有注意他也來到這裡——在她耳邊喃喃說了些話：「說這是一首歌，倒不如說是一場招魂會。」溫暖的掌聲。有人喊著：「這是來自里尼『暢銷曲工廠』柯恩的粉碎性一擊，無誤！」那加拿大人露出微笑並用噓聲讓掌聲停下來：「我要提名一位新朋友來唱最後一首歌，但她今天才飛到這裡，所以她不該覺得有壓力。不過，不知道艾芙哈洛威小姐願意用她的音樂恩典來祝福我們嗎？」

每個人都看著她。迪恩看起來帶著希望。

這時候恭敬不如從命。「好吧，但是——」她邊說邊坐到吧台椅上，里尼將傑克森的吉他交給她，但歡呼聲壓過艾芙的免責聲明。「如果歌唱壞了，都要怪珍妮絲的大麻。嗯……」要唱什麼呢？「我要試著唱一首我在飛機上寫的歌。」那個時候我還期待看到露薏莎在入境大廳等我。她從皮包裡拿出筆記本，然後把一個燭罐壓在某一頁的角落上。「用的是一首老舊的英格蘭民謠〈惡魔與豬人〉（The Devil And The Pigman）的曲調。有沒有人可以借我撥片？」傑克森把他的撥片交給她。「謝謝。」她數拍子然後開始唱：

多麼遙遠，就像冰冷眼神與
夏日歡笑的距離——
就像「從前從前」與
「從此幸福快樂」的距離——

多麼遙遠，就像殘酷事實與
令人羞赧的散文之間的距離，
就和死亡與出生的距離一樣遙遠
除非生命是一個圓圈——

冥王星與遙遠太陽的距離——

就是你與我的距離。
亦如「現在」與「從不」的距離，
哲學上來說——

艾芙刷彈吉他並且哼出一個橋段，但是並不嘗試獨奏——傑克森的精湛琴藝仍縈繞在她耳邊，況且自從加入烏托邦大道以來，她還未曾用吉他寫過曲子。「在這裡插入一段雅思培德魯特的獨奏，」她告訴空中花園的聽眾，「在西班牙吉他上，某個活潑的東西……請迪恩吹口琴，在這裡，或許——」艾芙輕輕嚎叫出獨奏可以如何進行，「就像一個思鄉的狼人……」她看著迪恩，迪恩點頭回應沒問題。第二部分……

然而，愛能縮短距離——
愛，還有好奇。
愛是某種望遠鏡——
愛是純粹的速度。

愛無視愛的規則——
蓋印在心上的那些規則。
或許，那些規則有它的道理，曾經。
或許，那些道理並不那麼高明。

愛來了又走，一隻野貓——
不受人類的誓言約束。

謙卑地，於是，我乞求愛——
現在就來這裡。

艾芙再彈奏了沒配上歌聲的一節，而且將旋律倒轉，最後結束在一個她不知道名字、只是碰巧彈出的和弦——古怪的F——彷彿留下一個問題，讓它懸在空中。人們鼓掌。成功了。她看著這些新近、短暫結識的人，這些陌生人，看著珍妮絲和里尼，看著葛夫——醉了，以及將手放在心上說「我喜歡」的迪恩。看著露薏莎瑞伊，她那鷹一般眼睛以及遙遠的笑容。不不不——這太超過了，太像在寫劇本了。艾芙沒有露出微笑，還沒：她不能。她太吃驚了。這太老哏了。妳不應該就這樣出現，當我正在唱為了召喚妳出來而特別寫成的幾節歌時。接著艾芙想。這是紐約，今天又是月圓的日子，我有什麼好驚訝的？

「他們跟我說，如果我不離開這個城市他們會殺了我，」露薏莎說，「我的主編在NYPD（紐約市警局）的線人警告他，這個威脅是真的。」

「我的天哪，露。」艾芙很想緊緊擁抱她，而她確實可以，如果露薏莎是她男友，但是珍妮絲賈普林的屋頂是個太公開的場合。

「警察告訴《間諜鏡》的同事，如果有任何人打電話想查出我的下落，就掛掉電話。那就是妳打電話找不到我的原因。我只是很抱歉我的紙條沒送到妳手上，我以為妳會看到。」

「別再說了，妳這個可憐的東西。那聽起來……很可怕。」

「黑道保護費的故事從來就不受歡迎。只是沒想到會這麼快就鬧大了。」

「妳到哪裡去了？」艾芙問，「妳爸媽呢？」

「我不想冒險。爹在越南，媽自己一人。有個朋友在紐約上州雷德胡克附近的山區有間小木屋。」

「恁確定恁現在已經沒有危險了？」迪恩問。

「我很幸運。一段黑手黨夙怨剛好在做了結。昨天六個人在紐澤西被射殺，其中兩位就是……先前威脅我和《間諜鏡》的仁兄。我的主編那位警探朋友認為我們應該不用再躲在樹林裡了。我可以活下來繼續寫報導。」

「這就像他媽黑幫電影情節。」葛夫說。

「比較不好玩，比較骯髒，而且，真實得多。」

在九三九號房的小廚房裡，艾芙幫剛淋浴出來的露薏莎準備了熱巧克力。「我心裡不斷重播這一個半禮拜以來發生的事，」艾芙說，「我一直在自憐自艾時，原來妳與子彈的距離是那麼近。」

「妳那時候並不知道。」露薏莎用毛巾把頭髮裹起來，「我那時候並不知道妳那時候不知道。我沒辦法告訴你。現在我們活過來了。」

「請妳以後只寫餐廳美食評論，這建議行得通嗎？」

「請妳以後只寫泡泡糖流行歌曲，這建議行得通嗎？」

「千萬不要習慣涉險，到了對它見怪不怪的地步。答應我。」

「我爹同樣警告過我。」露薏莎吻她，「我答應。」她們走到陽台，坐在涼椅上喝熱巧克力，就像兩個老人在度假一般。露薏莎為他們兩人都點了一根駱駝牌香菸。他們彼此對望，同時吸一口菸，讓菸頭同步發出輝光——然後笑出聲來。

「妳猜接下來我要做什麼。」艾芙說。

「要做什麼？」露薏莎問。

「我要發出一封心智電報給過去的我。到表兄弟俱樂部，到里馮和幾個男孩邀我試唱的那一夜。在那封心智電報裡，我會告訴我自己：『**請回答：我願意。**』」

「然後呢？」

「然後是：因為，如果妳回答『我願意』，那麼在接下來的二十個月內，你們會錄製兩張唱片；登上《最佳流行音樂》；進行數十場又數十場的演出；賺一些錢；在愛情生活上有些起起落落；到紐約去；被李歐納柯恩搭訕；和珍妮絲賈普林分享音樂姊妹淘的心裡話；但是最棒的是，妳會遇見一位聰明、有趣、勇敢、仁慈、未來會贏得普立茲獎，」她發出噓聲，不讓露薏莎表達反對，「而且非常性感的墨西哥—愛爾蘭—美國女人——是的，一個女人。妳會和這個女人瘋狂、熱情地做愛。」

「天啊，妳聽起來真是非常英格蘭。」

「噓——妳們會在切爾西旅館瘋狂、熱情地做愛，喝熱巧克力，而且妳不會問自己：『我現在是女同志了嗎』或『我是雙性戀者？』或『我之前是不是太壓抑了？』或『我現在是了嗎？』或任何這類問題。不會。妳會感覺那是真的，是正確的，而且……妳會找不出言詞來形容妳的感覺有多好。所以，為了妳自己……請回答：我願意。這就是我的心智電報的結尾。結束。送出。」

「我愛妳的電報，」露薏莎說，「雖然它已經變成一封信了，不是嗎？」

艾芙點頭，抽菸，喝她的熱巧克力，然後握著她愛人的手。九層樓底下，一輛黃色計程車在切爾西旅館旁邊的西二十五街上徘徊，尋找要搭車的人……

我該說是誰來找？

雅思培那時十八歲。奎立靜效力愈來愈低，扣扣復甦而且侵蝕他的心靈。他的抵抗可能維持幾個星期，但無法維持幾個月。漢茲弗瑪吉歐出發尋求他的美國未來之後的第三個早晨，雅思培認定，比起繼續退化成一堆心智瓦礫，盡快出院對他更好。他穿上衣服，洗好臉、刷了牙，然後下樓吃早餐。來自台夫特的那位拍賣人用非常快速的咕噥聲敘述他的夢。在早餐之後，雅思培和往常一樣到藥房去。藥盒標籤上的「J德魯特」字跡已經褪色。雅思培領了兩錠淡藍色的奎立靜。葛拉瓦西醫生出去參加一場大型會議。

上樓回到房間，雅思培放了一張紙條在他的吉他盒裡：「送給弗瑪吉歐，如果他想要這把吉他。」他穿上外套，從櫥櫃上面拿下一個布滿灰塵的背包，走到大門，請求晨間散心的通行許可。這位害羞的廣場恐懼症患者的請求讓那位年輕的值班精神科醫師很吃驚。雅思培編了一個合情理的謊，說他朋友弗瑪吉歐的來訪已為他帶來良性的影響。值班醫師問他需要有人陪嗎。「我要靠自己戰勝心魔，」雅思培說，「我不會走遠。」精神醫師滿意這個回答，開立了通行許可，在他的日誌上記錄時間，然後以手勢告訴守門人，這個年輕病人已經得到離開的許可……

在萊克斯多普療養院的圍牆外，雅思培發現每件事都不一樣，而每件事又都一樣。早晨安靜無聲。天空蒙了一層紗，樹木聞得出秋天的味道，枯葉在流動的風中漂移。松樹噓噓颼颼，烏鴉構思計謀。樹幹上浮現一張張的人臉，雅思培避開他們的目光。路徑扭曲著往上，樹木逐漸變少，沙丘起起伏伏。在不遠處，波浪拍打海岸，長草像鞭子一樣揮動。海鷗呱呱叫。海水看起來很髒。一個標示牌警告那些打算來游泳的人：「**危險，暗流。請勿游泳**」。漲潮時段。海浪把鵝卵石推上海灘，暗流又將它們吸回去。席凡寧根區雜亂地占據了南邊，卡特韋克市則是位在這海灘東北方五英哩處。泥的灰色、沙的灰色，蒼白的灰色。泥濘的防波堤以傾斜的坡度延伸進漲溢的海水中。雅思培在背包裡塞滿大顆石頭。這不像割喉或割腕那樣會把場面弄得一團亂，他告訴自己，比服藥更可靠，沒有上吊那麼恐怖，也不會有目擊者受到驚嚇或留下心理創傷。雅思培把背包綁到身上，它感覺上就和自己一樣重。雅思培最後一次復述給自己的指示：走向大海；繼續走，直到水碰到下巴，往前倒，讓重量把你往下壓。張開雙臂。永恆的奎立靜。米莉華勒斯葬身海裡。唯一的海，不止息的海，最後的海。

雅思培問：「你仍然確定嗎？」

雅思培回答：「人是會離開的東西。」

雅思培大步走進海中，海水充滿他的鞋子。

海水包覆他的膝蓋、他的大腿、他的腰……

別這樣，一個聲音說。所有噪音都停止了。沒有海、沒有風、沒有鷗。你不能取消那個結局。

一個帶外國口音的聲音在雅思培的腦袋中說荷蘭語，像是透過耳機聽到的聲音。從海水裡出來，那個聲音說。那不是扣扣。

海水在雅思培四周形成漩渦。「你是誰？」

你先從海水裡出來。

雅思培採用弗瑪吉歐那種分別列出已知事實的策略。第一：這個聲音是用直接的語言跟他溝通。二：它不希望雅思培死。三……

三，它說，可不可以請你從海水裡出來。

雅思培涉水走回岸邊，坐在一根漂流木上。

把袋子裡的石頭全倒空，那聲音說。

雅思培照著做。「那麼，你是誰？」

遲疑了一下。我不知道。

「那怎麼可能?」

這我也不知道。

「那麼……你知道什麼?」

關於我自己?

「關於你自己。」

我是個沒有自己身體的心靈,已經以這種形式存在五十年了。我可能是來自蒙古。我透過碰觸而從一個人類宿主轉換到另一個宿主。當弗瑪吉歐跟你握手時,我轉到你身上。我的荷蘭語很不靈光,你剛剛已經聽到了,所以……那個聲音轉成英語,就像我說的,我知道的不多。

「如果你不知道你是誰,那麼你是什麼?」

「靈」、「鬼魂」、「祖先」、「守護天使」、「無體魂」、「無形無體者」。也許還有其他可能。

「你為什麼要在我的頭裡面?」

我在弗瑪吉歐的記憶中發現你,希望扣扣能提供一些關於我的出身的線索。我一直在篩選訊息。

「所以你現在會在這裡只是運氣。」

「如果你相信運氣,是的。」

一隻擱淺的水母在蒼白的早晨發出微光。「所以你最後一天就不請自來,在我的記憶裡翻找東西?」

你要讀一本書之前,你會跟它申請許可嗎?

「我會問書的主人。」

從「再見了,殘酷的世界」到「那麼,我的隱私權呢?」只花了兩分鐘。

在一英哩外，一艘拖網漁船滑進一片銀光之中。

雅思培問：「我要怎麼稱呼你？」

如果要憑空抓取一個名字，我擔心我想發現自己到底是誰的希望就會落空。蒙古語感覺上是我的母語，那麼就叫我蒙古人吧。

遠處的海鷗就和近處的沙蚤一樣微小，在那艘拖網漁船後面盤旋。「你找到你想找的線索了嗎？」

沒有。扣扣是另一個無形無體者，但是除此以外，我們很少有共同點。他想要你死。我不知道原因。

「你們有沒有溝通過？」

當然沒有。把他從奎立靜昏迷中吵醒是不智之舉。如果——突然間，一隻巨大的黑狗躍過沙丘邊緣朝他撲過來，雅思培從圓木上跌了下來。那隻狗吠了又吠、吠了又吠——但是沒有音軌，就像一部默片在上演。雅思培感覺自己的嘴唇、舌頭及聲帶被啟動，發出「宰！宰！」的聲音。那隻狗的尾巴垂了下來；牠的身體蹲低，頭傾向一側。雅思培的手在空中反揮幾下，那隻狗就乖乖溜走了。

雅思培的心臟怦怦跳。「你可以控制你的宿主？」

如果我別無選擇。

「你有辦法叫狗聽你。」

我叫牠走開。用蒙古話。

「一隻荷蘭狗怎麼會聽得懂蒙古話？」

別低估狗的能力。

一英哩外，在大理石花紋的海面上，一艘遊艇反覆下降及上升。

「如果你可以控制我——就像剛剛那樣，應付那隻狗——那麼為什麼你不直接把我從海裡拉回來就好？或者，在我走進海裡之前就阻止我？」

我希望你會自己阻止自己。

雅思培躺在鵝卵石上。「我只是……覺得累了。」

如果你剛剛沒有聽我的話，我會把你從水裡拉出來。我一點也不急著知道，如果宿主死了，那我會發生什麼事。不過，我很高興我們有這樣的對話。我是個孤獨的靈魂。

「孤單？你可以跟宿主談話。」

這很危險。大部分的宿主會把我誤認為精神失常。

「我猜我已經打過預防針了。或者，我本來就已經精神失常。」

你不是精神失常，雅思培，但是你是某位長期房客的宿主，而那位房客不希望你好。扣扣已經傷害了你。我們要邊走邊講嗎？那位讓你出來的年輕精神醫師會開始擔心了，而且你需要把衣服弄乾……

在接下來幾個小時，雅思培這位沒有身體的告解神父幫助他分析了他所處的情境，這是那位「知道」扣扣是一種精神病的葛拉瓦西醫師所辦不到的。他從蒙古人的觀點裡獲得了一些新洞見，雅思培再照弗瑪吉歐的方法，把它們整理成一個清單。一：扣扣想必無法在宿主之間轉換，不然他在伊利早就離開雅思培了。二：扣扣的目標看起來是要致雅思培於死地。三：扣扣脅迫的功力想必不如蒙古人，不然搭乘阿納姆號從哈維奇穿越海峽過來時，他早就把雅思培拋下船了。四：奎立靜讓雅思培的甲狀腺哽噎在喉頭，而且會侵蝕他的頸椎神經。「所以，如果扣扣沒辦法傷害我，」雅思培說，「奎立靜會。」

蒙古人遲疑了一下。如果你繼續這樣走下去，會的。

「還有什麼其他的路嗎？」

這麼說吧，我可以動手術。

「你可以把扣扣切除嗎？」

不能。他太深植於你的頭腦了。但是如果我將你大腦中圍繞扣扣的那些突觸燒死，他就會被——在效果上——就地埋葬。你應該就不再需要奎立靜。不過，這無法完全治癒扣扣問題。一旦你停止服藥，扣扣就會醒過來，偵測到他所落入的圈套，並且開始架接新的突觸。但是這會花上他好幾年的時間。到時候一種更安全的藥可能已經問世，或者你已經有個更強的盟友。但至少就目前來講，你可以走出來，進入這個世界。活一點人生，就如我那些美國宿主會說的。

雅思培在口袋裡找到一顆骰子，白色的點在一個紅色塑膠方塊上。他沒有關於它的記憶。「那會有什麼風險？」

我會引發局部中風。那不是完全沒風險。不過，和脊椎受損，或甲狀腺失能，或有敵意的心靈訪客，或涉水走入北海比較起來，這風險還在可控制的範圍內。

荷蘭的雨打在雅思培的深色窗戶上。「你什麼時候可以動這個手術？」

雅思培醒來，映入眼簾的是天花板上刺眼的陽光。

你覺得怎樣？一個來自蒙古的靈問。

「就好像有個和橡果或子彈一樣大小的東西放進我的大腦裡。不會痛，但可以感覺它在那裡，就像一顆良性腫瘤。」

外面是良性，但裡面是惡性的。那是我在你那位房客周圍燒灼出來的阻礙層。他的牢房，你可以這麼想。

「所以我可以不再服用奎立靜……從今天開始？」

那就是這手術的用意。扣扣不能再來鬧你了。

「要說服葛拉瓦西醫師說我已經痊癒了，可不容易。」

我不同意。你的康復是他的醫術成就。早餐後跟他握手，我會將一兩個想法轉移並且種植在他身上。他是個好人。

「為什麼你不把自己介紹給他，就像你對我做介紹這樣？」

我不想讓他失去他對精神醫學的信心。這世界有太多神祕主義者及太少科學家了。

「我要跟他說什麼？」

蒙古人想了一下。每件事，除了試圖自殺以外。就說你在散步時我找上了你。

「如果我這麼說，他一定會認為我瘋了。」

但是你就在眼前，更健康而且更快樂。我預測葛拉瓦西會用精神醫學的術語來解讀你的康復及「蒙古人」的存在。誰曉得呢？也許會有好結果……

切爾西旅館七七七號房的門上傳來扣—扣聲。雅思培醒來。安眠藥只幫他挖了一個很淺的墳墓。也許是艾芙，或葛夫，或迪恩。雅思培懷疑都不是。扣—扣。雅思培起身，走到門邊，從窺視孔往外看。

沒有人。

他回來了，正式回歸。我的緩解期已經結束了。

扣—扣。雅思培打房門。黃色的走廊朝兩側延伸，每隔一段距離就有一個棕色的門。沒有人。

雅思培把房門關上，串上門鏈，接著——

扣—扣。雅思培察覺到他，獵物察覺到掠食者。他走到浴室去再吃一顆奎立靜。還剩十二顆，只有六天的分量。我必須拿到更多藥，而且要快。

扣—扣。從在圓屋劇場為《生命的要素》辦的那場派對開始，雅思培就不時會隱約聽到在他附近有扣門的聲音。

扣—扣。在飛機上，扣門聲又大又清楚。雅思培對飛航的恐懼是不是在某種程度上強化了它——

扣—扣。雅思培的手錶顯示午夜十二點十九分。他六個小時前才吃了兩顆奎立靜，當時飛機正在紐約上空盤旋。在萊克斯多普時，兩顆藥的藥效可以輕易達到十二個小時。

扣—扣。雅思培倒了兩顆淡藍色藥丸到手掌上，再用半杯的紐約自來水把它們沖進肚子裡。《泰晤士報》的頁面被貼在那面大鏡子上，「**法航一六一一墜毀於尼斯外海，九十五人喪生**。」奎立靜滲透進大腦的同時，雅思培選擇去刷牙。三四分鐘後，他把牙刷放進杯子裡，而——

緩慢、嘲諷般的扣—扣。

萬一藥已經失效了呢？

★★★

雅思培大聲而且用力敲九一二號房的門，直到里馮模糊的臉浮現在門鏈上方。

「我必須打電話到荷蘭。」雅思培說。

「什麼？」里馮眨眼。

「我必須打電話到荷蘭。」

「現在那裡是清晨六點。」

「我需要跟我的醫生講話。」

「紐約這裡也有醫生。我會問馬克斯，等——」

「你要我明天演出，還是不要？」

這招有用。里馮打開門，招呼他進去。他的睡衣是金絲雀黃。雅思培給樂團經理人一張小紙片，上面有葛拉瓦西的電話號碼。里馮打到總機，把號碼唸給對方聽，確認要打這通電話，表示同意，「是的，我知道需要付費，」然後把話筒交給雅思培。「長話短說。拜託，我們現在還沒到聽眾塞爆體育館的地步。」

「我需要隱私。」雅思培說。

里馮的臉變得比剛才更加難以辨識。他在睡衣外面再披上一件浴袍，然後離開房間。

雅思培從接聽筒聽到荷蘭的撥號聲。

扣扣在鈴—鈴之上加上扣—扣……

醫師接起電話。「不論你是誰，現在打電話過來不嫌早嗎！」

雅思培用荷蘭語說：「葛拉瓦西醫師，我需要你的幫忙。」

停了一會兒。「早安，雅思培。你在哪裡？」

「在紐約的切爾西旅館，在里馮的房間裡。」

「紐約是一顆被吸乾的柳橙，根據愛默生的說法。」

雅思培思考這句話的意思。「扣扣回來了。真的，真的回來了。不是還在路上。」

停了一陣子。「有什麼症狀？」

「敲門聲。很多敲門聲，還沒有到連續不斷的地步，但是我可以感覺到他。他正得意地笑著，就像貓在玩弄一隻鳥。奎立靜正在失去效力，兩顆藥丸只維持六或七個小時。我們降落時我又吃了一顆，但是扣扣又開始敲門了。」

扣—扣。

「雅思培？你還在嗎？」

「他又在敲了，就是現在。這次沒有蒙古人來救我。如果奎立靜沒有效，我就毫無抵抗力了。」

「那麼我們需要找一個有效的藥。」

「萬一我問一個醫生：『可以給我一個讓我腦袋裡的這些聲音停下來的藥嗎？』他就會把我關進一間軟墊病房裡。這是美國。談到把人關起來，美國在這世界上可是領先群倫。」

停了片刻。「焦慮是沒有用的。」

「那麼什麼才有用，葛拉瓦西醫師？」

「現在，去睡覺。你有安眠藥嗎？」

「我吃了一顆，但是扣扣把我叫醒。」

「吃兩顆。我會連絡我的同事尤里昂梅瑞納斯。你來找我時，我提到的那個人。他在哥倫比亞大學，所以他應該離你那裡不遠……你是說切爾西旅館嗎？」

「是的，它很有名。」

「我會請他緊急去看你。」

雅思培聽到扣—扣、扣—扣、扣—扣……就像是刻意挖苦的掌聲。「謝謝。」他掛上電話，離開里馮的房間。樂團經理人試圖攔住他。「怎麼樣了？」

雅思培走回七七七號房，彷彿在扣、扣、扣的押解下進行死亡行軍。他服用了兩顆苯二氮平類安眠藥，關掉燈，然後沉陷到化學的地獄邊境，在那裡……

一隻圓胖、眼盲的蟬若蟲正從樹根吸吮汁液。它從泥土裡冒出來，進入一座吵鬧的森林。以極微小的步幅，這隻幼蟲爬上生長於一棵大雪松樹影下的一棵小樹苗。幼蟲攀附在一根小樹枝下方，直到透明的蟬殼裡冒出一隻閃閃發亮的黑蟬。這隻昆蟲張開溼黏的翅膀，讓它們在陽光下烘乾。接著……往上、往上、往上，穿過光痕交錯、黑影斑駁的空中；飛越一道迴廊的屋頂，幾個懷孕的女人在下面打掃走道；飛越澤蘭陡峭的屋頂；飛越切德溫馬房街；飛越布魯克林大橋，然後，往下、往下，穿過切爾西旅館七七七號房那面上下拉動的框格窗的開口，進入室內，此時雅思培正不省人事地躺在裡面。他的兩道眉毛之間開了一個黑色的圓孔。那隻蟬停在雅思培的前額，把翅膀收起來，進入那個孔。

扣—扣。雅思培醒來。扣扣醒著而且就在現場，就彷彿他本人坐在角落的那張椅子上。或許他真的是如此。雅思培的錶顯示早上七點十二分。他走到浴室，然後吃了三顆奎立靜。只剩九顆了。

葛拉瓦西醫師一直告訴雅思培，跟扣扣說話會滋養及強化他的思覺失調症，勸他千萬不要這麼做。雅思培判斷這個禁令現在應該沒有意義了。在臥房裡，他畫了一張弗瑪吉歐式的字母方格。「你知道這怎麼使用。你願意跟我說話嗎？」

清晨車流的噪音在七層樓底下積聚。

沒有敲門聲，只有一個聲音：如果讓我選擇，德魯特，我會照做。

雅思培呼吸急促。那個聲音就和那個蒙古人的聲音一樣清楚。

我聽得到你的聲音，那聲音說。我聽得到你的思想。

雅思培的心靈旋轉。「你就是扣扣？」

我就是你用這個名字稱呼的人。

對雅思培內心的耳朵而言，那聲音聽起來像貴族、冰冷而且堅決。「我該用別的名字稱呼你嗎？」

你會在乎一隻狗用什麼名字稱呼你嗎？

雅思培花了一點時間才搞清楚，在這個隱喻中，他是那隻狗，而扣扣是主人。他瞄了一下時鐘：七點十四分。奎立靜已經沒效了。「你為什麼想毀掉我？」

這身體是我的財產，是你該離開的時候了。

「這個身體？這個心靈？它們是我的。它們是我。」

我的擁有權比你的更早。

「什麼擁有權？我不了解。」

停頓了一下。蟬的夢。

又是隱喻？「我是那隻蟬？你是那隻蟬？你會對我做什麼？告訴我。直接講。」

直接講，好吧。我的國家的慣例是，即使是最低賤的竊賊，也被容許有好幾個小時的時間讓他的靈魂準備受死。你的恩待期從現在開始，結束在今天晚上。

「我不想死。」

那不相干。你今晚就會死。

「沒有別的方式？」

沒有。

雅思培盯著自己的雙手。時鐘滴答滴答走。

這是你的命運，德魯特。沒有刀劍、子彈、驅魔師、藥物、陌生人或計策可以改變。接受它。

「如果我先自殺呢？」

那麼我就住到另一個人身上。這個城市從來就不缺少適合的身體。但是，如果你希望自己的任何東西可以存續，那麼就把這個身體在良好的運作狀態交出去。

扣扣撤離……

在雅思培陽台七層樓底下的街道上，車流聲繼續醞釀。空氣冰涼而且帶著金屬味。秋天來了。這城市隆隆運作，在近處，在遠處。早晨的陽光反射在面向東邊的高樓窗戶上。雅思培列出他的選項。一：翻越陽台護欄跳下去。拒絕把我的身體交給扣扣。雅思培等待有人出現，來阻止他。但這次並沒有人出現。如果這是我的最後一天，為什麼要現在就結束？二：表現得就像扣扣並沒有判他死刑，和艾芙、迪恩及葛夫一起接受媒體專訪，回答我們對美國的第一印象，或為什麼艾芙，一個女人，會加入烏托邦大道之類的問題。

三：下樓吃早餐，並且告訴里馮和樂團夥伴，扣扣，一個住在他頭腦裡的惡魔，稍晚會將他殺死。四：照扣扣的話做。準備受死。那要怎麼準備？雅思培不確定，但他開始去刷牙，穿上演出時要穿的服裝，把皮夾放進口袋裡，穿上鞋子，走下回音不絕於耳的樓梯間，穿過大廳，走上第二十三街，經過單調的公寓、修車行、車庫、公車總站、停車場及倉庫，在那裡，穿著油漬斑斑的連身工作服的男人打量著他，就好像他是個沒有正當理由出現在這裡的闖入者。垃圾從翻倒的垃圾筒裡溢出來，老鼠在當中翻找食物。車輛在一條高架道路上呼嘯，雅思培就走在道路下方。再過去是帶狀的水岸公園。他看到哈得遜河從他身邊經過，朝著它永恆的終點流去。我要離開這個世界了。不是五十年後。是今天晚上。不論扣扣對於他未來有什麼樣的計畫，雅思培非常懷疑這些計畫會考慮到烏托邦大道。所以，這支樂團也只剩幾個小時可活了，除非艾芙與迪恩在沒有他的情況下繼續走下去。我已經是半個鬼魂了。在一間側屋，有個和雅思培年紀相仿的小伙子把藥物注射到他傷痕纍纍的前臂。他抬頭看了雅思培一眼，然後向後倒下，針頭還插在手臂上。雅思培繼續走。他停下來，重新繫好鬆開的鞋帶，對於這個日常動作的複雜度感到不可思議。雜草從人行道的裂縫裡鑽了出來。它們的花朵是火花……

★★★

雅思培被淹沒在一條由人群構成的河流裡，一個「停止通行」的標誌擋住人流；燈號改變成「通行」，河繼續往前溢流。玻璃門面的建築反射著陽光，它自己的反射，以及反射的反射。

在一間晶亮的香水店裡，女人們像陰森的洋娃娃一樣盯著雅思培看。他從手腕到手肘，依序試噴了幾個樣品。薰衣草、玫瑰、天竺葵、鼠尾草，就像裝在瓶子裡的花園。「先生，」一位表情嚴肅的守衛說，「我們有髮型規定。」

「什麼叫髮型規定？」雅思培問。

守衛的眼睛瞇成兩條線。「聰明的傢伙。」

雅思培感到困惑。「只是碰巧。」

「馬上滾開，老兄。出去！」

有侵略性，雅思培發現。他離開香水店，從一輛又大又黃的校車以及從車腹流出的那些玩具般的學童旁邊經過。「別再抱怨了，蝸牛！」一個年紀較大的女孩出聲指責。雅思培回想起他在萊姆里傑斯的表兄姊——艾蓮、雷斯利、諾瑪、約翰、羅伯特——很久很久以來的第一次。他們的長相已經被遺忘了。德魯特的魔杖一揮，他們就消失了。他們現在可能已經結婚，有自己的小孩了。或許他們在《最佳流行音樂》節目上看過烏托邦大道，而沒有認出他們很久以前那位小表弟就在裡面。「小不點」，他們以前這麼稱呼他。「矮冬瓜」。在德魯特家族的司機把他載去讀寄宿學校之後，他不知道他們是否懷念他。

數百個、數千個穿著合身西裝、手提公事包的男人沿著這條沒有陽光的街道往前湧。很少人講話，沒有人讓路，沒有目光交會。他們服侍製造出他們的那個神。雅思培必須閃躲，不然就是肩膀被人衝撞。一個街頭藝人在演奏大比爾布朗齊的〈高速公路之鑰〉。喬治華盛頓從他的基座上看著這一切，幾根多立克柱充當他的背景。雕像的表情比人類的表情更容易解讀——喬治華盛頓並不喜歡待在那裡。雅思培看到一間店：鮑林格林藥局。一個叛逆的思想在心中輕推雅思培：去問藥師他們有沒有可以直接在櫃台購買的抗精神病藥，他的頭顱被狠狠地連續擊打：扣—扣、扣—扣、扣—扣、扣—扣、扣—扣、扣—扣、扣—扣、扣—扣、扣—扣、扣—扣、扣—扣、扣—扣、扣—扣、扣—扣、扣—扣、扣—扣、扣—扣、扣—扣、扣—扣、扣—扣。直到他的視線開始游移。

「不要藥物，」雅思培告訴扣扣，「我了解。」

扣扣沒有回答，但是停止擊打。

一位藥師看著他。「需要幫忙嗎，孩子？」

「沒事。我在跟我腦袋裡的一個聲音說話。」

在一個地鐵站裡，轟隆聲與尖銳的煞車聲從這個地下世界一路傳到雅思培的耳膜。食人魔的腹鳴。一列進站列車呼嘯著從隧道裡駛出，然後停下來讓旅客從車腹裡出來，並裝入更多等待成為屍體的旅客。車廂裡有雅思培所知道的各個種族，以及一些他只能靠猜測來判斷的混血族。血液的河，他想，不只是在街道上流，也在我們這個物種中流動。旅客左右擺動、打盹及閱讀。基因的組合在每一站都重新洗牌。我希望我可以住在這裡。他納悶扣扣在搬進來之後，是不是打算把他的記憶擦掉，還是他會保留部分記憶，就像你謀殺某人之後保留幾本他的相簿一樣。就算扣扣聽到他的想法，他也沒有任何評論。雅思培在第八十六街站下車。在地鐵站地圖上，它看起來和中央公園很接近。看似繃緊的一層薄薄的雲橫跨過天空，來自太陽的光像火炬一樣射穿它。這附近的區域是像梅菲爾或王子運河之類的豪門和特權的基地。順著公園的導引，雅思培沿第八十六街走了幾個街區，進入它最常被翻閱的頁面。楓樹像煙火一樣燦爛施放。在茂盛的栗子樹下，被拿來玩康克遊戲[61]的馬栗果仁從外殼裡濺出來，像大腦一樣。松鼠輕快地出現又消失。一條盤旋而上的路徑帶領雅思培進入一顆長滿苔蘚的翁法洛斯錐形聖石[62]。他坐在一條長板凳上，讓痠痛的腳休息一下。我們的身體真是不中用。「舊地讓我充滿憂鬱。」那個老人有上帝的長鬍子，以及鄉紳的帽子與菸斗。「舊地讓我感到開心。」

「這是個新地方，對我而言。」雅思培說。

「差別只在時間。」

「我沒剩太多時間了。」

「死亡和每個人所以為的不一樣。」那老人碰觸雅思培的手腕，「別害怕。」

「你說得倒容易。你有一個完整的人生。」

「我們全都有完整的人生。一刻不多，也一刻不少。」

雅思培醒來。沒有人在那裡。他走出那個迴旋，來到一片草地，在那裡，軍樂隊正在演奏〈綠扁帽之歌〉（The Ballad of the Green Berets）。軍營旁的一根旗杆上，星條旗飛舞著。一條橫幅寫著「徵求：**美國英雄們——今日就入伍！**」兩位負責招募的軍官被十來個長髮年輕人包圍。「英雄？你們在那裡燒死孩童！孩童！你們該**他媽的**醒來了吧！這是種族滅絕！」

一位招募官回嗆：「你們是男人的恥辱！躲在和平標語的後面，讓那些真正的男人去幫你們打仗！和平不是憑空而來的！和平需要有人挺身為它奮戰！」

人群開始聚集，但是雅思培並沒有留下來觀看。他的死刑判決已經讓大多數原本很重要的事變得可有可無。他離開中央公園，在安全島的一根高柱頂端看到一尊雕像。克里斯多夫哥倫布迷路了，而且現在比他以為的還晚。雅思培在街頭販賣機買了一瓶叫「胡椒先生」的飲料，但是它沒有胡椒味。雅思培沒有把手錶帶出來。他問扣扣。「我還有多少時間？」

就算扣扣聽到了，他也沒有回答。

雅思培進入一間唱片行。奶油樂團的〈在惡兆下誕生〉（Born Under A Bad Sign）正在播放。他翻看架上的唱片，享受每張唱片套翻動時拂向他臉龐的上升氣流。他向一張張專輯道別。《寵物之聲》（*Pet Sounds*）、《花椒軍曹》、《崇高的愛》（*A Love Supreme*）、伊特珍（Etta James）的《終於！》（*At Last!*），艾瑞莎弗蘭克林（Aretha Franklin）的《我從來沒像愛你這樣愛一個男人》（*I Never Loved A Man The Way I Love You*）、愛戀樂團（Love）的《永恆改變》（*Forever Changes*），以及《歐提斯藍調》（*Otis Blue*）、《十三樓電梯的迷幻之聲》（*The Psychedelic Sounds of the 13th Floor Elevators*）、《何許人銷售一空》（*The Who Sell Out*）。雅思培看到《樂園是通往樂園的路》及《生命的要素》。塔羅牌的封面效果很不錯。雅思培希望自己能多活一點時間，能夠聽到艾芙和迪恩所創作的美國歌。他將會懷念他的人生。只不過，當然，他不會。只有活著的人可以懷念事物。

「他們這個禮拜會在這裡演出。」那位店員有個大肚子及濁白的眼睛，聚酯纖維的襯衫上有些汙漬。「在百老匯與第五十三街交口的獵豹俱樂部。那是他們的第二張專輯《生命的要素》。第一張很不錯，但是這張又更上一層樓。」

「賣得好嗎？」

「今天就紮紮實實地賣了五張。你聽起來像英國人。」

「我母親是英格蘭人。我也在那裡上學。」

「是嗎？你有沒有看過披頭四？」

「只碰過約翰。在一場派對上。」

「哇噢。你跟他碰過面？你在唬我吧！」

「唬」是指說謊嗎？「我們並沒有真的聊天。我們在一張長桌底下。他失去他的心智，想要把它

---

61 英國的一種傳統遊戲，兩個遊戲者使用七葉樹屬的果實互相敲擊，若一方的果實被敲碎，那麼另一方就獲勝。

62 帶有宗教意涵的圓錐形人造石器。Omphalos 一字出自希臘神話，象徵大地的肚臍、世界的中心點。

找回來。」

那個店員皺眉頭。「那是，呃，所謂的英式幽默？」

「就我所知應該不是。」

〈在惡兆下誕生〉結束播放。「聽聽這個，」店員說，然後把〈看看那是誰〉（Look Who It Isn't）放進唱機。「真是操他媽的好。」

雅思培記得迪恩在菌傘教過他這首歌的重複樂段，艾芙彈奏巴哈《觸技曲》的風琴盤旋以降，而葛夫的評語是：「這需要滿月來加持。退後，讓我來……」

他將無法再見到這個樂團，這令他感到心痛。

他們會認為我精神失常，消失不見了。

雅思培離開那間店。傍晚淹沒街巷與大道，車流變得稠密而且怒氣逐漸積累。雅思培徒步趕過一輛法拉利。喇叭聲四起。叭、叭—叭、叭—叭—叭的聲音填滿曼哈頓的整個方圓。就像大多數的怒火一樣，它於事無補。一個標誌上寫著「華盛頓廣場公園」。樹上的葉子正在變色。有個街頭藝人在某個地方演奏大比爾布朗齊的〈高速公路之鑰〉。深刻的聽覺思覺失調。男人們在長條椅、野餐椅及野餐桌上下西洋棋。最老的那位下棋者瘦到跟火雞脖子有得比，他戴了一副有裂痕的眼鏡及一頂骯髒的粗花呢帽，身旁有個粗麻袋。他的對手敲倒他的國王，然後付給他一根香菸。「我會讓你有臥鋪可以睡，迪茲。」他說，然後離開。

迪茲抬頭看著雅思培。「要來一盤嗎，霰彈槍？」

「你的名字真的是『迪茲』？」

「大家都是這麼稱呼我。你要加入還是不要？」

「要怎麼玩？」

「很簡單。」迪茲的聲音粗嘎。「我出一美元當賭注。你出一美元持黑棋跟我下，或出一美元五十分持白棋先下。贏的人整碗拿去。」

「我下黑棋。」

迪茲放了兩個五十分硬幣到一個有缺口的杯子裡。雅思培放了一張一美元鈔票進去。他的對手仿照現代貝諾尼開局法進攻，雅思培選擇採用國王印度防禦法應對。觀棋者開始聚集，雅思培這才發覺他們也下注在這盤棋。到了第十步，迪茲用他的主教設了一個夾吃者。往側面走來避開，雅思培不小心撞進一個雙叉。他少了一只騎士，然後一個緩慢的損耗點就此開始。雅思培找到機會讓國王入堡，但無法避免皇后與對方的弱棋同歸於盡。一只棋子接著一只棋子互相抵銷後，雅思培抓回一只騎士或主教的機會愈來愈小。在殘局時，雅思培只差一步就可讓他的一只兵升成皇后，但是迪茲將路封住。

「將軍！」

「無可避免的結局。」雅思培把他的國王敲倒。他看到月亮已經升起。「你有一個很強勢的開局。」

「他們在學院把我教得很好。」

「你上過西洋棋學院？」

「阿蒂卡監獄學院。給我半美元，我就教你貝諾尼開局法。」

「你已經教會我了。」在桌子底下，雅思培塞了一張五美元鈔票到他那包登喜路香菸裡，然後把它交給那個老人。「學費。」

他把它收進口袋。「感謝你，霰彈槍。」

周遭的標誌告訴雅思培這是格林威治村。他聞到食物的味道，但是並不餓。他在一間咖啡店買了一杯冰茶。收音機在轉播棒球。雅思培心中的一道牆在強風吹襲下劇烈震動著。這是一道訊息。時間很快就要到了……

雅思培希望他的死有幽暗、隱私及溫暖為伴，但是他不希望其他人發現他死在房間裡，那景象會讓艾芙很難過。一個空教堂，或者……他進入一間不確定大小的醫院。急診室裡混亂地呈現出人類受苦的各種樣貌，皮綻肉裂、骨折、刀傷、槍傷、燒傷。一些病人堅忍地坐著，另一些病人不是。誰能夠測量他人的疼痛呢？雅思培從一位保全身邊經過而沒被盤問。他爬上樓梯，碰到轉角處就轉彎，碰到走廊就穿越。空氣中有漂白水、老舊石材及泥土的氣味。「讓開！讓開！」一個醫療小組推著推車從他身旁衝過。有個人在樓梯間哭泣，是在樓上或是樓下，很難確定。雅思培伸手去碰觸一扇標示為「私人病房N9D[63]」的門。門板上，在接近頭的高度處有一個窗孔。窗孔後面的窗簾被拉上以保護隱私，使窗戶看起來像一面黑鏡。扣扣用時間之眼審視雅思培。*在這裡*，他說。雅思培把門打開，讓它露出一道隙縫。靠著糖漿色的昏暗的光，他看到一間小病房，裡面有兩張床。其中一張被一個男人占去。除了包裹在醫院病人袍裡的空洞褶痕與皺紋，真正的他已經所剩無幾。*空洞人*。另一張床是空的。靜靜地，雅思培把門在他身後關上，脫掉鞋子，躺到那張空床上。就算那個空洞人注意到他的訪客，他也沒有任何表示。走了一天的路之後，雅思培的腳抽痛著。一些聲音傳到他這裡，就好像是從一艘沉船傳上來的。一支樂團在演奏，一具電話在響，一個女人回答：「喂？」暫停片刻。「我該說是誰來找？」六英呎外，那個空洞人的喉嚨開始發出嘎嘎的聲音。*去皮乾豌豆在紙箱裡搖晃*的聲音。一灘口水從沒有牙齒的嘴裡溢出，像燈絲一樣從枯乾的嘴唇往下掉。口水滲入、浸溼他的枕頭。空洞人張開他的眼睛。他並沒有眼睛。雅思培納悶他曾經是什麼人，然後說出：「再會。」雅思培告訴扣扣：「我準備好了。」

他心靈的牆被擊碎，四散掉落。

扣扣爆發，淹沒他的大腦。

雅思培的知覺消逝、淡化到幾乎為零。

存在倒轉成為不存在。

63 作者第二本小說《九號夢》英文書名 *number9dream* 的縮寫。

裡面的裡面是什麼

在九層樓底下，一輛黃色計程車在切爾西旅館附近的西段第二十三街上徘徊，尋找載客的機會。艾芙心裡酌量，將生命說成一段旅程的隱喻，不足以反應出她自己為一位旅行者，被那條路本身、被路上的不幸、被旅程裡面事物所改變的程度。被裡面的裡面所改變。露薏莎的手臂環繞過她的腰，再往上觸摸她的綠龍晶墜飾。她身上有肥皂的味道。她吻艾芙的脖子。沒有男人的鬍渣來摩擦我皮膚，讓我必須去假裝自己不在乎。布魯斯是一隻刺猬。一隻愛抄襲的刺猬。這不重要了。要不是他離開，我就不會得到她。我不會有這一切。從正面來看，災難就是重生。從背面來看，重生就是災難。「妳就是那位公主，」露薏莎說，「在塔樓裡的公主，長髮公主。」

「紐約的長髮公主，頭髮沒辦法垂到馬路。」

「紐約的長髮公主，會有特別設計的假髮。」露薏莎把艾芙的頭髮繞在她的姆指上，然後輕輕在她耳邊說，「長髮公主，長髮公主，*deja caer tu cabello*（讓你的頭髮垂下來吧）。」

「妳講起西班牙話，我就沒有抵抗力了。」

「是這樣嗎？如果是這樣……」露薏莎輕聲在艾芙耳邊說，「*Voy a soplar y puff y volar su casa hacia abjo*。」

艾芙搗住自己的咯咯笑。「那是什麼意思？」

「我要吹、再吹，把你的房子吹垮。」

「這妳在倫敦就做了。」艾芙在露薏莎的姆指上親了一下，「噢，多奇妙！這裡有多少具有神性的生物啊？女性這個類別是多美妙！噢，美麗新世界，有這等人在裡面！」

「這是哪齣戲的台詞？」

「莎士比亞的《暴風雨》。改編版。我妹妹飾演米蘭達，幾天前我們排練過她的台詞。」

在切爾西旅館挨家挨戶推銷毒品的人的聲音逐漸往上升，來到九樓，聲音非常微弱。「嗨！你要貨嗎？我有貨……」

「妳知道，」艾芙說，「出國時會學到更多關於妳所來自地方的事，而不是正拜訪之地的事？」

「當然。」

「妳，我們，這個……」

「瘋狂、熱情的事物。」

「謝謝妳——這個瘋狂、熱情的事物就是『外國』。我回顧我的舊我，還沒遇見妳之前的那個我。現在的我比起當時還是她的那個我更加了解她。」

「那麼，在這裡，在瘋狂的女同性戀者所活的世界裡，妳收集到什麼？」

「標籤。」

「標籤？」

「標籤。我在每樣事物上面貼標籤。『好』。『壞』。『對』。『錯』。『古板』。『時髦』。『酷兒』。『正常』。『朋友』。『敵人』。『成功』。『失敗』。很容易使用，可以省下動腦筋的時間。那些標籤黏得牢牢的。它們還會增殖擴散，成為習慣。很快地，會涵蓋每樣事物以及每個人。你開始以為真實**就是**那些標籤。用永遠洗不掉的奇異筆書寫的簡單標籤。麻煩的是，真實剛好與這相反。真實是微妙、似是而非、游移的。很難掌握。許多事物同時發生，怪不得在這件事上我們處理得很差勁。人們反覆談論自由。**不斷地**談論。它無所不在。人們製造暴動及引發戰爭，來主張自由是什麼，以及誰可以擁有它。但是自由的女王其實是：不被貼標籤的自由。今天的課就上到這裡。妳看我的表情很奇怪。」

露薏莎撫摸那個曾經屬於她、現在屬於艾芙的墜飾。「我只是在心智上幫妳貼了一個標籤，就這樣而已。」

「那上面寫什麼？」

「艾芙選總統。」

她們聽到外層的門上有扣—扣的敲門聲。

露薏莎看著艾芙。「妳在等待什麼訪客嗎？」

「在這個時間？老天，沒有。」

扣—扣。扣—扣。

「派對上某個越過界的追求者？」露薏莎猜，「或許他的手套上繡有『李歐納』這幾個字？」

扣—扣。扣—扣。扣—扣。

「某個知道我在這裡的人，」艾芙說，「里馮？」

「那麼，去應門，但是先從甩窺視孔看一下……」

魚眼狀的透鏡呈現里馮的影像，他穿著睡衣及浴袍。皺起來的前額被透鏡加倍放大。

艾芙輕聲跟她的愛人說：「是里馮。」

露薏莎也輕聲回答：「我要躲起來嗎？」

艾芙遲疑了一下。葛夫和迪恩知道露薏莎要睡艾芙的房間，只是不是在艾芙的床上。「放一條毛毯和枕頭到沙發上。」

露薏莎點頭，然後走回臥室。艾芙把門打開。走廊是人造奶油的黃色。

「抱歉，這個時間來敲門。」

「如果不是有很緊急的事，你是不會這麼做的。」

里馮環顧房間。「是雅思培。他的舉止很怪異。」

「你怎麼判斷的？」

「他到我的房間，堅持要我請總機撥一通電話到荷蘭。我問『什麼事？』他說是醫療問題。我提醒他歐洲現在是一大清早。他威脅我，不照他說的做，他就不在獵豹俱樂部演出。」

艾芙很吃驚。「雅思培這麼說？」

「沒有。所以我來問他後來有沒有和你們一起去參加頂樓的派對——還有，他有沒有做什麼。」

艾芙搖頭。「他回他的房間，而且一直沒有再出現。我本來打算到他房間看一下他的，但是後來太晚了，我就想，讓他睡個好覺，從暈機中復原。你撥電話到荷蘭了嗎？」

「我別無選擇。雅思培要我在外面等。我做了每個勤奮的樂團經理人會做的事，但是他說的是荷蘭話。「葛拉瓦西這個名字出現了好幾次。妳聽過這名字嗎？」

艾芙搖頭。「聽起來比較像義大利人，而不是荷蘭人。」

「那麼，聽過開立錠或奎立東嗎？」

「奎立靜？」

「有可能。」

「那是一種藥。雅思培在飛機上吃過。治神經的藥。算是一種鎮靜劑吧，我想。那通電話講了多久？」

「兩或三分鐘。等他掛上電話後，我問他是什麼狀況，但他無視於我。我在黑暗中坐了幾分鐘，然後決定來問妳有沒有線索可以提供。」

「我也希望我有。我們可以去敲他的門，但是如果雅思培不想討論某件事，他就不會討論。我唯一能夠建議的，就是相信睡一覺之後他就會好一點。」

里馮揉了揉他疲倦的臉。「我想也是。抱歉，在這時候把這愁煩倒在妳這裡。早餐是九點，明天會是忙碌的一天。」

切爾西的早晨，陽光射穿黃色窗簾，牆上一道彩虹。鐘上顯示六點五十九分。一個大日子等著他們。晴雨計的指針指向CHANGEABLE（多變）的G。艾芙躺在床上，聽著第二十三街車流的嗡嗡聲。也算一種語言。還在睡覺的露薏莎，以緩慢、深沉的韻律在呼吸。一隻伸出棉被外的手垂放在艾芙露空的腹部。艾芙喜歡她們皮膚色調的對比，這很能挑起情慾。露薏莎聞起來有土司和百里香的味道，布魯斯聞起來有切達起司和啤酒的味道，安格斯聞起來有鹽與醋洋芋片的味道。露薏莎抖動一下，像一隻年輕、體態優美的貓一樣展身，打了呵欠，然後再屈服於睡眠。不久之前才有人想要置她於死地，她竟然只是聳聳肩，一笑置之，就像我對一則爛評論一笑置之那樣。艾芙想起雅思培的問題，現在就去把他叫起來太早了。他一定還在睡覺。他應該沒事了。是長途飛行的問題。是成功成名的問題。這一切發生太快。他肯定需要一段調整的時間。想跟荷蘭的醫生講話並不是什麼太怪異的舉止，他就是在那裡看診的。或許是里馮逼他，才使他威脅不上台表演……艾芙還想到其他幾種可以解釋雅思培最後通牒的可能性，直到睡意抓著她的腳踝把她往下拉……

……突然間，她們快遲到了。露薏莎穿著牛仔褲、T恤及西裝外套。艾芙化妝時，她吻了艾芙，承諾稍後會去獵豹俱樂部，然後她前往間諜鏡辦公室，在曠職十天之後。十分鐘後，艾芙在樓下的艾爾吉訶德餐廳找到里馮，他正在讀《紐約客》，一面吃著糖霜多拿滋。在艾芙坐下來之前，他問：「我們是不是該去看一下雅思培起來了沒？」

「讓他再睡一會兒。美容覺……」

「那麼，吃過早餐再說。妳吃過這種東西嗎？」他舉起他的麵包。「這叫貝果，來一個……」艾芙同意，然後再叫了咖啡和一顆葡萄柚。美國的葡萄柚是粉紅色而不是黃色。迪恩和葛夫到達，點了更多他們從來沒聽過的東西：玉米粥、薯餅、酪梨和雙面煎半熟荷包蛋。在九點四十分，里馮和艾芙到接待櫃台，請史丹利打電話到雅思培的房間。他走到櫃台後側的總機接線台。一分鐘後，史丹利回來，搖頭說：「沒有人接。」

艾芙和里馮看著彼此。「計程車十點十五分會來接我們。」里馮告訴那位經理。「我可以拿鑰匙去打開他的房間嗎？我必須把他從床上挖起來。」

「我也一起去。」史丹利回答，「這是旅館的政策。」他們走到電梯。「它一下子就會來。」

一分鐘後，他們還在等。

兩分鐘後，里馮走向樓梯間，艾芙跟著他，史丹利跟著她。「人們不會死在切爾西旅館，」這位旅館經理堅持，「而且，再怎麼說，雅思培住的是這棟建築最幸運的房間……」

七七七，三個帶斑點的金色數字用螺絲固定在胡桃木薄板上。艾芙敲門，並且用心電感應命令雅思培出現在門後，透過他那一頭雜亂的紅髮以及時差與安眠藥所製造的薄霧瞅著他們看。沒有人應門。

里馮更用力敲。「雅思培？」

唯一的回應是微弱的回音：雅思培？

艾芙努力撲打接連湧起的一個個畫面：他們的吉他手躺在浴盆裡，血管已被割開。她用力捶打房門。雅思培？

一個穿著晨間外套、身材短小、臉頰紅通通的男子走近。他的女性友人穿著晚禮服像高塔一樣矗立在他身旁。他們說：「早安，史丹利。」她的聲音是低音；他的是男高音。

「布蘭奇弗勞爾夫婦，」史丹利說，「你們都很好吧，我猜？」

「很好，謝謝。」布蘭奇弗勞爾太太說。

「有什麼問題嗎？」布蘭奇弗勞爾先生對著那扇門點了個頭，「有個住戶還沒有退房就退房了？」

史丹利回他一個微笑，彷彿那個問題只是在開玩笑。「這個問題真有意思，布蘭奇弗勞爾先生！這裡是切爾西旅館。」

對於眼前這齣荒謬劇，這對夫婦只能交換苦笑，然後繼續他們的行程，往樓下走去。等布蘭奇弗勞爾夫婦離開視線，史丹利就把鑰匙插進門裡。「我先進去，」里馮說。某件事讓艾芙抓住他的手臂並堅持：「不，我先。」她害怕。她走了進去。「雅思培？」

沒有回應。浴室，在他們的右側，裡面沒有人——浴缸裡也一樣。謝天謝地。好幾張報紙被貼在鏡子上。壞兆頭。「那是在幹嘛？」史丹利問。

「他只是不喜歡反射的影像。」艾芙讓自己堅強起來，走進臥室，但是雅思培的死屍並沒有躺在床上、倒在床邊或其他地方。「這是我所買過最棒的枕頭套，」史丹利說，「在布魯克林的一個希臘市場買的。」

艾芙把兩片窗簾拉開，再拉開陽台門。陽台上沒有人。樓下的街道也一切正常。

「我是怎麼跟你們說的？」史丹利問，「他只是去散一下步，就這樣而已。這是一個美好的紐約早晨。他隨時都有可能回來。」

「全上車，全上車，蒸汽火車頭97.8 FM要開了，」電台ＤＪ說，「我是貝特塞貢多，為你們帶來所有最棒的歌曲，從最經典的到最新近的。現在是三點零五分，剛剛那首就是〈將巨石滾開〉，由我們在大西洋池塘另一側的老朋友烏托邦大道所帶來的新單曲。這樂團四分之三的成員此刻就在貝特列車上，要跟我們一起討論他們的新專輯《生命的要素》——但是，首先，他們已經準備好自我介紹一下了。」貝特對艾芙點了一個頭。

「哈囉，紐約，」艾芙對著她的麥克風說，「我是艾芙哈洛威，我彈鍵盤，也跟樂團一起演唱。而且」——我非常擔心我們那位走失的吉他手，我快要吐了——「貝特還在英格蘭擔任唱片騎師的時候，我們就認識他了，他是地球上第一位播放我們音樂的ＤＪ。夠多關於我的介紹了。換迪恩。」

艾芙在心裡扮了一個鬼臉。我聽起來像個白痴。

「午安，大家。我是迪恩莫斯，我彈貝斯、演唱也作曲。剛剛播的那首歌就是我寫的，希望恁們喜歡。我們認為每一個人放的屁都是香的。葛夫？」

「我是葛夫，謙卑的鼓手。你們如果有人想知道我的長相，想像我是保羅紐曼和洛赫遜（Rock Hudson）的私生子就可以了。」

「人不在這裡的，」貝特繼續說，「是烏托邦的第四位成員，雅各德——抱歉，我的意思是雅思培德魯特——我剛剛改了他的名字——雅思培，吉他手，他會回來參加今晚九點，在五十三街的獵豹俱樂部的演出。還有些票還買得到，所以，快下手吧。」

我真的非常希望他會回來，艾芙心想。

「那麼，艾芙、迪恩、葛夫，說說看，」貝特說，「身為一個偉大城市的居民，你們對於我們這個偉大城市的第一印象是什麼？用一個詞來描述。」

「三明治，」葛夫說，「在我們那邊，三明治是火腿、蛋或起士。這裡，有幾百種麵包、肉、起司、黃瓜、淋醬。在熟食店我不知道要怎麼點食物，只能指著某個客人的三明治說，『一個那種三明治』。」

「我形容紐約的詞是『更多』，」迪恩說，「更多建築、更高、更吵、更多乞丐、更多音樂、更多霓虹燈、更多種族。更喧囂、更忙碌、更多贏家、更多輸家。更多種更多。」

「更多精神科醫師，」貝特貢獻，「更多愛情騙子。艾芙？」

「我沒辦法用一個詞總結這個城市，」艾芙說，「但是如果紐約是一個句子，那麼會是『別來扯我的頭髮，我就不會扯你的頭髮』。倫敦會是『你以為你是誰？』」

「我可以整天把城市擬人化，」那位ＤＪ說，「但是讓我們來談音樂吧。恭喜你們靠著〈將巨石滾開〉搶進前三十名。這是一首，迪恩，你在非常艱難的情況下寫的歌？」

「是的，貝特，沒錯。基本上，義大利警方把毒品栽贓在我身上，然後把我丟進牢裡一個禮拜。〈將巨石滾開〉就是在那種情形下寫成的。我後來無罪釋放，我必須先補充。」

「腐敗的警察？」貝特裝出很吃驚的樣子，「感謝上帝，我們紐約市這裡沒有這樣的警察。也感謝上帝，公義得以伸張，因為《生命的要素》，你被釋放之後你們所錄製的專輯，是一顆超新星。歌曲是這樣的，我愛你們的出道專輯《樂園是通往樂園的路》，但是《生命的要素》是另一個檔次。歌曲的寫作更有把握。聲音的獨特色彩更加廣闊。你們在〈神智正常〉用了大鍵琴，在〈鉤〉有弦樂的樂段，〈看看那是誰〉用到西塔琴。在歌詞上，更有冒險性。所以，我必須問：老實說，你們到底是加了什麼糖漿到玉米片上？」

「大哥控股公司樂團的音樂。」葛夫說。

「殭屍樂團（The Zombies）的專輯《奧德塞與神諭》（*Odessey and Oracle*）。」艾芙說。

「大粉紅樂團（Big Pink）的音樂專輯，」迪恩說，「恁聽到一張那麼棒的專輯，恁就想，該死，我們得更努力提升我們的水準。」

「我們的朋友伊諾（Brian Eno）談到『眾才』（The Scenius），」艾芙說，「也就是：場景的天才。藝術是由藝術家所製造，但是藝術家是由一個場景所促成——非關藝術的因素。買家、賣家、材料、贊助人、技術、可以交融及交換想法的地方。你可以在佛羅倫斯的梅迪奇家族看到眾才的果實。還有荷蘭的黃金世代，二〇年代的紐約，好萊塢。現在，倫敦和蘇荷的眾才也非常完美。我們有場地、配備多音軌錄音設備的錄音室、無線電台、音樂報紙與雜誌……甚至有錄音室樂手常去消磨時間的咖啡廳。還有一些不會剝削樂手的經理人。」透過錄音室的玻璃，里馮給艾芙送上一個飛吻。「當然，專輯是我們自己做的。但是，那是由眾才產出的。」

「這有可能是我們在蒸汽火車頭97.8 FM聽過最博學的答案。」貝特說，「然而《生命的要素》裡面的曲子，你們應該會同意，並不是來自『眾才』，而是來自你們經歷過的事。有些是如此私密，讓人心痛。以一種好的方式。」

迪恩和艾芙彼此對望。迪恩說：「真的……這是雲霄飛車般的一年。在我們私生活中，對啊。我們經歷過那些，對啊，不能不寫進歌曲裡。」

「將內心及恐懼攤開在別人面前，並不總是那麼舒服或容易，」艾芙說，「但是如果一首歌不能讓人感同身受，如果連作者自己都不相信，那麼它就是虛假的。它是用紙及膠水製做的牛排三明治。可能看起來沒問題，但是嘗起來不對。我無法寫虛假的歌，我知道迪恩和雅思培也是如此。」

「有人引用妳的說法，說，〈就連藍鈴花〉是妳為了一位年幼親人過世而寫的輓歌，是嗎，艾芙？」

「我的外甥五月過世。那首歌是為他寫的，為馬可寫的。我……不想掃大家的興，在你的現場節目上哭出來，貝特，所以……」

「我的意思是，《生命的要素》證明了我們當中某些人在披頭四的《橡皮靈魂》（*Rubber Soul*）與巴布狄倫的《無數歸還》（*Bringing It All Back Home*）問世後所說的：最好的流行音樂是藝術。而且，藝術可以是關於藝術家所在乎的任何東西。初戀？可以。但悲傷也可以。名聲，神經錯亂，背叛，偷竊。一切的一切。」

「甚至是——呃，恁可以在電台上提到『性』嗎？」迪恩問。

透過玻璃，貝特的製作人比了一個『不』的手勢。

「當然，」那位DJ說，「只要你不是要跟人說性可以讓人很愉快就好，因為那樣就純粹是淫穢了。艾芙，我們可以先來聽一下〈就連藍鈴花〉，然後才進入贊助商的廣告嗎？」

「發射吧，它將會是北美限定版。」

「那麼，所有搭乘蒸汽火車頭FM的乘客，」貝特把唱針放到唱片安靜的溝槽上，然後脫掉一隻耳朵上的耳罩，「從經典到新近，在97.8 FM，現在播放的是〈就連藍鈴花〉，由我們錄音室的特別來賓烏托邦大道所帶來的……」

艾芙、迪恩及葛夫像在進行彎道賽一樣，完成那天下午在布里克街石像鬼唱片辦公室所進行的幾場專訪。在每一輪問題之後，艾芙都希望里馮或馬克斯會出現，帶著雅思培已經出現在辦公室或切爾西旅館的消息。但事與願違。馬克斯正在尋找一位知道《樂園》及《生命的要素》而且願意頂替雅思培，來拯救獵豹俱樂部演唱會的錄音室樂手。到目前為止，這任務太困難了。霍伊史托克爾請紐約市警局賣他一個人情，幫忙發出全市協尋，找一位「留著一頭紅長髮，穿著紫色西裝外套的高個子白人男子」。就好像在縫紉針工廠裡找一根針，艾芙想。他們在六點回到切爾西旅館，準備一場可能永遠不會演出的演出。對於雅思培的消失，迪恩感到很憤怒。葛夫不說話。艾芙則是擔心更甚於生氣。她還覺得有罪惡感，她多麼希望時間能倒帶回前一夜，到里馮把雅思培的行為告訴她的那一刻。我應該那時候就去看他的。我應該今天一早就去看他的……

七點鐘，他們出發前往獵豹俱樂部。里馮帶了雅思培的Stratocaster，這樣萬一他突然出現在俱樂部，還能照常演出。曼哈頓的燈光陸續亮起，但是艾芙幾乎沒注意到。她很確定如果雅思培可以過來，他一定會來這裡。她現在最樂觀的解釋是雅思培精神崩潰，或是他被搶劫了，最淒涼的可能則是他已經在停屍間。馬克斯還沒找到任何一個可以彈奏《生命的要素》中雅思培部分的人，但是他已經找到一位可以在相當程度上掌握《樂園》的曲子的錄音室樂手。目前的計畫是等到最後一刻，以雅思培得盲腸炎當藉口，然後演奏迪恩和艾芙在《樂園》裡的曲子，加上幾首替代曲。「就算這他媽的行得通，」迪恩說，「頂多也只有原本的一半好。」

車子轉上第八大道，在車陣中不時變換車道，走走停停。艾芙的目光掃過群眾中無數個自我，要尋找一個高大、縮背的人影。一個男人拍打車窗，喊著：「我很餓！餓！餓！我很餓！」

司機把那輛林肯轉進中間車道。

「在這起事件之後，他最好去住院。」迪恩說。

「別希望人家這樣，」艾芙說，「不管你有多生氣。」

「為什麼不？那個自私的蠢蛋——」

「我住過院，迪諾，」葛夫說，「艾芙說得沒錯。」

在臨街大門的上方，粉紅色霓虹燈在微亮的暮色中寫了「獵豹」兩個字，樓上是一些沒開燈、沒掛招牌的辦公室。馬克斯打開車門。「沒有消息。」一張海報寫著「到烏托邦大道走一趟」，使用的是《生命的要素》的字體。露薏莎在交誼廳等待。當她看到樂團成員的臉時，她的笑容消失了。「發生了什麼事？」

「雅思培一整天都不見人影。」艾芙解釋。

「不要往最壞處想。」露薏莎說。

布里姬，獵豹俱樂部的女主人，比較不那麼驚慌。「嗨，音樂家也許是會走路的股溝，或者是上帝在地球上的喉舌，但是，說到準時，他們絕對不會。」

艾芙看著里馮。雅思培一向很準時。

布里姬引樂團登上舞台做音效測試。獵豹俱樂部是一間巨大、一度輝煌的老舊舞廳。九顆可以反射光線的閃光球從一面需要整修的鑲板天花板懸掛下來，高度及肩的舞台架設了音箱、燈光及舞台簾幕。一位技術不錯的音效師幫艾芙、迪恩及葛夫找到適合他們的音量及空間。迪恩試彈Stratocaster，揣摩雅思培會想要的音量。音效測試通常很有趣，這一次感覺卻像為葬禮排練。

八點十五分。代班的錄音室樂師被卡在住宅區的車陣中，還要半個小時才會到。現在就連布里姬也擔心了。馬克斯悶悶不樂，里馮維持表面的上冷靜，但艾芙知道他內心在吶喊。艾芙轉而祈禱：不是讓他現在走進來，而是讓他安然無恙；萬一達不到這點，她會選擇祈禱，讓他還活著。她發現〈證明它〉的歌詞正從記憶中漸漸淡去。那些歌詞我已經唱幾百遍了？她拿出緊急小抄來複習，露薏莎也來協助她。霍伊史托克爾也到了，他帶了一個年紀只有他三分之一的女朋友——蜂蜜色皮膚、綠色眼影、蜘蛛狀睫毛，配上緞白色的頭髮。他向大家介紹她是伊凡卡。想當然耳，對於「他」首次簽下的樂團的那位明星吉他手在他們的美國首演前三十分鐘還找不到人，霍伊感到不安。「他在哪裡？」

「在我他媽的屁眼裡啦，」迪恩自言自語，「我把他藏起來，跟你們開個玩笑。」

「團員們不是應該留意彼此的狀況嗎？」霍伊問。

葛夫噴了一個事不干己的煙圈。

霍伊的話不無道理，艾芙心想。我們已經太習慣雅思培的怪異行徑，以至於不再留意他。

里馮從舞廳那裡回來。「人已經快塞滿了。」

八點四十五分。雅思培和他的替代者都還沒到。艾芙有一種 *déjà vu*（似曾相似）的感覺，而她可以回溯這種感覺到幾場惡夢，夢中的她必須到一場注定失敗的演唱會中去表演。這場夢應該不會醒了。「為什麼你們三個人不就只演唱幾首新專輯裡的歌？」霍伊建議。

「為什麼獵狗不只用托媽的三隻腳奔跑？」葛夫問。

「真的有誰會佩服你講的髒話嗎？」霍伊問。

「我托媽的還真的一點概念也沒有。」

艾瑞莎弗蘭克林的《靈魂女士》專輯正從獵豹的音箱裡播放出來。艾芙多麼希望音箱不要這麼好。霍伊緩慢地走向露薏莎，「我想我們沒有見過面。」

「沒有。」露薏莎跟他確認。

「霍伊史托克爾，有號召力的大人物。而妳是？」

「艾芙的朋友。」

霍伊把嘴唇縮在一起，然後點頭。「我和 *señoritas*（未婚小姐）很有連結。我有個前妻是位前世治療師。在維京時代，我是卡迪茲的一位鬥牛士。我們可能是表兄妹，夠遠的遠親。」

露薏莎看著艾芙。她們兩人都看著十步外的伊凡卡。她聽得到。她沒有任何在乎的跡象。她是按小時計費的小姐嗎？「我們不會有任何連結的，史托克爾。前世、今生，或後世。」

「真慘！」伊凡卡雙膝跪地，「我的眼睫毛……不見了！大家，幫忙找！」她在深色地毯上找。

「是黑色的！」

里馮進到他們中間：「看，誰來了。」

是雅思培。他走進來的樣子就好像現在是早上九點鐘，而不是演出前的十分鐘。「我需要一杯水。」

在那段很長而且戲劇性的沉默中，艾芙很想走過去給他一個擁抱，但是某件事讓她沒這麼做。

迪恩先打破沉默。「佸他媽的到哪裡去了？」

「去走路。我需要一杯水。」

迪恩拿了一壺冰開水，然後把它全倒在雅思培身上。

雅思培站在那裡，衣服被淋溼，水還從身上滴下來。

「去走路？我們一整天都為佸擔心到要死。你沒有告訴我們佸還活著或怎麼了，只是說你他媽的『去走路』了？佸這個自私又可惡的蠢蛋！」

雅思培從艾芙手中接過一杯水，一口氣喝光。「再一杯。」里馮像施魔法般變出一條毛巾，幫雅思培把臉擦乾。艾芙幫他拿了第二杯。「你還好嗎，雅思培？」

「我是來這裡演奏的。我想要他們的能量。」

「佸吸毒了嗎？」迪恩問，「佸茫了，不是嗎？」

「他說沒有，」里馮回報，「他的瞳孔沒問題。」

「那個……樂器。那個——」

「那還不叫茫？」迪恩責備。

「讓我們把注意力放在演出，」里馮告訴他，「以及雅思培需要什麼幫忙上。你已經把你的不高興表達得很清楚了。」

「我他媽的還沒表達完。我們有宣傳行程，德魯特。專訪，工作，音效測試，曲目清單。我們是專業樂手。我們十分鐘後就要上場。不，現在只剩五分鐘。『我去散步』這個回答不夠好。」

雅思培沒有反應。「我給他一天的恩待期，做為媾和的條件。」

是他嗎？艾芙看著露薏莎。「你說誰，雅思培？誰是『他』？」

雅思培盯著梳妝台的鏡子看。他走過去，把臉往上靠近。狂喜般的笑容擴散到他的整張臉。

「雅思培？」艾芙問，「你在做什麼？雅思培？」

馬克斯和布里姬急忙進來，他們已經聽到消息。「很高興你可以加入，雅思培，」馬克斯說，

「你能演出嗎？」

「這個問題完全不在他媽的菜單上。」迪恩說。

「我完全同意迪恩。」霍伊史托克爾說。

「德魯特會演出。」雅思培看著鏡子裡的他轉身，然後歪著腦袋說。

任何人都會覺得這是他第一次看到鏡子。「你在外面發生了什麼事？」艾芙問。

「晚一點再說，」里馮跟她說，聲音放輕。「晚一點。」

「沒錯，」布里姬說，「我們沒有安排暖場節目，你們該上場了，**就是現在**。我是布里姬。這是我的俱樂部。明天給我早點過來，不然我就把你們的演出費砍半。」

雅思培從布里姬身旁走過，從吉他盒裡拿出他的吉他，把它插進角落的一個小Vox音箱，開始調音。

布里姬不以為然地搖頭，然後離開。

「看起來，結局好一切都好。」霍伊史托克爾說。

*一切都不好，*艾芙說。「如果你有心理狀況問題，雅思培，你可以——」

「媽的恁最好在英格蘭發作，下禮拜五才開始發作。」迪恩說。

雅思培彈了一個G。「我是來這裡演奏的。我想要他們的能量。」

迪恩對著麥克風說：「我們一輩子都在等待這個機會」——一陣掌聲回報——「來說『**晚安，紐約——我們是烏托邦大道！**』」聽眾給了一段中等強度的掌聲。葛夫擊打了一段鼓，艾芙彈了一句：「布朗克斯在北端，貝特瑞在南端」[64]，而雅思培看起來像在等公車。迪恩和艾芙交換了一個擔心的眼色。「廢話不多說，」迪恩說，「這是我們的單曲，〈將巨石滾開〉。**然後，一來，二來**，一、二、

64〈紐約，紐約〉（New York, New York）的歌詞。

三——」雅思培在數到「四」的時候加入，照著他在專輯裡的彈奏方式彈奏他的吉他。葛夫和迪恩從來沒這麼緊張，艾芙用她所能聚集的最大熱情彈奏，但是雅思培卻只是毫無生氣地模仿雅思培德魯特。他們演奏了整首曲子，但是艾芙感覺，聽眾對於這位被喻為和克萊普頓與罕醉克斯同等級的吉他手的才華存疑。同樣情況發生在〈蒙娜麗莎唱藍調〉上。葛夫和迪恩盡他們所能支援艾芙，但是雅思培的彈奏遲滯而且僵硬。他和聽眾沒有連結。許多站著聽的觀望者雙手交叉在胸前。他也沒有在看其他團員，所以艾芙、葛夫和迪恩必須去配合他那受限的吉他。接下來是〈暗房〉。他走向麥克風。有人喊著：「說幾句話，雅思培。」他沒有說話，只是數拍子讓樂團加入這首曲子。就算那不是故意要表達「操你的」，那肯定給人這樣的感覺。雅思培並沒有漏掉音符或忘掉歌詞，但是他的演奏中並沒有讓烏托邦大道的演唱會門票成為搶手貨所該有那種喜悅或音樂技巧。給〈暗房〉的掌聲相當敷衍。他表現得就像那隻獵豹就在他下面。再來是〈鉤〉及〈證明它〉。套用葛夫的說法，兩首都是三隻腳的獵狗。評論將會從「毀譽參半」到「被淹沒在糞坑中」。艾芙感受到聽眾的困惑：為什四分之三的烏托邦大道賣力演出，但那位吉他手卻只是按表操課？迪恩氣壞了，葛夫臉色凝重，艾芙汗如雨下。在乏善可陳的〈證明它〉之後，她望向側翼，看到露薏莎。她看起來很擔心。雅思培唸出曲目清單上的下一首曲子——〈神智正常〉——接著痛苦扭曲了他的臉。他弓起背，然後顫抖了一秒或兩秒。當他直起身來之後，臉上一副驚訝的表情。艾芙燃起希望：真正的雅思培回來了，那個毫無生氣的假冒者已經離開。雅思培放眼望向整個獵豹俱樂部，從那幾顆閃光球反射而來的小仙子在他的臉上跳舞。「謝謝你們今晚來看我們表演，謝謝你們每一位。」

有個人大聲喊，「我們期待的不是你們這種爛表現，老兄！」

雅思培轉向迪恩：「謝謝。」對葛夫說：「做得好。」對艾芙說：「再見。」艾芙不知道他為什麼這麼說。我們還沒有表演到一半呢。迪恩給艾芙一個這裡是發生了什麼事？的眼色。艾芙回給他一個我哪知道？的眼色，但是至少雅思培看起來人又回來了。他刷彈幾下吉他，請技術人員幫他把吉他的音量調大聲，閉起眼睛……然後驟然進入一陣音箱爆裂、琴弦彎折的嚎嘯。接著他發射由三和弦構成的音階，從高音E一路滑下來。他是在跟我們所有人玩某種詭異的心理遊戲嗎？雅思培用一個不在〈神智正常〉裡的全新即興重複樂段，來回報這天晚上他得到的第一批掌聲，而隨即又得到觀眾另一批如雷的掌聲。葛夫為旋律加上節奏；迪恩用三重的低音支援，來加入這場熱鬧的演奏。艾芙發射一片片厚實的哈蒙德和弦。這有點像我們在帕維爾茲德的俱樂部裡的即興合奏，在蘇荷的某個早晨。雅思培帶領這段即興演奏走過三輪的搖滾藍調，然後才用一個響亮、像錘擊般的降B長音，也就是〈神智正常〉的開頭音，將它打成碎片。迪恩收到這個訊息，開始彈奏這首歌的貝斯重複樂段；艾芙在下一小節加入；而葛夫在次一小節開始劈與拍。雅思培貼近麥克風，用他的精神病人低語輕聲唱出第一節歌詞……

雅思培在〈神智正常〉的九節歌詞中讓煙火一波接著一波施放。獵豹俱樂部成為一隻變身的野獸。到了第三次副歌，樂團停下演奏，讓五百位紐約人齊聲唱出最後一行歌詞。雅思培的眼睛半閉著。他奔向一個連珠砲似的結尾，艾芙召喚出一個深沉、多音齊奏的漸強過渡樂段；迪恩也竭力彈奏，幾根比眼睛還快的手指在貝斯指板上反覆拂掠。雅思培算好腳步朝著馬歇爾音箱走去，以操弄頻率的起伏，直到——一聲喲—喲—喲—噢！的音響回饋撞擊及撕裂空氣。他朝葛夫一瞥，看到一位八臂的東方神祇；艾芙正開心地笑著，雅思培回歸所帶來的釋放感讓她微醺，藝術的大麻甚至讓她進入迷茫狀態。雅思培的兩頰溼了。我不知道他也有淚腺。錄音室版的〈神智正常〉早就消失了。艾芙用雙手、交叉雙手及拍掌強勢伴隨著迪恩的重複樂段行進。雅思培走到舞台中央，目光從艾芙身旁經過。他的雙眼在追蹤一個朝他走來的人，但是艾芙沒有看到任何人。雅思培對著那個存在點頭，他的眼球在眼框裡往後翻轉……

……他像一具被丟棄的玩偶癱倒在地上。艾芙停止彈奏。迪恩停止。葛夫停止而且站了起來。觀眾完全靜默。有人大叫：「發生什麼事了？」雅思培的嘴巴在動，形成一個艾芙無法辨識的詞，然後合上嘴巴。一隻魚在空氣中溺死。她回想起迪恩說過的那個小理查在台上假裝心臟病發作的故事，但這次不一樣。雅思培的鼻子在流血，或許他的鼻子在地板上撞裂了，或許發生了更凶險的事。里馮和布里姬快步衝上舞台。里馮大叫：「把幕放下！」幾秒鐘之後，防火幕垂了下來。雅思培痙攣而且咆哮，就像一隻感受到劇痛的狗。他脖子裡的肌肉在移動。布里姬大喊：「快找葛瑞林醫師過來！」艾芙記起布萊頓多元技術學院的事。工作人員帶著油帆布過來，把它塞到雅思培身體底下，然後在葛夫和迪恩的幫忙下，把他抬到更衣室。他們把他放在紅色的人造皮沙發上。雅思培頂多只有部分意識。露薏莎檢查脈搏——當然她懂得急救術，她爹是個戰地記者——迪恩則是用手帕擦拭掉從雅思培鼻子流出的血。「恁會沒事的，老弟，別擔心，恁沒問題的。」露薏莎說他的脈搏飆得很高。一個肌肉發達、野牛臉，穿著法蘭絨上衣的男子和布里姬一起衝了進來。「這是葛瑞林醫師，他很厲害。」他跪在沙發旁邊，注視著雅思培的臉：「你聽得到我嗎，雅思培？」

雅思培沒有反應。他的眼神飄忽。

一種刮擦聲從雅思培的喉嚨發出。

葛瑞林醫師問：「有人知道嗎，他有癲癇病史嗎？」

艾芙勉強自己回答：「就我們所知，沒有。」

「糖尿病？」

「沒有。」迪恩說。

「你確定？」

「我是他室友。」

「他平常服用什麼藥？不要隱瞞。」

「只有奎立靜，」艾芙說，「就我們所知。」

醫生看起來有點懷疑：「那種抗精神病的藥？你確定嗎？」

「是的，他昨天吃了幾顆。」

「最近有精神分裂發作的情形嗎？」

「我不認為。」艾芙說。

「他一整天都不見人影，」迪恩說，「我們無法確定今天早上之後發生了什麼事，或他又吃了什麼藥。」

「我會給他一點鎮靜劑，把他的脈搏降下來。」醫生準備好一支皮下注射的針。「布里姬，妳最好叫一輛救護——」

醫生的嘴停止動作，他的手臂、手、手指及眼皮也同時停止。他是一張他自己的３Ｄ照片……只有一條血管例外。艾芙看到它還在搏動。迪恩也一樣，一動也不動，只有他的胸部還在上下起伏。艾芙把頭轉向露薏莎——她也是靜止不動，停在咬指甲的動作上。「露？妳可以——」

計時器

雅思培心靈的牆被擊碎，四散掉落。

扣扣爆發，淹沒他的大腦。

雅思培的知覺消逝、淡化到幾乎為零。存在倒轉成為不存在。

雅思培的身體現在成為扣扣的身體。他不再能命令它，就像《阿拉伯的勞倫斯》的觀眾不能命令螢幕上的彼得奧圖一樣。不存在一個詞彙來形容這種不存在。雅思培必須使用隱喻。我以前常開這輛車，在我想要的時候，到我想要的地方，照我想要的方式：現在我是後座的一個乘客，被綁起來，嘴裡塞了布。或者，我曾經是一座燈塔：現在我是一段關於一座燈塔的記憶，在一個被解開的心靈中。透過那雙曾經屬於他的眼睛，他看到那間私人病房N9D的內部。透過那對曾經屬於他的耳朵，他聽到有質地的沉默。那個空洞人已經停止呼吸。

可是，雅思培心想，我現在在想這件事，所以有一部分的我想必還存在。他感覺到扣扣的情緒：被釋放的喜樂；對這個高大、強壯、年輕的身體的好奇，他現在可以稱它為自己的身體了。扣扣彎曲他的手指，站起來，深深吸了一口氣。他穿上雅思培的鞋子，離開那間病房，沿著雅思培從急診室進來時所走的路穿過醫院。

你可以聽見我的話嗎？雅思培問。

如果我想聽，扣扣回答。

我死了嗎？雅思培問。

你是一塊餘燼，扣扣回答。

我會像這樣活下去?雅思培問。

餘燼能活多久?

我們要去哪裡?

沒有所謂的「我們」。

我們要去哪裡?

到那個儀式、歌曲、崇拜的地方。

教堂?雅思培問。

那個場地,扣扣回答。

獵豹俱樂部?為什麼你要——

連結被切斷,雅思培收到更模糊、更像夢境的圖像,而扣扣的聲音離開醫院,招了一輛計程車。「百老匯與第五十三街交會口的獵豹俱樂部。」扣扣用雅思培先前的聲音說。紐約的樣貌間歇地從車窗外滑過。汽車、燈光、商店、巴士、店家大門、其他計程車裡的其他乘客。雅思培從扣扣裡面觀看這一切。他是一位乘客裡面的一位乘客。扣扣知道我知道的事,但我不知道扣扣知道的事。雅思培失去他原有的流暢思緒。推理很費力。這個知識上的不對稱性就表示葛拉瓦西醫師是對的?或錯的?我瘋了?還是,這是真的?雅思培不知道。雅思培不知道怎麼去知道。

里馮在獵豹俱樂部外面。一張海報寫著:「到烏托邦大道走一趟」。計程車停下來,扣扣走出來,隨身帶著雅思培的殘留部分。「喂!」那個駕駛大喊,「喂!先生!二塊六毛!」里馮已經在那裡了,拿給他三美元。「不用找了,不用找了。謝謝。再見。」計程車呼嘯駛離。里馮抓住扣扣的雙肩,以為那是雅思培的肩膀。雅思培想要解釋、道歉、請求協助,但是他的舌頭、嘴唇及聲帶都不聽他使喚。里馮皺著眉頭。擔憂,雅思培猜,寬心及氣憤。「你可以演奏嗎?」里馮問。「你吃了什麼藥嗎?」

扣扣說：「我是來這裡演奏的。」

雅思培聽見自己的聲音傳遞另一個人的思想。

「很好，」里馮說，「你把時間扣得很緊，不過，那很好。」

在他們身旁，人們陸續進入演唱會場地。

有人說：「那是他，那是雅思培德魯特。」

但是那不是！那不是我！那是我的身體，被綁架了！

里馮導引扣扣走進一條小巷，穿過一扇舞台後門，然後經過一條走廊，在那裡里馮告訴一位舞台工作人員：「告訴馬克斯和布里姬，浪子回家了。」他們進入一間更衣室，房間中央有幾個梳妝台和兩張紅色大沙發。艾芙和她朋友露薏莎就坐在其中一張上面。很好，雅思培心想，我很高興妳找到她了，或者，她找到妳了。霍伊史托克爾也在這裡，穿得像吸血鬼，旁邊有他女朋友——或是他女兒——她的眼睫毛彎曲而且交織，就像捕蠅草。艾芙穿著她上《最佳流行音樂》節目時穿的那件幸運麂皮外套，起身說出他的名字。葛夫穿著他的寬鬆襯衫，露出胸毛。迪恩對著他吼叫。扣扣跟人要水。迪恩把一壺水潑到扣扣的臉上。扣扣享受那樣的感覺。迪恩仍然繼續吼叫。一小滴唾液落在扣扣的臉頰上。「你不是在吼那個你以為你在吼的人。」雅思培想告訴他，但是他永遠沒辦法告訴任何人任何事了。艾芙比較冷靜。這裡有幾面鏡子。這讓事情變得複雜。透過雅思培先前的眼珠，雅思培看到他那具現在改由扣扣駕馭的身體朝鏡子走過去。扣扣用雅思培的臉來微笑。原來我的笑容看起來是那個樣子。這種感覺除了奇怪還是奇怪。扣扣轉身離開，然後靠著雅思培的知識去幫雅思培那把Stratocaster吉他調音。艾芙觸摸他的前額頭。「沒有發燒，」那女人說。馬克斯莫荷蘭抵達，一身粉紅，流著汗，後面跟著一位忙碌的女人，雅思培猜想她是這場地的主人。言語愈來愈多，殘餘的雅思培不像他的舊我那樣能輕易將字詞擺在正確的次序。這就像是一整個房間的收音機。他的先前手指撥彈了一個G。「我是來這裡演奏的，」扣扣說，「我想要他們的能量。」

〈將巨石滾開〉，〈蒙娜麗莎〉，〈暗房〉。獵豹俱樂部的演出非常古怪而且讓他很痛苦。非常古怪，因為雅思培的先前身體正在彈奏雅思培從裡到外非常熟悉的歌，他卻只能被動地觀看。他很痛苦，因為表演並不是只有技術層面：表演是技術加上靈魂，而扣扣減去雅思培之後就只剩合格的技術。烏托邦大道在他們的美國首演上，應該要表現得遠比現在這樣好。艾芙、迪恩和葛夫想必認為雅思培把他們拖垮了。五六百位紐約人也會有同樣的想法——眼前這個雅思培德魯特根本心不在焉。想到烏托邦大道就這樣死在失望的嗚咽中，他感到心痛。*真是諷刺，在我即將消逝之際，我卻比以前我還有個身體時更能清楚感受到情緒。*樂團演奏〈鉤〉，和其他幾首歌一樣乏善可陳。雅思培很納悶，扣扣帶著他的新身體來這裡參與這場演出的動機是什麼。不是出於責任感。他感覺噪音及關注讓扣扣興奮起來。在雅思培認識他之前，扣扣是某個人：或許那個某人也是一位表演工作者，或者他是發號施令者，或者他是被崇拜者。*嗨？*雅思培問他的看守員。*你會告訴我你是誰嗎？*沒有回應。樂團演奏〈證明它〉。樂團與聽眾之間的神奇回饋迴路並沒有出現，而那是雅思培的錯。*只不過，那其實是你的錯，扣扣……看，餘燼已經幾乎要熄滅了……如果你願意給我一個死前的最後遺願，讓我把最後一點的我花在〈神智正常〉上。他們就會崇拜你。*扣扣聽到他的話，他在考慮這個提議，雅思培可以感覺到。他的回答像一陣湧來的電壓，再次擁有自己的神經系統讓雅思培震驚到發起抖來。私人病房N9D頂多是八十或九十分鐘前的事，但是現在這種感覺令他頭昏眼花而且很不習慣。從閃光球照出來的小仙子在雅思培的眼前跳舞。「謝謝你們今晚來看我們表演，謝謝你們每一位。」

有個人大聲喊：「我們期待的不是**你們**這種爛表現，老兄！」

他說出最後的遺言，雖然沒人知道那就是他的最後遺言。雅思培轉向迪恩：「謝謝。」對葛夫說：「做得好。」對艾芙說：「再見。」雅思培刷彈幾下吉他，請技術人員幫他把吉他的音量調大聲，閉起眼睛……然後驟然進入一陣音箱爆裂、琴弦彎折的嚎嘯。接著發射由三和弦構成的音階，從高音E一路滑下來。

雅思培用一個不在〈神智正常〉裡的全新即興重複樂段，回報這天晚上他得到的第一批掌聲：永遠不會有人知道那是從奶油樂團的〈在惡兆下誕生〉偷來的。他即時得到觀眾的如雷掌聲。葛夫、迪恩和艾芙分別用鼓、貝斯及哈蒙德風琴加入。雅思培帶領這段即興演奏走過三回，然後才用一個帶有哇哇音效的降B長音，〈神智正常〉的開頭音，來做收尾。迪恩以貝斯重複樂段跟進，艾芙在下一小節加入，而葛夫在次一小節開始劈與拍。雅思培貼近麥克風，唱出他的精神病人低語……

明天我聽到門上的一聲扣——
一扇先前不會在那裡的門——
無法判斷那是不是犯罪，
不知道它是在下意識，所以……

葛夫敲鑼。獵豹俱樂部的贊助人們露出微笑。迪恩走向麥克風，唱出他所負責的「沒有人」段落：

我敞開心房而沒有人說話，
「孩子，你已經成為真正的笑話；
神智老人將你拋棄——
悲哀的事實是，你的神智不正常。」

這支樂團從未演奏過比這次更棒的〈神智正常〉。聽眾大聲唱出第三次副歌，雅思培的眼睛神祕地溼了。我很開心在我離開之前終於發生了。雅思培已經快要用盡燃料、道路以及他自己。他奔向一個連珠砲似的結尾。艾芙在她的哈蒙德上轉出一個漩渦，葛夫從地底一哩召喚出地震。迪恩的手指曲折進退的速度讓眼睛幾乎追不上。雅思培一吋一吋地走向麥克風，直到它找到罕醉克斯的最佳點——然後一聲喲—喲—喲—噢！女妖的高潮。在艾芙身後，雅思培看到扣扣從露薏莎瑞伊身旁經過，朝他走來。這想必是一種死前的幻覺。扣扣在我的頭腦裡。那個魅影轉向觀眾，要沉浸在他們吼叫的熱度中，接著他看著雅思培，就像債主看著欠債者那樣。

他碰觸雅思培的眉心。

在他知道痛苦來臨之前，痛苦就結束了。

他的身體像一具被丟棄的玩偶癱倒在地上

他從幾呎以上的空中看著舞台上的它。

所以，這是真的，死後真的會往上飄起。

〈神智正常〉脫軌撞成一團。

獵豹慢慢流逝，像沙一樣。

里馮的聲音從遠處傳來：「把幕放下！」

一個無可抵抗的速度把他帶走……

他朝著前方一座又陡又高、最終形成一道沙脊的沙丘而去，聽得見的只有風聲與沙聲。在他身後，愈往遠處看，空白處就變得更空白。及膝或及腰高度的蒼白光點從雅思培身旁流向那道沙脊。數目眾多。風將雅思培像風滾草一樣推上斜坡，就像它將那些蒼白光點往前推進一樣。他想要抓住一個光點，但光點從他的手掌穿過。靈魂？雅思培檢視他的手。只剩下我對我的手的記憶。或許每個蒼白的光點都把自己視為一個人。那道很高的沙脊現在已經很接近了，而且一步一步更接近。天空——如果那是天空——逐漸變暗成為薄暮。很快——如果那是「很快」——雅思培就已經站在那道沙脊的最高處，然後望著那薄暮。薄暮。沙丘的斜坡往下延伸到一片虛無之海。看起來有四或五英哩遠，但是雅思培懷疑距離的概念在這裡還有同樣的意義嗎。蒼白的光點跟隨沙丘的輪廓起伏，以不同的速度及高度往下朝著那片大海而去。雅思培德魯特的靈魂從那道高脊往下走……

有人下了一道命令：「回頭。」

雅思培德魯特的靈魂在邊緣停下腳步。

吹向大海的風推著那靈魂，力道比先前更強。

那靈魂抗拒。一場拔河開始……

雅思培被甩進那個躺在獵豹俱樂部後台沙發上的身體裡。他嘗試移動，他不能。手腳不能動，連一根手指也不能。眼球和眼皮，可以。*不然就是，我癱瘓了*。雅思培眼中看到的八個人都是一動也不動。不只是站著不動：是一動也不動。迪恩是一個真人大小的迪恩模型，手裡拿著一條血跡斑斑的手帕，離雅思培的臉很近。*我在流鼻血*。葛夫站在迪恩後面。握著雅思培手腕的露薏莎就和照片一樣紋風不動。霍伊的女朋友打了一個噴嚏。霍伊史托克爾的指甲在他的鼻孔裡。里馮和馬克斯看起來是在和一位頭髮蓬亂、手拿針筒的陌生人說話——*醫生*？雅思培想到約瑟夫賴特（Joseph Wright）的油畫《氣泵裡的鳥實驗》（*Experiment on a Bird in the Air Pump*）。我還記得而且還能得知事實。噪音從獵豹俱樂部的舞廳滲進來。時間在這裡停止了，但是在外面那裡並沒有。雅思培回想起自己在〈神智正常〉的結尾處昏倒在舞台上。

他記得那些沙丘。薄暮。*我死了*。

為什麼我又回到這裡？某個東西把我帶回來。

扣扣哪裡去了？仍然在這裡，在我的心靈裡。

什麼事導致八個人癱瘓？

一個男人和女人進入房間。一位古銅膚色的中年女子，穿著卡其色寬鬆上衣、長褲、沙漠靴，配戴著各色珠子；一位穿著訂製西服的亞洲男子，頭髮銀白，戴著金框眼鏡。兩個人看起來都沒受這些人體蠟像干擾。

「真是千鈞一髮，我會說，」那個女人說。她從那個醫生的手中取下針筒。「誰曉得這裡面裝了什麼。」

那個亞洲男子走向沙發，蹲坐在腳跟上。「你看到那道很高的沙脊？薄暮，還有那些靈魂……」

雅思培仍然和先前一樣發不出聲音。

那男子碰觸雅思培的喉嚨。

「你們是誰？」

「尤里昂梅瑞納斯醫師，叫我梅瑞納斯就可以了。是伊格納茲葛拉瓦西請我過來的。我不在城裡，但是，在我們的朋友華爾特回報說在公園裡看到你之後，以斯帖，這邊這位，」他看了他的同伴一眼，「就掌握到你的行蹤。」

這男人的說話很精準。他的口音很難鎖定。雅思培的心靈努力抓攫，想要抓到施力點。他向另外那兩個人比手勢。「是你們把我的朋友們凍結成這個樣子的嗎？他們不會有問題嗎？」

「那叫做『精神鎮靜』。」以斯帖利鐸用類似澳洲鼻音的嗡嗡聲說話。「他們不會有問題的。不像你——」她看著雅思培眉頭上的一個點，皺起眉頭，「除非你動手術。而且要快。」

一個年輕女人推了一台輪椅進來。「西羅正在外面像一具火焰噴射器那樣努力安撫大家，如果你們不想在明天的《紐約時報》上看到集體幻覺的報導，我們就必須趕快離開。」

「原諒我直言不諱，雅思培，」梅瑞納斯說，「但是你的選項很清楚而且簡單。留在這裡，等『扣扣』從暫時套在他身上的那件約束衣中脫身後，乖乖死去；或者，跟我們一起走，幸運的話，你還可以活下來。」

雅思培最近經歷的一連串事件從他身旁飛過，彷彿他是坐在一列快速駛過鮮明影像及模糊隧道的不可能火車上來觀看這一切。這裡是：樂團在希斯洛機場登機飛往紐約；這裡是：迪恩挑戰古斯德魯特和馬廷；這裡是：樂團在菌傘討論〈缺席的朋友〉的人聲部分。大多數的場景，雅思培忘記自己曾經忘記過。這裡是：艾芙住處附近的柏威克街市場的混亂與味道；這裡是：一輛櫻桃紅凱旋跑車在兩側都是果樹的下坡路段超車趕過野獸；這裡是：兩個聖誕節之前，雅思培去參加阿契金諾克的藍調凱迪拉克樂團的面談試奏。從這列往後飛馳的記憶火車所瞥見的一段段記憶，充滿各種氣味、滋味、觸覺、聲音與情緒：這裡是萊克斯多普療養院的餐廳，充斥著湯與鯡魚的香氣。雅思培自己沒有出現在任何一幅圖像裡。照相機沒辦法拍攝自己……除了在鏡子裡，而那是我所避免的。到了萊克斯多普之後，記憶開始減速；日與夜發出光與暗的脈衝，就像一盞變慢的頻閃燈。這裡是雅思培的房間，在那棟房屋的頂樓。一隻貓頭鷹咕嗚。明亮刺眼的陽光在天花板上顫抖。外面是良性，裡面是惡性。那個蒙古人在描述他遏制扣扣的方法。那是我在你那位房客周圍切割出來的空洞。他的軟墊病房，你可以這麼想。模糊緩緩而至。清晨退化成昏暗與空無……直到前一夜，當時蒙古人跟他解釋他可以如何隔離扣扣，為雅思培買到幾年的平和。現在，是那一夜之前的白天。現在，是海岸上的那起事件，在那裡蒙古人向雅思培自我介紹，那時雅思培腰部以下是在北海裡，身上綁了一個塞滿鵝卵石的背包……接著記憶列車再次加速，往回旅行，經過雅思培身為精神病患的那些日子；他的吉他課，許多的葛拉瓦西……

……雅思培這時才明白，如果不是他在控制這列火車，那麼一定是某個人在控制，而那個人想必也在這裡。

雅思培的心靈說，你是誰？

是我，梅瑞納斯，一個熟悉的聲音回答，在雅思培的心靈裡。我不想嚇到你。

我不記得離開獵豹俱樂部。

以斯帖對你施了精神鎮靜，那醫生用心靈回答。那時候分秒必爭，現在也一樣。

我們在哪裡？我為什麼會看到這些記憶？

梅瑞納斯的暫時無語當中也許包含一聲嘆息。想像你嘗試向第五世紀義大利的一位趕騾人解釋衛星技術。你，你的身體，在一一九A，我們位在曼哈頓的據點。你在一個安全無虞的樓上房間，躺在床墊上，在人工引發的昏迷狀態中。你現在是安全的。至少現在。

這個消息讓雅思培有了警覺。我會沒問題嗎？

那要看我們找到什麼。我們現在在你的大腦裡，在你的記憶視差（mnemo-parallax）裡。它連接你的小腦與海馬迴，功能相當於你一生記憶的檔案室。

你剛剛是說，雅思培跟他確認：你在我的大腦裡？

無形無體地來說，是的。事實上我的身體是在距離你的床墊三呎遠的另一張床墊上。以斯帖可以橫向站立，但我必須躺下來。

這有太多東西要吸收了，雅思培用心靈回答。

試試看，趕騾人。試試看。現在，看這些照片。

記憶視差呈現出萊克斯多普逐漸被夏天攻占。掉在地上的樹葉飛上樹枝，把自己接到枝子上，然後由褐色轉成紅色，再轉成橘色，再轉成綠色。

每件事都倒過來發生。

你以倒轉的順序重新經歷你的記憶。我們在倒帶。

為什麼每件事都比我平常的記憶還來得鮮明？

梅瑞納斯把這個類比做進一步延伸。記憶視差是一捲母帶。完整、4D、多重感官、立體聲環繞的特藝彩色。平常的記憶就像法庭上的素描，精細而且每看它一次，它就受到侵蝕。

萊克斯多普的夏天轉成春天，一隻狐狸穿過斑駁的陰影往後飛奔。

你有可能會永遠迷失在這裡，永遠不再出來，雅思培想。言詞與思想看起來是相等的。扣扣在哪裡？

在一個臨時拼湊出來、沒辦法維持太久的禁閉室裡。他非常忿怒而且危險。

你可以幫他蓋一間堅固一點的牢房嗎？雅思培用心靈問。

唉，那個蒙古人的處理只是暫時性的解答。你的大腦中已經沒有足夠多的組織可以第二次做那個手術了。

在扣扣再次得到自由之前，我有多少時間？

幾小時，梅瑞納斯回答。所以，事態緊急。

在記憶視差，水坑把雨滴發射上枝頭及雲端，鬱金香收縮成為花苞。

雅思培問，我們在找什麼？

我們在過濾最近的生理時鐘週期，想要找出有關扣扣的數據資料。我讀過葛拉瓦西醫師關於「病患雅德」的報告，但是那些資訊被濾網篩選過。你的記憶視差成為主要的資料來源。你第一次看到他的臉是在什麼時候？

我在伊利學校的最後一天。七年前。扣扣出現在我房間衣櫥的鏡子裡。

那麼讓我們去看一下。記憶列車加速。雅思培瞥見萊克斯多普的病人們把一個雪人攤開直到他消失。他問，你在獵豹俱樂部的時候是怎麼「精神鎮靜」每個人的？你是怎麼做到這一切的？

採用應用形上學的一個分支，稱為「精神祕術」。

雅思培考慮那個詞。聽起來像是騙人的科學。

我們那位十五世紀的趕騾人也不會知道「軌道速度」這個詞。但他的無知就代表航空學是騙人的科學嗎？

不，雅思培承認。精神祕術，那是什麼？

對某些人而言，它是惡魔的詭計盒。對另一些人而言，是一間兵工廠。對我們而言，它是一個還在演化中的學科領域。

你一直說「我們」。雅思培看到他在萊克斯多普的第一年倒著跑，經過他的身旁。誰是「我們」？

我們是測時術（Horology）的專家，梅瑞納斯回答。

雅思培聽過這個詞。製造時鐘？

在近幾十年來，是的。但字詞會演化。在過去，測時師（horologist）[65]研究的其實是時間本身。你看，這裡是你來到萊克斯多普的時候……

雅思培看到年輕六歲的葛拉瓦西醫師。萊克斯多普穿過它的大門往後退去，這一幕是在夜裡，從魏姆祖父的捷豹汽車裡看到的。弗瑪吉歐也在車上。這輛車看起來是在三十秒內倒著開到荷蘭角港，深夜逐漸化為傍晚。我覺得自己像《小氣財神》裡的史古基。雅思培說。

我不像過去的聖誕幽靈那麼快活，相信我。

阿納姆號穿越北海航向早晨。一肚子的嘔吐物從海浪中飛起來，進入弗瑪瑪吉歐的嘴巴，而弗瑪吉歐倒著衝回交誼廳。

在這件事的前一天，雅思培說。前一天早晨。

像飛行一樣快速，渡輪到達哈維奇碼頭。一輛汽車穿過諾福克旅行到伊利，夜晚吞噬了白天，而十六歲的雅思培回到他與弗瑪吉歐同住的那個房間。扣—扣—扣—扣—扣加速成為快速的嗡嗡聲。這裡，放慢一點，雅思培告訴梅瑞納斯。它隨時都可能出現……

現在。時間變慢到平常的速度，雖然它是放在倒車檔。這裡是雅思培十六歲的自己在斯瓦夫翰宿舍裡，在他與弗瑪吉歐的房間內，打開衣櫥。一位剃了光頭的東方僧侶從鏡子裡看著他。記憶列車停了下來。雅思培寧可把頭轉開，但是他無形無體的自己並沒有頸部的肌肉可以轉動，也沒有眼皮可以閉上，所以他必須仔細審視扣扣的審視。憎恨？嫉妒？記仇？

65 即作者《骨時鐘》小說中的骨鐘師。

梅瑞納斯用某種外語說了一個很長的片語。

我聽不懂那個語言，雅思培說。

他在罵髒話，乾澀的澳洲腔突然插話，用印度話。

雅思培想轉頭尋找那聲音的主人，但他沒辦法。

你好哇，小子，那聲音說。我是以斯帖利鐸，另一個幽靈。

雅思培想起在俱樂部更衣間那位看起來像原住民的女人。這裡還有其他人嗎？

只有我們兩隻小老鼠，以斯帖說。說話啊，梅瑞納斯。

在我的後設人生（meta-life），我已經忘記數千張臉，梅瑞納斯說。但是這一張臉我不能忘記，我也不會忘記。永遠。

雅思培摸不著頭緒。你認識扣扣嗎？

我們的路在多年前交會過，充滿戲劇性。

什麼時候？雅思培問。在哪裡？如何？

早在一七九〇年代之初，梅瑞納斯說。

雅思培以為他聽錯了。早在什麼時候？

他剛說過了，以斯帖說，在一七九〇年代。

開玩笑？隱喻？這裡沒有臉讓雅思培去讀出表情，所以他直接問。梅瑞納斯醫師，你幾歲了？

晚一點再說。現在，我想要看到更多你的過去。

這趟經過雅思培人生的旅行加速朝起始處而去。夜晚閃爍著閉上，白天開啟，雲朵快速橫越天空。四季更替，逆時鐘。主教之伊利寄宿學校的夏季學期。復活節。春季學期。聖誕節，在斯瓦夫翰宿舍與家人在國外的寄宿生們一起度過。秋季學期。八月與七月在澤蘭。另一個夏季學期。當雅思培的成長反轉，制高點失去它的高度。一架輕木滑翔機在棟堡的夏日沙丘附近滑翔。一場板球比賽的勝利。在學校合唱團中唱〈成為朝聖者〉（To Be A Pilgrim）。在大烏茲河裡游泳。馬栗互擊、打彈珠、擲距骨、陷在泥巴裡。很快地，雅思培是六歲，而德魯特家族派來載他前往紳士人生的那輛黑色汽車倒著開上他阿姨的供膳宿舍，在海邊小城萊姆里傑斯。雅思培收縮進他的五歲、四歲及三歲，被一些巨人們環繞著，這些人的心情就像天氣一樣無法解釋。這裡是雅思培有殘疾的姨丈、責罵、躲迷藏、卡丁車、在黑暗中寫字的仙女棒、陽光燦爛的日子、跟牛一樣大的一隻受驚嚇的狗、娃娃車，從娃娃車上可以看到一道花崗岩海堤彎進一片無趣的翡翠海。海鷗攻擊一包掉在地上的薯條。孩童——雅思培的表哥表姊們——尖叫著。一連串的影像在一個飽經憂患的女人臉上駐足。那是我阿姨奈莉，雅思培說，我媽媽的姊姊。

這裡，你是十二個月大，梅瑞納斯說。現在，事物變得模糊不清……影像融化進彼此裡面。一隻被狗叼走的黑臉布玩偶。在兩指之間被捏扁的焗豆。打在窗戶上的雨。嬰孩奶粉所泡的一瓶奶。奈莉阿姨睡眠嚴重不足的臉輕聲哭喊著，「米莉，妳為什麼一定要這樣對我們？」哭嚎。失禁。知足。所有的線都模糊不清，而且各種觀點已經停止運作。嬰孩在前八週還無法讓眼睛聚焦，梅瑞納斯解釋。對暫存者（Temporals）而言，這就是線的終點。一般而言。然而，如果我的假設說得通……

動作繼續，不順而且拖泥帶水——

——直到發生一個顛簸，像是滑了一跤，在軌道上的一個不完美接合處。如果雅思培有身體，他就會想辦法取得平衡，讓自己穩下來。

移動的感覺繼續，但是現在它順著一條弧線從水平轉為垂直。就彷彿我是掉到井裡去了，雅思培心想。穿過井壁的窗戶，他瞥見煙火與米莉華勒斯。鑽石頭山，開普敦的著名山丘。船長室的一瞥。這些圖像比雅思培嬰兒期的圖像來得清楚，但清晰度比不上來自他自己童年的那些圖像。就像照片的照片，或是錄音的錄音。但是這些不是我的記憶，雅思培說。

這些是你父親的人生片斷，梅瑞納斯說。

這裡是古斯的妻子穿著婚紗。萊頓大學，雅思培猜，在一九三〇年代。放風箏。學打水漂……另一次顛簸。那是什麼的感覺？雅思培問。

世代的交接處，梅瑞納斯說。我們已經到達你祖父的世代，在他成為你父親的父親之前，歐洲人的身體躺在非洲的天空下。這看起來像是波耳戰爭，我記得很清楚……該死的一場蠢戰事。

這裡是一間塞滿人的教堂，他們身上穿著的是舊時代衣服。我知道這間教堂，雅思培說。這是棟堡，在澤蘭。

你是六十年後才知道這事，梅瑞納斯指出。

他只會移居到男孩身上，我懂了，以斯帖觀察。

因為他們不是他們時代的產物？梅瑞納斯說。

有遠見的人，以斯帖回答，從一開始。

雅思培看著熱帶天空下走荷蘭風的運河畔房屋。由馬拉行的四輪轎車。種植園。爪哇。船難。一隻鱷魚攻擊一隻水牛。被燈光照亮的美拉尼西亞女人在蚊帳底下。燈光下模糊的性。火山。決鬥——以及無形的震驚，看到子彈所留下的傷口。感覺非常真實，梅瑞納斯。

很像早期進電影院的人看到早期電影時的感覺。

雅思培問，記憶會順著血緣往下流嗎？

就平常的情況來說，不會，以斯帖說。記憶視差會跟著它所居住的大腦一起死亡。但是測時師並不是在處理平常的情況。

那麼我們怎麼能，雅思培問，看到我存在之前的記憶呢？

我們已經不是在你的記憶視差裡了，梅瑞納斯說。這些是你的先祖的經驗：它們被一位「德魯特家族訪客」歸類存檔了，這位訪客從父親換到兒子，再換到兒子，再換到你。這是這位訪客的記憶視差，由他的幾位宿主的記憶縫綴而成。

就像一條巨大的後設圍巾，以斯帖說，由幾條單一的圍巾拼湊而成。

像蒙古人那樣的訪客？雅思培問。

不完全一樣。梅瑞納斯告訴他。德魯特家族訪客並沒有，或者，並不能，從他的宿主遷移到別人身上。而且，在來到你的人生週期之前，他也從未完全清醒過。

樟腦丸的氣味。白色水晶在開放式櫃子裡。樟腦，梅瑞納斯說。這是十九世紀來自日本的高價貨品。我們已經很接近了。一個由褐色屋頂構成的斜坡城市，在更高處是綠油油的稻米台地。漁船沿著碼頭停泊。拿破崙時代的一艘帆船進入港灣，正在靠近——倒著行駛——一個扇形的小島，小島與陸地之間靠一座短橋連接。一面荷蘭旗在一根很高的旗桿上飄盪。北京？暹羅？香港？

在長崎，梅瑞納斯說。這是荷蘭東印度公司的一個貿易站，稱為「出島」。喪鐘的聲音。香的氣味。一個墳墓上刻著這個名字，路卡斯梅瑞納斯。

那是你的名字，雅思培說。

的確是，梅瑞納斯用奇怪的語調回答。大鍵琴的聲音。一個塊頭很大的男子在一間早期的手術室裡。

你以前喜歡吃派，以斯帖利鐸說出她的觀察。看看你的肚子。

我被困在出島十年，梅瑞納斯聽起來像在為自己辯護。英國人搶奪荷蘭的船貨。派是少數幾樣能讓我快樂的東西。我死在那裡。謝謝，英國。仔細看，雅思培，你將會跟某個人碰面……

記憶視差顯露出一個西方人的臉，一個二十八九歲的男子，長著雀斑，紅髮。他輕輕拭去眉頭的汗。那是雅各德魯特[66]，梅瑞納斯說。你的曾曾曾祖父。除了雅各眉心有一個小黑洞之外，那個場景看起來非常正常。雅各用鵝毛筆在一本分類帳上寫字。鵝毛筆滑刮過紙面時，數字就隨之消失。雅各頭上的洞縮小然後消失。這時從外面傳來幾聲喊叫。

66 作者的小說《雅各的千秋之年》（*The Thousand Autumns of Jacob de Zoet*）主角。梅瑞納斯的前身及接下來的幾位人物也出現在同一部作品中。

就在這裡，以斯帖說。這就是那個時刻。

我不了解，雅思培說，什麼時刻？

扣扣進到你先祖身上的時刻，梅瑞納斯說，從那時刻他開始了他的旅程，一路來到你身上……

觀點之輪在長崎的上空倒轉著。洶湧翻滾的煙變成煮飯的火。海鷗沿著那顆「眼」倒著盤旋，軌跡穿過陽台上的一個紙屏風，然後，突然間，在某個房間裡停了下來。那幅圖像被凍結。這記憶一點也不模糊，反倒像針一樣尖銳。燈心草編織的草蓆聞起來很清新。可滑動的屏風上以菊花為裝飾。一張圍棋桌倒翻，一碗白棋散在地板上。四具屍體橫倒在地上。其中最年輕的是一位僧侶。一位是年老的官員，他的眉毛非常纖細。第三人看起來是一位高階日本武士。最後一個是死去的扣扣。一個紅色葫蘆橫倒著，四個煤黑色的酒杯散落在附近。這是什麼地方？雅思培問。

殘菊之屋，梅瑞納斯說。一個我不預期再看到的房間。

毒藥，我猜，以斯帖說。快且猛的藥。

傳聞是這麼說的，梅瑞納斯確認。讓我們從我們的敵手開始。扣扣是一間祕傳神道寺院的住持。他的真實名字以前是，現在也是，榎本。那年是一八〇〇年，如果記憶可靠的話。榎本法師在不知火山的主寺開設了某種後宮，就在偏僻的霧島山區，離山下有兩日路程。然而，那後宮的目的與一般的後宮不同。算是某種家畜農場，來確保嬰兒的供應無虞。

雅思培問，為什麼宗教寺院需要嬰兒？

要將他們的靈魂蒸餾成一種他們稱為tamashi-abura（靈魂之油）的液體。藉由吸入這種液體，僧侶們可以延後死亡的時間，而且可以無期限地延緩下去。

雅思培看著那個死去的榎本住持，他的嘴唇是黑的。榎本相信他自己是通靈師？

梅瑞納斯遲疑了一下。照它標籤上所寫，用時代錯置的用詞來說，這叫靈魂之油。那些喝它的人就不會變老。

如果我把這裡的任何一件事告訴葛拉瓦西醫師，雅思培心想——他會立即稱之為一種思覺失調的疾病，梅瑞納斯同意，他是一位好的精神科醫師，但是他的參考架構非常受限。

但是長生不老藥並不是真的，雅思培說。

一千種當中會有二到三種是真的，以斯帖說。對那二或三種而言，測時術就存在。

獵豹俱樂部的精神鎮靜術，梅瑞納斯說。記憶視差，現在這一切，以斯帖和我，這全部都是你想像出來的嗎？

我不認為，雅思培說，但我要如何確定這不是我自己的想像？

上帝賜給我力量，以斯帖吼著。

那麼就聽從弗瑪吉歐的建議，梅瑞納斯說，把我們歸類在理論X的項次下。不是真實，也不是幻覺，而一個等待證明的現象。

雅思培不知如何回應。理論X是唯一可以繼續往前走的路。他轉向那四具死屍。誰殺了他們？

這一連串事件可以塞滿一本很厚的小說，梅瑞納斯回答。地方官城山——眼前圖像裡的那位武士——得知榎本殺嬰組織的行徑。他設下了一個計謀，想藉由毒死寺院這位大有權勢的住持，來斬首這個組織。聰明的榎本一定會猜疑到自己有被下毒的可能，所以在計謀中，地方官和他的祕書也都必須服下毒藥。就如你所看到的，那計謀成功了。榎本那位年輕見習僧和他的主子一起參加了這場變調的茶會。

雅思培看著犯罪現場，既悲哀又真實。如果計謀成功，那麼扣扣——榎本——怎麼還活著？

他擁有「陰影之道」的神祕知識，以斯帖利鐸回答。他的靈魂抵擋海風吹拂的時間夠長，讓他及時找到一位宿主——你的先祖雅各德魯特，在一間倉庫裡。但是為什麼是他，梅瑞納斯？在長崎那麼多的可能宿主中，是什麼將一間古怪寺院的住持與四分之一英哩外的某位外籍職員連接起來？

有一個女人，梅瑞納斯。

啊哈，以斯帖說。

藍場川織斗，日本第一位從事荷蘭研究的女學者。她曾經在我在出島開的診所裡，跟我學過接生術與醫學。雅各愛上藍場川小姐，就像這類故事中的白騎士那樣，不過榎本把她誘拐到兩天路程外的不知火山上。住持想要找這位全日本最棒的助產士，來照顧他繁殖農場裡那些女人。

這樣的連結怎麼可能強到，以斯帖問，在榎本即將死去之際，還驅使他的靈魂穿過半個城市去找雅各？

梅瑞納斯斟酌了他的用詞。雅各德魯特，一位名叫緒川的通譯和我都扮演一部分的角色，讓城山去注意到榎本的罪行。從榎本住持的角度來看——他們看著這位死去的僧侶——我們都是害他被謀殺的幫凶。

以斯帖衡量這件事。那麼，算是因果報應上的一條線索。榎本的靈魂筆直地順著它走。或者，照我們那邊的人的說法：走歌之路徑[67]。

雅思培感覺跟不上他們的對話。所以我在倉庫裡的那位先祖，在一八〇〇年誣賴了這位「真正的」通靈師。在要死的時候，榎本的靈魂就「飛」進雅各德魯特的頭，而且就此窩在裡面。在那裡他像一隻幼蟲，待下來，休眠。這隻幼蟲從父親傳到兒子，再傳到兒子，再到魏姆祖父，再到我父親，再到我。而在這期間，他一直在「獲致」宿主的記憶，並把它們縫在一起，成為一條愈來愈長的記憶圍巾。接著在一九六〇年代——十六個十年之後——榎本終於補充到足夠的「醒來」能量，然後他就粉碎我的心靈，並且占領我的身體。

差不多就是大致的樣貌，小子，以斯帖說。

這有解方嗎？雅思培問。

我們不能就這樣把榎本驅逐出去，以斯帖說，就好像我們是兩位法院執行官一樣，如果那是你希望的。

那正是我希望的，雅思培承認。

如果我們使用武力而榎本抵抗，梅瑞納斯解釋，大腦所受的傷害就會奪走你的命。不論是在神經上或精神祕術上，他的錨都已經拋得非常深。

那麼我們能做什麼？雅思培問。

談條件，以斯帖說。不過就算他同意這樣的處置，這種精神手術還是會非常、非常精細。

我們需要跟他說話，梅瑞納斯說。

等一下，雅思培有了警覺。我如何知道那個「精神手術」有沒有成功？

如果成功了，梅瑞納斯說，你會在這裡醒來，在一一九A。

如果沒成功呢？雅思培問。

你下一個看到的東西會是那個很高的沙脊和薄暮，以斯帖說，但這次我們就沒辦法把你帶回來了。

我沒有太多選擇，我有嗎？雅思培問。

殘菊之屋逐漸變淡。

天花板很平凡，房間很寬敞。他在床墊上，不是在通往那道高脊的斜坡上。地板是木頭。雅思培探索他頭顱的內部，然後發現扣扣——或是榎本——已經不見了。不是被隔在別區，像蒙古人的手術之後那樣，而是不見了，就像拔智齒或欠債被還清那樣。不見了。淡色的窗簾過濾掉陽光。雅思培坐起來。他還穿著昨天晚上的內衣。他的衣物被摺起來，披掛在一張安妮女王扶手椅上。那個房間的裝潢很少，但很古怪：壁上有一幅畫卷，畫裡一隻猴子想去碰觸自己在月光下的倒影，一個新藝術

67 澳洲原住民的信仰，在音樂中記錄著行進路徑。

運動（art-nouveau）風格的書架，一面布滿符號的地毯，一台古董大鍵琴和一張寫字台，上面有一支鋼筆和一個墨水罐，沒有其他東西。安靜無聲。

雅思培站起來，拉開窗簾。窗戶大約在五層樓的高度。曼哈頓的屋頂或上升，或下降，或傾斜。在不遠處，克萊斯勒大廈的斜邊幾乎穿進低矮的雲層。書架上擺了一些用雅思培不曾看過的變體字母寫的書：詹米尼梅瑞納斯喬德瑞編著的《永動》；H丹斯瑪與N米德瑪合著的*Een beknopte geschiedenis van de Onderstroom in de Lage Landen*（低地國家低潮簡史）；L康特隆的《大揭露》；西羅的《骨穴》；以及，豎立著、面朝外的*Récit d'un témoin de visu de la Bataille de Paris, de la Commune et du bain de sang subséquent par le citoyen François Arkady, fier Communard converti à l'Horlogerie*（關於巴黎戰役、公社及隨後公民弗朗索阿爾卡迪流血事件的第一手見證，自豪的公社成員後來轉為測時師），作者是M貝利。一首史卡拉第奏鳴曲的樂譜擺在大鍵琴上。雅思培翻開琴蓋。它很舊。雅思培的視奏能力沒有艾芙那麼強，所以他彈了〈木筏與河〉的前幾小節。那些音符的音質纖細且透明。套房裡有一間他可以使用的小浴室。他穿上衣服，但是看不到他的鞋子，所以他穿著襪子移步到門口。滑門打開之後正對著一部有鑲板的電梯。雅思培走進電梯。拉門關上。五個沒有標示的按鈕排成一列；第六個按鈕標示著「★」。雅思培按下那個星號。他等待電梯移動，但是，不像切爾西旅館那部電梯，這部電梯沒有機具的哐啷聲，也沒有緩慢的碾磨聲。沒有任何動靜。

雅思培拉開電梯門，看到一間有很高的天花板及水晶燈的優雅舞廳。坐在長桌尾端的是尤里昂梅瑞納斯。「你也許會想從電梯裡走出來，」那位醫師說，「電梯有自己的心智。」

雅思培進到舞廳。三扇半透明的大窗，偌大的鏡子讓室內空間及光線加倍。雅思培把視線移開，再移回來。恐懼症較不嚴重。來自許多時代的圖畫裝飾了牆面，包括布龍齊諾（Agnolo Bronzino）的《維納斯、丘比特、放蕩與時間》（*Venus, Cupid, Folly and Time*）。雅思培以為那幅畫是在倫敦的國家美術館。「扣扣不見了，」他告訴梅瑞納斯，「所以，我猜昨天晚上的事是真的。」

「他離開了。那是真的。」梅瑞納斯指著他附近的一張椅子，然後打開一個常用來保溫食物的銀製球形罩。裡面是半熟水煮蛋、磨菇、焦吐司、葡萄柚汁以及一壺茶。

「那是我在家喜歡吃的早餐。」

「是喔。餓的話就大口吃吧。」

雅思培發現自己真的餓了，坐下來，然後發現他們是在說荷蘭語。「一位精神科醫師、測時師兼語言學家。」

「我的荷蘭語生鏽了，所以，」梅瑞納斯轉成英語，「不再傷害你耳朵了。六個人生之前，我在哈爾倫重生，但是荷蘭語演進得太快。說實在的，我該去那裡住幾個月重新擦亮荷蘭語。或許葛拉瓦西可以幫我安排住處。」

雅思培碾磨了一些胡椒到他的蛋上。「你是真的回來？一個人生接著一個人生接著一個人生？」

「同樣的靈魂，舊的心靈，新的身體。現在，別讓早餐涼了，侮辱到廚師。*Bon appetit*（好好享用）。」

在梅瑞納斯的食物罩下的是一碗米飯和味噌湯。他們靜默地吃了一分鐘。正常人在沒有交談的情況下會感到尷尬，但是梅瑞納斯不是正常人。雅思培注意到梅瑞納斯的報紙是俄文版的《真理報》。「你在某個前世是俄國人嗎？」

「兩次。」梅瑞納斯輕拭嘴巴，「任何名叫『真理』的報紙一定會塞滿謊言。然而，謊言可以照亮一些事。」

雅思培的蛋黃流出橘黃色的汁液。「所以扣扣沒有任何抗爭就同意離開，而精神手術也成功了。」

梅瑞納斯把一小碟黃瓜倒到他的米飯上。「我們給他一個提議，而且以斯帖很有說服力。」

雅思培倒了一些茶到一個Wedgwood茶杯裡。「一個提議？」

「如果他交還你的人生，」梅瑞納斯舉起他的碗跟筷子，「我們就回報他一個人生。」

「怎麼做？他並沒有身體。」

「我幫他找到一個備用的。」

雅思培感到相當困惑。

「六月，東岸某個城市有個青少年服用過量藥物。他的靈魂那天夜裡就離開身體，但是他的身體靠著進入昏迷而存活下來。警方無法辨識他的身分，也沒有人來找他。在八月，約翰鐸的昏迷被降級為永久植物人。美國的醫院是生意人，而照護又很花錢。維生設備預計在週五撤除。大約是……」梅瑞納斯掏出一個連在一條鏈子上的計時器，「……九十分鐘前，約翰鐸重新恢復意識。他的照護團隊稱之為一個奇蹟。『奇蹟』這個詞沒有給以斯帖的精神手術應得的稱讚，但這不重要了。約翰鐸的身體將會是榎本最新而且是最後的寄宿身體。摒除意外的可能性，他應該可以活到八十歲。」

「靈魂移植。」

梅瑞納斯喝了一口味噌湯。「可以這麼說。」

花瓶裡的酒紅色鬱金香上有雪白的條紋。

「萬一榎本又開始釀造靈魂之油呢？」

「那麼他就會成為測時術的敵人。」梅瑞納斯嚼著黃瓜，「這是一種風險。我們所做的事處在倫理的灰色地帶，這我承認。但是如果倫理不是灰色，就不真的是倫理了。」

雅思培吃了一顆蘑菇。「所以測時術是某種……精神祕術的 FBI。這是多麼辛苦的工作。」

梅瑞納斯皺起的眉頭底下也許是一抹微笑。

雅思培已經把盤子上東西清光。他用拇指撫摸他手上那些專屬吉他手的厚繭。「我現在要做什麼？」

「你想要做什麼？」

雅思培考慮了一下。「寫一首歌，在這段經歷淡去之前。」

「那麼，回切爾西旅館，寫一首歌。每個人都在那裡，據我所知。前往應許之地。生養眾多。你的身體看起來還可以有五六十年的好狀況。」

里馮和團員們……「其他人！他們會認為……我被綁架了。還是……昨天晚上在獵豹俱樂部，後來怎麼了？」

梅瑞納斯輕輕用餐巾擦嘴。「西羅在所有見證人的記憶視差中刪修了幾分鐘。」

「我完全不知道這句話是什麼意思。」

「他們在後台發生什麼事的記憶已經被抹除，然後用一個掩飾的故事來取代。你在舞台上昏倒了，一輛救護車把你送到一間你那位荷蘭醫生的美國同事所開的私人診所，去做檢查及觀察。離真相並沒有太遠。我稍早打電話給法朗克蘭先生報告好消息，說我已經查出你昏倒的原因：內分泌失調，可以用抗凝血劑來治療。」他從外套口袋裡拿出一個藥盒，然後把它遞給雅思培。「舞台道具。它們只是糖，但是很大顆，而且看起來很嚇人。」

雅思培接下盒子。我永遠不再需要奎立靜了。「我可以在獵豹俱樂部今晚的演奏會上演出嗎？」

「你最好去演出，在這一切風波之後。」一個女人到了。她有油亮烏黑的頭髮，穿了一套石南花色的洋裝，走起路來不發出半點聲音。「你的氣色回來了，德魯特。」雅思培感覺這女人很熟悉。

「昨天晚上是你推輪椅進來載我的。」

「我是烏拿拉克。我來載你去你的旅館。」

該走了。梅瑞納斯陪他走到電梯。

「我還有更多想要問的問題。」

「我不意外，」那位連環轉世者說，「但是更多的答案都是多餘的。」

雅思培走進那部有鑲板的電梯。「謝謝你。」

梅瑞納斯從他的眼鏡上方打量雅思培。「我可以在你身上看到你先祖雅各的影子。一個球技平凡的撞球選手，不過，是個好人。」

★★★

烏拿拉克載著雅思培穿過下毛毛雨的曼哈頓時沒說多少話。測時師通常不多話。卡洛傑蘇亞鐸（Carlo Gesualdo）的怪誕牧歌填滿車內的沉默。這輛無名的黑色汽車穿過中央公園，一個晚上又半天之前，雅思培才在那裡迷路過。過了公園之後，街道兩旁的建築變得低矮，但不久之後，在切爾西旅館，建築物再次拉高。烏拿拉克仰頭看這棟建築峭壁般的正面，以及其上的窗戶、陽台及雅致的紅磚砌工。「它的開幕派對開了一整個禮拜。」

「我不會記得這件事的任何細節，對嗎？」

烏拿拉克沒說「對」，也沒說「不對」。

「我了解了。如果政府知道測時術的事，他們會把你們全關進實驗室，而你們就永遠不會再看到陽光了。」

「我倒想看他們試試。」烏拿拉克說。

「或者，如果社會大眾知道有像榎本這樣的掠食者……或者知道死亡是可以延後的……那還有什麼是不能變的？那些有權勢的人為了得到靈魂之油，還有什麼事情做不出來？」

一輛垃圾車發出隆隆聲從旁邊經過。玻璃瓶罐在它的肚子裡撞碎。

「你的人生在等著你，雅思培。」

「我可以問一下嗎，如果測時術——」

雅思培人在人行道上，看著烏拿拉克那雙像北極圈居民的眼睛。

「測時術？」她問，「那不是修理老時鐘的技術嗎？我不太懂這學問，不好意思。那麼，再見囉。」

雅思培看著那輛車消失在轉角。

「老弟，」一個毒販靠近雅思培的肩頭說，「你需要啥？若是手頭沒貨，我可以去調。告訴我。你**真正**需要的是啥？」

艾芙、迪恩、葛夫和里馮合桌吃西班牙早餐。

「唉呀，」葛夫說，「麻煩來了。」

「逃避安可曲的一個好方法。」艾芙說。

「就那樣的表現而言，得到一篇還算不錯的評論。」迪恩拿起《紐約星報》，「很顯然，恁會昏倒是因為……」他尋找報紙上的準確用詞，「……『白熾熱度破表的創作天賦』。誰曉得呢？」

里馮站起來，拍了雅思培的肩膀。「我醒來，心想，該死，我連那家診所叫什麼名字都不知道！接著電話響起，那是……馬利諾醫師，他跟我說一切都很順利。我差點因壓力完全釋放而死。」

「我們的雅思培不可能被摧毀的，」迪恩說，「他可能是不朽者，只是他沒告訴過任何人。」

「所謂的『內分泌失調』到底是怎麼回事？」艾芙問。

「艾芙，」迪恩說，「讓這個可憐的小子先喘幾口氣吧。雅思培老弟，坐下來，來一點咖啡。恁感覺如何？」

從現在開始，雅思培決定，我要來學習感覺。「我感覺……」他看著他的朋友們，「我的人生就好像才剛要開始。」

第三行星
SIDE B
1. 在這裡我也是個陌生人（莫斯）
2. 聖杯八（莫斯）
3. 通往遠西的窄路（莫斯）

在這裡我也是個陌生人

他媽的為什麼不？迪恩把他那台布朗尼（Brownie）相機的背帶圈在脖子上，爬到陽台的護欄上，抓住那根彎曲的樹幹，然後開始順著它搖搖晃晃地往上移動，像無尾熊一樣。樹皮多鱗，磨在皮膚上感覺有點溫熱。在他下方，月桂谷往下攤開。略斜的屋頂、平坦的屋頂，泰山電影裡的樹木，以及後院的游泳池。在美國這不叫「後花園」。迪恩來到樹幹的一個Y字位置，然後暫棲在那裡。地面已經距離他很遠。掉下去不摔斷脖子，也會摔斷四肢。他透過布朗尼的取景器尋找，懷疑這部相機可以捕捉到眼前壯觀景象的十分之一。在一英哩外，洛杉磯被街道隔成格子狀，和水坑一樣平坦。太平洋是一條深藍色的緞帶交織著閃亮的金線。就我所知，我是莫斯或莫菲特家族中第一個看到這景象的人。加州的天空是真正的純藍天空，英國的藍色天空只是便宜的仿製品。花的情形也一樣。這裡的花漲溢、爆炸、暴動。猩紅色的喇叭花、泡沫般的紫丁香、粉紅的星狀花、扭曲的塔形花。多特別的地方，多特別的日子，多特別的時刻……汽車發出隆隆聲駛過。昆蟲時而聚攏，時而散開。鳥類唱出奇怪的音符。迪恩拍了一張照片，只是為了回國後拿給瑞伊和山克斯看。往陸地的方向看，瓊妮密契爾（Joni Mitchell）的露台就在不遠處，幾乎和迪恩所待在的那個Y字分叉處一樣高。她正在試第一行歌詞的幾個版本：「我昨晚睡在一間不錯的旅館……」接著，「我在一間好旅館度過昨夜……」接著，「我喜歡住在很棒的旅館……」旋律很美。我要請艾芙教我彈鋼琴……

迪恩離倫敦愈久，就愈不想回去。倒轉的思鄉病。〈將巨石滾開〉受到英格蘭喜歡，現在是在英國排行榜的第十二名。烏托邦大道，若它是一支足球隊，一直都在丙級聯盟的末段班打滾。然後幾乎在一夜之間，他們被提拔到甲級聯盟的前段班。人們開始可以認出迪恩，而且跟他要簽名，包括夜店裡的保鏢在內。他有一輛櫻桃紅的凱旋噴火跑車，它現在被鎖在里馮的貝斯沃特路公寓後面的一間車庫裡。更別說與蒂芙妮西布魯克固定性交了，她比我的所有舊女友全加起來都還要狐媚。但在另一方面，英格蘭也代表他與克瑞達克家的牽連，一個有可能是迪恩兒子的男嬰，以及克瑞達克的律師，事實證明這律師不容易打發。英格蘭代表羅德丹普西，他現在的舉止愈來愈像惡名昭彰的克雷兄弟。英格蘭要收他百分之八十的所得稅，天氣夠糟糕，常有罷工，只有一種口味的冰淇淋——白色。再加上，如果英國算是喜歡這個樂團，那麼美國就是他媽的愛我們。在獵豹俱樂部那場多波折的首演之後，他們還有三場成功的演出，場地也愈來愈大。吉米罕醉克斯星期五到俱樂部的後台跟他們閒聊，金傑貝克邀請迪恩在他的下一張專輯湊一腳。幾個晚上之前，一位有色的模特兒在切爾西旅館主動接近他。一個紳士怎麼能拒絕呢？

「迪恩？」艾芙在陽台上，穿著她那件黃色的嬉皮小妞直筒連衣裙，四下張望。她的頭髮用浴巾纏裹起來。她看不見他。他有點想躲起來，但是：「我泰山，」他往下喊，「妳珍。」

「天啊！那樣安全嗎？」

「放心。我看過一百萬本蜘蛛人漫畫。」

「有你的電話。」

這裡？「好吧，不管是誰打來，恁可以告訴他，我正在月桂谷的一棵棕櫚樹上，而且我是不會下去的。除非那是吉米、金傑或珍妮絲。我會為他們下去。」

「那麼，羅德呢？」

「洛史都華？妳是說真的？」

「不是，你這傻瓜。是羅德丹普西啦，你的好兄弟。」

他腳下四十英呎的落差突然變成四百英呎。迪恩牢牢抓緊樹幹。「呃……」如果我逃避他，他會猜那是因為我協助肯尼和弗洛絲逃離倫敦。「告訴他我就過來……」

「美國之王萬歲。」

「恁的聲音超清楚。」迪恩試圖表現得一派輕鬆，「誰會想到電話線可以伸得這麼遠？」

「這是衛星的時代，老兄。巡迴演出如何？《新音樂快遞》說恁們在紐約很受觀眾歡迎。」

迪恩感覺自己像個被告，因幾個簡單的問題就降低了警覺性。「雅思培第一天晚上在舞台上昏倒，但他現在已經好了。這通電話可是會花恁很多錢。有什麼我可以幫忙的嗎？」

「首先，我的房地產經紀人說，恁和雅思培可以搬進柯芬園的公寓了。因為恁是區區在下的朋友，押金就免了。」

「太棒了，羅德。萬分感謝。」

「我的榮幸。第二件事恐怕就沒那麼棒了。」

他知道肯尼和弗洛絲的事了。「是嗎？」

「有點棘手，這件事，所以我就直接說了。兩天前我聽到一個惡毒的流言，談到一組，怎麼說呢，『藝術照』。某位知名製片人的夫人和一位年輕的英國貝斯手在海德公園大使旅館頂樓做那件骯髒事的照片。」

怎麼可能？怎麼可能？在實木走廊的另一頭，艾芙和雅思培正在為雅思培的〈是誰在中央公園？是誰在黑暗中大笑？〉的歌詞配上和聲。

羅德問：「恁還在嗎？」

「恁看過了嗎？那些照片？親眼看到？」

「我自作主張看了，沒錯。因為我們是好夥件。我需要查證那個流言是一派胡言還是真的。很遺憾，我必須說，是真的。」

迪恩強迫自己問：「恁可以看到什麼？」

「手銬，臉，古柯鹼。不只是臉，他們還拍到恁。」

門廊那裡的珠簾被穿堂風吹得咔嗒咔嗒響。「那是誰拍的？」

「很可能是希爾頓的一個員工認出恁來，然後向專業徵信社通風報信。看起來他們是在隔間牆鑽穿一個洞。他們是最專業的等級。一切都非常詹姆士龐德。」

「誰需要大費周章做這事？我又不是他媽的約翰普羅富莫[68]。蒂芙妮也不是間諜。」

「恁們都有公眾名聲，也有錢可以花在保護這名聲上。」

「我並不是有錢人，跟」——毒販和皮條客——「證券經紀人或房地產經紀人比起來。」

「《性事新聞報》[69]願意付三千鎊買恁和赫爾希夫人的照片。像這樣的敲詐比恁以為的還來得更常見。」

迪恩想像這個醜聞，以及安東尼赫爾希的反應。電影的合約告吹了，蒂芙妮的事業結束了。她接下來的人生都會是「有兩個孩子的外遇母親」。

「恁後來就都沒再跟我連絡。」羅德說。

「這是該死的一場惡夢，這就是原因。」

「打起精神，恁有好幾個選擇。嗯，好吧，三個。」

「左輪手槍、繩子，或安眠藥。」

「棍子、紅蘿蔔或『棍蘿蔔』。棍子就是，恁告訴那個自以為聰明的拍照者，只要那些照片曝光，你就會讓他終生坐輪椅。當膝蓋受到威脅，人們通常可說服。」

「我不能怪他們容易屈服，換成我也是一樣。」

「麻煩的是，萬一他們說恁只是在虛張聲勢呢？恁要不是就此退縮，就是要真的將威脅付諸執行。預謀的重傷害罪會讓恁被判二到四年的刑期。」

「如果這是棍子，那麼什麼是紅蘿蔔？」

---

68 John Profumo，英國政治人物，普羅富莫醜聞事件的主角。

69 *News of the Screws*，英國《世界新聞》（*News of the World*）的俗稱。

「勉為其難地付一些錢買那些底片。」

「那些壞蛋之後難道不會再回來要更多錢？」

「沒錯，那正是紅蘿蔔的問題。我做為朋友的建議是，用『棍蘿蔔』來回應。棍子和紅蘿蔔。恁說『恭喜恁，我被逮個正著了。我想要一個安靜的人生，所以，這是一份合約。在上面簽名，然後三天後恁的戶頭裡就會收到一千鎊。把那些底片寄給我，三天後會再收到一千鎊。但是如果恁敢再出現在我家門口，那就是戰爭了。如果有任何一張照片出現在任何地方，我他媽的肯定會讓恁後悔莫及。就這麼說定了？很好。在虛線上簽名，不要耍什麼花招。』或者，用類似這樣的說法。這麼一來，萬一他們出賣恁，恁也可以告他們勒索。」

珠簾咔嗒咔嗒響，就好像有人剛剛從中間穿過。「我不認為我說得出那些話，」迪恩說，「至少，我沒辦法說得像真的。」

「那不是恁的專長。但是，跟我點個頭，我就可以幫恁處理這根棍蘿蔔。因為我已經有些非法交易的經驗了。」

迪恩想到了錢。「該死的兩千鎊。」

「跟已婚女明星上床，記得常換旅館。恁付得起的，夥伴。恁承擔不起的，是讓這件事曝光。恁的女朋友，她會被戳得很深，傷得很重。離婚。恥辱。」

他說得沒錯。「就這麼做吧，羅德。拜託了。棍蘿蔔。」

一輛車開到屋外的車道。里馮跟葛夫。

「交給我吧，」羅德說，「但是，迪恩，首先——跟我保證恁不會跟恁的經理人或恁女朋友透露半點風聲。萬一計畫失敗，恁告訴過的人愈少愈好。可以嗎？」

「同意。我答應。還有，多謝。」

「這是一場葛瑞夫森哥兒們對上這世界的比賽。我們會通過考驗的。我很快就會再打電話過來，跟你回報事情的進展。」喀嗒。

嘟……迪恩把話筒掛上。

「《洛杉磯時報》愛你們，」里馮走進屋內，抱著一箱雜貨。「你們是這個城市的風雲人物。」

「看看這個，」葛夫捧起一顆真正的鳳梨，「就像是從鳳梨罐頭的正面掉下來的一樣，比罐頭還便宜。這是個他媽的什麼怪國家啊！」

「好消息，」迪恩說，「羅德丹普西剛剛從倫敦打電話過來。我跟雅思培可以搬到柯芬園那間公寓去住了。」

里馮藏不太住他心中的喜悅。「你和雅思培到我的公寓暫時窩一個禮拜我會很高興，但是既然……」

「好事太多未必是好事，不是嗎？」

在加州的一個豔陽天，安東尼赫爾希進入金星錄音那間實木鋪面的中控室。迪恩對昏暗的照明感到滿意，他覺得「罪惡」這兩個字就像寫在自己臉上。他按下「應答」的開關，告訴艾芙、雅思培和葛夫，「東尼到了，各位。」

加州版的安東尼赫爾希比他的倫敦版來得傲慢。他留了一副山羊鬍，穿了一件夏威夷印花襯衫。迪恩在他臉上尋找被戴綠帽而帶著怨恨的跡象，但找不到。「蒂芙跟你說嗨，迪恩，」赫爾希告訴他，「我們昨天晚上聊到你。」

「祝福她。幫我跟她說嗨。她還好嗎？」

「哦，你知道蒂芙的。忙，忙，忙。照顧那兩個男孩，打點家務，掌握及處理好各式文件……」他還不知道。「您的夫人是非常聰明的女士，她讓那位凱旋跑車的的銷售員完全聽她擺布。」

「我是個幸運的男人。我知道。」

艾芙、葛夫和雅思培從錄音室依序走進來。「你們好嗎，各位，」赫爾希說，「恭喜你們，今天早上《洛杉磯時報》刊了那篇評論。聽起來像是一場很棒的演出。今天晚上我會去聽你們演出，如果我可以抽身的話。」

「我會把你的名字放在貴賓名單上，」里馮說，「道格韋斯頓（Doug Weston）說：昨天晚上之後，烏托邦大道的票已經熱到會給人帶來三級燙傷。這樂團在獵豹俱樂部演出時的確緊繃到不行，但是，接下來，直到世紀末，人們會一直談論烏托邦大道一九六八年在吟遊詩人俱樂部的演出。把我的話記下來。」

「說得沒錯，」雅思培說，天真地。「我們表演得很好。」

安東尼赫爾希化解掉當下的尷尬。「你們任勞任怨地工作，那無庸置疑。我看過你們的行程，在這裡之後還要去舊金山，今天稍晚還有記者會。上什麼電視節目呢？《斯慕勒斯兄弟秀》（*Smothers Brothers*）？」

「《藍迪索恩看流行音樂！》（*Randy Thorn Goes Pop!*）」里馮看了一下錶。「原諒我，我的經理人職責又上身了，東尼，我們的時間有點緊。」

「那就談公事吧，各位樂團成員。里馮告訴我，在征服美國的行程中間，你們還有時間可以考慮我們的《窄路》拍片計畫。」

「迪恩對這件事最熱中。」艾芙說。

「那麼，跟我說你的想法吧，迪恩。」

「我說不上是個熱愛閱讀的人，但是恁寄來的劇本，我看了一下，呃……是的，真的讓我愛不釋手。」

「很好，」赫爾希說，「我很以它為榮。」

蒂芙妮也是，迪恩心想，「震撼我的是，這整部電影是關於自由。皮爾根是個明星，但他仍然是一名奴隸。他只能夠『繼續做唱片』，『繼續餵這部機器』，『繼續巡迴演出』。正如他的經理人所說，『你想知道什麼是自由嗎？自由就在那裡！』他指著在外面門廊裡的一位流浪漢。皮爾根一直到被告知只剩三個月可以活時，才震驚到選擇離開這部『演藝事業大機器』。於是他離開，並找到『自由者的公社』，但是他進入之後，卻發現那是一個迷幻藥集中營，古板安分就該被判絞刑。照字面解讀，那位心靈導師只不過是另一個國王，或神，或毛主席。而當皮爾根被逼著唱他以前的暢銷曲時，他又成為奴隸了，就和以前一樣，不是嗎？」

「我們正在商請洛克哈德森（Rock Hudson）來演那位心靈導師，」那個導演說，「但是繼續吧。自由。」

「自由貫穿這個故事，就像字母寫在沿岸的岩石上，」迪恩說，「自由不是什麼？不是鈴噹聲，不是口號，不是國歌，不是生活型態，不是藥物，也不是象徵社會地位的事物。甚至不是權力。但是當皮爾根跟派珀爾在路上時，這故事開始探討自由是什麼。它是內在的，是受限的，是易碎的。是一趟旅程。很容易被搶走。自由是不自私的。是無法指揮的。只有不自由的人可以看見它。自由是一種掙扎。它在掙扎之中。就像《樂園是通往樂園的路》，或許自由也是通往自由的路。」迪恩這才意識到自己發表了長篇大論，暫停了一會兒，點燃一根菸。艾芙和里馮用一種新方式看著他。葛夫這時應該說個笑話的，但是他沒有。安東尼赫爾希看起來很嚴肅。「所以，對，我正在以四四的節奏寫一首可以捕捉這一切的歌。或者，正嘗試這麼做。艾芙有一段很棒的鋼琴重複樂段，我們正在將它編進曲子裡，而那邊那位Stratocaster先生也會一如既往施展他的魔法。那就是我們打算做的事。抱歉，如果我錯誤解讀了恁的劇本，東尼。」

「一點也不，」赫爾希點了一根切斯特菲德香菸。和古斯德魯特同一牌的菸。「你所講的話，句句都打中要害。我很高興你有如此的洞察力，已經跟劇本有這麼深的連結。」

抱歉，我附帶偷吃了恁的蒂芙，迪恩心想，但是如果不是恁先偷吃那些小明星，她就不會找上我……

「葛夫剛把節奏的部分加上去，」里馮說，「我們現階段的工作是要將它製作成一個三分半鐘的電台剪輯版。」

「我可以先聽看看嗎，即使是半完成的作品？」赫爾希問。

「迪恩應該會樂意，我想。」里馮說。

「我的歌聲就跟老腸子一樣粗——」迪恩在控制台上按下倒帶鍵，「而且那個史庫比—杜比—杜比斯只是占位詞，但是……」錄音帶從一個捲軸捲到另一個。「歡迎來到〈通往遠西的窄路〉，第七次錄音。」

停止。

播放。

汗像針一樣從迪恩的毛孔流出，毛孔上覆蓋了一層妝。就像多了一層塑膠皮——女人怎麼受得了這東西？當他對嘴唱出〈將巨石滾開〉的最後幾個音時，一個淺黑膚色的女子從第一排嘟嘴吹了一個飛吻給他。《藍迪索恩看流行音樂！》的製作比起《最佳流行音樂》華麗得多，而觀眾和英國比起來也活潑得多。他們對著這位頭髮抹得油亮、穿著閃亮衣服的歌手藍迪索恩吶喊，他原本的幾張單曲，隨著披頭四所帶來的英倫入侵態勢而逐漸被人遺忘。「由一支動人的樂團所帶來的動人歌曲：烏托邦大道的〈將巨石滾開〉。現在，讓我們與這夥人的團長見面。」他把麥克風拿到迪恩前面。「你是？」

藍迪索恩的蛋與威士忌口臭撲鼻而來，「我是迪恩莫斯，但是我不是樂團的團長。」

藍迪的笑容沒有絲毫衰減。「你是樂團主唱？」

「在〈將巨石滾開〉，是的，但是我們三個人——」他指著雅思培和艾芙，「都在我們各自寫的歌中擔任主唱。」

「民主正在被實踐。現在，我知道，」藍迪把口音轉成習慣將聲音拉長的德州腔，「你們都不是我們這裡來的，小子。」

一個牌子舉起「大笑」。觀眾大笑。

「沒錯，我們是從大不列顛來的。」

「那麼，你們覺得大美利堅怎麼樣啊？」

「很酷。我還是男孩時，美國就是貓王跟小理查跟羅伊奧比森（Roy Orbison）的國度。我那時就夢想來這裡表演。現在——」

「太動人了。藍迪索恩又讓另一個夢想實現了。」他對著攝影機擠眉弄眼，然後走向葛夫。「讓我們來見見這位，呃……你是？」

「葛夫。」

「什麼？」

「葛夫。」

「就像《三隻比利山羊格魯夫》故事裡的格魯夫？」

「大笑」的牌子又舉起，觀眾開始大笑。

「葛夫，」葛夫說，「是『葛』，不是『格魯』。」

「你這可愛的口音是來自哪個地方，格魯夫？」

「約克夏。」

「約克夏？那是哪個國家？」

「位在英格蘭的邊界，跟挪威相鄰。你來英格蘭時，記得來拜訪我們。我們在約克夏特別喜歡逗無腦的白痴玩。」

藍迪轉向攝影機。「誰會知道這種家庭經營的小地方？只有在《藍迪索恩看流行音樂！》學得到！現在，趁著氣氛還好，放下葛夫，改來拜訪……」他從台上走下來，「烏托邦的這位美麗的女士。」他朝著艾芙走去，接著轉頭看了雅思培一眼，表現出一副困惑的模樣，對著攝影機咕咕噥噥地自言自語，再回頭看雅思培，然後把嘴巴摀住，裝出很丟臉的樣子。

「大笑」的牌子又舉起來，笑聲響起。

「那只是我的小噱頭，希望沒冒犯到您。」

「我不擅長被人冒犯。」

「對公牛來說，那可是一面鬥牛的紅旗哪，我的朋友。你叫什麼名字？」

「我的名字還是我的全名？」

藍迪索恩又對著攝影機咕噥幾聲。「你的名字就夠了。」

「我是雅思培。」

「你知道嗎，我還以為雅思培是男孩子的名字。」

「大笑」的牌子又舉起來，笑聲響起。

那他媽的一點也不好笑，迪恩想。

「沒辦法克制自己，各位，」藍迪索恩說，「沒辦法。」

「我很訝異你會認為我的頭髮像女生，索恩先生，」雅思培說，「很多美國男人都留長髮。你有沒有想過，你們的文化是在往前走，而你卻沒有？」

藍迪索恩的笑容變得僵硬。「各位，雅思培是個逗趣的人！最後且最重要的，是荊棘中的玫瑰，或者，她是……」這位主持人穿過舞台走到艾芙前面，「……羊群中的母狼？讓我們來查出來吧！妳叫什麼名字，甜姐兒。」

「艾芙哈洛威。」

「艾芙？Elf？就像小精靈一樣？」

「這是暱稱，從我小時候大家就這麼叫我。」

「妳把妳的尖耳藏在那些金色捲髮底下嗎？」

「這是暱稱，從我小時候大家就這麼叫我。」

「妳也負責決定聖誕老人的壞小孩與好小孩名單嗎？順便一提，兩份名單上都有我。我非常淘氣而且非常乖。」「大笑」的牌子舉起。攝影棚的笑聲終於開始變弱。「身為由幾個大壞男孩，像雅思培、格魯夫和德瑞克這樣，所組成的樂團裡的小孤兒安妮，妳有什麼感覺？男孩就是男孩，對嗎？」

艾芙轉頭望向台下的製作人，他至少還識相地表現出尷尬的樣子。「他們都是紳士。」

「哎哎哎呀！各位，我想我們不小心碰觸到一條敏感神經了！」

「喂，藍迪！」迪恩說，「我們為傜寫了一首特別的歌。」

藍迪索恩走過來，踏進陷阱裡。「一首特別的歌？」

「是的，它就叫做，」迪恩拿起麥克風，眼睛看著現場的攝影機，像新聞主播一樣把每個字都清楚唸出來：「〈藍迪索恩的演業事業躺在墳墓裡腐爛〉。傜想聽這首歌嗎？」

攝影棚裡的沉默真的沉默了。

迪恩把麥克風丟在藍迪的腳前，輕拍他的臉頰，把假貝斯放下，對著其他人做出割喉動作。烏托邦大道開始走離拍攝現場。微幅的混亂開始沸騰。一隻手從後面抓住迪恩的領子，然後開始擰轉它，讓他的氣管被束緊。「該死的英國口交男！」藍迪索恩把迪恩往後回拉幾步。「這是我的節目！沒有人可以在我的節目掉頭走人！」他把迪恩甩在攝影棚的地板上，他的眼睛凸了出來。他踢了迪恩的肋骨。迪恩往後滾，嘗試要站起來，但是另一腳踢在他的下巴。他嘴裡嚐到血味。接著他瞥見艾芙，她正掄起那把假貝斯揮向藍迪索恩的臉。她想必加上足夠的力道揮舞，才有辦法讓它粉碎成那個樣子。樂器的碎片飛散開來，有些碎片像雨一樣落在迪恩身上。

藍迪索恩的臉已經從嗜血變成一臉茫然。葛夫和里馮幫忙把迪恩扶起來，這時一個聲音喊著，「關掉攝影機！現在！艾歷克斯！關掉攝影機！」

關掉攝影機？它們還在錄影嗎？這是現場節目——所以在家裡的觀眾也看得到這裡發生的事？穿過一片疼痛的迷霧，這件事的各種後果成群湧進迪恩腦海。

在威爾夏旅館的一間會議室裡，樂團一起走上低舞台，在一張桌子的兩側坐下來。照相機像蝗蟲來襲一樣喀嚓喀嚓響個不停。大鐘上寫著晚上七點〇七分。迪恩的臉仍然在抽痛。艾芙幫他倒了一杯加了冰塊的水，然後說：「讓冰塊貼在會痛的地方。」迪恩點頭。電視台的一架攝影機正在錄這場會議。三十或四十位記者及攝影師一排排坐著，馬克斯和葛夫及雅思培坐在一邊，艾芙和迪恩坐在另一側。他輕拍麥克風。「各位，都聽得見我的聲音嗎？」

一些人點頭，「沒問題，夠大聲也夠清楚。」

「我是馬克斯莫荷蘭，石像鬼唱片的負責人。抱歉把各位留到現在。請把你們的抱怨寄給藍迪索恩，他今天下午在流行音樂節目現場自爆了。」真實的笑聲從記者群中發出。「很高興看到你們這麼多人。很顯然，那句老諺語：『沒有任何東西傳播得比光還快，除了好萊塢的八卦。』到今天還是對的……」

迪恩透過會議室的玻璃牆往外俯瞰，一片青綠的草地之外是一排棕櫚樹。他的下巴感到疼痛。

「葛夫、雅思培、艾芙和迪恩都在這裡，準備回答任何問題，」馬克斯說，「時間很短，所以我就不多拖延了，請發問！」

「《洛杉磯時報》，」一個有雷蒙錢德勒（Raymond Chandler）筆下偵探的氣質及新鬍渣的男子說，「有個問題請教莫斯先生，關於他未來的伴郎藍迪……」

「請別逗我笑，」迪恩摸著下巴，「笑起來會痛。」

「抱歉。藍迪索恩一個小時前發了這則聲明：『那個狗養的英格蘭同志存心要激怒我，好讓大家去注意到他的狗屎音樂。現在就把那個藥物成癮的惡魔驅逐出境。』你有任何回應嗎？」

迪恩喝了一口水。「這算是對我比較客氣的評論了。」一陣笑聲，「藍迪是說，我知道——事先就知道——他會勒住我的脖子，把我打趴，並且用腳踢我的臉嗎？我是怎麼知道？我怎麼可能事先知道會這樣？」迪恩聳肩，「我讓恁們自己下結論吧！」

「你會控告對方傷害嗎？」這位記者問。

馬克斯搶著回答：「我們會徵詢律師的意見。」

「不，」迪恩說，「我不會告任何人。藍迪上節目之前就喝醉了，他的演藝事業已經結束。總之，這一切都是值得的，能看到艾芙對他的頭做出彼特湯森（Pete Townshend）的砸吉他動作。」

一陣歡呼聲。艾芙用雙手遮住難為情的笑容，然後搖頭。

「那就是我們在反文化中經常聽到的愛與和平嗎？」一個穿著香蕉色黃外套的記者問。

艾芙把手掌移開，露出臉來，「愛與和平不等於輕易讓步。」

「《告示牌》雜誌。」這位記者讓迪恩想起黑桃十一。「嗨，我想請你們每一個人都各說出一位啟發你們的美國樂手，並說一下為什麼？」

「卡絲埃利奧特（Cass Elliot），」艾芙說，「她證明了女歌手不一定要長得像《花花公子》裡的兔女郎。」

「貓王，」迪恩說，「他的〈監獄搖滾〉（Jailhouse Rock）讓我看到我一生想做的事。」

「一個鼓手死了，」葛夫說，「來到珍珠門前時，他聽到一段不可思議的鼓樂，那肯定是巴迪瑞奇（Buddy Rich）打的。於是他對聖彼得說：『我不知道巴迪瑞奇已經過世了。』聖彼得說：『不，不，那是上帝在打鼓。他還以為自己是巴迪瑞奇呢。』那就是我的回答。」

「艾蜜莉狄金生（Emily Dickinson）。」雅思培說。那位記者看起來很吃驚。一陣贊同的喃喃聲在人群中擴散開來。迪恩心中納悶，誰啊？

「我來自《堡壘》雜誌，」一個記者站起來。他是房間中唯一一位黑人記者。「你對於目前在越南進行的大屠殺有何看法？」

呼吸聲、嘖嘖聲以及唉唷聲四起。馬克斯說，「不好意思，我不確定那跟這場記者會有什麼關係，所以——」

「〈將巨石滾開〉談到了倫敦的一場反戰示威，還是，你沒有真正到格羅夫納廣場的現場，迪恩？」

「迪恩，」馬克斯傾身到艾芙背後，「你不一定要回——」

「不，我會回答，問這個問題的人很有種。是的，我人在現場，」他告訴那個《堡壘》雜誌的人。「老兄，我是英國人，越南不是我的戰爭。但是如果越戰可以打贏，那麼在過了這麼多個月，花了這麼多錢，投了這麼多炸彈，死了這麼多人之後，美國應該早就打贏這場仗了。恁不這麼覺得嗎？」

「《先驅稽查員》（*Herald Examiner*）。」一個男人舉起一枝筆，「有些人認為美國可以藉由護衛越南來護衛所有的自由民主政權，以避免發生他們被共產主義逐一奪走的骨牌效應，你對這些人有什麼話要說？」

「護衛越南，你是這麼說的嗎？」艾芙問，「你沒有看過那些照片嗎？在你看來越南像是受到『護衛』嗎？」

「戰爭中總是會有人犧牲，哈洛威小姐，」那位先驅稽查員說，「比唱〈木筏與河〉來得骯髒的工作。」

「在紐約幫我的護照蓋章的那位移民局官員有一個兒子在越南。」艾芙說，「那個兒子被炸成碎片。你有兒子嗎，先生？他們被徵召入伍了嗎？」

那位先驅稽查員移動他的身體。「這是你們的記者會，哈洛威小姐。我不確定，你們——」

「我來幫忙翻譯，」那位《堡壘》記者說，「他是在告訴妳，『是的，我的確有兒子：但是，不，他們不會前往越南。』」

「他們有醫生開立的免徵召證明！」

「那些骨刺花了你多少錢，蓋瑞？」那位《堡壘》記者問，「五百美元？一千？」

「要請教烏托邦大道的問題，請在這裡發問，」馬克斯說，「政治上的踢拳攻防請到外面去，各位先生，拜託。」

「《聖地牙哥晚報》。」說話者是一位女性。「比蓋瑞的問題簡單一點的問題：歌曲可以改變世界嗎？」

對我來說這種問題太傷腦筋了，迪恩心想。他看著艾芙，艾芙看著葛夫，葛夫說：「嗨，我只是負責跟著敲鼓。」

「歌曲不會改變世界，」雅思培宣稱，「人會。人會通過法律、會發動暴動、會聽上帝的話並照著做。人會發明、殺戮、製造嬰孩、啟動戰爭。」雅思培點了一根萬寶路。「這就帶出一個問題。『是誰或什麼影響了那些改變世界的人的心？』我的答案是：『想法和感覺。』這又帶出一個問題，『想法和感覺是從哪裡來的？』我的答案是：『其他人。其他人的心思或心智。媒體。藝術。故事。最後但同樣重要的，歌曲。』歌曲。歌曲就像蒲公英的種子，能夠像波浪般穿越時間與空間。誰知道它們會落在什麼地方？或是，它們會帶來什麼？」雅思培傾身靠向麥克風，然後，沒有一絲自覺地，一連唱了取自九或十首歌曲的一句歌詞。迪恩聽出〈沒問題的，媽（我只是在流血）〉（It's Alright, Ma (I'm Only Bleeding)）、〈奇異的果實〉（Strange Fruit）以及〈孤松林徑〉（The Trial of the Lonesome Pine）。其他幾首迪恩聽不出來，但是那一群冷硬派的媒體觀望著。沒有人開懷笑，也沒有人嘲笑。照相機不停喀喳喀喳。「這些歌曲種子會落在什麼地方？這是聖經中撒種的比喻。通常，通常，它們會落在貧瘠的土地，無法長出根來。但是有時候，會落在一個已經準備好的心靈，一個肥沃的心靈。那會發生什麼事？這時，感覺和想法就出現了。喜樂、慰藉、同情。確保。完全釋放的悲痛。那想法就是：生命可以、也應該比現在更好。它會邀請你偷偷溜進其他人的皮膚底下，去體會一下他的感受。如果一首歌曲能把一個想法或感覺放進一個心靈裡，那麼它就已經改變了世界。」

真他媽的該死，迪恩心想，我竟然跟這傢伙住一起。

「大家怎麼都安靜下來了？」雅思培稍微有了警覺，他問樂團成員，「我的話很奇怪嗎？我說過頭了嗎？」

馬克斯引領樂團走出會議室，沿著一條鋪著血色與咖啡色鋸齒紋地毯的走廊前進。「攝影師已經在走廊另一頭的大房間裡準備好器材了。我會先打電話跟道格韋斯頓說，我們會遲到一下。」迪恩走在前面，順著走廊的扭曲與轉彎前進，最後發現身旁只剩他一個人。他們一分鐘內就會趕上。他推開搖擺門，從兩片門中間走進一間臨時攝影棚。一個身材苗條的女人正背對他站著，一道閃光從反光板反彈出來，她就把光度表的讀數記錄下來。她轉身看著迪恩。纖瘦、金髮、厚唇……我們曾經上床過？她用掛在脖子上的相機拍了一張照片。「梅卡？我的老天。」

喀嚓，欽—欽。「你好嗎，迪恩？」

「可是……」

「我是你們的攝影師。」

「可是……」控制好你的情緒，「所以妳住在洛杉磯？」

「現在，是的。我從倫敦回來後就到處旅行。正好兩個禮拜前我開始跟這裡的一個經紀人合作。」

「妳的口音完全變成……德國美國腔。」

「就如柏洛茲[70]說的，語言是一種病毒。」

柏洛茲？她的新男友？「雅思培知道嗎？」

門打開，艾芙的嘴巴張得和卡通人物一樣大：「梅卡？」她上前給她一個很久的擁抱。梅卡從艾芙的肩膀上方看到雅思培，她的臉在說，哈囉。迪恩感覺到嫉妒，也想起一段不愉快的回憶：早上那一通照片與勒索的電話。梅卡完成那次擁抱。「哈囉，葛夫。哈囉，里馮。」

里馮看起來並不驚訝。又是他的暗黑魔法，迪恩心想。葛夫看起來很開心。「世界真小耶？」

「的確是。哈囉，德魯特先生。」

舊情人彼此盯著對方，長達好幾秒。

「妳看起來比之前老一點，」雅思培說，「在眼睛附近。」

「噢，我的天，雅思培，」艾芙發出呻吟，「我對你絕望了……」

梅卡大笑。「你們昨天晚上在吟遊詩人俱樂部的演出太棒了。我以為第一張專輯已經是絕世佳作了，但是《生命的要素》再次震撼我的心靈。」

「等等，」艾芙說，「妳說妳在吟遊詩人俱樂部？」

「我聽說你們要在那裡表演，我就買了一張票。」

「恁幹嘛不直接跟我們說？」迪恩問。

「我不希望成為那個說『嗨，我是這位吉他之神的前女友，所以，請給我特別待遇』的女孩。況且……」

「喔，雅思培還是單身，」迪恩說，「自從你離開後，沒有任何一個裸姆可以跟他維持超過一兩個禮拜的關係。」

「妳今天晚上有空嗎？」雅思培問，「來看我們的演出。」

「演出之後，在卡絲埃利奧特家還有一場派對。」里馮說。

梅卡嘆了一口氣，看似打不定主意。「真不巧，週五晚上是我的黑森林蛋糕與皮短褲俱樂部之夜。很可惜……」

雅思培需要幾秒的時間來判斷。「嘲諷。」接著，他又不那麼確定。「或者，是謊言。不。是開玩笑。迪恩？那是一個玩笑嗎？」

馬克斯莫荷蘭主動插話。「道格韋斯頓說，在艾芙把那把道具貝斯砸在藍迪索恩頭上的十五分鐘內，剩下的票全賣光了。現在，場地外已經排了一條人龍。我們最好動作加快……」

一個小時之後，排隊的人龍還在。樂團成員、里馮和梅卡從聖塔莫妮卡林蔭大道對面觀看。在黑亮的屋頂底下，溫暖的燈光照亮俱樂部正面以及招牌，招牌上以哥特字體寫著：「道格韋斯頓的吟遊詩人」。在更下方，以大寫字母寫著：「UTOPIA AVENUE」（烏托邦大道）。梅卡握著雅思培的手，迪恩發現。看來他們直接再續前緣了……沒有「你跟誰睡過？」沒有計較，沒有私生子女，沒有親子鑑定官司。一輛鐵灰色的福特Zodiac從旁邊駛過，接著是一輛藍眼珠色的Corvette Sting Ray，

70 William Seward Burroughs II（1914-1997），美國小說家、散文家及社會評論家，為「垮掉的一代」（Beat Generation）的靈魂人物。

隨後是一輛紅寶石色的龐帝雅克GTO。

「第四晚了，」葛夫說，「有人已經習慣了嗎？」

「不是我，」艾芙說，「我還沒有。」

「我第一天晚上嚇呆了，」迪恩說，「但是現在我的心態有點像是，啊，我們先前搞定六次了，我們會再次搞定。」

「從星期二到星期四，」里馮說，「你們在製造話題，今天晚上是收成的時刻。在吟遊詩人成功演出是開啟洛杉磯的鑰匙，洛杉磯是開啟加州的鑰匙，加州是開啟美國的鑰匙。不是紐約，是這裡。事情都差不多到位了。」

迪恩聞到汽車廢氣以及他自己的鬍後水味道。「跟你們打賭英格蘭現在在下雨。在這裡我們卻穿短袖，他們永遠不會知道。我的意思是，我們的家人。我們可以描述給他們聽，但是除非他們來過這裡，除非他們住過這裡，否則……」

「我也曾經有過這樣的想法，」艾芙說，「真令人抑鬱。」

「轉過身來，每一個人。」梅卡發出指示。

他們照著做——喀嚓以及閃光！欸—欸……

「恁都不先問一下的嗎？」迪恩註解。

「不，她不問。」雅思培說。

「二選一，你可以很客氣地先問，」梅卡回答，「或，你拍到很棒的照片。」喀嚓以及閃光！

欸—欸……

「我們去告訴道格，說我們到了。」里馮說。

道格韋斯頓在二樓的辦公室隨著配搭樂團的貝斯聲而震動。「一〇一個該死國家」，一個當地樂團，表現好到可以「暖場」，但是沒好到可以威脅烏托邦大道。道格韋斯頓，一個穿著綠色天鵝絨西裝，留著無政府主義者招牌金髮的巨人，是迪恩所碰過最和藹可親的俱樂部主人。當樂團的其他成員走下樓時，迪恩留下來多跟他聊了一下。道格談到藍迪索恩事件，然後拿出一個Sucrets牌喉糖的金屬盒。「那是最扣人心弦的電視直播節目，自從……呃，我會說，自從甘迺迪遇刺案嫌犯李哈維奧斯華（Lee Harvey Oswald）在押解時被刺殺以來，不過，這樣的比較太不倫不類。人們打電話到KDAY-FM與KCRW電台表達意見，兩個電台都開始播放〈將巨石滾開〉。你們是洛杉磯今天的話題。如果里馮不是那麼典型的加拿大人的話，我會忍不住想，見鬼，這一切該不會都是他設計的吧？」

「那是藍迪索恩的說法，聽說，」迪恩說，「只不過，根據他的版本，這整起事件是我設計的。」

「除了他老媽和他的狗之外，藍迪索恩被人認真看待的日子已經結束了。」道格把帳單、信件、黑膠唱片、菸灰缸、烈酒杯、一份倍耐力輪胎桌曆，以及裝在相框的一張道格和吉米罕醉克斯的合照移開，清出他的桌面空間。道格打開那個小盒子，挖出一小鐘的古柯鹼，把它倒在《新聞週刊》的封面，然後在休伯特韓福瑞與理查尼克森之間弄出一條白線。他交給迪恩一張捲起來的一元紙鈔，「火箭燃料。」

迪恩把古柯鹼吸進鼻孔，然後把頭往後仰。它燃燒、冰凍、令人興奮。一次等於十杯濃縮咖啡。「升空。」

「這可不是最令人舒暢的貨嗎？」

「我們那裡的貨只是在凌遲我的鼻子。」

「凱斯理察斯喜歡傳講兩條基本原則：認識你的藥頭，並且買最好的貨。如果你不這麼做，你的貨會被摻雜太白粉、嬰兒奶粉甚至更糟的東西。」

迪恩臉上發光。「還有什麼比太白粉還糟？」

「老鼠藥比太白粉更糟。」

「藥頭怎麼會想毒他的買家？」

「獲利。無感。殺人的欲望。」道格又挖了一鐘古柯鹼到《新聞週刊》上面。「我的體重是你的兩倍，」他解釋。他把它吸進鼻子，「啊啊啊……」就像一匹進入涅槃狀態的醜馬。

我寫了幾首歌，迪恩心想，它們被錄成了唱片，現在，看著我。我已經他媽的贏了，葛瑞夫森。看到了嗎？我贏了……

道格韋斯頓把古柯鹼收藏起來。「我們下去吧。不能讓里馮認為是我引領你走上搖滾樂明星的墮落之路。」

樂團成員、里馮和梅卡在那道往下通往舞台的樓梯上等候。吟遊詩人俱樂部塞了幾乎是平常兩倍的人。菸味很重。迪恩正在從古柯鹼撞擊中平復，但仍然有點感覺自己堅不可摧。「這裡，在吟遊詩人，」道格韋斯頓在台上說，「我們向來就很自豪，我們可以把來自英格蘭、才華最出眾的樂手介紹給我們這座墮落天使之城。今晚，烏托邦大道要在這裡演出他們這次**難忘的**訪美行程的最後一夜。藍迪索恩打死也不會在短期內忘記這件事。」笑聲和加油聲湧上樓梯。迪恩用力握了一下艾芙的手，而艾芙也回握他。「但是，我知道這支樂團很快就會再次在吟遊詩人表演，因為——」

「你逼他們發下該死的血誓，接下來二十年都要回來這裡演出嗎？」一個起鬨者高喊。

道格把手按在他受傷的心上。「因為他們的未來沒有邊界。那麼，廢話就不多說了……」他轉身面向站在樓梯頂端的樂團，「……烏托邦大道！」

鼓掌聲已經從週二的溫煮聲演進到今晚的隆隆吼聲，穿插著尖銳的口哨聲。迪恩和道格擦身而過時彼此拍了肩膀，道格對著他的耳朵說：「殺了他們。」樂團就定位。迪恩望著這間昏暗、牆面砌磚、充滿無數顆閃亮眼睛的場地，心裡想，他們來這裡看恁們，因為恁們是今天晚上洛杉磯最棒的。他看到艾芙、葛夫和雅思培的點頭回應，隨後靠近他的麥克風，讓雙肺吸滿氣：

如—如—如果人生已經讓你身上充滿彈孔——

他的歌聲爆裂，像被燒焦而且被凌虐，就跟艾瑞克伯爾頓唱〈日昇之屋〉時的聲音那樣……

而—而—而且把恁晾在外面變乾……

旁邊的一個人吸引了他的注意。迪恩非常確定那是大衛克羅斯比（David Crosby），飛鳥樂團的前成員——那頂帽子、那件披肩——深呼吸……迪恩唱到下一行……那是……那曾經是……已經不見了。

他媽的，下一行是什麼？

我怎麼可能忘記？

我已經唱過它五百次！

下一句是什麼？只有一種嘈雜的、藥效發揮所散發的輝光在他的腦袋裡，而那是歌詞該在的地方。為什麼、為什麼、為什為我要去吸他媽的古柯鹼？現在迪恩發慌了，所有找到歌詞的希望都沒了，而且他們會發現我是業餘的，是假冒的，我他媽的根本就不該出現在這裡。迪恩感覺到那些正盯著他看的眼睛，把我找出來，把我找出來，把我找——

而且將你扔進一個貧民的墳墓

艾芙的聲音抵達，像一位前來解救的天使，就好像剛剛那段很長的暫停是故意的。迪恩轉向她。我愛恁，他心想。不是像男友那樣的愛，我對恁的愛比那更深。她點頭說，「不客氣。」然後唱出下一行：

落到死人躺臥之處——

唱到「之處」時，迪恩和葛夫加了進來。四個小節之後，艾芙加入，雅思培也哐哐啷啷地緊急喚起他的吉他。

如果人生已經讓你身上充滿彈孔
而且把恁晾在外面變乾——
而且將你扔進一個貧民的墳墓
落到死人躺臥之處——

他在這重複樂段彈錯幾個音——如果他的手指是一輛運動跑車，那麼它的剎車需要檢修一下——但是至少他記得歌詞。我向上帝發誓，我絕對不會再在演出之前吸古柯鹼，絕對，絕對。雅思培和艾芙也在這裡加入副歌：

我會將巨石滾開，我的朋友，
我會將巨石滾開——
把我的肩膀抵在岩石上
然後將那顆巨石滾開。

第二節：弗林格蒂的那節。迪恩安穩且紮實地彈芬達貝斯，拍子稍微落後葛夫一點點，就像一個醉漢，夠清醒到知道自己醉了，需要由其他人來引導。

若弗林格蒂設計陷害恁

然後把鑰匙丟掉——
若你在格羅夫納廣場，在那裡
無政府主義者殺死獨裁者——

迪恩馬上發現他的錯誤，應該是「獨裁者殺死無政府主義者」。「無政府主義者殺死獨裁者」的意思是好人獲勝。或許不會有人注意到，他告訴自己，或許，每個人都注意到了。雅思培在副歌的第二及第四行加上過門。

我們會將巨石滾開，我的朋友，
我們會將巨石滾開——
我們會讓恁再次站起來
然後將那顆巨石滾開。

雅思培讓他的第一段獨奏盡量接近專輯。他們有九十分鐘的時間要填滿，就如艾瑞克克萊普頓告訴他們的，永遠把你最棒的煙火留在下半場施放。

那些在後宮的太監
會扭曲恁的原意
但他們不能讓恁討厭自己
除非你同意。

艾芙用左手彈奏哈蒙德風琴，然後用右手加入鋼琴。

所以將那顆巨石滾——開，我的朋友，
將那顆巨石滾——開——
抓住它，提起它，踢它屁股，而且
將那顆該死的巨石滾開。

到最後一節了，艾芙示意。迪恩認為那是最棒的一節，但是他發現古柯鹼不只提升了他的自信，也提升了他的自我懷疑，而他害怕這一節聽起來會油腔滑調。迪恩讓芬達貝斯掛在身上，雙手抓住麥克風，就像一個人掐住一隻抗拒死去的雞的脖子。

如果死亡碰觸你心愛的人，
如果悲傷將你握在拳頭裡，
請敬重那些過早離世的人——

迪恩瞄向艾芙，知道她心裡在想什麼。在一邊是她的外甥，一個每個人都希望能活下來、卻還是沒辦法活過藍鈴花季節的嬰孩。在另一邊是艾曼達克瑞達克的男孩。迪恩，至少，會希望那個男孩不存在，但是，他正在北倫敦的一間狹小公寓裡，茁壯、生長、存在。人生有很差勁的幽默感。樂團等了四拍……

存在、存在、存在。

最近幾次，葛夫都會在他的鼓緣輕敲那四拍，但是他們最近這個月在音樂上實在太緊繃了，以至於這次他停下敲擊。迪恩過度焦慮，告訴自己不要提前起跑，也不要因古柯鹼而搖搖晃晃，結果反倒提早了半拍開始。我一直不是拖拍就是搶拍。其他人趕緊手忙腳亂地跟上：

讓我們將巨石滾開，我的朋友，
讓我們將巨石滾開——
堅持就是反抗，所以
將那顆巨石滾開。

掌聲紮實但不是欣喜若狂。迪恩很氣自己，他很想衝下舞台。我想要躲起來直到這個世紀結束。

「留下來，」雅思培對著他的耳朵說，「你沒問題的。」

恁真難捉摸，德魯特，迪恩心想。「抱歉。」雅思培拍了迪恩的肩膀。他先前從來沒有碰過我……

艾芙已經將鬆弛的場面一肩扛起。「我還可以來到這裡，而不是被關在某個地區監獄，因為用膠合板吉他對人進行重傷害而被起訴，這實在太棒了。」更多笑聲。「接下來是關於藝術、愛及偷竊的一首巫毒詛咒，名叫〈證明它〉。」她先確認樂團成員是否都已準備好。仍對於雅思培的同理心感到不可置信的迪恩也點了點頭。

「好，一來，二來，一、二、三——」

迪恩走進卡絲埃利奧特家燈火通明的庭院。游泳池是安東尼赫爾希家的兩倍大，燈籠在樹叢中發光。狂歡者的笑聲四起。情侶們進入印第安式尖頂棚屋裡，躺在吊床上抽大麻。這是我一輩子夢寐以求的派對，迪恩心想。他們的新鄰居瓊妮密契爾那獨特、宛如冰鎮伏特加的聲音，正從一扇窗戶裡傳出來。那首歌是〈仙人掌〉（Catcus Tree）。她的歌聲搏動、下潛、疼痛、旋轉、懊悔、安慰、坦承。迪恩透過紗窗往屋內窺探，在金盞花色的一盞燈的照射下，瓊妮的頭髮和皮膚都成為金黃色。她唱歌時，用半閉的眼睛看著自己的手指。她的吉他調音不時會更改。這首歌是調成DADF#AD，移調夾夾在第四琴衍。我應該更常玩調音的……它可以改變恁吉他的音色。媽媽卡絲用祈禱女人般的表情看著眼前的一切。葛瑞翰納許（Graham Nash）翹二郎腿坐著，抬頭看著他那位被燭光照亮的女友。加州也在他身上施了邁達斯國王的點石成金術。這裡的每個人都比他們在別的地方好看百分之十五。一隻白飛蛾停在迪恩的手錶上。瓊妮彈奏出一聲不和諧的喀噹噹，來結束最後一節。

迪恩朝著庭院尾端的守望台走去。幾隻孔雀沒有目標地在一棵柑橘樹下閒逛，半輪有痘痕的月亮掛在長滿樹木的青山上方。經過反射，月光就是日光。一頂黑色的牛仔帽在月球表面製造出月食。

「恭喜你，迪恩。」那個牛仔的聲音輕柔但語氣堅定，「今晚真是令人印象深刻。」

「感激恁這麼說。事情有自己的高低起伏。」

「你的低比大多數樂手的高都來得高。如果我是評審，你一定會得到很高分。」

「沒有人知道在下一個轉角有什麼東西在等著。」

「預言就是『根據知性所做的猜測』，只是名字比較花俏一點。來點大麻捲菸？」一個裝了大麻捲菸的銀色盒子突然出現在他眼前。

「有何不可？」

那位牛仔幫迪恩點了一根，然後把第二根塞到他外套口袋裡。「有哪一件事是所有樂團都會經歷的？」

「有哪一件事是所有樂團都會經歷的？」

「總有一天，他們會停止存在。」

「是啊，但是恁這個說法也適用於任何地方。」

「雅思培和葛夫有天分，沒錯，但你是最棒的詞曲創作者。你還有成為單飛明星的長相及個人魅力。我不是在奉承，迪恩。我是在說事實。〈將巨石滾開〉應該是可以進入全世界前五名的暢銷曲，只要找到對的行銷方式。」

「恁說恁的名字叫？」

「我是傑布馬龍，我在艾倫克萊恩（Allen Klein）先生手下做事。」

迪恩聽過這個名字。「滾石樂團的新經理人？」

「正是。克萊恩先生很喜歡你的歌、你的聲音、你的精神以及你的潛力。這是他的專線。」傑布馬龍塞了一張名片到迪恩的襯衫口袋，「如果你和這個樂團的關係有了變化，克萊恩先生會很樂意跟你討論你的選擇。」

把那張名片拿出來，迪恩告訴自己，把它撕掉。

迪恩環顧四周，確定沒有人看到他們。「我已經在一支樂團裡，已經有合約，已經有經理人。」

「里馮非常善良，非常典型的加拿大人。但是事業是一片叢林，你需要的是肉食者，而不是一個善良的人。克萊恩先生可以幫你拿到價值達二十五萬美金的兩張個人專輯合約。不用加『理論上』，沒有『如果』，也沒有『但是』。就是現在。」

派對的聲音消退到背景，只留下那個數字，那個迪恩不太能置信的數字。「你剛剛是說……」

「二十五萬美金，這個數目可以徹底改變你的人生。考慮一下，克萊恩先生會等待你的來電。享受這場派對吧。」傑布馬龍在一團大麻捲菸的煙霧中消失無蹤。

迪恩朝著庭院尾端的守望台走去。二十五萬美金。附近屋頂上有幾隻發情的貓聲嘶力竭地唱出牠們的慾望。「迪恩莫斯。」一個女人叫他。她的衣著看起來就像是剛從一個埃及花瓶上走下來，濃豔抹的眼影、亞麻罩衫、烏黑頭髮。「我是卡莉斯塔，而我有種不尋常的嗜好。也許你已經聽說過我了。」

「或者，也許我沒聽說過。」迪恩拿起手中的啤酒瓶喝了一口。

「我可以幫搖滾明星的陰莖製作石膏模型。」

迪恩大半的啤酒都從鼻孔裡噴了出來。

「我已經做完吉米罕醉克斯，」卡莉斯塔如數家珍地說，「諾埃爾瑞丁，還有艾瑞克伯爾頓，不過他的已經斷成兩截。當然，我是指石膏模型，不是陰莖本身。」

她不是在開玩笑。「為什麼？」

「如果陰莖在做到一半時下垂，石膏就會有裂縫。」

「不，我的意思是，恁為什麼要做陽具的石膏模型？」

「女孩子需要有個嗜好。只要一個小時就可以完成，而且我的朋友會一起過來幫你包膜，不用擔心怯場問題。」

「去問葛夫吧，鼓手會樂意做免費電鍍。」

「烏托邦大道只有一個男人是我**真正**想要的……」

「祝恁的收藏計畫順利，卡莉斯塔。」

「真是沒——趣。」石膏雕塑師卡莉斯塔退場。

迪恩繼續他的前往守望台旅程。

「你們幾個真是帶來了一場精采的演出。」一個留了馬蹄鐵型鬍鬚的人說，他看起來像西部電影中會最先被射殺的墨西哥土匪。「〈看看那是誰〉為我的槍上了油。」

「耶穌基督啊，恁是他媽的弗蘭克扎帕（Frank Zappa）。」

「狀況好的時候，我是。」弗蘭克扎帕說。

迪恩跟他握手。「珍妮絲賈普林介紹我聽《我們只是為了要錢》（*We're Only In It For the Money*）。真是無法形容，它真是——」

「我接受『無法形容』這個形容詞。就像查爾斯明格斯[71]所說的，用文字來談論音樂就好像是用舞蹈來討論建築。」

一個女人依偎在弗蘭克扎帕身邊，她手裡拿了一杯牛奶。「嗨，我是蓋兒，令人畏懼的妻子。我們喜歡你們樂團。」

扎帕先生帶著驕傲與愛意看著扎帕太太。

「很高興見到恁。」他吸了一口大麻捲菸，「要吸一口嗎？」

「我們是節制者，」弗蘭克說，「這世界已經夠莊嚴美妙了。」

弗蘭克扎帕不吸毒？「真酷。那麼，弗蘭克，恁是怎麼讓米高梅公司發行那張有史以來最非商業性的專輯？」

「我的詭計加上米高梅的無知。如果你認為我的東西是非商業性，那麼，想想史特拉汶斯基，想想哈利姆埃爾達巴（Halm El-Dabh）。或者，想想在現場直播的電視節目上用吉他砸藍迪索恩的腦袋。純粹的表演藝術。」

「那只是……不愉快的意外。」迪恩說

「意外通常是藝術中最棒之處。」弗蘭克發表評論。

「可以幫你買到金錢所買不到的真實性，」蓋兒說，「烏托邦大道現在是反頑童[72]的一員了。」

一位跳水者的肚子猛力撞上水面，旁觀者齊聲發出「嗚——哦！」

「那麼，你覺得這個地方如何？」弗蘭克問。

「月桂谷嗎？這裡就像是伊甸園。」

「伊甸園並不是樂園。」弗蘭克說。

「我還以為它是樂園的原型。」迪恩說。

「它是最早的驚悚片。上帝創造了伊甸園，然後放一個裸體的男人和一個裸體的女人在裡面來管理。『這一切都是你們的，』全知的上主說，『但是，不論你們做什麼，不要吃從知識樹上垂下來的

---

71 Charles Mingus（1922-1979），美國爵士貝斯手、作曲家、樂隊領隊，以激烈反對種族主義而著稱。

72 指頑童合唱團被指出樂器非成員親自演奏的風波。

這顆蘋果，不然，臭屎就會掉下來。』為什麼不乾脆一點，在上面掛一個吃我的牌子？亞當和夏娃其實應該獲頒獎牌，因為他們撐了那麼久才破戒。上帝最後訴諸象徵陰莖的會說話的蛇的老把戲，才攻破他們的心防。所以他們吃了那個知識——上帝一開始就是這麼盤算——然後被懲罰：用月經、工作及燈芯絨褲。肉食者亞伯惹怒了草食者該隱，而伊甸園的土地因此浸在凶殺的血裡。看吧？最早的驚悚片。」

迪恩皺眉頭。「恁要表達什麼，弗蘭克？月桂谷等著被血洗？」

「我的意思是，」弗蘭克回答，「如果你曾經想，我已經找到樂園了，那麼你並沒掌握到事實。還有，不要對孔雀目眩神迷。牠們是虛榮、壞脾氣的雜種，只會以過時的方式拉屎。」

迪恩站在庭院尾端的守望台上，抽著傑布馬龍給的第二根大麻捲菸，想像自己站在一艘船的船首。數百萬隻昆蟲發出顫聲，數十億顆星星蔓延天空。如果，我只是說如果，在未來，或在某個隔壁宇宙，烏托邦大道玩完了，而我是個自由藝人，而我打電話給艾倫克萊恩，而如果，如果，我得到那二十五萬……那麼我會喜歡這些房子當中的那一棟？他看上一棟私人住宅之外的一棟大宅。那是一棟全由拱門及赤陶構成的建築，在巨大的蕨類襯托下更顯雅致。在半月及群星之下，一對情侶正在享受遲來的熱水浴。迪恩想像他是在看著他自己和蒂芙妮。在這個世界，蒂芙妮的小孩並不存在。有一間車庫可以讓迪恩停他的凱旋噴火跑車，想當然，他已經把那輛車運過來了。還有可以讓莫斯外婆和比爾，以及瑞伊和他的家人過來住的房間……那麼哈利莫菲特怎麼辦？我不知道。還是不知道。有些事情還是不要去想會容易許多，美國是個可以讓人無止盡分心的地方，世界級的，其他地方都比不上。艾芙來到護欄邊找他。「你打算把你微薄的收入揮霍在哪一棟房子啊？」

「那一棟。」他用手指向它，「有熱水大澡缸的那一棟。」

「全現代設備，視野絕佳。好選擇。」

「真盛大的派對。有沒有碰到合適的單身漢？」

「喔，沒什麼特別印象，有沒有碰到合適的月桂谷女士？」

「一個女人剛剛提議幫我的屌製作石膏模型。」

艾芙看了他一眼，確認他是在說真的，然後發出吱吱笑。迪恩很高興她很高興。當她可以說話時，艾芙問，「你怎麼回答？」

「謝謝，但是，不用，謝謝。」

「為什麼？你有可能可以量產，整間倉庫都塞滿『迪恩機器』，不含電池。」

迪恩的笑聲從鼻孔發出。「喂，我剛剛碰到弗蘭克扎帕，他小小開示了我一番，為什麼月桂谷不是樂園。」

「聰明的老弗蘭克，」艾芙說，「我剛剛才在想它如何成為蓮花食者之國度。」

她不可能是在講蓮花跑車。「繼續說吧，哈洛威教授。蓮花食者？」

「那典故來自《奧德賽》。奧德賽要偵察一塊陸地，他和一些手下把船划到岸邊，派了三個人上岸找糧草。他們碰到一支名叫『蓮花食者』的嬉皮族，這一族的人用愛與和平問候他們，並且說，『嗨，各位，試試這蓮花，你們一定會愛上。』愛上，他們的確如此。他們忘記要回家，忘記他們是誰，唯一想要的就是更多的蓮花。奧德賽把他們拖回船上，命令他們死命划槳。那三個人『哭泣出苦楚之淚，當木槳重擊在灰黑的海面上。』」

「在你要對那些免費的迷幻藥說再見時，誰不會這樣？」

「奧德賽讓他們重新拿回自己的生命。蓮花食者並沒有創造任何事物，或愛，或人生。他們就像行屍走肉。」

「這裡有誰是死人？卡絲不是，瓊妮和葛瑞翰不是，扎帕不是。他們寫歌、錄音、巡迴演出。有各自的事業。」

「當然。但是，不論你住在哪裡，真相都會悄悄出現，不論花多美、天空多藍、派對多棒。唯一真正住在夢境中的，是那些昏迷的人。」

風鈴的聲音飄上山丘。

「妳沒得逞，我仍然不想回英國。」迪恩說。

「我記得，你在阿姆斯特丹也是這麼說的。」

「對，但是我在阿姆斯特丹時吸了大麻。」

「那麼，你現在手上拿著的是一根登喜路香菸，是嗎？」

微風送來夜間盛開的花的芳香。

「謝謝你，」艾芙說，「為了稍早的事，在電視台攝影棚。」

「恁謝我？因為我害我們被禁止上電視？」

「索恩是卑鄙小人，你為我挺身而出。女人通常被要求要有點幽默感，或把騷擾的話當成稱讚。」

「謝謝恁用吉他砸他腦袋，」迪恩說，「也謝謝恁在我忘了〈將巨石滾開〉的歌詞時，出面解救我。」

「不客氣。不過，以後演出之前別再吸古柯鹼了。」

迪恩眉頭皺了一下。「我真是他媽的白痴，我甚至沒有這麼做的理由。道格是個成癮者，而我卻只是想，好啊，有何不可？」

「不要自責了。我們四個人都在面對新事物，一切都發生得太快。」

他們聽到貓頭鷹的叫聲。

「有沒有看到雅思培或梅卡？」迪恩問。

「他們溜走了，回屋時就會看到他們。或者，也許，聽到他們。」

「那是誹謗。我可以擔保雅思培不是會尖叫的人。」

艾芙做出一個才怪的表情。「葛夫呢？」

「葛夫是個尖叫者。我在切爾西旅館時還需要戴耳塞呢。」

艾芙的才怪變成了噁心。「我剛剛只是問，他有沒有什麼豔遇——」

「是啦，我知道。我剛剛看到他走進一個愛之篷帳裡，而且他不是獨自一人，再講更多就顯得我言語輕率了。」迪恩吸了一口大麻捲菸。「如果我是個說話越線的吸毒先生，恁大可掄起吉他砸我的頭，艾芙，但是……妳跟露薏莎。」

艾芙隔了一陣子才回答。「怎麼了？」

沒辦法把話收回了。「她有一顆善良正直的心，心思卻像鞭子一樣快而敏銳，而且如果我對線索的解讀正確……恁是個幸運兒。」

艾芙從迪恩的手指間把大麻捲菸拿過來。「什麼線索？」

「呃……從里馮在紐約時特別保護恁們兩個，就可以看出一些端倪。但最主要還是，她一走進來，恁整個人就突然亮了起來。再加上……恁到現在都還沒有否認。」

艾芙在那根捲菸上長長地吸了一口。「我不會否認，我還要宣稱。」她給了迪恩一個目空一切的微笑。「但是這是私領域，迪恩。不只是對我，也是對露薏莎，所以……我相信你。」

「我喜歡被恁相信的感覺，這會激發出最好的我。」

「雅思培和葛夫說過什麼嗎？」

「沒有。誰曉得雅思培知道什麼？我懷疑即使他知道，他連眼皮也不會眨一下。在一個全男生的寄宿學校待了十年之後，他對這種事肯定是見怪不怪。葛夫也一樣，他對里馮都沒意見了。我發現，巡迴演出的爵士樂手屬於心胸非常開放的族群。我預期他只會說：『好啊，所以艾芙以前喜歡布魯斯，現在換成喜歡露薏莎，好的，瞭……恁們希望鼓樂的過門加在哪些地方，可以再講一次嗎？』所以，露薏莎是恁的第一個……」迪恩還是說不出口，到目前。

「『女朋友』可能是你想說的那個詞。」

迪恩淺笑。「我想是的。」

艾芙淺笑。「她是，沒錯。那……實在很奇妙。然而，那就是愛吧？他們保證不會給你一張地圖。」

風讓月桂谷數以兆計的樹葉和松針同時抖動起來。除了油燈及路燈周圍呈淡黃色之外，夜是一片的藍、靛、黑。迪恩想像一個大陸棚崩塌，落入大洋。「我很希望可以為妳指引方向，」他停了一下才接著說，「但是，在這裡我也是個陌生人。」

聖杯八

迪恩在雙人床的床尾板上平衡自己，張開雙手，然後倒下來，掉落在感覺起來像雪的一條鴨絨被上。他聞到肥皂粉的氣味……想到北倫敦的一間洗衣店。他翻轉身體，仰躺下來。太空時代的燈光設計，一台住在有專屬門櫥櫃裡的大電視，一幅裝在鋁框裡的抽象畫。這裡擁有尼維特太太先前那間房間所沒有的一切。英國上流人士，迪恩心想，喜歡舊時代的醜家具、勞斯萊斯、獵雁、近親繁殖以及像女王一樣的口音。有錢的美國人看起來卻滿足於純粹只是有錢，而且比較不覺得需要用金錢去羞辱窮人。迪恩檢查了一下，艾倫克萊恩的名片還在他的皮夾裡。一張信用卡、一張票、一張保單。他還沒有告訴其他人傑布馬龍在派對上給他的提議，那是很難拿出來討論的主題。真是抱歉，但是一位音樂界大人物認為我是真正的明星，他願意提供我二十五萬美金的合約。想到這些錢仍然讓他的心顫動。我可以輕鬆付錢給倫敦那些勒索者，就跟買一包菸一樣。他還沒接到羅德丹普西的回電。可能是好消息、或壞消息，或者都不是……

迪恩走到窗邊。紐約是垂直的，洛杉磯是外溢的，舊金山則是下陷、上升、平緩、下陷、上升，然後陡降到海灣。為了維持格子狀的街道，這城市付上了坡度瘋狂起伏的代價。那部大電話發出又長又響的鈴鈴鈴鈴——聲，而不是像英國那種跳躍式的鈴—鈴……鈴—鈴。他的心砰砰跳。迪恩拿起話筒。「哈囉？」

一個女人的聲音：「哈囉，莫斯先生，這裡是旅館總機。我們有一通從倫敦打來找您的電話，一位泰德席爾沃先生……」

「哦，好。請幫他接通。」

「請您稍待一會兒，先生。」

喀拉，沙沙，喀啷。「迪恩，我的孩子，聽得見我的聲音嗎？」

「很清楚，席爾沃先生。」

「很好，很好。美國待你如何啊？」

誰管它？「親子鑑定的結果出來了嗎？」

「的確，出來了。結果是『無法確認』。你的血型是O，克瑞達克小姐和她兒子的血型也都是O。根據血型運作的原理，你有可能是孩子的爹，但他爹也有可能是其他任何一個血型裡有O的男人。而他們告訴我，這樣的人占了英國差不多百分之八十五的人口。那麼，你現在知道狀況了。」

那真是他媽的有用資訊啊。「現在怎麼辦？」

「現在，親愛的孩子，在美國好好地玩，趁著好機會大賺一筆，回英格蘭老家後，我們再來討論你的下一步……」

一小時十五鎊的收費。「好的，席爾沃先生。」

「抬起頭來，孩子。這件事就跟其他事一樣，會過去的。」

「不會，如果我是那嬰孩的爹，事情就不會過去。」

「那個事實也許不會過去，但在你胸中所挑起的苦楚會過去。我跟你保證。今天就是大節慶的日子？」

「對。剛從洛杉磯飛過來，待會兒就會有一輛車來接我們。然後我們明天進錄音室，週二也一樣。週三就回去。」

「那麼就週四或週五再說吧。祝你們好運，並且旅途順利。」泰德席爾沃掛上電話，電話線發出嘟嘟……的聲音。

迪恩掛上電話。所以，我是個爹，我不是個爹，而且我是個可能的爹，全都說得通。他想告訴艾芙這個不重要的新聞，但是她應該正在打開行李，需要一點女孩子的時間。他打開行李，從樂器盒裡拿出他的馬丁吉他，把移調夾夾在第四琴衍，將它調成DADF#AD，然後彈奏了一個他最近在創作的曲調。這一次音樂先出來，但是艾芙前幾天所說關於「未知的水域（waters）是你成長的地方」已經住進他的腦袋裡。什麼跟 *waters* 押同樣的韻？*Daughters*（女兒）……或許……*Mortars*（缽）……肯定不是……有人敲門。

是里馮。「我們時間有點緊，所以你自己用客房服務叫點午餐來吃就好。」

「客房服務？說真的？」

「歡迎來到一舉成名的時刻，石像鬼唱片出錢。」

「對，恁說得沒錯。」迪恩把門關上，拿起電話。客房服務，他在電影裡看過。在電話上說你要的食物，然後食物就放在餐車上推進來，蓋在一個半球形銀罩裡。有一個按鈕寫著「客房服務」，他按了下去。

一個人回答：「客房服務。」

「呃，嗨，我想要一點午餐，如果可以的話。」

「那你要什麼，先生。要點什麼當午餐？」

「一點午餐，一些午餐。謝謝。」

「喔，『一點』午餐。您心裡想的是什麼？」

「呃……你們有什麼？」

「在電話旁邊就有一份菜單，先生。」

「哦，對。」他打開菜單，但那是用外國語文寫的，至少大部分是外語。*Croque Monsier*（法式炸起司火腿三明治）；*John Dory*（多利魚）；*avocado*（酪梨）；*boeuf bourguignon*（紅酒燉牛肉）；*lasagna*（千層麵）；*tiramisu*（提拉米蘇）；*crème brûlée*（焦糖烤布蕾）……甚至大部分的字迪恩都不知道怎麼發音，更別說要猜是什麼東西了。「三明治？」

「我們有總匯三明治，先生。」

「感謝老天。請給我一份，謝謝。」

「您想要它用罌粟籽、酵母、核桃……」

「用麵包，謝謝。只要一般的白麵包就可以了。」

「沒問題，先生。請問您要油醋汁還是千島 *Dressing*（淋醬）？」

Dressing（穿衣服）？「老兄，你是在調侃我嗎？」

沉默片刻。「還是，只要在旁邊加一點蕃茄醬就好，先生？」

「現在恁講人話了。謝謝囉。」

「三十分鐘內會送到，先生。」

迪恩放下話筒。壓力像潮水一樣退去。

電話發出又長又響的鈴鈴鈴鈴——

喔，老天，還有跟三明治有關的問題嗎？「哈囉？」

「莫斯先生，不好意思，又是旅館總機。這裡有另一通從倫敦打來找您的電話，一位羅德丹普西先生。」

迪恩整個身體都緊繃起來。「我來接。」

「請留在線上稍後片刻，先生。」

喀拉，沙沙，喀啷。「搖滾之神，恁好嗎？」

「嗨，羅德。那得看恁帶來什麼消息。」

「消息是，那顆裝載著醜聞與狗屎、準備要毀掉恁一生的彈道飛彈，已經在空中被擊落了。」

真他媽的感謝你。「所以我完全沒事了？」

「對滴。對方很堅持要拿到三千五百鎊，但是，我知道恁現在有一支暢銷單曲了，應該不缺那三五百塊錢。我先寫了一張支票付了頭款兩千鎊，等恁回來後再把錢補給我就好。」

那樣的錢夠在皮考克街買一棟房子了。「好，謝了。一旦你的支票兌現，他們就會把底片寄來嗎？」

「他們會寄什麼？」

「他們的底片啊！那些照片的底片。這樣他們就不能再用那些照片。」

「喔，好吧，我們說好的是，我們會約在無人之境碰面，他們會把底片給我看，然後在我面前燒掉。」

事有蹊蹺。「哦，那是——」

「外交上的交涉相當微妙，迪恩。兩邊都需要對結果滿意，不然就不會有結果。」

「那麼……我要跟你一起去那個無人之境，見證這件事的完成。」

「不能這麼做，很抱歉。對方不希望恁跟他們見面。他們的立場很明白，不要面對面。」

有問題。「羅德，那我要怎麼知道那些底片已經被銷毀？還是……」迪恩感覺自己像自由落體往下掉，然後，在幾秒鐘之後，就得知了事情的真相。

這一切都是羅德丹普西的騙局，那些照片根本不存在，「對方」也不存在。迪恩和蒂芙妮在海德公園大使旅館被人看到，就這樣而已。他把我當鱒魚一樣釣上岸。迪恩想到事情不可能是這樣的幾個理由。首先，他怎麼可能知道眼罩跟手銬的事？

迪恩回想他們一起到一袋釘子俱樂部的那一夜。四個人，喝得醉醺醺的，在一間夜店。是我自己脫口說出來的。這正是敲詐者會存檔起來的那種花絮。

但是，他為什麼現在才出手？

恁覺得為什麼？因為羅德已經知道迪恩幫肯尼和弗洛絲逃出他的掌控而且離開倫敦。

羅德的聲音變得柔和。「還是什麼，迪恩？」

「換成恁是我，恁難道不會想要親眼看到這些照片，才付出那三千五百塊錢嗎？」

停頓了一會兒，吐氣聲傳來。「只有當我認為恁擺了我一道時，我才會這麼做，迪諾。所以，告訴我。恁是這麼認為嗎？還是我誤解恁了？」羅德在威嚇他……

這就是證明了。一個搞勒索的人為什麼會堅持跟一個出身艱苦的前科犯羅德丹普西協商，而不是直接跟無助的迪恩莫斯，也就是被勒索的對象談？他想必笑到乳頭都掉了。「恁想必笑到乳頭都掉了。」

羅德丹普西的聲音變得冰冷。「我救了恁一命，搖滾之神。你和恁那個已婚女明星。這就是我得到的感謝？」

萬一恁是錯的？「這整件事加起來說不通，羅德。」

「我來告訴恁加起來說不通的是什麼：兩千鎊。你——欠——我——的。」

「將支票止付。」

「我是付現金，恁這天才。支票會留下痕跡。」

「啊，但是恁剛剛才說恁是用支票付的。」

「誰鳥我是怎麼付的？恁欠我兩千鎊就對了。」

他在說謊。「那麼『葛瑞夫森哥兒們對上整個世界』的話呢？我是哪裡惹到恁了？」

在九個時區及五千英哩之外，羅德丹普西點了一支菸。「恁知道恁做了什麼。恁認為你的名聲讓人家碰不得？恁認為愛被操太太的貝斯沃特住處可以確保她的安全？錯了，大錯特錯。恁把恁的肥鳥嘴塞進我的事業裡，恁就要付上代價。莫斯，恁會付上代價。」

電話發出嘟嘟嘟……

節慶音樂會主辦單位派來的司機是個像山一樣高大的男人，名叫巴各別爾。他大概是迪恩的年紀，但是走路笨重，而且一拐一拐的。他幫樂團登上那輛福斯露營者廂型車，然後駝起背坐在方向盤前面，像一個男孩大到快坐不進他的卡丁車。「全都爬上車吧。這裡會有點擠，沒辦法調整這些該死的座位。」迪恩坐在前座，艾芙、里馮和葛夫在他後面，雅思培和梅卡以及她的相機在最後排。那輛露營者駛下一條陡街，再咆哮著爬上一條更陡的街，然後停在一個十字路口。交叉口。其他成員享受街景，但是羅德丹普西的威脅以及一個還沒有消化的總匯三明治讓他感到不舒服。迪恩知道他應該打電話給蒂芙妮，請她提高警覺，但是他怕她會陷入不必要的恐慌。丹普西說要把她當成目標只是虛張聲勢而已。那是當然！她是蒂芙妮赫爾西，娘家姓西布魯克。不是某個容易被剝削的無名小卒，像肯尼和弗洛絲。

艾芙問巴各別爾他是不是舊金山人。

「呃呵，最早來自內布拉斯加州。」

「恁當初是怎麼來到加州的？」迪恩問。

「十二小時的軍機，從夏威夷過來。」

迪恩問：「越南？」

巴各別爾眼睛注視前方。「呃呵。」

「我聽說那裡情況很糟。」

巴各別爾把一條口香糖放進嘴裡。「那天早上，我的排上有四十二個人，到了傍晚只剩六個人。六個人當中，有三個人終於回到基地。所以，是的，那裡情況很糟。」

葛夫、艾芙、迪恩和里馮交換了眼色，不確定要說什麼話。他媽的我的老天啊，迪恩心想，我還認為自己遇上大麻煩。一輛載滿遊客的街車從旁邊隆隆駛過。梅卡從窗戶探身出去拍照。燈號轉綠，這輛廂型車變換車道，溜上一條更快的道路，而現在來到海灣大橋。東向車道的第一段是以西向的車道為屋頂，再以閃爍著燈光的桁樑為兩側的牆。迪恩看到在橋的下方，距離他們很遠處，大小船隻分布在藍綠灰的水面上。大小城鎮則是勾勒出遠處海岸線的邊緣。在那些城鎮的後方，山坡開始皺褶起來。那是我永遠不會去的地方。雙層的橋段結束在一個八線道的隧道，那隧道貫穿了將近半個芳草地島……

羅德丹普西不可能知道我幫肯尼和弗洛絲離開倫敦，迪恩想，除非他們又落入他手中，而他逼他們說出……這樣的話，我只能求上帝幫他們了。我可以要泰德席爾沃強迫公權力介入，但是這會很快就讓事情變得非常麻煩……而且丹普西會揭發我和蒂芙妮不可告人之事……「真是他媽的非常麻煩。」

「怎麼都不說話，我們的迪諾？」葛夫問。

「不。只是……在想我的歌詞。」

葛夫點了一根菸。「繼續吧。」

至少，迪恩得告訴里馮和雅思培，柯芬園公寓的事吹了，而且編出某個版本的解釋。我還必須打電話給蒂芙妮。就算丹普西是在虛張聲勢，她還是應該有適當的防範。那不會是迪恩所期待的談話。他請葛夫讓他抽一口他的菸。他希望那是一根大麻捲菸，但是在吟遊詩人的事件之後，他已經承諾自己絕不在演出之前吸毒。廂型車從隧道出來，駛上大橋的東段，在那裡八線道的西向與東向車道全都展開在天空下。纜索和樹幹一樣粗，一座座鋼構懸索塔看起來像是星際航艦上才會有的東西。

整個結構都是鋼鐵、雄偉、永恆、真實……

……而且曾經只是某個人腦袋中的一個夢。

那輛露營者在看到一個諾蘭公園的標誌牌時轉離高速公路。在匝道行駛一小段之後，一個指示牌寫著，「金州國際流行音樂節」。

「我們就是所謂的『國際』嗎？」葛夫問。

「我們，」里馮回答，「加上普洛柯哈倫、動物樂團及深紫（Deep Purple），他們昨天晚上在這裡表演過了。」

「誰是深紫？」艾芙問。

「一支伯明罕的樂團，」葛夫說，「他們在這裡巡迴時，主要是當奶油樂團的搭配樂團。他們在美國開始有些名氣了。」

那輛露營者進入演出場地。一排排一列列的車停在路的一側，帳棚及露營車則位於另一側。數十個攤位販售食物、飲料及嬉皮風的小飾品。在一道高牆上方，他們可以看到一個大看台和一座摩天輪。群眾穿過十字旋轉門進入會場。

「比我預期的更有組織。」艾芙說。

「很大，」葛夫說，「但不是大、大、大的大。」

「兩萬名觀眾每人付三美元，」里馮說，「比起五十萬個人不付半毛錢，滋味要好多了。『免費音樂會』裡的那個『免費』，意思是『破產』。圍牆跟十字旋轉門。這就是音樂節的未來，就在那裡。」

一個守衛認出巴各別爾，招手叫那輛廂型車駛進一個用護欄圍起來的區域，幾輛拖車整齊地停在那裡。兩個男人正使勁將一個超大的馬歇爾音箱從一輛卡車上搬下來。荷西費里西亞諾（José Feliciano）靈魂式的低吟以及拉丁吉他的音型充斥在沿途。巴各別爾帶他們來到一輛拖車前面，車門上貼了一張「烏托邦大道」的手寫標誌。「我稍後會來載你們回去，那麼，祝你們演出順利。」說完他就走開，沒有回頭再看他們一眼。

「話很少的人。」迪恩說。

「或許他把話都留在越南了。」雅思培說。

「我要溜出去拍一些照片，」梅卡說。她親了一下雅思培，然後走出那塊圍起來的區域。「待會兒見。」

「等他們上台後，妳可以拍一些他們的照片嗎？」里馮問。「如果我們用了妳的照片，我會在預算內找一點錢。」

「當然。」她告訴雅思培，「祝你好運。」然後離開。

「我愛她說這句話時的模樣。」雅思培說。

拖車裡有個簡便廚房，裡面有幾壺水、幾個菸蒂滿溢的菸灰缸、幾瓶啤酒、百事可樂以及盛在盆子裡的葡萄與香蕉。空氣中還懸浮著大麻的煙味。每個人都拿到一瓶啤酒後，里馮給他們一個驚奇。

「樂團會議。馬克斯已經又安排好一個合起來有四天分量的套裝行程，在美國這裡。」

感謝上帝。迪恩心想。我可以把倫敦往後推了。

「那是個非常密集的行程。週四在波特蘭，週五在西雅圖，週六在溫哥華，接著週日到芝加哥參加在阿拉貢舞廳（Aragon Ballroom），又稱為「阿拉貢喧鬧房」的一場演出，那會在美國中西部及加拿大實況轉播。你們可以說不。但是這可以讓《生命的要素》再上升十名，可能會進入前十名。」

「我投贊成。」艾芙說。

「我投贊成。」雅思培說。

「我投『去他的，贊成』。」葛夫說。

「這讓我們有多一天的時間錄音，」迪恩說，「你可以跟他們說我們同意，但前提是唱片公司幫我們付多出來的錄音室費用嗎？」

「我們該培養你成為經理人的。」里馮說。

「身無分文正是我的超能力。」迪恩回答。

「錄音室費用在合約裡了。如果我們同意，我會告訴馬克斯——」

門上有扣—扣的聲音。一個被曬得很黑、衣服上有幾塊汗斑、手裡拿著記事板的男人探頭進來。「烏托邦大道？我是比爾奎瑞，這部運作順暢的音樂節機器操作者。」

「歡迎你來，比爾。我是里馮法朗克蘭。」

比爾跟每一個人握手。「荷西二十分鐘內就會結束，接下來強尼溫特（Johnny Winter）會上場，從五點到六點，再來就是你們了。何不讓我帶你們到後台看看，這樣你們可以了解一下地形？」

迪恩忍不住打了一個大呵欠。「我會打四十個盹。」

「四十個『盹』？」葛夫確認？

「你們兩個讓我很失望。」艾芙說。

「不用擔心，老闆，」迪恩告訴里馮，「我不會做你不做的事，或接受任何條件。」

「我也從來沒有這麼想過。」里馮說謊。

迪恩陷進沙發床裡。某樣平滑的東西黏在他的臉頰。他再次坐起來，把一張塔羅牌從臉頰上撕下來。上面是一個人走離的圖案，他穿過一條水道爬上一座山。那個人拿著一根手杖，像朝聖者那樣，還披著一件紅色的斗蓬。那位朝聖者的頭髮及肩和迪恩一樣呈褐色，雖然他的臉轉向別處。黃色的月亮從微亮的天空注視著他。三個杯子被放在最底部的一排，前面已經有五個杯子，在牌的最頂端寫了幾個字：「聖杯八」。

微風讓紗簾沙沙作響。一個女人笑得像迪恩的母親以前那樣。那個朝聖者不會再從這條路回來。當荷西費里西亞諾結束他行雲流水的〈點燃我的火焰〉（Light My Fire）時，旁邊數千名群眾吼出他們的喝采。迪恩把塔羅牌放進皮夾，就在艾倫克萊恩的名片旁邊。他向後躺下，閉起眼睛。有羅德丹普西的事要擔心；有曼蒂克瑞達克和我可能兒子的事；有該怎麼處理哈利莫菲特的事；我可以確定還有更多我已經忘記的事……一些糾結在一起的問題，就像烘乾機裡的衣服那樣。

不，夠了。迪恩離開洗衣店，順著一條路，爬上一座山，在一顆又是新月又是滿月的黃色月亮之下，手中拿著一根手杖。他已經在河的另一邊把擔憂拋下。他不會再回去了……

……他來到葛瑞夫森的馬洛船長酒吧。酒店老闆戴夫說：「感謝老天，你在這裡。樓上失火了，而消防隊員在罷工。」所以，就看迪恩、哈利莫菲特和聖詹姆斯威士忌酒吧的克里夫，要不要努力往上爬，一樓接一樓，用那些半陌生的人帶過來的一桶桶的水與沙來打火。火焰是紫色的、嘈雜的，而且被澆溼。酒吧的頂樓是一間閣樓。在裡面，一個骨瘦如柴、有著黑色螺旋捲髮的男孩正在嚼葡萄……

迪恩在加州的一輛拖車裡面，在那裡，一個骨瘦如柴、有著黑色螺旋捲髮的男孩正在嚼葡萄。他穿著涼鞋、短褲和鬆垮垮的美國隊長T恤，看起來約十歲。從膚色看不出他來自哪裡。迪恩對比爾奎瑞的保全措施不敢領教。「你是從哪個兔子洞裡蹦出來的？」

「沙加緬度。」那男孩說。

沙加緬度在哪裡、是什麼東西，或是什麼人？迪恩沒有概念。再試一次。「恁在我的拖車裡幹什麼？」

那個男孩用開罐器把一瓶胡椒博士可樂的瓶蓋撬開。「我爸媽又不知道到哪裡去了。」

迪恩坐起來。「誰是恁爸媽？」

「我媽的名字是蒂蒂，我名譽上的爹地是班。」

「恁不覺得應該回他們身邊嗎？」

「我一直在找。自從那個喉嚨痛的男人唱心情變差的事，我就開始找。到現在還沒找到。」

「所以……恁走失了？」

那男孩喝了一口他的胡椒博士。「我的父母走失了。」

我唯一想要的是眼睛可以閉起來休息一下。迪恩走到拖車的門邊。幾個健碩的巡迴樂團管理員在外面晃，他們看起來不像會幫這個走失的男孩。想不出什麼更積極的作為，迪恩只好問他：「恁叫什麼名字？」

「你叫什麼？」

迪恩吃了一驚，然後回答，「迪恩。」

「我是……」那個男孩說出某個聽起來像「波里瓦」的詞。

「奧利佛？」

「玻利瓦。我是以一八〇〇年代初期的革命家西蒙玻利瓦命名的。玻利維亞也是以他命名的。」

「好。玻利瓦，聽著，我很快就得去表演，恁何不帶著這些葡萄，然後……」迪恩這才發現他不能叫一個十歲小孩離開，在數千人的群眾中去找兩個人。他希望里馮或艾芙在這裡。他看到VIP區大門旁邊那位保全人員正在大遮陽傘下方執勤。「我們去問那邊那位像警察的人，他一定知道怎麼辦。」

玻利瓦看起來覺得很有趣。「你說了算數，迪恩。」

他們離開拖車走向那位保全。那人戴了一頂獵帽和一副會反光的太陽眼鏡，身上穿著戰鬥夾克。

「抱歉，」迪恩說，「這個小孩跑進我的拖車。」

「所以咧？」

「所以他跟他爸媽走散了。」

「那面大藍旗。」保全指著遠處的一個大帳篷，就在停滿露營車的場地再過去一點的地方。「那是失散小孩的報到帳篷。」

「但是我是迪恩莫斯，我是烏托邦大道的成員。」

「所以，在烏托邦，走失的小孩是別人的問題，是嗎？」

「不，但是我是一個樂手。走失的小孩不是我的責任。」

「那也不是我的責任，老兄。我不能放下我的崗位不管。」

「那麼誰該負責陪這個小孩走到那個帳篷？」

「那是一個程序問題，問問邦妮或巴尼。」

迪恩看到自己那副不可置信的表情，從那位保全的太陽眼鏡上反射出來。「邦妮或巴尼在哪裡？」

他指一下天又指一下地。「有可能在任何地方。」

噢，他媽的恁在尋我開心。迪恩蹲下來。「聽好，玻利瓦。你看到那面大藍旗嗎？」他用手指向它。「那就是失散小孩要去報到的帳篷。」

「那我們去吧，迪恩。」

「好主意。」那位保全說。

真是小人，迪恩想。「我們不能鼓勵一個男孩跟一個陌生人走那麼遠的路。」

「可你不是陌生人啊。」那位保全說，「你是迪恩莫斯，你是烏托邦大道。」

迪恩敗給他了。如果我沒花這十分鐘陪他走到那邊，我將會花七十年的時間思忖他發生了什麼事。「好吧。玻利瓦，我們走。」

「如果我坐在你的肩膀上，」他們走了幾步之後，玻利瓦說：「蒂蒂或班可能會看見我。」迪恩把他送上肩頭。玻利瓦把他的手壓在迪恩的頭顱上，就像在施行信仰治療。他不應該這麼相信一個陌生人的，迪恩想。然而，現在迪恩已經被選上，他就決定不要讓這個男孩失望。演出場地裡的吉他和弦與它們的回聲穿插交錯。女人在毯子上做日光浴，青少年坐在一起抽菸，情侶擁吻，家人在帳篷的陰影下吃喝，女孩子們正在臉上塗彩繪。一個女人露出乳房來餵她的嬰孩母乳，就好像這沒什麼大不了。在海德公園看不到這些情景。小丑踩著高蹺在巡邏，青少年在彈吉他。我知道那個曲調……他們在摸索出〈將巨石滾開〉的和弦，他們在爭論那到底是個D還是個D小調。我要讓他們自己研究出來，迪恩心想，我必須這麼做。

玻利瓦問：「你幾歲？」

「二十四歲。你幾歲？」

「八百零八歲。」

「呵，我猜恁是用面霜保養。」

「你是從倫敦來的嗎，迪恩？」

「對，我是。恁怎麼知道的？」

「你說話的腔調像《褓姆包萍》裡的煙囪清掃工。」

「在我所來自的地方，你的口音聽起來也是很有趣。」

一群打鬧亂鬥的野孩子從旁邊跑過，尖叫。

「你是個爹嗎？」玻利瓦問。

「哇噢，恁看那個用氣球做出各種造型的人。」

「你有小孩嗎？」

聰明機靈。「還不確定。」

「你怎麼會不知道自己有小孩還是沒有？」

「大人的理由。」

玻利瓦移動了一下重心。「你跟一位女士做愛，她有了小貝比，但你不知道那個貝比是不是從你放進她子宮的那顆種子長出來的？」

真是——該死。迪恩扭轉他的頭來看玻利瓦。

那男孩看起來一副勝利的模樣。

「恁怎麼會知道這種事？恁怎麼可以知道？」

「有根據的猜測。」

「天哪，恁們在美國長大的速度很快。」迪恩繼續朝著那面藍旗前進。一架雙翼飛機拖著一面橫幅穿過幾乎無雲的天空，橫幅上寫著「口渴嗎？來一瓶可樂！」

「你為什麼不想當爹？」玻利瓦問。

「恁為什麼要問這麼多『為什麼』的問題？」

「你為什麼不再問『為什麼』的問題？」

「因為我已經長大了，因為那他媽的煩死人了。」

「如果你是在我家，你必須丟一個二十五分硬幣到髒話罐裡，」那個男孩說，「媽開始這麼做的，因為她不希望我在下水道長大。所以，再來一次，為什麼你不想當爹？」

「恁憑什麼認為我不想當爹？」

「每次我提到，你就轉移話題。」

迪恩停下腳步，讓一個賣西瓜的小販推著他的車從他身旁經過。「我想……我害怕自己會成為一個我不希望讓他當我爹的那種爹。」

玻利瓦輕拍他的頭，就好像要說，沒事，沒事。

一個臉上有雀斑，穿著舊金山巨人隊球衣，載著一頂寬鬆軟帽的男子在失散小孩報到帳篷的開口處前方徘徊，神色緊張地抽著一根菸。看到玻利瓦時，他的臉從滿滿的驚慌變成純然的釋放。光是把小孩帶到這裡看到這副表情，也算值得了，迪恩想。「耶穌基督啊，玻利，」那個長雀斑的男子說，「你把我們嚇死了。」

「髒話罐，」玻利瓦說，「兩枚二十五分錢硬幣。一枚是講『耶穌』，一枚講『基督』。我不會忘記的。」

那個人裝出一副「上帝且賜給我力量」的表情，然後告訴迪恩，「謝謝，我是班傑明歐林斯，叫我班就好。我是他的繼父。」

「名譽爹地。」那男孩堅持。

「名譽爹地。」班把玻利瓦從迪恩的肩上抱下來，「媽都快抓狂了。你到哪裡去了？」

「去找你們。結果我在一輛拖車裡找到他。」那個男孩指著迪恩，「他的名字是迪恩，來自倫敦，而且他不確定他是不是一個爹。你跟他說說話，班。老人跟老人說話。」

班聽他說完這些話皺了一下眉頭，然後認真看著迪恩。「迪恩莫斯？烏托邦大道？我走狗屎運，真的是你。」

「再一枚二十五分硬幣，」玻利瓦說，「現在已經三枚了。」

「可是，我們今天來這裡就是為了烏托邦大道，而且——」

「沒有如果，沒有但是，三枚就是三枚。而且媽是來這裡聽強尼溫特的，不是來聽迪恩。不好意思，迪恩。那邊有個女士在發糖果給走失的小孩，我去去就回來。你們別走遠。」

「伖說過，走失的人是伖媽和班。」迪恩指出。

「那位女士不會發棒棒糖給成人的。自己想想吧，迪恩。」玻利瓦走過去。

「不是個尋常的小孩。」迪恩告訴班。

「*Jeez Louise*（耶穌啊）——你一定想不到。」

「他說，他今年八百零八歲。」

「自從五歲起他就這麼說。嚴重腦膜炎，差點就死掉，可憐的小孩，而且他從昏迷中醒來之後，就有點……跟以前不一樣。有時候蒂蒂，玻利的媽，認為我們應該讓人幫他檢查一下，但是……他是一個夠快樂的小孩，所以我不確定我們要處理什麼問題。但是，迪恩，我真的很喜歡你們的音樂。我在沙加緬度開一家唱片行。自從我親手賣出一張《生命的要素》之後，就賣出了五十張。你們的第一張專輯也賣得不錯，當然，但是《生命的要素》是……」班模仿飛機越飛越高的樣子。

「謝謝，我想我欠恁一張版稅支票。」

「只要你們再創作第三張專輯就好，拜託。」

「我會看我們的能耐。恁的兒子挖到金礦了。」那位棒棒糖女士把糖罐拿在玻利瓦前面讓他自己挑。

「喔，他連鳥和魚都可以迷惑，」班說，「你有小孩嗎，還是……我不是很確定玻利剛剛到底在說什麼。」

烤栗子的味道從他們身邊飄過。不，我不能把我的法律窘境告訴一個完全陌生的人，我連自己家人都還沒透露呢。「他問我有沒有小孩，而我只是說我還沒準備好當一個父親。就這樣而已。」

「準備好？忘了這回事吧。我每天都在臨場發揮。」班拿一根萬寶路給迪恩，迪恩接過它。「當爹或不當爹？那是該認真考慮的問題。它有夠沉重。如果你並不想，我不會說『去吧』。」他吐掉口中的煙。「但是如果你在觀望，需要人家輕推你一把，我會推你一把。你不會失去你以為會失去的東西。你會有更多的頭痛，但也會有更多喜樂。喜樂和頭痛，銅板的正面和反面。」玻利回來時，手中握了一把糖。「看看你，你這個採獵者。」

玻利看到迪恩後面有一個人，他招手。「媽！媽！沒問題的，我找到班了。他在這裡。」

蒂蒂，一位身孕已重、留著串珠編髮的女人，發出一聲長而土氣的呻吟，她鬆了一口氣。一份強而有力的擁抱讓她兒子幾乎窒息。「**該死**，玻利，**拜託**，不要再這樣隨便走開了……」

那男孩劇烈扭動，從她懷中掙脫。「二十五分錢！髒話罐已經有整整一塊錢了。我幫我們每人拿了一根棒棒糖，再加一根給肚子裡的寶寶。迪恩，這是媽。她進到懷孕的第三個三月期了。媽，迪恩幫我找到你們。你們該對他說什麼呀？」

「玻利，是你走失，不是我們——」

玻利伸出食指，做出警告的手勢。

蒂蒂深呼吸一口。「謝謝你，迪恩。」

★★★

群眾七八千名，是這個樂團從出道至今聽眾最多的一次，而且人數遠勝以往。迪恩怯場的情緒在心底冒泡。就在傍晚即將臨到之際，天空是聖杯八裡的那個天空。「請歡迎，」比爾奎瑞對著舞台中央的麥克風，以低沉有力的聲音說，「一路從英格蘭過來的，獨一無二的**烏托邦大道**！」里馮拍了迪恩的背；蒂蒂、班及玻利瓦也拍了他的肩膀，他跟著艾芙走上舞台。現在不能回頭了。群眾中爆出一陣迪恩沒有預期的吼叫聲，他感覺音浪就打在他臉上。艾芙轉頭，露齒微笑。樂團成員各就各位。雅思培和迪恩插上樂器插頭，艾芙則在這時對著麥克風說：「謝謝，加州。我們不確定這裡有沒有人認識我們，但是我猜——」吼叫聲及口哨聲變得更響，而且群眾的齊聲詠唱從某個迪恩不確定的位置開始傳開，曲調是來自〈約翰布朗的身軀躺在墳墓裡腐爛〉（John Brown's Body Lies A-mouldering In the Grave），但群眾把歌詞改成：「藍迪索恩的事業躺在墳墓裡腐爛，藍迪索恩的事業躺在墳墓裡腐爛……」雅思培在吉他上彈出這旋律，每個音都帶著光澤與純粹。唱到副歌的「榮耀、榮耀哈利路亞」時，艾芙用風琴加上即興伴奏，迪恩也像卡拉揚一樣開始指揮。他的怯場情緒已經全蒸發了。

「我們也愛你們，」艾芙說，「那麼，我們的第一首歌就是迪恩在地牢裡寫的。」贊同的怒吼聲響起。她對著迪恩點頭。

迪恩運用了媽媽卡絲傳授給他的一個小技巧，用清唱來開始一首歌：先在你心靈的耳朵中播放那行歌詞一次，依照你想要的音高，接著重新播放，不過這次要加入聲音：

如——如果人生已經讓你身上充滿彈——孔

而——且把恁晾在外面變——乾……

米克傑格告訴過迪恩，他工作中最困難的是：已經是第五百次演唱〈滿足〉（Satisfaction）了，卻還要表現得好像他一小前才寫好那首曲子。但是今天晚上他完全不用擔心〈將巨石滾開〉會讓他覺得很無趣。聽眾的人數提高了迪恩感覺的敏銳度。他的聲音從擴音系統大聲地播放出來，傳進這個宇宙中，就像上帝的聲音……

而——且把你扔進一個貧——民的墳墓

落到死人躺——臥之處——

葛夫輕敲鼓棒來啟動第一次副歌，這首歌的規模這時已經成長到足以充滿整個碗狀的演出場地。迪恩的表演技巧比平常更誇張，雅思培的彈奏也更加狂熱。在艾芙那段雲霄飛車般的哈蒙德風琴獨奏時，迪恩看到聽眾跟著節拍點頭並且左右搖擺，就好像他們喝了啤酒，抽了大麻捲菸。在人群比較不擠的地方，一些幾乎裸體的狂歡者就表演起那種在瘋狂的嬉皮節慶中攝影團隊最喜歡捕捉的薩滿舞。

這首歌結束時得到的掌聲，比迪恩對音樂節第二天的第十一首曲子的預期還長得多。〈證明它〉受歡迎的程度也類似。太陽下山時，被梳開的雲朵發出白色的輝光。雅思培彈奏〈暗房〉的第一個和弦時，舞台的燈光開了。在美國暮光的映襯下，雅思培的優雅英語呈現出一種他們在英國演唱這首歌時未曾展現的異國風。〈鉤〉的快節奏炒熱全場。他們將橋段延伸，一區又一區的聽眾跟著節奏拍手。迪恩用受駕馭的凶惡模樣唱這歌，他嘗試的每一個做法都成功。葛夫接手來了一段鼓的獨奏，然後進入一段與艾芙一呼一應的對奏序列，帶來某種莫名的趣味。雅思培表演了一段獨奏，它緩緩燒盡，像流星一樣，然後在樂曲結尾處撞成碎片。掌聲長而且響亮。古柯鹼是這種感覺的差勁仿冒品，迪恩心想。他用一條溼毛巾抹了抹臉。我希望有人在某處偷偷錄製了這場演出的高品質盜錄帶，因為我們今天實在表現得太棒了。他望向人在側翼的里馮，看到死之華樂團（Grateful Dead）的傑瑞加西亞（Jerry Garcia）正用四根手指拍打他的手掌。迪恩向他點頭致意。玻利瓦和他父母坐在臨時搭建的台架上。

在繼續演唱〈木筏與河〉之前，艾芙隨興演奏了〈月光奏鳴曲〉的幾個樂句。擺在〈鉤〉那些稠密、甚至氾濫的即興重複樂段之後，她的歌就如一杯涼水。一張張的臉盯著她，彷彿已被催眠。葛夫在他的鈸與腳踏鈸上一下子劈劈啪啪，一下子又安靜無聲。迪恩與雅思培在艾芙新安排的三人合唱處加入，艾芙是在媽媽卡絲的廚房聽了葛瑞翰納許（Graham Nash）、史蒂芬史提爾斯（Stephen Stills）及大衛克羅斯比的三人合唱而得到這點子。這很有風險。萬一和聲出了狀況，那可是無處可藏。但是他們已經練習過許多次，而掌聲非常熱烈。比爾奎瑞從一旁發出喊聲，輕拍他的手錶，然後把兩隻手放在嘴邊當成擴音器，「來一首大的！」這次是由雅思培來選。迪恩以為他會選〈神智正常〉，但是雅思培說：「讓我們來演唱〈我該說是誰來找？〉」他是在從紐約飛來的飛機上寫完整首歌。他在舞台上發作似乎帶來良好的副作用：治好了雅思培的飛航恐懼症。這是個大膽的選擇，他們只在錄音間排練過幾次，但是今天感覺上就像是歌曲會自己出來演奏的那種音樂會。艾芙對著迪恩點頭，迪恩對雅思培點頭，雅思培再對群眾說：「最後一首歌是我們最新創作的曲子。它一天前才誕生，歌名是〈我該說是誰來找？〉」他看著迪恩，點頭。「一，二，三——」

迪恩已經就緒，他彈出藍調重複樂段。A，G，F，再回到A。

艾芙的哈蒙德琴聲闖進群眾當中，站好腳步，然後跳出醉酒般的吉格舞步。葛夫用一輪基礎強節奏、小鼓滾奏，以及在大鼓上製造出的遠方雷聲加入演奏。雅思培用吉他彈奏出一段盤旋的、風格與死之華樂團類似的前奏，然後對著麥克風唱出：

妳愛上他，在熱帶，
他們為妳貼上「不道德」的標籤；
妳給予我生命並且親吻我的頭，
然後下沉到珊瑚之中。

你愛她，在熱帶，
當時歐洲正在燃燒。
我是你輕率的產物，
我延續了你的名字。

迪恩納悶，對那些不知道這是談雅思培老爸的人來說，這些歌詞會有任何意義嗎？〈守夜人〉和〈暗房〉感覺上像在講私人的事，但是，事實上並不是。這首新歌的前兩節歌詞完全沒有經過加工修飾。艾芙彈了一段半爵士半藍調、像瀑布般傾洩的鋼琴獨奏來取代副歌，然後就進入下一節：

一位來自久遠年代的僧侶，
藏身於家族樹。
一代經過一代，直到
那僧侶要求自由。

一位來自蒙古的陌生人，
在自殺的路上將我挽回。
他在我心靈裡築牆困住僧侶，
多給我五年的時間躲避。

當迪恩問雅思培那個僧侶和那個蒙古人是誰，他只是回答：「說來話長。簡單的說法是，他們是我腦袋裡的聲音。」雅思培現在是獨奏。他的哇哇踏板的調頻出了問題，不斷發出嗞嗞聲，幾乎淹沒了吉他的琴聲。聽起來像是破冰船撞碎厚冰而前進的聲音。其實聽起來還蠻酷的，迪恩想。雅思培不得不同意：他揮手叫音控人員不用上來，讓他的獨奏又延長了一回合。今天晚上連閃失也站在我們這邊。雅思培走向前靠近麥克風：

在一個黑暗日，被牆困住的僧侶
從過去爆發——
我在切爾西旅館踏入地獄。
我不是第一個，我也不會是最後一個。

解救受詛咒者的心理醫師
強風中的避難所——
如果沒有推羅的梅瑞納斯，
我就不會在這裡說這個故事。

這兩節歌詞已經被修改，跟迪恩上次聽到的不一樣：推羅的梅瑞納斯？推羅是個地方？或者只是輪胎？這首歌就跟〈荒涼路〉一樣，迪恩認定。我不能說我理解，但我完全知道它的意思。他注意到梅卡蹲在兩座聚光燈之間，由下往上拍攝雅思培。雅思培也看到她，並且注視了她一下。自從在獵豹俱樂部昏倒之後，雅思培就一直都是心定，神在，不同於以往。如果我相信有詛咒這種事，那麼我會說，他被施的詛咒已經移除。雅思培第三回的壯麗獨奏在演出場地盤旋而上，就像身上有翅膀。迪恩靠近他的麥克風來加入雅思培，艾芙也靠近她的麥克風，準備唱最後三行重複的……一節？副歌？橋段？誰在乎？

我該說是誰來找？
我該說是誰來找？
現在的幽靈問未來的幽靈，
「我該說是誰來找？」

結尾是個長達一分鐘的等待——由有如托缽僧跳著旋轉舞的鍵盤旋律、貝斯的低音運行、狼嚎般的回授音效以及瀑布傾洩般的鼓聲合構而成——然後樂團驟然、完美地停止演奏。

群眾沒有任何反應。出了什麼問題？

迪恩看著艾芙。我們他媽的搞砸了嗎？

演出場地這時才突然由八千個人的喊叫、加油、吹哨及鼓掌的聲音引爆，音量大到不可能再大。

我們來到這裡所花的一切代價都值得了。

葛夫、艾芙和雅思培在他身邊，與他排成一列。

金星是天空之眼中一顆閃爍的星。

烏托邦大道下台一鞠躬。

通往遠西的窄路

週一，樂團到特克街錄音室（Turk Street Studios）的C錄音間去錄音，從旅館走到那裡不需要多少時間。他們紮紮實實地錄了兩支示範帶：艾芙的〈切爾西旅館九三九號房〉，一首談到他們在紐約演出的藍調華爾茲，以及〈裡面的裡面是什麼〉，一首用齊特琴伴奏的情歌，他們用的齊特琴是一台阿帕拉契揚琴，當中還加入一段由馬克斯在舊金山交響樂團的一位朋友跨刀的長笛獨奏。

他們錄到晚上十點結束，在一家中國餐館吃飯，然後上床睡覺。而昨天，他們在早上錄了像鑽石般耀眼的一版〈我該說是誰來找？〉，接著是雅思培所創作的一首長達八分鐘、稱為〈計時器〉的曲子，其中的元素包括：將音量放大的發條時鐘、風鈴、艾芙彈奏的大鍵琴、弦序倒轉的十二弦吉他的一段獨奏、空靈的人聲堆疊，還有梅卡在週一錄到的喪鐘、海及火車終點站的聲音。今天，他們在舊金山的最後一個完整的一天，他們把時間花在迪恩的兩首新歌上：一首富含重複樂段的曲子〈在這裡我也是個陌生人〉，以及一首縹緲神祕的歌曲〈聖杯八〉。迪恩、艾芙和雅思培對彼此的歌提出建議，也接受對方的建議，情況比他們先前在菌傘錄音時熱絡得多。葛夫仔細聆聽歌曲作者介紹的每一首新歌，而到了第三或第四次演練時，他就已經可以加入節奏部分的音軌了。

里馮結束一整個下午的會議回到這裡，樂團就停下練習，把最後一次所錄的〈聖杯八〉播放給他聽。他身體往後靠，全神貫注地聽，然後說：「輝煌無比。《樂園》已經落後潮流好幾個月，《生命的要素》算是與潮流亦步亦趨。這個新東西將成為未來的潮流。馬克斯聽到時一定會尿溼褲子。」

「這是好事還是壞事？」雅思培問。

「好事，」迪恩說，「那麼古恩特呢？」

「古恩特不是會尿溼褲子的人，但是他會用一根手指跟著打拍子。在活潑的樂段，或許還會用兩根手指。」

「見鬼了。恁真的這麼想？」

電話燈開始閃爍，里馮拿起話筒。「哈囉？」暫停。「噢，是的，當然。把他轉過來。」里馮用手蓋住話筒的收話端，然後告訴其他人：「是安東尼赫爾希。」

當然是他，他已經發現我和蒂芙的事了。迪恩沒有他該有的那麼害怕。有什麼好怕的？

「東尼，」里馮說，「你過得如何啊？你——」沉默片刻，里馮對著迪恩皺眉頭。「喔……好的。有什麼是我可以幫忙的？」又沉默片刻。「那麼我幫你看看他還在不在。」里馮用手蓋住話筒的說話端，輕聲說，「他想跟你說話，但他聽起來像是要殺人。」

讓我們結束這一切吧。迪恩按下免持話筒的按鈕，讓每個人都可以聽見他們的對話。「東尼，洛杉磯那裡的天氣如何啊？」

安東尼赫爾希充滿怒氣的上流人士口音從那小小的擴音器傳出來。「你怎麼這麼**大膽**？你**他媽的**怎麼**這麼大膽**？」

「我到底是大膽做了什麼，東尼？」

「喔，你**知道的**！你**破壞**了我的婚姻。」

「你好，鍋先生……你見過壺先生了嗎？」[73]艾芙的下巴垮下來。葛夫的眉頭皺了起來。里馮已經在衡量損失了。雅思培點了一根菸然後把它交給迪恩。「如果你選擇在黎明用手槍決鬥，從洛杉磯開車過來需要八小時。或者，我可以跟你約在半路上。」

「你不值得一顆子彈的價錢，你這個粗鄙、愛吵鬧、愛畫大餅、愛吸古柯鹼、愛奪人老婆的……鄉巴佬。」

葛夫已經閉起眼睛，搖起頭來。

73 The pot calling the kettle black（鍋嫌壺黑），五十步笑百步的意思。

「沒有人是完美的，東尼，但至少我沒有奪走我太太的事業，把它送給珍芳達。我的意思是，如果你是蒂芙，你會想，哦，好吧，我只能忍受而且閉嘴而且幫東尼刷洗他的襯衫及內衣褲？還是恁會想，算了，老娘幹嘛那麼辛苦，男人可以享受的好處女人也可以享受？」

「我的妻子是我孩子的母親！」

「看，那是恁的問題，東尼。」迪恩模仿赫爾希的口音，「『我的妻子是我孩子的母親。』恁並不是封建制度下的領主，老兄。蒂芙不是恁擁有的財產，她是一個人。如果恁真的這麼在乎，那麼回到《深入北方的窄路》，讓蒂芙妮西布魯克當女主角。她是一位偉大的演員。所以，如果她還不是一個好萊塢家喻戶曉的名字？那就讓她出名。它會成為一部更棒的電影，還能挽救你的婚姻。」

安東尼赫爾希充滿怒氣地發出迸裂而且嘶嘶作響的聲音，接著說：「我不需要從你這裡聽到婚姻的建議。」

「恁真他媽的需要聽聽某些人的建議。表演是蒂芙的藝術才能，你把它從她手中奪走。還給她吧。她仍然喜歡恁，在內心深處。即使每次電話一響，恁就把她像擦碗布一樣扔在地上。」

赫爾希怒氣的音質從熾熱變冰冷。「除非跨過我的死屍，否則你別想在倫敦或洛杉磯拍電影。」

「喔，東尼，別像這樣試探死神。聽著，在我們當中有人把電話掛掉之前，有件事我很好奇：這些令人愉快的消息是不是一個名叫羅德丹普西的人告訴恁的啊？操著倫敦東區地痞流氓之類的口音？」

這位導演並沒有說「誰？」，他遲疑了一下，接著說：「如果你再碰我太太一次，我會**把你像蟑螂一樣踩死**。如果再讓我看到你，我會把你毒打到讓你後悔活到現在。我講得夠清楚嗎？」

「你的意思是，烏托邦大道不能幫你的電影錄製原聲——」

從洛杉磯打來的電話沒有聲音了。

如果那是羅德丹普西的報復，迪恩心想，我可以承受。「抱歉，」他告訴樂團，「我們在光輝好萊塢拍片的機會這下子飛了。」

「我還以為我會成為影藝界的黑馬。」艾芙說。

「從好的方面來看，」雅思培說，「我們不用再煩惱要把〈窄路〉砍掉九十秒的事了。」

「我不能說我不期盼你安分一點，別那麼風騷，」里馮說，「但是，華納兄弟電影公司的律師確實很難搞。」

「蒂芙妮西布魯克？」葛夫蹙額表達欽佩，「精采的破網得分，迪諾。」他的胃發出牢騷。「傑瑞加西亞還在等我們去吃點東西，不是嗎？」

艾許伯里街七百一十號位在坡度可觀的斜坡上，是一棟高大、灣窗與山牆風格、正面全是木作的黑白房屋。陡峭的階梯從人行道直通二樓的一個拱形門廊，門廊裡有個男人坐在搖椅裡，一根球棒斜靠在柱子上。在迪恩眼中，他看起來像印第安人。「我姊妹和我有一間像這樣的娃娃屋，」艾芙說，「房子的正面可以像書一樣打開。」

雅思培面向午後的太陽。「在錄音室待了一天之後，每樣事物都比平常還要真實好幾度。」

一輛車身漆了迷幻漩渦的導覽小巴士駛達，停在路邊。「這棟，各位，」那位導遊宣布，「就是傑瑞加西亞、菲爾萊什（Phil Lesh）、鮑伯維爾（Bob Weir）以及羅恩『豬舍』麥克南（Ron "Pigpen" McKernan）的家。他們更為人所知的名字是搖滾天團死之華。」

「又沒提到該死的鼓手，」葛夫說，「不意外。」

旅客推擠著拍照。門廊那個可能是印第安人的人用一根指頭祝福那輛客車。

「如果這棟房屋會說話，」那位導遊說，「艾許伯里街肯定會臉紅。誰敢想像現在，就在那些窗戶後面，正在上演什麼搖滾樂界的墮落場面？」

巴士駛離。「期待好運吧。」迪恩說。他們開始握著扶手往上爬。一個絆腳可能會讓人摔斷脖子。在上面的門廊，那位可能是印第安人的人膝上有一隻淺灰色的貓。「哈囉，」迪恩說，「我們是烏托邦大道。」

「有人在等你們。」那位可能的印第安人身體往後仰，然後對著半開著的門喊，「傑瑞，你的客人到了。」

貓把身體靠在艾芙的腿上摩擦，艾芙把那隻動物抱起來。「你怎麼這麼可愛呀？」牠那對葉綠色眼睛停留在迪恩身上。

「烏托邦人哪！」滿臉笑容、留著鬍子、穿著法蘭絨襯衫、光著腳的傑瑞加西亞出現在他們前面。「我剛剛就覺得自己聽到一些友善的聲音正順著天堂的階梯往上爬。總之，我們這裡不難找吧。」

「我們只是告訴司機，『跟著前面那些導覽車，』」葛夫說。

傑瑞加西亞的微笑轉變為扮鬼臉。「一開始他們咒罵我們，接著把我們轉變成一個景點。進來吧。傑佛森飛船（Jefferson Airplane）的馬提和保羅已經過來了。他們很酷的。當然了。」

西藏的曼陀羅圖案、一面美國星條旗，以及一幅幅的卷軸裝飾在牆面上。在七一〇號某處，約翰柯川（John Coltrane）正在吹奏薩克風。大麻菸、薰香以及香噴噴的中國菜氣味混雜在一起。一些人飄進或飄出廚房，包括一位身上沒穿衣服，只披了一條床單的女孩。似乎沒人知道誰住這裡，誰是訪客。迪恩吃了一條沾了甜辣醬的春捲。「天哪，我愛死這些東西了。」

「可惜你們沒有要在這裡待更久。」豬舍說。這個人還真是，迪恩忍不住心想，人如其名。「我可以帶你去中國城。只要一美元，就可以吃得像皇帝。」

迪恩想起艾倫克萊恩那個「見面討論二十五萬美元」的提議。「下次吧。」

在桌子的一角，傑瑞加西亞和雅思培正在兩把吉他上交換彈奏音階。「這個調式叫做混合利底亞（Mixolydian），」這位死之華樂團成員告訴這位烏托邦成員，「它的第七個音降了半音……」他示範了一次。矮小、微胖、磨菇膚色的馬提巴林（Marty Balin）正在對艾芙調情。

祝你好運，迪恩心想。這時留了一頭詭異金髮的保羅坎特納（Paul Kantner）問他，「那麼，吉米在倫敦的期間，你們有沒有跟他碰到面？」

「只能算擦身而過，」迪恩說，「我們從來沒有一起相處過。」

「在蒙特雷演出之後的那個禮拜，吉米在費爾摩音樂廳演出，」保羅說，「一開始在排行榜上，他還在我們下面，但是幾天之後，他已經成為最受關注的焦點。真是狡猾。」

馬提發出嘖嘖聲，吃著他的麵條。「你和我，我們是用手和手指彈吉他，對嗎？我們坐在房間裡，教自己彈琴。吉米是街頭吉他手，他用整個身體來彈琴。小腿、腰部、臀部。」

「睪丸、屁股和陰莖，」豬舍補充，「他是第一隻，你知道的，白人女性會對著發情的黑貓。我從沒有見過這種事。她們就好像在……滴著情慾。」

「只是有些白人女性，」艾芙糾正豬舍。

「當然，我聽到了。但是，數目很多。男生也是，那是重點。我生平看過的第一條黑色皮褲就是吉米穿的。」

「他把絲巾綁在膝蓋和頭上的做法呢？」保羅補充，「在愛之夏音樂節的時候，這個做法在舊金山傳開的速度比淋病還快。」

「在愛之夏，我的時間全都花在跟這幾個傢伙開著一輛廂型車在M1公路上奔波。」葛夫指著他的樂團團員，「時間正確，但地點錯誤。」

「那其實是六六年的事。」馬提咕嚕咕嚕喝起蛋花湯，「是在愛之夏之前的那個夏天。你說對嗎，傑瑞？」

「沒錯。」傑瑞加西亞從他的吉他指板上抬起頭來。「那是應許實現的夏天。只要你們是一支樂團，就會有聽眾。比爾葛瑞翰姆開始在費爾摩辦音樂會，一個晚上安排四或五支樂團演出。你們甚至不需要很厲害。一整個新情境誕生，在美國，或地球上，或歷史上都不曾有過。」

「是那個比爾葛瑞翰姆嗎？」迪恩問，「就是擔任傑佛森飛船樂團經理人的比爾葛瑞翰姆？」

馬提扮了個鬼臉，然後看著保羅，保羅正在吃一塊米脆餅。「呃呵，不過他只是我們技術上的經理人。」

「你們會聽到很多關於比爾的看法，」傑瑞說，「誹謗者說，他餵養迷幻母牛的目的只是要擠牠的奶。但他真的是瘋狂地工作，從不否認他想要變有錢，但他也為公益團體 HALO——無助小孩律師——以及挖掘者，一個提供食物給挨餓人們的激進社區行動團體，辦一些義演。」

「最具革命性的是，」豬舍說，「他會實際支付樂團他承諾要給的錢。沒有那種『我們並沒有賺到我們期望賺到的錢，所以，這是一罐啤酒和一小球大麻，現在滾開吧』的狗屎話！從來沒有。比爾不幹這事。」

「里馮明天要跟他吃早餐。」迪恩說。

「他會希望你們到費爾摩去表演的，」豬舍說，「你們在諾蘭公園的演出評價已經傳開了，那演出真是精采。」

葛夫把叉子伸進炒麵裡扭轉。「諾蘭公園的演出和人類進來（Human Be-in）的大集會比起來怎麼樣？」

「不能相提並論，」金髮保羅說，「諾蘭公園是幫主辦單位賺錢，卻假裝不是。人類進來沒讓任何人賺到錢，但是它**將會**被寫進歷史。」

「它的規模**大**——多了，」馬提說，「有三萬個人聚集在金門公園的馬球場。海特—艾許伯里的嬉皮傳講和平與愛的訊息。柏克萊大學的激進份子鼓吹革命。喜劇演員、詩人、精神導師。大哥控股公司樂團和珍妮絲、死之華、水銀信差、我們。西藏僧人用吟誦迎接太陽。」

「而且沒有暴力，」豬舍說，「沒有搶劫。奧斯利斯坦利（Owsley Stanley）發贈迷幻藥給大家，就彷彿已經沒有明天。」

「免費的迷幻藥？」迪恩問，「警察都不管？」

「那時候迷幻藥還不算非法，」保羅說，「市政府討厭它，但是他們怎麼能扣留根本無人申請的許可證？」

「芝加哥市長想到了一招。」艾芙說。

「舊金山可不是芝加哥。」豬舍說。

「有那麼一段時間，」傑瑞說，「或許只有幾個月，我們當中很多人相信一個新的生活方式是有可能的，就從這裡開始。挖掘者開始發送免費食物。在海特街，到現在還有一間免費診所。」

「後來是什麼改變了？」艾芙問。

「曝光度，」豬舍說，「話開始傳開，媒體為整件事上加油添醋。『美國的中道！你們的小孩也有可能掉進免費的愛、免費毒品、免費音樂的惡魔陷阱裡。』這反倒該死地確保了那些小孩都來到舊金山，頭髮上全都插著花。」

「數十萬人，」傑瑞說，「全都湧向這裡。而結果，挖掘者並沒有，按字面上來說，挖出食物來。他們需要從像比爾葛瑞翰姆這樣的人那裡得到救急的現金。需求無限，供給有限。」

「毒販看到發橫財的機會，」保羅說，「地盤戰爭開始。一個年輕人在離這間房子三十英呎的地方被刺死。接著出現第一次的毒品缺貨危機，奧斯利給**每個人**同樣的分量，不論是結實的壯漢還是瘦弱的女生。基本上每個人的體格都不相同。」

迪恩想到席德巴雷特的可憐處境。

「反商主義被商業化了。」傑瑞說。

「我們在計程車上看到不少大麻相關商品零售店。」雅思培說。

「完全沒錯，」馬提說，「T恤、易經卜卦組、五芒星。一貨架又一貨架的垃圾。現在已經變得不再是*Turn on, tune in, drop out*[74]（開通、調頻、脫離），而比較是*Roll up, cash in, sell out*（捲好、收錢、完售）。」

「接下來這個故事可以讓你知道，那時候跟現在的差別。」保羅把醬汁從他寬大的下巴擦掉。

74 提摩西李瑞（Timothy Leary）一九六七年在金門公園「人類進來」大會演講時提出的口號。

「去年六月我有個朋友要飛回新墨西哥，他是一個不穿鞋的傳統嬉皮。在舊金山機場，服務員說航空公司不會讓他光著腳上飛機。於是我朋友四下張望，看到一個和他一樣的怪咖剛抵達舊金山，就問他：『嗨，老兄，我可以跟你借涼鞋嗎？如果我現在沒找到一雙鞋子，我就會趕不上飛機。』這位完全的陌生人說『當然』，就把涼鞋交給他，而我的朋友也沒再碰到麻煩，順利飛回家。我的意思是，那樣的交換只可能發生在六六年與六七年之間短短幾個月，像窄窗般的一段期間。六五年太早，時機還不成熟。那個陌生人會說：『你是瘋子嗎？自己的涼鞋自己去買。』現在，在一九六八年，時機又過了。那個陌生人會說：『當然，拿去吧——五塊錢，加上銷售稅。』」

傑瑞加西亞彈奏出一段收尾的藍調重複樂段。

「那個時期還留下任何東西嗎？」艾芙問。

那幾個舊金山人面面相覷。

「我會說沒有多少東西留下。」保羅坎特納說。

「只有一些空洞的標語。」豬舍說。

傑瑞彈奏吉他。「每三或四個世代就有一個激進、革命的世代。我們，我的朋友們，都是摔破瓶子的人。我們釋放出瓶子裡的精靈。我們製造暴亂、被槍擊、被滲透、被買通。我們死掉、破產、出賣自己。這些事毫無疑問會發生。但是，我們釋放出來的精靈仍然是自由的。在年輕人的耳朵中，精靈會輕聲說出那些不可說的。『嗨，小子——身為同志並沒有半點錯。』或『萬一戰爭並不是愛國心檢測，而純粹是他媽的白痴行為？』或『為什麼這麼少數的人可以擁有多到要死的東西？』就短期來講，似乎沒有太多改變。那些年輕小子距離權力的槓桿還很遙遠。但是從長期來看呢？那些輕聲細語會是未來的藍圖。」

「有人想來點迷幻藥嗎？」傑瑞問？

「我和保羅一早要飛去丹佛，」馬提巴林說，「比爾已經把我們放到跑步機上，一刻沒得閒。」

「迷幻藥和我向來就看不對眼，」艾芙說，「我不用。」

「我跟妳一樣，艾芙。」豬舍為自己倒了一玻璃杯的南方安逸香甜酒。「我前一次的迷幻之旅是一場可怕的夢魘。」

「如果我因為已經跟兩個踢拳高手相約較量，而拒絕跟傑瑞加西亞來一趟迷幻之旅，」葛夫說，「那麼我一定會後悔，可是我實在力不從心。」

「雅思培呢？」傑瑞問，「別跟我說〈神智正常〉及〈暗房〉是你抽了萬寶路香菸後創作出來的曲子。」

「如果我的心智是三隻小豬房舍當中的一棟，」雅思培回答，「那肯定不是用磚頭砌成的那棟。」

「我的老天，」豬舍轉向艾芙，「這傢伙曾經直接回答過任何問題嗎？」

艾芙輕拍雅思培的手。「他的回答要不是直接到令人捏把冷汗，就是像填字遊戲的線索一樣讓人費解。」

「思覺失調症是我的老朋友，」雅思培說，「它本身就足以讓你一生都活在幻覺中。我女友要去參加西岸攝影師的一個祕密聚會，我會跟她一起去。」

傑瑞看著迪恩。「你是我唯一的希望了，莫斯先生。」

就是今晚了。「我加入，加西亞先生。」

「曾經吃過迷幻藥嗎？」

「我沒有，」迪恩承認，「至少，不是很正式。」

「那麼，做為你的初體驗，我會給你輕一點的分量。」

艾芙、雅思培及葛夫起身準備離開。「照顧我們的迪恩，」艾芙跟傑瑞說，「好貝斯手很難找。」

「如果我們冒險外出，我會召喚一位守護天使陪同。迪恩可以倒頭睡在我們的沙發上，這樣他就不用回你們的旅館了。」

「明天早上錄音室見。」迪恩說。

「排練九點準時開始，」葛夫說，「不來就不夠意思了。」

雅思培告訴他，「幫我們帶個紀念品回來。」

「迷幻藥是一盒神祕的巧克力。」迪恩和他的東道主在傑瑞的房間席地而坐，屁股下鋪著軟墊，靠坐在由樹幹橫切面製成的矮桌旁邊。「同一批貨的十條古柯鹼給你同樣的撞擊力。同一塊大麻捲出來的十根大麻捲菸給你同樣的興奮感。同樣效力的迷幻藥服用十次，卻是十趟不同的旅程。這相當大的程度決定於你腦袋的狀態，所以，只有當你準備就緒才服用。這趟旅程沒有彈射座椅。」

曼蒂克瑞達克？她兒子？羅德丹普西？我父親？「我的狀況好到不行，就是現在，就是這裡。」

「那麼，在你後面有一本很厚、紅色封面的書。朱爾凡爾納[75]。」

迪恩轉頭：「《地心歷險記》？」

「把它放在桌上。」迪恩照著做。傑瑞把書翻到封底，將藏身在厚封底裡的一個蓋片翻開。蓋片下面是一個很小的棕色信封，寬一吋長三吋。傑瑞用鑷子從信封中夾出一張方型、像郵票一樣大小的黃紙片。「這是米紙，用液態迷幻藥浸漬過了。先舔一下你的姆指。」傑瑞把那張黃紙片沾一下他姆指上被舔溼的區域，然後自己也如法泡製。「好了。」

他們把沾在姆指上的紙片放到各自的舌頭上。

迪恩的小紙片一下子就融化了。

「魔毯很快就會抵達。選一張專輯吧。」傑瑞把他的收藏品放回原處，再把凡爾納放回原處，而迪恩這時把樂隊樂團（The Band）的《大粉紅出品》（*Music from Big Pink*）拿出來，直接播放第二面。傑瑞和迪恩的雙手像打曼波鼓一樣跟著音樂拍打大腿，直到〈胸熱〉（Chest Fever）以一段狂暴激昂的風琴演奏為開曲。

「技巧高超到讓我他媽的難以置信，這個，」迪恩說。

「那是Lowrey風琴。加思哈德森（Garth Hudson）是樂隊樂團的祕密武器，他也會是你見過最貼心的男人。你現在覺得怎麼樣？」

「感覺像是需要去上大號。」

「那是你的身體在說，『某件天上才會有的事即將降臨，我現在得先處理一下屬於地上的事。』廁所在那邊。」迪恩走過去而且迪恩走過去了。他洗了手，水感覺像絲綢一樣，重力變小了。回到傑瑞的房間，傑瑞問：「開始了沒有？」

「我感覺空氣中的原子在我的肺裡彈來彈去，像爆米花一樣。」

「我們去公園走走吧。」

那位可能的印第安人的名字是夏頓。「一半納瓦荷的血統。」當他們走台階下到街上時，他告訴迪恩，「四分之一的蘇族血統，還有四分之一誰曉得是哪來的血統？」他在迪恩及傑瑞後面一步或兩步的地方跟著走。傑瑞談到這個社區。夏頓用黑豹的步態走路，散發出一種海特街的騙子、小偷及觀光客可以感受到而不會去測試的力場。傑瑞戴了一頂帽沿非常寬的帽子，以及一副鏡面太陽眼鏡，一路上沒有人打擾他。他的香菸聞起來有鼠尾草的味道。在下午到傍晚之間，天空是無人之境。雲非常稀少，位在高空而且蓬鬆，就像龍吐出的煙。三道噴射機留下的尾跡構成一個三角形。

一間保齡球館的通風窗被撐開。

迪恩可以聽到球的滾動以及球瓶的撞擊聲。

一個女孩從他們身旁走過，在她身後的氣流中留下一道自己的影像。迪恩著迷於眼前這幅不可能的景象。一個流浪漢也在他身後留下十來個他自己。海特街充滿視覺上的身後氣流。

---

75 Jules Verne（1828-1905），法國作家，現代科幻小說的重要開創者，《地心歷險記》（*Journey to the Centre of the Earth*）為其代表作之一。

迪恩甩動手臂，一面扇形的前臂在他面前張開。

「你看到幻影了嗎？」傑瑞就位在拖著長尾巴的傑瑞彗星的最前端。

「我想是的。」迪恩回答。看到幻影了。他們穿過斯坦揚街，然後從金門公園的鍛鐵大門下方經過，在那裡，顏色的強度變成兩倍、三倍、四倍。綠色的灌木發出綠色的光輝，藍色的天空唱出藍色的曲調，一道帶狀的粉紅雲彩不斷在振盪，呈現出那裡的所有粉紅，以及那裡所沒有的某些粉紅。

「迷幻藥能治療色盲嗎？」迪恩問。

「不，」傑瑞說，「但是，它會讓你懷疑自己從來就不是活在一個真實世界裡，只是活在它的一個描述之中。」

「這句話可以送給我嗎？我想把它寫進歌裡。」

「如果你記得住，我的朋友，它就是你的了。」

火紅的楓樹被風吹得啪啪作響，斷裂，然後將一葉葉的腥紅與金黃送進空中。它們渦漩著往上騰升。「真他媽、他媽、他媽的見鬼了……」

他們三人坐在一條公園椅上。周遭的長草在扭動。真的嗎？迪恩再仔細看，它就停住了。不，只是草罷了。但是當迪恩朝別的方向看，它又回復原先的扭動模式，只不過當迪恩再次集中注意力，它就又停住了。就好像一個學童等老師轉頭過來才突然不動。「所以，當我們看著一樣東西，」迪恩說，「我們就改變了它。」

「這正是我們從來沒辦法照事物本相去看的原因，」傑瑞說，「只能照我們的本相去看。」一隻大狗拖著一個穿滑輪鞋的女孩向前跑。

迪恩和傑瑞走到哪裡，夏頓就跟到哪裡。他們停下來看人打網球。音軌與影像已經失去同步了。球拍打到球的擊球聲要在撞擊發生之後才發出。隨著不斷的來回抽球，球員的體型也愈變愈大。迪恩轉身告訴傑瑞，但是傑瑞的頭也腫脹到平常的兩倍大，然後在他吐出肺裡的氣之後，頭就消腫成為原來大小。網球員的皮膚先是變成白化症的顏色，接著變成透明，像玻璃紙一樣。他們的靜脈、動脈、肌肉及筋膜全都呈現在他眼前。一隻灰狗快速從他們身旁衝過。迪恩可以看到牠的骨頭、心臟、肺、軟骨。在垃圾筒旁邊，一隻海鷗就有如一塊活著、有肉的海鷗化石。

一輛漢堡餐車上有一張起司漢堡的照片，但事實上它根本不是照片，而是一個真正的起司漢堡。一滴滴高熱的油脂附著在漢堡上。融化的起士往外懸垂到路面，蕃茄醬像剛發生車禍的現場傷者所流的血一樣閃亮。漢堡麵包是真實的、柔軟的、蓬鬆的圓形麵包，它在反覆吸氣、呼氣、吸氣、呼氣。

「你所犯的大錯誤是，」那個圓麵包告訴迪恩，「假設你的大腦會產生一個你稱之為『我』的意識泡泡。」

「那為什麼是個錯誤呢？」迪恩問那個說話的圓麵包。

「事實是，你並不是你自己私人的『我』。你之於意識就等於一根火柴的火焰之於整個銀河系。你的大腦只不過是進去取用意識。你不是一個廣播員。你是一個收發器。」

「真是該死，」迪恩說，「所以，當我們死……」

「當一根火柴熄滅，光會從此停止存在嗎？」

漢堡餐車那個賣漢堡的男人揮著他的鍋鏟，想把迪恩趕走：「夢幻島[76]是往那邊走，孩子。」

迪恩順著通往遙遠的西方的那條窄路望下去，看到玻利瓦，在音樂節中他帶到失散小孩帳篷的那個小孩，就在落日的中央。「嗨，玻利瓦……恁是真實的嗎？」

玻利瓦的聲音順著光線傳下來。「你呢？」

迪恩和傑瑞走到哪裡，夏頓就跟到哪裡。

在一個樂隊演奏台的陰影處，迪恩尿出鑽石來。它們消失在土地裡。沒有人會知道的。他聽到一支銅管樂隊朝這裡走來。最後的鑽石已經永遠消失，於是他到樂隊演奏台上和傑瑞會合。「恁可以

76 Never-Never Land，出自蘇格蘭小說家詹姆斯馬修巴里（James Matthew Barrie, 1860-1937）的《彼得潘》（*Peter Pan*）。

聽到那支銅管樂隊的聲音嗎？」

傑瑞的眼鏡反射出粉紅色的太陽。「我只聽見地球引擎在運作的聲音，它們正隆隆地合唱。那支樂隊在演奏什麼曲子？

「等我查出來，我再告訴恁。他們來了……」在那棵枝葉茂盛、向外伸展的栗樹下，一百具骷髏正在行進，襤褸的制服垂掛在他們不平穩的骨架上。他們的樂器是用人骨製作，演奏的旋律是已被遺忘的創世配樂。多麼希望能把那曲調記下來並錄音，迪恩心想，我們可以改變真實……這一切都取決於你，莫斯……記得……

長尾鸚鵡和蒼鷺懸在暮色之中，沒有絲線。

迪恩抬起他的姆指，一隻蒼鷺的翅膀動了一下。

迪恩吹出一口氣，而一朵雲就被往後推。

孤獨是一種幻覺，迪恩發覺。我們怎麼對別人，就是怎麼對自己。「多麼明白。」一個現在的鬼魂問一個未來的鬼魂，「我該說是誰來找？」

一個小男孩穿著晨袍和拖鞋走在最後面。那是克里斯賓，蒂芙妮的小兒子。他用食指指著迪恩，你跟我媽上床。

「這種事很難避免，」迪恩大聲回答他。「恁會了解的，某一天。」

第二根手指加入克里斯賓的第一根手指，它們併成一把槍。他對著迪恩開槍。砰、砰，你死了。

迪恩和傑瑞走到哪裡，夏頓就跟到哪裡。

「這裡就是馬球場，」傑瑞告訴他，「神聖的草地，金斯堡就是在這裡引領大家朗誦，朗誦太陽月亮星星直到世界的末了。」

迪恩懷疑自己是不是聾了；或者是不是傑瑞的聲音不見了；或者是不是天父上帝已經把宇宙的音量調節器轉小了。在還沒有任何答案冒出來之前，迪恩的鼠蹊部就被一把帶來劇痛的斧頭劈開。他的雙膝往外分開，直接垮掉。他往後倒在長滿草的邊坡，那苦楚超過迪恩所感受過的任何疼痛。他不能尖叫；或者，納悶他的牛仔褲或內褲哪裡去了；或者，猜想他一生怎麼可能對自己的性別有完全錯誤的認知；或者，擔心在舊金山的一個公園暴露自己私處可能會有的風險。

迪恩尋思，我要死了嗎？

「不，」夏頓回答，「剛好相反。你看。」

在他的兩腿之間，迪恩看到黏滑而凸起的嬰兒囟門。我在生小孩。迪恩的母親跟他在一起，面帶微笑，就像她在莫斯外婆鋼琴上那張照片裡那樣：「用力，迪恩……用力，親愛的……再用力一次！」當一條根從裂口被拔扯出來時，迪恩的嬰孩也伴隨著液體的衝出而滑了出來。迪恩仰躺著，氣喘吁吁而且在嗚咽哭泣。

他的母親說：「是個男孩。」然後把他的嬰兒交給他。

迪恩的嬰孩是一個非常小、全身是血、易受傷害的迪恩。

迪恩是他自己的嬰孩，眼睛往上看著哈利莫菲特。

哈利莫菲特眼睛裡閃爍著愛與奇妙，雙手彎成搖籃狀把迪恩抱在懷中。「歡迎來到瘋人院，兒子。」

迪恩在一張沙發上醒來。他聞到冷掉的中國菜、大麻以及廚房裡一個該清空的垃圾桶的味道。這裡有很多書；一把長頸、蒙蛇皮的班卓琴，但那想必是別的東西給他的錯覺；一根來自大教堂的巨型蠟燭；一台立體聲音響；層層堆疊的唱片。穿過一個拱門，他看到艾許伯里七一○號的死之華樂團廚房。一個兔女郎造型鐘顯示現在是早上七點四十一分。一位生氣勃勃的美國ＤＪ正在談論天氣，隨後就開始播放《生命的要素》專輯裡〈看看那是誰〉的前幾小節。我愛這個城市，迪恩心想。有一天我要搬來這裡住。他感覺很好。清醒，穩定，有點黏……我可以去泡個澡。他坐起來。他的身體部位都還在它們該在、也是原本就在的地方：昨天用來生產的產道只是暫借的。一座大凸窗的百葉窗把明亮的晨光切成條狀。我是迪恩莫斯，我通過迷幻藥的測驗，而且我生出我自己。如果這樣還寫不出一首歌來，我就把我的芬達貝斯吃下去。他的視線停留在一本破損的書上，書名是《塔羅牌之道》，作者是德外席爾沃溫[77]。他翻開書。每張牌卡都有自己的一頁。迪恩查看聖杯八的那頁。「聖杯八，」德外席爾沃溫這麼寫，「是一張關於改變的牌卡。朝聖者正轉身離開那個在觀看他的人——當下——準備開始一趟旅行，越過一條窄渠道進入乾旱的山區。屬於小阿爾克那（Minor Arcana）牌組，聖杯八象徵著轉離舊模式與行為，去追尋更深層的意義。請注意牌卡上『留下的』那八個井然有序的聖杯：我們的朝聖者繼續前進，沒有任何張揚或戲劇事件。某些權威學者把聖杯八連結離棄或放棄，但是在我看來，旅行者的抉擇是一個自我解放的行動。」迪恩把書閣上。

其他人都還沒起床。他穿上鞋子和襪子，使用一下廁所，沒有再尿出鑽石來。他喝了一馬克杯的水，從一個水晶碗裡拿了一顆蘋果，在電話便條紙上留了一段話：傑瑞，離開時，我已經不是你我初次碰面時的我了。感謝你，迪恩。PS，跟你借一顆蘋果，然後把紙條塞在傑瑞的房門下。二樓門廊處的空氣清新且沁涼。艾許伯里街對面的樹讓迪恩心碎，他說不出為什麼。夏頓坐在搖椅上閱讀《紐約客》，「又是一個美好的早晨，」那個被確認的印第安人說，「稍晚可能會下雨。」

「謝謝你昨天照顧我。」

夏頓做出一個「那沒什麼」的表情。

「你那隻貓呢？」

「那隻貓並不是任何人的貓，她來去自如。」

迪恩往下走了幾級台階，接著轉身。「恁可以從這裡走到特克街與海德街嗎？」

夏頓把手掌豎起來當地圖，在上面為迪恩指示方向。「順著海特街走，一路走到市場街。繼續往前。過了六個街區後，左轉就可以走上海德街。走了四個街區後就到特克街。四十分鐘左右的路程。」

「感激。」

「很快就會再相見。」

★★★

海特街的向陽面太亮，於是迪恩穿過街道到陰暗面，他的眼球在那裡比較能正常運作。這附近的社區給他一種非法辦了場史詩級室內派對後隔日早晨的心境。趁該付帳單前先溜走。很少人在走動。倒在路邊的垃圾桶任憑其內臟溢進排水溝。烏鴉及長疥癬的狗在垃圾堆上吵嘴。他咬下那顆借來的蘋果，它金黃且美味，就像一顆神話中的蘋果。迪恩穿過一棟看起來像賓果廳，但其實是一間教會的建築。他納悶它會不會就是媽媽與爸爸樂團（The Mamas and the Papas）〈加州之夢〉（California Dreaming）裡提到的那間教會，這才想起來，他現在可以打電話問媽媽卡絲埃利奧特，直接問她。

三或四個街區之後，嬉皮的氛圍被單調的建築物所取代。一座沿斜坡而上升的公園裡，迪恩不知道名字的鳥在迪恩不知道名字的樹上唱歌。他發現，他比較喜歡穿著較破舊衣衫的那個世界。這趟旅行是一個啟示，他心想，但是恁不能活在啟示中。他知道葛夫和艾芙會問他這趟迷幻藥之旅的事，而且他知道，光靠語詞只能傳達的體驗不到其千分之一。就好像嘗試跟一個噪音爵士樂團一起演奏交響樂。迪恩想起那支骷髏樂隊。創世音樂的一些簡略片段就在附近，他很確定……挑逗般地靠近……

但是它實際聽起來並不是這樣。在一棵喃喃自語的樹下，一對青少年情侶正蓋著破爛的毯子，躺在公園椅上睡覺。子宮裡的雙胞胎。迪恩想到肯尼和弗洛絲，希望他們能到這裡，為一個神奇之夜劃下句點，不是因為他們沒有別的地方可去。他聽到一輛電車——這裡稱為「街車」——在頭上行駛，聯想到牛奶車在葛瑞夫森的皮考克街上沿街送牛奶。在工廠值了九小時的班之後，瑞伊現在應該到家了。迪恩來到一個十字路口。一個路標寫著「市場街」。一間咖啡店開了，就在街車車站旁邊。那裡涼爽又隱蔽，迪恩心想，有何不可？

77 作者的小說《靈魂代筆》（*Ghostwritten*）中的人物。

他走了進去，坐在打開的窗戶旁邊，跟一位四十幾歲的女服務生點了一杯咖啡。她的名牌上寫著「我是葛洛莉亞！」。美國人喜歡驚嘆號。他嘗試把他在艾特納咖啡店共事過的女服務生名字與長相召喚出來，他已經忘記她們了。在他無處過夜的一月夜晚，其中有一位還擔心過他。她想要讓他睡她住處的地板，只是害怕她的房東太太有意見。烏托邦大道開始的那一夜。

迪恩從皮夾裡拿出艾倫克萊恩的名片。他抓著名片的一角，把它放進打火機的火焰中，然後讓它在菸灰缸中化為灰燼。它燃燒出紫色火焰。他不是很確定他的邏輯是什麼，但感覺上這樣做是對的。我們是一支樂團。那張名片被燒光時，迪恩感覺一個重擔被移除了。在外面的市場街上，兩輛廂型車停下來等紅燈。第一輛的車身紋飾著*THE* BEST TV RENTAL（城裡最棒的電視出租）標語。第二輛寫著L&H MOVERS-ACROSS THE PLANET（L&H搬家——橫越這個行星！）幾秒鐘後，另一輛廂型車停在最靠近他的車道，分別遮住了背後那兩輛車的後半段與前半段。這輛車的車身側板寫著THIRD STREET DRY CLEANERS（第三街乾洗），那四個英文字是縱向排列，一個字疊在另一個字上。三輛車的排列和位置，讓迪恩的眼睛望過去剛好看到一個詞：*THE*—THIRD—PLANET（第三行星）。迪恩從外套口袋拿出筆記本，把它記下來。「第三行星」。等他寫完時，三輛車已經離開。在吧台後面，水蒸汽正穿過被磨碎的咖啡豆噴了出來……

……接著咖啡擺在他眼前，用大藍碗裝盛，就像，迪恩想像，巴黎的詩人及哲學家喝咖啡那樣。他吸了一口咖啡，溫度剛剛好。他喝了三分之一杯的咖啡，將它含在口裡，讓咖啡發揮魔力。迪恩將咖啡吞下，所有糾結在一起、關於他可能兒子的思緒都被解開了。我會假設亞瑟是我兒子。我會付他母親贍養費。按月給，不囉嗦。錢夠多，讓他們不用縮衣節食。我們不會結婚，因為我們都有權利去找我們愛的人，但我們努力維持友善的關係。幾年後，當亞瑟成為一個會走路、會說話的小男孩而不是一個胖嬰孩時，我會邀請艾曼達跟他到葛瑞夫森見莫斯外婆和我阿姨們。她們會知道他是不是我的兒子。我想，到那時候我應該也已經知道了。如果答案是肯定的，我會轉換我的人生軌道，讓亞瑟知道我是他爹。我會在舊堡壘再過去一點的那個碼頭教他如何釣魚。如果答案是否定的，我會自願擔任亞瑟的教父，而我還是會教他釣魚。迪恩張開他的眼睛。

「這應該行得通。」他自言自語。

「你的咖啡還好嗎？」女服務生葛洛利亞問。

迪恩知道他應該回答「很好」就可以了，但是他決定暫時當一下雅思培。「讓我想想。溫度：溫熱，但不至於燙舌。口味嘛……」迪恩喝了一口。「非常洽當的咖啡豆搭配，烘烤得很入味，香醇順口，不苦。根本是該死的完美之作。危險的是，它會讓所有未來的咖啡都相形失色。但誰曉得呢？或許它會帶領我們迎來新咖啡世紀的黎明。只有時間能說明一切。而這，葛洛莉亞，如果我可以叫恁的名字，順道一提，我叫迪恩，這就是我這杯咖啡。謝謝恁問我的看法。」

「哇，我的天啊，很高興聽到這樣的話。我會轉告佩卓，咖啡是他做的。那麼……總共三十分錢，等你方便再付就可以了。」

「沒問題。」她認為恁茫到可能不會付錢。他放了一美元在桌上。「不用找。妳跟佩卓。」她的焦慮消失。「你確定嗎？」

「這是妳的，跟佩卓的。」

「謝謝。」那一美元消失在她的圍裙裡。

「這是個大日子。我……」說出來，「……要當爹了。」

「恭喜你，迪恩！預產期是什麼時候？」

「三個月前。」

葛洛莉亞一頭霧水。「所以，寶寶已經出生了？」

「對呀，說來話長。他的名字是亞瑟。對我來說，這是一個新領域，但是……」迪恩想起聖杯八牌卡上那位朝聖者。「人生是一段旅程，恁不認為嗎？」

那位女服務生望向店外的市場街，想到的是別的時候，然後再把視線拉回來，「應該是吧。祝亞瑟好運。你幫忙他成為人，但是他會讓你成為一個男人。」

迪恩經過尚未開門的店家、用木板封起來的店家、一些小型事務所、一塊建築工地、一小塊荒地、一間倉庫。沒什麼值得寫進家書的事。每二十或三十步就有一棵因暖風而掉光葉子的樹。車子在市場街的各個路口之間奔竄，摩托車在較大的野獸之間鑽來鑽去。一輛貨車在肉攤外面停了下來，畜體垂放在肉架上。迪恩聞到屠宰場的氣味。一股不屬於他的力穿過他的身體，就像在街車車頂上方電纜裡流動的電流。說不定靈線的說法並不完全是鬼扯？接近市中心，建築物愈長愈高。迪恩看到海德街，而想起夏頓的解說。*現在我知道我在哪裡了*。海德街與特克街的交會口就是錄音室的所在。迪恩看了一下手錶，樂團再三十分鐘左右就會到錄音室了。*而我十五分鐘後就可以到那裡*。繼續走到薩特街的話，旅館就在那裡。他還可以有十五分鐘的時間沖個澡。*最好這麼做：我很熱、滿身是汗而且有臭味*。他經過歌劇院，一幢你可能會在乾草市場街或肯辛頓公園看到的那種有立柱及喬治時代風格窗戶的宏偉建築。海德街以一定的坡度爬升。這不是高級住宅區。迪恩經過一間窗戶上裝了鐵網的當鋪。一間破舊的 *laundromat*（自助洗衣店）。*這裡不是叫 launderette*。「腰間嫩肉女子秀」。停車格裡有一輛生銹、沒有輪子的轎車。刺藤從裂縫中扭曲著鑽出來。一個蜷縮起來的人癱倒在某個門廊。一面紙板告示牌上用原子筆寫著，「我幹這蠢事已經二十年了。」加州的貧窮問題看起來就和任何地方的貧窮問題一樣嚴重。他放了五十分錢進那個男人的手裡。骯髒的手指合了起來。他張開一雙紅眼，說，「你就只有這點錢嗎？」在艾迪街的角落，有一家商店的門開著：艾迪特克菸酒雜貨鋪。

迪恩看到冷藏櫃裡有幾瓶牛奶。

走很遠的路了。一杯冰涼好喝的牛奶……

那間商店充滿過熟水果和牛皮紙的味道。錫克族店主人戴著黑框眼鏡，包著海藍色頭巾，穿著白襯衫。他一面讀《娃娃谷》（*Valley of the Dolls*），一面吃葡萄。收銀台後面的架子上陳列了一排烈酒。他打量了一下迪恩。「不錯的日子。」

「希望如此。我只是來買一瓶牛奶。」

他對著冷藏櫃點頭。「請自己拿。」

迪恩拿了一瓶半品脫裝的牛奶，把冰涼的玻璃靠在自己臉上。他把牛奶帶到櫃台。「再拿二十根萬寶路，謝謝。」店裡有一架子的明信片。迪恩挑了一張金門大橋的明信片。

「六十分錢。」他聽起來就和約翰韋恩一樣像美國人。「六十二分錢，我就可以再給你一張航空郵票。」

「謝謝。」迪恩掏出硬幣，「我可以跟您借一下原子筆？您的筆？」

那個錫克族把硬幣收進櫃台抽屜，並且交給迪恩一支筆。「筆送你。可以使用後面那張桌子。」

「感激。」迪恩在一張有翻蓋及墨水池的舊課桌下面找到一張凳子。他坐下來，看著明信片可以寫訊息的那面，不知道要哪裡開始寫起。或許我該問艾芙。迪恩喝了半瓶牛奶，這讓他神清氣爽。重要的是我動手寫卡片。迪恩提起筆來。

嗨，爸。正如你所見，我到舊金山了。等我回去我們再聚在一起聊聊。已經有一陣子沒連絡，發生了很多事。我不知道你的地址，所以我把這張卡片寄到瑞伊那裡。祝你們兩個都好，迪恩。

瑞伊莫菲特

瓦葛斯塔夫路八十八號

肯特郡葛瑞夫森

英格蘭

好，這樣應該可以了。他寫上瑞伊的地址，然後站起身來，這時一個、兩個、三個男人依序走進店裡，三人都戴著只露出眼睛的巴拉克拉瓦頭套。很像電影裡的銀行搶匪，迪恩心想。就在這時，他們掏出槍來，真正的槍——迪恩生平第一次看到的槍。其中一個喊著：「手舉起來，阿里巴巴！」

店主人不屑地怒視他們，但還是照著指示舉起雙手。

那些搶匪沒有注意到迪恩，但是他判斷自己最好也照著做。三個搶匪同時把他們的槍轉向他，迪恩畏縮成一團。「別開槍！沒問題！別開槍！」

搶匪頭子質問：「他在這裡幹什麼？」

「我只是一名顧客，」迪恩說，「我會離開，如果，呃——」

「別動，留在那裡！」搶匪頭子轉身面向個子較矮的一個罪犯同夥。「我以為這個屎地方沒人。」

從矮搶匪頭套的眼孔中可以看到他的一些雀斑。「我盯著這間店看了五分鐘。沒人進來，我才給你們發出安全的訊號。」他聽起來很年輕，十五或十六歲的年紀。

搶匪頭子厲聲責備：「你有沒有檢查那些走道？」

沉默了片刻。「這是我第一次負責監視。這是——」

「你這個智障！現在我們幫自己弄來一個目擊證人了！」

最高的那個搶匪塞了一個袋子給店主人。「裝滿。」

「裝什麼？」

搶匪頭子咆哮，「不！他會只塞小鈔跟狗屎進去，然後說：『這就是我全部的錢。』叫他打開收銀機，然後你來裝滿那個袋子。」

高搶匪跟店主人說：「退後，打開收銀機。」

店主人沉默了一陣子。「在我退後之後，我是要怎麼打開收銀機？」

那個矮搶匪大喊：「你再自以為是地把屁股翹到半天高，我就開槍轟掉你的同性戀屁股。」他說到屁股時，聲音顯得特別尖銳。他聽起來差不多十四歲，迪恩心想。「先打開收銀機，然後才後退。」店主人嘆了一口氣，然後照著做。高搶匪把收銀機裡面的錢放到布袋裡。這沒花多少時間。

「現在把收銀機的抽屜拿出來，」搶匪頭子說，「真正的錢會藏在那下面。」

高搶匪搖晃那個抽屜。「拿不出來。」

搶匪頭子對著店主人搖晃他的槍。「你來。」

「收銀抽屜沒辦法從收銀機裡拿出來的。」

矮搶匪高聲喊，或嘗試高聲喊：「**拿出來！**」那聲音帶著吸過古柯鹼的粗糙感，迪恩注意到這點，心中有些不安。

店主人從眼鏡框的上方看著他們。「這是四〇年代的收銀機，孩子。這抽屜是拿不下來的。沒有別的錢了。」

搶匪頭子從那個高搶匪的手中搶過袋子，往裡面探視。「只有二十五塊錢？你在呼攏我們。」

「我賣菸酒和雜貨，不是鑽石。現在是週四早上九點，你們是預期會有多少錢？」

高搶匪把槍對準他。「打開辦公室裡的保險箱。」

「什麼辦公室？這裡只有一個和櫥櫃一樣大小的儲藏間，和一間破爛廁所。我怎麼會把錢放在這社區的房子裡呢？太多搶匪了。這就是為什麼我要進店門的時候，就會把那個牌子擺出來，『屋裡沒有錢。』」

「他在騙人，」搶匪頭子咆哮著，「你在騙人。」

矮搶匪已經走到店門口。「等我一下。」他有點困難地讀著，「『屋裡……沒有錢』。他沒騙人，戴克斯。」

「別他媽的說出**名字！**」搶匪頭子大喊。

這時高搶匪轉而把矛頭對向搶匪頭子。「是你提議這個任務的。你說我們每個人可以有兩百塊錢入袋，**輕輕鬆鬆地**。」

「每個人？六百塊錢？」那個店主人目瞪口呆，「在大夜班？你們知道零售業的第一守則嗎？」

「閉嘴，」搶匪咆哮，「你的皮夾給我。」

「我從來不帶皮夾來上班，太多搶案了。」

「胡扯——那如果你要買東西怎麼辦？」

「我把它們記帳在存貨簿上。你可以搜我的口袋。」

真是他媽的一夥業餘搶匪，迪恩心想。

搶匪頭子轉向迪恩。「你看到了什麼？」

「呃……持槍搶劫？」

「矮子，拿他的皮夾。」

矮搶匪舉起他的槍晃了晃：「皮夾。」

迪恩有大約十美元，但是幾個吸了古柯鹼的智障和幾把手槍是很糟糕的組合，所以他將他喝了一半的牛奶放在堆疊成塔狀的幾盒平克頓鹼水扭結餅上面。他伸手到西裝外套的內口袋去拿皮夾，就在這時候，一輛車剛好發出尖銳的煞車聲停在店門口。受到驚嚇的矮搶匪轉身時，不小心把那一疊餅乾盒打翻，牛奶瓶也跟著掉下來。當迪恩伸手去接它時，一股惡魔般的力道把他往後扔……

斷斷續續的語句傳到迪恩耳中，就好像是從綁在長繩上甩動的收音機所發出。「你這個智障的混蛋！」

我中彈了……我真他媽的中彈了……

「他伸手要拿槍，戴克斯。」

「我叫他把皮夾交給我！」

「有誰會把皮夾放西裝外套裡？」

我不能死……我不能死……現在還不能……

「他真的放那裡！看！皮夾在他手上！」

「但是他有動作，戴克斯，而且……而且……」

別像這樣……這種死法實在太、太蠢了……

「別再叫我的名字，你這個智障混蛋！」

我不會死……我不會……我會撐下來……

「你沒辦法，迪恩，我很抱歉。」夏頓人在這裡。

恁怎麼會在這裡？恁應該是在傑瑞家……

「別害怕，我會陪你走到那道沙脊。」

但是我還有些歌要去錄。

「你必須把歌留在這裡。」

艾芙、雅思培、葛夫、瑞伊……我不能跟他們說一下嗎……

「你知道這是怎麼運作的，迪恩。」

艾迪特克菸酒雜貨鋪的聲音轉速愈來愈快，也愈來愈微弱。錫克族店主人的聲音幾乎聽不見了：

「我要幫我的顧客叫救護車。如果你們想，你們可以對我開槍，之後你們就準備在死囚牢房等待處決。或者，你們現在就抓住機會離開。」

我不需要救護車，迪恩心想。

「還沒出生的人將來會彈奏你的歌曲。」夏頓說。

亞瑟會彈奏我的曲子嗎？

「我想會的。現在，時間到了。」

迪恩往上掉落。

沒有最後的話……

最後的話

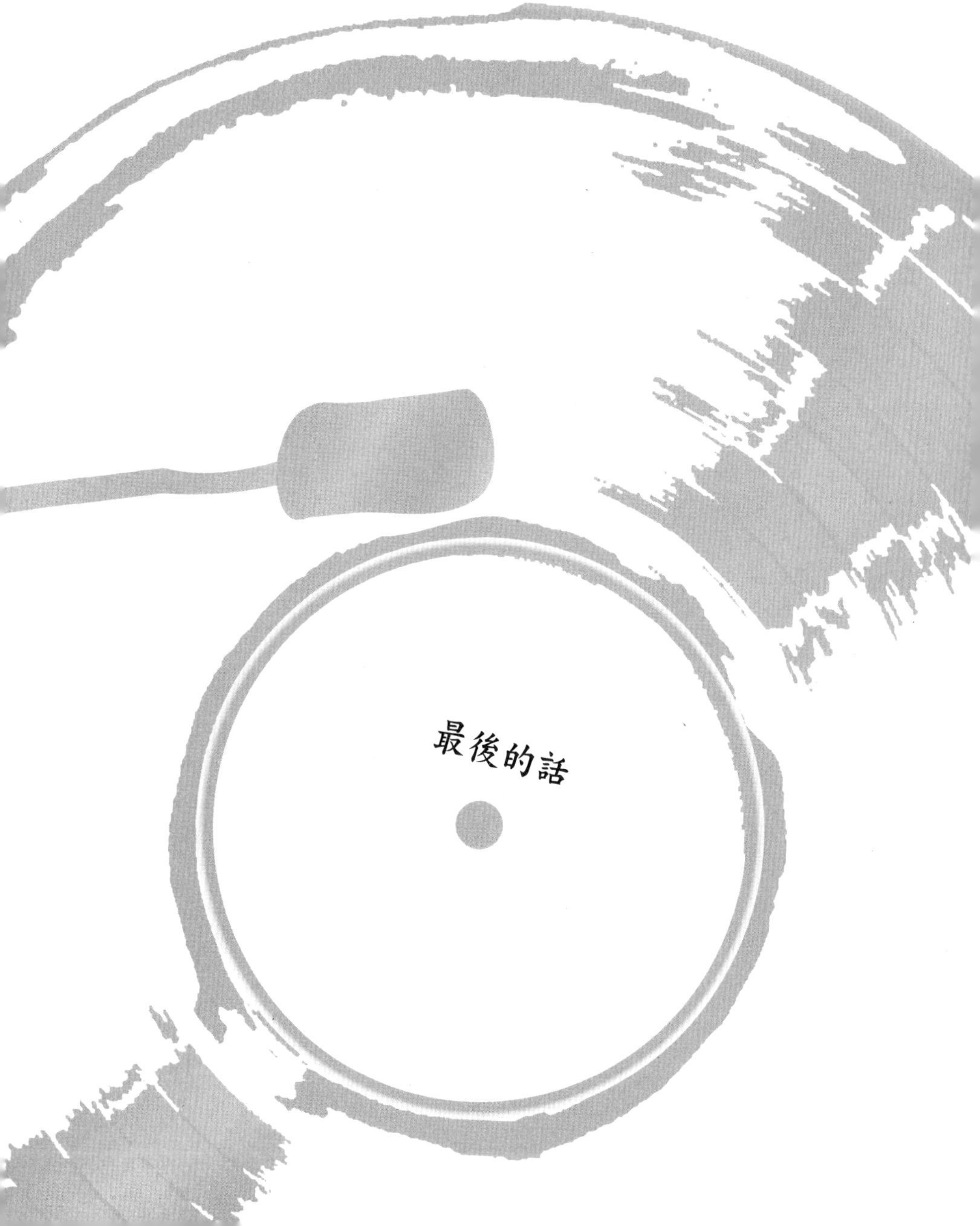

「所有樂團都會拆夥，」里馮法朗克蘭在他的回憶錄中寫道，「但是幾乎所有的樂團都會重聚。需要的就只是時間及退休基金的一個破洞。」當雅思培、葛夫和我在一九六八年解散烏托邦大道樂團時，我們的意思是真正的解散。我們的朋友和樂團夥伴迪恩莫斯，在舊金山的一起雜貨店搶案中中彈身亡，我們不忍心繼續下去。就在隔天，特克街錄音室發生的一場大火從我們手中奪走迪恩最後錄製的幾首歌，這災難更加重了我們的悲傷。我們認為，一張缺少迪恩的貝斯音樂、歌聲以及創作曲的烏托邦大道專輯會違反商品說明法。所以，有長達半世紀之久，烏托邦大道成為不斷檢測法朗克蘭定律效力的例外情況。那麼，為什麼現在，在我們最後一次演出的五十一年之後，我會在這裡為烏托邦大道的新專輯寫這些「封套說明」（以前是這麼稱呼）呢？這張專輯裡有迪恩莫斯的貝斯、歌聲、口琴，還有長達二十三分鐘的莫斯原創歌曲三部曲。以下是我的說明。

我們一九六八年九月飛到紐約，進行我們第一次也是唯一一次的美國巡迴演出。迪恩的招牌單曲〈將巨石滾開〉那年夏天在大西洋兩岸都有不錯的成績，而我們的第二張專輯《生命的要素》，當時正在告示牌一百的前二十名門外叩關。我們的美國唱片公司安排了短期的巡迴演出，希望能一舉叩關成功。在紐約的獵豹俱樂部演出四夜，並接受幾場媒體專訪來幫樂團漂白之後，我們飛到洛杉磯，短暫在傳奇的吟遊詩人俱樂部駐唱，也上了那個不怎麼傳奇的《藍迪索恩看流行音樂！》電視秀。兩天之後在金州國際流行音樂節演唱，演出地點是充滿田園景致的諾蘭公園。那場演出結束時，我們又被匆促安排了波特蘭、西雅圖、溫哥華及芝加哥四個地點的演出。對四個出生在四〇年代而且從小吃美國音樂的禁果長大的英國小孩來說，這趟旅行與其說是生命的要素，倒不如說是夢想的要素。

轉變的夢，應該這麼說。一九六八年的政治是發熱而且有遠景的。未來感覺是可塑的。這樣的信念之後就沒再發生，直到一九八九年的阿拉伯之春，以及，有爭議的，#MeToo 活動，以及現今世代的氣候行動主義。烏托邦不是一個會把 *political*（政治）的「P」大寫的政治樂團，但是馬丁路德金被暗殺後的那個夏天的多起暴動，越戰死亡人數的攀升，以及芝加哥民主黨大會的「警察暴動」都在美國的每台電視機裡播放，成為公共及私人領域論述中的共同話題。反戰行動從激進份子與嬉皮等特定族群的飛地中往外擴散到整個國家。在那個高度激化的氛圍中，漠視、無感已經成為少數。我記得傑瑞加西亞告訴過我們：「在一九六六年，你所期望的每樣事物都成真。」但在一九六八年，你所不期望的每樣事物也都成真。

在這個不穩定的情況下，當時我們四個年輕人遭遇到的是全新的思考與存活方式。我們住在切爾西旅館的時候，我在我漫長的出櫃之路上邁出了重大的一步。雅思培也終於把自己身上的老惡魔驅趕出去，而迪恩最後幾個星期所寫的歌詞中談到一段地震般的自我重新校準。在音樂上，我們四個人都經歷了一次量子跳躍。美國提供我們吃到飽的音樂自助餐。我們碰到同儕、大師、英雄與惡棍。我回想起我跟李歐納柯恩談論詩；跟珍妮絲賈普林及媽媽卡絲埃利奧特談發聲技巧與花腔；跟弗蘭克扎帕談諷刺與名聲；跟當時還不到二十歲的傑克遜布朗（Jackson Browne）談手指撥弦技巧；跟珍妮絲賈普林談如何在一個由男人主導、為男人而設的事業中成功；跟傑瑞加西亞談複節奏；跟當時尚未被簽下的克羅斯比、史提爾斯與納許談和聲。沒有一位年輕詞曲創作者可以在這樣的環境中嶄露頭角而沒經歷改變。但哪個年輕創作者會想要被改變？

在演出之間的空檔，雅思培、迪恩和我會在旅館裡、在飛機上、在洛杉磯的金星錄音室以及舊金山的特克街錄音室研究新素材。我們會慫恿彼此嘗試新的做法。我會想，好吧，如果雅思培在〈計時器〉裡使用管鐘，那麼我也要在〈裡面的裡面是什麼〉裡使用西塔琴。我記得，在我們錄〈在這裡我也是個陌生人〉時，迪恩告訴我：「好吧，哈洛威，我願意跟妳的揚琴碰面，給妳一段大鍵琴，而且用五四拍。配配看吧！」當然，結果可能是災難，但是我們在美國錄音時，*esprit de corps*（團隊精神）刺激我們戮力同心地讓這些瘋狂想法成功。葛夫在其中扮演的角色特別重要。他追隨著音樂的引導而走，在他所到之處維特恆定的節奏。一支樂團之所以是樂團，就是因為它比樂團各部分的總和還大。不然的話，何必組團？到了一九六八年十月十二日的早晨，雅思培和我已經各自寫好兩首新歌的骨架，而迪恩原本要寫來當成電影配樂的一首歌被大幅擴充，像碎形一樣，成為一組未完成的三部曲傑作。

曾經，在六〇年代，原始帶是儲存在「雙卷軸」磁帶上。如果這些原始帶遺失或受損，儲存在上面的音樂就無法挽回地消失了。迪恩過世後不到四十八小時，我們還在舊金山等待驗屍官的報告時，特克街錄音室被完全燒毀，而里馮不得不告訴我們，我們先前在那裡錄的帶子全都在火中熔化了。當時沒有硬碟備份，沒有隨身碟，沒有雲端。我們覺得迪恩第二次被從我們當中奪走。我們覺得烏托邦大道徹底而且真實地受到詛咒。

幾天後我們帶著一個裝了迪恩骨灰的甕飛回到倫敦。原本的計畫是在葛瑞夫森下游幾英哩處的一個碼頭，也就是迪恩的父親曾經教他釣魚的地方，把骨灰撒入水中，只和幾個家人和朋友舉辦一個低調的儀式。然而，正如迪恩以前常說的，「在葛瑞夫森沒有祕密」，超過一千人出現，包括一些未值勤的警察，感謝他們協助維持秩序，不讓群眾踩上那座老舊的木製碼頭。當迪恩的兄長、父親及外婆把骨灰倒進水裡時，雅思培在一把接上擴音器的木吉他上彈奏〈將巨石滾開〉。一千個聲音加入。當最後一個音消散在空中時，雅思培把吉他丟入河中。泰晤士河將它以及迪恩的骨灰一起帶到大海。

★★★

靈魂是個真實的東西嗎？我那時沒有答案，現在還是一樣。不科學的大多數人的想法是對的嗎？迪恩的某種本質以某種方式，在某個地方，繼續存在嗎？還是，靈魂的想法是個安慰劑，是條慰藉毯，是副眼罩，用來避免面對那個冰涼僵硬的事實：「當我們死亡，一切就都止息了」所帶來的無望絕境。事實上，迪恩已經離開，完完全全離開，就像五十一年前泰晤士河河口的一個刮著強風的秋天早晨已經全然離開那樣？我唯一知道的是：我不知道。所以答案是「或許」。然而，我可以接收這個「或許」。我喜歡「或許」更甚於「絕對不是」。「或許」之中帶著撫慰。

里馮離開月鯨，回到多倫多去負責《大西洋》雜誌的加拿大新辦公室。葛夫回到爵士圈，後來在一九七二年移居洛杉磯，他在那裡成為錄音室與巡迴演出要找鼓手時第一個會想到的人選。我在一九七〇年發行了我的首張個人專輯《通往阿思特柯特的牛群走道》（*Driftway to Astercote*）。雅思培，讓他的粉絲們失望，離開了音樂界，消失在遠處的蔚藍天邊。有好幾年的時間他跟我的唯一連繫是一些神祕的明信片，寄自不以明信片聞名的地方。我們的下一次碰面是一九七六年在紐約的一家希臘餐館。當時他在紐約修讀心理學的博士學位。接下來，德魯特博士每年會出現在我的門前，住一天或兩天，交換一些故事，聽我的工作進度，然後離開。他仍然彈奏吉他，但只是當成消遣。他的精湛琴藝一如以往耀眼，但他抗拒所有勾引他回到錄音室的嘗試。他經常聳肩說：「我已經做過了。為什麼要再做一次？」

烏托邦大道的音樂在樂團解散後仍然存活，以一種奇特、上下起伏的方式發揮影響力。比起迪恩的非法被囚，他的死為他帶來更多名聲，而《樂園》與《生命的要素》都成為金唱片，而且連續三四年銷售成績都很理想。日曆的頁面快速翻動，華麗搖滾、前衛搖滾、迪斯可和龐克依序將所有在之前的音樂送進歷史的折價商品區，包括那段奇特的迷幻民謠搖滾時期在內，烏托邦大道在一九六七年到一九六八年那十幾個月的時間裡，就是這種風格的一個體現。月鯨音樂被EMI買下，後者把它那「規模小但已完美成型」的目錄去除了骨幹。在丹麥街樓梯頂端的那間小辦公室變成一間照片圖書室。到了七〇年代中期，你已經很難在唱片架的James Taylor（詹姆斯泰勒）與The Who（何許人樂團）之間找到Utopia Avenue（烏托邦大道）了。另一個新的十年來到，而對於聽新秩序樂團（New Order）、杜蘭杜蘭樂團（Duran Duran）及舞韻樂團（Eurythmics）長大的青少年來說，烏托邦大道的歌聽起來就像從古老年代留下來的古董。

然而，如果你持有的時間夠久，古董可能積累出它作為新品時所沒有的價值。九〇年代初期，在不期然之間，這支樂團重新獲得關注。野獸男孩樂團（Beastie Boys）在他們風格獨具的專輯《保羅的時裝店》（*Paul's Boutique*）中收錄了〈鉤〉的片段。說話說話樂團（Talk Talk）的馬克霍利斯（Mark

Hollis）也提到《生命的要素》對他音樂風格的形成有很深的影響。我們的單曲及專輯的原版黑膠唱片被不斷轉手來提高價錢——這個市場維持在高點，因為法律問題使得兩張專輯的發行一直往後延期。戴蒙麥克尼許[78]的油漬搖滾版〈碎片〉在一九九四年進入排行榜前五名。我個人演唱事業最暢銷的曲子〈成為我的宗教〉，也跟著在一九九六年進入前五名，這要歸功於福斯汽車把它放進一支廣告裡。（我能怎麼說呢？我需要那些錢。）

烏托邦大道重新出現在唱片行，高高地堆在九〇年代的大商場裡。我的外甥女和外甥告訴我，我們的音樂在愛附庸風雅的大學宿舍裡演唱。愈來愈多的青少年會出現在我的演唱會，請我唱一些自從十進制化（google它！）之後我就沒有再演唱過的歌曲。我記得我曾在劍橋民謠音樂節推辭台下聽眾請我演唱〈證明它〉的提議，理由是我懷疑自己還記得那些歌詞。一個身上有刺青，留著狼尾頭髮型的小伙子喊叫著回答我，「放心，艾芙，我們會幫妳唱！」他們的確沒讓我難堪。接著，在網際網路問世之初，我的外甥在我的新電腦上輸入「烏托邦大道」這幾個字，螢幕上就出現一頁接一頁關於這個樂團的資訊。觀點、意見、瑣事、聊天室、粉絲團、評論、我們曾經參與演出的曲目清單，還有一些我從來沒看過的圖像。有些照片讓我熱淚盈眶，尤其是那些關於迪恩的。

在二〇〇一年，里馮——這個時候他已經是一位獲奧斯卡獎提名的電影製片了——拿了一張我們在諾蘭公園那場演出的高品質盜錄片給我看，他是透過，根據他的說法，「機緣加上暗黑魔法」弄到的。如果讓我自己說，我們的表演聽起來真的很棒。總共八首歌的曲目包含了雅思培的〈我該說是誰來找？〉的未定稿版，那首歌的錄音母帶在特克街的大火中被燒了。狄葛和我在菌傘為整張專輯做了數位修復，而艾力克斯唱片做了發行。讓所有人吃驚，我們這個帶著一點小虛榮的計畫，倉促取名為《烏托邦大道諾蘭公園現場全記錄一九六八》在第一週就登上第三十九名，而且徘徊在前三十名長達三個月。當YouTube開始流行，我們曾經接受過的訪問以及上過的電視節目片段開始冒出來。（在心情不佳的日子，我仍然會播放我們在荷蘭電視台與漢克圖林的對話來看。超有笑點。）在二〇〇四年，我六十歲那年，格拉斯頓柏立當代表演藝術節邀請我去表演幾首曲子。我妹把我拉到一旁，跟我說：「抱歉，姊，但是現在是妳該停止欺騙自己、面對事實的時候了：妳已經不再能被歸類為鮮為人知的歌手了……」

我不否認這一切都非常令人欣喜，但是在烏托邦大道的音樂重新得到氧氣的時候，這支樂團本身卻還是沒有任何生氣。在一九六八年為真的事，在二十一世紀依然為真：沒有迪恩，就沒有樂團。不時會有企劃人員來找雅思培、葛夫和我，問我們有沒有改變心意。甚至迪恩的兒子亞瑟克瑞達克—莫斯，一位電影和電視音樂作曲人，也表達了讓「新烏托邦大道」上路的意願。我們的回答一如以往：「只有當迪恩說可以，我們才會這麼做。」

快轉到二〇一八年八月。我已經準備上床，這時我聽到有人敲門的聲音。那是雅思培，穿著一件很長的黑色長外套，就像巴布狄倫歌曲裡的一個人，手裡提著一個破舊的吉他盒。下面的對話是我根據回憶重新整理，但與實際的對話應該相去不遠：

雅思培：我拿到了。

我：我也很高興見到你，雅思培。

雅思培：我很高興見到妳，但是我拿到了。

我：拿到什麼？

雅思培：（舉起一台MacBook筆電，就像驅魔師揮舞手中的聖經那樣。）我們的歌。在這裡。

我：我們的專輯？我也有啊，所以咧？

雅思培：不，艾芙，是我們失去的那幾首歌。在加州錄音室錄的那些。在硬碟裡。我聽過了。那是我們。這裡。

78 作者的小說《骨時鐘》裡的人物之一。

我：（喉嚨沙啞，說不出話）

我妻子：晚安，雅思培，進來吧。艾芙，在全國的飛蛾都來參加這場派對之前，妳可不可以把門關上？

雅思培進來，解釋說：今年年初，在檀香山的一個後車廂舊貨拍賣會上出現一個手提箱，裡面裝了我們在洛杉磯及舊金山錄製的十二個雙卷軸磁帶。它們是怎麼逃離特克街大火的魔掌的？沒人知道。這些錄音帶得以保存是出於意外、偷竊、錯誤歸檔，還是上帝的介入？每個人都可以有自己的猜測。這個手提箱是如何及何時來到夏威夷的？這是另一個謎。

有一件事是大家知道的。一個名叫亞當莫非的年輕人到歐胡島度蜜月時，在一個後車廂拍賣會買到這些錄音帶。亞當在部落格中自稱「遺產高音質追求者」。他擁有兩樣對這個故事而言非常關鍵的東西。其一：他有一台一九六六年製的Grundig雙卷軸磁帶播放器，可以播放一九六五年的BASF與TDK錄音帶。其二：他有很好的判斷力，知道在第一次播放時，就同時讓錄音帶的輸出經過一個數位轉換器，以確保這些錄音可以安全被錄製下來以供後續使用——以免這些有五十年歷史的錄音帶在播放時不幸解體。至少有一半的帶子出了這樣的狀況。這張專輯的存在告訴我們，如果沒有亞當莫非的先見之明，你們就不會讀到我寫的這些文字。

當所有的音樂都被保存下來之後，遺產高音質追求者開始去查這些音樂家的身分。不久之後，雅思培就接到一位陌生人的電話，告訴他一個非常特別的消息……

在我家廚房，雅思培把他的Mac用藍牙連到我的喇叭，然後按下播放，接著我們聽到：迪恩、雅思培、葛夫和我，年紀二十三、四歲，演奏、演唱、錄音。一點也不用擔心出現「暫時性暈眩」的狀況。這是我的紐約情歌〈切爾西旅館九三九號房〉；雅思培的藍調心理劇〈計時器〉；迪恩的音樂三部曲〈窄路〉的幾個主要部分。你並不是每天都可以聽到年輕的自己跟一個已經過世很久、令你懷念許久的樂團一起演奏，我感動到融化成一池蕩漾的情緒。

之後，雅思培、我妻子和我圍坐在桌旁。屋外，貓頭鷹咕嗚，狐狸輕吠。最後，我終於能夠再次開口說話。我問：「難以置信，但是我們要怎麼處理它？」

「我們來出我們的第三張專輯。」雅思培說。

那個週末，我們在我的花園錄音室仔細研究那整整九個小時的音樂。那些原始材料可以再分成「幾乎完成」、「需要再充實」、「簡略」三類。錄音的品質不一。洛杉磯錄音帶的嘶嘶聲比特克街錄的還多。幸運的是，迪恩是到了舊金山後才算真正投入〈窄路〉的創作與錄音，所以他那無可取代的歌聲足夠明亮。那些錄音有它們的自然順序。雅思培和我各自創作的兩首歌是我們在紐約及切爾西旅館時創作的，可能也受到了它們的啟發。這四首歌是黑膠唱片愛好者仍然會希望放在A面的曲子。迪恩的〈窄路〉三部曲是不該被打斷的一系列作品，它一開始是為了當一部安東尼赫爾希電影的配樂而創作，雖然那部電影後來並沒拍成。它唯一合理的歸宿就是B面。〈在這裡我也是個陌生人〉與〈聖杯八〉介於「幾乎完成」與「需要再充實」的類別，而第三首歌〈前往遠西的窄路〉，是一首令人出神但只有基本骨架的八分鐘貝斯音軌。我們原本計畫在迪恩被槍殺的那天早上排練及錄這首歌。就在雅思培和我在辯論該怎麼處理〈窄路〉時，我們碰到了一個兩難問題：我們的工作是製作一張，如果迪恩沒死，我們在一九六八／六九年的冬天本來會製作的專輯？還是要把這些錄音帶當成原始材料，來製作一張雅思培和我今日，在二〇一九年，會製作的專輯？我們是純粹主義修復者，還是後現代的創造者？

透過嘗試與錯誤，演化出一條指導原則。雅思培和我准許我們自己做任何我們打算用這些材料來做的事，只要我們不採用一九六八年之後的音樂科技來處理。所以，我們可以在〈我該說是誰來找？〉加上曼陀林，也可以讓老艾芙在〈裡面的裡面是什麼〉與年輕艾芙合音。但是，取樣、自動調諧、饒舌（我會考慮才怪！）以及循環音效是不許可的。我唯一的偷吃步，是使用我的Fairlight音效程式重新產生我那台舊哈蒙德風琴的聲音。葛夫也加入，他花了幾天時間為旋律加上打擊樂，或者，當他原本鼓樂音軌的聲音不夠理想時重錄音軌來取代。亞瑟——他現在的年紀已經可以當他父親的父親了——用迪恩的舊芬達貝斯來填上低音旋律，並且為〈聖杯八〉鋪設一些親子和聲。里馮加入，填補了專輯上需要他來填補的那個里馮形狀的洞。一九六七年三月為我們拍攝第一組宣傳照的攝影師梅卡羅梅爾，也為後世人們記錄了烏托邦大道這段短暫的重生。

專輯為什麼取名《第三行星》（*The Third Planet*）？這個計畫原本的暫定名稱是「加州錄音室」，但是當亞瑟來看我們的時候，他帶來了迪恩過世的那個早晨在迪恩口袋裡找到的一本記事本。最後的三個字單獨寫在一頁上，它們是The Third Planet。迪恩是看上這個詞的哪一層意義？我們只能揣測，但是一致認為這是當成烏托邦大道第三張，也是最後一張專輯的好名稱。

迪恩，最後的話是你的。

艾芙
二〇二〇年於基爾克蘭諾

致謝

謝謝你們，我的家人。

謝謝你們：山姆阿米登（Sam Amidon）、湯姆巴巴許（Tom Barbash）、Avideh Bashirrad、Nick Barley、Sally Beamish、Manuel Berri、克洛納基爾蒂小鎮（Clonakilty）迪巴拉酒吧民歌俱樂部（De Barras Bar & Folk Club）的瑞伊布雷克威爾（Ray Blackwell）、Jess Bonet、克里斯布蘭德（Chris Brand）、Craig Burgess、Kate Brunt、埃文卡姆菲爾德（Evan Camfield）、Gina Centrello、路易絲寇特（Louise Court）、Harm Damsma、露薏絲丹尼斯（Louise Dennys）、沃爾特多諾厄（Walter Donohue）、本傑明德雷爾（Benjamin Dreyer）、Lorraine Dufficey、Barbara Fillon、Helen Flood、喬尼蓋勒（Jonny Geller）、依芙琳葛蘭妮（Evelyn Glennie）、泰德古森（Ted Goossen）、Roy Harper、Paul Harris、Viola Hayden、斯蒂芬休斯頓（Stephen Housden）、石黑一雄（Kazuo Ishiguro）和他的家人、Hellen Jo（「罪犯的／潛意識的」）、John Kelly、克洛納基爾蒂的柯爾書店（Kerr's Bookshop）的崔西柯爾（Trish Kerr）和她的團隊、Martin Kingston、哈瑞昆祖魯（Hari Kunzru）、Tonya Ley、迪斯林德（Dixie Linder）、尼克馬斯頓（Nick Marston）、Katie McGowan、麥金塔什（McIntosh）太太、Niek Miedema、Callum Mollison、Carrie Neill、勞倫斯諾福克（Lawrence Norfolk）和他的家人、Alasdair Oliver、Hazel Orme、Marie Pantojan、Lidewijde Paris、Bridget Piekarz、Stan Rijven、Susan Spratt、西門沙利文（Simon Sullivan）、忘恩樂團（The Unthanks）、阿曼達沃特斯（Amanda Waters）、安迪沃德（Andy Ward）、Charles Williams、John Wilson、Janet Wygal。

謝謝 the Pit。

書中許多細節取材自許多來源，但是對我特別有幫助的是喬博伊德（Joe Boyd）的 *White Bicycles*（Serpent's Tail, 2007）以及西蒙納皮爾—貝爾（Simon Napier-Bell）的 *You Don't Have to Say You Love Me*（Ebury Press, 2005）——在寫關於與藍儂的相會時。

最後要謝謝我的編輯 Carole Welch，謝謝她在面對多次截稿日的延期及失約時，展現超人才有的耐心。

小說中簡短引用的歌詞，來自以下十幾首歌：

埃里克斯圖爾特（Eric Stewart）與葛瑞翰古爾德曼（Graham Gouldman）所創作的〈藝術，為了藝術的緣故〉（Art for Arts Sake）；艾倫普萊斯（Alan Price）的〈日昇之屋〉（House of the Rising Sun）；約翰藍儂與保羅麥卡尼的〈生命中的一天〉（A Day in th Life）；金克拉克（Gene Clark）的〈人生的最大傻蛋〉（Life's Greatest Fool）；多蘿西海沃德（Dorothy Heyward）、杜博斯海沃德（Du Bose Heyward）、喬治蓋希文（George Gershwin）與艾拉蓋希文（Ira Gershwin）的〈它不必然是這樣〉（It Ain't Necessarily So）；巴布狄倫的〈就像一個女人〉（Just Like a Woman）與〈眼神哀淒的低地女郎〉（Sad Eyed Lady Of The Lowlands）；李歐納柯恩的〈切爾西旅館二號房〉（Chelsea Hotel #2）與〈誰在火旁〉（Who by Fire）；史蒂芬莫里西（Steven Morrissey）與馬克納文（Mark Edward Cascian Nevin）的〈我已經改成訴請有罪〉（I've Changed My Plea to Guilty）；瓊妮密契爾（Joni Mitchell）的〈切爾西早晨〉（Chelsea Morning）；傑克遜布朗（Jackson Browne）的〈這些日子〉（These Days）；海伊薩雷特（Hy Zaret）與安娜瑪利（Anna Marly）的〈黨徒〉（The Partisan）；大衛克羅斯比的〈關妮薇〉（Guinevere）；彼得蓋伯瑞（Peter Gabriel）的〈慈悲街〉（Mercy Street）。

瓊妮密契爾的〈免費〉（For Free）是還在創作階段被聽到的版本，所以和錄音的版本不盡相合。〈你意識到了嗎？〉（Have You Got It Yet?）是席德巴雷特在一九六七年的一首未完成、未發行的歌／惡作劇。

音樂熱愛者會注意到歌詞中有些時代錯置的狀況，但是會同意，我相信，音樂是永恆的。

國家圖書館出版品預行編目資料

烏托邦大道 / 大衛・米契爾 (David Mitchell) 著 ; 左惟真譯 . -- 初版 . -- 臺北市 : 商周出版 : 英屬蓋曼群島商家庭傳媒股份有限公司城邦分公司發行, 2022.05
面 ; 公分 . --(新小說 ; 20)
譯自 : Utopia avenue
ISBN 978-626-318-235-6 (平裝)

873.57 111003953

烏托邦大道

Utopia Avenue

作　　者／大衛・米契爾 David Mitchell
譯　　者／左惟真
責任編輯／余筱嵐

版　　權／林易萱、吳亭儀、黃淑敏
行銷業務／林秀津、周佑潔、黃崇華
總 編 輯／程鳳儀
總 經 理／彭之琬
發 行 人／何飛鵬
法律顧問／元禾法律事務所　王子文律師
出　　版／商周出版
台北市104民生東路二段141號9樓
電話：(02) 25007008　傳真：(02)25007759
E-mail：bwp.service@cite.com.tw
Blog：http://bwp25007008.pixnet.net/blog
發　　行／英屬蓋曼群島商家庭傳媒股份有限公司 城邦分公司
台北市中山區民生東路二段141號2樓
書虫客服服務專線：02-25007718；25007719
服務時間：週一至週五上午 09:30-12:00；下午 13:30-17:00
24 小時傳真專線：02-25001990；25001991
劃撥帳號：19863813；戶名：書虫股份有限公司
讀者服務信箱：service@readingclub.com.tw
城邦讀書花園：www.cite.com.tw
香港發行所／城邦（香港）出版集團有限公司
香港灣仔駱克道193號東超商業中心1樓；E-mail：hkcite@biznetvigator.com
電話：(852) 25086231　傳真：(852) 25789337
馬新發行所／城邦（馬新）出版集團 Cite (M) Sdn. Bhd.
41, Jalan Radin Anum, Bandar Baru Sri Petaling, 57000 Kuala Lumpur, Malaysia.
Tel: (603) 90578822　Fax: (603) 90576622　Email: cite@cite.com.my

封面設計／圖文游擊
排　　版／邵麗如
內頁設計／黎尚肯
印　　刷／韋懋印刷事業有限公司
總 經 銷／聯合發行股份有限公司
電話：(02)2917-8022　傳真：(02)2911-0053
地址：新北市231新店區寶橋路235巷6弄6號2樓

■2022年5月17日初版　　Printed in Taiwan
定價650元

城邦讀書花園
www.cite.com.tw

 ISBN 978-626-318-235-6

請於此處用膠水黏貼

商周出版

線上版讀者回函卡

讀者回函卡

感謝您購買我們出版的書籍！請費心填寫此回函卡，我們將不定期寄上城邦集團最新的出版訊息。

姓名：________________ 性別：□男 □女

生日：西元________年________月________日

地址：________________

聯絡電話：________________ 傳真：________________

E-mail ：

學歷：□ 1. 小學 □ 2. 國中 □ 3. 高中 □ 4. 大學 □ 5. 研究所以上

職業：□ 1. 學生 □ 2. 軍公教 □ 3. 服務 □ 4. 金融 □ 5. 製造 □ 6. 資訊

□ 7. 傳播 □ 8. 自由業 □ 9. 農漁牧 □ 10. 家管 □ 11. 退休

□ 12. 其他________________

您從何種方式得知本書消息？

□ 1. 書店 □ 2. 網路 □ 3. 報紙 □ 4. 雜誌 □ 5. 廣播 □ 6. 電視

□ 7. 親友推薦 □ 8. 其他________________

您通常以何種方式購書？

□ 1. 書店 □ 2. 網路 □ 3. 傳真訂購 □ 4. 郵局劃撥 □ 5. 其他________

您喜歡閱讀那些類別的書籍？

□ 1. 財經商業 □ 2. 自然科學 □ 3. 歷史 □ 4. 法律 □ 5. 文學

□ 6. 休閒旅遊 □ 7. 小說 □ 8. 人物傳記 □ 9. 生活、勵志 □ 10. 其他

對我們的建議：________________

____

____

【為提供訂購、行銷、客戶管理或其他合於營業登記項目或章程所定業務之目的，城邦出版人集團（即英屬蓋曼群島商家庭傳媒（股）公司城邦分公司、城邦文化事業（股）公司），於本集團之營運期間及地區內，將以電郵、傳真、電話、簡訊、郵寄或其他公告方式利用您提供之資料（資料類別：C001、C002、C003、C011 等）。利用對象除本集團外，亦可能包括相關服務的協力機構。如您有依個資法第三條或其他需服務之處，得致電本公司客服中心電話 02-25007718 請求協助。相關資料如為非必要項目，不提供亦不影響您的權益。】

1.C001 辨識個人者：如消費者之姓名、地址、電話、電子郵件等資訊。

2.C002 辨識財務者：如信用卡或轉帳帳戶資訊。

3.C003 政府資料中之辨識者：如身分證字號或護照號碼（外國人）。

4.C011 個人描述：如性別、國籍、出生年月日。

請於此處用膠水黏貼